BEATRICE FEROLLI

Im Süden hat der Himmel Fenster

Buch

Versponnene Frömmigkeit beherrscht seit Generationen das Leben der Frauen der Familie Riéra. So wächst auch Conchita heran, die Tochter der arthritisgeplagten Aurelia, die den ganzen Tag im Bett liegt und sich mit dem Heiligen Jakobus unterhält, den sie als Fleck in der Decke zu erkennen glaubt. Als die herangewachsene, lebensfremde Conchita eines Tages den berühmten Stierkämpfer El Hungaro mit dem Degen in der Hand und dem Blut des Stieres bespritzt aus der Arena schreiten sieht, ist sie überzeugt, in ihm die Inkarnation des Heiligen Michaels zu entdecken. In aller Unschuld empfängt sie ein Kind von »ihrem Erzengel«. Sie begreift ihre Schwangerschaft zwar nicht – dafür aber ihre Mutter Aurelia und Knecht Nando, der Conchita schon seit langem verehrt. Die drei beschließen, die Geburt geheimzuhalten und das kleine Mädchen, Pilar, als Aurelias Kind auszugeben. Während sich die Frauen unbeirrt ihrer weiteren Heiligenverehrung widmen, besuchen die Männer das Freudenmädchen Ele, die wenig später einen Sohn, Ramon, bekommt. Der finanziellen Absicherung wegen nennt Ele Aurelias Mann als Vater. Pilar wächst indessen zu einem wunderhübschen jungen Mädchen heran – verliebt sich in Ramon. Eine Katastrophe bahnt sich an …

Autorin

Beatrice Ferolli wurde als Tochter eines Italieners und einer Österreicherin in Wien geboren. Sie studierte am Max-Reinhardt-Seminar und war anschließend bei vielen deutschsprachigen Bühnen als Schauspielerin engagiert. 1970 erhielt sie den Theodor-Körner-Preis für ihre Theaterstücke, Fernseh- und Hörspiele. Den größten Erfolg erzielte sie allerdings mit ihren zahlreichen Bestsellerromanen.

BEATRICE FEROLLI

Im Süden hat der Himmel Fenster

Roman

BLANVALET

Umwelthinweis:
Alle bedruckten Materialien dieses Taschenbuches
sind chlorfrei und umweltschonend.
Das Papier enthält Recycling-Anteile.

Blanvalet Taschenbücher erscheinen im Goldmann Verlag,
einem Unternehmen der Verlagsgruppe Bertelsmann GmbH.

Genehmigte Taschenbuchausgabe Oktober 1999

Umschlaggestaltung: Design Team München
Umschlagmotiv: Ph. L. Hale
Druck: Elsnerdruck, Berlin
Verlagsnummer: 35106
CN · Herstellung: Heidrun Nawrot
Made in Germany
ISBN 3-442-35106-5

1 3 5 7 9 10 8 6 4 2

*Für die Anregung, dieses Buch zu schreiben,
danke ich meiner Tochter Edina Thalhammer.*

Im Südwesten der Provinz Burgos, etwa zwanzig Kilometer von der Stadt San Eresmo entfernt, liegt in einer Ebene zwischen sandigen Felsen die Finca Angel del Sur, die sich seit Mitte des 17. Jahrhunderts im Besitz der Familie Riéra befindet. An dem ausladenden Hauptgebäude vorbei führt ein Weg nach einem Hügel, von dessen halber Höhe sich eine Olivenpflanzung über den Kamm erstreckt und an dessen Fuß zwei Gräber liegen. Wenige Steinwürfe hinter dem Haus beginnen kleine Holzkreuze den Weg zu säumen, deren Balken durch Riedgras miteinander verbunden sind und die dichter stehen, je näher man an die Gräber kommt. Am Fuß des Hügels reihen sie sich unübersehbar zu beiden Seiten sowie den flachen Hang hinauf bis an die Grenze der Pflanzung. Am späten Nachmittag trägt der Wind das Läuten der *Las-Animas*-Glocken von der Ortschaft jenseits des Hügels über den Bergkamm, und die Holzkreuze, deren größtes einen Meter hoch sein mag, schimmern im Licht der Abendsonne in matter Helligkeit. Die Stätte wird weit im Umkreis ›Pilars Garten‹ genannt.

TEIL I

Der Heilige von San Eresmo

1

Conchita Carmen Riéra, die spätere Mutter des Wundermädchens Pilar, war zusammen mit ihrem um acht Jahre älteren Bruder Junipero und zwei weiteren Brüdern in der Sierra de la Virgen bei Illueca im Westen von Aragón aufgewachsen, in einem der windschiefen, weißgemauerten Häuschen, wie sie zu Dutzenden zusammengewürfelt in der weitläufigen karstigen Landschaft stehen. Ihr Vater Sebastiano Riéra ging dem Beruf des Landwirts nach, soweit man die Versuche, dem kargen Boden ein wenig Nahrung abzugewinnen, so bezeichnen konnte; die Mutter Aurelia war eine fragile, weißhäutige, an Arthritis leidende Frau, die den Großteil ihrer Tage im Bett zubrachte und in einem feuchten Fleck an der Zimmerdecke die Umrisse des heiligen Jakobus von Compostela zu erblicken glaubte, mit dem sie stundenlange Gespräche führte, so daß ihr Kontaktbedürfnis damit völlig ausgelastet war und der Rest der Hausbewohner kaum je ein Wort von ihr zu hören bekam.

Conchita besuchte, allerdings sehr unregelmäßig, da ihr Vater dies bei einem Mädchen für überflüssig hielt, die einklassige Dorfschule von Alcebuchar zusammen mit ihren älteren Brüdern und einigen ewig kichernden Mädchen aus der Umgebung, die der kleinen Familie täglich auf dem Schulweg auflauerten und, leise Bemerkungen über die Brüder austauschend, hinter ihnen herhüpften. Conchita erfuhr von ihrer Mutter, die sich hin und wieder bereit fand, ihre Konversation mit dem Fleck zu unterbrechen, daß es zweierlei Geschlechter gebe, deren eines vom anderen sich körperlich unterscheide, wodurch magische Kräfte entstünden, die, wie Conchita vermutete, die kichernden Schulmädchen zu ihrem albernen Benehmen veranlaßten. Conchita nahm die Ausführungen ihrer Mutter etwas ratlos entgegen. Auch sie war schon dahintergekommen, daß an ihren Brüdern etwas existierte, das bei ihr fehlte, aber außer der geringfügigen Enttäuschung darüber, daß es ihr nicht gleichfalls möglich war, mit kühnen Kaskaden ein Ornament in den Sand zu zeichnen oder eine Kerze auszulöschen, hatte sie weder den Hauch eines Geheimnisses verspürt noch das Bedürfnis gehabt, kichernd hinter ihren Brüdern herzulaufen. Aurelia nahm Conchitas Desinteresse beruhigt zur Kenntnis. Es gab wichtigere Dinge als die Aufklärung ihrer Tochter: Der Fleck hatte seine Farbe und, wenn man genau hinsah, auch seine Kontur verändert, womit er ihr zweifellos eine Botschaft übermitteln wollte. Wenige Wochen später war ihr der Inhalt der Botschaft klar, und sie erschien, auf einen zugeklappten Sonnenschirm gestützt, ein blaßviolettes Kaschmircape übergeworfen, beim Abendbrottisch, nicht ohne vorher für jedermann sichtbar eine stundenlange Andacht vor dem mit Hunderten bis zur Decke reichenden Topfpflanzen umstellten Zimmeraltar gehalten zu haben.

»Wir müssen übersiedeln«, verkündete sie nach der Suppe, sich der Bestürzung der Familie mit einem durch die Wände in die Weite gerichteten Blick entziehend. »Jakobus will es so.«

Sebastiano, wissend, daß er sich dem Willen seiner Frau auf die Dauer nicht würde widersetzen können – Aurelia war bei aller Fragilität mit ihrem Dickkopf auf den blauvioletten Schultern und dem Apostel im Rücken vermutlich die willensstärkste Frau, die die Sierra de la Virgen je hervorgebracht hatte –, nickte gottergeben und überschlug im Geist die Kosten und eventuellen Vorteile einer Übersiedlung.

»Wohin wünscht Jakobus, daß wir gehen?«

»Zur Straße der Hoffnung. Wohin sonst?«

Sebastiano begann noch am selben Abend, Pläne zu machen.

Die Straße der Hoffnung, auch Pilgerweg oder Jakobsleiter genannt, die sich quer durch den Norden Spaniens von Pamplona nach Santiago de Compostela zog, schien ihm kein übles Ziel. Einige Dutzend Kilometer südwestlich, im Herzen von Burgos, lag die schon von ihrer Ausdehnung her hochherrschaftliche Finca Angel del Sur, die sich seit Jahrhunderten im Riéraschen Familienbesitz befand. Die derzeitigen Bewohner ein entfernt verwandtes Ehepaar beide jenseits der Achtzig und kinderlos, konnten täglich in die Lage kommen, ihr Anwesen mit den Gefilden der immerwährenden Seligkeit zu vertauschen. In diesem Fall war es gut, in der Nähe zu sein. Aurelia schließlich würde, da es sich um ihren Wunsch handelte, etwas aus ihrer Privatschatulle herausrücken müssen: für die Übersiedlung und zur Neugründung des Hausstandes in einer anderen Provinz und wohl auch für den guten Willen, mit dem Sebastiano sich ihr zuliebe dem Gebot des eigenwilligen Apostels unterwarf. Daß er im Grunde seines Herzens glücklich war, die Schufterei auf dem karstigen Boden hinter sich gebracht zu haben, ahnte niemand, und er hütete sich, etwas darüber verlauten zu lassen. Die beiden Karren standen gepackt, das weißgemauerte Häuschen war dem neuen Besitzer übergeben, Sebastiano und seine Söhne hatten ihre Plätze auf den Kutschböcken erklommen, als Aurelia, in blaßviolettes Kaschmir gehüllt und auf ihren Sonnenschirm gestützt, in der Einfahrt erschien und verkündete: »Jakobus muß mit.«

Sebastiano und die Söhne mußten vom Wagen steigen, die Pferde ausgespannt, die Verhandlungen mit dem nunmehrigen Besitzer neu aufgenommen werden, bis dieser sich gegen Geld und die Versicherung, daß sein ewiges Seelenheil damit gesichert sei, bereit erklärte, den Fleck ziehen zu lassen, und selbst Hand anlegte, als die männlichen Mitglieder der Familie die drei Deckenbretter mit Jakobus' Umrissen aus den Tragbalken lösten. Ein dritter in Eile herbeigeschaffter Karren nahm die in Sackleinen gehüllten Bretter sowie die wuchernden Topfpflanzen auf, und die Kolonne begann sich vorsichtig in nordwestlicher Richtung zu bewegen, dem Heiligen, der im ersten Wagen fuhr, folgend, unter der Oberaufsicht von Doña Aurelia, die, ihrer Arthritis zum Trotz, auf dem Kutschbock des zweiten Wagens Platz genommen hatte, um den vor ihr herzockelnden Apostel nicht aus den Augen zu verlieren. Vier Tage und drei Nächte ging es auf gewundenen, von Schlaglöchern aufgerissenen Straßen durch verstreute, zwischen den Hügeln hingeduckte Ortschaften, denen die Wunden des Bürgerkrieges noch deutlich anzusehen waren: verkohlte Hausmauern, herausgerissene, mit Wachstuch verklebte Fensterstöcke, zerstörte und notdürftig wiederaufgebaute Brücken, frierende Kinder in zu kleinen oder zu großen Kleidungsstücken. Mehrere Eselskarren begegneten ihnen, auch einige wenige Autos waren unterwegs. Der Frühlingsregen durchtränkte die über dem Hausrat ausgespannten Plachen, und Aurelia nahm ihr Kaschmircape ab, um es über die ohnehin vorsorglich umhüllten Bretter zu breiten. Die Herbergen waren ungastlich und ungeheizt, und als man die Grenze der Provinz Burgos erreicht hatte, beschloß Sebastiano, eine Pause einzulegen und den Verwandten auf Angel del Sur einen Besuch abzustatten, ehe man sich weiter der Straße der Hoffnung und der damit verbundenen, vermutlich mühsamen Wohnsitzsuche für die sechsköpfige Familie zuwenden würde.

Doña Aurelia hatte sich bei der mantellosen Fahrt durch den Frühlingsregen eine Influenza zugezogen, die in dem Augenblick ausbrach, als der erste der drei Plachenwagen die Holzbrücke über dem ausgetrockneten Bachbett passierte. Der Apostel ratterte dumpf über die Planken, als Aurelia einen Hustenanfall und gleich darauf einen heftigen Schüttelfrost erlitt, der sie die Arme zum Himmel werfen und ohnmächtig auf dem Kutschbock zusammensinken ließ. Zwei ihrer Söhne sprangen von den Wagen und trugen die bewußtlose Frau ins Haus, wo sie auf dem nächststehenden Bett niedergelegt wurde, das sie für den Rest ihres Lebens nicht mehr verlassen sollte. Ohnmächtig, wie sie war, stellte sie keinen Antriebsfaktor, aber auch kein Hindernis für die Entwicklung dar, die sich aus dem Besuch der Familie in Angel del Sur ergab. Die Finca befand sich in einem völlig desolaten Zustand. Dem Vernehmen nach hatte eine den Caudillo unterstützende italienische Kompanie längere Zeit hindurch im Dorf Quartier gemacht. Die zwei alten Leute hausten in der holzgetäfelten Küche, die der einzige mit Fenstern versehene Raum im Haus war und einem Zigeunerlager glich, und flehten Sebastiano sofort bei seinem Eintritt an, sie nicht wieder zu verlassen und ihnen um Christi willen die hilfreichen Nonnen aus dem nahe gelegenen Kloster Rábida Alcazar und vor allem den Pfarrer Padre Felipe, der jeden zweiten Tag auf seiner Motoguzzi vorbeikam, um nachzusehen, ob die Letzte Ölung fällig war, vom Leib zu halten. Sebastiano verteilte seine Söhne und die Tochter Conchita auf die verschiedenen Räumlichkeiten, bezog selbst das obere Stockwerk und machte sich, nachdem die Karren abgeladen, die darauf befindlichen Gegenstände im Haus und die Pferde in dem infolge eines Granateinschlages dachlosen Stall untergebracht waren, daran, die Finca in Ordnung zu bringen. Doña Aurelia, nach zwei Tagen aus ihrer Ohnmacht erwacht, mußte die merkwürdige Feststellung machen, daß der Heilige, den die besorgten Söhne sogleich über ihrem Bett angebracht hatten, seine Form verändert hatte. Das kam daher, daß die Bretter beim Abladen vertauscht worden waren und niemand außer Aurelia die Umrisse des Apostels genau im Kopf hatte. Die Burschen hatten die Bretter einfach auf die bereits vorhandene Holzdecke genagelt, leise, um die Ohnmacht ihrer Mutter nicht zu stören, und dabei war einer der Mittelteile an die Seite geraten, so daß die Gestalt des Heiligen nun gegen die Türseite hin ziemlich abrupt mit einer kerzengeraden Linie abschloß. Aurelia, noch geschwächt von Husten und Fieber, nahm die Veränderung wie auch die Tatsache, daß man statt auf der Jakobsleiter auf Angel del Sur gelandet war, gefaßt zur Kenntnis, um so mehr, als Sebastiano ihr auseinandersetzte, daß man sich nur einen Katzensprung von der Straße der Hoffnung entfernt befände und daß es übrigens mit Sicherheit Jakobus' Wille und Gnade gewesen sei, sie auf diese Weise – die beiden Alten hatten nach Sebastianos Versprechen, sich ihrer anzunehmen, augenblicklich ein Testament zu seinen Gunsten verfaßt – in den Besitz der prachtvollen Finca zu bringen. Einige Tage lang versuchte Aurelia, den Fleck zu einer Äußerung zu bewegen, aber er schwieg, der neuen Umrisse oder des neuen Wohnsitzes wegen, bis sie sich letztendlich der Meinung ihres Mannes anschloß, dies exakt sei es gewesen, was Jakobus im Sinn gehabt habe. Nach einigen Tagen nahm sie ihre Konversation ungestört wieder auf, und auch der Altar aus Topfpflanzen war im neuen Quartier in alter Pracht und Ausdehnung erstanden. Conchita schließlich, dreizehnjährig, mager, großäugig und in der Hierarchie der Familie seit jeher an letzter Stelle stehend, hatte ein Plätzchen gefunden, an dem sie ihre heimlichen Schätze entrollen und einige davon sogar mit Holznägeln an den Innentüren ihres Kleiderschrankes befestigen konnte. Es handelte sich dabei um etwa ein Dutzend Zeitungsfotos, die aus Berichten über verschiedene Corridas stammten und sämtlich denselben drahtigen Schönling mit kühnem Profil und ölig blauschwarzem Haar in unterschiedlichen, aber durchweg heldischen Posen zeigten: Miguel Martinez, genannt El Húngaro, Gewinner des Silbernen Schwertes von Katalonien, im Tête-à-tête mit einem unfreundlich blickenden Stier.

Conchita hatte noch nie eine Corrida gesehen, aber sie war einmal am Tor gestanden, als El Húngaro die Arena verließ.

Es war keine große Arena. Junipero, der älteste ihrer Brüder, der sich immer ein wenig um sie kümmerte, hatte sie zum Markttag nach dem nächstgelegenen Städtchen Illueca mitgenommen, wo El Húngaro, der aus Katalonien stammte, hin und wieder ein Gastspiel gab. Auch ein Matador von seinen Graden mußte in diesen Zeiten sehen, daß er die Lücken, die sich zwischen den Kämpfen in Sevilla, Madrid und Bilbao ergaben, mit kleinen Kämpfen auffüllte, um den Standard, den seine Anhängergemeinde von ihm erwartete, zu halten. Zufällig befanden sie sich zu Ende des Stierkampfes am Paseo del Picador, das Flügeltor der Arena flog auf, und El Húngaro in seinem von Sand und Blut verschmierten Seidenhemd, begleitet von einer Horde von schreienden und applaudierenden Bewunderern, trat auf die Straße. Zwei Guardias stoppten den Verkehr, ein Livrierter riß den Schlag des nicht mehr neuen, aber auf Hochglanz polierten Cadillac auf, und El Húngaro ließ sich in den quellenden Ledersitz fallen. Der Motor heulte auf, die Reifen knirschten, Conchita griff haltsuchend nach der Hand ihres Bruders und starrte, der Auflösung nahe, dem entschwindenden Fahrzeug nach.

Was für eine Erscheinung! Hätte der Mann Flügel gehabt, sie hätte ihn für den Erzengel Michael gehalten. Der stolze aufrechte Gang, die blauschwarze, in die Stirn fallende Haarlocke, die blitzenden Augen in dem braungebrannten Gesicht, der Mund, um den ein sieghaftes Lächeln spielte: Er schien vom Himmel zu kommen in seiner edlen Kühnheit. Und wie er aus dem Tor trat, sah er aus, als hätte er soeben nicht den Stier, sondern Satan höchstpersönlich mit seinem Schwert in den Staub gestreckt. Conchita wußte aus der Religionsstunde, daß Engel zuweilen menschliche Gestalt annehmen, um einen oder den anderen Auftrag auszuführen, und im vorliegenden Fall traute sie dies dem Erzengel durchaus zu. Jedenfalls hatte sie an jenem Nachmittag das sichere Empfinden, ihrem Schicksal begegnet zu sein, eine Annahme, die sich in nicht allzu ferner Zeit als wahr erweisen sollte.

Daheim angekommen, stattete Conchita ihrer inmitten der Blumentöpfe aufgebahrt liegenden Mutter einen Besuch ab. Aurelia hatte einen relativ schmerzfreien Tag und war guter Laune. In den Pausen, die bei den Gesprächen mit dem Fleck an der Decke eintraten, kaute sie Pitanüsse und trank spanischen Landwein, und Conchita, als einziges Mädchen unter Brüdern im strategischen Aufspüren von Chancen geübt, hatte den richtigen Augenblick, nämlich den, da Aurelia das soeben leergetrunkene Glas beiseite gestellt hatte, abgewartet. Alle im Haus wußten von Aurelias Privatschatulle, die sie am Fußende ihres Bettes aufbewahrte, so daß sie auch nachts mit den Zehen danach tasten konnte. Dem Vernehmen nach war sie prall mit Bargeld gefüllt, denn Aurelia hielt nichts von Banken oder Zinsen. Außerdem hatte ihr der Heilige befohlen, ihr Vermögen in dem Raum aufzubewahren, in dem auch er sich aufhielt. Conchita klopfte, nachdem sie ihre Mutter eine Zeitlang durch den Rand der Milchglasscheibe beobachtet hatte, an die Tür.

»Wer ist da?«

»Ich bin es, Madre. Conchita.«

»Komm herein.«

Sie trat ein und schloß die Tür hinter sich.

Aurelia richtete sich in den Kissen auf. »Was willst du?«

»Sehen, wie es Ihnen heute geht, Madre.«

»Du kannst das Glas nachfüllen. Es geht mir gut.«

»Dank der Hostie.«

Conchita trat näher und betrachtete das blasse, mit feinen Adern überzogene Gesicht ihrer Mutter. »Hatten Sie ein gutes Gespräch mit dem Heiligen, Madre?«

»Dank der Hostie. Du kannst ein bißchen mehr nachschenken. Etwa bis einen Zentimeter unter dem Rand.«

Conchita gehorchte. Aurelia berührte mit dem Zehen die Kassette, so daß sie gegen das Fußende des Bettes stieß.

»Ich hatte eine Begegnung, Madre. Heute nachmittag, in Illueca, auf dem Paseo del Picador.«

»Sprich.«

»Es war ein Señor, schön und tapfer. Sein Hemd war voll Blut, als hätte er soeben den Drachen getötet. Madre, könnte es der heilige Michael gewesen sein?«

»Warum nicht?«

Aurelia war in bezug auf Heilige nicht engherzig. Wenn sie den ihren hatte, warum sollten andere auf das Vergnügen verzichten? Sie streifte das Glas, das Conchita bis an den Rand gefüllt hatte, mit einem wohlwollenden Blick.

»Ich würde ihm gerne dienen, Madre.«

»Willst du ihm einen Altar errichten?«

Conchita zögerte. Die Idee war nicht schlecht. Sie war sich darüber im klaren, daß es nicht günstig wäre, zu erwähnen, daß der Erzengel in die Gestalt eines Toreros geschlüpft war. Aber mit dem Altar ließ sich etwas anfangen.

»Dazu brauche ich ein Abbild, Madre.«

»Frag Padre Felipe. Er besitzt Berge von Heiligenbildern.«

»Ich hätte gerne eines, das ihn in der Gestalt zeigt, in der ich ihm begegnet bin.«

»Wie willst du das anfangen?«

»Ich habe eines gesehen.« Conchita war das Blut in die Wangen gestiegen. »Es hängt im Gemüseladen von Doña Fracaso in der Calle Colón und zeigt ihn genauso, wie er mir heute erschienen ist.« Tatsächlich hatte die Gemüsehändlerin in ihrem Laden ein Corrida-Plakat aufgehängt und dafür vom Veranstalter eine Gratiskarte erhalten. »Wenn ich Doña Fracaso darum bitte, überläßt sie es mir vielleicht.«

»Was, meinst du, wird sie dafür verlangen?«

Conchita überlegte fieberhaft. Die Gemüsehändlerin war eine geldgierige Person, und sie mußte das Plakat unbedingt haben. »Fünf Pesetas vielleicht?«

»Das ist viel.«

»Nicht für einen Heiligen, Madre.« Das Herz klopfte ihr bis zum Hals.

Aurelia ließ sich in die Kissen zurückfallen und schloß die Augen. Minuten vergingen. Dann bewegten sich die schmalen Lippen in dem blaugeäderten Gesicht.

»Kratz mir die Füße.«

Conchitas Herz flog auf. Das war ein gutes Zeichen. Sie war mit einem Sprung am Fußende des Bettes. Neben Doña Aurelias Verehrung für den heiligen Jakob und ihrer Vorliebe für spanische Landweine bestand ihre dritte Passion darin, sich die Füße kratzen zu lassen: stundenlang, zu jeder Tages- und Nachtzeit und von jeder Person, bei der es die Schicklichkeit einigermaßen zuließ.

»Hier Madre.«

Conchita hob die Schatulle vorsichtig hoch und legte sie ihrer Mutter in den Arm. Es war gut, wenn sie sie bequem zur Hand hatte.

Aurelia hielt die Augen geschlossen. Hinter ihrer Stirn hatten unversehens erbauliche Gedanken zu kreisen begonnen. Das war ein neuer Aspekt: Füße kratzen in Verbindung mit Belohnung. Darauf war sie in all den Jahren nicht gekommen. Die dafür in Frage kommenden Familienmitglieder weigerten sich seit Jahren samt und sonders aus unerfindlichen Gründen, ihr den kleinen Gefallen zu tun. »Nur das nicht, Madre, verlangen Sie alles andere von mir« und: »Bitte, Aurelia, laß dir einen anderen ehelichen Zeitvertreib einfallen.« Nun hatte ihre Tochter, vermutlich ohne es zu wissen, ein Zeichen gesetzt. Aurelia rückte sich in den Kissen zurecht und überließ sich mit einem kleinen Seufzer dem unvergleichlichen Genuß, der durch die Fußsohlen drang und sie in einen Zustand schwebender Wärme versetzte.

Conchita kratzte einmal an der rechten, einmal an der linken

Fußsohle, während ihre Gedanken zum Tor der Arena von Illueca schweiften. Jene kurze Zeitspanne stand vor ihrem inneren Auge, als liefe ein Film zwischen zwei bestimmten Punkten immer wieder vorwärts und rückwärts: El Húngaro aus dem Tor tretend, bis zu dem Augenblick, da er in den Polstern des Wagens versunken war. Sie hatte sich während ihrer Tätigkeit an die Stelle gezwängt, an der vorher die Schatulle gestanden war, mit hochgezogenen Beinen, den Rücken gegen das Holz des Fußteils gelehnt. Manchmal griff sie mit beiden Händen zu und kratzte an beiden Sohlen gleichzeitig, während Aurelia kurze, wohlige Stöhnlaute von sich gab. Ein leichter Pfefferminzgeruch stieg zu ihr auf. Aurelia pflegte ihre Füße mit Mentholgelee einzureiben; am Geruch konnte es nicht liegen, wenn die Familie sich weigerte, ihr den Dienst zu tun. Das Bett knarrte ein wenig, als sich Aurelia, die Schatulle an die Brust gepreßt, zur Seite drehte. Conchita hörte zu kratzen auf.

»Genug, Madre?«

»Noch ein bißchen. Fünf Pesetas sind viel Geld.«

Conchitas Finger bewegten sich mechanisch weiter, während sie in der dumpfen glücklichen Spannung verharrte, die Aurelias Worte in ihr ausgelöst hatten. War es möglich, daß sie eine Lücke entdeckt hatte? Eine Nische, eine Freizone, die niemand begehrte und die, wenn sie sie zu nützen wußte, zu einem heimlichen Privileg werden konnte? Es machte ihr nichts aus, stundenlang so zu sitzen. Ihre Gedanken waren vollauf beschäftigt. Vielleicht ließe sich ein Pakt mit ihrer Mutter schließen, der ihnen beiden glückliche Zeiten verhieß.

Nach etwa zwanzig Minuten änderte Aurelia abermals ihre Lage. Conchita löste ihre Hände.

»Madre?«

»Komm her.«

Conchita tastete mit ihren erstarrten Beinen nach dem Steinboden und bewegte sich zum Kopfende des Bettes. Aurelia hatte die Hand mit geschlossenen Augen unter den Deckel der Schatulle geschoben.

»Hier sind fünf Pesetas. Kauf dir deinen Heiligen.«

»Muchas gracias, Madre. Möchten Sie ihn sehen?«

Es war nur eine Vorsichtsmaßnahme. Aurelia war an Heiligen, die nicht zu ihrer persönlichen Verfügung standen, nicht interessiert.

»Nein, danke. Wenn du Pflanzen für den Altar brauchst, kannst du dir Ableger holen kommen.«

Conchita schloß ihre Finger fest um die Münze. »Gracias, Madre. Ihre Gesichtsfarbe ist jetzt viel besser als vorher.«

»Dank der Hostie.«

Conchita nahm ihrer Mutter die Schatulle vorsichtig aus dem Arm und placierte sie an die Stelle, die noch warm von ihrem Körper war. Das mit den Ablegern war ein Wink gewesen: Aurelia wünschte, sie wiederzusehen. Sie beschloß, ihren Besuch schon morgen zu wiederholen, nach der Schule und nachdem sie mit Doña Fracaso die Verhandlungen wegen des Plakats aufgenommen haben würde.

»Nun geh, mein Kind.«

Aurelia winkte ihr mit geschlossenen Augen, das Zimmer zu verlassen. Es war Zeit für einen Schluck aus dem frisch gefüllten Glas. Conchitas Beine waren noch taub, als sie sich an den Abendbrottisch setzte, ebenso wie ihre Hand, die sich unverändert fest um die Münze schloß.

2

Die Übersiedlung brachte für Conchita nach anfänglichem Schrecken mehr erfreuliche als negative Aspekte. Sie hatte gefürchtet, daß ihre Sammlung darunter leiden würde – in den vergangenen zwei Jahren hatte sie sich neben zwei Plakaten nahezu ein Dutzend verschiedener erbaulicher Gegenstände erkratzt –, aber ein Blick auf die Landkarte sagte ihr, daß sich im Nordwesten mehr größere und wohl auch schönere Städte befänden als im Umkreis von Illueca, was die Möglichkeit, ihrem Erzengel in diesem Leben noch einmal zu begegnen, realistischer erscheinen ließ, als es das in der Sierra de la Virgen gewesen war.

Nach der Übersiedlung hörte sie auf, Gegenstände zu sammeln, ohne aber die Kratzbesuche bei der darüber hocherfreuten und dementsprechend großzügigen Aurelia einzustellen. Vielmehr legte sie jetzt die Pesetas, die sie von ihrer Mutter erhielt, in einen Brotkorb, den der einarmige Knecht Nando unter Zuhilfenahme von Zehen und Zähnen für sie geflochten hatte und der demnach ein Wertgegenstand war, und verwahrte diesen im Wäscheschrank zwischen ihren Unterrökken. Was sie damit anfangen wollte, war ihr noch nicht klar. Aber in einem Winkel ihres Gehirns hegte sie die unbestimmte Vorstellung, daß es ihr einmal von Nutzen sein konnte. Sebastiano hatte sein Hauspersonal in der Sierra de la Virgen zurücklassen müssen und den Knecht Nando, der der einzige war, den die beiden alten Leute um sich duldeten, auf Angel del Sur vorgefunden. Er dachte kurz daran, ihn auszuzahlen, und suchte ein paar Tage lang nach Ersatz, aber Nando, der seinen Arm auf ehrenhafte, wenn auch überflüssige Weise dem Vaterland geopfert hatte, war kräftig und noch jung, wußte auf der Finca Bescheid und besaß außerdem das Talent, aus den Zigeunern, die man zur Olivenernte anheuern mußte, die tüchtigsten auszusuchen und den im Umkreis verstreuten Nachbarn abzuwerben. Die beiden jüngeren Söhne Pepe und Pepe waren zum Heer einberufen worden – Junipero hatte seinen Militärdienst in Aragón abgeleistet, und der dort gewährte Aufschub für die beiden anderen wurde in Burgos nicht anerkannt –, und Sebastiano, unversehens zum Patrón geworden und mit der Notwendigkeit konfrontiert, sich von den achthundert Olivenbäumen, die auf der Sierra kaum die Familie ernährt hatten, auf die zwölftausend, die zum Bestand von Angel del Sur gehörten, umzustellen, machte Nando kurzerhand zum Administrador und übertrug ihm die Verantwortung für die Olivenernte – die erste nach zehn Jahren der Verwahrlosung, da die Früchte einfach zu Boden gefallen und dort vermodert waren – und den mageren, aber durchaus ausbaufähigen Viehbestand, der die unbewirtschafteten Zeiten von Angel del Sur überstanden hatte. Nando wußte es ihm zu danken, indem er arbeitete, als hätte er nicht einen, sondern vier Arme, und nützte im übrigen den ihm zugefallenen sozialen Aufstieg dazu, der kleinen Patroncita auf schüchterne Art seine Verehrung zu zeigen, indem er ihr aus der braunen Tonerde, die er im Bachbett vorfand, apfelsinengroße Tiere formte und aus den verbliebenen Schilfresten den einen oder anderen Gebrauchsgegenstand wie den erwähnten Brotkorb flocht. Als die Söhne Pepe und Pepe aus dem Heeresdienst entlassen wurden, zögerte Sebastiano keinen Augenblick, sie Nandos Aufsicht zu unterstellen, da er mit seinem eigenen Lernprozeß mehr als beschäftigt war und sich darüber hinaus mit der Aufmüpfigkeit insbesondere des jüngeren, Pepe el Moreno, nicht herumärgern wollte.

Sebastiano hatte von jeher eine Vorliebe für den Namen Pepe gehegt. Er fand ihn einfach und klangvoll und hätte seinen erstgeborenen Sohn gerne so genannt. Dies war nicht möglich gewesen, da er ihm aus Gründen der Höflichkeit und Tradition den Namen seines eigenen Vaters, Junipero, geben mußte. Er hatte sich dafür schadlos gehalten, indem er die beiden folgenden Söhne Pepe nannte. Den einen, der mit rötlichblondem Haar geboren war, Pepe el Rubio, und den jüngeren, der das dunkelbraune Haar von Aurelia geerbt hatte, Pepe el Moreno. Fatalerweise änderte sich in der Pubertät die Haarfarbe beider Jungen, Pepe el Rubios Schopf dunkelte nach, während Pepe el Morenos Haar heller wurde und einen deutlich roten Schimmer aufwies. Für Außenstehende war es etwas schwer zu begreifen, warum der Dunkelhaarige der Rote und der Rotblonde der Dunkle genannt wurde, aber die Familie, der die Veränderung kaum aufgefallen war, hatte keine Schwierigkeiten damit. Conchita, die sich redlich bemühte, ihren drei Brüdern gleich viel Zuneigung entgegenzubringen, was an ihrer unveränderten Bindung an Junipero und der neuerworbenen Rauhbeinigkeit der beiden Heeresentlassenen immer wieder scheiterte, nahm Nandos Aufmerksamkeiten mit ratloser Freundlichkeit entgegen und behauptete sich in dem Männerverein, den ihre Familie darstellte – Aurelia hatte das Zimmer, in dem sie mit ihrem Apostel hauste, nicht mehr verlassen – durch unauffällige Unentbehrlichkeit. Kaum jemand sprach mit ihr, aber sobald sie das Zimmer verlassen hatte, hieß es: Wo ist Conchita? – und jemand kam, um sie zurückzuholen. Die Brüder, auch Pepe und Pepe, bestanden darauf, sie abwechselnd zum Einkauf nach San Eresmo zu begleiten, da nicht alles, was auf der Finca benötigt wurde, bei vorüberziehenden Händlern zu haben war, und das Mädchen, früh in die Rolle der Dueña gedrängt, wußte als einzige, was an Hausrat nötig war.

An ihrem 13. Geburtstag hatte Conchita, die die Schule so unregelmäßig besucht hatte, daß sie zu diesem Zeitpunkt trotz aller aufgewendeten Mühen des Lesens und Schreibens noch nicht kundig war, ganz damit aufgehört und den Haushalt, der von Sebastiano und Junipero mehr schlecht als recht geführt worden war, übernommen, so daß die beiden Männer, die mit dem Wiederaufbau der mittlerweile in Sebastianos Besitz übergegangenen Finca vollauf beschäftigt waren – die beiden Alten waren nach Jahresfrist im Abstand von drei Tagen und dem Pfarrer zum Trotz ohne Letzte Ölung friedlich eingeschlafen –, sich anderen Aufgaben zuwenden konnten. Der Boden war fruchtbar und das Vieh gesund, und die Finca gewann allmählich etwas von der Stattlichkeit zurück, die sie vor der Einquartierung von Francos Hilfstruppen besessen haben mochte.

Unter den Zigeunern, die Nando zur Olivenernte angeheuert hatte, befand sich eine Frau, Umbre genannt, was im Dialekt ihres Stammes soviel wie ›Schatten‹ bedeutet. Als die Ernte vorüber war, fragte Umbre, die Conchita hin und wieder nach Arbeitsschluß im Haus geholfen hatte, bei Nando an, ob sie nicht auf der Finca bleiben könne, wenigstens den Sommer über, bis ihre Leute aus den Bergen zurückkämen und wieder nach Cataluña zögen. Nando, der nichts ohne seine kleine Herrin entschied, erwartete Conchita nach dem Abendessen und brachte das Gespräch darauf. Umbres Vergangenheit lag im dunkeln. Es stand fest, daß sie eine Gefängnisstrafe, möglicherweise politischer Natur, abgebüßt hatte, aber sie sprach nicht darüber, und das Gerücht, daß sie eine Kindsmörderin sei, hielt sich hartnäckig. Conchita hatte sie manchmal beim Abendessen aus den Augenwinkeln betrachtet, verstohlen, in scheuer Neugier. Als Nando ihr Umbres Wunsch auseinandersetzte, fragte sie ihn, ob er den Gerüchten Glauben schenke. Nando erklärte ihr, daß er Kindsmörderinnen für unglückliche Frauen halte, an deren Stelle meist ein anderer, nämlich der Mann, der sie im Stich gelassen habe, auf der Anklagebank sitzen müßte. Conchita fand die Aussicht, einen Teil ihrer Arbeit abgeben zu können, verlockend und meinte, wenn Nando keine Bedenken habe, habe sie auch keine. Umbre bezog den Strohsack in der Küchennische, die hinter dem gemauerten Herd lag und Schutz vor Blicken und Kälte bot, und wenn Conchita von nun an die Küche betrat, war der Teig für den Churro angerührt, und das Feuer im Herd brannte.

Nach einiger Zeit bemerkte Conchita, daß der jüngste der Brüder, Pepe el Moreno, an allem, was den Stierkampf betraf, ebenso interessiert war wie sie selbst. Er schlug im ›El Diario‹ immer zuerst die Berichte über die letzten Corridas auf und fertigte eine grafische Siegeskurve des zu dieser Zeit weltbekannten Matadors El Viti auf einem Pappkarton an, den er über seinem Bett anbrachte. Darüber hinaus wußte er zu Conchitas Entzücken, wer vor drei Jahren Gewinner des Silbernen Schwertes von Aragón gewesen war. Die neue Gemeinsamkeit machte ihr Pepe el Morenos schlechte Manieren nicht angenehmer, aber sie hatte jetzt jemanden, mit dem sie hin und wieder ihre geheimsten Gedanken teilen konnte, ohne daß Pepe deren eigentlichem Inhalt auf die Spur kam. Sie tat so, als sei ihr Interesse sachlicher Natur, wie es das Pepes war, und als er sich zusammennahm und aufhörte, in ihrer Gegenwart ordinäre Flüche von sich zu geben, zeigte sie ihm eines Tages ihre Sammlung von Anstecknadeln, Stierhörnern und Pañuelos, ohne die beiden Plakate und den Brotkorb zu erwähnen. Es war kurz vor Ostern, als sie in einer von Pepes Zeitungen die Ankündigung einer Fiesta im nahe gelegenen San Eresmo zu Ehren des Schutzpatrons der Kirche vorfand. Für den Nachmittag war eine Corrida angesetzt, an der neben anderen weniger prominenten Matadores auch El Húngaro, Gewinner des Silbernen Schwertes von Aragón, dessen Bild unterhalb der Titelseite prangte, teilnehmen sollte.

Conchita schlug die Zeitung zu, und niemand merkte ihr etwas an. Als Pepe von der Feldarbeit heimkam, folgte sie ihm in den Ziegenstall, dessen Sauberhaltung zu seinen Aufgaben gehörte.

»Pepe, möchtest du eine Corrida sehen?«

Pepe unterdrückte den kernigen Ausruf der Verwunderung, der ihm auf den Lippen lag. »Wieso fragst du?«

»In San Eresmo gibt es eine. Am Ostersonntag, zum Fest des Kirchenheiligen.«

»Du weißt, daß ich kein Geld habe.«

Sebastiano hielt seine Söhne aus Gründen der Disziplin sehr knapp. Ihren Sold hatten sie ihm für die zweijährige entgangene Arbeitsleistung überlassen müssen.

»Ich habe Geld.«

Pepe el Moreno dämpfte die Stimme, obwohl sich außer den Ziegen niemand in der Nähe befand. »Hast du es gestohlen?«

»Ich habe es, das genügt.« Conchita dachte nicht daran, ihr und Aurelias Geheimnis preiszugeben.

»Wieviel?«

»Für einen Sitzplatz auf der Sonnenseite würde es reichen.«

Sie sah, wie Pepes Augen bei ihren Worten zu schmalen Schlitzen wurden, und gratulierte sich insgeheim zu dem Einfall: Pepe war ein Angeber und die Aussicht, auf einem Sitzplatz gesehen zu werden oder die Eintrittskarte bei den Mädchen in San Eresmo herumzeigen zu können, würde ihn zum willfährigen Komplizen machen.

»Was muß ich dafür tun?«

»Mich nach San Eresmo mitnehmen.«

»Zur Corrida?«

»Natürlich nicht.« Wenn jemand sie sähe und es Sebastiano hinterbrächte, würde sie in Schwierigkeiten kommen. Außerdem reichte das Geld nicht für zwei Karten. »Einfach nach San Eresmo. Ich warte dort auf dich.«

Pepe el Moreno runzelte die Stirn. Etwas war ihm nicht klar, und er versuchte nachzudenken. »Was hast du davon?«

»Ist das nicht meine Sache?«

Conchita schaute zu Boden, um zu verhindern, daß man ihrem Gesicht ablesen konnte, was sie davon hatte: Es fiel ihr nicht im Traum ein, sich in eine Sitzreihe zu klemmen und von hoch oben zuzusehen, wie der durch die Entfernung winzig kleine Erzengel in seinem Sandkreis einen Stier erledigte. Was sie wollte, war, ihn greifbar nahe an sich vorüberschweben zu sehen, wie damals, als das Tor der Arena aufgeflogen war und er in seinem von Schweiß und Blut verklebten Seidenhemd die Straße betreten hatte. In der Erinnerung war es ihr immer deutlicher geworden, daß er sie damals bemerkt haben mußte. Gewiß, er hatte sie angesehen, und sie war zu erschrocken gewesen, um dem Wunder standzuhalten. Diesmal würde sie es besser machen: Sie würde ihre Augen an sein Gesicht heften und es nicht loslassen, bis er nicht anders konnte, als ihren Blick zu erwidern.

»Wenn du meinst, ist es deine Sache.« Pepes Stimme klang vor Erregung höher als sonst. Im Geiste hatte er begonnen, die Garderobe für den Ausflug zusammenzustellen, und überlegte, ob er sich Juniperos Samtweste mit oder ohne dessen Wissen ausleihen sollte.

»Sagst du es Vater?« Das mindeste, was Conchita verlangen konnte, war, daß ihr Bruder sich der Inquisition durch Sebastiano stellen und die Erlaubnis für ihrer beider Ausgang erwirken würde.

Pepe el Moreno tat das Vernünftigste, was in dieser Situation zu tun war. Er verkniff sich ab sofort alle Lieblingsflüche und ordinären Ausdrücke und tat seine Arbeit, ohne an seinen Stiefeln Berge von Tonerde und Ziegenkot ins Haus zu tragen. Nach Ablauf einer Woche, in der des Staunens über seine Verwandlung kein Ende gewesen war, sprach er bei Sebastiano vor. Sebastiano, keine pädagogische Leuchte, aber von der Landwirtschaft her mit dem Prinzip von Erfolg durch Investition vertraut, scheute sich, Pepe el Moreno im Stadium offensichtlicher Läuterung etwas abzuschlagen, und rechnete es ihm insgeheim hoch an, daß er die Fiesta in Begleitung seiner kleinen Schwester besuchen wollte. Am Morgen des Ostersonntags traten die beiden, Pepe mit Juniperos Erlaubnis in dessen Samtweste, Conchita, den Inhalt des Brotkorbs in ihr

Halstuch geknotet, die Fahrt nach San Eresmo an, die, für niemanden vorhersehbar, Conchitas Leben auf ungeahnte Weise verändern sollte.

Umbre hatte die kleine Patroncita von Anfang an ins Herz geschlossen. Conchita war nicht gerade hübsch mit ihren mageren Schultern und dem strähnigen, in allen möglichen Braunschattierungen schimmernden Haar, aber sie war freundlich und fleißig, und es wäre ihr niemals eingefallen, einen Hausangestellten in der Art zu behandeln, wie ihre Mutter, die bettlägrige Doña Aurelia, das tat. Aurelia, in unverändertem Umgang mit dem Fleck an der Decke zugegebenermaßen geistig Höherem zugewandt, nahm Umbre über deren tägliche Handreichungen hinaus nicht zur Kenntnis und wechselte kaum je ein Wort mit ihr. Umbres mütterliche Gefühle, die brachlagen, seit sie an jenem Morgen nach schreckensvoll verborgener Schwangerschaft und geheimer Geburt ihr Neugeborenes unter einem Strohsack erstickt hatte, um den Drohungen des anderweitig gebundenen Kindesvaters zu entgehen, waren schon bei der ersten Begegnung mit der kleinen Patroncita aufgeflammt. Sie hatte damals in der Hektik der Verzweiflung vergessen nachzusehen, wes Geschlechts das ohnehin todgeweihte Wesen, dem sie soeben das Leben geschenkt hatte, gewesen wäre. Seit sie auf Angel del Sur lebte, meinte sie immer häufiger, es könne ein Mädchen gewesen sein, das heute etwa in Conchitas Alter wäre: ebenso mager und ebenso freundlich, wenn auch nicht ebenso einsam wie die Kleine, die, umgeben von Männern und einer Mutter, die außer ihren Fußsohlen nichts für sie übrig hatte, heranwuchs wie die Distel auf dem Feld. Als sie Nando gebeten hatte, auf der Finca bleiben zu dürfen, war es nicht zuletzt auch deshalb gewesen, um die Patroncita nicht aus den Augen zu verlieren und ihr, die nicht nur keine taugliche Mutter, sondern auch weit und breit keine passende Acompañante besaß, vielleicht eines Tages nützlich sein zu können. An die Möglichkeit, zu ihrem Stamm zurückzukehren, dachte Umbre immer weniger. Ihre Haftstrafe war ein Makel, der auf die anderen abgefärbt hätte, und in den drei Jahren, die sie im Frauengefängnis von Avilia zugebracht hatte, hatte sie sich, wenn auch unfreiwillig und unter nicht gerade idealen Umständen, an so etwas wie eine seßhafte Lebensweise gewöhnt.

Nando, der die kleine Patroncita nach wie vor verehrte und nicht aufgehört hatte, mit der ihm verbliebenen Hand kleine Tiere aus Tonerde für sie zu formen – das Holzbrett über Conchitas Kommode war bis auf den letzten Platz mit ziegelfarbenen Hunden, Enten und Schweinen gefüllt –, war erfreut, in Umbre auf eine Verbündete gestoßen zu sein. Gemeinsam versuchten sie, Conchita in der sie teils überfordernden Aufgabe der Haushaltsführung zu unterstützen, und kamen dadurch in manches Gespräch, wobei Nando sich in seinem einmal gefaßten Entschluß, Umbre trotz der Gerüchte zu vertrauen, bestätigt sah. Als Conchita Umbre von der Erlaubnis ihres Vaters, die Fiesta zu besuchen, erzählte, konnte diese ihre Sorge nicht verbergen.

»Soll ich Sie nicht begleiten, Señorita?«

Conchita blieb vor Schreck fast das Herz stehen. »Mein Bruder Pepe el Moreno begleitet mich.«

»Señor Pepe ist ein Mann. Sie brauchen eine Acompañante, die Ihre Tugend bewacht.«

»Meiner Tugend wird nichts zustoßen.« Conchita wußte nicht recht, was das Wort bedeutete, nur daß es etwas war, das ein Mädchen zu hüten hatte, am besten, indem es Männern auswich. Conchita befolgte dies dahingehend, daß sie auf dem Markttag und bei Apothekengängen für Doña Aurelia vor jedem Mann, der ihr auf dem Gehsteig entgegenkam, auf die Straße trat, um ihn in sicherem Abstand passieren zu lassen. Umbre war nicht zufriedengestellt, mußte sich jedoch fügen. In den drei darauffolgenden Nächten hielt sie eine je vierstündige Marienwache ab und gelobte der Jungfrau, sieben weitere Nächte zu wachen, wenn sie die kleine Patroncita vor dem Schicksal bewahren würde, das ihr selbst widerfahren war. Ferner knüpfte sie eine Handvoll Kleie in ein Tuch und schob es in den Strohsack der Patroncita, etwa in der Mitte des Bettes, da, wo der Teufel gerne seine Hand auf die Seele eines

Mädchens legt. Sie fühlte sich danach besser, aber die innere Unruhe verließ sie nicht. Bei abnehmendem Mond hatte sie in dem ausgetrockneten Bachbett nahe der Brücke eine azurblaue Schlange gesehen, die sich um die Wurzel eines Trompetenbaumes geringelt hatte, und wie alle Zigeunerinnen im Lesen von Vorzeichen geübt, wußte Umbre, was das bedeutete.

Miguel Martinez, genannt El Húngaro, war nicht so jung, wie die Plakate, die von ihm kursierten, es glauben machen wollten. Seine große Zeit hatte er vor Ausbruch des Bürgerkrieges gehabt. Damals war er ein kometenhaft aufsteigender Stern gewesen, schön wie ein junger Kriegsgott, kaum der Pubertät entwachsen, jede Gefahr verachtend, elastisch wie eine Feder. Damen jeglichen Alters hatten sich in den Arenen zwischen Sevilla und Bilbao heiser geschrien, und El Húngaro hatte seine Zeit und seine Kräfte klug zwischen den beiden Talenten geteilt, die ihm ein gütiges Geschenk in den Schoß geworfen hatte: dem Dienst in der Arena und jenem am schönen Geschlecht. Die Kraft seiner Lenden war ebenso legendär wie die Stoßkraft seines Schwertes im Augenblick der Wahrheit, und als er eine jungfräuliche Fabrikantentochter aus Bilbao zur Frau nahm, geschah es unter der Bedingung, daß sie sich keiner seiner beiden Berufungen in den Weg stellen werde. Das Mädchen verstand nicht recht, wovon er redete, und war einverstanden. Ihr genügte es, Doña Martinez zu sein und ihm im Laufe der Ehe sieben Kinder zu schenken; eine Aufgabe, die sie so in Anspruch nahm, daß sie nach einiger Zeit auf die anfänglich heißbegehrte Ehre, bei El Húngaros Kämpfen in der Mittelloge zu sitzen, verzichtete.

Mit den Jahren hatte sich El Húngaros Kampfkraft, zumindest in der Arena, so weit gemäßigt, daß er auf einen bequemeren Kurs einschwenkte und nicht mehr jeden Stier, der sich am Horizont zeigte, bei den Hörnern packen mußte. Zwischendurch brachte er es sogar fertig, das Leben auf dem schwiegerelterlichen Besitz vor den Toren von Bilbao zu genießen. Die Kinder waren aus dem Gröbsten heraus, studierten oder waren verheiratet, Doña Martinez, die einstmals biegsame Orangenblüte, war zu einer bärtigen Matrone herangereift, und wenn es nicht darum gegangen wäre, die Gemeinde seiner Anhänger, deren Treue ihm hin und wieder noch ein amouröses Zwischenspiel bescherte, bei Laune zu halten, wer weiß, ob El Húngaro je wieder in eine Arena, zumal eine so unbedeutende wie die von San Eresmo, gestiegen wäre. Als er das Angebot erhielt, überschlug er kurz Vor- und Nachteile und kam zu dem Schluß, daß die Sache in Erwägung zu ziehen sei. Eine Fiesta garantierte allemal guten Verkauf, und ein paar Tage fern vom Ehebett würden ihm guttun. Außerdem war er einiger unbedeutender Eskapaden wegen schwach bei Kasse und hatte keine Lust, dem ihm angetrauten Kontrollorgan im Zuge einer Vorsprache Rede zu stehen. Als er seine schwarzen Kniehosen, das weiße Seidenhemd sowie Capa und Muleta in seine Reisetasche aus Ziegenleder, das Geschenk einer Bürgermeistersfrau aus Cataluña, packte, pfiff er vergnügt vor sich hin. San Eresmo war ihm in guter Erinnerung. Das Publikum war sachkundig, und die Mädchen waren dort nicht so unschuldig, die Frauen nicht so treu, wie deren Väter und Männer es gerne glauben wollten. Schließlich würde er dort eine Zucht von Kampfstieren vorfinden, die sich zwar zu Beginn besonders zornig und angriffslustig zeigten, jedoch, wenn man die gefährlichen ersten Minuten hinter sich gebracht hatte, Gelegenheit zu allerlei attraktiven Aktionen boten und im Augenblick der Wahrheit leicht zu töten waren. Er lächelte, ohne es zu merken, griff nach der Flasche Lavendel-Haaröl extrastark und rollte sie zusammen mit dem Bild der Gnadenreichen Mutter von Vitoria in die lilafarbene Schärpe. Als er den Reißverschluß der Ziegenledertasche zuzog, pfiff er noch immer leise vor sich hin. Er hatte begonnen, sich auf San Eresmo zu freuen, und niemand war da, der ihm gesagt hätte, daß er den Ort diesmal um aller Heiligen willen meiden sollte.

Pepe el Moreno hatte die Eintrittskarte für Sektor C, Sonnenseite, Reihe 14, Sitz 8, schon in der Hand, als er noch einmal, wenn auch eher rhetorisch, Bedenken äußerte, Conchita während des Stierkampfes, der gut und gerne zwei Stunden dauern würde, sich selbst zu überlassen. Conchita wies darauf hin, daß sie einen Wollfaden, aus dem sich Figuren schlingen ließen, und für alle Fälle ihren Rosenkranz dabei habe und den Umkreis der Arena nicht verlassen werde, was auch tatsächlich nicht ihre Absicht war. Pepe ließ sich unschwer beruhigen, bezeichnete ihr die Stelle, an der man sich nach der Corrida treffen werde – einen Hydranten auf der gegenüberliegenden Straßenseite –, und schloß sich dann einer Gruppe dandyhaft gekleideter Señioritos an, die ihn schon an der Kasse mit kernigen Floskeln ins Gespräch gezogen hatten. Auf Sektor C, Reihe 14, Sitz 8 angelangt, ließ er sich auf die Holzbank fallen und genoß die Sonne, das auf und ab wogende Geräusch der Stimmen, die aus dem vollbesetzten Zuschauerraum zu ihm emporbrandeten, und das Gefühl, nach dem Horror des Militärdienstes und der Plackerei auf der Finca einmal, wenn auch nur für Stunden, den Platz einzunehmen, der ihm zustand.

Für El Húngaro waren drei Stiere vorgesehen. Den ersten, ein etwa dreitausendpfündiges Kleinhorn, erledigte er in weniger als zwanzig Minuten. Der zweite war ein widerspenstiger pechschwarzer Teufel, der ihm überraschenderweise in der zweiten Hälfte des Duells ziemlich zu schaffen machte. Er war flink und hinterlistig, arbeitete mit unvorhergesehenen Tricks und zwang ihn einmal sogar, sich hinter die Barrera zurückzuziehen, was für einen Torero seines Rufes ein ärgerlicher Zwischenfall war. Miguel Martinez war nie ein kühl kalkulierender Kämpfer gewesen. Er hatte immer aus der Intuition oder wie es mancherorts hieß, aus den Lenden agiert und auch in reiferen Jahren die vor allem die Damen beeindruckende Spontaneität des gefahrverachtenden Draufgängers an den Tag gelegt. Er war nie in der vordersten Reihe der Helden der Arena gestanden, aber immer gut placiert in der zweiten. Sein Stil war nicht so elegant wie der Dominguins oder El Vitis, aber er hatte sich zwei oder drei Bewegungen zugelegt, die er unnachahmlich beherrschte. Eine davon war das scheinbar lässig rechtwinklig gesenkte Handgelenk, mit dem er im Augenblick der Wahrheit den Degen zum Todesstoß hob. Er hatte die Bewegung einmal aus Zufall so ausgeführt und an der Reaktion im Publikum deren offensichtliche Attraktivität erkannt. Von nun an baute er sie in jeder Corrida mindestens einmal ein, wodurch sie in kürzester Zeit zu einer Art Markenzeichen für ihn wurde. Den Beinamen ›El Húngaro‹ verdankte er der Begegnung mit einer Dame, in die er sich im zarten Alter von sechs Jahren unsterblich verliebt hatte. Es war während eines Badeurlaubs in Aisa gewesen. Unter den Gästen befand sich eine rothaarige Emigrantin aus Budapest, die ihn durch ihre Schönheit und ihr sprühendes Temperament in helles Entzücken versetzt hatte. Sein Vater, selbst nicht unbeeindruckt, erklärte ihm, Ungarinnen seien für ihren Esprit und ihr Temperament weltbekannt. Und als es galt, sich einen Künstlernamen beizulegen, zögerte Miguel keinen Augenblick, sich in Erinnerung an den Schwarm seiner frühen Jahre ›El Húngaro‹, den Ungarn, zu nennen.

Als er die Hand zum Degenstreich hob, vergaß er sie anzuwinkeln. Auf das erwartungsvolle »Olé«, das vielstimmig, wie aus einem einzigen Atem gefügt, von den Rängen zu ihm herunterscholl, folgten ein paar vereinzelte Pfiffe. Miguel fühlte, wie der Schweiß ihm in die Augen rann. Er versuchte, das Gelenk nachträglich abzubiegen, aber das Publikum, einmal enttäuscht, ging nicht mehr mit. Als er zustieß, hatte er das Empfinden, den Widerstand der zähen Tiersehnen bis in sein eigenes Mark hinein zu spüren. Dennoch saß der Stoß korrekt im Nacken, und der schwarze Bastard ging in die Knie. Miguel wartete vorsichtig ein paar Sekunden, ehe er sich umwandte, um den Beifall entgegenzunehmen: Es war schon vorgekommen, daß der Bulle den ersten Stoß überlebt und sich noch einmal erhoben hatte. Aber der Bastard war tot, und ein paar Rosengebinde aus den ersten Reihen flogen vor Miguels Füße. Bis zum dritten Stier hatte er eine Pause von etwa einer halben Stunde. Er sah zu, daß er in den Schatten kam, und wickelte sich im Schutz des Tribünendurchgangs die Schärpe ab. Auf seinem Garderobentisch stand ein Glas mit gekühltem Manzanilla, aber er hütete sich, einen Schluck zu tun. Der dritte Stier war immer der schwerste, und die vergessene Handbewegung im Augenblick der Wahrheit war ihm eine Warnung gewesen.

Zwei der Dandys in der vierzehnten Reihe hatten miteinander Streit bekommen. Es ging um eine Bemerkung, die einer der beiden über die Sonnenbrille des anderen gemacht hatte. Der mit der Sonnenbrille begann laut und unflätig über den ersten, der einen weißen, breitkrempigen Strohhut trug, zu schimpfen, und seine Begleiter konnten ihn nur mit Mühe hindern, sich auf ihn zu stürzen. Unglücklicherweise saß der eine rechts und der andere links von Pepe el Moreno, und als ein Polizist mit einem Schlagstock die Treppe hochrannte und *»Basta, Señores, ahora basta!«* schrie, befand er sich inmitten eines Knäuels schreiender, um sich schlagender Sitznachbarn. Der Polizist trennte die Streithähne mit seinem Schlagstock und fischte Pepe, der in der zerrissenen Samtweste seines Bruders auf dem Boden saß, ans Licht.

»Wer bist du?«

»Pepe Riéra«, sagte Pepe, die Weste über der Brust zuhaltend, und fügte der Vollständigkeit halber hinzu: »Pepe el Moreno.«

Der Polizist maß den rotblonden Haarschopf mit einem Blick. »Willst du mich hochnehmen?«

»Nein, wieso?« fragte Pepe.

Der Polizist angelte mit dem Schlagstock nach seinem Arm. »Komm ein bißchen näher. Und rück deine Papiere heraus.«

»Aber wieso? Ich habe nichts getan.«

»Das wird sich zeigen, du Witzbold«, sagte der Polizist und zückte Block und Bleistift. »Also, noch einmal von vorn. Und antworte gefälligst anständig, sonst ist die Fiesta für dich zu Ende.«

El Húngaro hatte in der Marienkapelle, die am Hinterausgang der Arena lag, Kühlung gesucht und auch gefunden. Das war besser, als in der Garderobe zu hocken. Der unter den Durchgängen liegende steingemauerte Raum mit den flackernden Kerzen war dunkel, was der Konzentration förderlich war. Außerdem geriet er nicht in Versuchung, doch einen Schluck von dem eisgekühlten Wein zu nehmen. Vor dem dritten Stier kniete er am Altar der Madonna nieder und schlug ein Kreuz.

Sein Gebet war kurz. Dann schlang er im Vorraum der Kapelle die Schärpe um seine Körpermitte, ehe er hinaus in die Sonne trat. Der Degenträger reichte ihm Degen und Muleta. Die Picadores waren schon an der Arbeit, die Zuschauer nach den vorangegangenen Kämpfen aufgewärmt und erwartungsvoll. Miguel fühlte, wie der Beifall ihn in die Arena trug. Sein Gegner war ein mittelgroßer, rötlich schimmernder Bulle mit gebogenen Hörnern, und als Miguel ihm gegenüberstand, merkte er, daß er eine sonderbare Kopfhaltung hatte, etwas nach der einen Seite geneigt, wie ein Clown. Miguel versuchte ein paar Veronicas, die Figur, bei der man die Capa vor dem Stier dreht, und beobachtete dabei dessen Kopfhaltung, aber sie änderte sich nicht, so daß das eine Horn immer etwas höher stand als das andere. Auch schien in der Haltung des Bullen eine Herausforderung zu liegen. Er schien zu sagen: Hombre, was soll mit uns beiden werden? Und als Miguel mit durchgestreckten Beinen die vierte Veronica ausgeführt hatte, mußte er die Hand von der Hüfte lösen, um sich den Schweiß aus den Augen zu wischen. Anschließend arbeitete er etwa zehn Minuten ohne Zwischenfall. Die Picadores waren nahezu überflüssig, und das Publikum ging mit wie in seinen besten Zeiten. Er hatte acht oder neun »Olé« gezählt, als der Bulle sich von ihm löste und, die wippenden Banderillas im Nacken, einen Halbkreis zog. Miguel ließ ihn nicht aus den Augen, und als er mit schiefgelegtem Kopf auf ihn zugaloppiert kam, fing er ihn mit der Muleta ab. Der Stier schnaubte ärgerlich und galoppierte noch eine Runde, die ebenso endete wie die erste. Miguel beschloß, die Sache zu beenden, ehe er noch einmal gezwungen war, sich über die Augen zu wischen, und griff nach dem Degen. Der Bastard hatte sich anscheinend ein besonderes Spiel für ihn ausgedacht, also würde er ihn beim nächsten Herangaloppieren nicht mit der Muleta, sondern mit dem Degen empfangen. Dafür würde er auf die Geste mit der abgewinkelten Hand verzichten müssen, aber was er statt dessen bieten würde, war mindestens so spektakulär. Er hatte schon mehrere Stiere auf diese Weise getötet. Die Stelle zwischen den Schultern fand er mit nachtwandlerischer Sicherheit, und der Beifall war ihm gewiß. Der rote Teufel würde ihm noch einmal zu einem Höhepunkt seiner Karriere verhelfen. Der Degenträger nahm ihm die Muleta ab. Miguel benutzte die kurze Pause zu einer Art innerer Sammlung. Dann wandte er sich dem Stier zu, der sich im gleichen Moment in Bewegung setzte. Miguel hob den Degen zum Augenblick der Wahrheit, diesmal in der gestreckten Hand, um besser zustoßen zu können. Es war mehr eine Sache der Konzentration als der Kraft. Er hatte die Stelle oberhalb des Schulterblattes schon im Visier, da geschah etwas Unerwartetes. Der Clown bremste in seinem Anlauf und kam dicht vor Miguel zum Stehen. Der Sand sprühte von seinen Hufen auf, und er betrachtete Miguel, die Bandarillas im Nacken, mit schiefgelegtem Kopf.

Miguel, stoßbereit, blieb in der Bewegung stecken. Wie ein Monument stand er mit aufgehobenem Arm, den Degen in der Hand. Das merkwürdige Gefühl überkam ihn wieder, das er vorhin gehabt hatte, als ihm die vergessene Handbewegung eingefallen war. Vielleicht war es Zeit aufzuhören. Das Salz brannte in seinen Augen und ließ den sonderbar schiefgelegten Clownskopf vor seinem Blick flimmern. Auch der Stier hatte sich nicht bewegt. Sekundenlang schienen die beiden zu einem lebenden Bild erstarrt. Dann hob der Stier langsam, fast zögernd den Kopf und stieß Miguel das höherstehende Horn in den Hals. Ein Schrei aus Hunderten von Kehlen flog auf. Es hatte entfernte Ähnlichkeit mit einem »Olé«. Miguel war vornüber in die Knie gesunken und stützte sich mit dem Degen in den Sand. Zwei Träger zerrten die Bahre aus dem Torbogen und stürzten in die Arena. El Húngaro wurde vorsichtig hochgehoben und daraufgelegt. Im Publikum war es totenstill geworden. Die Träger stolperten mit der Bahre im Laufschritt durch den Sand, dem Ausgang zu, wo ein alter Ordner mit Armbinde stand.

»Wohin mit ihm?«

»In die Kapelle«, sagte Miguel halblaut. Es klang gurgelnd, als stecke seine Kehle voll Flüssigkeit. Der Ordner trat näher an ihn heran.

»Was sagt er?«

»In die Kapelle.«

»Er blutet ja gar nicht«, sagte eine Frauenstimme.

Ein Mann in Hemdsärmeln beugte sich über ihn. »Schmerzen, Hombre?«

Miguel schüttelte den Kopf.

»Anscheinend nichts Ernstes. Tut ihm den Gefallen.« Die Bahre setzte sich schaukelnd in Bewegung und tauchte in dunkle Kühle.

Im Vorraum der Marienkapelle wurde Miguel abgestellt. Von draußen klang gedämpft der Beifall herein, der den nächsten Matador begrüßte.

»Ihr könnt mich allein lassen.«

»Wenn es vorbei ist, kommen wir Sie holen, Señor. Sollen wir inzwischen jemanden verständigen? Ihre Frau vielleicht?«

»Das würde nichts bringen«, sagte Miguel Martinez, genannt El Húngaro, halblaut mit geschlossenen Augen.

Conchita hatte, an den Hydranten gelehnt auf dem Gehsteig sitzend, eine Stunde lang aus ihrem Wollfaden verschiedene Figuren geschlungen, Tiere, ein Fischnetz, einen Schilfbesen, eine Königskrone und allerlei Phantasiegebilde. Als es ihr langweilig geworden war, hatte sie zuerst einen Rosenkranz gebetet und war dann aufgestanden und ein wenig auf dem Gehsteig auf und ab gegangen. Schließlich hatte sie die Straße überquert und war mit der Hand die Mauer entlangstreifend, dem Rund der Arena gefolgt, das sie am Ende wieder an den Ausgangspunkt zurückbringen würde. Wenn ihr jemand in den Weg kam, wartete sie, bis er ausgewichen war, um den Kontakt mit dem Bauwerk nicht zu verlieren. Die Olé-Rufe fielen in Abständen über den hohen Rand. Es war, als koche der Kessel der Arena davon über. Einmal schien es Conchita, als habe sie einen Aufschrei gehört. Sie stockte im Schritt, ohne die Hand zu lösen, aber gleich darauf war es wieder still. Als sie etwa ein Drittel des Weges hinter sich hatte – der Hydrant war infolge der Biegung nicht mehr zu sehen –, mußte sie ein paar Schritte lang ohne Mauer auskommen, weil diese durch einen schmalen Eingang unterbrochen war. Sie war fast vorbei, als ihr einfiel, dies könne ein geheimer Zugang zur Arena sein. Der Platz war menschenleer, nur Hunderte von parkenden Autos brieten in der Sonne. Conchita schlüpfte, ohne sich noch einmal umzusehen, durch den steinernen Bogen und stand in einem Gang, an dessen linker Seite sich eine zweite Tür befand. Sie war kleiner, mit Holz verkleidet und, wie es schien, verschlossen. Conchita drückte probeweise die Klinke nieder. Sie ließ sich bewegen, und Conchita trat ein.

Drinnen war es still und kühl. Ein leichter Duft von Wachs schlug ihr entgegen. Es war so dunkel, daß sie nichts ausnehmen konnte. Nach einigen Sekunden merkte sie, daß sie auf quadratisch gemustertem Steinboden stand, und nahm das Gewölbe über sich wahr. Dies mußte der Vorraum zu einer Kapelle oder Kirche sein. Nach ein paar weiteren Sekunden sah sie die Bahre, die parallel zur Rückseite des Altars stand. Sie schrie leise auf, als sie erkannte, daß jemand darauf lag. Dann, bei zögerndem Nähertreten, erkannte sie das Gesicht des Mannes, der sich bei ihrem Eintritt ihr zugewandt hatte.

Miguel Martinez, genannt El Húngaro, wußte nicht, daß er sterben würde. Die Wunde am Hals blutete kaum, die Ränder hatten sich geschlossen, und der wohl etwas sorglose Arzt in Hemdsärmeln, der sich über ihn gebeugt hatte, hatte nicht erkannt, daß ein paar kleinere Gefäße zerstört waren, aus denen er allmählich nach innen verblutete. Es war ein nahezu angenehmer Zustand, der einem leichten und schmerzlosen Schweben glich und nur zu Anfang ein wenig durch die ärgerliche Verwunderung darüber geschmälert wurde, daß es ihm nicht gelungen war, den Clown in der Arena zu erlegen. Als sich die Tür öffnete und das Mädchen eintrat, hatten Miguels Gedanken die Corrida verlassen und wandten sich näherliegenden Dingen zu. Die Kleine war grazil und gut gewachsen, und die Augen in dem kindlichen Gesicht, die sich bei seinem Anblick zuerst geweitet hatten, waren jetzt sanft und leuchtend auf ihn gerichtet. Miguel kannte den Ausdruck. Er hatte ihn noch jedes Mal beflügelt – und tat dies auch heute, das erkannte er an dem sanften Pochen in seinem Blut, das unaufhaltsam auf seine Körpermitte zulief. Die leichte Euphorie, die ihn trug, verdichtete sich zu einem warmen, sich allmählich steigernden Vibrato, das ihn für Sekunden zwang, den Atem anzuhalten. Er fühlte den Impulsen seines Körpers nach und meinte, sie noch nie so stark, so vollkommen empfunden zu haben. Das Mädchen stand neben ihm, und an ihren Schultern erkannte er, daß der Schauer auf sie übergesprungen war. Er hätte gern die Hand gehoben, um sie zu berühren, aber er brachte die Kraft nicht auf. Jeder Funke Lebens, der in ihm war, pulste in eine Richtung. Alles, was er tun konnte, war, sie mit seinem Blick festzuhalten.

»Wie heißt du?« Es klang etwas kehlig.

»Conchita.«

»Ich bin Miguel.«

Conchita lächelte. Sie wußte seit langem, daß er der Erzengel war.

Sie kreuzte die Arme vor der Brust, um ihr Zittern zu verbergen.

»Komm näher. Ich kann mich nicht aufsetzen.«

»Das ist nicht nötig, Señor.«

Conchita erschrak vor ihrer eigenen Stimme. Aber Miguel schien zu freuen, was sie gesagt hatte.

»Ich brauche etwas. Jetzt gleich. Ganz dringend. Verstehst du mich?«

Conchita überlegte. Sie war näher an die Bahre herangetreten.

»Soll ich Ihnen die Füße kratzen, Señor?«

Es war das Beste, das sie anzubieten hatte. Der Señor schüttelte den Kopf.

»Etwas anderes. Zieh den Reißverschluß auf.«

Conchitas Blick glitt über die ausgestreckte Gestalt. An der gesamten Kleidung befand sich nur ein einziger Reißverschluß. Sie beugte sich über die Bahre.

»Soll ich die Schärpe abwickeln, Señor?«

»Nicht nötig. Zieh einfach an.«

Conchita mußte, um seine Anweisung befolgen zu können, die Wölbung, die unterhalb des Reißverschlusses hervortrat, etwas niederdrücken. Sie versuchte es kurz, zögerte dann.

»Ich werde Ihnen weh tun, Señor.«

Miguel lachte leise auf. »Im Gegenteil.«

Conchita gehorchte. Der Mann stöhnte unter ihren Händen auf. Sie hielt erschrocken inne.

»Mach weiter.«

Etwas stieg ihr entgegen, wölbte sich in ihre erstaunt aufzukkenden Finger. Sie wollte sich lösen, zurücktreten.

»Bleib.«

Es klang nicht wie ein Befehl. Eher wie ein Bitte.

»Heb deinen Rock hoch.«

Sie gehorchte. Das Ding, das sie losgelassen hatte, stieg fremd und sonderbar aus den Kleidern des Señors. Conchita starrte darauf nieder.

»Steig über mich, ein Bein rechts, das andere links.«

Es klang jetzt, als ob der Señor es eilig hätte, kehlig, abgerissen. Seine Stirn war feucht. Conchita versuchte sich zu beeilen.

»So, Señor?«

»Genau so.«

Ein scharfer Schmerz durchzuckte sie. Sie suchte etwas ratlos den Blick des Señors, aber der hatte die Augen geschlossen. Als er sich bewegte, dachte sie, sie solle wieder aufstehen, aber Miguel hatte nun doch die Kraft gefunden, seine Hände zu heben, und hielt sie fest.

Es war nicht Conchitas Schuld. Seit dem zwei Jahre zurückliegenden Gespräch mit ihrer Mutter, die kichernden Schulmädchen betreffend, hatte sie über das Thema nichts mehr gehört. Im Katechismus fanden sich nur einige unverständliche Verbote, und niemand in ihrer Umgebung hatte es für nötig gehalten, ein Landkind, das Dutzende Male zugesehen hatte, wie die Kuh zum Stier geführt wurde, über die biologischen Zusammenhänge aufzuklären. Sie wußte nur, daß es Sünde war, ein Kind zu bekommen, wenn man nicht verheiratet war, und brachte das Gerangel zwischen Stier und Kuh in keinerlei Zusammenhang mit den kleinen Kälbern, die auf Angel del Sur von Zeit zu Zeit geboren wurden.

Miguel fühlte, wie die kleine knochige Gestalt unter seinen

Händen von Schauern des Erstaunens geschüttelt wurde. Etwas wie Zärtlichkeit stieg in ihm auf. Er dachte, daß er gerne mehr Zeit für sie gehabt hätte, aber ebenso wußte er, daß ihm nicht mehr viel Zeit blieb. Der Druck in seiner Kehle hatte sich verstärkt, das Atmen wurde schwer. Es gurgelte und rauschte, und während er, von der anhaltenden Euphorie getragen, an den Ufern seines Bewußtseins stand, fühlte er, wie die Ekstase seines Lebens auf ihn zuströmte. Er versammelte alle seine Sinne, um dem Augenblick der Wahrheit zu begegnen, wie er es Hunderte Male vorher getan hatte: bewußt und kraftvoll und im Dienste dessen, der ihn behütet hatte bis zu diesem Tag. Das letzte Bild, das ihm vor Augen trat, war das des lachenden Clownskopfes aus der Arena, und Miguel mußte mitlachen und rief ihm ein Wort der Anerkennung zu. Dann überrollte ihn die Ekstase und füllte den Raum zwischen ihm und Gott, der ihn erwartete, und alles, was er empfand, war Dankbarkeit, als er sein Leben zugleich mit dem letzten Degenstoß in der spröden Wärme des kleines Mädchens barg.

Conchita wartete noch ein paar Sekunden, nachdem der Señor aufgeseufzt und den Blick auf sie gerichtet hatte, aber er sprach nicht mehr und bewegte sich nicht mehr. Sie dachte, daß es nun genug sei, und richtete sich auf. Als er noch immer nichts sagte und sie nur starr ansah, zog sie sich zurück und streifte den Rock über ihre Knie. Seit sie den Raum betreten hatte, mochte einige Zeit vergangen sein. Vielleicht war die Corrida bald zu Ende. Da sie nun nicht mehr am Tor auf ihren Erzengel zu warten brauchte, war es besser, wenn sie ihren Platz beim Hydranten einnahm. Pepe el Moreno wurde leicht ungeduldig, und sie hatte nicht vor, ihn sich zum Feind zu machen. Sie streifte den Erzengel, der reglos dalag, mit einem Blick, ruhig und aufmerksam, als wolle sie sein Bild für immer festhalten. Vielleicht sah sie ihn nie wieder, dann mußte dies für den Rest ihres Lebens reichen. Daß er nicht mehr mit ihr sprach, war in Ordnung. Er war zu ihr herabgestiegen und hatte sich ihr offenbart in all seinen schwer verständlichen Worten und Taten. Sie kniete auf dem Steinboden nieder und schlug ein Kreuz, ehe sie sich umwandte und die Klinke niederdrückte. Dann schlüpfte sie durch den schmalen Gang und stand wenige Sekunden später draußen auf dem sonnendurchglühten Platz.

»Wo warst du?« fragte Pepe el Moreno. Der letzte Kampf war kurz gewesen, und ihr Bruder war ein paar Minuten vor Conchita beim Hydranten angekommen.

»In der Kapelle.«

Es war keine Lüge. Außerdem gab es immer mehr als eine Wahrheit. Conchita hütete sich, ein weiteres Wort zu verlieren.

»Wie war es?«

»Einigermaßen«, sagte Pepe. »Vom großen El Húngaro habe ich mir mehr erwartet.«

Er winkte den Burschen zu, deren Bekanntschaft er bei der Corrida gemacht hatte und die zu acht in einem ratternden Jeep den Gehsteig entlangfuhren. Als sie vorbei waren, legte er seiner Schwester gönnerhaft den Arm um die Schulter.

»Jetzt gehen wir mit dem Rest des Geldes zum Schießstand«, erklärte er, »und kaufen uns dann im Jardín eine Limonade. Das hier ist eine Fiesta. Da solltest du auch etwas erleben.«

3

Für Umbre genügte nach der Rückkehr der Patroncita aus San Eresmo ein Blick, um festzustellen, daß sich zumindest eine ihrer schlimmen Befürchtungen erfüllt hatte: Der helle Schleier, der über den Pupillen des Mädchens lag, der ungewohnt eckige Gang, der auf die frische Wunde in ihrem Körper schließen ließ, sagten ihr, daß ihrem Liebling Unheil widerfahren war, und mit der zähen Sucht nach Selbstbezichtigung, die ihr seit jener Verzweiflungstat innewohnte, gab sie sich die Schuld daran. Sie hätte unbedingt den Plan, der ihr vorgeschwebt hatte, in die Tat umsetzen, von der anderen Seite des Bahnsteigs in den Zug steigen und der kleinen Patroncita in geringem Abstand überallhin folgen sollen. Die Städte, auch wenn sie nicht größer waren als das Provinznest San Eresmo, waren voll reißender Wölfe in Hosenbeinen, und es bedurfte der Schlauheit einer Katze, auch nur eine von ihnen zu durchqueren, ohne Schaden zu erleiden.

Umbre hielt eine sechsstündige Nachtwache, um Schlimmeres von der Patroncita abzuhalten. Sie goß den Sud von gekochten Kastanien in Conchitas Badewasser und wusch sich selbst zweimal täglich die Hände mit Knochenseife und ölte sie mit Murmelfett ein. Beides war der keimenden Leibesfrucht abträglich, und sie hatte die Möglichkeit, den Bauch der Patroncita zu berühren, wenn sie ihr beim An- und Auskleiden behilflich war. Als weder ihre Gebete noch das Murmelfett geholfen hatten und die Kleine nach Ablauf der sorgfältig gezählten Tage nicht nach den von Umbre eigenhändig gedrehten Watterollen verlangte, verbrachte Umbre eine Nacht unter freiem Himmel, um den Nachtgeistern Gelegenheit zu geben, sie mittels eines Traumes mit einem guten Einfall zu segnen. Die Geister schwiegen, aber Umbre, die vor Kälte nicht schlafen konnte, stolperte im Morgengrauen über eine Art Schraubenschlüssel, den Pepe el Rubio benutzte, um die Metallteile der klapprigen Lambretta nachzuziehen, die ihm einer der Gelegenheitsarbeiter, der im Anschluß an die Olivenernte einem Starrkrampf erlegen war, hinterlassen hatte. Umbre, unversehens auf das im Sand liegende Instrument gestoßen, begriff, daß sie sich in der vorliegenden Angelegenheit weniger auf die Nachtgeister als auf sich selbst verlassen mußte. Sie hob das verkrustete Gebilde auf, klopfte es von Sand frei und beschloß, es für vierundzwanzig Stunden in Seifenlauge zu legen, um etwaigen Rostflecken auf die Spur zu kommen. Diese konnten dann mit Harz überstrichen und in der Asche des Herdfeuers ausgebrannt werden, ehe man ans Werk ging. Die kleine Patroncita durfte von alldem nichts erfahren. Sie war sich, wie Umbre zu Recht vermutete, ihres Zustands nicht bewußt, und die Prozedur würde leichter und müheloser ablaufen, wenn man es dabei beließ.

Umbre begann unter Hinweis auf die außergewöhnliche

Hitze dieses Sommers einen Teil der in den Küchenregalen aufgeschichteten Marmeladentöpfe in den Keller zu verbringen, was ihr Gelegenheit gab, den Weg zu den unteren Gewölben des Hauses mehrmals täglich zurückzulegen. In einer Ecke, von einer Ziegelmauer sorgfältig abgeschirmt, hatten die Brüder Pepe und Pepe eine Schnapsbrennerei errichtet, was ihnen die Zustimmung ihres Vaters und Juniperos und, nach anfangs anstandshalber vorgebrachten Einwänden, auch die Aurelias eingebracht hatte. Umbre sammelte reife Feigen in Tonschalen und stapelte diese gut sichtbar an der Ziegelmauer. Als Pepe el Moreno fragte, was sie damit vorhabe, sagte sie, ein Vogelkopfgeist habe ihr im Traum befohlen, die Feigen zu einem guten Zweck zu sammeln, ohne nähere Angaben zu machen. Pepe el Moreno, den Hinweis des Vogelkopfs nach seinem Verständnis auslegend, fuhr am darauffolgenden Samstag auf Pepe el Rubios Lambretta, deren Karosserieteile beängstigend klapperten, da der Schlüssel zum Nachziehen der Schrauben auf unerklärliche Weise verschwunden war, in den nahe gelegenen Marktflecken Fuego Fuego und besorgte eine Dreiliterflasche hundertprozentigen Alkohols, die er sich, auf eine Holztrage montiert, auf den Rücken schnallen ließ, ehe er auf der nahe dem Zerfall dahinratternden Lambretta den Heimweg antrat.

Umbre, häufig nach ihren Marmeladentöpfen sehend, vermerkte mit Freuden, daß Pepe und Pepe sich ans Werk machten. Das zylinderförmige Kanonenöfchen war hinter der Ziegelmauer aufgestellt und das gebogene Rohr an seinem unteren Rand befestigt worden. Die Zinntasse zum Auffangen der kostbaren Flüssigkeit war ihr zur Reinigung übergeben worden, und Pepe und Pepe zeigten sich, wenn sie zu den Mahlzeiten das Haus betraten, aufgeräumt und zu Scherzen bereit. Als es nach einigen Tagen auch während der Nacht in der Küche, durch die alle Kaminabzüge liefen, heiß und dunstig blieb und ein würziger Duft vom Keller heraufstieg und das Haus durchzog, war Umbre auf der Hut.

Sie wußte aus ihrer Kindheit, daß die ersten Tropfen, die aus dem gebogenen Rohr auf den Zinnteller fielen, Eigenschaften besaßen, die den darauffolgenden fehlten. Was nachkam, war gewöhnlicher Schnaps. Der ›Vorlauf‹ aber, wie es Umbres Eltern, die in ihrem Zigeunerwagen eine perfekte Destillieranlage mitgeführt hatten, nannten, besaß magische Kräfte. Man konnte damit die Schweine eines Bauernhofes, an dessen Feldgrenze man das Lager aufgeschlagen hatte, zum Umfallen bringen, indem man ihnen die Flüssigkeit unbemerkt in den Futtertrog goß, und brauchte die Tiere nach Einbruch der Dunkelheit nur abzuholen und in den Wagen zu verfrachten. Später wachten sie wieder auf und ließen sich, in angemessener Entfernung vom Herkunftsort und der Eile wegen zu etwas vermindertem Preis, an den Mann bringen. Umbres Mutter hatte seinerzeit ihr soeben geborenes achtes Kind mit wenigen Tropfen der Flüssigkeit zum Schweigen gebracht, so daß sie es an der ausgetretenen Feuerstelle nahe dem Dorf zurücklassen konnte, ohne daß es ihr durch verräterisches Schreien die Polizei auf den Hals gehetzt hätte und auch ohne daß sie Hand an das kleine Wesen legen mußte, wie Umbre es zu ihrem immerwährenden Kummer zu tun gezwungen gewesen war.

Pepe und Pepe begaben sich meist unmittelbar nach der Abendmahlzeit ins Untergeschoß, und Umbres Plan war denkbar einfach: Es mußte ihr nur gelingen, die beiden kurz nach Beginn ihrer Tätigkeit abzulenken, so daß sie den Keller verließen und sie sich in den Besitz des frisch gewonnenen Saftes bringen konnte. Wenn sie dies ein- oder zweimal wiederholte, hätte sie so viel beisammen, daß die kleine Patroncita die Prozedur, die man ihr nicht ersparen konnte, ohne Schmerzen überstehen würde. Sobald sie wieder bei Bewußtsein war, wie es bei den Schweinen und mit Gottes Hilfe wohl auch bei dem ausgesetzten Säugling der Fall gewesen war, würde sie der Erklärung, sie sei im Bachbett, das Umbre als Ort ihres Vorhabens ausersehen hatte, eingeschlafen und habe vom Vogelkopf geträumt, Glauben schenken.

Umbre nahm eine der kleineren Ratten, wie sie sich allnächtlich in den im Küchenbereich aufgestellten Käfigen fingen, an sich, wickelte das tote Tier in Pergamentpapier und legte es unter ihren Strohsack. Als Pepe und Pepe nach dem Abendessen im Keller verschwunden waren, wartete sie, bis die Rohre, die, vom Keller kommend, durch die Küche liefen, zu knacken anfingen und das Blech warm geworden war. Dann holte sie das kleine Päckchen unter ihrem Strohsack hervor, wickelte die Ratte aus, öffnete die Eisentür, die oberhalb des Herdes am Abzugsrohr angebracht war, um dessen Reinigung zu erleichtern, und warf das Tier hinein.

Es dauerte nur wenige Minuten, bis stinkender Qualm aus allen Ritzen des Rohres drang. Gleich darauf waren vom Untergeschoß her kernige Flüche zu hören. Die Brüder flüchteten hustend und spuckend vor dem bestialischen Gestank aus dem Kellerraum nach oben und stoben, immer drei Stufen nehmend und alle Türen offenlassend, ins Freie. Umbre, ein mit Pfefferminzsäure getränktes Tuch vor Mund und Nase gepreßt, lief die Treppe hinunter, tauschte rasch den vollen Zinnteller gegen einen leeren aus, lief zurück und goß, wieder in der Küche angekommen, die Flüssigkeit durch einen bereitgelegten Trichter in eine der kleinen blauen Glasflaschen, in denen im Hause das Olivenöl aufbewahrt wurde. Sie verschloß die Flasche und band den Korken mit einer Hanfschnur fest, die sie mehrmals um den Flaschenhals wand. Dann verstaute sie das Ding in der Seitenritze zwischen Herd und Strohsack und eilte ins Freie, um sich bei Pepe und Pepe, die immer noch würgend und hustend auf dem Vorplatz umhertaumelten, wegen des Gestanks zu beschweren.

Vier Tage später wiederholte Umbre den Vorgang, diesmal mit einem toten Vogel, den die Katze gefangen und vor der Küchentür abgelegt hatte. Die Federn stanken und rußten noch mehr als das Fell der Ratte, und es dauerte die halbe Nacht, bis das Kaminrohr ausgeputzt und wieder zum Gebrauch bereit war. Das blaue Fläschchen war nur zur Hälfte gefüllt, aber Umbre, die es nicht wagte, noch ein drittes Tier in den Abzug zu befördern, erachtete die Menge für ihren Plan als ausreichend. Sie versah die Schwelle von Conchitas Zimmer mit einem Pentagramm aus Ziegenkot, bei dem sie vorsichtshalber die fünfte, dem Zimmer zugewandte Spitze offenließ, und wartete den Morgen nach dem nächsten Neumond ab. Da Conchita nicht ahnte, was ihr bevorstand, konnte Umbre keine der vorbereitenden Übungen mit ihr machen, die in solchem Falle geboten waren. So mußte sie die Nachtwachen, das Spinnwebsammeln und das verkehrte Hersagen des Rosenkranzes allein absolvieren, letzteres jeweils zweimal, da sie es nicht nur für sich, sondern auch für die Patroncita tun mußte. Bei Anbruch des Neumonds war Umbre völlig erschöpft und hätte, wenn es sich um etwas weniger Wichtiges gehandelt hätte, ihr Vorhaben aufgegeben oder verschoben. Da die Zeit aber drängte – seit Conchitas Besuch in San Eresmo waren fast sieben Wochen vergangen –, hatte Umbre keine Wahl. Sie würde den vorgesehenen Termin einhalten, schon um den Vogelkopf nicht zu ärgern, der ihr sowohl Zeit wie Ort vermittels eines Wachtraums angegeben hatte. Zur Sicherheit würde sie die Nacht davor neben dem an ihren Strohsack herangerückten Waschbottich zubringen, den rechten Arm vom Ellenbogen abwärts in kaltes Wasser getaucht, damit sie am Morgen eine ruhige Hand hätte.

Die Polizei in San Eresmo arbeitete langsam, und so kam es, daß die Vorladung wegen Pepe el Morenos Randalierens während der Corrida nebst Verhöhnung eines Amtsorgans erst jetzt auf Angel del Sur eintraf. Sebastiano las das in umständlicher Amtssprache verfaßte Schreiben mehrere Male und rief dann nach Nando, der wegen seiner Fähigkeit, den Erntehelfern ihre Arbeitsstunden in Löhne umzurechnen, auf der Finca als eine Art Intellektueller galt. Nando erklärte ihm, daß Pepe nach San Eresmo fahren und sich auf dem dortigen Kommissariat einem Verhör stellen müsse.

»Hat er etwas gestohlen?«

»Es sieht so aus, als hätte er sich schlecht benommen, Patrón.«

»Pepe el Moreno benimmt sich immer schlecht. Darum hat die Polizei sich noch nie gekümmert.«

Nando erklärte dem Patrón, daß Pepe offensichtlich ein Amtsorgan beleidigt habe. Sebastiano ließ Pepe el Moreno aus dem Keller holen und zeigte ihm den Brief.

»Was ist es, das du gestohlen hast?«

»Ich habe nichts gestohlen, Padre.«

»Gib es zu, und wir reden nicht mehr darüber.«

»Ich bin zwischen zwei Idioten gesessen, die zu raufen begonnen haben. Ich konnte überhaupt nichts dafür.«

»Wenn man nichts gestohlen hat, wird man nicht von der Polizei gesucht.«

Nando mischte sich ein. »Es ist wirklich nicht wegen Diebstahls, Patrón. Hier steht ›gewalttätige Agitationen‹.«

»Wo hast du dich herumgetrieben, daß so etwas passieren konnte?« wollte Sebastiano wissen. »In irgend einem anrüchigen Lokal?«

Pepe zerkaute eine Pitanuß, die er die ganze Zeit über zwischen den Zähnen gehalten hatte, ehe er antwortete.

»Auf der Corrida.«

»Er war auf einer Corrida«, sagte Sebastiano zu Nando, der sich unauffällig der Tür genähert hatte, um sich dem Familienkonflikt zu entziehen. »Mein Sohn Pepe el Moreno fährt zu einer Fiesta und geht zum Stierkampf. Woher hatte er das Geld dazu? Ich habe es ihm nicht gegeben.«

Nando, die Hand an der Türklinke, hob die Schultern.

»Weil er es gestohlen hat!« sagte Sebastiano, zufrieden, daß sein Weltbild wieder im Lot war. »Sag ihm, er soll seinen Strohsack nehmen und ab jetzt in der Scheune schlafen.« Er sprach, als befände Pepe el Moreno sich nicht mehr im Raum. »Für Diebe ist in meinem Haus kein Platz. Zum Essen und zum Arbeiten darf er herüberkommen. Damit meine ich auch die Arbeit im Keller.« Es hätte gegen Sebastianos Prinzipien verstoßen, jemanden eine einmal angefangene Arbeit nicht beenden zu lassen. »Gegen jedermann außerhalb der Familie wird Stillschweigen bewahrt. Übrigens auch gegen meine Frau.« Es war Sebastiano eingefallen, daß, sobald Aurelia Kenntnis von der Sache habe, via Jakobus umgehend auch alle anderen Heiligen davon erfahren würden, was im Hinblick auf die bevorstehende Olivenernte und einige sonstige zu erbittende Gnaden nicht günstig war. Pepe el Moreno, der begriff, daß jeder Einwand sinnlos war, zog sich mit seinem Strohsack in eine warme Ecke der Scheune zurück, wobei der Gedanke, daß er nun nächtlicherweile der Kontrolle des Vaters faktisch entzogen war, sein Herz erwärmte. In Fuego Fuego und den umliegenden Marktflecken gab es reizende Mädchen, das hatte er während seiner Lambrettafahrt feststellen können, und nach den spärlichen, aber eindrucksvollen Erfahrungen während des Militärdienstes war die Furcht vor der Sünde beim weiblichen Geschlecht gleichzusetzen mit der Furcht vor Entdekkung: War diese ausgeschaltet, fiel auch jene kaum mehr ins Gewicht. So gesehen, hatte die Vorladung nach San Eresmo ihm Vergünstigungen eingebracht, die ihm sonst weder durch Fleiß noch durch das Unterlassen von ordinären Sprüchen zuteil geworden wäre.

Aurelia, in ihrem Altarzimmer ungebrochen die Unterhaltung mit dem verschobenen Fleck pflegend, hatte in einer ihrer Tiefschlafnächte – sie verfiel nach dem Füßekratzen zumeist in einen ohnmachtähnlichen Zustand, aus dem sie erst erwachte, wenn die Sonne schon im oberen Teil des Fensterkreuzes stand – einen Traum: Eine blauglänzende Schlange schwebte an einem Faden von der Zimmerdecke herab, ließ sich auf Aurelias Bauch nieder und dehnte sich dort, zu losen Ringen geschlungen, wie in einem Nest. Sie fühlte sich warm an, und der leichte Druck war Aurelia überaus angenehm, so daß sie hoffte, die Schlange werde ein wenig verweilen und nicht gleich wieder zur Zimmerdecke entschweben. Als sie aufwachte, hielt sie ihre Hände über dem Bauch gefaltet, der durch die Geburt ihrer Kinder nichts von seiner straffen Glätte verloren hatte, und fühlte sich wundersam leicht und erhoben, wie dies sonst nur nach ausführlichem Gedankenaustausch mit Jakobus oder in fast vergessenen Zeiten nach dem Besuch Sebastianos in dem damals noch gemeinsamen Ehebett der Fall gewesen war. Nachdem Aurelia den Zustand bis zum frühen Nachmittag genossen und, um darin nicht unterbrochen zu werden, auch die Mittagsmahlzeit verschoben hatte, klopfte sie mit dem Sonnenschirm, der stets griffbereit am Kopfteil des Bettes hing, gegen das Heizungsrohr, das durch das ganze Erdgeschoß und somit auch durch die Küche lief, ein Zeichen, daß Umbre sich zu ihr zu verfügen habe. Umbre, die in ihrer Herdnische nach den Anstrengungen der durchwachten Nächte eingenickt war, schrak hoch und eilte barfuß, wie sie war, nur das Schultertuch um ihren mageren, in Unterwäsche gehüllten Körper raffend über die Holzdiele in das Altarzimmer. Aurelia musterte Umbres Aufzug und die immer ein wenig stechenden Augen mit den blauschwarzen Ringen darunter.

»Was ist mit dir los? Hast du einen Geist gesehen?«

Umbre fiel ein, daß sie vergessen hatte, sich vor dem Altar des Jakobus zu bekreuzigen. Sie holte es nach, wobei ihr Schultertuch verrutschte und Aurelia den Blick auf eine Armschlinge freigab, die Umbre um ihren Hals trug.

»Bist du verletzt?«

»Nein, Señora. Ich ruhe nur meinen Arm aus.«

Umbre hatte als flankierende Maßnahme zu dem für die Nacht vor dem Eingriff geplanten Wasserbad ihren Arm in eine Schlinge gelegt, um ihn auch tagsüber zu schonen. Aurelia, die nahe daran war, eine weitere Frage zu stellen, verwarf das aus Mangel an Interesse und ließ sich, zur Decke starrend, in die Kissen zurückfallen.

»Ich habe von einer Schlange geträumt.«

»Die Madonna möge ihr den Kopf zertreten!«

»Rede keinen Unsinn! Es war eine sehr angenehme Schlange.«

Umbre schlug ein weiteres Kreuz, wobei ihr die Schlinge von der Schulter rutschte.

»Sie hat sich auf meinem Bauch ein Nest gemacht.«

Umbre hatte mit gesenktem Kopf zu beten begonnen und murmelte in rascher Folge die Namen aller Heiligen, die ihr in der Eile einfielen.

Aurelia warf einen anklagenden Blick auf Jakobus' Umrisse und unterbrach Umbres Litanei mit einem kräftigen Räuspern. »Hör damit auf, und sag mir, was es bedeutet.«

Umbre zog die Schlinge hoch und legte ihren rechten Arm hinein. »Normalerweise würde es bedeuten, daß die Señora ein Kind erwartet.«

Aurelia tastete mit ihren Zehenspitzen nach der Schatulle, die sich am Fußende ihres Bettes befand. Sie fühlte sich kühl an, und Aurelias Zehen verweilten ein paar Augenblicke lang auf der angenehm glatten Fläche.

»Was heißt ›normalerweise‹?«

Umbre war nahe daran, wieder die Hände zu falten. Sie mußte sich mit dem Vogelkopf besprechen, ehe sie weitere Auskünfte gab. Dies war zu verwirrend: Aurelia hatte den Traum geträumt, der in Wahrheit Conchita zustand, und Umbre fühlte sich außerstande, die Zusammenhänge zu erkennen. Da im Haus niemand, nicht einmal die kleine Patroncita selbst, über deren Zustand Bescheid wußte, war es besser, sich durch Schweigen den Unmut Aurelias zuzuziehen, als sich von ihr zu einer unvorsichtigen Äußerung drängen zu lassen.

»Wie alt war die heilige Elisabeth, als sie eines Knaben genas?«

»Fünfzig Jahre, Señora. So steht es im Neuen Testament.«

»Die Hostie sei gelobt.«

Aurelias Zehen tasteten liebevoll über den Rand der Kassette. Es lag ihr nichts an der realen Möglichkeit, Elisabeth in ihrer späten Mutterschaft nachzufolgen. Sebastiano mied ihr Bett, seit sie Kammer und Leben mit Jakobus teilte. Ohnehin wäre es Aurelia unmöglich gewesen, ihrer Ehepflicht gleichsam unter den Augen des Heiligen nachzukommen. Es erfüllte sie jedoch mit Freude, daß Jakobus – um ihn handelte es sich letztlich, war doch die Schlange aus seinem Bereich auf sie herabgeschwebt – sie zu solch außergewöhnlicher spiritueller Verbindung ausersehen hatte. Wurden Mädchen, die ins Kloster gingen, zu Bräuten Jesu geweiht, konnte sie sich in gewisser Weise als die Braut des heiligen Jakobus betrachten – in aller Unschuld zwar, aber das Zeichen, das er ihr gegeben hatte, war unmißverständlich. Sie streckte die Beine so, daß die Schatulle leicht gegen das Holz des Fußteils stieß.

»Gib mir die Schatulle.«

Umbre gehorchte. Die Patrona übernahm sie liegend, stellte sie auf ihrem noch angenehm warmen Bauch ab, öffnete, ohne hinzusehen, den Deckel, tastete nach einer Peseta und reichte sie Umbre.

»Das ist für dich. Kauf dir einen Rosenkranz.«

»Ich habe schon sieben Stück, Señora.«

»Kann man des Guten zuviel haben?«

Umbre küßte die blaugeäderte Hand, die ihr das Geldstück reichte, bekreuzigte sich, das Schultertuch über ihren Halsausschnitt raffend, vor Jakobus und verließ, immer noch verwirrt, das Zimmer. Draußen begegnete sie Pepe el Moreno, der, zwei Flaschen unter die Arme geklemmt, die Kellerstiege heraufkam und auf die Haustür zusteuerte. Sie verstellte ihm, den schlingenlosen Arm wie eine Bahnschranke von sich gestreckt, den Weg.

»Wohin, Señor Pepe?«

»In die Scheune. Du weißt, daß ich nicht mehr hier wohne.«

»Die Flaschen dürfen das Haus nicht verlassen.«

»Wer sagt das?«

»Señor Sebastiano.«

Pepe el Moreno musterte die hagere Gestalt, die mit einem Ellenbogendruck beiseite zu schieben ihm ein leichtes gewesen wäre. »Du wirst mich nicht verraten, nicht wahr, Umbre?«

»Ich werde Sie nicht verraten, wenn Sie mir sagen, was in San Eresmo vorgefallen ist.«

»Vorgefallen? In San Eresmo?«

Pepes Respekt vor Umbre saß tief. Sie hatte ihm einen Holzspan aus der Hinterbacke entfernt, den er sich beim Abwärtsrutschen über eine Wasserrinne eingezogen hatte, als dieser zu eitern begann und Pepe an den Schmerzen sterben zu müssen glaubte. Umbres stechende Augen lagen auf ihm, und er durchforschte in Eile sein Gedächtnis.

»Was soll vorgefallen sein?«

»Haben Sie die Patroncita allein gelassen?«

»Conchita?« Er dehnte das Wort, um Zeit zu gewinnen. »Ich denke, ja, ein wenig. Sie hatte keine Lust, den Stierkampf zu sehen.« Das war eine Lüge, aber es war offensichtlich, daß es Umbre nicht um die Corrida ging.

»Was hat die Patroncita in der Zwischenzeit getan?«

»Getan?« Pepe überlegte fieberhaft, worauf Umbre hinauswollte. Ihr Blick war durchdringend auf ihn geheftet, so daß ihr kein Zucken seiner Wimper entgangen wäre.

»Sie saß auf dem Gehsteig vor der Arena und machte Figuren mit einem Wollfaden.«

»Die ganze Zeit?«

Es war wichtig, daß Pepe das glaubte. Nur so konnte Umbre sicher sein, keinen Mitwisser zu haben.

»Vielleicht hat sie zwischendurch den einen oder anderen Rosenkranz gebetet.«

»Wenn du lügst, wird dir der Vogelkopf ein Loch in deine Mannesmitte fressen.«

Pepe hätte die Hände augenblicklich schützend über die bewußte Stelle gelegt, wenn ihm dabei nicht aller Voraussicht nach die Flaschen, die er unter den Armen hielt, entglitten wären. So begnügte er sich damit, im Stehen die Beine zu überkreuzen.

»Hör auf, Umbre! Mit so etwas scherzt man nicht!«

»Ich scherze nicht, und das weißt du.«

Pepe überschlug kurz den Wahrheitsgehalt seiner Erklärungen und kam zu dem Schluß, daß der Vogelkopf ihm nicht viel anhaben konnte. Er klemmte die Flaschen fester und grinste Umbre zu. »Ist das Verhör beendet?«

»Scher dich zum Kuckuck!«

Umbre, über den Ausgang des Gesprächs erleichtert, beschloß, ihren Gebeten für Conchita drei Tage lang ein Angelus domini für Pepe el Moreno anzufügen, um ihn von der Schuld, die er, wenn auch unbewußt, auf sich geladen hatte, indem er seine kleine Schwester während des Ausflugs hatte schwängern lassen, ein wenig reinzuwaschen.

Pepe verstaute die beiden Flaschen, die er vor Sebastianos Zugriff gerettet hatte, in dem Heuschober, der ihm als Seitenwand seiner Schlafstatt diente, und erwog, noch in der folgenden Nacht auf der Lambretta seines Bruders einen Abstecher nach Fuego Fuego zu unternehmen, um festzustellen, ob sich der von Umbre zitierte Vogelkopf bezüglich seiner Mannesmitte fair verhielte.

Aurelia, die Zehen gegen die Schatulle gestemmt, dämmerte, von angenehmen Gedanken umfangen, dem allabendlichen Besuch Conchitas entgegen, der ihr zu dem Wohlgefühl in der Körpermitte noch den Genuß des Füßekratzens bescheren würde. Umbre war ein einfältiges Frauenzimmer, aber ihre Traumdeutungen trafen zumeist ins Schwarze. Wenn Jakobus sich zu einer derartigen Offenbarung herabgelassen hatte, würde Aurelia vielleicht in naher Zukunft noch einiges an Zuwendung von ihm zu erwarten haben.

Umbre wickelte ihren rechten Arm aus der Schlinge und stellte den Bottich mit Wasser neben ihrem Strohsack bereit. Sie hatte, um am folgenden Morgen leichtere Arbeit zu haben, Conchita im Lauf des Tages mehrmals ein paar Tropfen eines aus wilder Kamille gepreßten Öls verabreicht, das die Muskeln weich machte. Dem Mädchen hatte sie für die Stunde der Morgendämmerung einen Gang zum Bachbett vorgeschlagen, wo sie versuchen würden, Frühtau und vielleicht ein wenig Krötenkot zu sammeln, was, zu einer Essenz verrührt, die morgendliche Übelkeit beseitigen mochte, von der Conchita neuerdings manchmal befallen wurde.

Conchitas Atem roch leicht nach Kamillenöl, als sie sich nach dem Füßekratzen über Aurelia beugte, um ihr Geldstück entgegenzunehmen, und Aurelia empfand das, wie alles an diesem Tag, als angenehm. Das Mädchen erwiderte das Lächeln, das es von den blaßroten Lippen zu lesen glaubte, und niemand hätte zu diesem Zeitpunkt sagen können, daß dies der letzte Blick war, den Conchita Carmen Riéra in diesem Leben auf das Antlitz ihrer Mutter richtete.

Die Kröten begannen ihr Lied kurz nach Mitternacht, und Umbre, die den Arm unverdrossen in den Wasserbottich neben ihrer Schlafstelle hielt, merkte, wie ihr die Kälte über Schulter und Nacken in den Körper kroch. Sie versuchte im Halbschlaf, wie gewohnt, die Hände zu falten, was sich als schwierig erwies, da sie sich zur Seite rollen mußte, um auch die linke Hand in das Wasser zu tauchen. Nach einer Stunde fröstelnden Dahindämmerns beschloß sie, die Aktion vorzuverlegen und Conchita zu wecken. Tau und Krötenkot waren ihnen um diese Stunde gewiß, und für die geplante Aktion waren die Lichtverhältnisse unerheblich. Es war mehr eine Frage des Tastsinns und der Intuition. Auch mußte sie ans Werk gehen, ehe ihr aus dem Wasser gezogener und vorsichtig abgetrockneter Arm sich zu sehr erwärmte. Sie schlüpfte, auf ihrem Strohsack in der Herdnische kniend, in ihre Kleider, schob den Schraubenschlüssel, den sie in Zeitungspapier gewickelt und in der Asche versteckt hatte, in ihren Gürtel, nahm die blaue Glasflasche aus dem Wandschrank und ließ sie in ihre Rocktasche gleiten. Dann berührte sie rasch siebenmal hintereinander eine mit allen Fasern ausgerissene Honigrübe, die sie seit sieben Nächten unter ihrem Kopfkissen aufbewahrte, stolperte beim Verlassen der Herdnische beinahe über den Wasserbottich und stieg schließlich, ihre Röcke vorsichtig zurechtschiebend, die Stufen zu Conchitas Kammer hinauf.

Die Lage war günstig. Sebastiano hatte eingedenk seiner eigenen Jugend – er und seine Brüder waren nächtlicherweile bei der jüngsten Schwester eingedrungen, um zu untersuchen, worin genau der Unterschied zwischen ihnen bestünde – verfügt, daß Conchitas Kammer neben dem elterlichen Schlafgemach und somit durch die Breite des Hauses von der der Brüder getrennt zu liegen habe. Das elterliche Schlafgemach hinwiederum bot kaum Gefahren, da Aurelia sich seinerzeit sofort bei Jakobus niedergelassen hatte und Sebastianos Schlaf in dem Doppelbett, das er, wohl in der vagen Hoffnung auf Aurelias Sinneswandel, bezogen hatte, mehr als fest war. Umbre schlich, ihre Röcke raffend, den Flur entlang, stieß leise Conchitas Tür auf und hockte, den Schraubenschlüssel in ihrem Rockbund zurechtschiebend, am Bett der Kleinen nieder.

»Patroncita, mi pájaro, mein Lämmchen –«

Die Tränen stiegen ihr in die Augen, als sie daran dachte, was sie ihrem Vögelchen würde antun müssen.

Conchita wandte sich ihr zu und riß die Augen auf. »Müssen wir gehen?«

»Ja, *pequeñita*, die Kröten sind schon bei ihrem Morgengeschäft.«

Conchita kroch gehorsam aus dem Bett und tastete im Halbdunkel nach der Waschschüssel.

»Kein Licht, *pájaro*.«

Umbre faßte nach Conchitas Hand, die sich dem Schalter genähert hatte.

»Du bist kalt, Umbre.«

»Ich weiß.«

Das Blut war noch nicht in ihren Arm zurückgekehrt, gottlob. Conchita erledigte die Morgenwäsche, während Umbre, sich abwendend, die Perlen des Rosenkranzes durch ihre Finger gleiten ließ.

»Sancta Maria gratia plena.«

Die Dämmerung vor dem Fenster hatte sich gehoben. Das Krötenkonzert war leiser geworden, und in den Kronen der Olivenbäume hingen graue Schwaden.

»Kommen Sie, Patroncita, mein Lämmchen.«

Die Flasche in Umbres Rocktasche schlug gegen ihre Knie, als sie die Stufen hinunterstiegen. Das Frühlicht hatte einen breiten, lachsfarbenen Streifen über den Himmel gezogen. Conchita fröstelte in ihrem Kleid aus Baumwolle.

»Heben Sie Ihren Rock, Patroncita. Das Gras ist zum Auswinden.«

»Wollen wir nicht anfangen, Umbre?«

»Im Bachbett sind die dicksten Kröten. Ist dir übel, mein Lämmchen?«

»Heute nicht.«

Conchitas Füße waren naß, als sie beim Bach anlangten. Umbre nahm ihren Capote ab. »Setzen Sie sich, Patroncita. Ich habe einen Schluck Medizin gegen die Kälte.« Sie holte die kleine blaue Flasche hervor, wickelte die Hanfschnur ab und entkorkte das Gefäß. »Nimm einen tüchtigen Schluck. Die Madonna gewähre dir Nachlaß der Sünden.«

Conchita gehorchte. Das Getränk brannte wie Feuer, als es durch ihre Kehle rann. Gleich darauf fühlte sie, wie ihr das Blut rascher durch die Adern strömte.

»Mir wird warm, Umbre.«

»Der Hostie sei Dank.«

Conchita lehnte sich zurück, die Hände auf Umbres ausgebreiteten Umhang gestützt. Umbre sah, daß sich ihr Blick verschleierte.

»Mir ist wohl, Umbre.«

»Noch einen Schluck.«

Conchita setzte die Flasche an die Lippen.

»Nimm alles, mein Lämmchen. Trink ihn aus, deinen Kelch.«

Conchita goß sich den Rest der Flüssigkeit in den Mund.

»Es wird finster, Umbre.«

»Wenn du müde bist, leg dich hin, *pequeñita*.«

Conchita ließ sich auf den Capote fallen und wandte den Kopf zur Seite. Neben ihr ringelte sich ein schmaler blauglänzender Schuppenleib.

»Sieh doch, Umbre: die Azulita.«

Umbre hatte, von Conchita abgewandt, begonnen, die einzelnen Perlen des Rosenkranzes zu küssen.

»Schon gut, meine Kleine. Wir sind gleich soweit.«

Sie griff mit einer Hand hinter sich und schob, ohne hinzusehen, Conchitas Rock hoch.

Das Getränk löste Conchitas Zunge. »Ich hab' einen Heiligen gesehen, Umbre. In San Eresmo.«

Umbre ließ den Rosenkranz sinken. »Einen Heiligen?«

»San Miguel. Er ist zu mir herabgestiegen.«

»In all seiner himmlischen Pracht und Herrlichkeit?«

»Als Torero. Er hat sich mir geoffenbart.«

Der Rosenkranz wäre Umbre beinahe aus der Hand gefallen. Sie steckte ihn hastig in den Gürtel neben den Schraubenschlüssel, der sie ein wenig am Atmen hinderte.

»Was sagst du da, *pájaro*, mein Vögelchen?«

Conchita hatte die Augen geschlossen. Ihre Worte waren nur undeutlich zu vernehmen.

»Hast du sie gesehen, Umbre? Die Azulita. Die kleine Schlange. Er hat sie mir in den Bauch gestoßen.«

»Heilige Mutter Gottes!«

Umbre riß den Schraubenschlüssel aus ihrem Gürtel. Wenn das so war, durfte sie Conchita nicht berühren. Aber wer garantierte ihr, daß es nicht irgendein Spitzbube von abgetakeltem Provinzmatador gewesen war, der der Kleinen den Bären vom heiligen Michael aufgebunden hatte?

»Schlafen Sie nicht ein, Patroncita, um der Hostie willen! Öffne die Augen, mein Herzvögelchen. Erzähl mir mehr!«

Umbre hatte begonnen, Conchita zu ohrfeigen. Der Kopf des Mädchens flog hin und her, aber der Trank hatte seine Wirkung getan, da war nichts zu machen. Umbre sank mit um das Metallwerkzeug gekrampften Händen ins Gras.

»Ein Zeichen. Heilige Mutter Gottes, ein Zeichen!«

Die Azulita hatte sich, von der Körperwärme des Mädchens angezogen, entrollt und war auf dessen ausgestreckte Hand zugekrochen. Im Ärmel war es dunkel, und die Schlange bahnte sich ihren Weg zwischen dem Baumwollstoff und der von Conchitas ungewohntem Alkoholgenuß schweißfeuchten Haut. Es war eine kantabrische Felsotter, deren Biß in Sekundenschnelle tötet. Conchita, die das sanfte Gleiten bis in den Schlaf hinein zu spüren schien, atmete rascher, wie unter einer Liebkosung. Die Azulita glitt unter der Bluse zwischen den beiden warmen Hügeln durch, überquerte den flachen Bauch des Mädchens und kroch auf das flaumige Nest unterhalb des hochgeschobenen Rocksaumes zu. Sie verharrte kurz im wiedergewonnenen Licht und hob dann züngelnd, wie drohend das Köpfchen, im Augenblick, da Umbre die letzte Perle des Rosenkranzes geküßt hatte und sich, die rechte Hand um das Metallwerkzeug geschlossen, der Patroncita zuwandte.

»Alle Heiligen. Alle Heiligen!«

Sie wollte mit der Aufzählung der Namen beginnen, aber in der Panik fiel ihr keiner ein. Die Azulita durchquerte nach kurzer Orientierung das Gestrüpp, verharrte etwas in der Rinne, die Conchitas geschlossene Schenkel bildeten, ließ sich dann oberhalb des Knies der Patroncita mit einer entschlossenen Seitenwendung auf den Umhang fallen und verschwand, eine gemächliche Zickzackkurve beschreibend, im Gras. Umbre starrte auf die Halme, die sich noch eine kleine Strecke weit über dem glänzenden Tierleib bewegten.

»Madre de Dios. Santa Maria de los angeles, bewahre uns vor dem Höllenfeuer, heute und in alle Ewigkeit!«

Sie bückte sich nach dem Schraubenschlüssel, der ihr beim Anblick der Schlange entfallen war, hob ihn hoch und warf ihn weit hinaus in das Bachbett, wo er zwischen Kakteenspitzen und vertrockneten Agaven verschwand. Gott hatte schon oft zu ihr gesprochen, aber nie so deutlich wie heute: Wenn es Sein Wille war, daß das Kind geboren würde, hatte Er mit Sicherheit seine Gründe dafür.

Sie setzte sich neben die schlafende Patroncita auf den Umhang und zog Conchita den hochgeschobenen Rock über die Knie. Bis zur Tagwache auf Angel del Sur waren es noch gut zwei Stunden: Zeit genug, um den Vogelkopf zu befragen, warum die kleine Schlange das ungeborene Kind der Patroncita schützte, und zu überlegen, welche Konsequenzen sich daraus ergaben.

4

Junipero, der älteste der Riéra-Brüder, hatte nie ein Hehl aus seiner Vorliebe für Waffen gemacht. Seit er, seinerzeit noch in der Sierra de la Virgen, den Militärdienst abgeleistet und mehr oder weniger gegen Sebastianos Willen einen freiwilligen Lehrgang für Offiziere absolviert hatte, schlug sein Herz für das Kriegshandwerk, und er bedauerte es, zur Zeit, da der Caudillo seine Getreuen gegen das Pack der roten Revoluzzer zum Sieg geführt hatte, noch nicht geboren gewesen zu sein. Den Grundstock zu seiner Sammlung hatte eine Beretta Sieben Komma Zwei gebildet, die ein Kamerad aus der Fernando-Kaserne in einem Hostal hatte liegenlassen, als das Ding an seinem Gürtel ihn bei seinen Annäherungsversuchen an eine vollreife andalusische Serviererin behinderte. Der Kamerad hatte den Verlust der Waffe mit acht Tagen Bau, verschärft durch zweitägiges hartes Lager, verbüßt, und die Beretta war im Katalog der Waffenkammer als »vom Manöver nicht heimgekehrt« verzeichnet worden. Junipero war der Kellnerin einige Wochen später beim Zigarillokaufen begegnet und hatte erfahren, daß der Kamerad sich nicht mehr habe blicken lassen, vermutlich weil er nach vollbrachter Annäherung die vorher zugesagte Entlohnung schuldig geblieben sei. Die Waffe habe die Dame als eine Art Pfand zurückbehalten. Junipero, elektrisiert, soweit sein gemäßigtes Naturell dies zuließ, schlug der andalusischen Schönheit einen Handel vor. Er verzichtete auf die Wochenration Zigarillos und entlohnte statt dessen die Dame für eine Liebesstunde, die er nicht genossen hatte. Die Kellnerin nahm ihn daraufhin mit in ihr Quartier, das im Dachgeschoß des Hostals lag, und händigte ihm die Waffe, die sie zwischen ihren gestapelten Miederhöschen aufbewahrte, aus. Auf die Frage, ob sie ihm nicht vielleicht für noch einmal die gleiche Summe die gleiche Gefälligkeit wie seinem Kameraden erweisen solle, antwortete Junipero, das nicht, aber ob sie vielleicht für noch einmal die gleiche Summe eine zweite auf ähnliche Weise erworbene Waffe in Besitz habe. Die andalusische Schöne mußte dies verneinen, worauf sie sich in gegenseitiger Wertschätzung trennten. Beim Abwärtsklettern über die steile Holztreppe fragte Junipero sich, was in aller Welt einen Mann dazu bringen konnte, eine Beretta Sieben Komma Zwei gegen die nebulose Balgerei mit einem freundlichen Fleischberg zu tauschen, der sich mit Sicherheit nicht annähernd so gut anfühlte und so angenehm in der Hand lag wie eine Beretta Sieben Komma Zwei. Das nächste Stück in der Sammlung war ein ausgemusterter Karabiner, den ihm ein Polizeioffizier gegen ein in allen Einzelheiten ausgeklügeltes Alibi überlassen hatte, das Junipero dem in eine Jahrmarktrauferei verwickelten Gesetzeshüter gegeben hatte. Das dritte Stück stammte aus dem Nachlaß der beiden Vorbewohner von Angel del Sur und wurde von Junipero bei gezieltem Durchstöbern des Dachbodens ans Licht befördert. Gleichzeitig tauchten ein Uniformrock und ein mit Orden geschmückter Militärmantel auf, wodurch der Anlaß zur Ausweitung der Sammlung auf jedwede Art von Orden und militärische Kleidung gegeben war. Inzwischen nannte Junipero neun Schußwaffen, vier Säbel, zwei Degen und elf Bajonette sein eigen, nicht zu vergessen die verschiedenartigsten Jagd- und Buschmesser, insgesamt dreißig an der Zahl, daneben vier Uniformröcke, acht Mützen und fünf, wenn auch zum Teil stark beschädigte Patronengürtel.

Eine Fundgrube für Kriegsgeräte aller Art bildete das Bachbett, das zur Zeit des Bürgerkriegs noch reichlich Wasser geführt hatte. Die Waffen und sonstigen Ausrüstungsgegenstände, die sich, auf gut einen Kilometer verteilt, darin fanden, ließen vermuten, daß die Truppe, die seinerzeit auf Angel del Sur Quartier genommen hatte, aus irgendeinem Grund übereilt aufgebrochen war und sich dabei einiger Gegenstände entledigt hatte. Junipero war auf einem seiner Streifzüge beim Durchqueren des Bachbetts auf eine Patronentasche, später auf einen halb verrosteten Wehrmachtskarabiner gestoßen, wie ihn Francos Truppen benutzten. Er hatte daraufhin mit der systematischen Suche begonnen, wobei er das Bachbett in überschaubare Planquadrate aufteilte, wie dies laut militärischer Dienstanweisung für das Durchkämmen eines Geländes vorgeschrieben war. Innerhalb eines Jahres hatte er sich von Quadrat A 1 bis Quadrat B 174 vorgearbeitet. Ein Planquadrat maß zweieinhalb Meter, und er brauchte, um es mit einer Sonde zu durchforsten, etwa drei Stunden, das bedeutete, daß er jede freie Minute, die er innerhalb eines Arbeitstags erübrigen konnte, eingeschlossen die Mittagspause und die Stunden zwischen Anima-Läuten und dem abendlichen Ausmisten des Stalls, im Bachbett zubringen mußte. Zog man die Regentage und die Wintertage, an denen der Boden zu hart für die Sonde war, ab, dazu die Sonntage, an denen der Pfarrer zu Besuch war, und die hohen kirchlichen Feiertage, die jegliche, auch die freiwillige und gern verrichtete, Arbeit verboten, würde es etwa fünf Jahre dauern, bis er die achthundert Planquadrate, die sich aus einer Fläche von fünf Metern Bachbreite und einem Kilometer Bachlänge ergaben, bewältigt hatte.

An jenem Morgen arbeitete Junipero auf Planquadrat A 175 und war bis nahe an die Grenze von B 176 vorgedrungen, als die Sonde auf etwas Hartes stieß, das nach mehrmaligem probeweisen Stochern einen etwa männerhandgroßen Gegenstand mit schmalem Auslauf vermuten ließ. Juniperos Herz hatte heftig zu schlagen begonnen, und der Schweiß trat ihm auf die Stirn, als er die Sonde immer wieder in das klebrigharte, von Bachkieseln durchsetzte Erdreich stieß. Das Ding lag etwa einen halben Meter unter der Oberfläche. Als der Bach vor Jahrzehnten noch Wasser geführt hatte, waren die versenkten Gegenstände tief in den Grund gesunken, und die unermüdliche Sonne hatte die nunmehr von allerlei Strauch- und Wurzelwerk durchwachsene Erde zu einer festen Masse gepreßt. Junipero schob die Mütze ins Genick und sandte, wie immer, ehe er ans Werk ging, einen beschwörenden Blick zum Himmel: Wenn dies, wie er vermutete, eine Handfeuerwaffe war, würde sie das zehnte Stück in seiner Sammlung bilden. Er nahm einen Schluck Rioja aus der mitgebrachten Feldflasche, griff nach der Schaufel und horchte kurz auf die zitternde Hoffnung in seinem Inneren, die fast schon zur Gewißheit geworden war, ehe er zu graben begann.

Entgegen seinen sonstigen Gewohnheiten hatte sich der Vogelkopf nicht lange bitten lassen. Er war, wohl durch den von Umbres Erschöpfung und Verwirrung herrührenden Schwächezustand angelockt, aus dem fahlen Morgenlicht getaucht und hatte, über dem ausgetrockneten Bachbett hüpfend, schnabelklappernd seine Botschaft kundgetan. Sie war wie immer schwer verständlich, aber für Umbre eine kostbare Ansammlung von Hinweisen, die sie augenblicklich zu entschlüsseln begann. So war dem Vogelkopf in den folgenden drei Nächten eine Handvoll Bohnen auf das Fenstersims zu streuen und mit dem Waschwasser der Schwangeren zu begießen. Ferner war die künftige Mutter, die nichts von ihrem Zustand wußte, ebenso wie auch der Rest der Familie in dieser Ungewißheit zu belassen, bis sich der Vogelkopf zu weiteren Anordnungen bereit fände. Drittens sollte in Aurelias Altarzimmer ein Strohlager aufgeschüttet werden, das parallel zur Liegestatt Aurelias, aber verkehrt herum zu stehen hatte. Umbre prägte sich jede der Anordnungen ein und begann sofort, nachdem sich der Vogelkopf über dem Hibiskusstrauch in Dunst aufgelöst hatte, mit einem Kettengebet für dessen Erlösung, jedoch so dosiert, daß diese erst nach Umbres eigenem Dahinscheiden stattfinden möge, weil sie andernfalls für den Rest ihres Lebens auf die Möglichkeit seiner Anrufung hätte verzichten müssen.

Conchita schlief noch, auf einen großen, flachen Stein gebettet, den Umbre ihr liebevoll unter den Kopf geschoben hatte. Umbre hatte mehrere Male versucht, sie zu wecken, aber der Schlaf war tief, einer Ohnmacht ähnlich, wie dies seinerzeit bei den gestohlenen Schweinen und dem auf der Feuerstelle ausgesetzten Säugling der Fall gewesen war. Umbre fragte sich flüchtig, ob die Patroncita nicht vielleicht zuviel von der Flüssigkeit zu sich genommen habe. Die Hälfte hätte vermutlich gereicht. Aber ihre Erfahrungswerte mit dem Gebräu waren gleich Null, und nun war es geschehen, und man mußte warten, bis die Patroncita wieder zu sich kam. Auf Angel del Sur hatten die Hähne wohl schon gekräht, und das Vieh brüllte in den Ställen. Sebastiano würde mit schleifenden Hosenträgern die Küchentür öffnen und nach der heißen Schokolade und dem Churro fragen und Aurelia mit dem Schirm an das Ofenrohr klopfen, um ihren kaltgestellten Blanco, der ihr auf angenehme Weise das Tor zum Tag öffnete, gleich nach der Morgenandacht zu sich nehmen zu können.

Umbre überlegte, was zu tun war. Die Abwesenheit der Patroncita würde kaum bemerkt werden, ihre eigene jedoch das gesamte morgendliche Programm über den Haufen werfen. Ohne Umbre brannte kein Feuer im Herd, und es gab weder Schokolade noch Churro. Auch würden die hungrigen Katzen die Küche bevölkern und die Hühner auf dem Vorplatz ein ohrenbetäubendes Geschrei anstimmen. Am besten war es, die Patroncita kurz liegenzulassen und sich um das Frühstück zu kümmern. So würde niemand etwas bemerken, und das war laut Vogelkopf und auch nach Umbres eigenem Ermessen das beste. Sie rückte Conchitas Kopf auf dem flachen Flußstein zurecht, schlug ein Kreuz über der Stirn der Patroncita, ein zweites über dem Herzen und ein drittes zwei Handbreit darunter, wo das kleine Ding keimte, das den Schutz der Azulita und des Vogelkopfes auf sich gezogen hatte. Dann raffte sie ihre Röcke hoch und machte sich durch die noch immer morgenfeuchten Wiesen auf den Heimweg.

Conchita war von dem Augenblick an, da sie den letzten Schluck der Flüssigkeit zu sich genommen hatte, in einen dunklen Abgrund getaucht. Es war, als habe man sie an den Haaren nach hinten gezogen, und sie verwarf den kurzen Wunsch, sich zu wehren, da es sinnlos schien und die Empfindung im übrigen nicht unangenehm war. Sie streckte die Arme seitwärts, um sich Halt zu schaffen. Eine Welle von Bildern überrollte sie, während die Luft über ihr dröhnte und ihr ein wenig übel wurde. Sie wandte den Kopf zur Seite und ließ den Ansturm über sich hinweggehen. Manche Bilder kamen zwei- und dreimal, andere standen still, als wollten sie sich nie wieder von der Stelle bewegen. Die silberblaue Schlange ringelte sich vor ihren Augen aus einem Kleid, das dem eines Toreros glich, und schließlich stand er selbst vor ihr, Miguel, in seinem weißseidenen Hemd mit roter Schärpe und geflügelten Schnallenschuhen, die ihn aufwärts trugen an den Rand des Firmaments, wo ein Vorhang aufriß und ein blendendweißer Feuerstrahl Conchitas Augen traf.

Junipero hatte geschuftet wie verrückt, um das Ding noch vor dem Frühstück aus dem Boden zu bekommen. Zu seiner Neugierde und dem Wunsch, den Schatz, den er in dem klebrigen Erdreich vermutete, wahrhaftig vor Augen zu haben, kam die Angst, daß ein zufälliger Streuner die aufgegrabene Stelle bemerken, seine Arbeit fortsetzen und den Gegenstand, den Junipero bereits als sein Eigentum betrachtete, an sich nehmen könnte. Er wählte aus seinem Werkzeug, mit dem er ausreichend bestückt war, immer mit Bedacht das Instrument, das ihn am schnellsten weiterbrachte, hatte die Schaufel weggelegt und mit einer Speerspitze, die aus einer alten Armbrust stammte, das Erdreich so weit gelockert, daß er nun nach seiner selbstgebastelten Harpune greifen konnte, einer Art riesiger Häkelnadel mit Widerhaken, die, in den Boden gestoßen und wieder hochgezogen, den Fund freilegen würde. Es klappte beim zweiten Versuch, und Junipero warf sich auf den Bauch und fischte, das Gesicht ins Gras gedrückt, mit der Hand in dem feuchten Erdreich nach dem Gegenstand. Er bekam ihn in die Finger, zerrte ein wenig daran, stützte sich dann keuchend hoch und hielt das verkrustete Etwas in der Hand.

Er hatte sich nicht getäuscht: Dies war ein einmaliger, ein atemberaubender Fund. Eine Parabellum Sieben Komma Neun, vielleicht sogar Acht Komma Drei, die Pistole, die wegen ihrer durch den langen Lauf gegebenen Treffsicherheit während des Ersten Weltkriegs als die beste Faustfeuerwaffe gegolten hatte.

Junipero, für jeden der möglichen Fälle bestens gerüstet, griff nach dem feuchten Lappen, den er zusammen mit anderen Utensilien zur Reinigung seiner Funde in einer umschnallbaren, gerollten Zeltplane bei sich trug. Schon beim ersten flüchtigen Darüberpolieren zeigte sich die neuerworbene Schönheit in vollem Glanz. Ihr Leib war glatt und schmal aus schwerem Stahl mit feingerippten Holzschalen um den Griff. Dort, wo die Frühsonnenstrahlen die gereinigten Stellen berührten, schimmerte der feine Rostmantel in Kastanienfarbe mit einem Schuß Henna. Die Form war von ruhiger Eleganz, nicht von Eitelkeit oder verspielter Gefallsucht, eher streng, verläßlich und vertrauenerweckend. Als Junipero sich mit dem Putzlappen an das Magazin herantastete, merkte er, daß es prall gefüllt war. Vielleicht tat sie ihm den Gefallen und ließ sich von ihm zum Sprechen bringen. Vielleicht hatte sie – welch ein Gedanke! – mehr als ein halbes Jahrhundert auf ihn, dessen Fingerdruck ihr nach langem Schweigen die Zunge lösen würde, gewartet.

Junipero kratzte, putzte und polierte. Längst mochte auf Angel del Sur das Frühstück aufgetragen worden sein und Sebastiano in ärgerlichem Ton gefragt haben, wo er blieb. Längst mochte man in seiner Kammer nachgesehen haben und ihn bei seiner Waffensuche im Bachbett vermuten. Vielleicht war auch Nando schon ausgeschickt worden, um ihn zur Arbeit zu holen. Er wischte, jetzt mit einem trockenen Lappen, über das Metall, das unter seinen Händen warm geworden war und einen spröden Glanz angenommen hatte, tabakfarben wie die Konturen auf einer vergilbten Fotografie. Als er schweißgebadet innehielt, drang durch die Luft das Läuten der Morgenglocke zu ihm herüber, wie es manchmal bei Westwind von der Ortschaft jenseits der Olivenbaumpflanzung zu vernehmen war. Er richtete sich auf und streichelte, dumpfe Erregung im Herzen, der metallenen Schönheit über Körper und Lauf. Wenn sie ihre Stimme für ihn bewahrt hatte, konnte sie es ihm jetzt beweisen. Er hob die Hand, visierte ein Ziel jenseits der etwa hundert Meter entfernten Holzbrücke an, schob vorsichtig den Finger in den Abzug, entsicherte und drückte ab.

Der Schuß löste sich mit winziger Verzögerung, als habe es eines endgültigen Entschlusses, einer letzten Überlegung bedurft. Dann peitschte die Detonation über die Baumkronen, fing sich im Gestein des dahinter aufsteigenden Plateaus und fegte krachend hoch bis an die Ausläufer der Felsplatten, die den Abschluß der umliegenden Hügel bildeten. Junipero, vom Rückstoß einige Schritte zurückgeworfen, fing sich an einer Silberpappel und horchte angestrengt dem Hall nach, der Sekunden später noch in der Luft zu hängen schien. Einen Augenblick lang war er versucht, den zweiten Schuß hinterherzujagen, um den Glücksrausch voll auszukosten, aber, den Arm neuerlich gehoben, hielt er inne. Es war töricht, mit einem Geschenk wie diesem nicht sparsamer umzugehen. Wenn die restlichen fünf Schuß verbraucht waren, war die Stimme verstummt, und wer weiß, wo in aller Welt sich Munition für das seltene Dinge auftreiben ließ. So standen ihm, auf Wochen, vielleicht Monate verteilt, fünf unvergleichliche Höhepunkte bevor, und es lag an ihm, sie sinnvoll in sein Leben einzubauen.

Er bückte sich nach dem Wolltuch, um die Pistole einzuhüllen, als ein Geräusch ihn aufhorchen ließ. Der Schuß mußte ein Tier aufgescheucht haben, eine Ziege oder ein verlaufenes Schaf, das sich im Strauchwerk des Ufers verborgen gehalten hatte. Es brach durch die Äste, schien sich im Dickicht gefangen zu haben, stürzte, schlug auf knackendes, einbrechendes Gehölz, raffte sich wieder hoch und versuchte mit keuchendem Atem, sich einen Weg zu bahnen. Es mußte in nächster Nähe sein, und Junipero dachte mit plötzlichem Erschrecken daran, daß es schon vorgekommen war, daß ein Bär aus der Sierra den Weg in die Ebene gefunden hatte. Er entsicherte die Waffe für den zweiten Schuß und blieb, alle Sinne angespannt, in gebückter Haltung stehen. Eine Zeitlang war es still. Dann drang ein Laut an sein Ohr, der hoch und gleichzeitig stumpf klang wie das unterdrückte Stöhnen einer Menschenstimme. Junipero wartete, bis sich der Laut zwei- oder dreimal wiederholt hatte. Dann ließ er die Waffe in die Rocktasche gleiten und trat hinter dem Baumstamm hervor.

Der Schein der Sonne lag schräg auf dem Bachbett, und Junipero konnte gegen die schwachen morgendlichen Strahlen sehen, daß drüben am Ufer etwas im Zweigwerk hing: ein dunkler Fleck, Stoff oder Fell, vielleicht Menschenhaar, ein zusammengekrümmter Körper, der sich im Gestrüpp eines Dornbuschs gefangen hatte. Er beschleunigte seine Schritte, als er den rotbraunen Stoff erkannte, das Baumwollkleid, das seine Schwester trug. Conchita lag vornübergestürzt auf dem Boden. Das seitwärts gewandte Gesicht war blutüberströmt wie ihre nackten Arme und Beine, sie hatte die Augen offen und stöhnte leise vor sich hin. Junipero schob hastig die Zweige beiseite und bückte sich zu ihr hinunter.

»Conchita –«

Sie schrie leise auf und drückte das Gesicht in den Boden, als habe sie Angst.

»Conchita, ich bin es, Junipero. Gib mir die Hand. Ich halte die Zweige hinunter, dann kannst du aufstehen.«

Sie versuchte zu gehorchen. Die Dornen rissen an ihrem Kleid und ihrem Haar. Junipero begann, sie vorsichtig aus dem sie umfangenden Gezweig zu lösen. Sie klammerte sich an seine Arme und ließ sich taumelnd hochziehen. Ihr Kopf schwankte, als schliefe sie mit offenen Augen, ihr Atem roch scharf.

»Was ist mit dir los, Conchita? Wie kommst du hierher?«

Sie murmelte etwas Unverständliches. Junipero hob sie hoch.

»Ich bringe dich nach Hause, *chiquitina*.« In seine Sorge mischte sich das schlechte Gewissen wegen des Schusses. »Umbre wird dir heiße Schokolade machen, dann wird es dir wieder bessergehen.«

Er vermutete, daß sie sich im Schlaf angezogen und das Haus verlassen habe. Daß sie ihn nicht erkannt hatte, schrieb er dem Blut zu, das ihre Lider verkrustete, und dem Schock, den der Schuß bei ihr wohl ausgelöst hatte.

»Halt dich fest. Es wird alles gut.«

Er stieg die wenigen Schritte über die Böschung hinauf und schlug, so rasch es die Last auf seinen Armen zuließ, den Heimweg ein. Conchita, die sich willenlos hatte hochheben lassen, hielt die Hände um seinen Hals gefaltet, während sie mit weit offenen Augen ohne Lidschlag in die Sonne sah.

Umbre hatte, nachdem Sebastiano und Nando im Stall und Pepe und Pepe im Keller verschwunden waren, das Frühstücksgeschirr in den Ausguß gestellt, um es später abzuwaschen. Wichtig war, daß sie sich so schnell wie möglich um die Patroncita kümmerte, die inzwischen womöglich aufgewacht war und nicht wußte, wo sie sich befand und warum man sie allein gelassen hatte. Umbre rückte den Wassertopf in die Mitte des Herdes, legte noch ein paar Scheite nach, um beim Heimkommen heißes Abwaschwasser vorzufinden, und verließ die Küche.

Draußen hörte sie, wie jemand die Haustür aufstieß. Auf dem Flur kam ihr Junipero entgegen, keuchend unter seiner Last. Umbre schrie auf, als sie die Patroncita in seinen Armen erkannte.

»Madre de Dios, was ist geschehen?«

»Sie ist mondsüchtig oder betrunken. Ich habe sie im Bachbett gefunden, sie hing wie ein Tier in einem Christusdorn.«

»Jesus Maria.«

Umbre half ihm, Conchita auf die Füße zu stellen. Sie lehnte sich an Juniperos Schulter, ihr Atem roch nach Fusel.

»Sie blutet. Sie ist verletzt. *Pequeñita*, wer hat dich verletzt, *mi pájaro?*«

»Mach Licht, Umbre«, sagte Conchita.

»Was sagst du?«

»Du sollst Licht machen.«

Conchita tastete seitwärts, als suche sie an der Wand nach einem Schalter. Umbre starrte in das blutverkrustete Gesicht mit den weit aufgerissenen Augen. Junipero, der nichts begriffen hatte, stützte seine Schwester an den Schultern, um sie aufrecht zu halten. Umbre hatte die gefalteten Hände vor den Mund gepreßt, um ihren Aufschrei zu ersticken.

»Licht, mein Lämmchen?«

Conchitas Arm tastete ins Leere. Umbre griff mit beiden Händen danach, drückte die kalte, schweißfeuchte Hand der Patroncita an ihren Blusenausschnitt.

»Licht, meine Kleine? Licht? ...«

»Was ist los, Umbre?« fragte Junipero.

Umbre hatte Conchitas Hand losgelassen und begann das Mädchen an den Schultern zu rütteln.

»Was ist los, Umbre, was tust du?«

»Ich versuche ihn abzuschütteln«, sagte Umbre, Conchita wild hin und her schleudernd. »Den Ziegengeist, den Spinnengeist, den Krötengeist! Alle Heiligen, können Sie es nicht sehen, Señor Junipero? Sie ist blind, Ihre kleine *chiquitina*, sie hat das Augenlicht verloren.«

Umbre hielt kurz inne und wedelte mit der Hand vor Conchitas offenen Augen, die nicht das Zucken eines Lidschlages zeigten. Junipero tastete nach der Waffe in seiner Rocktasche.

»Blind?«

Umbre hatte wieder zu schütteln begonnen. Conchita, deren Kopf hin und her flog, streckte plötzlich die Arme aus und stieß Umbre von sich.

»Hör auf. Mir wird schlecht.«

Umbre ließ augenblicklich von ihr ab. »La hostia! Das kleine Leben!«

Junipero hatte bemerkt, daß die Waffe in seiner Tasche entsichert war. Er versuchte, die Sache sofort zu beheben, aber das Ding lag verkehrt, und er konnte nicht an den Metallhebel herankommen. Als er die Pistole aus der Tasche zog, fuhr Umbre entsetzt vor ihm zurück.

»*Santa Virgen!* Was ist das, Señor Junipero?«

Junipero sicherte die Waffe und ließ sie wieder in die Tasche gleiten. Seine Hände hatten zu zittern begonnen.

»Was haben Sie getan, Señor Junipero? Um alles in der Welt, haben Sie die Patroncita erschreckt?«

»Ich wußte nicht, daß sie da war. Ich habe geschossen.«

»Auf die Patroncita?«

»In die Luft. Unten am Bach. Ich wußte nicht, daß sie da ist.«

»Sie haben sie blindgeschossen, alle Heiligen!«

Umbre wollte wieder zu rütteln beginnen, aber Conchita entwand sich ihr im Augenblick, da sie nach ihren Schultern griff.

»Laß mich in Ruhe. Was ist geschehen? Was habt ihr mit mir gemacht?«

Junipero hatte zu weinen begonnen. Umbre ließ Conchita los, faßte nach seinen Rockaufschlägen, stieß ihr Knie in seinen Schritt und stemmte ihn gegen die Wand.

»Heul nicht, du Schwachkopf! Bete lieber, daß der Teufel seine schwarze Pranke von deiner Seele nimmt. Waffen sind Instrumente des Teufels, und wer sich ihrer bedient, wird durch sie umkommen.«

Junipero hatte kurz aufgestöhnt. »Ich bin Soldat, Umbre. Ich kann nicht anders.«

»Rede keinen Unsinn, und hilf mir, die Patroncita in ihre Kammer zu bringen. Ich muß mit Doña Aurelia sprechen, dann werden wir weiter sehen.«

Junipero nahm Conchita um die Schultern. »Geht es, *chiquitina?* Oder soll ich dich tragen?«

Umbre faßte von der anderen Seiten an. Gemeinsam zerrten sie Conchita über die Holztreppe nach oben.

»Wieso kann ich nichts sehen?« fragte Conchita.

»Weil er dich blindgeschossen hat, der Idiot, *mi pájaro.* Wir müssen den Vogelkopf bitten, daß er dir dein Augenlicht wiedergibt.«

Junipero hatte zu schluchzen begonnen, abgewandt, um Umbre nicht neuerlich zu verärgern. Gemeinsam ließen sie Conchita auf ihr Bett gleiten.

»Ruh dich aus, *pájaro.* Falte die Hände über deinen Leib, und denke nur an schöne Dinge.« Umbre nahm Conchitas Arme und legte sie gekreuzt über ihren Bauch. »Ich hole dich, sobald ich mit deiner Mutter gesprochen habe. Kommen Sie, Señor Junipero.«

»Ich möchte gerne hierbleiben.«

»Auf keinen Fall.« Umbre fürchtete, daß die Waffe in seiner Tasche losgehen und auch noch dem ungeborenen Kind das Augenlicht wegschießen würde. »Sie können im Moment nichts für die Patroncita tun. Gehen Sie um des himmlischen Zorns willen in den Stall, und nehmen Sie die Mistgabel zur Hand. Seine Sünden kann man überall bereuen.«

Junipero hätte seine Sünden lieber in Conchitas Kammer bereut, aber er fürchtete den himmlischen Zorn und Umbres Knie und verließ mit abgewandtem Gesicht den Raum.

Umbre, die eine Wolldecke über Conchitas gekreuzte Arme gebreitet hatte, schüttelte den Kopf. »Männer, die flennen, und Hühner, die krähen! Meine Mutter hätte ihm beizeiten den Hals umgedreht.«

Sie beschloß, das Frühstücksgeschirr abzuwaschen, ehe sie Aurelia in ihrem Altarzimmer aufsuchte. Conchita war, auf dem Bett liegend, eingeschlafen, und das Plätschern im warmen Wasser würde Umbre Zeit geben, ihre Gedanken zu ordnen, bevor sie Aurelia die Hiobsbotschaften überbrachte.

Aurelia, die, aufrecht im Bett sitzend, soeben ihr zweites Frühstück in Form einer Tortilla mit scharfen grünen Bohnenschoten und eines Glases halbgekühlten Manzanilla beendet hatte, musterte Umbre, die in gramgebeugter Haltung vor ihrem Bett Aufstellung genommen hatte, mehr neugierig als ungehalten.

»Was gibt es, altes Unglück?«

»Die Señorita, Conchita, unser Lämmchen, unsere kleine Unschuld.«

»Was ist mit ihr?«

Umbre hatte während des Geschirrspülens überlegt, in welcher Dosierung sie Aurelia die Katastrophen beibringen solle, und sich dafür entschieden, mit der Tür ins Haus zu fallen. Die Frage war nur noch, welches das schlimmere der beiden Übel war, um erst an zweiter Stelle vorgebracht zu werden. Umbre entschloß sich für die ihr plausible Reihenfolge.

»Die Patroncita ist blind, Doña Aurelia. Und sie ist schwanger.«

»Blind? Und schwanger?« Aurelia, die den Zusammenhang nicht begriff, war nicht bereit, sich vorschnell aufzuregen.

Umbre war auf die Knie gesunken und bekreuzigte sich mehrere Male hintereinander in raschem Tempo.

»Wieso ist sie blind? Und wieso ist sie schwanger?«

»Weil sie nichts sieht, Señora, und weil sie, alle Heiligen stehen mir bei, ein Kind erwartet.«

»Was hat das eine mit dem anderen zu tun?«

»Nichts, Doña Aurelia. Nur insoweit, als zu unser aller Unglück beides der Fall ist.«

»Wer war der Halunke?«

Wie Umbre es vorausgesehen hatte, hielt die Patrona Conchitas Schwangerschaft für das größere der beiden Übel.

»Einer aus dem Dorf? Sebastiano wird ihn mit Gottes Hilfe zum Ochsen machen.«

»Es war niemand von hier, Doña Aurelia. Es geschah während einer Fahrt nach San Eresmo. Conchita meint –«

»Was meint Conchita?«

Umbre beschleunigte das Tempo ihrer Bekreuzigungen. Aurelia griff nach der Flasche, die neben ihr auf dem Nachttisch stand, und schenkte sich das Glas voll.

»Sie meint, es sei ein Heiliger gewesen.«

»Ein Heiliger?« Das Glas, das Aurelia hatte zum Mund führen wollen, blieb auf halbem Weg über der Bettdecke stecken. »Welcher Heilige?«

»San Miguel.« Umbres Kreuzschlagen nahm das Tempo eines Veitstanzes an.

Aurelia betrachtete sie mißbilligend, ehe sie einen Schluck des halbkühlen Manzanilla zu sich nahm. »Die Heilige Dreifaltigkeit muß bei deinem Gefuchtel Gleichgewichtsstörungen bekommen.«

Umbre hielt inne. Aurelia war in der Tat eine bemerkenswerte Frau. Jede andere Mutter wäre bei den überbrachten Nachrichten in Wehgeschrei ausgebrochen.

»Die Patroncita meint, daß er sich ihr geoffenbart habe. In der Gestalt eines Toreros.«

»So so, ein Torero!«

In jüngeren Jahren war Aurelia von den Verzauberungen des Stierkampfes nicht unberührt geblieben. Sie und einige gleichgesinnte Freundinnen hatten die Zeitungsbilder ihrer Lieblingsmatadores ausgeschnitten und in karierte Hefte geklebt und für den Sieg ihrer Heroen ihre abgeschnittenen Locken über einer geweihten Kerze verbrannt.

»Wo hat die Offenbarung stattgefunden?«

Aurelia war nahe daran gewesen, ein anderes Wort zu gebrauchen, aber die Hostie war groß, und man konnte nie wissen, was ein Heiliger sich einfallen ließ.

»Ich habe keine Ahnung, Patrona, Gott sei mir gnädig.«

»Hast du Conchita nicht gefragt?«

»Sie weiß nichts davon, unser Lämmchen, die kleine Unschuld.«

Aurelia stellte das Glas auf der Marmorplatte ab, ohne einen Schluck genommen zu haben.

»Rede keinen Unsinn. Wie kann jemand schwanger sein, ohne es zu merken?«

»Es ist aber so, Señora, beim siebenmal geheizten Feuer der Hölle, das uns alle verschonen möge. Das Lämmchen hat keine Ahnung, was ihm widerfahren ist. Und das Ungeborene, das sie unter dem Herzen trägt, genießt den Schutz des Vogelkopfes und eines Engels in Gestalt einer blauen Schlange.«

»Kein vernünftiger Engel würde sich je in einen Schlangenleib zwängen.«

Dennoch versank Aurelia in Nachdenken. Umbres haarsträubende Geschichte hatte bei näherer Betrachtung einiges für sich. Entweder es handelte sich tatsächlich um einen Heiligen, der, in welcher Gestalt immer, Conchita mit seiner Aufmerksamkeit ausgezeichnet hatte, oder, was Aurelia eher glaubte, um eine von ihrer Tochter mit kindlicher Raffinesse erfundene Version, die schon dadurch jede Diskussion ausschloß, daß sie unwiderlegbar war.

»Du meinst, wir werden eine kleine Schöne Seele im Schoß unserer Familie aufziehen?«

Umbre nickte und bekreuzigte sich, diesmal nur einmal und mit feierlicher Langsamkeit.

»Und wann willst du Conchita über ihren Zustand aufklären?«

»Überhaupt nicht, Doña Aurelia.« Umbre hatte gut überlegt, was sie sagte.

Aurelia runzelte die Stirn. »Wie meinst du das?«

Umbre rutschte auf den Knien etwas näher an Aurelias Bett heran. »Es ist ganz einfach«, erklärte sie, »wir quartieren die Kleine bei Ihnen ein. Der Vogelkopf hat mir genaue Anweisungen gegeben. Niemand im Haus wird etwas erfahren. Ich werde ihr ein paar von meinen Schürzen überlassen, die ihre Gestalt verdecken, wenn sie in der Küche arbeitet. Wenn ihre Zeit gekommen ist, geben wir ihr etwas Hopfenwasser zu trinken und stecken ihr Wachspfropfen in die Ohren. Da sie blind ist, wird sie solcherart weder sehen noch hören, was mit ihr vorgeht. Sie wird uns glauben, daß sie an einer heftigen Kolik erkrankt ist. Wenn das Wurm geboren ist, erzählen wir der Familie, daß es dem Himmel gefallen hat, Sie, Doña Aurelia, mit einer späten Leibesfrucht zu beschenken.«

Aurelia ließ sich im Bett zurückgleiten und starrte auf den Fleck, dessen Umrisse, wie ihr schien, heute stärker hervortraten als sonst: Wenn Conchita tatsächlich blind war, wie Umbre behauptete, konnte die Rechnung aufgehen. Ein wenig Hopfenwasser, und sie würde in eine Art Bierrausch verfallen. Aurelia kannte den Zustand, er war nicht unangenehm. Daß sie selbst auf diese Weise noch einmal zur Mutter werden sollte, war erheiternd. Aurelia mochte Säuglinge, sie rochen gut und widersprachen nicht. Conchita schließlich für mehrere Monate zur uneingeschränkten Verfügung zu haben war ein Vorteil, den in allen Einzelheiten auszumalen Aurelia sich später Zeit nehmen würde. Wenn das Mädchen blind war, war dies bedauerlich, aber mit Sicherheit Gottes Wille. Vielleicht als Strafe für den Torero, falls er doch kein Erzengel gewesen sein sollte, oder als Votum für einen höheren Lohn in einem späteren Leben.

Umbre deutete das Schweigen der Patrona falsch. Sie rutschte auf den Knien noch etwas näher an das Bett heran. »Sie selbst haben mir mit Ihrem Traum den Weg gewiesen,

Doña Aurelia. Die Schlange, die sich in Ihrem Bauch ein Nest gebaut hat.«

Aurelia faltete unwillkürlich ihre Hände über der erwähnten Stelle. »Du hast Don Sebastiano vergessen. Wenn er Vater werden soll, müssen wir ihn einweihen.«

Umbre nickte. »Wollen Sie es ihm sagen, Doña Aurelia?«

»Ich denke, das werde ich tun.« Aurelia, von dem Gespräch ermüdet, wandte sich zur Seite und streckte die Hand nach dem Glas aus. Umbre sprang ihr bei und half ihr, einen großen Schluck der goldgelben Flüssigkeit zu sich zu nehmen. Anschließend ließ sie die Patrona sanft in die Kissen gleiten.

Aurelia schloß die Augen. »Du bist nicht dumm, alte Wachtel.«

»Dank der Hostie, Patrona. Man tut sein Bestes.«

»Wo ist Conchita jetzt?«

»Sie schläft in ihrer Kammer. Ich werde mit Ihrer Erlaubnis einen Strohsack herunterholen und die kleine Patroncita bei Ihnen einquartieren.«

»Wenn es der Vogelkopf so will.«

Aurelia befand sich wie immer nach ihrem zweiten Frühstück in einem angenehmen Zustand des Dahindämmerns, in dem sie kaum noch etwas wahrnahm. Umbre richtete sich auf, zog der Patrona die Kissen zurecht und verließ das Zimmer. Als die Tür hinter ihr ins Schloß gefallen war, war Aurelias letzter und durchaus erbaulicher Gedanke, daß weder Blindheit noch Schwangerschaft Conchita daran hindern würden, ihrer Mutter nach dem Quartierwechsel häufig und ausgiebig die Füße zu kratzen.

Nando, mit einem sechsten Sinn für alles, was Conchita betraf, ausgestattet, lauerte Umbre vor dem Ziegenstall auf. »Was tust du hier?«

»Ich hole ein wenig Milch für die Patroncita.«

»Ziegenmilch?«

»Sie verträgt sie besser. Von der Kuhmilch wird ihr übel.«

»So.«

Nando hatte das Haus beim ersten Hahnenschrei verlassen,

also lange nachdem Umbre und Conchita zum Bachbett aufgebrochen waren. Aber er hatte Umbre einen Strohsack über die Stiege zerren sehen und bemerkt, daß Junipero sich zwischen den Olivenfässern auf dem Speicher verkrochen hatte.

»Was geschieht mit dem Strohsack?«

»Er kommt zu Doña Aurelia ins Altarzimmer. Conchita wird für einige Zeit bei ihr wohnen.«

»So.«

Umbre wurde es unbehaglich. Nando war ihr zu schlau, um sich mit ihm zu unterhalten. Er unterlegte einfachen Worten Bedeutungen und reimte sich aus harmlosen Bemerkungen etwas zusammen.

»Hör auf, dich darum zu kümmern, Nando. Das ist eine Familienangelegenheit. Die Patroncita hat ein Unglück gehabt.«

»Ein Unglück?« Nando faßte nach der Heugabel, die mit nach oben gerichteten Zinken an der Stallwand lehnte.

»Sie ist blind, alle Heiligen stehen ihr bei.«

»Blind?«

Umbre war überrascht, die Reaktion, die sie bei Aurelia vermißt hatte, bei Nando vorzufinden.

»Was sagst du? Conchita ist blind?«

Er war unter seinen Bartstoppeln blaß geworden. Umbre griff nach der Heugabel, die ihm beinahe entfallen wäre.

»Wie ist das passiert?«

»Ich weiß nicht, ob ich darüber sprechen darf, alle Heiligen stehen mir bei.«

»Rede, oder ich schüttle dir alle Knochen aus dem Leib!«

»Don Junipero hat sie blindgeschossen, alle Heiligen stehen ihm bei.«

»Laß die Heiligen weg, und hör auf, Bockmist zu verzapfen. Wie ist es passiert?«

»Wie ich es dir sage, Nando. Don Junipero hat geschossen, im Bachbett. Die Patroncita ist erschrocken und in einen Christusdorn gerannt. Dabei hat sie ihr Augenlicht verloren.«

»Was hat Conchita im Bachbett gemacht?«

»Sie ist eingeschlafen, als wir Tau und Krötenkot sammeln wollten. Es war sehr früh am Morgen.«

»Wozu in aller Welt braucht ihr Tau und Krötenkot?«

»Gegen ihre Übelkeit. Und jetzt laß mich in den Stall, ich muß die Ziegenmilch holen.«

Umbre lehnte die Heugabel an die Wand und öffnete die Stalltür. Nando sah mit gerunzelten Brauen vor sich hin. Als Umbre den Stall wieder verließ, stand er immer noch da. Sie beeilte sich, an ihm vorbeizukommen, aber er hätte sie ohnehin nicht bemerkt. Umbre kippte ein wenig von der frischen Ziegenmilch ins Gras, um später beim Gehen nichts zu verschütten, und eilte mit dem kleinen Töpfchen ins Haus.

»Ich stehe einem Haushalt von Wahnsinnigen vor«, sagte Sebastiano beim Mittagessen. »Zwei meiner Söhne hausen im Keller, der dritte auf dem Speicher zwischen den Olivenfässern, meine Tochter will es meiner Frau gleichtun und bei einem heiligen Fleck Quartier beziehen, und meine Küchenmagd zündet mir das Haus unter dem Hintern an.«

Tatsächlich hatte Umbre den Vormittag über in allen Ecken des Hauses kleine, mit Knoblauchöl getränkte Kohlestückchen ausgelegt und sie der Reihe nach angezündet, um alle Vampire aus dem Umkreis der Patroncita zu verscheuchen und somit ein ungestörtes Gedeihen der Leibesfrucht zu garantieren. Es hatte ein wenig gestunken, aber das wichtigste war der feine Rauch gewesen, der nach und nach das ganze Haus vernebelt hatte und der nicht nur die Vampire vertrieb, sondern auch dem Vogelkopf Gelegenheit gab, sich unbemerkt in einem Winkel niederzulassen und seinen ungeborenen Schützling aus nächster Nähe zu bewachen, eine Vorsichtsmaßnahme, die nach Umbres Dafürhalten unumgänglich notwendig war.

Sebastiano hustete und spuckte, schob schließlich den Zimtauflauf, der ebenfalls nach Knoblauch schmeckte, zur Seite und schlüpfte aus den blauen Arbeitshosen, die er über den baumwollenen Beinkleidern trug. »Hol's der Teufel!« erklärte er. »Ich werde heute nicht arbeiten, wenn alle anderen verrückt spielen.« Er hatte die beiden letzten Samstage auf der Olivenpflanzung verbracht und konnte sich dank Nandos Verläßlichkeit einen freien Nachmittag durchaus erlauben. »Ich habe in Fuego Fuego einiges zu erledigen, an verschiedenen Orten, wo die Luft ausnahmslos besser ist als hier.«

Er vertauschte seinen Arbeitskittel gegen ein Jackett aus maisfarbenem Khaki, setzte seine Schirmkappe auf, spannte den Wallach vor den Leiterwagen und fuhr in einer gelben Staubwolke auf dem von zwei tiefen Rillen durchzogenen Weg in Richtung Fuego Fuego.

Umbre, die das Gespräch zwischen ihm und Aurelia fürchtete, war über den Aufschub froh und beschloß, das Haus am folgenden Tag noch einmal gegen etwaige Vampire auszuräuchern, um den Patrón auf diese Weise einen weiteren Tag von daheim fernzuhalten.

Conchita, die seit den Morgenstunden in ihrer Kammer vor sich hin gedöst und am Mittagessen nicht teilgenommen hatte, richtete sich auf, als sie das Türgeräusch hörte.

»Wer ist da?«

»Ich bin es, Patroncita, mein Täubchen. Ich habe Ihnen Lammfleisch mitgebracht und grüne Bohnen.« Umbre stellte das Tablett auf der Decke ab, die sie über Conchitas Knie gezogen hatte. »Wollen Sie sich aufsetzen? Ich schneide Ihnen das Fleisch und werde Ihnen die Hand mit dem Löffel führen.«

»Was ist mit mir, Umbre? Wieso kann ich nichts sehen?«

»Sie sind erschrocken, meine Kleine. Ein Idiot hat herumgeknallt und hat Ihnen das Augenlicht weggeschossen.«

»War es Junipero? Er hat mich nach Hause getragen.«

Umbre zog es vor, nicht zu antworten. Sie schnitt das Lammfleisch in kleine Würfel und mischte Schoten darunter.

»Wie lange wird es dauern, Umbre?«

Umbre seufzte auf. »Das weiß der Himmel. Sie müssen es in Geduld ertragen, *pequeñita.* Wer weiß, was Gott mit Ihnen vorhat.«

»Was soll er mit mir vorhaben?«

Umbre biß sich auf die Lippen: Beinahe hätte sie sich verraten. Die Patroncita durfte nichts über ihren Zustand erfahren, so wollte es der Vogelkopf. Sie drückte Conchita den Löffel in die Hand und half ihr, ihn mit Fleisch und Bohnen zu füllen.

»Sie sind sehr geschickt, meine Kleine.«

Conchita hatte ohne ihre Hilfe den Löffel zum Mund geführt. »Nein, laß mich.« Sie tastete nach dem Tellerrand, Umbres Hand, die der ihrigen beispringen wollte, zur Seite schiebend.

»Als ob Sie Ihr Augenlicht noch hätten! *Santa Maria de los angeles!*«

»Haben wir noch mehr Bohnen? Ich habe Hunger.«

»Dank der Hostie.«

Umbre kippte den Inhalt des Topfes in Conchitas Teller. »Sie müssen tüchtig essen, dann wird alles gut.«

»Hat Gott mich gestraft, Umbre?«

Umbre hob abwehrend die Hände, was Conchita nicht sehen konnte. »Alle guten Geister, *mi pájaro.* Wofür?«

»Weil ich einen Heiligen gesehen habe. San Miguel in all seiner Pracht und Herrlichkeit. Vielleicht ist einem Sterblichen so etwas nicht erlaubt.«

»Das wäre gut möglich.« Umbre ließ den Topf, aus dem sie den letzten Rest Bohnen kratzen wollte, sinken. Wenn es der Patroncita möglich war, die Sache so zu sehen, war das ein Glücksfall vor allem für sie selbst. »Es könnte sein, daß Gott meint, du hättest genug gesehen. Du solltest dir das Bild in deinem Herzen bewahren und deine Augen vor allem Künftigen verschließen.«

»So habe ich es mir auch gedacht.«

Es ging nichts über eine profunde religiöse Erziehung. Sie löste Probleme, noch ehe sie aufgetaucht waren.

»Wie gut, daß Sie erst gar nicht richtig lesen und schreiben gelernt haben, Patroncita. Die Mühe wäre jetzt ganz vergebens gewesen.«

Conchita mußte lächeln. Manchmal hatte sie es bedauert, daß Sebastiano ihr wegen der Arbeit im Haus nicht erlaubt hatte, regelmäßig zur Schule zu gehen. Aber Gott wußte im voraus, was nötig war und was nicht.

»Noch Bohnen, mein Lämmchen?«

Conchita aß alles, was im Topf war. Umbre stapelte das Geschirr auf die Holztasse und öffnete mit dem Ellbogen die Tür.

»Ich habe Ihnen bei Doña Aurelia ein Bett aufgeschlagen, Patroncita. Sie werden für einige Zeit bei ihr wohnen.«

»Bei meiner Mutter? Im Altarzimmer?«

»Ein Vogelkopfgeist hat es mir geraten. Wir müssen ihm unbedingt folgen. Sie stehen unter seinem persönlichen Schutz.«

»Ist meine Mutter einverstanden?«

»Sie hat nichts dagegen.«

»Ist es, weil ich blind bin, Umbre?«

Umbre zögerte. Eigentlich hatte sie Conchita erklären wollen, daß ihre Mutter guter Hoffnung sei und daher besonderer Pflege bedürfe, aber da Sebastiano im Zorn das Haus verlassen hatte, war es noch nicht möglich gewesen, ihn über sein künftiges Vaterglück aufzuklären, und Umbre wollte den Dingen nicht vorgreifen.

»Ja, weil du blind bist, mein Täubchen. Schlaf jetzt ein wenig. Ich hole dich, wenn es soweit ist.«

Conchita ließ sich zurückfallen und horchte auf Umbres Schritte, die sich über die Holztreppe entfernten. Der heilige Sebastian hatte seine Wunden, und Sankt Laurentius war auf dem Rost verbrannt worden. Sie war blind, weil sie den Erzengel Michael gesehen hatte. Es war nur recht und billig. Gott hatte sie erwählt, und vielleicht würde ihr Name später einmal in der Reihe derer stehen, die für ihren Glauben gelitten hatten.

Nando hatte gewartet, bis Umbre das Zimmer verlassen hatte. Nun stieg er auf Zehenspitzen die Treppe hoch und klopfte an Conchitas Tür. Conchita hörte nicht gleich. Sie hatte sich soeben ausgemalt, von einer Meute geifernder Heidenhunde ins Feuer geworfen zu werden, und nach kurzem Abwägen das Schicksal, das ihr widerfahren war, als vergleichsweise annehmbar empfunden. Wie Aurelia besaß auch Conchita die Gabe, sich mit Unabänderlichem umgehend und widerspruchslos zu arrangieren und auch den widrigsten Umständen noch eine oder die andere Annehmlichkeit abzugewinnen. Nando klopfte ein zweites Mal, und Conchita wandte den Kopf nach der Tür.

»Wer ist da?«

»Ich bin es, Nando. Darf ich hineinkommen, Patroncita?«

»Hat dich jemand gesehen?«

Es war unschicklich, daß der Knecht ihre Kammer betrat. Aber da sie ihn nicht sehen konnte, lagen die Dinge vielleicht anders.

»Niemand, Patroncita.«

»Komm herein, und mach die Tür zu.«

Nando gehorchte. Conchita hatte sich ein wenig aufgerichtet.

»Ich kann dich nicht sehen, Nando.«

»Ich weiß, Patroncita.«

Er war vor dem Bett auf die Knie gesunken, seine Stimme zitterte.

»Ich habe Ihnen etwas mitgebracht. Eine kleine Gazelle. Ich habe sie mit meinem neuen Federmesser geschnitzt.«

»Laß sehen.«

Das Wort schmerzte Nando. Er hielt den Atem an, um keinen Laut von sich zu geben.

»Hier.«

Conchita griff danach. Das Tier war handtellergroß und hatte lange, schlanke Beine.

»Wie zart sie ist.«

»Wie Sie, Patroncita.«

Conchita errötete. Nando war, über seine eigene Kühnheit erschrocken, verstummt. Conchita ließ die Finger über das Holztier gleiten.

»Sie ist wunderschön. Wie lange hast du dafür gebraucht?«

»Zwei Wochen, Patroncita. Ich bin froh, daß sie Ihnen gefällt.«

»Ich werde sie zu meinen anderen Tieren stellen.«

»Soll ich es für Sie tun?«

»Nein. Ich möchte sie noch ein bißchen in der Hand halten.«

Nando sah, wie sie die Finger vorsichtig um die kleine Holzfigur schloß. Er mußte wieder den Atem anhalten.

»Ich friere, Nando. Kannst du mir die Decke hochziehen?«

Nando ergriff die beiden oberen Enden und zog die Wolldecke über Conchitas Hände, die die Gazelle hielten, hinauf bis zu ihren Schultern.

»So ist es besser.«

Nando hatte sich, um Conchitas Wunsch zu erfüllen, zu ihr hinunterbeugen müssen. Da ihr Gesicht ruhig und offen vor ihm lag und er ihr so nahe war wie nie vorher, hielt er ein wenig inne, um den Augenblick auszukosten. Conchita, deren offene Augen nicht einmal einen Schatten wahrnehmen konnten, schien dennoch etwas zu merken.

»Was tust du, Nando?«

»Ich habe Sie nur angesehen, Patroncita.«

Trotz der Unmengen Bohnen und Lammfleisch, die Conchita zu sich genommen hatte, roch ihr Atem immer noch scharf nach Umbres Gebräu. Nando, der zuerst glaubte, sich getäuscht zu haben, beugte sich nach dem ersten Atemzug tiefer über ihr Gesicht.

»Patroncita –«

»Was ist los, Nando?«

»Haben Sie etwas getrunken? Ich meine Alkohol?«

»Alkohol? Nein.«

Conchita überlegte. In ihrem Kopf schaukelte es, als trüge sie eine Wiege darin. Als Sebastiano ihr einmal spaßeshalber einen Schluck Rum in die Schokolade gegossen hatte, war es ebenso gewesen.

»Ich weiß nicht, Nando. Umbre hat mir etwas gegen die Kälte gegeben. Draußen im Bachbett.«

»Sie sagte, ihr wolltet irgendwelche Scheußlichkeiten sammeln.«

Conchita mußte lachen. »Tau und Krötenkot. Umbre wollte daraus ein Pulver machen, weil mir morgens immer übel ist.«

Nando hatte wieder begonnen, vor sich hin zu starren. Conchita, die das nicht sehen konnte, fragte nach einer Weile: »Warum sagst du nichts?«

»Ich denke nach. Patroncita, ist Ihnen vielleicht einer Ihrer Brüder zu nahe gekommen? Vielleicht Junipero? Waren Sie früher schon einmal morgens im Bachbett?«

»Nie. Warum fragst du?«

»Oder Pepe el Rubio oder Pepe el Moreno?«

»Ich verstehe dich nicht, Nando.«

Nando erhob sich. Es war offensichtlich, daß Conchita ihn nicht verstand. Ebenso offensichtlich, daß von ihr keine Antwort zu erwarten war. Wenn er etwas erfahren wollte, mußte er sich an Umbre halten.

Er legte die einzige Hand, die er besaß, leicht auf die kleine Erhöhung in der Decke, unter der sich Conchitas um die Gazelle gefalteten Hände abzeichneten. »Ruhen Sie sich aus, Patroncita. Ich hoffe, Sie bald wieder in der Küche zu sehen.«

»Das hoffe ich auch, Nando.«

Sie folgte ihm mit ihren blicklosen Augen zur Tür. Ihre Wangen waren noch immer leicht gerötet. Was niemand wußte und was auch ihr erst aufgefallen war, seit sich ihre Wahrnehmung einzig auf den Gehörsinn konzentrierte, war die Tatsache, daß der Knecht Nando, seit Jahren ihr Berater und Gesprächspartner, mit der Stimme ihres Heiligen zu ihr sprach.

5

Die Angelegenheiten, die Sebastiano in Fuego Fuego zu erledigen hatte und die sich, wie er erklärt hatte, samt und sonders an Orten mit besserem Geruchsklima abspielten, als das Haus nach Umbres Knoblauchattacke gegen die Vampire zu bieten hatte, erwiesen sich bei näherer Betrachtung als eine einzige, wenn auch nicht zu unterschätzende Angelegenheit: Sebastianos Besuch bei einer früheren Erntearbeiterin, die sich nach einer großzügigen finanziellen Zuwendung von seiner Seite in der Nähe des Schulgebäudes in einem steingemauerten Häuschen mit Pappdach und winzigem Innenhof niedergelassen hatte und in einem gegenüberliegenden Kiosk einen Handel mit Heften, Bleistiften, Kugelschreibern und Zeichenblättern betrieb. Ihr Name war Eleuteria Granados, kurz Ele. Ihre Mutter war seinerzeit nach Mexiko ausgewandert und Jahre später, die kleine Ele an der Hand, wiedergekehrt. Ele besaß langes, glattes, für eine Spanierin ungewöhnlich blauschwarzes Haar, hohe Backenknochen und die zart rostbraune Hautfarbe, wie sie bei den Azteken des Hochlandes von Amecameca zu finden ist. Da ihre Mutter früh verstorben war, hatte Ele sich ihren Lebensunterhalt teils auf dem Feld, teils auf der plüschbespannten Couch in der Dependance eines abgewirtschafteten Albergue verdient. Die Patrones aus Fuego Fuego und der Umgebung schätzten ihre heitere, unkomplizierte Art, mit ihren Stärken und Schwächen umzugehen, sowie das kalte Buffet, das Ele für ihre Gäste in der schattigen Küche des Albergue bereithielt. Es stand den Señores vor oder nach dem eigentlichen Zweck ihres Besuches als im Preis inbegriffen zur Verfügung und war von erlesener Auswahl und kernigem Geschmack, und bei einigen der Stammgäste war es nicht sicher, was für sie der eigentliche Zweck ihres Besuches darstellte, Eles Gunstbezeugungen oder ihr Buffet. Sebastiano hatte von beidem reichlich Gebrauch gemacht, seit Ele eines Sommers als Olivenpflückerin auf Angel del Sur erschienen war, um so mehr, da seine Ehefrau dem Fleck an ihrer Decke weiter die Treue hielt und er das Herumgetue mit den jungen Mägden – die, wenn er sie einmal soweit hatte, seine schwindende Manneskraft überforderten – satt hatte. Ele war geduldig und hilfsbereit, sie hörte ihm zu und brachte ihn zum Lachen. Da sie ein Halbblut war, waren ihr die dumm-stolzen Zierereien der Spanierinnen ebenso fremd wie deren religiös bedingte Schuldgefühle. Nachdem Sebastiano Eles Lager einige Jahre hindurch mit anderen geteilt hatte und Ele zudem auf die Vierzig zuging, trafen sie ein Übereinkommen: Ele würde vorderhand weiterhin bei der Olivenernte auf Angel del Sur helfen, aber den Rest ihrer Berufstätigkeit an den Nagel hängen, während Sebastiano ihr im Gegenzug ein kleines Startkapital für die Übersiedelung in das Pappdachhäuschen sowie die Eröffnung des Papierkiosks zur Verfügung stellte. Sebastiano, dessen Söhne Pepe und Pepe zu dieser Zeit den Militärdienst absolvierten, schrieb ihnen vor, daß sie den Sold auf Heller und Pfennig bei ihm abzuliefern hatten, und verwendete das Geld für den guten Zweck der Nahversorgung der Volksschulkinder von Fuego Fuego mit Schulheften und Schreibutensilien. Ele, froh, des anstrengenderen Teils ihrer Lebensunterhaltsbeschaffung enthoben zu sein, vertauschte das Plüschsofa mit einem Gesundheitsbett und machte sich an das Studium der verschiedenen Heftformate, Kugelschreibermarken und Buntstiftsorten. Dankbar gegenüber Sebastiano, hielt sie ihm eine Art von Treue und gab ihm das Gefühl spät, aber nicht zu spät, für seine in gewisser Weise unzureichende Ehe mit Doña Aurelia entschädigt zu sein.

An diesem Nachmittag empfing sie ihn besonders liebevoll. Der Zufall wollte es, daß sie, obwohl er sich nicht angekündigt hatte, die cremefarbene Unterwäsche trug, die er an ihrer dunklen Haut besonders schätzte. Sebastiano, noch ein wenig ärgerlich über die Vorfälle in seinem Haus, entledigte sich seines nach Knoblauch duftenden Khakijacketts, das Ele vorsorglich auf dem Holzbalkon an einem Stück Schnur aufhängte, bevor sie ihn in ihre samtenen Arme schloß. Er vergaß seinen Ärger bald und lief an diesem Nachmittag zu einer für einen Mann seiner Jahre bemerkenswerten Höchstform auf, und Ele, die mit Cremefarbe und Zuwendung genau das bezweckt hatte, versäumte es nicht, wiederholt und anerkennend darauf hinzuweisen. Sie trug nun schon den sechsten Tag, jeweils nach abendlichem sorgsamen Auswaschen, die von Sebastiano bevorzugte Wäsche, um für einen Überraschungsbesuch seinerseits gewappnet zu sein. Es hatte funktioniert, und als Sebastiano sich bei Einbruch der Dämmerung und nach ausgiebiger Labung am auch im neuen Domizil bereitgestellten kalten Buffet verabschiedete, war sie mit sich ebenso zufrieden, wie er es mit sich war, und dankte Gott für die chaotischen Zustände in seinem Haus, die ihn an diesem Nachmittag unversehens in ihre Arme getrieben hatten. Ele war in keiner Weise berechnend, aber ihr praktischer Sinn ließ es nicht zu, daß sie sich auf Glatteis begab, alles mußte seine Ordnung haben, und die Ordnung in ihrem Leben hieß Sebastiano Riéra. Als er, das Pferd mit einem fröhlichen Peitschenknall liebkosend, um die Ecke gebogen war, ließ sich Ele, die ihm vom Balkon aus nachgesehen hatte, mit einem Seufzer der Erleichterung in den kissenbewehrten Korbstuhl fallen. Sie griff nach einer der likörgefüllten Caramelos, die sie, eine Gewohnheit aus ihrem früheren Berufsleben, als Belohnung für sich selbst nach anstrengenden Liebesstunden stets bereithielt, und dachte voll Dankbarkeit, daß sie ab morgen wieder die schwarze Unterwäsche tragen konnte, die sie, und nicht nur sie, an ihrem sanft gerundeten, immer noch kernigen Körper bevorzugte.

Junipero verließ sein Versteck zwischen den Olivenfässern erst bei Anbruch der Dämmerung. Er hatte von jeher zwischen den bauchigen, nach Holz und Öl duftenden Behältern Trost gefunden, wenn ihm eine der Katastrophen widerfahren war, an denen sein Leben reich war, und der fette, ein wenig säuerliche Duft hatte ihn durch seine Kindheit begleitet, da die Fässer noch auf dem Speicher der abgewohnten Finca in der Sierra de la Virgen gestanden hatten.

Seit Junipero denken konnte, fühlte er sich vom Schicksal verfolgt. Waren es in der Kindheit die *petanka*-Kugeln gewesen, die bei ihm – und nur bei ihm – nie den Weg in das Erdloch fanden, so waren es während der Schulzeit die Geheimnisse und Scherze der Klassenkameraden, die er als letzter oder gar nicht verstand, wie auch die gemeinsamen Streiche, bei denen immer er als einziger erwischt und bestraft wurde. Später, als es darum ging, auf Mädchen Eindruck zu machen, versuchte er, bei dem kräfteraubenden Spiel mitzuhalten, mit dem Resultat, daß er beim Kettentanz den Mädchen, die ihn zu beiden Seiten untergefaßt hatten, beim ersten Schritt auf die Füße trat, so daß der Reigen auseinanderfiel, ehe er noch begonnen hatte. Einmal, als er während einer Dorffiesta eine fröhliche Schöne zu einer Limonade eingeladen hatte, platzte seine Hosennaht in dem Augenblick, da er sich ihr gegenüber auf dem Barhocker niederließ, und seine rosafarbene Unterwäsche – Aurelia kaufte für ihre Söhne immer die Farben, die im Angebot zu haben waren – quoll zur allgemeinen Erheiterung durch den Schlitz. Ein andermal, als er zugleich mit einem von Sebastiano unterschriebenen Entschuldigungsbrief an seinen Schuldirektor eine selbstverfaßte Ode an eine Mitschülerin abschicken wollte, verwechselte er die Kuverts, so daß der Direktor ein etwas schwülstiges Elaborat und das Mädchen eine genaue Beschreibung seines Blasenleidens erhielt. Nach jedem der ihm widerfahrenen Tiefschläge zog er sich auf den Speicher zurück, wo die Ölfässer ihm ein beinahe behagliches, exotisch duftendes Versteck boten. Da ihm klargeworden war, daß er auch in bezug auf Mädchen nichts vom Schicksal zu erwarten hatte, strich er sein Interesse an allem, was damit zusammenhing, rigoros aus seinem Leben und wartete in einer Art fatalistischer Unbeirrbarkeit auf etwas, das statt dessen sein Dasein erfüllen würde. Seine große Zeit begann mit der Einberufung zum Militär. Als ihm in der Kleiderkammer Uniformrock, Koppel und Mütze ausgehändigt wurden, begann sein Herz zu klopfen, und als er, schon eingekleidet, in einer Warteschlange vor der Waffenkammer stand, geriet er in eine für ihn selbst unverständliche Erregung. Das Gewehr, das ihm ausgehändigt wurde, ein Militärkarabiner, war schnittig und kompakt zugleich, und wenn er es hob, um sein Ziel anzuvisieren, liebkoste der Holzgriff seine Wange, wie dereinst seine Mutter es getan hatte, als sie noch mit ihren Kindern sprach und da jener verhängnisvolle, acht Tage dauernde Wolkenbruch, der den Fleck an ihrer Decke entstehen ließ, noch nicht stattgefunden hatte.

Junipero war zur Überraschung aller und auch zu seiner eigenen ein guter Soldat. Hatte er, der weder groß noch kräftig war, vordem die Anstrengungen des Heeresdienstes gefürchtet, zeigte sich bald, daß seine drahtige Zähigkeit ihn mit äußerlich besser konditionierten Burschen durchaus Schritt halten ließ. Seine Liebe zur Schußwaffe hatte zur Folge, daß er jede freie Minute auf dem Schießplatz verbrachte und daß es ihm an Schnelligkeit und Treffsicherheit bald kaum jemand gleichtat. Als die achtzehnmonatige Ausbildungszeit beendet war, meldete er sich ohne Wissen seines Vaters zu einem Fortbildungslehrgang für Offiziere und beschwor damit einen Tobsuchtsanfall Sebastianos und ein Kettengebet seiner Mutter Aurelia für den Nachlaß seiner Sünde gegen das vierte Gebot herauf.

Während des Lehrgangs war Juniperos Stubenältester ein stichelhaariger Gefreiter, der aus der Mancha stammte und Horoskope stellen konnte. Er arbeitete mit Papierrädern, auf denen Kreise und Ellipsen zu sehen waren, malte mit Filzschreiber und Winkelmesser Punkte und Querlinien dazwischen und verband kleinere und größere Kreise, welche Planeten darstellten, durch punktierte oder gestrichelte Linien miteinander. Man machte sich über ihn lustig, aber als er einem Reserveleutnant den baldigen Tod vorhergesagt hatte und dieser kurz darauf bei einer Flußdurchquerung mit dem Tornister an einem Weidenzweig hängenblieb und ertrank, kam Betroffenheit auf, und man betrachtete den Astrologen mit scheuem Staunen, in das sich eine Spur Sensationslust mischte. Junipero schließlich war der erste, der es wagte, ihn um ein Horoskop zu bitten. Bei seiner Katastrophenanfälligkeit riskierte er nicht viel, jede Prophezeiung konnte nur besser sein als seine eigenen Erwartungen, und im stillen hoffte er auf einen Silberstreifen am Horizont. Der Stubenälteste zeichnete drei Tage lang, ehe er Junipero eröffnete, daß es mit seinem Pechvogelstatus seine Richtigkeit habe, sich dies jedoch eines Tages ändern werde. Zuvor aber werde sich eine echte Tragödie ereignen. Sie werde einen anderen Menschen betreffen, Junipero werde ein nicht wiedergutzumachendes Unheil anrichten, und dieses Unheil werde durch den Gebrauch einer Waffe entstehen.

Junipero, anfänglich sehr erschrocken, begann während der letzten Wochen des Lehrgangs die Weissagung des Stubenältesten systematisch in Frage zu stellen. Erstens hatte dieser einem jungen Leutnant die Trennung von seiner Braut angekündigt, und dies war nicht eingetroffen; die beiden hatten kürzlich geheiratet. Zweitens hatte der Stubenastrologe selbst gemeint, daß man im großen und ganzen nur Neigungen, keine Fakten aus den Sternen lesen könne. Drittens war Junipero alles andere als gewalttätig oder auch nur aggressiv. Er konnte und wollte niemandem ein Leid zufügen. Das Kriegshandwerk begeisterte ihn nur insoweit, als man dadurch mit Waffen in Berührung kam, und Waffen waren für ihn Instrumente, um auf eine Zielscheibe, eine Kerzenflamme, einen Grashalm oder eine Glühbirne, keinesfalls aber auf einen Menschen zu schießen.

Jetzt, da Conchita offenkundig durch seinen Schuß ihr Augenlicht verloren hatte, stand die Prophezeiung des Stubenältesten in ihrer fatalen Unverrückbarkeit vor ihm, und er mußte zugeben, daß die Sterne und nicht seine Verdrängungsversuche die Oberhand behalten hatten. Er hatte einem Menschen, noch dazu seiner kleinen Schwester, die ihm besonders nahestand, durch den Gebrauch der Schußwaffe Schaden zugefügt und verfluchte sich für seine verhängnisvolle Liebhaberei, während er sich gleichzeitig eingestand, daß er nie, auch nicht nach dem, was geschehen war, davon würde lassen können.

In diesem Dilemma boten die Ölfässer wenig Trost. Er legte seine Wange an das runde Holz, das sich wie der Griff der Beretta anfühlte, und dachte, daß er gerne einen seiner Sinne – nicht gerade das Augenlicht, das er zum Schießen brauchte, aber beispielsweise das Gehör – dafür geben würde, wenn er damit Conchitas Sehkraft zurückholen könnte.

Junipero war nicht naiv genug, den Humbug, den Umbre von sich gab, zu glauben. Er wußte, daß man einem Menschen nicht das Augenlicht wegschießen konnte. Ein Schock jedoch konnte Blindheit auslösen; ähnliches hatte er schon erlebt. Während seines Schichtdienstes im Heeresspital war er einem Rekruten begegnet, der stotterte, seit er bei einem Manöver auf eine Tellermine getreten war. Glücklicherweise war das Ding nicht scharf gemacht gewesen, und dem jungen Mann war weiter nichts geschehen, aber der Schreck hatte eine Sprachstörung bei ihm ausgelöst. Von seiner Mutter Aurelia wußte Junipero, daß sie als Kind mehrere Wochen lang gelähmt gewesen war, nachdem ein Stier auf der Weide sie angefallen und niedergerannt hatte. Conchita war ein empfindsames Mädchen. Der Schuß im Bachbett mußte sie zu Tode erschreckt haben, andernfalls wäre sie nicht so kopflos in den Christusdorn gerannt. Wie immer man es wenden mochte, der Astrologe aus der Fernando-Kaserne hatte gewußt, was er sagte, zu Conchitas Unglück und zu Juniperos Verzweiflung.

Junipero schlich in der Abenddämmerung aus dem Haus und schlug, ohne es zu wollen, den Weg zum Bachbett ein. Flüchtig ging ihm durch den Kopf, daß es den Verbrecher üblicherweise an den Tatort zurückzog. Am Knick oberhalb der Brücke, wo das Ufer breit und flach wurde, stand ein alter Feldstein, von Efeu über und über bewachsen. Junipero vermutete, daß es sich dabei um das Grabmal eines Soldaten handelte. Das Datum stammte aus dem letzten Kriegsjahr, eine Tatsache, die Juniperos Phantasie ebenso anregte wie sein Mitgefühl. Er hatte oft Stunden im Schatten des Steins verbracht, mit hochgezogenen Beinen auf dem sandverkrusteten Rasen sitzend, den Rücken an den Gesteinsbrocken gelehnt. Heute fiel es ihm schwer, er wußte, was zu tun war, und auch, daß er um vieles ärmer sein würde, wenn er sich wieder erhob. Dennoch hatte er keine Wahl. Er mußte seine Zukunft opfern, um sein Unrecht gutzumachen. Das war gerecht und überdies die einzige Möglichkeit, wieder zur Ruhe zu kommen. Er hatte den Plan gehegt, die Finca in absehbarer Zeit zu verlassen, wenn Pepe und Pepe verheiratet wären, was bei ihrer Schwäche für das schöne Geschlecht nicht lange dauern würde, und er genügend Geld gespart hätte. In einer mittleren Stadt im Süden, Barcelona oder Granada, hätte er gern einen Laden eröffnet, Juniperos Arsenal oder Juniperos Waffenladen, und seine Schätze für gutes Geld verkauft, getauscht oder verliehen. In Granada standen die Ateliers einer Filmgesellschaft, die historische Streifen drehte, und Junipero hatte in einem Magazin gelesen, wie reich ein vor Jahren nach Deutschland ausgewanderter Baske mit dem Verleih von Waffen und Uniformen an Filmgesellschaften geworden war. Vielleicht konnte er später auch nach Deutschland gehen oder nach England, dem klassischen Land der Jagd und der Gewehrsammler und -kenner. Nun war alles vorüber, und sein Traum würde unerfüllt bleiben. Er würde Angel del Sur nicht mehr verlassen, um in Conchitas Nähe zu sein für den Fall, daß sie ihn brauchte.

Junipero hätte nicht sagen können, daß er traurig war. Es war eher das Gefühl eines Verlusts, als hätte man ihm etwas weggenommen, das ein Teil seiner selbst gewesen war, einen

Fuß oder eine Hand. Er kam sich amputiert vor, verstümmelt, ohne etwas wie Wundschmerz zu empfinden. Dies war unabänderlich, ein durch die Umstände auferlegter Entschluß. Junipero war nicht bigott wie Aurelia und nicht abergläubisch wie Umbre, aber als er die Hand an die brüchige Oberfläche des Feldsteins legte und seinen Schwur formulierte – er lautete ungefähr, daß er ab sofort auf eigene Wünsche verzichten und nur für Conchita leben wolle – und als in diesem Augenblick der Wind eine über ihm stehende Wolke beiseite schob und ein später Sonnenstrahl den Stein traf, nahm er dies als gutes Zeichen.

Auf dem Heimweg mußte er denken, wie das Schicksal ihm vor Jahren den Wunsch versagt hatte, ein wenn auch etwas sonderbarer Soldat zu werden, dessen Lebensinhalt Waffen waren, ohne daß er es je fertiggebracht hätte, sie zu benutzen, und wie es ihm jetzt den Traum von ›Juniperos Arsenal‹ genommen hatte. Vermutlich mußte es Menschen geben, denen alles unter den Händen zerrann, und Gott hatte sie in seine Schöpfung eingeplant. Seine ungeschickten Tritte auf die Füße seiner Tänzerinnen, die vertauschten Briefkuverts, die geplatzte Hosennaht waren nur Vorbereitungen gewesen; Gott hatte ihm diese Prüfungen geschickt, um ihn den heutigen Tag besser ertragen zu lassen. So gesehen lag etwas Logisches, beinahe Versöhnliches in dem Plan, und Junipero war beweglich genug, die Sache von diesem neugewonnenen Standpunkt aus zu betrachten.

Er setzte sich an den Abendbrottisch und nahm Umbres Mitteilung, daß Conchita sich nicht wohl fühle und einige Tage Ruhe brauche, ebenso wie die übrigen Familienmitglieder wortlos zur Kenntnis. Weiter wurde an diesem Abend nichts erwähnt. Umbre mußte sich auf Aurelias Gespräch mit Sebastiano erst seelisch vorbereiten, und der Tag hatte sie erschöpft. Immerhin hatte sie erfüllt, was ihr aufgetragen worden war; der Vogelkopf konnte zufrieden sein. Es war nicht immer einfach, seinen teils schwer verständlichen, teils widersprüchlichen Anordnungen Folge zu leisten.

Sebastiano kaute seine Bohnen in vollem Einklang mit sich

selbst und seinem spontanen Entschluß, Doña Eleuteria in Fuego Fuego aufzusuchen. Er hatte sich lange nicht mehr so ausgeglichen und eins mit der Welt gefühlt. Aurelia, in ihrem Altarzimmer erbaulichen Gedanken hingegeben, ging im Geist alle Handreichungen durch, die ein Blinder bei gutem Willen und einiger Übung ebenso problemlos verrichten konnte wie ein Sehender, und kam zu der Überzeugung, daß sich bis auf das Einschenken von Wein nahezu alles würde arrangieren lassen, während ein Stockwerk höher Conchita in ihrer neuen Dunkelheit vergebens versuchte, wenigstens einige der Bilder festzuhalten, die ihr durch den Kopf jagten. Wenn sie sich nach der Seite wandte, schwankte das Bett wie ein Kahn, und an ihren offenen Augen glitt ein wüster Reigen vorbei, Krötenköpfe, Ziegenköpfe, Schlangen, Stiere, Heilige. Sie grinsten oder starrten sie an und vereinigten ihre Stimmen zu einem Choral, der aus dem Flußbett zum Himmel stieg, während sie die holzgeschnitzte Gazelle umklammert hielt und in dankbarem Staunen dachte, daß sie ab morgen das Zimmer mit Jakobus' Altar und seinen Umrissen an der Decke mit ihrer Mutter teilen würde.

Nando brütete vor sich hin und warf düstere Blicke auf Umbre, während er die Mahlzeit an dem Kloß, der ihm im Hals saß, vorbeiwürgte. Auch Pepe und Pepe bekamen einige von seinen argwöhnischen Blicken ab, aber sie merkten es ebensowenig wie Umbre, da ihrer beider Vorhaben, am kommenden Wochenende einen Abstecher nach Fuego Fuego zu unternehmen, ihre Gedanken voll in Anspruch nahm.

Junipero schließlich, am unteren Ende des Tisches, löffelte seine Suppe mit geschlossenen Augen und stellte sich vor, blind zu sein, um die Empfindungen, denen Conchita von jetzt an ausgesetzt war, mit ihr zu teilen. Er wartete dabei auf die Verzweiflung und die Schuldgefühle, die ihn am Morgen bedrängt hatten, aber weder das eine noch das andere stellte sich ein, und er wußte nicht, ob er darüber beunruhigt oder erleichtert sein sollte. Nach Beendigung der Abendmahlzeit wandte er sich automatisch der Holztreppe zu, um zum Speicher hochzuklettern, aber schon nach wenigen Stufen hielt er inne. Es war ihm aufgefallen, daß er nicht das geringste Bedürfnis hatte, sich bei den Holzfässern zu verkriechen. Schon die bloße Vorstellung schien ihm absurd. Jetzt, da er die Buße auf sich genommen und sein Leben verpfändet hatte, war für ihn nicht mehr von Belang, was selbst die dicksten, öligsten und bestduftenden Olivenfässer zu bieten hatten. Er war am Ziel angelangt und brauchte den Trost der bauchigen Freunde nicht mehr. Er holte die Beretta aus seiner Jackentasche, polierte den Lauf mit einem Lederlappen und schob sie unter das Kopfkissen, ehe er zu Bett ging. Da er sich selbst aufgegeben hatte, genoß er die Narrenfreiheit des Verurteilten, und es stand bei ihm, das Leben, das ihm nicht mehr gehörte, zu gestalten, wie es ihm beliebte.

Er streckte sich auf seinem Bett aus und verschränkte die Hände unter dem Nacken. Der Astrologe aus der Fernando-Kaserne hatte recht behalten: Das Schlimmste war eingetroffen. Sein Atem wurde leicht, als er dachte, daß er keine Zukunft besaß. Das Schicksal verfolgte ihn nicht mehr, es hatte ihn eingeholt. Während er versuchte, mit offenen Augen einzuschlafen, um es Conchita gleichzutun, merkte er zu seiner Überraschung, daß er zum ersten Mal in seinem Leben den kommenden Tag nicht fürchtete.

Conchitas Übersiedlung sollte nach dem Frühstück stattfinden, so wünschte es Aurelia. Sie hatte den vorausgegangenen Tag der widrigen Umstände wegen ohne Füßekratzen zubringen müssen und wünschte diesen Zustand nicht zu verlängern. Umbre, der sie ihre Weisung mitteilte, äußerte Zweifel.

»Sollten wir Don Sebastiano nicht vorher einweihen, Señora?«

»Einweihen, worin?«

»Er soll immerhin Vater werden. Es wird vielleicht ein schwieriges Gespräch.«

»Schwierige Gespräche werden nicht leichter, wenn man sie übereilt. Außerdem, was sollte Sebastiano einwenden? Weißt du einen anderen Ausweg?«

»Das nicht, Señora.«

Aurelia ließ sich in die Kissen zurücksinken. »Er erfährt es früh genug. Ist Conchita vorbereitet?«

»Sie kann es kaum erwarten.«

Conchita, die beim ersten Hahnenschrei erwacht war, hatte nach kurzem Besinnen die Decke zurückgeschlagen und das Bett verlassen. Die Gazelle, die ihr im Schlaf entglitten und nach dem Aufwachen wieder in die Hand gekommen war, erhielt ihren Platz auf dem Nachttisch, auf dem neben der Weckeruhr auch die nunmehr unnütze Lampe stand. Conchita tastete nach dem Stuhl, auf dem üblicherweise ihre Kleider lagen, und fand alles geordnet vor. Sie steuerte aus ihrer Erinnerung den Waschtisch an und zählte dabei die Schritte. Das Einschenken aus dem Krug in die Porzellanschüssel bereitete wenig Probleme. Schwieriger war es, die Zahnpasta aus der Tube auf die Bürste zu bringen. Conchita vollzog jeden Handgriff aus dem Gedächtnis und ließ sich dazu Zeit. Als die Morgenwäsche beendet war, schlüpfte sie in ihre Kleider und griff nach der Haarbürste, die hinter der Waschschüssel lag. Sie ertappte sich dabei, daß sie vor den Spiegel treten wollte, und mußte lächeln. Dann zählte sie die Schritte bis zum Fenster, öffnete den Flügel und begann, die Frühsonne auf ihrem Gesicht, ihr Haar zu bürsten.

Draußen gackerten die Hühner, und ein paar Vogelstimmen mischten sich mit dem schläfrigen Muhen der Rinder aus dem Stall. Conchita genoß ein paar Sekunden lang die Wärme auf ihrer Haut und wandte sich dann ins Zimmer zurück. Es war ihr eingefallen, daß sie ohne Uhrzeit das Frühstück versäumen würde, ebenso all die anderen feststehenden Termine im Tagesablauf von Angel del Sur. Sie streifte mit den Kniekehlen die Bettkante entlang und ließ sich neben dem Nachttisch auf das Kopfkissen fallen. Der Wecker tickte laut, und Conchita, die ihn zur Hand genommen hatte, glitt mit den Fingerspitzen über die Vorderseite. Es kam darauf an, das Glas zu zerschlagen, ohne die Zeiger zu beschädigen. Die Uhrzeit mit den Händen zu ertasten würde kein Problem sein, ebensowenig das tägliche Aufziehen. Sie vergewisserte sich, wo sich die Ecke an der Marmorplatte des Nachttisches befand, und stieß die Weckeruhr kräftig dagegen. Das Glas zersprang, ohne daß die Uhr zu ticken aufhörte. Ein paar Scherben waren zu Boden gefallen, und Conchita wartete ein wenig, ehe sie mit den Fingern vorsichtig nach dem Zifferblatt tastete. Sie hatte Glück gehabt. An den Rändern saßen noch ein paar Splitter, aber der Sekundenzeiger bewegte sich. Sie entfernte die Reste vorsichtig und legte sie in eine Mulde, die sie in ihr Kopfkissen drückte. Dann stellte sie die Uhr an den früheren Platz und kniete nieder, um die Scherben aufzusammeln.

Umbre, die das Zimmer betrat, blieb an der Tür stehen.

»Was tun Sie, Patroncita, um aller Heiligen willen?«

»Ich habe das Glas zerbrochen, damit ich besser auf die Uhr sehen kann.«

Umbre kniete neben Conchita nieder, um ihr zu helfen.

»Wieso haben Sie sich alleine angezogen?«

»Es war nicht schwer.«

Umbre legte die aufgeklaubten Scherben zu den anderen auf das Kopfkissen.

»Ich bringe Ihnen dann die Schokolade und ein Stück Sirupkuchen, mein Lämmchen. Doña Aurelia wünscht, daß Sie nach dem Frühstück übersiedeln.«

»Kann ich nicht hinunterkommen? Ich würde gerne mit den anderen frühstücken.«

Umbre schlug sich kopfschüttelnd mehrere Male gegen die Brust, während sie, Conchita anstarrend, murmelte: »Sie ist eine Heilige, meine kleine *pajarita*, Gott stehe ihr bei. Sie nimmt ihr Kreuz auf sich, als sei es ein Storchenfederchen...«

Conchita war neugierig, wie sie sich in der Küche zurechtfinden würde. Als Umbre auf der Treppe nach ihrem Arm greifen wollte, schob sie sie zur Seite. »Laß mich. Ich weiß, wo ich bin.«

Sie zählte die Stufen, dann die Schritte zur Tür. Umbre, die unter der Achsel das zusammengerollte Kissen trug, in dem sich die Glasscherben befanden, sandte den Blick in die Ecke des Flurs, wo sie den Vogelkopf vermutete. Ihre Gedanken waren so laut wie das Schlurfen ihrer Pantuflos auf dem Holzboden.

»... Sie ist ein schlaues Kerlchen. Wenn sie nichts von ihrem Zustand merken soll, muß einem von uns etwas einfallen...«

Sebastiano, der mit seinen Gedanken bei dem verflossenen, und die Brüder Pepe und Pepe, die mit den ihren bei dem bevorstehenden Ausflug nach Fuego Fuego waren, nahmen Conchitas sonderbares Benehmen am Frühstückstisch beiläufig zur Kenntnis.

»Was ist los mit ihr?« fragte Sebastiano, als Conchita beim Eingießen der Schokolade ihren Finger in den Rand der Tasse hielt und ihn erst herauszog, als die Flüssigkeit ihre Fingerspitze erreicht hatte.

»Sie kann nichts sehen, Patrón.«

Sebastiano, abgestumpft gegen weibliche Zustände jeglicher Art, drehte ein Stück Weißbrot in seiner Hand zu einer Kugel, ehe er es in den Mund steckte.

»Und wie lange soll das dauern?«

»Das weiß Gott allein, Don Sebastiano.«

Sebastiano, der an seiner Kugel kaute, schüttete einen Schluck Schokolade nach und griff nach einer zweiten Weißbrotscheibe. Was diesen Fall betraf, war er außer Obligo. Er würde sich nicht anmaßen, Gottes Absichten zu ändern oder auch nur erraten zu wollen. Die Hauptsache war, daß der Tagesablauf auf der Finca nicht gestört wurde.

»Wird sie ihre Arbeit in der Küche machen können?«

»Geschickt, wie sie ist, denke ich, daß es gehen wird.«

»Geschickt, das ist sie.«

Conchita errötete vor Freude über das Lob ihres Vaters. Sie war die einzige auf Angel del Sur, die die Netze, die bei der Ernte zum Auffangen der Oliven unter die Bäume gebreitet wurden, so flicken konnte, daß man die Risse nicht sah. Gleich nach dem Frühstück, nahm sie sich vor, würde sie ein paar Netze vom Speicher holen und ausprobieren, ob es noch funktionierte. Sebastiano, der die fünfte Brotkugel geschluckt hatte, blickte auf die Uhr.

»Zeit, aufs Feld zu gehen. Wie lange wollt ihr hier noch herumsitzen?«

Nando, der von der neueröffneten Möglichkeit Gebrauch

gemacht und während des ganzen Frühstücks Conchita angestarrt hatte, tauchte den Churro hastig in die Schokolade.

»Gehen Sie ruhig voraus, Patrón. Ich werde Sie auf dem Weg einholen.« Junipero faltete säuberlich seine Serviette zusammen.

»Ich komme ebenfalls nach. Ich möchte mich noch rasieren.«

Alle blickten erstaunt zum Tischende. Daß Junipero sich an einem Werktag rasierte, war ungewöhnlich. Normalerweise ließ er den Bart die Woche über stehen und griff erst am Sonnabend zu Pinsel und Klinge.

Er wurde unter den Blicken ein wenig unsicher, ließ sich aber nicht beirren. »Ich rasiere mich von jetzt an jeden Tag«, verkündete er.

Pepe und Pepe tauschten einen Blick. Es war spät, aber nicht zu spät, daß Junipero die Freuden entdeckte, die ihnen seit langem die Freizeit versüßten. Wenn es sich ergab, waren sie durchaus bereit, den großen Bruder auf den einen oder anderen Ausflug mitzunehmen und in das bisher Versäumte einzuweihen.

Nando trat neben Conchita, als sie vom Tisch aufstand und den Stuhl an den Platz rückte.

»Ich öffne Ihnen die Tür, Patroncita.«

»Laß mich, Nando, ich muß die Schritte zählen.«

Sie strauchelte ein wenig, als sie auf die Tür zuging. Nando griff mit seiner einen Hand nach ihrem Arm.

»Was ist Ihnen, Patroncita?«

»Mir ist übel.«

Umbre, ein Tablett in der Hand, kam aus der Küche. »Was tust du, Nando? Laß die Patroncita sofort los.«

»Wir sprechen uns noch, alte Giftmischerin.«

Gemeinsam halfen sie Conchita, sich in den Ohrenstuhl zu setzen.

»Soll ich dir Murmelfett unter die Nase reiben, Lämmchen? Oder möchtest du an einer Moschuswurzel kauen?«

»Es kommt davon, daß wir keinen Tau und keinen Krötenkot gesammelt haben, Umbre.«

Nando fuhr auf. »Ich dachte, ihr seid deswegen im Bachbett gewesen? Was sonst habt ihr vor Sonnenaufgang im Bachbett gemacht?«

Junipero kam frisch rasiert zur offenen Tür herein. »*Chiquitina*, meine Kleine, dein Bruder ist für dich da, heute und immer. Sag mir, ob ich etwas für dich tun kann.«

Nando, der Conchita losgelassen hatte, ballte seine Hand in der Hosentasche. »Was meinen Sie damit, Don Junipero? Was wollen Sie für die Patroncita tun, heute und immer?«

»Alles, was ein Bruder tun kann.«

Umbre, die Nandos umwölkte Miene sah, wollte ihn beruhigen. »Laß Don Junipero in Ruhe, Nando. Er möchte seine Schuld abtragen, das ist alles.«

Nandos einzige Faust wurde in der Hosentasche zu Stein. »Seine Schuld? Was hat er Conchita angetan?«

Conchita hatte stoßweise zu atmen begonnen. »Ich glaube, du mußt eine Schüssel holen, Umbre.«

Umbre hielt das Tablett, das sie in der Hand hatte, Conchita unter das Kinn, was diese nicht sehen konnte.

»Bring dein Opfer, *pequeñita*, die Demut wird erhöht werden.«

Conchita genierte sich vor Nando und atmete sekundenlang so heftig, daß der Anfall vorüberging.

»Es wird besser, Umbre.«

Umbre hielt das Tablett weiterhin vor Conchita.

»Ich bringe Sie ins Bett, Patroncita. Sie müssen ruhen.«

»Nicht ins Bett. Ich will auf den Speicher und dann in die Küche.«

»Wir müssen vorher noch übersiedeln.«

»Dann übersiedeln wir.«

Umbre hielt noch immer das Tablett vor Conchita, als diese aus dem in der Ecke stehenden Ohrenstuhl aufstand und die Schritte zur Tür zu zählen begann. Die beiden Männer, die stumm daneben standen, fuhr Umbre an: »Was gafft ihr Löcher in die Luft? Seht zu, daß ihr aufs Feld kommt.«

Die Männer verließen, deutlich voneinander Abstand haltend, das Zimmer. Als Umbre, die das Tablett vorsichtshalber noch immer vor Conchita hielt, mit dieser den Flur überquerte und einen Blick durchs Fenster warf, sah sie, daß die beiden mit gesenkten Köpfen zum Acker unterwegs waren, einer den rechten, einer den linken Wiesenrand entlanggehend, die gesamte Breite des Weges zwischen ihnen.

Conchita nahm auf dem Speicher zwei Olivennetze an sich und brachte sie mit Hilfe Umbres, die sich entschlossen hatte, die Vorsichtsmaßnahme mit dem Tablett aufzugeben, in die Küche. Dann entschied Umbre, daß man Aurelia nicht länger warten lassen dürfe. Die Aussprache mit Don Sebastiano hatte diese auf den Abend verschoben, wenn die Männer vom Feld zurückkämen. Don Sebastiano würde dann müde und nicht besonders widerstandsfähig sein, und man konnte ihm die Sache von seiner bevorstehenden Vaterschaft inklusive der Umstände, die dazu geführt hatten, leichter plausibel machen.

Aurelia erwartete ihre künftige Mitbewohnerin in halbliegender Stellung in ihre Kissen gelehnt und entschlossen, den Dingen baldestmöglich auf den Grund zu gehen. Als Conchita eintrat, winkte sie ihr mit der Hand, näher zu kommen. Conchita, die das nicht wahrnahm, blieb in der Tür stehen.

»Du kannst also tatsächlich nichts sehen?« fragte Aurelia, zufrieden, daß man sie nicht belogen hatte.

»Nichts, Madre.«

»Wie stellst du dir das mit der Arbeit in der Küche vor?«

»Ich weiß, wo jedes Ding liegt. Ich werde mich schon zurechtfinden.«

»Weißt du auch, wo hier im Zimmer jedes Ding liegt?«

»Ich denke schon, Madre. Was ich nicht weiß, werde ich lernen.«

Umbre, die hinter Conchita stand, schlug über deren Kopf in der Luft ein Kreuz.

Aurelia verdrehte unwillig die Augen. »Laß sie in Ruhe mit deinen Fummeleien. Hol lieber zwei Flaschen aus dem Keller, du weißt, welche.«

Umbre verschwand, und Aurelia, die sich, mit dem Rücken die Kissen zurechtschiebend, im Bett aufgesetzt hatte, musterte ihre Tochter interessiert. »Hast du den Vogelkopf gesehen?« erkundigte sie sich, nach einer Packung filterloser Ducados greifend, die neben dem Weinglas auf ihrem Nachttisch lag.

»Nein, Madre. Umbre hat ihn gesehen. Sie meint, daß er sich hier im Haus aufhält. Umbre meint, daß ich unter seinem Schutz stehe.«

»Kannst du mir Feuer geben? Das Feuerzeug liegt auf dem Nachttisch.«

Aurelia beobachtete, wie Conchita mit den Händen über die Gegenstände auf der Marmorplatte tastete und nach dem Metallfeuerzeug griff.

»Darf ich Sie berühren, Madre?«

Conchita wertete Aurelias Schweigen als Zustimmung und strich mit der linken Hand flüchtig über die Schulter ihrer Mutter. Dann hielt sie die rechte vor Aurelias Gesicht und ließ die Flamme aufspringen. Als Aurelia den Rauch durch die Nase stieß, wandte Conchita den Kopf etwas zur Seite.

»Was ist?«

»Mir wird von dem Rauch übel, wenn Sie es erlauben.«

»Du wirst dich daran gewöhnen.«

»Ja, Madre.«

Aurelia blies die graue Wolke ohne Hast in die Luft. »Du kannst später das Fenster öffnen.« Es war ihr eingefallen, daß Conchitas Übelkeit auch für sie einiges an unangenehmen Begleiterscheinungen mit sich brächte.

»Es geht wieder vorüber.«

Aurelia ließ zwischen zwei Zügen aus ihrer Ducado ihren Blick über die Erscheinung ihrer Tochter gleiten. Conchita war keinesfalls häßlich, aber sie besaß nach Aurelias Dafürhalten nichts, was auf einen Mann anziehend oder gar aufreizend wirken konnte. Ihr Haar war glanzlos, ihre Gestalt dünn und knochig. Ihr Gesicht, zugegebenermaßen, hatte einen Ausdruck von Sanftmut, der berührte, aber so etwas hatte noch keinen Señorito aus der Fassung gebracht. Wenn Aurelia es recht betrachtete, schien es ihr eher möglich, daß ein höheres Wesen, aus welch unerfindlichen Gründen immer, ihre Tochter mit seiner Aufmerksamkeit ausgezeichnet hatte, als daß ein Torero, dem gewiß andere Möglichkeiten offenstanden, ihr auf unehrenhafte Weise nahegetreten war.

»Umbre sagt, du bist einem Heiligen begegnet.«

»So ist es, Madre.«

»Wie sah er aus?«

»Wie auf dem Bild, das ich bei der Gemüsehändlerin Doña Fracaso gekauft habe. Erinnern Sie sich, Madre? Ich habe Ihnen die Füße gekratzt, und Sie haben mir fünf Pesetas dafür gegeben.«

Aurelia versank in Nachdenken. Sie entsann sich dunkel eines Gesprächs, bei dem es um das Abbild eines Erzengels gegangen war, aber ihr Gedächtnis kam und ging mit den Tageszeiten und den dazu anstehenden Getränken, wodurch sich nach jeder Mahlzeit eine kleine Erinnerungslücke ergab.

»Es wird mir wieder einfallen. Meinst du, daß du mir die Füße kratzen kannst?«

»Ohne Schwierigkeiten, Madre.«

Conchita tastete sich mit den Knien die Bettkante entlang und setzte sich auf den gewohnten Platz am Fußende.

»Ich werde dir kein Geld mehr geben, da du ja nichts damit anfangen kannst.«

»Natürlich, Madre.«

Conchita hätte Pepe el Moreno gern gebeten, ihr bei seinem nächsten Ausflug nach Fuego Fuego einen Rosenkranz mitzubringen, aber sie wagte nicht, es ihrer Mutter zu sagen. Miguel, der unverändert vor ihrem inneren Auge stand, würde ihr vielleicht eines Tages dazu verhelfen. Sie genoß den leichten Pfefferminzgeruch, der von Aurelias Füßen aufstieg und ihre durch den Rauch hervorgerufene Übelkeit besänftigte. Als Umbre mit den zwei Flaschen aus dem Keller kam, hatte Aurelia die Augen geschlossen und stöhnte leise vor sich hin.

»Was ist Ihnen, Señora, bei allen guten Geistern des Herrn?«

Aurelia antwortete mit geschlossenen Augen halblaut aus ihrer Entrücktheit. »Halt den Mund, alte Assel, und stell die Flaschen unters Bett.«

Umbre gehorchte und schüttelte den Strohsack, der laut Anweisung des Vogelkopfes parallel zu Aurelias Bett an der gegenüberliegenden Wand stand, zurecht. Nach ein paar Minuten löste Conchita ihre Finger von Aurelias Füßen.

»Ich glaube, sie ist eingeschlafen.«

»Es scheint so, mein Vögelchen.«

»Ich will zu meinen Netzen.«

»Sie sind in der Küche. Ich hole später Ihre Kleider herein. Wir hängen sie an einer Stange am Ende des Strohsacks auf.«

Conchita zählte die Schritte zur Tür und griff ohne Zögern nach der Klinke. Umbre vergewisserte sich mit einem Blick, daß Aurelia tatsächlich schlief, ehe sie über dem Kopf der kleinen Patroncita in der Luft ein Kreuz schlug.

»Die Hostie bleibe ihr gnädig.«

Während Umbre die Hühner fütterte und den Ziegenstall ausmistete, zählte Conchita in der Küche die Schritte und prägte sich, immer wieder von neuem beginnend, die Standorte der verschiedenen Gegenstände ein. Umbre hatte, bevor sie in den Stall ging, die Holznadel eingefädelt, und Conchita begann, auf der Herdbank sitzend, die Risse in den Olivennetzen zusammenzuziehen, vorsichtig und gleichmäßig, wie sie es von früher gewohnt war. Wenn ihr ein Stich nicht sofort gelang, lächelte sie vor sich hin und wiederholte ihn, wie sie es vorher beim Ertasten der Gegenstände getan hatte: Miguel würde erkennen, daß sie seiner ewigen Gegenwart vor ihrem inneren Auge würdig war, wenn sie in ihren Bemühungen nicht nachließ und das Dasein, daß er ihr zugedacht hatte, nach besten Kräften ausfüllte. Sie hatte festgestellt, daß man die Schritte, ja sogar die Atemzüge der einzelnen Hausbewohner durch genaues Hinhören voneinander unterscheiden konnte, und war gespannt, welche weiteren Überraschungen ihr neuer Zustand für sie bereithielt. Zur Mittagszeit brachte sie ihrer Mutter eine mit Umbres Hilfe zubereitete Tortilla mit Kaninchenfleisch und eine große Schüssel saurer Bohnensuppe in das Altarzimmer, ohne einen Tropfen zu verschütten, und kratzte ihr anschließend die Füße. Am Nachmittag goß sie die Topfpflanzen vor Jakobus' Altar, ebenfalls ohne einen

Tropfen zu verschütten, und saß in der Abenddämmerung auf der Korbbank vor dem Haus und versuchte, aus dem Wollfaden, den sie in ihrer Kleidertasche gefunden hatte und der ihr damals in San Eresmo die Stunden bis zur Begegnung mit Miguel verkürzt hatte, Figuren zu schlingen.

Junipero und Nando hatten den Nachmittag auf dem Acker verbracht, ohne einander anzusehen oder ein Wort zu wechseln. Nando zog finsteren Blickes mit seiner einen Hand die Egge, deren Riemen er über die Schulter geworfen hatte, hinter sich her, und Junipero, der ihm voranschritt, streute aus einem Korb, den er unter den Arm geklemmt hielt, Hirsekörner in die offene Furche, ein wenig geduckt, da er Nandos Zorn in seinem Rücken fühlte. Er konnte sich zwar nicht erklären, woher Nando wußte, daß er Conchita, die der Knecht offenbar verehrte, blindgeschossen hatte, aber er hatte Verständnis für seine Empörung, da der Knecht ja von seinem Schwur, das geopferte Leben betreffend, keine Kenntnis haben konnte. Nando seinerseits, in stets wechselnden und wirren Verdächtigungen, die ihm selbst ungeheuerlich erschienen, verschoß in seinem aufgewühlten Geist Pfeile nach allen Richtungen: gegen Umbre, das alte Kuppelweib, gegen Junipero, den Bruder, der heute und immer alles für seine Schwester tun wollte, gegen Pepe el Rubio und Pepe el Moreno, denen er jede Missetat zutraute, und zur Sicherheit noch gegen etwaige Subjekte, denen seine Patroncita bei ihrem Ausflug mit dem windigen Pepe el Moreno in die Hände gefallen sein mochte. Er mußte sich eingestehen, daß seine Verdächtigungen durch nichts bestätigt waren, aber der klammheimliche Aufbruch zum Bachbett, Umbres Geschwätz von der Suche nach Tau und Krötenkot, Conchitas morgendliche Übelkeit, die Erblindung und der Fuselgeruch von ihren Lippen ließen Nando, der zwei und zwei zusammenzählen konnte, in wilden Kapriolen durch das Gestrüpp der Indizien jagen. Umbre war eine einfältige Seele und der Patroncita ergeben, aber gleichzeitig ein querköpfiges und raffiniertes Zigeunerweib, das sich seine Gesetze nach eigenen Regeln schrieb. Nando, der seinen Arm in Francos Heer bei einem Anfängerfehler während einer Übung verloren hatte,

hatte erlebt, wie zwei junge Soldaten seiner Truppe sich aus Angst vor dem Gefecht mit selbstgebranntem Dattelgeist betrunken hatten und von dem darin enthaltenen Methylalkohol blind geworden waren. Wer immer es gewesen sein mochte, der, wenn dies wirklich der Fall war, die Patroncita geschädigt hatte, Nando würde ihn auf schnellstem Weg zum Ochsen machen ohne Ansehen der Person, für den Fall, daß Gott ihm die Gelegenheit dazu gab.

Umbre hatte für das Abendessen Teig zubereitet, aus dem Conchita mittelgroße Kugeln formen sollte. Die Menge reichte für etwa sechzig Stück, so daß Conchita beschäftigt sein würde, wenn Don Sebastiano heimkam. Für die Aussprache hatte Umbre drei parallel laufende Pfeile in die Fußschwelle des Altarzimmers geritzt, von denen der innere nach Norden und die beiden äußeren nach Süden zeigten, was dem Eintretenden seine Willenskraft nehmen sollte, so daß Sebastiano sich den ihm offerierten Plänen nicht würde widersetzen können. Umbre selbst hütete sich von diesem Zeitpunkt an, die Schwelle zu übertreten, und wartete neben der figurenschlingenden Patroncita auf der Korbbank vor dem Haus auf das Heimkommen der Männer.

Nandos Laune hatte sich nicht gebessert, und Junipero, der es nicht wagte, Conchita in seiner Gegenwart nach ihrem Befinden zu fragen, strich ihr vor Betreten des Hauses nur kurz über den Kopf. Im gleichen Augenblick wandte Nando sich nach ihm um und rannte vor Bestürzung über das, was er sah, gegen eine im Hausflur stehende Leiter. Er unterdrückte einen Fluch und stieg, finstere Drohungen murmelnd, die Holztreppe zu seiner Kammer hinauf. Etwas später kamen Sebastiano und die Brüder Pepe und Pepe von der Olivenpflanzung heim. Die Tätigkeit im Keller war zum Leidwesen der Brüder beendet, und es gab keinen Grund mehr, der Feldarbeit fernzubleiben.

Umbre löste sich wie ein Schatten aus der Korbbank und trat dem schwitzenden, im Abglanz der Ereignisse von Fuego Fuego noch immer wohlgelaunten Sebastiano in den Weg. »Doña Aurelia wünscht Sie zu sprechen, Patrón.«

»Jetzt gleich?«

»Wenn Sie es möglich machen könnten.«

»Ich muß mich erst waschen. Doña Aurelia haßt es, wenn ich wie ein Büffel rieche.«

»Ich werde es ausrichten, Patrón.«

Umbre richtete es aus, indem sie den Kopf durch den Türspalt des Altarzimmers steckte, jedoch, um die Schwelle nicht übertreten zu müssen, mit den Füßen draußen blieb, wodurch sie fast das Gleichgewicht verlor. Aurelia, in ihre Kissen gestützt, musterte Umbres Versuche, in ihrer schrägen Haltung im Gleichgewicht zu bleiben, mit mäßigem Interesse.

»Was ist mir dir? Hat dir der Vogelkopf die Füße weggefressen?«

»Don Sebastiano ist zu dem Gespräch bereit, Patrona.«

»Kein Grund, die Fallsucht zu bekommen.«

»Ich habe ein Abkehrzeichen in die Türschwelle geritzt. Ich erkläre es Ihnen später.«

»Erklär es mir nicht, und sieh zu, daß Sebastiano sich beeilt.«

Aurelia hatte keine Lust, wegen der Aussprache, die sie zur werdenden Mutter machen würde, das Abendessen und das dazugehörige Glas Rioja länger als nötig hinauszuschieben. Als Umbre die Tür von außen geschlossen hatte, besprach sie sich kurz mit dem Fleck an der Zimmerdecke und kam zu dem Schluß, daß sie Sebastiano gegenüber den Torero nicht erwähnen würde, um ihn nicht auf eine Fährte zu bringen, die die Sache nur unnötig komplizierte.

Sebastiano goß sich in der Zinkbadewanne einen Eimer Seifenlauge über den Kopf und erschien in einem frischen Hemd und nach Moschus duftend in Aurelias Zimmer.

»Du wünschest mich zu sprechen?«

»Setz dich, Sebastiano.«

Sebastiano ließ sich auf den Schaukelstuhl am Fußende von Aurelias Bett fallen. Der Stuhl ächzte unter seinem Gewicht, und Aurelia, in ihre Kissen gelehnt, musterte Sebastiano wohlgefällig. Er war noch immer ein stattlicher Mann, durchaus geeignet, einen Heiligen, in welcher Eigenschaft immer, zu vertreten. Sie griff nach einer Ducado und dem Feuerzeug und ließ beides sekundenlang in ihren blaugeäderten Händen über der Bettdecke schweben, ehe sie die Zigarette anzündete.

Sebastiano beugte sich etwas vor. »Was willst du mir mitteilen?«

»Sebastiano, kannst du dir vorstellen, in deinen späten Jahren noch einmal Vater zu werden?«

Sebastiano zuckte zusammen. In sein Wohlgefühl über den Triumph des vergangenen Tages hatten sich schon während der Arbeit auf der Olivenpflanzung einige Zweifel gemischt. Rückschauend mußte er sich eingestehen, daß es leichtsinnig gewesen war, sich von der kernigen Eleuteria so weit mitreißen zu lassen, daß er entgegen seinen sonstigen Gewohnheiten jede Vorsichtsmaßnahme vergaß. Sicher, es war eine berauschende Stunde gewesen, aber so etwas konnte einen Ehemann teuer zu stehen kommen, und seine Frau mit ihrer engen Verbindung zu einem, wenn auch nur zweidimensionalen, Heiligen würde dafür wenig Verständnis aufbringen.

»Antworte mir, Sebastiano.«

Sebastiano duckte sich in seinem Schaukelstuhl. Aurelia hatte immer schon hellseherische Fähigkeiten besessen, daran bestand kein Zweifel. In Gedanken verfluchte er Umbre, die ihn mit ihrem Knoblauchgestank aus dem Haus und in Eleuterias Arme getrieben hatte.

»Ob ich es mir vorstellen kann?«

Aurelia wischte mit ihrer Hand ungeduldig durch den Rauch. Sebastiano war immer langsam von Begriff gewesen, aber seit sie ihre Konversation mit Jakobus pflegte, schien ihr auch das kürzeste Gespräch mit ihrem Ehemann wie eine Allerheiligenlitanei. Sebastiano war der Schweiß auf die Stirn getreten, seine Ohren brannten. Er hatte daran gedacht, sich vor dem Besuch bei Aurelia mit einem Glas Feigengeist aus dem Vorrat seiner Söhne Pepe und Pepe zu stärken, und bereute, es nicht getan zu haben.

»Du meinst, daß ich –«

»Wenn es Gott gefällt«, sagte Aurelia. »Wenn Er Seinen Willen durch deutliche Zeichen kundgetan hat. Umbre ist von einem Vogelkopfgeist aufgesucht worden, und mir ist eine Schlange erschienen. In einem solchen Fall würdest du dich doch nicht widersetzen?«

»Umbre weiß auch davon?«

»Rede nicht um den Brei herum«, sagte Aurelia, die sich, wie immer in Gegenwart ihres Mannes, zu langweilen begann. »Ich habe dir eine einfache Frage gestellt.«

»Wieso weiß Umbre davon?«

Aurelia glitt mit einem gequälten Seufzer tiefer in die Kissen. Gott hatte es aus unerfindlichen Gründen so gefügt, daß Männer nie etwas begriffen. Sie tastete mit ihren Zehen nach der Schatulle am Fußende und beschloß, dem ihr persönlich unbekannten, aber offenbar mit der Sache befaßten Vogelkopf eine Zehntagekerze zu seiner Erlösung zu stiften, wenn er ihr beistünde, das Gespräch positiv und vor allem rasch zu Ende zu bringen.

»Wir werden eine kleine Schöne Seele auf Angel del Sur heranwachsen sehen«, erklärte sie, »und Gott hat dich dazu ausersehen, Vaterstelle an ihr zu vertreten.«

»Vaterstelle? An einer Schönen Seele?«

»Das ist normal. Auch Jesus hatte einen Nährvater, wenn du dich erinnerst.«

Der Schweiß rann Sebastiano in die Augen. Er hob die Hand, um ihn abzuwischen. Aurelia blickte zur Decke. Jakobus hatte sich wegen des Dämmerlichts oder wegen seines Überdrusses an Sebastianos Umständlichkeit in deutlich blässere Umrisse gehüllt.

»Was hast du vor, Aurelia?«

»Ich habe nichts vor. Gott hat etwas vor. Conchita erwartet ein Kind. Über die näheren Umstände müssen wir Schweigen bewahren, es hat mit einem Heiligen zu tun. Daher ist es nötig, daß wir die Sache verschleiern.«

»Wer erwartet ein Kind?«

Aurelia erhob ihre Stimme um eine Nuance. »Deine Tochter Conchita. Es ist Gottes Wille.«

Sebastiano wäre vor Erleichterung fast vornüber aus dem Schaukelstuhl gekippt. Aurelia betrachtete ihn mißbilligend.

In diesem Haus schienen einige Personen Schwierigkeiten mit dem Gleichgewicht zu haben. Sie beschloß, die Reihenfolge in ihrer Abendmahlzeit zu ändern und schon vor der Suppe einen Schluck Rioja zu sich zu nehmen.

»Wir werden allgemein verbreiten, daß es mein Kind ist und natürlich deines. Abraham und Sarah waren ebenfalls schon höher in den Jahren, als sie Eltern wurden.«

Sebastiano hatte den Schaukelstuhl zum Stillstand gebracht.

»Wenn du meinst, daß es Gottes Wille ist.«

Aurelia sandte einen erleichterten Blick zur Zimmerdecke. Wie es schien, hatte er, dank dem Vogelkopf, begriffen. Normalerweise wäre Sebastiano bei der Eröffnung, daß seine Tochter schwanger war, in Wutausbrüche verfallen, aber die vorangegangene Panik hatte ihm so zugesetzt, daß er dazu keine Ambitionen hatte. Aurelia, die ihre Ducado zu Ende geraucht hatte, drückte sie, ohne hinzusehen, im Aschenbecher aus und legte, ebenfalls ohne hinzusehen, das Feuerzeug auf dem Nachttisch ab.

»Das war alles, Sebastiano.«

Sebastiano, der die Geschichte innerlich noch nicht aufgearbeitet hatte, schien nicht bereit, sich aus dem Schaukelstuhl zu erheben. Aurelia faltete ihre Hände über dem Bauch.

»Hast du noch eine Frage?«

»Wann wird das Kind zur Welt kommen?«

»In etwa neun Monaten, wie es sich gehört. Vielleicht ein wenig früher. Den wahren Sachverhalt kennt außer uns beiden nur Umbre.«

»Ach, Umbre.« Sebastiano verstand jetzt, was Aurelia vorher gemeint hatte.

»Auch Conchitas Brüder nicht. Auch Conchita selbst nicht.«

»Wieso Conchita nicht?« fragte Sebastiano verwirrt.

»Das hängt mit dem Geheimnis zusammen. Am besten, du fragst nicht weiter.«

Sebastiano hielt das auch für das Beste. Er umfaßte mit kräftigem Zugriff die beiden Armstützen des Schaukelstuhls und stemmte sich aus dem ächzenden Möbelstück hoch.

»Hast du alles verstanden?« fragte Aurelia vorsichtshalber, als Sebastiano, dessen Hemdkragen durchgeschwitzt war, sich zur Tür wandte.

»Natürlich. Wir beide bekommen ein Kind.«

Aurelia lächelte Jakobus zu, als Sebastiano das Zimmer verlassen hatte. Umbre, die vor der Tür gelauscht hatte, fuhr wie von der Tarantel gestochen hoch und verschwand um die Ecke, als Sebastiano den Flur betrat. Er tappte die Wand entlang und ließ sich, an seinem feuchten Kragen zerrend, vor der Haustür auf die Korbbank fallen.

Umbre wartete ein paar Augenblicke, dann hockte sie vor der Tür des Altarzimmers nieder und schabte mit einem Küchenmesser die drei gegenläufigen Pfeile, die ihren Dienst getan hatten, aus der Schwelle. Aurelia, die, die Hände über dem Bauch gefaltet, auf dem Rücken lag, wandte bei dem Geräusch den Kopf.

»Komm herein, alte Wühlmaus.«

Umbre öffnete die Tür und setzte vorsichtshalber mit einem Sprung über die Schwelle, für den Fall, daß Reste des Abkehrzeichens im Holz zurückgeblieben waren, was sich ungünstig auf ihre Willenskraft auswirken konnte. Aurelia hatte es für diesen Tag aufgegeben, sich über die Eigenheiten im Benehmen ihrer Mitbewohner zu äußern.

»Bring mir das Abendessen, den Wein zuerst.«

»Sofort, Señora. Das Zeichen hat gewirkt, haben Sie es bemerkt?«

»Zuerst den Wein.«

Umbre verschwand, und Aurelia dehnte sich, mit den Zehen über die Schatulle streichend, wohlig auf ihrem Lager. Wenn sie gewußt hätte, daß es so leicht gehen würde, hätte sie dem Vogelkopf nur eine Fünftagekerze zugesagt, aber nun war es versprochen, und sie hielt ihr Wort. Sie glitt mit dem Blick über den Fleck, dessen Umrisse wieder deutlicher hervortraten. Der Gedanke, daß eine kleine Schöne Seele in wenigen Monaten in diesem Raum das Licht der Welt erblicken würde, war erheiternd und, wenn man die vorangegangenen Zeichen beachtete, erhebend. Aurelia zog die Möglichkeit, daß die von der Decke schwebende Schlange ihren Besuch wiederholen könnte, angeregt in Erwägung und bemühte sich, Hingebung und Demut in ihrer Haltung zum Ausdruck zu bringen, soweit dies im Liegen möglich war.

Sie schloß die schlanken Finger fester ineinander und blickte unbewegt zur Decke, den Körper gestreckt, wie schwerelos auf dem faltenlosen Leintuch ruhend. So lag sie, bis sie Umbres schlurfende Schritte auf dem Flur hörte.

Conchita, deren Arme vom Formen der Teigkugeln schmerzten, klopfte nach dem Abendessen an Aurelias Tür.

»Schlafen Sie, Madre?«

Aurelia wollte eine Bemerkung über die Unsinnigkeit von Conchitas Frage machen, besann sich aber, daß ihre Tochter eine kleine Schöne Seele unter dem Herzen trug, und sagte: »Komm herein.«

Conchita trat ein, zählte die Schritte und blieb vor Aurelias Bett stehen.

»Was hast du heute gemacht?«

»Ich habe zwei Netze geflickt, aus einem Wollfaden Figuren geschlungen und sechzig Teigkugeln geformt.«

»Morgen wirst du mir das Haar bürsten.«

»Ja, Madre.«

Aurelia besaß schweres kastanienbraunes, von Silbersträhnen durchzogenes Haar, das sie des Liegens wegen mit zwei *peinetas* hochgesteckt hatte. Es war ihr eingefallen, daß Conchita ihr die tägliche Arbeit des Bürstens abnehmen könnte, ebenso das Feilen ihrer Nägel und das Eincremen ihrer Hände.

»Hast du heute schon gebetet?«

»Zweimal, Madre, morgens und mittags. Das Abendgebet spreche ich vor dem Einschlafen.«

»Du kannst es laut sprechen.« Aurelia fand es praktisch, ab jetzt über eine Art privaten Gottesdienst in ihrem Zimmer zu verfügen, noch dazu in Gegenwart einer, wenn auch vorläufig noch unsichtbaren, Schönen Seele.

»Du kannst dich jetzt zur Ruhe begeben. Weißt du, wo dein Strohsack liegt?«

»Ja, Madre.«

Conchita zählte die Schritte und legte ihre Kleider auf den Stuhl, der am Kopfende des Strohsacks stand. Ihr Herz hatte laut zu schlagen begonnen. Wenn ihre Mutter sich ihren Gebeten anschloß, würde sie vielleicht bemerken, wie abgegriffen ihr Rosenkranz war. Eine zusätzlich Chance bot sich mit der neu hinzugekommenen Aufgabe des Haarbürstens.

»Ich bin soweit, Madre.«

»Fang an.«

Conchita sprach den Gruß der Großen und den der Kleinen Engel, die Verherrlichung der Hostie, das Gottseibeiuns in jeder Stunde und das Teure Blut im Fegefeuer. Gegen Ende war sie schon sehr müde und mußte sich anstrengen, um das Teure Blut zu Ende zu bringen. In ihrem Kopf hatte beim Hinlegen wieder die Wiege zu schaukeln begonnen, und vor ihren geschlossenen Augen zuckten vielfarbige Blitze. Aurelia, die gleichfalls die Hände gefaltet hatte, unterdrückte bei Conchitas schläfrigem Ton ein Gähnen und sandte zugleich mit dem Gebet ihrer Tochter eine kurze Danksagung für die leichte Erledigung einer delikaten Angelegenheit zur Zimmerdecke, ehe auch sie die Augen schloß.

Nando wartete vor dem Frühstück beim Ziegenstall, bis Umbre mit dem Blechtopf aus der Küche kam.

»Holst du wieder Milch für die Schokolade der Patroncita?«

»Frag nicht, wenn du es ohnehin weißt.«

»Warum rührst du ihr keine Kuhmilch hinein?«

»Weil das Fett ihren Magen beruhigt und weil es der Ziegenkopf so will.«

»Der Ziegenkopf? Ich denke, du redest mit einem Vogelkopf.«

»Ich rede mit einem Vogelkopf, einem Ziegenkopf und einem Krötenkopf, alles zu seiner Zeit. Und jetzt laß mich vorbei, der Churro verbrennt sonst in der Pfanne.«

»Der Churro ist mir egal«, sagte Nando. Auf seiner Stirn war eine Ader angeschwollen. »Ich will wissen, was ihr mit Conchita getan habt.«

»Wer ist ›ihr‹?«

»Du und deine Krötenköpfe und Spinnenköpfe und wer sonst noch damit zu tun hat. Was habt ihr im Bachbett gemacht? Rede, du alte Kupplerseele, oder ich schüttle dir alle Knochen aus dem Leib.«

Nando hielt seine Hand zur Faust geballt unter Umbres Nase. Umbre hob vorsichtshalber den Milchtopf etwas höher.

»Hör auf, Nando. Ich darf nicht darüber sprechen.«

»Dann werde ich es dir sagen: Die Patroncita war schwanger, und du hast ihr Ungeborenes zu einem Engel gemacht.«

Umbre wich einen Schritt vor ihm zurück und starrte ihn an.

»Das hast du nicht gedacht, alte Eule, daß ich dahinterkomme. Aber ich habe mein Ohr am Herzschlag der Patroncita, mir entgeht nichts. Du hast sie mit dem Gebräu ihrer Brüder betäubt, davon hat sie ihr Augenlicht verloren. Und du wirst dafür in der Hölle braten, dort, wo das Öl am fettesten und am heißesten ist.«

Umbre war an die Wand des Ziegenstalls zurückgewichen und hielt den Milchtopf vor ihr Gesicht.

»Alle Heiligen stehen mir bei. Alle Heiligen stehen mir bei.«

»Laß die Heiligen aus dem Spiel. Sie haben nichts mit deinen schmutzigen Verrichtungen zu tun.«

»Ich habe Conchita kein Leid zugefügt. Junipero hat sie blindgeschossen.«

»Rede keinen Bockmist, man kann keinen Menschen blind schießen. In dem Gebräu, das du ihr zu schlucken gegeben hast, war Methylalkohol. Sie hat noch am nächsten Tag danach gerochen.«

»Aber was hätte ich tun sollen? Ich wollte das Beste für sie.«

»Du hättest sie umbringen können.« Nandos Stimme zitterte bei seinen Worten.

Umbre ließ erstaunt den Milchtopf sinken. »Es ist ja nichts geschehen, Nando. Ihr nicht und dem Kind nicht. Ein Schlangengott hat sie beschützt.«

»Wer war der Halunke, der ihr das angetan hat? Einer ihrer Brüder? Oder eine Kreatur, die sie bei ihrer Fahrt in die Stadt in die Gewalt bekommen hat?«

»Ich darf darüber nichts sagen, Nando.«

»Wieso hast du nicht besser aufgepaßt? Du hast eine reine Seele der Todsünde ausgeliefert.«

»Conchita lebt nicht in Sünde. Sie weiß nichts von ihrem Zustand.«

»Was redest du da?«

»Die Wahrheit, Nando. Conchita hat keine Ahnung, was ihr widerfahren ist. Es ist ohne ihr Wissen geschehen, sie ist unschuldig wie ein Lämmchen.«

Die Gedanken hinter Nandos Stirn kreisten wie Mühlräder. Was Umbre sagte, klang ungereimt. Aber wenn er an Conchita dachte, neigte er dazu, es für möglich zu halten. Sein Ohr, das am Herzschlag der Patroncita lag, hatte keine Veränderung ihres Wesens wahrgenommen, im Gegenteil die Kleine erschien ihm seit ihrer Erblindung gottgefälliger und engelhafter als vorher.

»Wenn du lügst, werde ich es herausfinden.«

»Conchita darf nichts erfahren, denk daran. Es könnte ihre Seele verbrennen.«

»Wie soll sie ein Kind zur Welt bringen, ohne es zu merken?«

»Wenn es soweit ist, wird der Vogelkopf mir Anweisungen geben.«

»Weiß Don Sebastiano davon?« In Nandos Kopf war ein Gedanke aufgesprungen, der in seiner Ungeheuerlichkeit so einleuchtend war, daß sein Herz stillzustehen drohte.

»Ja, er und Doña Aurelia. Wenn das Kind geboren ist, werden sie es als das ihre ausgeben.«

Nando stolperte über die an der Stallwand lehnende Mistgabel, als er sich wortlos umwandte und schwankend wie ein Schlafwandler den Weg ins Feld einschlug. Umbre starrte überrascht hinter ihm her. Wenn Nando das Frühstück vergaß, hatte das etwas zu bedeuten. Bei dem Wort Frühstück fiel ihr der Churro ein, der in der Pfanne vermutlich schon verschmort war, und sie betrat hastig den Ziegenstall, um die Milch für die Patroncita zu holen.

Junipero hatte seine Arbeit im Planquadrat A 175, an der Grenze von B 176, wo er an jenem schicksalhaften Morgen auf die Beretta gestoßen war, wieder aufgenommen. Einige Tage lang hatte er gezögert, das Bachbett aufzusuchen, aber schließlich hatte er sich gesagt, daß nun, da sein Leben verpfändet war, einer weiteren Ausübung seiner Liebhaberei im Grunde nichts im Wege stand. Der Wind hatte das abendliche Anima-Läuten über die Gipfel der Olivenbäume getragen, als Junipero auf einen metallenen Gegenstand stieß. Es war keine Waffe, wie er zuerst gehofft hatte, eher eine Art Schraubenschlüssel. Eines der Enden war stumpf und leicht gebogen, das Ding schien, abgesehen davon, daß es mit Erdstaub bedeckt war, vor kurzem gereinigt worden zu sein. Das Metall war glatt, ein paar Roststellen waren mit Harz zugeschmiert. Junipero polierte das Ding mit seinem mitgebrachten Wollappen und legte es auf den Baumstumpf, der, von der Uferseite her gesehen, Planquadrat B 176 mit Planquadrat C 176 verband, um es später, wenn seine Arbeit beendet sein würde, mit nach Hause zu nehmen.

6

Der noch nicht dreiundzwanzigjährige Korporal Fernando Bluna war neu im Polizeidienst. Aus der Tierra de Cameros stammend, hatte er in Barbadillo den Militärdienst abgeleistet und sich sofort nach seiner Entlassung auf dem Gemeindeamt von San Eresmo zum Eintritt in die Gilde der Gesetzeshüter beworben. Sein Rang als Korporal der Armee verhalf ihm dazu, nach relativ kurzer Zeit die gleiche Rangstufe des Polizeidienstes zu erreichen, was ihm neben einer Gehaltsaufbesserung ein gewisses Maß an Autorität bei den einfachen Gendarmen einbrachte.

Bluna war ein pflichtbewußter und diensteifriger Mann, dessen höchstes Ziel es war, dem Staat und der darin notwendigen Ordnung an jeder Stelle, die man ihm zuwies, zu dienen.

Der Fall Pepe Riéra war auf Umwegen in seine Hände gelangt. Ein Kollege hatte den des Randalierens Verdächtigten während einer Corrida angehalten, wo er sich laut Bericht uneinsichtig gezeigt und, so ging es aus dem Wortlaut hervor, im Anschluß an seine gewalttätigen Agitationen das ihn befragende Amtsorgan verhöhnt hatte. Der Kollege hatte sich kurz darauf einen Splitterbruch des Ellenbogens zugezogen und war für zwei Monate dienstfrei gestellt worden, wodurch die Sache mit einiger Verspätung, aber noch innerhalb der vorgesehenen Fallfrist, bei dem rangnächsten Korporal landete.

Fernando Bluna studierte den Akt gewissenhaft und konnte sich einer gewissen Zornesaufwallung bei dem Wort »Verhöhnung« nicht erwehren, da er, seit seinem vierzehnten Jahr einen Meter sechzig groß und hundertsiebzig Pfund schwer, mit diesem Delikt schon des öfteren auf kränkende Weise in Berührung gekommen war. Er fragte bei seinem vorgesetzten Inspektor an, ob es möglich sei, ihm für die Amtshandlung einen Gendarmerieschüler beizustellen, und erhielt in Anbetracht der Schwere des Falles eine positive Antwort. Zwei Tage später meldete sich der dafür abkommandierte Schüler während Blunas Dienstzeit bei ihm auf dem Revier.

»Wie heißt du?« fragte Bluna, hinter dem Schreibtisch stehend, die gespreizten Finger auf die Filzunterlage gestützt.

»Maria José Camaro, Sargento.«

»Du meinst José Maria.«

»Nein, Sargento, wenn Sie erlauben: Meine Mutter sagt, Maria kommt immer zuerst.«

»Schön, Maria José, wir haben eine schwierige Amtshandlung vor uns. Sie führt uns über Land auf eine einsame Finca, wo ein Gewalttäter haust. Hast du Angst?«

»Nicht sehr viel, Sargento«, sagte Maria José.

»Du wirst die wenige auch noch zurücklassen müssen. Wir reisen morgen. Du bist um fünf Uhr auf dem Bahnhof, in voller Uniform. Darfst du schon die Waffe tragen?«

»Seit gestern, Sargento.«

»Um so besser. Dann um fünf auf dem Bahnhof, gefechtsklar. Hast du alles verstanden?«

»Wenn Sie erlauben, Sargento«, sagte Maria José Camaro.

Nando hatte vier Stunden lang, ohne aufzublicken, mit einem Zinnlöffel Löcher in den Boden gebohrt, je fünf mittelgroße Buschbohnen darin versenkt und anschließend zwei Stunden lang die den kleinen Acker säumenden Kaninchennetze geflickt, um die zu erwartenden Keimlinge vor den räuberischen Tieren zu schützen. Während der ganzen Zeit hatten die Gedanken in seinem Kopf gedröhnt, der Schweiß rann ihm in die Augen, ohne daß er es merkte, er hatte sich mit dem Draht seine Hand blutig gestochen, ohne Schmerz zu empfinden.

Die Patroncita, dieses sanfte, gutwillige Geschöpf, dessen verborgene Klugheit und Seelenstärke im Hause keiner außer ihm auch nur ansatzweise erkannte, hatte von jeher außerhalb seiner Reichweite gestanden, so daß er nie darauf verfallen wäre, seine Gedanken zu ihr zu erheben. Nun, da die Dinge lagen, wie sie lagen, hatte sich das geändert: Conchita war blind. Das minderte ihre menschlichen Werte keineswegs, würde es aber doch erschweren, einen Burschen zu finden, der bereit war, ihr den Platz als Hausfrau und Mutter seiner Kinder anzubieten. Das zweite Faktum, das ungleich schwerer wog, war der Verlust ihrer Ehrbarkeit. Auch wenn sie, wie Umbre glaubhaft versicherte, davon nichts wußte, auch wenn das Kind gleich nach der Geburt an Conchitas Eltern weitergegeben würde, so daß nach außen hin kein Schatten auf die Patroncita fiel: Ein aufrechter *chico* würde das Mädchen nach der Hochzeitsnacht unverzüglich in das Haus ihrer Eltern zurückschikken oder, was noch schlimmer wäre, Conchita in sublimer Rachsucht von da an als das behandeln, wofür er sie hielt. Nando hatte gegrübelt, bis sein Nacken schmerzte, aber da war nichts, was seinen sich nahtlos ineinanderfügenden Überlegungen entgegenstand. Sebastiano war ein vernünftiger Mann, der Vor- und Nachteile auseinanderzuhalten wußte, wenn man sie ihm erst einmal erklärt hatte, und Aurelias praktische Denkweise würde die Möglichkeit, Conchita zu verheiraten und gleichzeitig im Haus zu behalten, zu schätzen wissen.

Nando war im Laufe der nachmittäglichen Verrichtungen, insbesondere beim Zusammenziehen der Kaninchennetze, das im Unterschied zum Zählen der Bohnen keinerlei geistige Aufmerksamkeit erforderte, zu dem Schluß gekommen, daß keine Zeit zu verlieren sei. Am besten wäre es, baldestmöglich mit dem Patrón zu sprechen. Man könnte sich, sein Herz zitterte bei dem Gedanken, vorerst verloben, die Umgebung müßte behutsam mit der Vorstellung vertraut gemacht werden, daß der Knecht Fernando Lopez García, einarmig, seit er als junger Freiwilliger im letzten Kriegsjahr, sechzehnjährig, unausgebildet und neugierig, ein mattes Metallei aufgehoben hatte, das in seiner Hand explodiert war, die soziale Barriere übersprungen und den Weg in die Familie seines Patrón gefunden hatte. Während Nando sich in dem Holztrog, der dem Hauspersonal als Badewanne diente, eimerweise mit heißem Wasser übergoß und in wirren Visionen mit Conchita bereits vor dem Traualtar angelangt war, blieb ihm die Hand, mit der er den letzten Eimer über seinem Kopf ausgießen wollte, in der Luft stecken. Alle Krötenköpfe, Spinnenköpfe und Fliegenköpfe! Alles verwünschte Getier, mit dem Umbre in ihrer subversiven Querköpfigkeit das Haus zu bevölkern pflegte! Er hatte Conchita vergessen. Hatte vergessen, die Wünsche und Gefühle der Patroncita in seine Überlegungen einzubeziehen. Wie, wenn sie ihn nicht wollte? Wenn sie, über das Ansinnen entsetzt, sich von ihm abwandte und nie mehr ein Wort mit ihm sprach oder, noch schlimmer, das Haus verließ, um sich in einem Kloster von dem Schock, den er ihr durch seine Phantastereien zugefügt hatte, zu erholen?

Minutenlang stand Nando wie erstarrt, mit hoch über dem Kopf erhobenen Eimer. Als seine Hand zu schmerzen begann, ließ er sie sinken, ohne vom Inhalt des Gefäßes Gebrauch gemacht zu haben. Er stieg aus dem Holztrog, wischte mit dem Badelaken über seine längst getrocknete Haut und stieg wie in Trance die Treppe zu seiner Kammer hoch, das Tuch unordentlich, aber deckend um seine Körpermitte geschlungen.

Als die Glocken den verebbenden Ton des Anima-Läutens durch das Kammerfenster trugen, war er so weit angezogen, daß er erwägen konnte, am Abendessen teilzunehmen. Seine Gedanken waren halbwegs geordnet, und der Entschluß, mit dem Patrón zu sprechen, rückte allmählich wieder in den Vordergrund. Zumindest blieben auf diese Weise Sitte und Anstand gewahrt, und was Conchita betraf, würde er nicht ruhen, ihr seine Ergebenheit zu beweisen, und wenn er ihr das Altarzimmer mit geschnitzten Tieren bis zur Decke vollstopfen müßte, eine Unternehmung, die ihn Jahre seines Lebens kosten würde, da er sie, einhändig, wie er war, nur ausführen konnte, indem er den zu bearbeitenden Gegenstand zwischen seinen Knien festklemmte oder in einen Schraubstock spannte.

Nando schlüpfte in seine Jacke und kämmte sich vor dem verbeulten Metallspiegel, der über dem Stiefelschrank hing, das Haar, als ob Conchita ihn sehen könnte. Er hatte beschlossen, ein übriges zu tun, für den Fall, daß die Patroncita Schwierigkeiten hätte, sich seinen Vorstellungen anzuschließen. Bei dem Gedanken war ihm nicht ganz wohl zumute, aber in der Not frißt der Teufel Fliegen, und es gab Dinge, die zu wichtig waren, um auch die absurdeste Maßnahme außer acht zu lassen: Nando hatte sich vorgenommen, Umbre unauffällig zu befragen, welcher Zauber in einem Fall wie dem seinen am wirksamsten wäre.

Sebastiano, seit Tagen in einem für ihn selbst ebenso ungewohnten wie ärgerlichen Schwebezustand zwischen Erleichterung, Zorn, Triumph und dem Gefühl, überrumpelt worden zu sein, sah in einem neuerlichen Besuch Eleuterias in Fuego Fuego die Möglichkeit, seine unlustbetonten Empfindungen zugunsten etwaiger freundlicherer Vorfälle ad acta zu legen. Nach vollbrachtem Tagewerk – er hatte fünfundfünfzig Olivenstämmchen mit Pechmanschetten versehen, um sie vor hochkriechendem Ungeziefer zu schützen – hatte er Umbre mitgeteilt, daß er am Abendessen nicht teilnehmen werde. Eleuterias Buffet würde ihm dafür reichlich Entschädigung bieten. Er hatte sich mit einer Handvoll Rasierwasser übergossen und war mit seinem Pferdewägelchen in einer Staubwolke in Richtung Fuego Fuego entschwunden. Während der Fahrt versuchte er seine Gedanken so weit zu ordnen, daß sie ihm bei seinem Vorhaben nicht im unrechten Augenblick in die Quere kommen würden. Der Verlauf des letzten Ausflugs stand ihm noch herzerwärmend vor Augen, und er fühlte sich in der Lage, ihn zu wiederholen oder zumindest dem dabei erzielten Resultat so nahe wie möglich zu kommen. Während er das Pferd eingespannt hatte, war Nando aus dem Haus gekommen und auf ihn zugetreten, blaß und mit einer sonderbar in die Stirn gekämmten Welle, die ihm das Aussehen eines desperaten Schäferhundes verlieh. Sebastiano, die Peitsche in der Hand, einen Fuß auf dem Trittbrett, hatte beim Einsteigen innegehalten.

»Was gibt es?«

»Ich muß mit Ihnen sprechen, Patrón.«

»Jetzt?«

»Wenn es Ihnen nichts ausmacht.«

»Es macht mir etwas aus. Du siehst, daß ich wegfahren will.«

Nando sah so unglücklich drein, daß Sebastiano den Fuß vom Trittbrett nahm.

»Ist etwas passiert?«

»Nicht mehr, als Sie wissen, Patrón.«

»Was ich weiß, genügt mir. Wir unterhalten uns, wenn ich zurück bin, oder, noch besser, morgen. Es kann spät werden.«

Nando war unterhalb seiner Locke der Schweiß auf die Stirn getreten.

»Wie Sie wünschen, Patrón.«

Während der Fahrt drängte Sebastiano den Gedanken an das sonderbare Auftreten seines Knechts zugunsten angenehmerer Vorstellungen zurück. Vermutlich hatte Nando von den Erntearbeitern gehört, daß die Löhne auf den umliegenden Fincas seit der neuerlichen Abwertung der Peseta um anderthalb bis zwei Prozent gestiegen waren, und wollte nach Gleichstellung fragen. Im stillen hatte Sebastiano so etwas erwartet und war bereit, darauf einzugehen, sah aber darin keinen Grund für Nando, sich so albern zu frisieren. Schließlich überließ er sich dem Rhythmus des sanft dahintrabenden Pferdes, dessen im Gleichgewicht schaukelndes Hinterteil er unmittelbar vor Augen hatte. Die dabei auftauchenden Assoziationen waren durchweg positiv, und Sebastiano ließ sich, alles Störende endgültig beiseite wischend, in einen angenehmen Zustand der Vorfreude fallen.

Doña Eleuteria Granados war, wie erwähnt, weder berechnend noch raffiniert. Was sie konnte, war, zwei und zwei zusammenzuzählen und mögliche Reaktionen nahestehender Personen abzuschätzen, was, im ganzen genommen, schon eine Art Lebensweisheit darstellte. Die feineren Nuancen auf dem weiten Feld des Gewissens waren ihr fremd. Sie hätte nicht getötet oder falsches Zeugnis gegen ihren Nächsten abgelegt, aber alles, was sich, davon abgesehen, zu ihrem Nutzen und ohne nennenswerten Schaden für andere arrangieren ließ, brachte sie in keinerlei Konflikte. Sie hatte Höhen und Tiefen durchlebt, ohne daß ihr Gesicht oder ihre Seele nennenswerte Kerben davongetragen hätten, und war mit dem letztendlich erreichten Status der Geschäftsfrau und Gespielin eines Patrón höchst zufrieden. So gesehen war es nicht verwunderlich, daß sie sich zuweilen nach Arbeitsschluß die Zerstreuung eines Spaziergangs oder auch des Besuchs einer der drei Caféstuben von Fuego Fuego gönnte.

Es war an einem etwa zwei Monate zurückliegenden Abend gewesen. Doña Eleuteria hatte ihren Kiosk geschlossen und war noch ein wenig in der Allee am Ufer des Flusses, der Fuego Fuego in zwei Teile teilte, promeniert. Dabei waren ihr zwei Burschen aufgefallen, die offenbar in einer heftigen Diskussion begriffen waren. Der eine war dunkel, der andere rötlichblond. Dennoch schienen sie Brüder zu sein, außerdem erinnerten sie Ele entfernt an jemanden, der ihr im Moment nicht einfiel. Ihr Fahrzeug, eine klapprige Lambretta, lehnte an einem Hydranten am Uferweg; der Dunkle schrie auf den Roten ein, der vor ihm zurückwich und dabei zurückschrie. Beider Kleidung war unordentlich und staubig, als hätten sie sich kurz vorher im Sand gewälzt. Als Eleuteria näher kam, sah sie, daß der Dunkle aus der Nase blutete und ein blau geschlagenes

Auge hatte. Der Rote fuchtelte mit einem nicht ganz sauberen Taschentuch vor der Nase des Dunklen herum.

»Laß dich abwischen, du Idiot.«

»Nimm deine dreckigen Finger weg, dein Hintern soll dir verfaulen.«

Ele blieb, über den sonderbaren Wunsch verblüfft, stehen. Die beiden hielten inne und wandten sich ihr zu.

»Was ist?« fragte Eleuteria, gewohnt, Männern, die sich schlecht benahmen, die Köpfe zurechtzusetzen.

»Er will sich nicht abwischen lassen. Das Blut wird ihm auf das Hemd rinnen, dann haben wir die Schweinerei.«

»Gib her, ich mach' es naß«, sagte Eleuteria.

Sie ging die wenigen Schritte über die Böschung hinunter, hielt das Tuch in das Wasser und trat auf den Verletzten zu.

»Wer hat das getan?«

»Ich«, sagte der Rote.

»Und warum?«

»Weil wir dasselbe Mädchen wollten. Aber sie wollte nur einen, und so hat nur einer sie bekommen.«

Der Dunkle schrie leise auf, als Eleuteria das Tuch auf sein geschwollenes Augenlid drückte.

»Und wer von euch hat sie bekommen?«

»Ich«, sagte der Rote. »Mein Bruder hat einstweilen draußen gewartet.«

»Du hast das Mädchen bekommen, und dafür hast du ihn verprügelt?«

»Er hat angefangen. Ich kann nichts dafür, daß ich der Stärkere bin.«

Eleuteria konnte sich diesem Argument nicht verschließen. Sie nahm noch einmal den Weg über die Böschung, schwemmte das blutige Tuch aus und wischte dem Dunklen damit vorsichtig über das Gesicht.

»In Ordnung. Ihr könnt fahren.«

»Wir können nicht, das ist das Problem«, sagte der Rote.

»Wieso nicht?«

»Mein Bruder weigert sich. Er will nicht nach Hause, ehe er nicht ein bißchen Spaß gehabt hat.«

»Ist das nicht verständlich?« sagte der Dunkle in einem Ton, als wäre er den Tränen nahe. »Anders ist es doch ungerecht, oder?«

»Wir kommen nächste Woche wieder«, sagte der Rote.

»*La hostia!* Ich scheiß' auf die nächste Woche.« Der Dunkle setzte sich mitten auf dem Weg in den Sand. Der Rote trat einen Schritt auf die Lambretta zu.

»Dann fahre ich alleine.«

»Du fährst nicht.«

»Und wieso nicht?«

»Weil ich den Schlüssel habe.«

Der Rote schnaufte und machte Miene, sich wieder auf den Dunklen zu stürzen. Eleuteria trat dazwischen und hielt ihn an seinem Halstuch fest.

»Hör auf, sonst schläfst du heute hinter Gittern. Der Polizeihauptmann ist mein Freund.«

Das stimmte insoweit, als der wackere Gesetzeshüter in nicht allzu ferner Vergangenheit zu den Interessenten an Eles Buffet gezählt hatte. Der Rote blieb mit geballten Fäusten und keuchendem Atem stehen.

»Was soll ich tun, wenn dieser blöde Hammel bockt?«

»Ich bocke nicht, ich will Gerechtigkeit«, sagte der Dunkle.

»Ich wüßte vielleicht einen Ausweg«, sagte Eleuteria, deren gutes Herz sich bei der tränenbelegten Stimme des Burschen geregt hatte.

Die beiden, der eine in vorgebeugter Kampfstellung, der andere auf dem Boden sitzend, starrten sie an.

Eleuteria kniete zum Zweck der besseren Verständigung neben dem Dunklen auf dem Sandweg nieder. »Ich könnte dich für eine Viertelstunde zu mir nehmen«, erklärte sie. »Dein Bruder könnte inzwischen auf dich warten, dann wäre es gerecht. Ich meine, wenn ich dir nicht zu alt bin.«

Der Bursche, nun auf gleicher Höhe mit ihr, starrte ihr ins Gesicht, während ein Lächeln seine eben noch trüben Züge erhellte. »Das ist schon in Ordnung. Sie sind gerade eine richtig vollreife Hibiskusblüte.«

Der Rote, bei der poetischen Äußerung seines Bruders überrascht zurücktretend, wäre beinahe über die Lambretta gestolpert. Eleuteria sprang auf, obwohl sie ihn ohnehin nicht hätte aufhalten können. Sie wischte mit der Hand den Sand aus ihrem Kleid und glättete es mit ein paar beschwingten Strichen.

»Dann gehe ich jetzt voraus, und ihr fahrt hinter mir her. Es ist nicht weit, nur ein paar Straßen. Wie heißt ihr überhaupt?«

»Pepe Riéra«, sagten beide wie aus einem Mund. Der Dunkle fügte hinzu »el Rubio«, und der Rote »el Moreno«.

Ele brauchte nur wenige Sekunden, um mit der unerwarteten Eröffnung ins reine zu kommen. Die Erntearbeiter auf Angel del Sur bekamen die Familie kaum je zu Gesicht, da sie in eigenen Baracken wohnten. Dennoch hatte das Gehabe der Burschen sie an jemanden erinnert, was kein Wunder war, da es sich, wie sich jetzt herausgestellt hatte, um Sebastianos leibliche Söhne handelte. Wenn die Sache so lag, war es noch einfacher, die Bedenken, die sie ohnehin nur peripher gehegt hatte, beiseite zu wischen. Sebastiano war ein guter Vater, und sie war sicher, daß er für seine Söhne das Beste wollte. Das Ganze blieb sozusagen in der Familie. Daß man ihn damit nicht behelligen durfte, war ebenso selbstverständlich. Es kam vor, daß sich jemand der ihm innewohnenden Selbstlosigkeit gar nicht bewußt war. In diesem Fall mußte Eleuteria für ihn entscheiden, und sie tat es, wie ein fürsorglicher Vater, für den sie Sebastiano hielt, in ihren Augen zu entscheiden gehabt hätte.

Pepe el Moreno wartete fünfundzwanzig Minuten vor dem mit einem schwarzen Pappdach gedeckten einstöckigen Steinhäuschen, das dem Kiosk gegenüber auf der anderen Straßenseite stand. Er überquerte in dieser Zeit mehrmals die Straße, studierte die Titelseiten der hinter der Scheibe aufgehängten Zeitschriften, auf denen sich einige erfreuliche Anblicke boten, und dachte zwischendurch, daß es mit der reifen Hibiskusblüte etwas auf sich haben müsse. Seine Unternehmung mit dem einzigen Mädchen, das an diesem Abend in Fuego Fuego aufzutreiben gewesen war, hatte alles in allem nicht länger als sieben Minuten gedauert. Als Pepe el Rubio, das Halstuch in der Hand, etwas taumelnd, aber sichtlich aufgehellten Gemüts das Haus verließ, trat Pepe el Moreno auf ihn zu, hakte ihn unter und führte ihn stillschweigend zu der Lambretta, die an einer Straßenlaterne lehnte. Er streckte die Hand aus, und Pepe el Rubio legte den Schlüssel hinein, ehe die beiden das Fahrzeug bestiegen und mit tuckerndem Motor das in der Abenddämmerung liegende Städtchen verließen. Während der Fahrt fragte el Moreno nur einmal: »Und?«, und el Rubio antwortete mit noch etwas heiserer Stimme *»Fantástico«*. Dann schwiegen sie, bis Pepe el Moreno auf dem Vorplatz von Angel del Sur bremste und die beiden sich nach kurzem Gruß in verschiedene Richtungen – Pepe el Moreno bewohnte auf Sebastianos Geheiß noch immer die Scheune – zur Ruhe begaben.

Eleuteria in ihrem Pappdachhäuschen goß die Rosen vor ihrem Fenster und auch die in dem kleinen, mit Waschbeton gepflasterten Hof, den sie vermittels zweier Polsterstühle und eines Baldachins zu einer Art Lustgarten umgestaltet hatte. Ein Patrón wie Sebastiano hatte seine Vorteile, aber auch diejenigen eines taufrischen *toro*, wie sie ihn soeben in den Armen gehalten hatte, waren nicht zu verachten. Der Junge war über ihre sanfte Fürsorglichkeit wie über ihre schwarzen Dessous gleichermaßen außer sich geraten, und Ele genoß im Nachklang das positive Empfinden, das Nützliche, wie es eine gute Tat in jedem Fall war, mit dem Angenehmen verbunden zu haben.

Sie fütterte ihre dreifarbige Katze, ein Andenken an den Branddirektor der Freiwilligen Feuerwehr von San Eresmo, der, gleich dem Polizeihauptmann von Fuego Fuego, in nicht allzu ferner Vergangenheit Nutznießer ihres Buffets gewesen war, und schlüpfte dann zu den Takten einer Zarzuela, die aus dem Kofferradio erklang, aus den Kleidern. Ehe sie sich auf ihrem Gesundheitsbett zur Seite drehte und die Hände zum Nachtgebet faltete, beschloß sie, sich eine zweite Garnitur schwarzer Wäsche zuzulegen, obwohl Sebastiano ihr gegenüber wiederholt erwähnt hatte, wie sehr er die cremefarbenen Dessous auf ihrer bronzebraunen Samthaut schätzte.

Zwei Wochen später hatte Eleuteria während der Geschäftszeit von ihrem Kiosk aus eine Gestalt gesichtet, die ihr vertraut schien. Es war eine Frau unbestimmten Alters mit etwas eckigen Bewegungen, langen, unordentlich hochgesteckten Haaren und einem wehendem Rock mit Fransenumhang, wie Zigeunerinnen sie trugen. Ihr Gesicht war ledern, ihr Blick ein wenig stechend. Ele erinnerte sich, daß sie auf Angel del Sur zuweilen das Essen in die Baracke gebracht hatte, wenn keiner der Erntearbeiter Zeit fand, es zu holen. Sie lehnte sich aus dem Fenster und rief der Frau, die gebückt am Gehsteigrand stand und etwas in ihrer Tasche suchte, zu: »He, du.«

Die Frau richtete sich auf. »Was ist?«

»Bist du nicht die Köchin von Angel del Sur?«

»Ich bin die Haushälterin«, sagte Umbre, die jede Behauptung für legitim hielt, solange sie nicht widerlegt werden konnte. »Warum fragen Sie, Señora?«

Eleuteria überlegte ein paar Augenblicke lang und kam dann zu dem Schluß, daß sie nichts riskierte.

»Kannst du einem der Brüder etwas ausrichten?«

»Das kommt darauf an«, sagte Umbre.

»Komm her, ich kann nicht heraus.«

Umbre schlurfte an den Kiosk heran. Ele hatte in die Kasse gegriffen und hielt ein Fünfpesetenstück in der Hand.

»Reicht das?«

Umbre griff nach dem Geldstück. »Was soll es sein?«

»Sag Pepe el Moreno, ich hätte am Sonnabend Arbeit für ihn.«

Sebastiano verließ sonnabends nie das Haus, und ihr kleiner *toro* würde den Hinweis verstehen. Gewiß hatte auch er ihr im Laufe der vergangenen Tage mehr als einen Gedanken gewidmet und war gleich ihr der Meinung, daß einmal keinmal und eine gute Tat es wert war, wiederholt zu werden.

»Und von wem soll ich ihm das sagen?«

Ele zögerte. Ihr Name war bisher nicht ins Spiel gekommen, und das war gut so. Sie griff noch einmal in die Kasse. »Ich sage dir ein Wort, das du ihm weitersagen kannst. Dann weiß er Bescheid.«

»Und wie heißt das Wort?«

»Hibiskus.«

»Schön, Hibiskus. Und Sie haben am Sonnabend Arbeit für ihn.«

Eleuteria hielt Umbre das zweite Geldstück hin. »Hier, das ist noch für eine Stange Lakritze. Und du sprichst zu niemandem darüber.«

Umbre beugte sich blitzschnell über die kreolfarbenen Finger der Señora. »Der Krötenkopf soll mir in den Bauch kriechen.«

Ele zog hastig ihre Hand zurück. Umbre verwahrte das Geld in der Tasche ihres Leinenrockes und schlug das Tuch darüber.

»Die Hostie schütze Sie, Señora, heute und in der Stunde Ihres Todes.«

»Schon gut.«

Eleuteria zog sich zwischen ihre Papierstapel zurück und holte tief Luft. Die Begegnung war nicht nach ihrem Geschmack gewesen, aber alles in allem war es ein Glücksfall, daß die Zigeunerin ihr über den Weg gelaufen war. Wie sonst wäre sie zu einem neuerlichen Rendezvous mit ihrem *toro* gekommen? Damals in der Hektik hatten sie beide vergessen, etwas zu verabreden, das sollte nicht wieder vorkommen. Ele beschloß, am folgenden Tag für die Erfüllung eines Wunsches, den sie niemals auszusprechen gewagt hätte, eine Zweitagekerze am Reliquienschrein des San Cristóbal anzuzünden, dessen Gebeine ein Pilger aus dem fernen Arabien mitgebracht hatte und der der Schutzpatron der Kirche von Fuego Fuego war.

Umbre, die von Aurelia nach der Apotheke geschickt worden war, lieferte das gewünschte Haarpulver und die Hypermanganstäbchen für das Waschwasser im Altarzimmer ab und begab sich dann in die Scheune, wo Pepe el Moreno in seiner Wohnecke dabei war, abwechselnd mit seinem Bruder den Schnaps, den sie in einer Heunische in großen Flaschen gestapelt hatten, in kleinere abzufüllen, da sich diese an die Rekruten der Fernando-Kaserne besser verkaufen ließen. Umbre stolperte fast über die Karbidlampe, die auf der Türschwelle stand, und blieb in sicherer Entfernung von dem brennbaren Stoff, mit dem die Brüder hantierten, stehen.

»Was gibt es, alte Wurzel?« fragte Pepe el Rubio, der, den Trichter über eine handtellergroße Flasche haltend, aus einem Zweilitergefäß Schnaps durch die winzige Öffnung in das Fläschchen laufen ließ.

»Ich habe eine Nachricht für Pepe el Moreno von einer Señora in Fuego Fuego.«

»Was für eine Nachricht?« Pepe el Moreno, der auf dem Rücken lag und seinem Bruder zusah, richtete sich auf.

»Sie läßt dir sagen, Hibiskus, und sie hat am Sonnabend Arbeit für dich.«

»Was redest du für Unsinn.«

»Das waren ihre Worte. Wenn es Unsinn ist, kann ich nichts dafür.«

Pepe el Rubio, der sein Fläschchen verkorkt hatte, wandte sich um. »Das ist für mich.«

»Was?« fragte Pepe el Moreno.

»Die Nachricht ist für mich. Kapierst du nicht? Hibiskusblüte. Alles in Ordnung, Umbre, ich weiß Bescheid.«

Umbre machte einen Bogen um die Karbidlampe und schlurfte hinaus.

»Wieso für dich?« fragte Pepe el Moreno, dem ein Licht aufgegangen war. »Sie hat es mir ausrichten lassen.«

»Aber sie meint mich, weil ich es bin, der bei ihr war.«

»Eben deswegen will sie jetzt, daß ich komme. Wahrscheinlich hast du dich aufgeführt wie der Ochse beim Kälbermachen.«

»Warte«, sagte Pepe el Rubio und stellte die beiden Flaschen in der Heunische ab, ehe er sich auf seinen Bruder stürzte.

Umbre maß die beiden erstaunt, als sie beim Abendessen erschienen: Pepe el Rubio hatte eine Platzwunde auf der Stirn, und bei Pepe el Moreno saß die Nase schief im Gesicht.

Pepe el Moreno bemerkte Umbres Blick. »Er hat mir die Nase gebrochen, aber ich habe gesiegt.«

Sebastiano schüttelte über seinen sauren Bohnen schweigend den Kopf. Junipero nahm die Sache ebensowenig zur

Kenntnis wie Conchita, die den Zustand ihrer Brüder nicht sehen konnte, während Nando, der alles, was um ihn vorfiel, auf die Patroncita bezog, alarmiert im Kauen innehielt und beschloß, seine Recherchen, die Brüder betreffend, zu intensivieren.

Einige Tage später, während des Stallausmistens, machte Pepe el Moreno seinem Bruder, der ihm mit seinem Gejammer über die Ungerechtigkeit auf die Nerven fiel, einen Vorschlag: »Ich gehe zur Hibiskusblüte, und du nimmst meine Rosenknospe vom letzten Mal, dann ist es wieder gerecht. Einverstanden?«

Pepe el Rubio fiel bei der poetischen Äußerung seines Bruders beinahe die Mistgabel aus der Hand.

»Meinst du, daß das geht?«

»Warum nicht? Wenn du dich nicht anstellst wie der Ochse beim –« Er sprach den Satz vorsichtshalber nicht zu Ende.

Am Sonnabend fuhren die beiden mit der Lambretta, die noch mehr als vorher klapperte, da der Schraubenschlüssel trotz intensiver Suche noch immer nicht aufgetaucht war, in der Abenddämmerung nach Fuego Fuego.

Pepe el Moreno teilte der Rosenknospe mit, daß sein Bruder ihn heute vertreten werde, und stieß auf keinen nennenswerten Widerstand. Er lud Pepe el Rubio ab und fuhr ein paar Straßen weiter, wo er an der Tür des Pappdachhäuschens läutete. Ele öffnete in einem ärmellosen Umhang aus schwarzer Spitze, und Pepe el Moreno fielen fast die Augen aus dem Kopf. Ele erging es nicht viel besser, als sie den roten Schopf des jungen Mannes erblickte.

»Wieso du? Ich habe nach Pepe el Moreno geschickt.«

»Ich bin Pepe el Moreno. Wir haben nur die Haarfarbe gewechselt.«

Ele war unschlüssig, fürchtete aber dann, daß ein längeres Gespräch zwischen Tür und Angel die Aufmerksamkeit der Nachbarn erregen könnte.

»Komm herein, wenn du schon da bist.«

Es dauerte genau wie bei Pepe el Rubio fünfundzwanzig Minuten, und Pepe el Moreno hatte hinterher das Gefühl, dank

Eles zärtlichknapper Anweisungen in dieser Zeit ein Pensum von Jahren absolviert zu haben. Gleich seinem Bruder taumelte er ein wenig, als er sich von dem mit dottergelbem Satin bezogenen Gesundheitsbett erhoben hatte und die Straße betrat.

»Wen willst du das nächste Mal sehen, meinen Bruder oder mich?« hatte er sich während des Schuheanziehens erkundigt.

»Eigentlich ist es mir egal«, hatte Ele wahrheitsgemäß geantwortet, da ihre beiden *toros* sich nur durch possierliche Kleinigkeiten voneinander unterschieden, »aber am besten schickst du mir nächstens wieder deinen Bruder, damit es gerecht ist.«

Die Sache löste sich insofern von selbst, als die Rosenknospe sich zwar Pepe el Rubio gegenüber als kooperativ erwies, jedoch zu verstehen gab, daß ihr Glück ohne den Anblick des roten Haarschopfes von Pepe el Moreno nicht vollkommen sei. So blieb es zumindest für den Augenblick bei der ursprünglichen Einteilung, auch als, für Ele unvorhergesehen, eine neue Situation eintrat.

Seit Jahren hatte sie, Sebastiano eingeschlossen, nur mit reiferer Klientel zu tun gehabt. Ihre selbstgestellte Aufgabe war es gewesen, Einfühlungsvermögen und Geduld an den Tag zu legen, kleine und winzige Feuer zu schüren, matte und erlöschende Flammen anzufachen. Daß es auch anders laufen konnte, war ihr während dieser Zeit entfallen und drang sozusagen erst post festum wieder in ihr Bewußtsein.

Gegen Ende des Monats war es wahrscheinlich, weitere zwei Wochen danach sicher, daß Ele schwanger war. Da sie beim besten Willen nicht hätte sagen können, welcher ihrer beiden *toros* ihr dies Andenken hinterlassen hatte, entschied sie sich nach längerem Erwägen beider Möglichkeiten für die dritte, nämlich für die, Sebastiano bei seinem nächsten Besuch auf den Gipfel der Leidenschaft zu entführen, von dem aus es zur Vaterschaft nur ein Schritt war.

Wie erinnerlich, trug sie acht Tage hindurch cremefarbene Unterwäsche; wie erinnerlich, gelang ihr Vorhaben an dem Tag, an dem Umbre ihren Patrón vermittels knoblauchgetränkter Kohlestückchen aus seinem Haus vertrieben hatte. Am folgenden Morgen trank sie, ihrem Zustand erstmalig Rechnung tragend, zwei Gläser frisch gepreßten Mandarinensaft anstelle des Kaffees und kaufte bei der Devotionalienhandlung, die der Kirche von Fuego Fuego angegliedert war, ein Dreifaltigkeitskreuz, das sie für achtundvierzig Stunden auf dem Reliquienschrein des San Cristóbal niederlegte, um es von der Gnade des Kirchenpatrons durchdringen zu lassen. Mit Gott Vater und Gott Sohn hatte Ele nie Schwierigkeiten gehabt; etwas komplizierter gestaltete sich für sie der Zugang zum Heiligen Geist. Da sie diesen jedoch dringend für die bevorstehende Zeit der inneren Sammlung und der Herstellung einer gewissen Ordnung in ihrer nicht alltäglichen Situation benötigte, schien es zielführend, sich mit Hilfe des Kirchenpatrons an ihn zu wenden.

Es war, soviel stand fest, ein kleiner Riéra, den sie unter dem Herzen trug. Da es unmöglich schien, ohne besonderes Aufsehen zu eruieren, welcher der beiden *toros* der Vater und welcher der Onkel des zu erwartenden Kindes sei, andererseits die Verwandtschaft mit Sebastiano insofern feststand, als dieser mit Sicherheit der Großvater war, fand Ele es in Ordnung, sich dieses einzigen stabilen Faktors zu bedienen und Sebastiano das Sorgerecht zu übertragen. Als sie an jenem Tag beschlossen hatte, Sebastiano die Möglichkeit zur Vaterschaft zu eröffnen, war sie weder unsicher noch nervös, einzig ihr Herz hatte ein paar schnellere Schläge getan. Das Kind, das sie ihm schenken würde, war, wie immer man es drehen mochte, sein Fleisch und Blut. Heute, da sie ihn erwartete, um ihm von seinem Glück Mitteilung zu machen, war es umgekehrt, ihre Nerven waren ein wenig angespannt, aber ihr Herz schlug ruhig und sicher im Bewußtsein, den für alle Beteiligten vorteilhaftesten Weg gewählt zu haben, als sie, in eine langärmlige und hochgeschlossene Seidenbluse gekleidet, Sebastiano die Tür öffnete.

7

Als um vier Uhr morgens der Wecker läutete, fuhr der Korporal Fernando Bluna aus einem Traum hoch, in dem er soeben während eines Kugelwechsels mit dem Gewalttäter aus der Arena in den linken Arm getroffen worden war. Er kroch von der Pritsche, massierte den Arm, der vom Liegen steif war, wusch sich beim Schein der von Fliegenkot verschmierten Deckenleuchte Gesicht und Hände und schlüpfte vor dem Spind, in dessen Innentür ein ovaler Spiegel montiert war, in seine Uniform. Er schloß sorgfältig alle Knöpfe und polierte mit dem Ärmel seiner Tuchjacke über diejenigen, die ihm zu matt erschienen. Dann schnallte er, nicht ohne einen kurzen intensiven Schauder zu fühlen, seinen Revolver um, und kämmte vor dem Spiegel, geflissentlich an seinem Gesicht vorbeisehend, sein schütteres Haar zu einem Mittelscheitel. Es war kurz nach halb fünf, als er sich zu Fuß – der Linienbus war um diese Zeit noch nicht in Betrieb – auf den Weg zum Bahnhof machte. Zehn Minuten vor fünf langte er dort an, wartete erst geduldig bis fünf, dann ungeduldig bis fünf Uhr zehn und nahm dann an der Seitenwand des Bahnhofsgebäudes Aufstellung, von wo aus er sowohl den Schienenstrang als auch die Straße überblicken konnte. Wer nicht erschien, war der Gendarmerieschüler Maria José Camaro. Um Viertel nach fünf begann Korporal Bluna auf den Zehenspitzen zu wippen, um fünf Uhr zwanzig mit auf dem Rücken verschränkten Armen im Tigerschritt die Seitenfront des Bahnhofsgebäudes auf und ab zu schreiten, fünf Minuten vor halb sechs, der Abfahrtzeit des Zuges, überfiel ihn tiefe Niedergeschlagenheit. Sollte sein erster Großeinsatz an der Unzuverlässigkeit eines milchgesichtigen Ignoranten scheitern? Er hatte Maria José extra eine Stunde früher herbestellt, um sicherzugehen, daß sie den Zug erreichten. Nun stand er ohne Assistenten da, und der plötzliche Zwang zur Entscheidung, ob er den Weg allein antreten oder Maria José ausfindig machen und rekrutieren solle, um die Aktion ordnungsgemäß durchzuführen, trieb ihm den

Schweiß aus allen Poren. Der Zug ratterte fauchend in die Station und pfeifend wieder hinaus, ohne daß Bluna imstande gewesen wäre, einen Gedanken zu fassen. Als der sich langsam dahinschlängelnde dunkle Strich im Grau der Grassteppe untertauchte, raffte Bluna sich auf. Die Entscheidung war, praktisch ohne sein Zutun, gefallen. Er rückte die Mütze auf seinem fettigen Mittelscheitel zurecht, zog das Koppel fester zu und betrat auf der dem Städtchen zugewandten Seite des Bahnhofsgebäudes die Straße, um sich auf die Suche nach dem Gendarmerieschüler Maria José Camaro zu machen.

Der Gendarmerieschüler Maria José hatte anhand des Aushangs festgestellt, daß ihm innerhalb der nächsten Diensteinheit ein Urlaub von 18 Stunden zustand, und beschlossen, diesen bei seiner Mutter in dem etwa sieben Kilometer entfernten Dorf Roca Ruiz, das mit dem Fahrrad unschwer für ihn zu erreichen war, zu verbringen. Die Zeit bis zum Aufbruch nach der einsamen Finca, auf der sich der Gewalttäter verbarg, war am besten genützt, wenn er sich vorher nach Kräften erholte, wozu sich im Elternhaus die sicherste und zudem billigste Gelegenheit bot.

Mutter Camaro schrie vor Entzücken auf, als ihr Sprößling unerwartet vor der Haustür stand und einige Wünsche augenblicklich, die anderen nach Abstellen des Rades und Betreten der nach Schafbraten und Paella duftenden Küche bekanntgab. Zu Maria Josés Vorlieben gehörte es, in einem Holzzuber, der sich neben dem Herd befand, zu baden und währenddessen eine auf einem quergelegten Holzbrett servierte Mahlzeit zu sich zu nehmen, wobei es für ihn gleichbedeutend war, ob es sich dabei um Frühstück, Mittagessen oder Abendbrot handelte. Im vorliegenden Fall – Maria José hatte die Nacht in seinem ehemaligen Kinderzimmer verbracht, das inzwischen mit einer Klappcouch, verschiedenen Sportgeräten und Seefahreremblemen, Flaggen und Schiffsmodellen aller Art ausgestattet war – handelte es sich um eine Zwischenmahlzeit, die man ebensogut als spätes Frühstück wie als frühes Mittagessen hätte bezeichnen können. Maria José hatte Kaffee, Mandarinensaft, Paella, kalten Schafbraten sowie zwei Schnitten süßen Olivenbrotes zu sich genommen, als ihm einfiel, daß er die Zeit im Bottich, in den seine Mutter immer wieder heißes Wasser aus der Herdlade nachgoß, vermittels seines Lieblingsspieles noch um eine angemessene Weile verlängern könnte. Er besaß, wie bereits erwähnt, Schiffsmodelle verschiedenster Bauart, deren herausragende, für ihn unverzichtbare Eigenschaft war, daß sie tatsächlich schwimmen konnten. Als seine Mutter das Brett mit den leergegessenen Tellern abservierte, tat Maria José, als wolle er aus dem Bottich steigen.

»Wohin willst du, Marijoselito?« fragte seine Mutter sofort.

»Ich hole nur ein paar Schiffchen. Das Wasser ist noch so angenehm warm.«

Die Mutter errötete vor Freude über das unausgesprochene Lob. »Wie viele möchtest du? Ich bringe sie dir.«

Maria José zog den Fuß, den er sichtbar aus dem Bottich gestreckt hatte, wieder ins Wasser zurück. »Wenn es dir nichts ausmacht, alle, Madrecita.«

Die Mutter nickte, räumte das Geschirr, das sich auf dem Brett befand, in das Spülbecken, wischte mit einem Tuch über das etwas fettige Holz und ging nebenan in Josés Kammer, von wo sie die Schiffchen, etwa dreißig an der Zahl, holte und auf das Brett stellte.

Maria José schüttelte nachsichtig den Kopf, als er die Anordnung erblickte. »Du hast die Spanier neben die Engländer gestellt!«

»Tut mir leid, Marijoselito.«

Die Mutter, die nicht auf die teils von der Brücke wehenden, teils auf dem Bug aufgemalten Flaggen geachtet hatte, setzte die Schiffchen nacheinander auf das Wasser, wo Maria José sie augenblicklich in Kampfaufstellung brachte.

»Auf zur Seeschlacht«, kommandierte er, »*arriba, hijos de España*, auf, meine tapfere Flotte. Gott ist ein Spanier, schlagt die feigen Hunde in die Flucht. *Viva la Armada!*«

Die Spanier segelten auf die Engländer zu, während Maria José, mit beiden Unterarmen durch den Bottich wedelnd, einen wilden Sturm entfachte, der die englischen Kreuzer reihenweise zum Kentern brachte, während die spanische Flotte in beinahe lückenloser Formation auf Maria Josés behaarte, von Seifenlauge glänzende Brust zuschwamm.

In diesem Augenblick geschah es, daß Korporal Fernando Bluna, der im Unterschied zu Maria José kein Fahrrad besaß und nach einem Fußmarsch von sieben Kilometern erschöpft, schweißüberströmt und sandverkrustet am Elternhaus seines säumigen Erfüllungsgehilfen angelangt war, ohne anzuklopfen die Tür aufstieß und in der Küche stand. Maria José versuchte, im Sitzen Haltung anzunehmen, und legte die flache Hand an die Stirn. Die Mutter wich mit einem Aufschrei zurück und breitete ihren Rock aus, um ihren Sohn vor den Blicken des vor Zorn bis an die spärlichen Haarwurzeln knallrot angelaufenen Korporals zu schützen. Dieser tat einen Schritt auf sie zu und murmelte »Entschuldigung«, ehe er die Frau mit einem heftigen Ruck beiseite stieß. Maria José war vor Schreck über die Aktion seiner Mutter bis zum Hals in die Seifenlauge getaucht und versuchte vergeblich, wieder hochzukommen und Haltung anzunehmen, während die siegreichen Spanier in unaufgebrochener Formation auf sein Gesicht zusegelten.

»Verdammt«, knirschte Fernando Bluna. »Wenn ich es nicht mit meinen eigenen Augen sehen könnte, würde ich es nicht für möglich halten: Der Idiot ist zu einem Einsatz abkommandiert, und anstatt gefechtsklar vor Ort zu sein, sitzt er in der Badewanne und spielt Schiffchen. Ist der Mann bei Trost?«

»Ich habe die englische Flotte versenkt, Sargento«, erklärte Maria José aus seiner ungünstigen Position. »Ich habe Revanche für den Untergang der Armada genommen.«

»Es ist sein Lieblingsspiel«, wandte Maria Josés Mutter ein, die sich von Blunas Stoß erholt hatte und bestürzt neben dem Bottich stand. »Mein Sohn ist ein großer Patriot.«

Fernando Bluna, dessen Herz für das Aufrechte im Manne schlug, wurde ein wenig weicher.

»Warum war er nicht am vereinbarten Ort?«

Die Mutter nahm Blunas Art, in der dritten Person von ihrem Sohn zu reden, als Aufforderung, an dessen Stelle für ihn zu antworten: »Er wäre rechtzeitig dagewesen, Sargento. Er wollte sich mit seinem Spiel in die richtige Stimmung bringen.«

»Mir wäre es lieber gewesen, er wäre ohne die richtige Stimmung, aber pünktlich um fünf Uhr früh auf dem Bahnhof gewesen.«

»Wieso früh?« sagte Maria José, dem es gelungen war, sich zwischen den Schiffen, die eine losere Formation angenommen hatten, im Bottich hochzustemmen. »Ich dachte, fünf Uhr nachmittags.«

»*Qué diablo!* Er ist ein Blindgänger, ein Analphabet! Wenn ich Nachmittag gemeint hätte, hätte ich siebzehn Uhr gesagt.«

»Sargento«, wandte Frau Camaro ein, deren Hände, mit denen sie noch immer den Rock ausgebreitet hielt, zu zittern begonnen hatten, »ich will meinen Sohn nicht in Schutz nehmen, aber bei uns gehen die Uhren nur bis zwölf.«

Fernando Bluna unterdrückte den Ausruf, der sich ihm auf die Lippen drängte. Die Frau hatte einen Sohn geboren, das war zu respektieren. Er schlug die Hacken zusammen, wodurch er auf dem mit Seifenlauge bespritzten Boden etwas ins Gleiten kam, und pflanzte sich in voller Breite vor dem Bottich auf.

»Er steigt augenblicklich aus dem Wasser und kleidet sich an. In fünf Minuten ist er abmarschbereit. Wir versuchen, den Nachmittagszug zu erreichen. Das ist ein Befehl.«

Maria José fuhr von seinem Kriegsschauplatz hoch und nahm Haltung an, was seine Mutter veranlaßte, sich abermals zwischen ihm und dem Korporal aufzupflanzen, diesmal mit etwas höher gehobenen Rockenden, da es mehr als bis dato zu verdecken galt. Maria José verließ in ihrem Schutz das Behältnis mit der irritiert schaukelnden Armada und tappte auf dem rutschigen Boden auf seine Kammer zu. Fünf Minuten später stand er mit feuchten Haaren und schweißnassem Gesicht, aber vollständig angekleidet in der Küche.

»*Vamos*«, sagte Fernando Bluna, die Hand in Richtung der Mutter flüchtig an die Mütze legend. »Wenn ihm etwas zustößt, erfolgt die amtliche Verständigung innerhalb von drei Tagen.«

Sie erreichten den Zug in letzter Minute, und Korporal Bluna, der den Weg durch die sengende Hitze zum zweiten Mal zurückgelegt hatte, wobei seine 170 Pfund Lebendgewicht bei jedem Schritt wie Blei auf seinen Knien gelastet hatten, ließ sich erschöpft auf die Holzbank in der Ecke des Abteils fallen, indes der Gendarmerieschüler Maria José Camaro mit gesenktem Blick, die Mütze zwischen den Knien, auf der gegenüberliegenden Bank saß. Während der Zug durch die bräunliche Graslandschaft kroch, in der hin und wieder kleinere Gruppen von Olivenbäumen den Horizont begrenzten, dachte Bluna, daß es ein Privileg sei, dem Staate zu dienen, und daß keine Anstrengung zu groß sein dürfe, um einen übernommenen Auftrag ordnungsgemäß zu Ende zu führen. Nach zweieinhalb Stunden Fahrzeit war er moralisch so weit aufgerüstet, daß er in der Bahnstation Fuego Fuego voll Tatendrang den Zug verließ, sich zum Bahnhofskiosk begab und nach Genuß eines Glases Vitaminsaft, ungesüßt, mit seinem schweigenden Erfüllungsgehilfen im Rücken die weiteren zweieinhalb Stunden Fußmarsch zu der inmitten der Grassteppe liegenden Finca vergleichsweise problemlos hinter sich brachte. Es war früher Abend, als die beiden Amtswalter auf der Finca erschienen. Das Tagewerk der Bewohner war beendet, und jeder von ihnen bereitete sich auf seine Weise auf den Feierabend vor. Dies verdient insofern Beachtung, als zu einem früheren Zeitpunkt die männlichen Familienmitglieder der Feldarbeit wegen außer Haus gewesen wären und somit ohne Maria Josés Irrtum, die Uhrzeit betreffend, die weiteren Geschicke auf Angel del Sur einen völlig anderen Verlauf genommen hätten.

Eleuteria hatte aus mehreren Gründen beschlossen, ihre Unterredung mit Sebastiano in den zum Lustgarten umfunktionierten, mit Waschbeton gepflasterten Hof ihres Domizils zu verlegen. Zum einen war die Luft dort kühler als in den Innenräumen, in denen die tagsüber durch das Pappdach gedrungene Hitze unverrückbar stand, so daß die Gefahr, bei dem zu behandelnden heiklen Thema in Wallung und dabei in Unbesonnenheit zu geraten, für beide Teile geringer schien. Zum zweiten würde es sich für Sebastiano von selbst verbieten, seine Stimme lauter als bis zur Höhe eines freundschaftlichen Gesprächs zu erheben, da dies von den Einwohnern der umliegenden Häuser, insbesondere bei abendlich geöffneten Fenstern, unweigerlich registriert werden würde. Zum dritten wäre die Linie des Abends von Beginn an klargelegt, da sich außer zwei Ohrensesseln, einem Schaukelstuhl samt Fußteil und einem geflochtenen Beistelltisch kein Möbelstück im Lustgarten befand, das einer intimeren Annäherung förderlich gewesen wäre. Sebastiano, vom Anblick des gemächlich vor ihm herzockelnden verlängerten Pferderückens angenehm durchwärmt, machte kein Hehl aus seiner Enttäuschung, als Ele ihn mit einer Bemerkung über die Hitze im Haus durch eine Seitentür in den Innenhof führte.

»Ich möchte meine kleine Löwin schnurren hören«, sagte er, indem er versuchte, sich dem Raum mit dem dottergelb bezogenen Gesundheitsbett zu nähern. »Ich möchte ihr samtenes Fell kraulen.«

Ele ergriff seine beiden Hände und zog ihn sanft, aber entschieden von der Türschwelle weg.

»Später. Trink erst ein Glas Mandarinensaft, um dich abzukühlen.«

»Ich will mich nicht abkühlen. Ich möchte das Glas Mandarinensaft lieber nachher trinken.«

»Ich muß mit dir reden. Setz dich, Sebastiano.«

Sebastiano horchte auf. Etwas in Eles Ton erinnerte ihn an das Gespräch, das er kürzlich mit Aurelia hinter sich gebracht hatte. Er gab mit einem kleinen Seufzer nach und ließ sich von Ele zu dem mit Seidenkissen ausgelegten Ohrensessel geleiten.

»Nun, was gibt es?«

»Sebastiano«, begann Ele, die sich vorgenommen hatte, den Stier bei den Hörnern zu packen, »könntest du es dir vorstellen, in deinen reifen Tagen noch einmal Vater zu werden?«

Sebastiano, der damit beschäftigt war, sich in dem Lehnstuhl zurechtzurücken, hielt in der Bewegung inne.

»Was sagst du?«

Ele wiederholte ihre Worte, indem sie zu Boden blickte und

ihrer Stimme einen weichen Klang verlieh. Sebastiano hatte sich etwas im Sessel geduckt.

»Woher weißt du es?« fragte er schließlich.

»Ich?«

Ele schien etwas verwirrt, war aber beruhigt, daß Sebastiano nicht sofort losgebrüllt hatte.

»Aber, mein Lieber«, sagte sie, sich im Schaukelstuhl, in dem sie Platz genommen hatte, etwas zu ihm vorbeugend, »wer außer mir sollte es wissen?«

Hinter Sebastianos Stirn hatten die Gedanken zu kreisen begonnen. Wie war das möglich? Welche Verbindung bestand zwischen Aurelia und seiner vor aller Welt verheimlichten Gespielin? Allerdings, auch Umbre wußte laut Aurelia über die auf Angel del Sur zu erwartende kleine Schöne Seele Bescheid. Im besten Fall war sie die Zwischenträgerin, und Aurelia ahnte nach wie vor nichts von Eles Existenz.

»Ich hatte keine Ahnung –«, sagte er, seine Schuhspitzen betrachtend, um dem auf ihm lastenden Blick Eleuterias nicht standhalten zu müssen.

»Natürlich nicht, mein Lieber. Wie solltest du! So mancher achtbare Caballero ist sich der ihm innewohnenden Manneskräfte nicht bewußt.«

Sebastiano richtete sich ein wenig im Sessel auf. Eleuterias Worte waren schmeichelhaft, aber auf diese Art von Reaktion war er nicht vorbereitet gewesen. Er hatte im Gegenteil den Tag gefürchtet, an dem er ihr von den bevorstehenden Ereignissen auf der Finca würde berichten müssen, da Ele wiederholt eifersüchtig gefragt hatte, ob zwischen ihm und Aurelia tatsächlich keine ehelichen Beziehungen bestünden.

»Du wirst wohl recht haben«, murmelte er, während der Schweiß seinen Hemdkragen zu durchdringen begann, wie es kürzlich während der Unterredung mit Aurelia der Fall gewesen war. »Man ist nie vor Überraschung sicher.«

Ele ließ den Blick, in dem Verblüffung und Zweifel standen, über Sebastianos im Sessel ein wenig zusammengesunkene Gestalt gleiten.

»Wenn es ein Junge wird, sollte er Sebastiano heißen«, sagte sie, um sicherzugehen, daß der Inhalt ihrer Botschaft den Adressaten erreicht hatte. »Was meinst du dazu?«

»Ich hatte an Pepe gedacht.«

Sebastiano wunderte sich, daß Ele bei seinen Worten etwas zusammenzuckte. Jedermann wußte, daß Pepe sein Lieblingsname war und bereits zwei seiner Söhne so hießen. Er hätte gerne nach Eles kreolfarbener Hand gegriffen, die mit nach oben geöffneten Fingern in Reichweite vor ihm auf dem Rocksaum lag, um seine kleine Löwin über seine vermeintliche Untreue zu trösten. Für Sekunden erwog er, sie über den wahren Sachverhalt aufzuklären, aber da Aurelia von einem Geheimnis gesprochen hatte, an dem zu allem Überfluß ein Heiliger beteiligt war, wagte er es nicht, ebensowenig wie er es wagte, seinen Arm auszustrecken, um Eles ratlose Hand zu berühren. Eine Zeitlang saßen sie einander schweigend gegenüber. Dann schloß Sebastiano, dem klargeworden war, daß es ihm nicht gelingen würde, seine Gedanken so weit zu ordnen, daß der Abend noch ersprießlich hätte enden können, die Knöpfe seines Khakijacketts.

»Vielleicht sollte ich besser gehen.«

Ele, die ihrerseits zu demselben Schluß gekommen war, nickte zustimmend und erhob sich aus dem Schaukelstuhl.

»Vielleicht kommst du bald wieder.«

Sebastiano dachte auf dem Weg zur Tür daran, ihr ein Wort über ihre bewunderungswürdige Großherzigkeit zu sagen. Aber es fiel ihm keine passende Formulierung ein, und so begnügte er sich damit, seine Hand auf ihren in cremefarbene Seide gehüllten Arm zu legen.

»Bis demnächst also«, sagte er vage.

»Bis demnächst, mein Lieber.«

Als Sebastiano, das Pferd mit einem matten Peitschenknall antreibend, um die Ecke gebogen war, ließ sich Ele, die ihm über die Mauer des Lustgärtchens nachgesehen hatte, mit einem undefinierbaren Seufzer in die vom Körpergewicht ihres Besuchers flachgedrückten Kissen fallen. Sie hätte nach dem Gespräch erleichtert oder zumindest beruhigt sein müssen, aber sie war keines von beiden, und auch eine nochmalige

Überprüfung des stattgefundenen Wortlauts brachte kein zufriedenstellendes Resultat. Nach einer Weile erhob sie sich aus dem Schaukelstuhl und goß die Rosen, die sich in zierlichen Ranken über die Mauer des Lustgärtchens zogen, und hierauf auch die in den Blumenkästen der holzverkleideten Veranda im ersten Stockwerk. Dann fütterte sie die dreifarbige Katze, die ihr der Branddirektor von San Eresmo in Dankbarkeit für, wie er sich ausgedrückt hatte, erlesene Stunden überlassen hatte, und schlüpfte anschließend zu den Klängen eines Canto solemne aus der langärmligen Bluse und dem Kaschmirrock. Während sie sich auf ihrem Gesundheitsbett in die goldgelbe Satindecke hüllte, legte sie ihre Seele inklusive der darauf lastenden Sorgen in die Hände San Cristóbals zur Weiterleitung an den, wie sie hoffte, bereits mit der Sache befaßten Heiligen Geist.

Kurz vor dem Einschlafen fiel ihr ein, daß die Zeit bisher immer für sie gearbeitet hatte und kein Grund dafür bestand, daß dies nicht auch im vorliegenden Fall so sein würde.

Sowie Nando die erste Desperation über die von Sebastiano verweigerte Unterredung und seine Befürchtungen bezüglich Conchitas möglicherweise mangelnden Interesses an seinen Plänen überwunden hatte, lauerte er Umbre bei Tagesanbruch am Ziegenstall auf. Als sie dort nicht erschien und der Geruch des Churro bereits in würzigen Schwaden über den Hof zog, betrat er, die Locke in die Stirn gekämmt, nach vorherigem Anklopfen die Küche.

»Was ist? Hat dir vom Teufel geträumt?« erkundigte sich Umbre, die bei dem ungewohnten Geräusch erschrocken hochgefahren war.

»Holst du keine Ziegenmilch mehr für die Patroncita?«

Umbre schüttelte die Churro-Stücke in der Pfanne heftig durcheinander. »Warum sollte ich? Es geht ihr besser. Sobald die ersten drei Monate vorüber sind, ist das normal.«

Nando strich mit der flachen Hand über seine Stirnlocke. Er hatte sich für das Gespräch mit Umbre mehrere Varianten zurechtgelegt, die allesamt den Zweck verfolgten, seine wahren

Beweggründe sowie vor allem die Identität der darin vorkommenden Personen zu verschleiern. Da Umbre nicht in bester Laune zu sein schien, griff er auf die seiner Meinung nach undurchsichtigste Version zurück.

»Ich habe einen Freund in Riaza«, begann er, indem er sich betont lässig, die Hand in der Rocktasche, mit übereinandergeschlagenen Beinen an die Herdkante lehnte. »Er würde gerne ein Mädchen heiraten.«

Umbre ließ die Churro-Stücke in der Pfanne im Kreis sausen und brachte sie wieder zum Stillstand.

»Warum tut er es nicht?«

Nando zögerte mit der Antwort. Umbre benutzte die Pause, um mit der freien Hand für die Pläne des ihr unbekannten Mannes aus Riaza ein Kreuz zu schlagen.

»Wenn sie, was die Jungfrau verhüten möge, keinen Bartwuchs hat, und er keine lahmen Lenden, wo liegt das Hindernis?«

Nando geriet bei Umbres Worten etwas aus seiner Haltung. Er fuchtelte, weiterhin an die Herdkante gelehnt, mit seiner Hand durch die Luft.

»Darum geht es nicht.«

»Worum sonst?«

Nando beschloß, Umbre die am weitesten von der Wahrheit entfernte Version, die dennoch eine gewisse Parallele enthielt, anzubieten: »Sie ist die Tochter des Bürgermeisters«, erklärte er »und er ist nur ein einfacher Aktenträger.«

Umbre hielt im Schütteln des Churro inne und starrte Nando an. »Du kennst den Aktenträger des Bürgermeisters von Riaza?«

Nando merkte, daß die Geschichte in die falsche Richtung lief. Er löste sich von der Herdkante, wozu es nötig war, seine Beine in ihre natürliche Lage zu bringen.

»Darum geht es nicht.«

»Worum geht es dann?«

»Er möchte wissen, wie er es anfangen soll, ihre Zuneigung zu gewinnen.«

»Hat er die noch nicht?«

Nando begann unter seiner Stirnlocke zu schwitzen.

»Das weiß er eben nicht. Es gibt Anzeichen dafür, daß er ihr nicht unsympathisch ist.«

»Das ist dürftig. Findest du nicht?«

»Wenn du es so siehst.« Nando begann es ebenso zu sehen, was seinen Schweißausbruch verstärkte. »Ich meine, er meint, ob es nicht irgendein Mittel...«, seine Zunge sträubte sich bei dem Wort, aber die Not seines Herzens war größer –, »...einen Zauber gibt. Du weißt, wovon ich spreche.«

»Ach so«, sagte Umbre, den Churro mit einer zweizinkigen Gabel stückweise aus der Pfanne hebend und auf einer ovalen Porzellanschüssel anordnend. »Warum sagst du das nicht gleich? Er soll bei beginnendem Neumond mit seinem Speichel drei Zeichen an ihre Fensterscheibe malen: eine Schwalbenfeder, einen Bocksbeutel und eine Trompete. Das muß er im Abstand von zwei Wochen zweimal wiederholen.«

»Und dann?«

»Dann erwidert sie seine Zuneigung«, sagte Umbre, »weil sie mit dem ersten Blick, den sie morgens zum Himmel tut, alles durch seine Aura sieht. Dadurch gewinnt er Macht über ihre Seele.«

Nando konnte, ohne Näheres zu verraten, nicht erklären, weshalb das betreffende Mädchen weder den Himmel noch seine Aura zu sehen imstande wäre. Das Herz war ihm gesunken, und er verbarg seine zitternde Hand hinter dem Rücken.

»Und wenn das – aus irgendeinem Grund – nicht möglich sein sollte?«

Umbre zuckte mit den Achseln und ordnete die letzten goldbraun gebratenen Stücke auf der Porzellanplatte.

»Du wirst landauf, landab keinen wirksameren Zauber finden. Das einzige, was er noch versuchen könnte –«

»Ja –« sagte Nando mit einer Stimme, als schnappe ein Fisch nach Luft.

»Er müßte sich selbst zum Opfer bringen«, sagte Umbre. »Etwas auf sich nehmen, das sie von seiner Liebe überzeugt.«

»Was könnte das sein?«

Umbre warf einen Blick auf die Schokolade, die in einem

blauen Eisenkessel auf dem Herd stand und eine feine Haut zu bilden begann, ein Anblick, den Umbre verabscheute. Zudem begann der komplizierte Aktenträger sie zu langweilen.

»Etwas, das ihn in ihren Augen zum Helden werden läßt. Sich einen Arm abhacken beispielsweise –« Sie stockte, als sie merkte, daß Nando dies als unzarte Anspielung auffassen könnte. »Darüber muß er selbst nachdenken. Er muß den Vogelkopf bitten, ihm die Gelegenheit dafür zu geben.« Sie griff nach Porzellanplatte und Eisentopf und stieß mit dem Fuß die Küchentür auf. »Und jetzt komm zum Frühstück. Kein Freund auf der Welt ist es wert, daß der Churro kalt wird und die Schokolade Fäden zieht.«

Als Junipero an jenem Abend nach harter Arbeit auf Planquadrat B 176, durch das Läuten der Anima-Glocken aufgeschreckt, seinen Spaten zum letzten Mal in das Erdreich stieß und anschließend sein Werkzeug in den mit einer Hanfschnur versehenen Leinensack packte, merkte er, daß ihm nach Aufnehmen beider Dinge keine Hand für den im Bachbett vorgefundenen und auf einem Stein zum Heimtransport bereitgelegten Gegenstand frei blieb. Er stellte Spaten und Leinensack noch einmal ab, steckte den Fund, der durch die vorangegangene Reinigung in spröder Metallfarbe schimmerte, in seinen Gürtel und trat den Heimweg an.

Daheim erwartete ihn insofern eine böse Überraschung, als die Brüder Pepe und Pepe, sobald sie des Gegenstandes in seinem Gürtel ansichtig wurden, wie aus einem Mund riefen: »Da ist er ja!« und sich des vermißten Schraubenschlüssels bemächtigen wollten. Junipero setzte sich zur Wehr, indem er erklärte, das Ding stehe ihm als Finder rechtmäßig zu, er habe es an einem von der Finca weit entfernten Platz entdeckt und es sei somit höchst unwahrscheinlich, daß es sich dabei um den von Pepe und Pepe vermißten Gegenstand handle. Sie einigten sich darauf, daß Junipero es weiterhin in seinem Gürtel tragen, jedoch bei Bedarf den Brüdern zum Anziehen der Schrauben an der altersschwachen Lambretta zur Verfügung stellen werde. Junipero verließ den Platz als Sieger, nicht ahnend, daß ihn ebendieser Sieg binnen kurzem in Gefahr bringen würde, seine komfortable Kammer auf Angel del Sur mit der Gefängniszelle des Gemeindeamtes von Fuego Fuego zu vertauschen.

Conchitas morgendliche Übelkeit hatte sich während der vergangenen Wochen so weit gebessert, daß sie beim Frühstück den besten Appetit entwickelte. Sie griff beim Churro drei- bis viermal zu, und Umbre, die der Meinung war, daß die Patroncita für zwei zu essen habe, schenkte Conchitas halb geleerte Kakaotasse des öfteren wieder voll, was ihr ein Kopfschütteln des noch aus der Zeit in der Sierra de la Virgen wirtschaftlich denkenden Sebastiano eintrug.

Als Umbre die sauren Bohnen für Aurelia anrührte, zog Conchita, die erhitzt neben ihr am Herd stand, an ihrem Schürzenband, um den Druck um ihre Körpermitte zu lockern.

»Ich esse zuviel Umbre. Meine Röcke werden eng.«

Umbre schob den Tontopf mit den Bohnen an den Herdrand.

»Dank dem Himmel, *pequeñita*, du mußt essen, um stark zu sein. Denk immer, daß der Vogelkopf es so will.«

»Wofür soll ich stark sein?«

Umbre schlug sich auf den Mund. Sie mußte sich vorsehen, um ihre Gedanken, die unaufhörlich um die heranwachsende kleine Schöne Seele kreisten, nicht laut werden zu lassen.

»Um das Bildnis des Heiligen vor deinem inneren Augen zu bewahren. Ist es nicht so?«

Conchita nickte. Umbre war hinter sie getreten und lockerte mit ein paar Griffen die engen Schürzenbänder. Im stillen beschloß sie, noch in der folgenden Nacht alle Kleider der Patroncita weiter zu machen, um auf diese Weise ihren wachsenden Körperumfang vor ihr zu verbergen.

»Mein Heiliger ist bei mir, Umbre. Er hat ein Wunder getan.«

Umbre horchte auf. Auf Conchitas Gesicht lag ein sanftes Leuchten. Sie hielt die herunterhängenden Hände lose ineinandergefaltet.

»Was ist es, mein Lämmchen?«

»Er hat mir seine Stimme hinterlassen. Denkst du, er hat es getan, weil ich ihn nicht mehr sehen kann?«

»Seine Stimme?«

»Er hat sie Nando gegeben. Nando spricht mit der Stimme meines Heiligen.«

Umbre brauchte ein paar Augenblicke, um ihre Gedanken so weit zu ordnen, daß sie Conchita fragen konnte: »Sag mir, seit wann, *mi pájaro*, mein Vögelchen?«

»Du darfst zu niemandem darüber sprechen, Umbre.«

»Der Krötenkopf soll mir in den Bauch kriechen!«

Umbre kreuzte vorsichtshalber Zeigefinger und Mittelfinger der rechten Hand hinter ihrem Rücken, um den Schwur abzuleiten, falls es aus irgendeinem Grund nötig sein sollte, Aurelia von der Sache Mitteilung zu machen.

»Es war am selben Tag, an dem wir im Bachbett waren. Nando hat mir eine Gazelle geschnitzt. Er wollte sie mir zeigen.«

»Er ist zu dir in deine Kammer gekommen?«

»Denk an den Krötenkopf, Umbre!«

Umbre kreuzte diesmal die Finger beider Hände hinter dem Rücken, was Conchita nicht sehen konnte.

»Was hat er gesagt, mein Engel? Was hat er mit der Stimme deines Heiligen gesagt?«

»Nicht viel.« Conchita überlegte. »Er hat mir die Gazelle gegeben. Dann habe ich ihn gebeten, mich zuzudecken, und er hat es getan.«

Umbre hatte automatisch wieder begonnen, die Bohnen in dem Tontopf umzurühren. Der Herr offenbarte sich manchmal auf sonderliche Weise. Sein Umgang mit Zimmerleuten, Mohren und Fischern war allseits bekannt, ebenso der mit Prostituierten. Warum sollte er seine Gunst nicht an einen Knecht verwenden, der noch dazu zur höheren Ehre Gottes und des Vaterlandes nur einen Arm hatte und Zahlen mit mehr als zwei Stellen zusammenzählen konnte?

»Ich muß nachdenken, mein Lämmchen. Ich werde den Vogelkopf um seine Meinung fragen.«

Umbre dachte nach, bis der Abend anbrach. Selbst Mutter eines unehelichen Kindes, hatte es in ihrem Leben durchaus Zeiten gegeben, da die Männer mit Stimmen von Heiligen zu ihr gesprochen hatten. Es ging dabei weniger um den Inhalt als um den Klang, den Umbre mit dem unverwischbaren Erinnerungsvermögen der Zigeuner noch gut im Ohr hatte und der, soweit sie dies zuzugeben bereit war, seine Wirkung nie verfehlt hatte. San Miguel hin oder her, Conchita war schwanger und der Verursacher, heilig oder nicht, mochte im Laufe des Vollzugs einige Worte zu ihr gesagt haben. Wenn der Knecht Nando nun im gleichen Ton zu ihr sprach oder sie es jedenfalls so auffaßte, hatte das einiges zu bedeuten.

Als Umbre das Bettischchen vor Aurelia aufklappte, um ihr die sauren Bohnen zu servieren, richtete sich diese in ihren Kissen auf.

»Conchita hat sich verändert. Findest du nicht?«

Umbre wandte sich etwas zur Seite, wobei sie die Bohnen einzeln auf dem Teller der Señora auflegte.

»Das ist die kleine Schöne Seele, die aus ihr leuchtet.«

Aurelia hatte schon bemerkt, daß Conchita manchmal sinnlos vor sich hin lächelte, aber sie maß dem keine große Bedeutung bei.

»Sie beginnt ihre Figur zu verlieren. Es wird Zeit bekanntzugeben, daß ich ein Kind erwarte.«

»Lassen Sie uns noch ein paar Tage warten, Señora. Bis zum nächsten Neumond.«

»Meinetwegen. Aber daß es dann nicht nach einer Frühgeburt aussieht.«

Aurelia nahm den Teller, auf dem die Bohnen sternförmig angeordnet waren, kopfschüttelnd in Empfang. Seit Conchita guter Hoffnung war, benahm Umbre sich, als ob sie selbst schwanger sei, und nur ihre guten Beziehungen zum Vogelkopf und ihre Perfektion im Umgang mit den von Aurelia bevorzugten Weinsorten hielten Aurelia davon ab, ihr den Dienst an ihrem Bett zu entziehen und Conchita zu übertragen.

»Eine Flasche Rio Tejo – den mit dem verschweißten Korken. Aber sieh zu, daß du ihn nicht schüttelst, wenn du ihn über die Treppe trägst.«

»Wie Sie befehlen, Señora.«

Umbre nahm zwei Flaschen an sich, um eine davon nach

dem Abendessen Nando zu kredenzen für den Fall, daß er ein Erwählter des Erzengels sei, wobei sie von der Annahme ausging, daß Erwählte an ausgeprägtem Durst litten.

Sie trug die Flaschen sorgsam und ohne sie zu schütteln über die Kellertreppe, und Nando hätte, wiewohl nicht um die Ursache der Vergünstigung wissend, sicher seine Freude an der Flasche gehabt, hätten die Mächte, die unser aller Geschicke lenken, es nicht anders bestimmt.

Wie bereits erwähnt, war es fünf Uhr nachmittags, als Korporal Bluna und sein Adjutant Maria José nach Verlassen der Bahnstation und zweieinhalbstündigem Marsch über den sich durch die Grassteppe windenden Sandweg auf Angel del Sur anlangten. Für Bluna war es die dritte Gewaltleistung an diesem Tag, aber den treuen Dienst am Staat sowie die sorgfältig mit Anmerkungen versehene Landkarte vor Augen, war es ihm gelungen, vorübergehende Schwächemomente zu überwinden,ja sich sogar in eine gewisse kämpferische Stimmung zu versetzen, die für die Konfrontation mit dem Gewalttäter von Nutzen sein konnte. Maria José befand sich drei Schritte hinter seinem Sargento, als die beiden den verlassen im späten Sonnenlicht liegenden Vorplatz betraten.

»Ah, er hält sich versteckt«, sagte Bluna zu seinem nicht allzu kämpferisch gestimmten Begleiter, »aber wir werden ihn zu finden wissen. Ist deine Waffe bereit?«

»Jawohl Sargento.«

»Geladen?«

Maria José faßte nach seiner Gesäßtasche. »Jawohl, Sargento.«

»Entsichert?«

»Noch nicht.«

»Nun, worauf warten wir?«

Maria José knöpfte, hinter sich greifend, die Lasche, die seine Gesäßtasche verschloß, auf und zerrte mit zitternden Fingern die Pistole ans Licht. Es knackte, als er den Hebel umlegte, und Bluna nickte zufrieden, da er den ihm aus dem Kriegsdienst vertrauten Klang vernahm.

»Vamos! Todo por la patria!«

Bluna stieß die Haustür, die einen Spalt breit offen stand, mit der Stiefelspitze auf, und sie befanden sich in einem dunklen Gang. Nach wenigen Sekunden nahm Bluna an dessen Ende eine breite Holztür wahr. »Spontanattacke«, entschied er, indes er fühlte, wie sein Herz im Vorgefühl des zu bestehenden gerechten Kampfes mannhaft gegen den Tuchrock schlug. »Ich gehe voraus, du gibst mir Feuerschutz, falls mich jemand angreifen sollte.«

»Wenn Sie erlauben, Sargento«, murmelte Maria José, indem er die Waffe vor sein Gesicht hob.

Korporal Bluna sammelte seine Kräfte und befahl in einem kurzen Gebet seine Seele Gott, seiner toten Mutter und seinem dem Vernehmen nach ebenfalls toten Vater, dessen Name ihm aus familiären Umständen unbekannt geblieben war. Dann rannte er, die gehobene Waffe mit beiden Händen vor sich hinstreckend, mit Anlauf seitlich gegen die Tür, die, vom Aufprall seiner Schulter getroffen, aufsprang.

Conchita, die sich, neben dem Herd stehend, nach einem Stück Holz gebückt hatte, richtete sich auf und wandte sich dem Geräusch zu. »Ja?« sagte sie mit erwartungsvoller Stimme.

Korporal Bluna, die erhobene Waffe in Händen, stockte im Schritt. Er sah in die auf ihn gerichteten Augen des Mädchens und hatte von einer zur anderen Sekunde das Gefühl, vom Gürtel abwärts in Watte zu stehen. Er ließ die Waffe sinken und merkte zu seiner ihm kaum gewahr werdenden Erleichterung, daß Maria José in seinem Rücken das gleiche tat. Auf dem Gesicht des Mädchens lag ein Ausdruck von sanfter Freundlichkeit, und Bluna, dem sich ähnlich gelagerte Situationen ins Gedächtnis gegraben hatten, wartete in der Haltung eines des Fußtrittes gewärtigen Hundes auf den Moment, da das Mädchen den Blick gleichgültig oder angewidert von ihm wenden werde.

»Was gibt es?« fragte Conchita, das Stück Holz, das sie aufgehoben hatte, unschlüssig in der Hand haltend.

Bluna, der nichts im Sinn gehabt hatte, als den gefürchteten

Augenblick um ein weniges hinauszuzögern, merkte, wie ihn ein Zittern überfiel, das er auch durch den sofortigen Gedanken an Staat, Auftrag und Pflichterfüllung nicht zu unterdrükken imstande war. Er klammerte sich mit beiden Händen an die Pistole, die er, den Lauf abwärts gerichtet, vor seinen Bauch hielt, und versuchte, eine Verbeugung anzudeuten.

»Verzeihung, Señorita«, sagte er, »daß wir hier einfach eingedrungen sind. Wir dachten –«

»Wer sind Sie?« fragte Conchita. Sie war vor der fremden Stimme nur unmerklich zurückgewichen. Bluna merkte, wie sein Zittern sich verstärkte.

»Ich bin Korporal Fernando Bluna«, sagte er, »im Auftrag des Gendarmeriekommandos von San Eresmo. Wir sind zu einer Ermittlung abkommandiert.«

»Wir?«

»Ich und mein Adjutant«, sagte Bluna, mit der linken Hand, die er von der Pistole gelöst hatte, nach hinten deutend, worauf Maria José ergänzte: »Maria José Camaro, Gendarmerieschüler im letzten Ausbildungsjahr.«

Conchita wandte sich der zweiten Stimme zu.

Bluna, durch dessen aufgescheuchten Sinn diverse aufgeschnappte und wieder vergessene Regeln bezüglich des Umgangs mit dem weiblichen Geschlecht schossen, deutete mit der nunmehr freien Hand auf seine Kleidung. »Verzeihen Sie unser Aussehen, Señorita. Wir haben, was insbesondere für mich gilt, heute schon einige mehrstündige Märsche hinter uns.«

Conchitas Blick wanderte zwischen beiden Männern hin und her und blieb schließlich auf demjenigen haften, der zuerst zu ihr gesprochen hatte.

»Möchten Sie sich nicht setzen? Nach den langen Märschen werden Sie durstig sein. Ich bringe Ihnen ein Glas *vino con gaseosa*.«

Sie trat an den Tisch und rückte einen Stuhl zurecht, dann einen zweiten. Bluna hatte schon den Fuß gehoben, um ihrer Aufforderung Folge zu leisten, als sich in seinem Herzen, das in harten Schlägen gegen den, wie es schien, von Minute zu Minute enger werdenden Uniformrock pochte, eine warnende Stimme erhob. Sie ließ den Korporal, auf dessen Wertskala zuoberst die Begriffe Gewissen, Mannesmut und Pflichtbewußtsein rangierten, in einen Zustand verfallen, der dem eines paralysierten Kaninchens glich.

Wir müssen uns, um Korporal Blunas Konflikt richtig einschätzen zu können, an dieser Stelle ein wenig seiner Vergangenheit zuwenden: Fernando Esteban Bluna, dessen familiäre Verhältnisse, wie bekannt, im dunkeln lagen, wog im Alter von zwölf Jahren, da ein *chico* sich gemeinhin für Mädchen zu interessieren beginnt, hundertfünfzig, zwei Jahre darauf hundertsiebzig Pfund. Seine Haut war fettig und von Pickeln übersät, was ihm bei den Schulkollegen den Namen ›Warzenschwein‹ einbrachte. Sein Haar zog sich in dünnen rötlichen Strähnen über die an zahlreichen Stellen sichtbare Kopfhaut – vermutlich ein väterliches Erbteil, da das Haar seiner Mutter, deren Tod in seinem zehnten Lebensjahr erfolgte, noch zu diesem Zeitpunkt voll und dunkel gewesen war. Nach einigen üblen Erfahrungen bei Jahrmärkten und der einzigen Fiesta, die er je besucht hatte, strich er den Begriff ›Mädchen‹ rigoros aus seinem Leben – anders als Junipero, der in seinen Waffen einen vollgültigen Ersatz gefunden hatte – in dem qualvollen Bewußtsein, ein Ausgestoßener zu sein. Als Soldat hatte er die Erfahrung gemacht, daß der dem Vorgesetzten gezollte Gehorsam eine Art von Beachtung mit sich brachte, die, wenn auch nur entfernt vergleichbar, Ersatz für das Vermißte bot. Von da an war es sein Bestreben gewesen, auf der ihm offenstehenden Rangleiter so hoch wie möglich zu steigen. Dies wiederum war nur durch ein Übermaß an Pflichteifer zu bewerkstelligen. Bluna legte sich zuerst im Dienste des Vaterlandes, dann im Dienste des Staates ins Zeug und konnte die Früchte seiner Mühe alsbald ernten. Nach seiner Beförderung zum Oberschützen, dann zum Korporal war das Kommando zur Ermittlung gegen den Gewalttäter aus der Arena der dritte Höhepunkt in seiner bisherigen Karriere, und er hätte im Bewußtsein des in ihn gesetzten Vertrauens alles getan, um sich dessen würdig zu erweisen. Und hier lag der Haken.

Dienst war Dienst, und ein Glas *vino con gaseosa* war mit Sicherheit damit unvereinbar. Es konnte ihm als Mißbrauch, Verbrüderung, Kumpelei im Hause eines Delinquenten ausgelegt werden. Andererseits ging es beinahe über seine Kräfte, das Angebot auszuschlagen.

Das Mädchen, so schien es ihm, war das schönste Geschöpf, das ihm in seinem Leben begegnet war. Tatsächlich hatte Conchita während der letzten Wochen an fraulicher Ausstrahlung gewonnen. Ihre ehemals magere Gestalt hatte sich zu runden begonnen, ihre Bewegungen waren nicht mehr kantig wie vordem, sogar ihr Haar hatte seine Stumpfheit verloren und einen sanft rötlichen Schimmer angenommen. Sie hatte zwei Gläser vollgefüllt und war auf den Tisch zugetreten, und Bluna, im verzweifelten Bewußtsein des auf ihn zukommenden Handlungsbedarfs, öffnete den Mund, um das entscheidende Wort, von dem er noch nicht wußte, wie es lauten würde, zu sagen, als ihn ein Ereignis von außen dieser Verpflichtung enthob.

Nando, erschöpft von der Feldarbeit – er hatte die Egge im Lauf des Nachmittags vermittels eines über die Brust gespannten Gurtes durch achtundvierzig Ackerfurchen gezogen – sowie schweißglänzend von einem zu heißen Bad im Zuber, aber mit in die Stirn gekämmter Welle, betrat, diesmal ohne anzuklopfen, um Conchita nicht zu erschrecken, die Küche. Er sah die Patroncita, die die Gläser hingestellt und das Holzscheit wieder zur Hand genommen hatte, den beiden fremden Gestalten gegenüberstehen.

»Was geht hier vor?« fragte er mit vor Erregung heiserer Stimme.

Conchita wandte sich ihm zu. »Nando«, sagte sie.

Das Wort und ein Blick Blunas in das Gesicht des Eingetretenen, unter dessen Haarwelle ein Paar dunkler Augen flakkerte, machten dem Korporal umgehend und unmißverständlich klar, daß er es mit einem Rivalen zu tun hatte. Er benutzte, da seine Kehle ausgetrocknet war, den kurzen Augenblick, um sich zu räuspern und gleichzeitig zu ermannen. Dann gab er Maria José einen Wink, und beide wandten sich dem Mann mit der Stirnlocke zu.

»Korporal Bluna«, sagte er »im Auftrag des Gendarmeriekommandos von San Eresmo. Wir sind zu einer Ermittlung abkommandiert.« Und Maria José setzte, diesmal ohne eine mögliche Frage abzuwarten, hinzu: »Maria José Camaro, Gendarmerieschüler im letzten Ausbildungsjahr.«

Nando erkannte erst jetzt, daß die beiden Männer Uniformen trugen. Er sah etwas ratlos von einem zum anderen.

»Ja, und was soll das hier?«

Bluna, der Staat und Auftrag im Rücken, seine Sicherheit wiedergewonnen hatte, zog ein gefaltetes Papier aus seiner Brusttasche und schlug es mit einer entschlossenen Bewegung auseinander.

»Sind Sie Pepe Riéra, wohnhaft auf Angel del Sur Comunidad Fuego Fuego, der anläßlich eines Stierkampfes in San Eresmo ein Amtsorgan beleidigt und verhöhnt hat?«

»San Eresmo?« fragte Conchita, die, das Holzscheit in der Hand, näher gekommen war. »Aber das war nicht Nando.«

Bluna wandte sich ihr zu, Milde im Blick, Nachsicht in der Stimme. »Woher wollen Sie das wissen, Señorita?«

»Weil ich dabei war. Nicht beim Stierkampf, aber bei der Fiesta. Das war mein Bruder Pepe el Moreno. Nando ist unser Knecht.«

Bluna brauchte einen Augenblick, um die widersprüchlichen Empfindungen, die die Worte der Señorita bei ihm ausgelöst hatten, einzuordnen. Der Mann mit der Stirnlocke war also nicht der Täter, wie er insgeheim gehofft hatte. Dennoch enthielt ihre Aussage einen für ihn positiven Aspekt: Ein Knecht, und wenn er sich noch soviel Haare in die Stirn kämmte, hatte wohl kaum die Chance, ehrbare Absichten, wie Bluna sie bereits insgeheim hegte, in die Tat umzusetzen.

»Wo ist der Mann?«

»Er muß jeden Augenblick hiersein«, sagte Conchita. In ihrer Stimme schwang etwas wie Sorge, die jedoch, was Bluna nicht wissen konnte, nicht ihrem Bruder, sondern der kurzzeitigen Verdächtigung Nandos galt. »Was ist in der Arena geschehen?«

»Das, verehrte Señorita«, sagte Bluna, der in seinem Gedächtnis krampfhaft nach passenden Formulierungen aus den Zeitungsromanen, die ihm seine Freizeit verkürzten, suchte, »ist, wenn Sie mir verzeihen, nicht für zarte Ohren bestimmt.« Er fing einen Blick Nandos auf und verstummte.

Zwischen der Stirnlocke und der Nasenwurzel des Knechts hatte sich eine Falte gebildet, das Flackern seiner Augen, das sich vorübergehend beruhigt hatte, war deutlicher als zuvor. Tatsächlich war auch Nando bei der blumigen Ausdrucksweise des Korporals schlagartig klargeworden, daß er es mit einem Rivalen zu tun hatte. Er trat spontan zu Conchita und nahm ihr das Holzscheit aus der Hand. »Die Señorita ist klug«, erklärte er, das Scheit mit seiner einen Hand zur Höhe seines Gürtels hebend, »sie besitzt Mut und Seelenstärke wie ein Mann. Behandeln Sie sie bitte nicht wie eine der kleinen *tontas*, die die Eissalons von San Eresmo bevölkern.«

Conchita, in deren Wangen bei Nandos Lob sanfte Röte gestiegen war, wandte sich dem Korporal zu, von dem sie nach Nandos Aufforderung eine Erklärung erwartete.

Bluna blickte mit Erstaunen auf das Mädchen, das angesichts zweier bewaffneter Männer so glücklich lächelte, als habe es die Hostie vor Augen. Er setzte zu der gewünschten Erklärung an, nicht des Knechts wegen, sondern um zu bekunden, daß er die aufgezählten Eigenschaften der Señorita zur Kenntnis genommen habe und zu würdigen wisse, als ein weiteres Ereignis ihn dieser Absicht enthob.

Junipero, frisch rasiert, den Schraubenschlüssel im Gürtel festgezurrt, betrat mit dem Elan, den ihm der Sieg über seine Brüder verliehen hatte, die Küche. »Ein schöner Abend«, verkündete er, die Hand liebevoll um das erkämpfte Gerät schließend. »Obliege der Großmut, doch wahre dein Eigentum.«

Bluna fuhr herum und sah sich einem blassen, hohlwangigen Revoluzzer gegenüber, der die Hand um eine nicht näher zu identifizierende Waffe geschlossen hatte.

»Halt«, rief er »keinen Schritt weiter!« Und als Junipero verblüfft stehenblieb: »Nennen Sie freiwillig Ihren Namen und die Gründe für Ihre Insubordination. Ein Geständnis erleichtert Ihre Lage.«

»Junipero Riéra«, sagte Junipero, der in Windeseile überlegte, welche seiner zahlreichen Fehlleistungen ihm diese Konfrontation mit dem Arm des Gesetzes eingebracht haben mochte. »Wenn Sie mir sagen, worum es sich handelt, Sargento, werde ich, ohne zu zögern –«

»Das ist nicht Pepe«, unterbrach Conchita, »das ist mein ältester Bruder Junipero. Er war nicht in San Eresmo. Pepe war in San Eresmo.«

»Aber er trägt eine Waffe«, wandte Bluna an.

»Die stammt aus meiner Sammlung«, sagte Junipero, leisen Stolz in der Stimme.

Blunas Kinnlade sank um einige Zentimeter, indes sich seine Augen weiteten. »Er hat eine Waffensammlung?«

»Si, Sargento«, sagte Junipero, der das Interesse des Korporals auf fatale Weise mißverstand.

»Hier im Hause?« fragte Bluna fassungslos.

»Si, Sargento. Neun Schußwaffen, vier Säbel, zwei Degen und elf Bajonette. Dazu insgesamt dreißig Jagd- und Buschmesser. Möchten Sie sie sehen?«

»Und ob ich das möchte!« sagte Bluna, dessen Kinn wieder an die frühere Stelle gerückt war. »Wo sind die Beweisstücke?«

Junipero wollte sich in Richtung Küchentür in Bewegung setzen, um voranzugehen.

Bluna herrschte ihn an: »Er bleibt hier. Maria José, du bewachst ihn. Die Señorita wird mir den Weg zeigen.«

Nando öffnete den Mund, um einzuwenden, daß Conchita ihrer Blindheit wegen nicht die geeignete Person dazu sei, als Pepe el Rubio, nachdem er seine Stiefel abgeklopft hatte, die Küche betrat. Bluna hob die Waffe.

Junipero trat auf seinen Bruder zu und legte ihm beruhigend die Hand auf den Arm. »Reg dich nicht auf, Pepe! Du siehst, wir haben Besuch.«

Korporal Bluna hatte Maria José einen Wink gegeben, der daraufhin ebenfalls seine Pistole hob.

»Also Sie sind Pepe Riéra! Leugnen Sie nicht. Nehmen Sie die Hände hoch, Widerstand ist zwecklos.«

Pepe, vor Erstaunen stumm, hob beide Hände.

»Aber das ist Pepe el Rubio!« sagte Conchita, die ihn an der Stimme erkannt hatte. »Sehen Sie nicht, daß er dunkle Haare hat? Auf der Fiesta in San Eresmo war mein anderer Bruder Pepe el Moreno.«

Bluna schüttelte verwirrt den Kopf. Er versuchte mit der freien Hand das Protokoll, das im Laufe der Amtshandlung ein etwas zerknittertes Aussehen angenommen hatte, an der Vorderseite seiner Uniformjacke zu glätten.

»Pepe Riéra«, sagte er, »el Moreno, der Dunkelhaarige. Wohnhaft in Angel del Sur Comunidad Fuego Fuego, der anläßlich eines Stierkampfs in San Eresmo ein Amtsorgan beleidigt und verhöhnt –«

»Das war ich«, ließ sich Pepe el Moreno vernehmen, dessen karottenroter Schopf hinter dem Rücken seines Bruders aufgetaucht war. »Ich war auf der Fiesta, aber ich habe niemanden beleidigt. Zwei Stinktiere haben zu raufen begonnen, und ich saß in der Mitte, und das Stinktier von Polizist hat mir nicht geglaubt.«

»Qué diablo«, platzte Bluna heraus, »Maria José, du nimmst es zu Protokoll: Er hat den Polizisten ein Stinktier genannt. Leg ihm Handschellen an.«

Der Gendarmerieschüler, der die gezückte Pistole auf die Brüder gerichtet hatte und mit der anderen Hand nach dem Protokollblock hatte greifen wollen, sah sich außerstande, diesem neuerlichen Befehl seines Korporals Folge zu leisten.

»Was zuerst, Sargento? Handschellen oder Protokoll?«

»Beides! Du siehst, daß ich ihn in Schach halte. Mach schnell! Der Kerl ist rabiat und uneinsichtig. Er gedenkt sein übles Verwirrspiel fortzusetzen.« Bluna wies mit der Pistolenmündung auf das Protokoll. »Hier steht, daß er sich ›el Moreno‹ nennt, obwohl er helle Haare hat.«

»Aber das hat die Señorita auch getan.«

Bluna fuhr auf, sein mit Bartstoppeln bewachsener Adamsapfel hüpfte über dem Uniformkragen. »Wir sind nicht hier, um eine Señorita zu verhaften, das sollte dir klar sein. Oder hast du den Dienstbefehl nicht gelesen?«

»Doch, Sargento.«

Maria José begann die Handschellen aus der Hosentasche zu nesteln und legte, als ihm dies mit einer Hand nicht möglich war, die Pistole mit auf Conchita gerichteter Mündung auf den Küchentisch.

Bluna schnellte vor Erregung auf die Zehenspitzen. »Idiot! Du bringst die Señorita in Gefahr! Nimm die geladene Waffe weg!«

Fast gleichzeitig schrie Nando auf: »Patroncita, um aller Heiligen willen, gehen Sie zur Seite!«

Conchita, die jetzt erst begriff, daß eine Waffe im Spiel war, wandte sich erschrocken Nandos Stimme zu. Nando wollte nach der auf dem Tisch liegenden Waffe greifen, um die Mündung von Conchita abzuwenden, aber Bluna stieß ihn beiseite, trat selbst an den Tisch und drehte das Rohr in Juniperos Richtung. Conchita wollte nach dem ersten Schreck zu Nando flüchten, konnte sich aber nur nach seiner Stimme orientieren und rannte daher, nicht wissend, daß er und Bluna inzwischen die Plätze gewechselt hatten, mit aufgerissenen Augen geradewegs auf den Korporal zu. Dieser bei aller Untadeligkeit seines dienstlichen Vorgehens im vollen Bewußtseins des Wunders, das ihm seit Betreten der Küche widerfahren war, öffnete, ohne die Pistole wegzulegen, die Arme.

Conchita, die nicht wußte, in wessen Armen sie sich befand, klammerte sich hilfesuchend an die sie haltenden Uniformärmel, ein Anblick, der geeignet war, den von Blunas Stoß und der überstandenen Angst um die Patroncita ohnehin aus der Balance geratenen Knecht an den Rand seines Verstandes zu bringen.

Es gehört nicht viel Phantasie dazu, sich in die seelische Lage Nandos beziehungsweise Korporal Blunas zu versetzen: Was Bluna betraf, waren alle in bezug auf das weiblichen Geschlecht wünschenswerten und lebenslang schmerzlich vermißten Begebnisse im Verlauf von weniger als einer Viertelstunde Schlag auf Schlaf eingetroffen. Er stand wie vom Donner gerührt, als das Geschöpf mit den sanften Augen und den trotz aller Zierlichkeit deutlich fühlbaren Rundungen unversehens in seinen Armen lag. Mit dem Rest des ihm zur Verfügung stehenden Verstandes fragte er sich, was ihm diese Vergünstigung des Himmels eingebracht haben mochte, und kam zu dem Schluß, es könne nur sein unerschütterlicher Einsatz im Dienste von Recht und Ordnung gewesen sein. Nando wiederum, wissend, daß er es war, zu dem das Mädchen in ihrer Angst hatte flüchten wollen, fühlte sich durch den Eindringling um diese erste heißersehnte Geste des Zutrauens und der Verbundenheit schmählich betrogen.

»Lassen Sie sie los«, keuchte er »lassen Sie die Señorita augenblicklich los!«, wobei er ohne weitere Erklärung mit dem Holzscheit, das er Conchita abgenommen hatte, hinter deren Rücken auf die sie haltenden Hände eindrosch.

In diesem Augenblick flog die Küchentür auf. Umbre stand auf der Schwelle und sah sich einer Ansammlung desperat blickender Hausbewohner und zweier Polizisten gegenüber, deren einer von dem ansonsten so sanften Nando mit einem Holzscheit bearbeitet wurde.

»Santa Maria!« schrie sie auf. »Santa Maria, Santa Maria, Santa Maria!« Sie war mit wenigen Schritten bei Conchita angelangt und schlug ihren Umhang um den zitternden Leib des Mädchens. »Die Pranke soll dir verfaulen, laß sie los, die kleine Schöne Seele, alle Heiligen stehen ihr bei!« Sie drängte Conchita zur Tür.

Bluna wandte sich, mit der Mündung seiner Pistole auf Nando zeigend, an seinen Adjutanten: »Du hast gesehen, was vorgefallen ist. Der Mann hat einen Polizisten mit einem Holzscheit tätlich angegriffen. Das ist Widerstand gegen die Amtsgewalt und damit ein Angriff auf den Staat. Der Mann ist festgenommen.«

»Wenn Sie erlauben, Sargento«, sagte Maria José, »wen genau, befehlen Sie, daß ich festnehmen soll?«

»Alle drei«, erklärte Bluna, der zu der Erkenntnis gelangt war, daß hartes Durchgreifen die Methode sei, sich die Gunst des Himmels und damit der Señorita zu erhalten, »das subversive Element aus der Arena, den Waffenschieber und den Anarchisten mit der Holzkeule!«

»Wenn Sie erlauben, Sargento«, wandte Maria José ein, »wir haben nur ein Paar Handschellen.«

Bluna, der zu schwitzen begonnen hatte, griff in den Kragen seiner Uniformjacke und zerrte daran. »Dann nehmen wir nur einen. Die beiden anderen werden auf das schärfste verwarnt.«

»Und welchen, Sargento?«

Bluna, dem die Luft knapp geworden war, tat auf fühllosen Beinen ein paar dennoch entschlossene Schritte zum Fenster. »Den Knecht«, entschied er spontan, ohne nachzudenken, es brach aus ihm heraus, der Mann mit den flackernden Augen mußte aus dem Umkreis des Mädchens entfernt werden. Er riß seinen Blick vom Gesicht des Mädchens los und heftete ihn, seine Entscheidung solcherart untermauernd, an die weißgekalkte Wand über der Herdnische. »Wir nehmen den Knecht.«

Maria José trat mit den aufgeklappten Handschellen auf Nando zu und befahl: »Beide Hände vorstrecken!« Als Nando dieser Aufforderung nicht Folge leisten konnte, wandte er sich hilfesuchend an seinen Korporal. Dieser wischte mit einer ungeduldigen Bewegung durch die Luft.

»Leg ihm eine Handschelle an, die andere nimmst du. Dann ist er an dich gefesselt und kann uns nicht entkommen.«

Junipero, dem langsam dämmerte, daß die Gefahr, von der er nicht wußte, wie er hineingeraten war, von ihm abgewendet schien, kam, wenn auch zögernd, näher. Die Brüder Pepe und Pepe wechselten einen Blick, der besagte: Laß uns verschwinden, ehe das Blatt sich wendet. Maria José hatte sein Handgelenk an das des Knechtes, der keinerlei Widerstand geleistet hatte, gekettet.

Da schrie Conchita, der es gelungen war, sich aus Umbres Umklammerung zu lösen und die den Verlauf mit angehaltenem Atem verfolgt hatte, auf: »Nicht du, Nando!«

Der Knecht, an Maria Josés Handgelenk hängend, auf einen Wink des Korporals mit ersterem auf dem Weg zur Küchentür, stockte im Schritt. Er horchte den Worten der Patroncita nach, wollte es glauben, hatte es gehört und zweifelte dennoch: Konnte es ein, daß das Opfer, das er eben erst zu bringen im Begriff stand, bereits angenommen war?

Umbre, mit den Ritualen einer Verhaftung aus eigener mißlicher Erfahrung vertraut, sah voll Mitleid, daß ihm eine Blutwelle unter die Haarlocke geschossen war und ein Zittern über seinen Körper lief. Sie fragte sich, warum er nicht den geringsten Versuch gemacht hatte, sich zur Wehr zu setzen. Sie hatte seinerzeit um sich geschlagen, geflucht, getreten und gekratzt.

Der Knecht, dessen Brust sich unter einem gewaltigen Atemzug gehoben und wieder gesenkt hatte, blieb mit solchem Nachdruck vor Conchita stehen, daß Maria José, an dessen Handgelenk der Eisenring zerrte, mit seinen Stiefeln auf dem von Umbre sorgfältig geölten Küchenboden ins Gleiten kam.

»Die Madonna schützt Sie, Patroncita«, sagte Nando.

Conchita, die in Nandos Stimme alles wiedererkannte, was ihr von der Begegnung mit ihrem Heiligen in Erinnerung geblieben war, faltete, ohne es zu wissen, die Hände. Ihr Herz schlug dumpf und unruhig, aber inmitten der Bedrängnis schien es ihr, als sei in ihrem Inneren ein Licht aufgegangen, das stark und still leuchtete, als habe die Hostie in ihr Wurzeln geschlagen.

»In Ewigkeit. Amen«, sagte sie, in sich hineinhorchend, ohne den Blick zu heben.

Bluna, im Hochgefühl seiner erfolgreich beendeten Mission, äußerte, Haltung annehmend, in seinem schärfsten Ton zu Pepe el Moreno sowie zu Junipero: »Sie sind verwarnt« und sah dabei sicherheitshalber auch noch Pepe el Rubio an. Ein vorletzter zürnender Blick galt seinem Adjutanten und ein letzter ergebener der Señorita, wobei er zu seiner Genugtuung feststellte, daß seine mehrorts geschätzte Fähigkeit, Entschlüsse zu fassen und zu disponieren, ihn trotz der auf ihn einstürmenden Eindrücke nicht verlassen hatte.

»Sie hören von mir, Señorita«, versprach er sich mit zusammengeschlagenen Hacken so schneidig verbeugend, wie seine körperliche Beschaffenheit es zuließ. »Bald!« Und dann, zur Tür gewandt, wo sein an den sonderbar gefügigen Knecht geketteter Erfüllungsgehilfe weiteren Befehlen entgegensah: *»Vamos. Todo por la patria.«*

Nando blickte nicht zurück, als er die Küche verließ. Er war damit beschäftigt, Conchitas Worte sowie den Ton, in dem sie ausgerufen worden waren, in seinem Herzen festzuschreiben, da sie für die nächsten Wochen, wenn nicht Monate, das einzige sein würden, das er besaß. Als er von seinen beiden Exekutoren flankiert, auf den Sandweg hinaustrat, dachte er, daß er noch nie in seinem Leben so reich gewesen sei wie in diesem Augenblick, da der Eisenring sich über seinem Handgelenk geschlossen hatte.

Conchita drängte, an Umbres Umhang zerrend, ins Freie. Das Licht fiel auf ihre Lider, die, ansonsten fühllos, zu brennen begannen. Sie horchte mit der Sonne zugekehrten offenen Augen auf die sich entfernenden Schritte, während Umbre, die begriffen hatte, daß die Patroncita mit Nandos Abgang die Stimme ihres Heiligen verlor, beschloß, drei Nächte hindurch dem Schlangengott einen Bocksbeutel voll Ziegenmilch in das Bachbett zu legen, auf daß er verhindern möge, daß der Kummer ihres Lämmchens auf die kleine Schöne Seele unter ihrem Herzen übergreife.

An der Wegbiegung wandten sich die drei Männer zurück, gleichzeitig, wie unter einem Gebot. Maria José dachte an den nächsten Besuch bei seiner Mutter und an die Details, mit denen er das eben beendete Abenteuer ausschmücken würde. Bluna nahm wahr, daß die Señorita das Haus verlassen hatte, um ihm nachzusehen. Und Nando, der wußte, daß der blicklose Gruß Conchitas ihm und keinem anderen galt, sandte, ehe er sich endgültig umwandte, um seinen Opferweg anzutreten, den Dank an den Vogelkopf, den Krötenkopf oder wer immer es gewesen sein mochte, der sein Gebet erhört hatte.

8

»Einem von uns wird etwas einfallen müssen«, hatte Umbre, Conchitas fortschreitende Schwangerschaft und bevorstehende Niederkunft betreffend, in Richtung Vogelkopf geäußert. Konnte man ihr die wachsende Körperfülle ihrer Blindheit wegen noch eine Zeitlang verheimlichen und die Bewegungen, die die kleine Schöne Seele in ihrer Behausung vollbringen mochte, als Verdauungsstörungen ausgeben, so würde doch die Geburt selbst Probleme bringen. Conchita war ein kluges Mädchen, und wenn man auch mit ihrer völligen Unwissenheit und Unschuld rechnen konnte, hatte Umbre doch Zweifel, daß die mit Aurelia besprochene Methode, ihr Hopfenwasser zu verabreichen, um ihre Sinne zu umnebeln, für den Vorgang der Geburt reichen würde. Der Vogelkopf funktionierte insofern, als die kleine Schöne Seele nach Ende des sechsten Schwangerschaftsmonats zu wachsen aufhörte, so daß Conchitas Körperumfang der gleiche blieb, obwohl die Zeit voranschritt. Umbre, die alle vierzehn Tage die Knoten des Schürzenbandes verstellte, verbrachte zwei ratlose, dann zwei besorgte Wochen, ehe sie eines Mittags nach Abtragen des Eßgeschirrs in diskret zur Schau gestellter Unschlüssigkeit auf Aurelias Zimmerschwelle stehenblieb. Aurelia, nach dem Genuß einer Tortilla mit Estragon und einer Flasche Tarragona in aufgehellter Gemütslage, stützte sich auf den rechten Ellenbogen und musterte die windschief am Türstock lehnende Gestalt.

»Was gibt es? Du stehst da wie ein Fragezeichen.«

»Es geht um die Patroncita, Doña Aurelia. Ich mache mir Sorgen um sie.«

»Hat ihr der Vogelkopf seine Gunst entzogen?«

»Das Kind in ihrem Leib scheint nicht zu wachsen.«

Aurelia stützte sich auf den zweiten Arm, was ihrem Gleichgewicht förderlich war.

»Du meinst, die Schwangerschaft steht still?«

»Es sieht so aus, Señora. Ich habe keine Erklärung dafür.«

Aurelia, auf beiden Ellenbogen ruhend, richtete einen sinnenden Blick zur Zimmerdecke. Der Fleck schwieg, aber ihr Verstand ließ sie, insbesondere nach einer Flasche Tarragona, nicht im Stich. »Es gibt zwei Möglichkeiten«, erklärte sie, ohne den Fleck, der ihr auch in schweigendem Zustand Erbauung und Inspiration vermittelte, aus den Augen zu lassen. »Entweder das Kind unter ihrem Herzen ist tot, oder es wächst nach innen. So etwas gibt es. Manchen Frauen merkt man ihre Schwangerschaft überhaupt nicht an.«

Umbre, die das aus eigener Erfahrung wußte, nickte erleichtert. Sie hatte gefürchtet, das Kind wäre in der Entwicklung stehengeblieben und käme mit Kiemen zur Welt wie ein Fisch.

»Aber was, um der Hostie willen, sollen wir tun, Doña Aurelia?«

»Wir müssen feststellen, was von beidem der Fall ist. Wenn Conchita schläft, mußt du dein Ohr an ihren Bauch legen und hören, ob das Herz des Kindes schlägt. Wenn nicht, ist es gestorben.«

Umbre wollte ein paar Kreuze schlagen, besann sich aber, daß die Señora derlei nicht schätzte, und gelobte dem Krötenkopf im stillen dreißig Kreuze über dem Herdfeuer, wenn er das Leben der ungeborenen Schönen Seele schütze.

»Alle Erzengel mögen uns beistehen im dunklen Tal unserer Unwissenheit und Schuld.«

»Sie mögen uns beistehen«, stimmte Aurelia zu, der die Flasche Tarragona wohlig durch die Adern zu rinnen begann. »Komm gegen Mitternacht wieder, aber leise. Mach kein Licht. Und versuche mit dem Vogelkopf zu verhandeln. Ich werde mit Jakobus sprechen. Vielleicht fängt die kleine Schöne Seele dann wieder zu wachsen an.«

Umbre schlug, ihren Umhang vorhaltend, drei schnelle Kreuze und entfernte sich. Am Nachmittag sammelte sie im Bachbett, wo sie wenige Wochen vorher die mit Milch gefüllten Bocksbeutel für den Vogelkopf ausgelegt hatte, sieben ellenlange Hölzer von verschiedenen Sträuchern, die sie in Ziegenkot tauchte und sodann in der Herdnische zum Trocknen auslegte.

Als Sebastiano, von der Arbeit kommend, die Küche betrat, wich er vor dem Geruch, der ihm entgegenschlug, an die Tür zurück. »Was zum Teufel ist das? Hast du einen Ziegenbock auf deinem Strohsack einquartiert?«

»Es ist wegen der Schwangerschaft von Doña Aurelia«, erklärte Umbre. »Wir brauchen den Rat eines Unsichtbaren und müssen versuchen, ihn günstig zu stimmen.«

Sebastiano schlug die Tür von außen zu und ging in den Stall. Er spannte, ohne die Kleider zu wechseln, das Pferd vor den Wagen und kletterte, die Peitsche zwischen den Zähnen, auf den Bock. Seit Nando die Finca verlassen hatte, um im Gemeindegefängnis von Fuego Fuego seine Strafe wegen tätlichen Angriffs auf ein Amtsorgan abzusitzen, glich Angel del Sur einem Irrenhaus. Junipero ging, einen Schraubenschlüssel im Gürtel, fröhlich vor sich hin singend, durchs Haus, die Brüder Pepe und Pepe hatten die Lambretta zerlegt und neu zusammengeschraubt und verbrachten abwechselnd oder gemeinsam jedes Wochenende in Fuego Fuego, und Conchita glitt als schweigender Schatten durch das Haus, wohingegen Umbre abwechselnd Knoblauch und Rabanowurzeln auf die Türschwellen legte und die Räumlichkeiten mit täglich wechselnden Gerüchen verpestete. Er hatte das Pappdachhaus seit jenem sonderbaren Gespräch mit Ele unverhältnismäßig lange gemieden, bewußt oder unbewußt, jedenfalls sprach nichts dagegen, diesen Zustand nach Umbres neuerlichem Anschlag auf seine Geruchsnerven zu beenden. Ele, die von sich aus nie den Versuch gemacht hätte, mit ihm in Kontakt zu kommen, würde sich vielleicht freuen, ja, er war sich dessen sogar sicher, da sie sich bei jenem Gespräch durchaus einsichtig, wenn man es genau betrachtete, geradezu selbstlos gezeigt hatte. Vielleicht ergab sich die Möglichkeit, dort anzuknüpfen, wo man seinerzeit auf so prächtige Weise über sich hinausgewachsen war, ein Gedanke, der Sebastiano nach der langen Durststrecke beflügelte und seine eben noch flaue Laune schlagartig wandelte.

Er fragte sich, wieso er so lange gezögert hatte, den vertrauten Weg anzutreten, und beschloß, sich diesen in den Schoß gefallenen Abend durch nichts verderben zu lassen, ein Vorsatz, der wie die Dinge lagen, schwer zu verwirklichen sein würde.

Umbre schlug während der Zubereitung der Abendmahlzeit, tief über das Herdfeuer gebeugt, dreißig Kreuze, langsam eins nach dem anderen, um dem Krötenkopf das Versäumte nachzuliefern. Nach dem Abendessen holte sie die mit Ziegenkot bestrichenen Hölzer aus der Asche und schichtete sie hinter dem Haus zu einer kleinen Pyramide auf, um sie bei nächster Gelegenheit anzuzünden und dadurch dem Vogelkopf einen richtungweisenden Traum zu entlocken. Gegen Mitternacht, Conchita hatte sich wie immer um neun Uhr zur Ruhe begeben und war nach Ableistung des Abendgottesdienstes eingeschlafen, während Umbre sich mit Murmelsaft und einer Allerheiligenlitanei wachgehalten hatte, klopfte Umbre an Aurelias Tür.

»Komm herein«, flüsterte Aurelia, die nach dem Abendessen eingenickt war, aber dank einer inneren Uhr imstande war zu jeder gewünschten Minute aufzuwachen, was wenige Minuten vor zwölf geschehen war. Umbre glitt barfuß über die Schwelle, den Umhang zum Zweck der besseren Balance wie Flügel ausgebreitet, und kauerte an Conchitas Strohsack nieder. Sie streifte die Wolldecke der Patroncita, die, auf dem Rücken liegend, tief und ruhig atmete, zurück und schob dann, im Bewußtsein, sich einer kleinen Schönen Seele zu nähern, mit ehrfürchtigem Schauder das mit Passionsblumen bestickte Nachthemd hoch.

»Mach schon«, flüsterte Aurelia, als Umbre in stummer Verzückung auf den Bauch der Patroncita starrte, der ihr in sanfter rundlicher Wölbung entgegenstieg. Was die Kleider verbargen, lag hier offen, die kleine Schöne Seele hatte sich breitgemacht, wenn auch nicht so ausführlich, wie dies nach dem Stand der Schwangerschaft hätte der Fall sein müssen. Umbre tat einen tiefen Atemzug und bereute kurz ihre Sünden, ehe sie ihr Ohr auf die laue, in ihrer Weichheit dennoch kernige Kugel legte.

»Was ist?« flüsterte Aurelia, als Umbre keinen Ton von sich gab. Die Angelegenheit, die es zu klären galt, betraf ihrer Meinung nach in erster Linie sie selbst: Da man verbreitet hatte, daß Sebastiano Riéras Ehefrau guter Hoffnung sei, wäre es mehr als peinlich gewesen, wenn sich die Ankündigung im Falle einer Totgeburt als bloßes Gerücht herausgestellt hätte.

»Ich höre den Herzschlag der Patroncita«, verkündete Umbre, sich ein wenig aufrichtend.

Aurelia schickte einen anklagenden Blick zu Jakobus, der im Schein der Nachttischlampe, die Aurelia vorsichtshalber mit ihrem Cape verhängt hatte, einen violetten Schimmer aufwies.

Umbre beugte sich wieder über die kleine Wölbung und preßte ihr Ohr, so vorsichtig sie konnte, auf die glatte, ein wenig gespannte Haut.

»Hörst du etwas?« zischte Aurelia.

Umbre hob, Stille fordernd, die Hand. Sekunden vergingen. Dann flüsterte sie, ohne den Kopf von Conchitas Körper zu lösen: »Es sind zwei. Ich kann zwei Herzschläge hören.«

Aurelia ließ sich erleichtert in die Kissen sinken. *»Gracias, Madre de Dios, muchísimas gracias«*, murmelte sie, die Hände auf der Bettdecke über ihrem eigenen Bauch gefaltet.

Umbre lauschte in stummer Hingabe auf das Wunder der Doppelschläge, von denen der schwächere dem stärkeren jeweils als eifriges Echo folgte. Conchita bewegte sich im Schlaf. Sie hob die Arme, umfaßte Umbres knochige, in ihren Capote gehüllte Gestalt und drückte sie an sich, während sie ein Wort flüsterte, das wie ein geseufzter Name klang.

Aurelia hatte sich, in ihre Kissen gegraben, dem Strohsack zugewandt. »Was ist?«

»Nichts, Señora.« Umbre löste sich vorsichtig aus dem Arm des schlafenden Mädchens und richtete sich auf, ohne Conchita zu berühren. »Es sind zwei Herzschläge.«

»Schenk mir das Glas voll«, befahl Aurelia, ohne die Stimme zu heben, mit einer Geste auf die halbgefüllte Flasche Tarragona auf ihrem Nachttisch deutend. Die Unruhe, in der sie sich tagsüber befunden hatte und die durch Umbres Feststellung großteils gelöst war, mußte vor dem Einschlafen vollends beseitigt werden, da sie sonst nicht in der geeigneten Verfassung für den Besuch der Schlange wäre, der sich, wie Aurelia hoffte, in der nächsten Zeit wiederholen würde.

Umbre befolgte die Anweisung und zog sich danach, flügelwehend und auf Zehenspitzen, aus dem Altarzimmer zurück. Das Anzünden der Pyramide verschob sie auf ein andermal: Mitternacht war lange vorüber, und der Vogelkopf liebte es nicht, um diese Zeit noch behelligt zu werden. Aurelia, in ihrem Altarzimmer zurückgeblieben, schlief nach dem Genuß des Glases Tarragona sowie vor Erleichterung augenblicklich ein, wobei sie vergaß, das Cape von der brennenden Nachttischlampe zu entfernen, so daß der heilige Jakobus weiterhin in sanft violettem Schimmer von der Zimmerdecke strahlte.

Sebastiano traf Ele in der ebenerdigen Waschküche an, wo sie dabei war, die dreifarbige Katze, die ihr der Branddirektor von San Eresmo zum Geschenk gemacht hatte, in einem Bottich in Seifenlauge zu baden. Seit jenem Tag im Lustgärtchen, da sie sich, wie sie meinte, Sebastianos als Vater ihres ungeborenen Kindes versichert hatte, pflegte sie ihre Schwangerschaft mit größter Gewissenhaftigkeit. Sie trank morgens und abends nur mehr Mandarinensaft, verzichtete auf Alkohol und ihre geschätzten Zigarillos und hatte begonnen, an der dreifarbigen Katze, die auf den Namen Fulvia hörte, den Umgang mit einem kleinen Wesen zu üben, indem sie tagsüber in zärtlichen unartikulierten Lauten zu ihr sprach, des Nachts das Katzenkörbchen nahe an ihr Bett rückte, sie manchmal wie einen Säugling im Arm hielt und durch die Räume des Pappdachhäuschens trug oder wie eben, in warmer Seifenlauge reinigte, was Fulvia ohne Freude, aber in ergebener Langmut über sich ergehen ließ.

Die Beziehung zu ihren beiden *toros*, deren jeder zur Hälfte als Kindesvater in Frage kam, hatte Ele auf die Weise arrangiert, daß sie sie an den Wochenenden abwechselnd empfing, wodurch Pepe el Moreno, der zusätzlich die Rosenknospe zu betreuen hatte, an jedem, Pepe el Rubio an jedem zweiten Wochenende die Fahrt auf der Lambretta antrat. Ele war davon ausgegangen, daß eine honette Señora, Doña, und als solche betrachtete sie sich, nachdem sie ihren früheren Beruf an den Nagel gehängt hatte, auch im Zustand der Schwangerschaft von Gottes und Rechts wegen gehalten war, wenn auch mit der nötigen Vorsicht, der Liebe mit dem künftigen Kindesvater zu pflegen. So gesehen, hatten beide Pepes ein natürliches Anrecht darauf, und sie hatte nicht die Absicht, es ihnen vorzuenthalten. Der einzige, von dem sie sich zurückzuziehen beabsichtigte, war Sebastiano, der obwohl von ihr zum offiziellen *pater familias* auserkoren, de facto nicht in Frage kam und daher aus ethischen Gründen ausschied.

An einem der vorangegangenen Wochenenden, kurz nachdem sie sich über ihren Zustand klargeworden war, hatte sie die beiden *toros* gemeinsam zu sich gebeten.

»Was soll das werden?« hatte Pepe el Moreno grinsend gefragt, als die beiden, ihre staubigen Stiefel abklopfend, in den mit handgeknüpften Teppichen ausgelegten Vorraum stolperten.

»Es handelt sich um eine ernste Sache«, hatte Ele geantwortet. »Benimm dich anständig, und laß deine schmutzigen Gedanken beiseite.«

Sie wies den beiden einen Platz auf dem länglichen, geflochtenen Hocker neben der Tür an, wo sie, nebeneinandersitzend, die Handflächen auf den Knien, erwartungsvoll zu ihr aufblickten.

»Es hat sich ergeben«, erklärte Ele, die beschlossen hatte, die Sache ohne Umschweife hinter sich zu bringen, »daß ich Mutterfreuden entgegensehe.«

Pepe und Pepe fielen beinahe vom Hocker. Sie starrten erst einander, dann Ele mit aufgerissenen Augen an.

»Der Vater meines Kindes«, fuhr Ele fort, »ist ein Patrón, der aus Gründen, die nichts zur Sache tun, nicht genannt werden will. Außerdem –«, sie überlegte kurz und griff dann nach der ihm am sichersten scheinenden Version, »ist er vor wenigen Wochen verstorben.«

Sie hatte etwas gezögert, Sebastiano mir nichts, dir nichts verbleichen zu lassen, hielt es aber für einen zusätzlichen Sicherheitsfaktor. »Er hat für das Kind gesorgt. Ihr beide habt nichts damit zu tun.« Auch das war eine Vorsichtsmaßnahme für den Fall, daß jemals etwas von ihrem Gesamtarrangement durchsickern sollte. »Ich habe beschlossen, euch weiterhin abwechselnd zu empfangen, solange ich dies aus persönlichen Gründen für richtig halte. Natürlich nur, wenn es euch recht ist. Wenn das Kind geboren ist, werden wir weitersehen.« Möglicherweise würde die Haarfarbe des Säuglings Aufschluß geben. Ele, deren Loyalität den Kindesvätern gegenüber in ihren Augen ethisch gedeckt war, sah keinen Grund, sich näher zu erklären oder sich mit der Überraschung der Burschen auseinanderzusetzen. »Das ist mein Vorschlag. Ihr könnt überlegen, ob ihr ihn annehmen wollt.«

Pepe und Pepe hatten nach einem Blickwechsel, in dem überstandener Schrecken und Erleichterung lagen, Eles Angebot interessant und fortschrittlich gefunden und, ohne zu zögern, eingewilligt. Pepe el Moreno teilte der Rosenknospe noch am gleichen Nachmittag mit, daß er der schweren Arbeit auf der Finca wegen bis auf weiteres nur jedes zweite Wochenende zur Verfügung stehe.

Sebastiano hatte das Haus durch die der Hitze wegen offene Eingangstür betreten und das Zimmer, in dem sich das satinbezogene Gesundheitsbett befand, angesteuert, als von der Hofseite her sanftes Miauen an sein Ohr drang. Er tastete sich, dem Geräusch folgend, durch den dunklen Flur und stand in der Waschküche, wo Ele dabei war, die schwach protestierende Fulvia, die sie in ein Frotteetuch eingeschlagen hatte, wie einen strampelnden Säugling abzutrocknen. Ele schrak hoch, als sie den Schatten in der Tür gewahrte, und stieß, als sie erkannte, wer vor ihr stand, einen kleinen Schrei aus.

»Freust du dich?« fragte Sebastiano, der sich diesen Aufschrei die ganze Fahrt hindurch ausgemalt hatte.

»Natürlich«, sagte Ele, deren Stimme etwas belegt klang, und hob das Kätzchen, das sich mit allen vier Pfoten aus dem Frotteetuch zu befreien versuchte, in ihre Arme.

»Was tust du da?«

»Ich habe Fulvia gebadet.«

»Hat sie Flöhe?«

»Natürlich nicht. Ich möchte, daß sie sauber ist und gut riecht.«

Bei ihren Worten fiel Sebastiano ein, daß er vor seiner Abfahrt nicht gebadet hatte, und seine Hoffnung auf eine erfreuliche Stunde mit seiner Löwin erlitt einen kleinen Dämpfer. Dennoch war die Sache einen Versuch wert.

»Ich habe dich lange nicht gesehen«, sagte er, einen Schritt näher tretend. Schlimmstenfalls konnte er Eles Dusche benutzen, ehe es ernst wurde, er fand es jedoch nicht günstig, die Präliminarien zu unterbrechen. Ele hielt die Katze schützend vor sich.

»Ich dich auch nicht.«

Tatsächlich hatte sie sich schon Sorgen um den Teil des Arrangements gemacht, der Sebastiano betraf, da er sich nach jenem Gespräch die unverhältnismäßig lange Zeit von zehn Wochen nicht gezeigt hatte, was Ele so exakt wußte, da sie die Wochenenden anhand der wechselnden Besuche ihrer *toros* abgezählt hatte.

»Geht es dir gut?«

»Natürlich.«

Sebastiano fiel auf, daß sie stets dasselbe Wort gebrauchte, was bei ihrer sonst lebhaften Art zu sprechen ungewöhnlich war. Er vermutete, daß sie wegen der langen Zeit, die er hatte verstreichen lassen, verstimmt war.

»Es tut mir leid, meine Liebe«, sagte er, einen weiteren Schritt näher tretend. »Ich weiß, daß ich dich vernachlässigt habe. Aber es war viel zu tun, und meine Situation daheim ist ziemlich schwierig –« Er hielt inne. Es war idiotisch, seine ohnehin sichtlich irritierte Gespielin indirekt auf Aurelias Schwangerschaft hinzuweisen. Er merkte, wie er zu schwitzen begann. Eles Einsilbigkeit und ihre Art, die gewickelte Katze wie einen Säugling an die Brust zu drücken, hatten ihn auf fatale Weise an das erinnert, was ihm auf der Finca bevorstand.

»Wenn du erlaubst, nehme ich eine Dusche«, sagte er abrupt, um die Segel doch noch auf Kurs zu setzen.

Ele blickte, Fulvia an sich drückend, erstaunt auf. »Wozu?«

Die Frage brachte Sebastiano aus dem Konzept. »Wozu?« Er begann beinahe zu stottern. »Aber meine kleine Löwin wird doch nicht vergessen haben, weswegen ihr großer wilder Löwe sie besucht.«

Ele überlief bei seinen Worten ein unbehaglicher Schauer. »Aber Sebastiano«, sagte sie, »das dürfen wir nicht.«

»Was dürfen wir nicht?«

»Nun, uns – auf diese Weise amüsieren«, sagte Ele, die sich, da Sebastiano als Kindesvater nicht in Frage kam, moralisch im Recht fühlte. »Denk doch an das kleine Leben, das wir zu beschützen haben.«

»Leg es doch einfach weg, das kleine Leben«, sagte Sebastiano, der allmählich wütend wurde, und wollte nach der Katze greifen, die Ele zärtlich in ihrem Arm wiegte.

Ele wich erschrocken zurück. »Ich meine doch nicht Fulvia. Ich meine das kleine Leben, das in mir heranwächst.«

»Was wächst heran?« fragte Sebastiano, dem die Situation langsam grotesk schien. »Willst du mir bitte erklären, wovon du sprichst?«

Ele wich einen weiteren Schritt zurück. Ihr Rücken stieß gegen die gekalkte Wand, in ihrem Kopf überstürzten sich die Gedanken. Sie hatte etwas geahnt, dem Frieden des Lustgartengesprächs von Anfang an mißtraut. Aber was hatte es damit auf sich, in welche Richtung war das Mißverständnis gelaufen?

Sebastiano stand breitbeinig vor ihr. Ele sah, daß die Ader auf seiner Stirn anzuschwellen begann.

»Das Kind«, sagte sie stockend. »Wir haben darüber gesprochen, Sebastiano. Erinnerst du dich nicht? Über mein... ich meine, dein... unser Kind, Sebastiano.«

»Unser Kind? Unser Kind? –«

In Sebastiano stieg eine böse Ahnung auf. Auch ihm war etwas an dem Gespräch eigenartig vorgekommen. Ele hatte von einem Kind gesprochen, das den Namen Sebastiano erhalten sollte. Und er in seiner Verwirrung über das, was sich auf der Finca abspielte, hatte gemeint, sie spreche von Aurelias Kind.

»Du meinst, daß du... von mir...«

Ele nickte. »Du weißt doch. Dieser eine wunderbare Abend.«

Sebastiano schien zu wanken. Auf seiner Stirn standen Schweißtropfen. Ele sah mit Entsetzen, daß er weiß wie die Wand geworden war.

»Du mußt es wegmachen lassen«, sagte er. »Sofort. Es gibt Frauen, die das können. Wir müssen eine solche Frau finden.«

Ele, die wie hypnotisiert in sein Gesicht starrte, schüttelte unmerklich den Kopf. »Zu spät«, sagte sie, »es ist zu spät, Sebastiano. Es ist der sechste Monat. Ich dachte –« Sie öffnete ratlos die Arme.

Fulvia benutzte die Gelegenheit, um zu entwischen. Sie war mit einem Sprung, das Frotteetuch mit sich ziehend, auf dem Boden, und Sebastiano sah jetzt, daß Ele die Wahrheit sagte. Als Vater von vier Kindern war ihm hinlänglich bekannt, wie eine Frau aussah, die die erste Hälfte einer Schwangerschaft hinter sich hatte.

»Eine Zigarillo«, sagte er. »Bring mir eine Zigarillo!«

»Aber –«, sagte Ele, die ihn noch nie rauchen gesehen hatte.

Sebastiano stampfte mit dem Fuß auf den Steinboden. »Mach schon.«

»Ich muß sie holen. Ich habe sie in meinem Zimmer.«

Sie hastete über die Stiege, griff nach der Packung, die seit jenem Abend im Lustgärtchen unbenutzt in der Nachttischlade lag, und rannte zurück in die Waschküche. Sebastiano stand, die Wand anstarrend, bewegungslos auf demselben Fleck. Als er sie kommen hörte, streckte er die Hand aus, und sie legte die Packung hinein. Er riß sie auf und entnahm ihr eine Zigarillo.

»Feuer.«

Ele mußte noch einmal hinauf und kam mit dem Feuerzeug zurück. Sebastiano zündete die Zigarillo an, rauchte sie in wenigen Zügen zu Ende, zündete eine zweite an der ersten an und danach eine dritte. Ele stand zitternd in der Tür. Die Katze Fulvia hatte sich mit ihren Krallen in das Frotteetuch verhakt und zerrte es, in kurzen Sätzen hin und her hüpfend, durch die Waschküche.

»Sebastiano –«, sagte Ele.

Er hörte sie nicht. Sein Blick war stumpf geworden. Sein Atem ging keuchend, als er den Rest der letzten Zigarillo auf dem Steinboden austrat. »Genug«, sagte er. »Genug.«

Ele, die glaubte, er meinte die Zigarillos, wollte nach der Packung greifen.

Er stieß ihre Hand zur Seite. »Rühr mich nicht an!«

Es war zuviel. Zuviel für einen Mann. Die Jahre, die seine

Ehefrau dem Fleck an der Decke die Treue gehalten hatte; das Kind eines Heiligen, das seine Tochter zur Welt bringen würde und das er für das seine ausgeben sollte; und nun hier, wo er sich ein wenig Wärme und Sicherheit erkauft zu haben glaubte, eine stumm und unabwendbar heranwachsende Drohung, die, wie er dumpf ahnte, eine Falle war, die ihm auf perfide Weise gestellt worden war.

»Geh mir aus dem Weg«, sagte er, obwohl Ele nichts getan hatte, um ihm den Zugang zur Tür zu verwehren. Er zog die Schultern hoch und begann loszugehen, schweren Schrittes und mit geballten Fäusten, als durchquere er ein Dickicht. Als ihm Fulvia, das Frotteetuch hinter sich herziehend, vor die Füße sprang, versetzte er ihr einen Tritt, daß sie aufheulend in die Ecke flog.

Ele stand wie gelähmt, die Hände über dem Bauch gefaltet, als Sebastiano, den Kopf zwischen den hochgezogenen Schultern, wortlos die Waschküche verließ, den Flur entlangtappte und draußen mit hölzernen Bewegungen auf den Kutschbock kletterte. Das Pferd stieg, als er am Zügel riß, dann rollte das Gefährt los und verschwand wenig später hinter der Straßenbiegung.

Fulvia, aufgescheucht und verstört, hatte begonnen, laut miauend kreuz und quer durch die Waschküche zu sausen, wobei sie das Frotteetuch, das an einer ihrer Pfoten festhing, hinter sich herzog. Das Tuch verfing sich im Wäscheständer, auf dem neben einem Polster- und einem Deckenbezug aus dottergelbem Satin Eles cremefarbene Dessous sowie eine nachgekaufte schwarze Garnitur zum Trocknen hingen. Das Gestell fiel um und stieß dabei an den Bottich, der ebenfalls kippte und aus dem sich die volle Ladung Seifenlauge auf den Steinboden ergoß. Ele stand, ohne sich zu rühren, inmitten des Alptraums, der sie umgab. Das Schlimmste, das ihr geschehen konnte, war geschehen: Sebastiano hatte sie verlassen, und ihre Zukunft war so ungewiß wie der Halt ihrer Füße in der seifigen Flüssigkeit, die sie bis an die Knöchel umspülte.

Fulvia, der es gelungen war, das vollgesogene Tuch abzustreifen, sprang in ihrer wiedergewonnenen Freiheit wie verrückt auf der eben noch frisch gewaschenen, nunmehr in grauer Lauge schwimmenden Wäsche umher, und draußen mischte sich Sebastianos zorniges Peitschenknallen mit dem Geräusch des davonrollenden Wagens, der hinter der Kurve verschwunden war.

Dennoch stand Ele, die die Hände noch immer über dem Bauch gefaltet hatte, ruhig und aufrecht inmitten der Wirrnis, die über sie hereingebrochen war. Das Kind unter ihrem Herzen hatte sich bewegt, deutlich und unübersehbar, und Ele hatte zum ersten Mal in ihrem Leben das Gefühl, dem Heiligen Geist, mit dem sie stets gewisse Schwierigkeiten gehabt hatte, ein Stück nähergerückt zu sein.

9

Der Aufseher des Gemeindegefängnisses von Fuego Fuego, zugleich ehrenamtlicher Hauswart der dem Amtsgebäude angegliederten vierklassigen Volksschule des Ortes, ein etwas klobiger, freundlicher Mann, nach der hochgezwirbelten Mannesszier, die er im Gesicht trug, allgemein Bigotazo, der »große Schnurrbart«, genannt, war während seiner Ausbildungszeit zweimal hintereinander Jugendschachmeister des Bezirks gewesen. Da seine Erfolgserlebnisse seither deutlich dünner gesät waren, hing er jener Zeit mit einer gewissen sentimentalen Beharrlichkeit nach, was ihn veranlaßte, immer und überall ein Schachbrett mit sich zu führen und, sowie Zeit und Gelegenheit es erlaubten, seiner Passion nachzugehen. Da er im Bereich des Strafvollzugs gleichzeitig Aufseher und ausführendes Organ war, hatte er keinen Chef, der ihm dies hätte verbieten können, und so nützte er den Tagdienst – während der Nächte wurde er durch einen zur Wache abkommandierten Milizsoldaten aus der Fernando-Kaserne abgelöst –, um im Amtszimmer, dem die Gefängniszelle angegliedert war, endlose Partien gegen sich selbst zu spielen. Nando, der aus seiner Unterkunft durch ein vergittertes quadratisches Fenster Ausblick auf den

Nebenraum hatte, verbrachte mangels anderer Anregungen Stunden damit, dem Aufseher bei seinen strategisch ausgefeilten Scharmützeln gegen sich selbst zuzusehen. Er verstand nicht viel von Schach, hatte sich aber dank seiner Intelligenz und der ständigen Beschäftigung mit dem Gegenstand alsbald eine gewisse Kennerschaft angeeignet. Bigotazo wiederum, durch das offensichtliche Interesse seines Schützlings angespornt, lief zu einer Höchstform auf, die seine angeborene Neigung zur Geselligkeit, die zu pflegen er in seinem Beruf wenig Gelegenheit hatte, nachhaltig verstärkte. Das Tischchen rückte täglich ein wenig näher an die Zellentür, und als Bigotazo eines Tages zögerte, einen Zug zu setzen, murmelte Nando, der die Stirn der Bequemlichkeit halber an die Gitterstäbe gelehnt, dem Spiel gefolgt war, halblaut und ohne sich dessen bewußt zu sein: »Weißer Springer auf E vier.«

Bigotazo horchte auf, ohne es sich anmerken zu lassen. Er prüfte den ihm zugegangenen Vorschlag in Gedanken blitzschnell und kam zu dem Schluß, daß er Hand und Fuß hatte. Ohne den Kopf zu heben oder eine Antwort anzudeuten, griff er nach dem weißen Springer und setzte ihn auf das von Nando vorgeschlagene Feld. Die Partie nahm folgerichtig ihren Verlauf, und die Farbe Weiß – von seinem Bewacher bevorzugt, wie Nando längst festgestellt hatte – errang den Sieg, obgleich Bigotazo es nie unterließ, sein Ingenium auch der von ihm gleichfalls betreuten schwarzen Mannschaft zur Verfügung zu stellen. Von da an geschah es – zuerst selten, dann häufiger –, daß Bigotazo vor einem Zug zögerte, um seinem Schutzbefohlenen einen Hinweis zu entlocken. Schließlich hatte sich zwischen ihnen stillschweigend ein Ritual entwickelt: Bigotazo ließ einen Augenblick lang seine offene Hand über dem Schachbrett schweben, um Nando zu einer gemurmelten Stellungnahme zu bewegen.

Die Hälfte der über Nando verhängten achtmonatigen Haftstrafe war verstrichen, als Bigotazo es leid wurde, ständig, wenn auch mit temporärer Assistenz, nur gegen sich selbst zu spielen, obwohl ein potentieller Partner zur Verfügung stand. Nach einigen schlaflosen Nächten, in denen er Für und Wider geprüft und die möglichen Risiken erwogen hatte, beschloß er, das Gebot, das er in seiner Funktion als Aufseher selbst verhängt hatte, als ebendieser wieder außer Kraft zu setzen und das Wort an seinen Häftling zu richten. Nando stand, sich mit seiner einen Hand am Gitter festhaltend, in Erwartung des Spiels an seinem Zellenfenster, als Bigotazo, das Schachbrett unter dem Arm, das Amtszimmer betrat. Er blieb wenige Meter vor der Zellentür stehen und faßte seinen Häftling ins Auge.

»Du bist ein schlauer Kopf, wie?«

Nando war über die Anrede des Wärters so erschrocken, daß er das Gitter losließ und einen Schritt zurücktrat.

Bigotazo schüttelte nachsichtig den Kopf und dämpfte seinen Ton. »Ich meine, du verstehst etwas vom Schachspiel.«

Nando, der begriffen hatte, daß ihm nichts drohte, kam an das Fenster zurück und preßte die Stirnlocke gegen die Stäbe. »Wenn Sie meinen, Aufseher.«

»Hättest du Lust, eine Partie zu spielen?«

Nando musterte Bigotazos Schnurrbartenden und kam zu dem Schluß, daß der Mann nichts Feindliches im Sinn hatte. »Selbstverständlich hätte ich Lust, Aufseher.«

Bigotazo ließ das Schachbrett, das er in Händen hielt, mehrmals leicht auf- und zuklappen. »Dazu müßte ich deine Tür aufschließen.«

»Ja«, sagte Nando unbestimmt, der nicht wußte, worauf Bigotazo hinauswollte.

»Dabei könntest du mich zur Seite stoßen und flüchten«, sagte Bigotazo, mit dem Schachbrett klappernd.

»Ich laufe nicht weg«, sagte Nando.

»Und wieso soll ich dir das glauben?«

»Weil ich hier bin, um ein Opfer zu bringen. Wenn ich davonliefe, wäre es wertlos.«

Bigotazo, dem dies einleuchtete, nickte und ließ das Schachbrett klappern. Da er dennoch zu zögern schien, machte Nando einen Vorschlag.

»Sie könnten Ihre Zimmertür abschließen, Aufseher. Dann ist die Zelle einfach ein bißchen größer.«

Bigotazo fand keinen Einwand. »Du mußt dich aber umdrehen, damit du nicht siehst, wo ich den Schlüssel aufbewahre.«

Nando wandte sich der Rückseite der Zelle zu. Bigotazo drehte den Schlüssel seines Dienstraums im Schloß und ließ ihn, das linke Hosenbein kurz hochschlagend, in seinem Wollsocken verschwinden. Dann wandte er sich der Tür mit dem Gitterfenster zu und schob den Riegel zurück.

»Du kannst herauskommen. Aber keine faulen Tricks!«

Nando hob, um seine ehrlichen Absichten zu dokumentieren, seine eine Hand über den Kopf. Bigotazo rückte das Tischchen zurecht und merkte, daß nur ein Sessel vorhanden war. Er stellte das Brett auf den Tisch und sah sich suchend um.

»Ich habe einen Hocker in der Zelle«, sagte Nando, der das Problem erkannt hatte.

»Hol ihn. Aber versuch nicht, mich hereinzulegen.«

Das Spiel begann, und Bigotazo war sich nach wenigen Zügen darüber im klaren, daß er den Schachpartner seines Lebens gefunden hatte. Nando überstürzte nichts, ließ sich und ihm Zeit, die Gedanken zu ordnen, agierte jedoch mit einem gewissen inneren Feuer, das die Partie in Spannung hielt und keine Sekunde nachließ, vom beiläufig scheinenden Eröffnungsgeplänkel bis zur Gefangennahme der weißen Königin, die Bigotazos angeschlagene Monarchie einem letzten überraschenden Handstreich seines Häftlings auslieferte. Bigotazo, vor Begeisterung stöhnend, murmelte mit zitternden Schnurrbartspitzen »Revanche«, noch ehe Nando den König matt gesetzt hatte, und begann augenblicklich, die Figuren wieder aufzustellen. Dreimal mußte er sich geschlagen geben, ehe es ihm gelang, Nandos aufgestautes Potential zu schwächen und fürs erste ein Remis herauszuschlagen. Die folgenden zwei Partien gingen an ihn, dann gewann wieder Nando. Von da an gingen die Siege wechselweise an Aufseher und Häftling, was die totale Ausgewogenheit der beiden Teams deutlich machte. Die Nachtablöse in Gestalt eines Reserveinfanteristen aus der Fernando-Kaserne hatte im Bestreben, den Dienst anzutreten, mehrmals an die Tür geklopft und war von Bigotazo jeweils mit einem Zischen fortgescheucht worden, bis der junge Mann die Konsequenz zog und sich auf einer Strohmatte, die für allfällige Betrunkene in der Abstellkammer des Gendarmeriekommandos aufbewahrt wurde, vor die verschlossene Tür legte. Es war fünf Uhr früh, als Bigotazo nach einer von ihm gewonnenen Partie mit zärtlicher Hand über die auf dem Brett verbliebenen Figuren fegte.

»Wir machen abends weiter. Du bist ein verdammt gerissener Hurensohn.«

Nando lächelte erfreut über die Anerkennung und begab sich mit vom Sitzen klammen Beinen in seine Zelle, wo er, nachdem Bigotazo die Tür hinter ihm verriegelt hatte, augenblicklich einschlief. Bigotazo stolperte beim Verlassen des Büroraumes über den Reserveinfanteristen, der in die sperrige Matte gehüllt, erschrocken hochfuhr.

»Was machst du da?« fragte Bigotazo, indem er sich, das Schachbrett unter den Arm geklemmt, bückte, um den Socken, aus dem er den Schlüssel geholt hatte, wieder hochzuziehen.

»Ich bin die Nachtvertretung, melde gehorsamst, Herr Aufseher«, erklärte der junge Mann, sich aus der Strohmatte schälend. »Wenn Sie sich freundlich erinnern wollen, ich habe einige Male geklopft.«

»So. Die Nachtwache! Du kannst gehen. Komm am Abend wieder.«

Der Reserveinfanterist erhob sich und griff nach einem Zipfel seiner Lagerstätte.

»Laß das hier. Ich habe gesagt, du kannst gehen.«

Der junge Mann verschwand, sich die Mütze überstülpend, mit verwirrtem Gruß. Bigotazo ließ sich auf die ausgerollte Matte sinken, schob das Schachbrett unter seinen Kopf und murmelte: »Ein Hurensohn, ein verdammt gerissener Hurensohn«, ehe er auf der von seinem Nachtvertreter vorgewärmten Lagerstätte einschlief.

In den folgenden Wochen entwickelte sich eine Art Idylle zwischen Aufseher und Häftling, von beiden kommentarlos und mit gleicher Hingabe gepflegt, bei der der eine, der vieles gelernt, und der andere, der manches vergessen hatte, aneinander wuchsen und einander in Verbundenheit und Eintracht erbitterte und manchmal an den Rand der Erschöpfung führende Schlachten lieferten. Bigotazo, durch seine beiden Berufe in der Kenntnis der menschlichen Psyche nicht unbewandert, merkte bald, daß es Nando mit dem Einhalten seines Gelöbnisses ernst war. Er verzichtete nach einiger Zeit darauf, den Schlüssel im Socken zu verstecken, und unterließ später auch das Versperren der Bürotür. Als es vorkam, daß eine Partei ihn zu sprechen wünschte, die hierauf die offene Zellentür sowie den am Schachtisch sitzenden Einarmigen verhohlen musterte, wies er Nando an, die Zellentür während des Spiels zu schließen, und brachte ihm eine karierte Jacke und eine gelbe Krawatte mit, um seinem Partner ein ziviles Aussehen zu verleihen. Nach Verlauf einiger Wochen, in denen Bigotazo dazu übergegangen war, auch Kaffee und Kuchen von daheim mitzubringen, um die Gefechte behaglicher zu gestalten, kam es vor, daß Bigotazo, wenn er eine Besorgung zu machen hatte, die Amtsstube Nando überließ, der etwaige anfallende Obliegenheiten geschickt und gewissenhaft zur Erledigung brachte.

Schon überschlugen die beiden, jeder für sich, die gemeinsame Zeit, die ihnen noch verblieb: Zwei Drittel von Nandos Strafe waren verbüßt, als Bigotazo erwog, den Partner nach dessen Rehabilitierung in einer oder der anderen Funktion für das Gemeindewesen anzuwerben, was Nando aus uns bekannten Gründen niemals angenommen haben würde. Zwei Drittel seiner Strafe waren verbüßt, als Nando daranging, sich auszurechnen, daß er bei weiterhin guter Führung und dem ihm sicheren Wohlwollen seines Aufsehers möglicherweise noch vor Conchitas Niederkunft wieder auf Angel del Sur sein würde, ein Zeitpunkt, der für seine Pläne sowie das dazu nötige Gespräch mit Sebastiano äußerst günstig war. Vermutlich wäre alles nach seinem, wenn auch nicht nach Bigotazos Wunsch gelaufen. Der Zufall jedoch, von klugen Köpfen als die verläßlichste aller kalkulierbaren Möglichkeiten bezeichnet, schaltete sich an dieser Stelle ein und gab den Dingen eine Richtung, die einen unvorhergesehenen Eingriff in Nandos – und nicht nur Nandos – Leben bedeutete.

Umbre hatte die Pyramide am ersten Tag des abnehmenden Mondes angezündet, nachdem sie in der vorangegangenen Nacht dreimal aufgestanden war und im Schein des Vollmonds, der staubig über dem Vorplatz lag, dreimal drei rohe Bohnen zerkaut und in verschiedene Himmelsrichtungen gespuckt hatte. Die Pyramide stank zum wolkenlosen Nachthimmel, und in dem Traum, den ihr der Vogelkopf anschließend zum Dank für ihre Mühe schickte, sah sie einen schwarzgefiederten Vampir, der mit spitzem Schnabel an Conchitas Leber fraß, ein sicheres Zeichen dafür, daß ein heimlicher Kummer an der Patroncita nagte.

Vor die Wahl gestellt, Aurelia Mitteilung zu machen oder die Sache selbst in die Hand zu nehmen, entschied sie sich für das letztere und erwartete Conchita, die Roßhaarbürste, die sie von Aurelias Toilettentisch an sich genommen hatte, in der Hand, nach dem Geschirrspülen an der Küchentür.

»Ich würde Ihnen gerne die Haare bürsten, Patroncita.«

»Warum, Umbre?«

»Weil sie etwas strähnig sind. Wir wollen unserem Heiligen doch gefallen.«

Umbre geleitete Conchita in den Wohnraum und schob den Sessel, in dem die Patroncita Platz genommen hatte, vor den Spiegel, als ob diese sich darin sehen könnte. Sie hatte den Bürstenzauber von ihrer Mutter übernommen und kannte keinen Fall, in dem er versagt hätte. Nachdem sie Conchitas Haar geglättet hatte, ging sie dazu über, langsame und kräftige Striche von den Schläfen aufwärts über den Scheitel des Mädchens zu ziehen. Conchita rückte sich in ihrem Sessel zurecht.

»Das ist angenehm, Umbre.«

»Das soll es sein, mein Lämmchen. Versuche tief zu atmen, und lehne dich zurück.«

Conchita gehorchte und faltete die Hände im Schoß. Minuten vergingen. Umbre hatte begonnen, mit der Bürste über Conchitas linker, dann über ihrer rechten Schläfe langsame Kreise zu ziehen. Conchitas Lider wurden schwer, ein Zeichen, daß der Zauber zu wirken begonnen hatte. Umbres Kreise wurden größer.

»Ich glaube, ich schlafe ein.«

»Sie sind müde von der Arbeit in der Küche«, sagte Umbre, ihre Bürstenstriche verstärkend. »Oder haben Sie heute nacht nicht gut geschlafen?« Es kam darauf an, die richtigen Fragen zu stellen.

»Ich habe versucht, wach zu bleiben«, sagte Conchita. Ihre Augen waren verschleiert, als blicke sie nach innen. Umbre bürstete Conchitas Haar vom Nacken aufwärts langsam und gleichmäßig, einen Strich neben den anderen setzend.

»Und warum, mein Lämmchen?«

»Weil ich warte.«

»Worauf?« Umbres Hände hatten einen sanften, mechanischen Rhythmus gefunden. »Was ist es, worauf mein Lämmchen wartet?«

»Auf seine Stimme«, sagte Conchita. »Ich möchte, daß er zu mir spricht. Ich habe seine Stimme so lange nicht gehört.«

Beinahe wäre Umbre die Bürste entfallen. Wieso hatte sie nicht daran gedacht? Conchita war, von ihrer Unschuld abgesehen, eine normal empfindende Frau, und in ihrer Dunkelheit bedurfte sie, auch wenn sie sich ihres Zustandes nicht bewußt war, der Stimme desjenigen, der ihre körperliche und damit ihre seelische Veränderung bewirkt hatte. Es war dies nichts als die natürliche Sehnsucht jeder schwangeren Frau nach der Zärtlichkeit des Verursachers, wie immer diese sich ihrem persönlichen Empfinden nach ausdrücken mochte.

»Wie lange, *pajarita*«, fragte sie, um sicherzugehen, »wie lange hast du seine Stimme nicht mehr gehört?«

Conchita schien zu überlegen, ihre Augen waren auf ihr für sie nicht sichtbares Spiegelbild geheftet. »Seit dem Tag, an dem die beiden Polizisten hier waren«, sagte sie. »Erinnerst du dich? Wir standen in der Küche, und ein Schuß ging los. Vielleicht hat ihn das erschreckt.«

Umbre nickte. Es war der Tag gewesen, an dem die beiden Gendarmen Nando fortgeführt hatten. Sie ließ Aurelias Bürste, die ihren Dienst getan hatte, in die Schürzentasche gleiten.

»Es ist gut, *pajarita.* Du wirst sie wieder hören, seine Stimme.«

Sie wußte aus eigener Erfahrung, daß man im Gefängnis bei guter Führung Besuch empfangen durfte, und an Nandos guter Führung war nicht zu zweifeln. Da sie selbst des Lesens und Schreibens nicht kundig war, mußte sie Aurelia bitten, ihr beim Abfassen des nötigen schriftlichen Antrags behilflich zu sein. Dann würde die Patroncita die Stimme ihres Heiligen bald wieder hören. Vielleicht fing die kleine Schöne Seele unter ihrem Herzen dann wieder zu wachsen an.

Nachdem Umbre im Altarzimmer die Bürste unbemerkt an ihren Platz zurückgelegt hatte, brachte sie in demütiger Haltung ihr Anliegen vor. Aurelia, die am Wachstum der kleinen Schönen Seele persönlich interessiert war, begriff augenblicklich, worum es ging, und verfaßte noch am selben Abend, von Umbre mit einem zusätzlichen Kissen versorgt, einen Brief an die Gefängnisverwaltung des Gendarmeriekommandos von Fuego Fuego mit der Bitte um Besuchserlaubnis für die Patroncita des Strafgefangenen Fernando Lopez García in Begleitung ihrer Acompañante, welchen Umbre am folgenden Morgen zu dem auf einem Markierungsstein der Grundstücksgrenze von Angel del Sur montierten Postkasten brachte.

Bigotazo, der den Antrag einige Tage später erhielt, beantwortete ihn positiv, vergaß jedoch, Nando davon zu erzählen, da er es nicht für wichtig hielt und zudem andere Sorgen hatte: In der Volksschule, die er ehrenamtlich als Hauswart betreute, war ein Kind an Diphtherie erkrankt, und der Klassenraum sollte laut Anweisung des Bürgermeisters desinfiziert werden. Nach einer gewonnenen, einer verlorenen und einer mit einem Remis beendeten Partie eröffnete er Nando bei einem Becher Kaffee aus der Thermosflasche und einem Stück Maistortilla, das er von daheim mitgebracht hatte, sein Problem, das sowohl den beruflichen wie den privaten Bereich betraf: Er hatte keine Ahnung, womit und auf welche Weise ein Klassenzimmer zu desinfizieren sei, könne niemanden danach fragen, um seine Unwissenheit nicht bekannt werden zu lassen, und verehre darüber hinaus eine Witwe, vor der auch in Krisensituationen zu bestehen eine absolute Notwendigkeit zur Erhaltung und Vertiefung der sich im Anfangsstadium befindenden Beziehung sei. Nando konnte seinen Aufseher insoweit beruhigen, als er ihm erklärte, es handle sich um eine Flüssigkeit namens Lysol, die aus einer Spritze, mit der man üblicherweise Ungeziefer vertilge, im Klassenzimmer versprüht werden müsse, und sich erbötig machte, die Angelegenheit, sofern Bigotazo ihm vertrauen und das dazu Nötige besorgen wolle, für ihn zu erledigen.

Bigotazo war über Nandos Vorschlag sowie die damit verbundenen steigenden Chancen bei der Witwe so hochgestimmt, daß er die nächsten beiden Partien verlor und schließlich den Vorschlag machte, die dritte Partie seiner mangelnden Konzentration wegen abzubrechen. Statt dessen öffnete er eine Flasche Murcia, die ihm der Bürgermeister anläßlich seines dreißigjährigen Jubiläums als Wach- und Aufsichtsperson der Gemeinde Fuego Fuego hatte überreichen lassen, eine Aktion, die auch im Hinblick auf die Kälte, die der Steinboden des Amtszimmers bei der herrschenden Jahreszeit insbesondere des Nachts ausstrahlte, von Vorteil war.

Nach dem vierten gemeinsamen Glas bot Bigotazo seinem Strafgefangenen das brüderliche Du sowie seine Nominierung zum Trauzeugen an, falls es dank seiner Einsatzbereitschaft zur Hochzeit mit der erwähnten Witwe kommen sollte. Nando dankte seinem Aufseher gerührt und versprach, das Klassenzimmer so gründlich zu desinfizieren, daß auch nicht die Spur eines Bazillus eine Überlebenschance hätte. Sie trennten sich gegen vier Uhr früh, nachdem Bigotazo der Flasche des Bürgermeisters drei weitere aus seinem privaten Vorrat hatte folgen lassen und der Boden unter ihren Füßen warm geworden war. Bigotazo umarmte seinen präsumtiven Trauzeugen zum Abschied, und Nando, auch mit getrübten Sinnen seines Versprechens eingedenk, schob einen Zettel, auf dem die Worte ›Lysol‹ und ›Gartenspritze‹ geschrieben standen, fürsorglich in die Brusttasche seines Aufsehers, ehe dieser die Zellentür hinter ihm schloß.

Eine Woche später – der Postbote unternahm die Fahrradtour nach der Finca prinzipiell nur sonnabends zur Vesperzeit, wenn er sicher war, Sebastiano und damit ein Glas Feigenbrand aus dem Vorrat des Hauses vorzufinden – langte Bigotazos Zusage samt Datum und vorgeschriebener Uhrzeit auf Angel del Sur ein. Sebastiano war aus Gründen, von denen später die Rede sein wird, nicht im Haus, jedoch nahm Umbre das mit einem amtlichen Stempel versehene Schriftstück an sich und entlohnte den Postboten mit der doppelten Menge des von Sebastiano üblicherweise ausgeschenkten Getränks. Der Postbote verließ zufrieden und mit seinem Rad ausladende Serpentinen in den Sandweg ziehend die Finca, und Umbre eilte, den Brief wie das geheiligte Osterkissen bei der Prozession vor sich her tragend, in das Altarzimmer.

»Was gibt es?« fragte Aurelia, die, die Hände über dem flachen Bauch gefaltet, Zwiesprache mit dem demnächst zu gebärenden Kind gehalten hatte.

»Der Brief aus Fuego Fuego, Doña Aurelia.«

Aurelia überflog die Zeilen zweimal und nickte zufrieden.

»Der Aufseher schreibt, daß er im Hinblick auf Nandos gute Führung einen einmaligen Besuch für eine Person in der Dauer von fünfzehn Minuten gestattet. Fünfzehn Minuten müßten reichen, meinst du nicht?«

Umbre hatte aus Bestürzung über den ersten Teil des Satzes das Folgende nicht gehört.

»Heißt das, daß die Patroncita allein mit Nando sprechen soll?«

»Hier steht: eine Person«, sagte Aurelia. »Was hast du daran auszusetzen?«

»Alle Heiligen«, sagte Umbre, die sich bei dem Versuch, von Aurelia unbemerkt unter ihrem Umhang ein Kreuz zu schlagen, in demselben verheddert hatte, »eine Señorita ohne Acompañante mit einem Mann allein in einer Zelle! Es ist ungehörig, Doña Aurelia.«

Aurelia wischte mit dem Schriftstück durch die Luft. »Ungehörig ist, daß ein vierzehnjähriges Mädchen schwanger ist. Das hätte der Heilige berücksichtigen müssen. Da es geschehen ist, müssen wir dafür sorgen, daß die kleine Schöne Seele weiterwächst.«

Umbre, die dem nicht widersprechen konnte, versuchte unter dem Umhang ihre Finger ineinanderzulegen, wobei ihr ein Stück des grobgewebten Stoffes in die Quere kam.

Aurelia stützte sich kopfschüttelnd in ihrem Bett hoch. »Hast du ein Kaninchen unter deinem Capote?«

»Ich rufe den Erzengel an, damit er die Patroncita vor Schaden bewahre.«

»Diese Abmachung mit dem Erzengel hättest du früher treffen müssen«, bemerkte Aurelia, ehe sie sich, die Hände über dem Bauch gefaltet, wieder in ihre Kissen zurücksinken ließ.

Umbre, der es endlich gelungen war, unterhalb des Umhanges ihre Finger ineinanderzulegen, huschte, die Klinke mit dem Ellenbogen niederdrückend, hinaus und drückte die Tür von außen mit der Schulter ins Schloß. Aurelia streifte das zu drei Viertel volle Glas, das sich neben ihr auf dem Nachttisch befand, mit einem kurzen Blick, ehe sie sich, im großen und ganzen mit dem Stand der Dinge zufrieden, wieder ihrer Meditation hingab.

Korporal Fernando Bluna, in Vertretungen geübt, hatte sein Stammquartier in San Eresmo kurzfristig verlassen müssen, um für den an den Folgen einer Blinddarmentzündung laborierenden Gendarmerieobermeister von Fuego Fuego einzuspringen. Der Mann mit dem Splitterbruch, den er in San Eresmo vertreten hatte, war an seinen Arbeitsplatz zurückgekehrt, und da Bluna sich, wie sein Vorgesetzter hervorhob, als entschiedener und unerschrockener Hüter des Gesetzes erwiesen hatte – schließlich ging die Verhaftung des Aggressors von Angel del Sur auf seine Initiative zurück –, wurde er mit der provisorischen Leitung der genannten Außenstelle betraut. Bluna nahm diese Entwicklung in zweifacher Hinsicht als gute Fügung: Erstens bedeutete es eine Stufe auf der Karriereleiter, eine derartige Position, wenn auch vorübergehend, zu bekleiden. Zweitens war er in Fuego Fuego der von ihm alltäglich und allnächtlich in Gedanken belagerten Finca, auf der das freundliche Mädchen lebte, ein beträchtliches Stück näher gerückt. Während der Zugfahrt durch die bräunliche Graslandschaft, in der hin und wieder kleine Gruppen von Olivenbäumchen den Horizont begrenzten, ging er im Geiste seine diesbezüglichen Pläne durch, die, immer wieder überprüft, während der vergangenen Wochen Gestalt angenommen hatten, und kam zu dem Schluß, daß er sich auf dem richtigen Weg befand. Diese Erkenntnis sowie das leichte Rütteln des Zuges ließen ihn in eine leichte Euphorie gleiten, in der er zurückgelehnt, seine Kunstledertasche auf den Knien, unverwandt auf das gegenüberliegende Gepäcknetz starrte, so daß er an seinem Zielort angelangt, auszusteigen vergessen hätte, wäre nicht der Schaffner, der mit kräftiger Stimme die Station ausrief, unmittelbar vor seinem Abteilfenster gestanden. Bluna fuhr hoch, riß den Pappkoffer aus dem Gepäcknetz, klemmte die Tasche unter den Arm und hatte, sich eilends durch den Gang zwängend, die Tür erreicht, als der Zug bereits wieder anfuhr. Als er mit hartem Sprung auf dem Bahnsteig landete, wobei Koffer und Tasche ihm entglitten, hatte er für Augenblicke das Gefühl von einer mächtigen, nicht näher zu bezeichnenden Hand zu eben diesem Zeitpunkt an eben diesen Platz geschleudert worden zu sein. Er raffte sich auf, rückte seine Mütze zurecht, nahm die Gepäckstücke an sich und schrieb, während er dem Ausgang zustrebte, seine Empfindung der schicksalhaften Wende zu, die ihn an diesem Ort erwartete – womit er, allerdings in einer völlig anderen als der von ihm erwarteten Weise, recht behalten sollte.

Auf der Heimfahrt von Fuego Fuego hatte Sebastiano mit einem Ruck vor dem Tabakladen am Ende des Ortes angehalten. Die Verkäuferin, eine ältliche Señorita, deren Strumpfbänder infolge einer kürzlich vorgenommenen Abmagerungskur ins Rutschen geraten waren, befand sich im Nebenraum, um den Schaden zu beheben, und Sebastiano, der die Peitsche in der Hand hielt, drehte diese um und schlug mit dem Griff mehrmals heftig auf das Verkaufpult.

Die Señorita eilte ungeachtet ihrer noch nicht beendeten Verrichtung herbei und fragte, die Hände seitlich gegen die Schenkel gepreßt: »Was wünscht der Herr?«

»Zigarillos.«

»Welche Sorte?«

»Zigarillos«, sagte Sebastiano. Seine Stimme klang heiser.

Die Verkäuferin holte, zwischendurch an ihren Strumpfbändern ziehend, verschiedene Packungen aus den Regalen und legte sie vor Sebastiano auf den Ladentisch. Sebastiano griff wahllos danach und stopfte sie in seine Rocktasche.

»Noch mehr, Señor?«

Sebastiano antwortete nicht. Die Verkäuferin ließ ihre Strumpfbänder fahren und schichtete, sich hastig zwischen Regal und Pult hin und her wendend, einige Stöße verschiedener Marken vor Sebastiano auf. Sebastiano verteilte sie, jeweils mehrere zugleich ergreifend, über die Taschen seiner Kleidung und warf einen Geldschein auf den Ladentisch.

»Reicht das?«

Die Verkäuferin begann murmelnd zu rechnen. Sebastiano trommelte mit dem Peitschenstiel auf den Ladentisch.

»Reicht es?«

Die Verkäuferin, deren Strümpfe lose um die Knöchel hingen, hörte zu murmeln auf und hob ihren Blick zitternd zu Sebastiano. »Gewiß, Señor.«

Sebastiano verließ grußlos den Laden, kletterte auf den Bock und setzte, so heftig am Zügel ziehend, daß die Räder sich in den Sandboden gruben, sein Gefährt in Bewegung.

Daheim angekommen, stieg er vom Wagen und ging, ohne das Haus zu betreten, auf die Scheune zu, in der Pepe el Moreno seine Wohnecke inzwischen zu einem komfortablen, mit allerlei Vorräten versehenen Domizil ausgebaut hatte. Er war eben damit beschäftigt, eine Zweiliterflasche Zimtschnaps, die er einem Redaktionsgehilfen des Kirchenblattes von Fuego Fuego beim Armdrücken abgewonnen hatte, auf kleine Flaschen zu verteilen und mit selbstgebranntem Spiritus zu versetzen, als Sebastiano, die Peitsche in der Hand, in der Scheunentür stand. Pepe unterbrach seine Tätigkeit und versuchte, Sebastiano zugewandt, die Flasche hinter einem hastig vorgeschobenen Heubündel zu verbergen.

»Was wünschen Sie, Padre?«

»Verschwinde von hier.«

Pepe sah verständnislos zu seinem Vater auf. »Wieso, was meinen Sie?«

»Du sollst von hier verschwinden. Nimm deine Kleider und geh.«

»Aber wohin, Padre?«

»Ins Haus. Du kannst in deine alte Kammer ziehen.«

Pepe wollte etwas entgegnen. Sebastiano schlug mit der Peitsche gegen seinen Stiefelschaft.

»Mach schon.«

»Aber wieso –«, murmelte Pepe, der begriffen hatte, daß es Sebastiano ernst war.

»Weil ich jetzt hier wohne. Beeil dich, und stell keine Fragen.«

Pepe stemmte sich hoch und begann verwirrt, die kleinen Flaschen, die auf dem Boden verteilt waren, aufzusammeln.

Sebastiano schlug ihm mit dem Peitschengriff auf den Arm. »Das bleibt hier. Du solltest wissen, daß unrechtes Gut nicht gedeiht.«

»Es ist kein unrechtes Gut, Padre. Ich habe es beim Armdrücken gewonnen.«

»Widersprich nicht, und tu, was ich dir sage.«

Pepe el Moreno nahm die Kleidungsstücke, die an einem verkehrt in den Boden gerammten Rechen hingen, an sich und tat einen unschlüssigen Schritt in Sebastianos Richtung. Sebastiano trat zur Seite, um ihm den Weg freizugeben. Pepe drückte sich, seinem Vater zugewandt, die Kleider vor sich haltend, als erwarte er einen neuerlichen Peitschenschlag, an ihm vorbei durch die Scheunentür und rannte, sobald er im Freien angelangt war, mit großen Sprüngen über den Sandplatz auf das Haus zu.

Pepe el Rubio, der sich gerade ein Stück von der Knoblauchtortilla, die Umbre in der Vorratskammer für Doña Aurelia hortete, geholt hatte, ließ seine Beute beinahe fallen, als sein Bruder, einen Packen Kleider im Arm, keuchend im Hausflur stand.

»Was ist los? Hat es einer von Umbres Vampiren auf deine Mannesmitte abgesehen?«

»Ich wohne wieder hier«, sagte Pepe el Moreno, seine Kleidungsstücke in die Höhe haltend.

»Hat Vater dir verziehen?«

»Er hat gesagt, ich soll aus der Scheune verschwinden. Er wohnt jetzt dort.«

»Du bist verrückt.«

»Ich nicht«, sagte Pepe el Moreno und ging, seine Habe an sich drückend, an seinem Bruder vorbei zur Treppe, die in das obere Stockwerk führte.

Sebastiano hatte sich kurz umgesehen und alles zu seiner Zufriedenheit vorgefunden. Er warf die Peitsche neben den Strohsack, um ein für allemal gegen ungebetene Besucher gerüstet zu sein, und schlüpfte so achtlos aus der Jacke, daß die Zigarillopackungen aus den übervollen Taschen nach allen Richtungen flogen. Bei dem Versuch, sie mit der Stiefelspitze auf einen Haufen zu befördern, stieß er einige der kleinen, halb im Heu versteckten, mit Spiritus gefüllten Flaschen um, und da er versuchte, eine davon aufzuhalten, auch den Kanister, aus dem Pepe el Moreno den Zimtschnaps verlängert hatte. Es roch scharf, aber nicht unangenehm, als die Flüssigkeit im Heu versickerte, und Sebastiano ließ sich, vom Schrecken des Tages erschöpft, auf den von seinem Sohn sorgfältig aufgeschüttelten Strohsack sinken. Er erwog kurz, auch aus den Stiefeln zu schlüpfen, und verwarf es dann, um die Tatsache, daß von nun an keinerlei Vorschriften, Regeln oder Zwänge für ihn existierten, zu untermauern.

Sein Leben lang hatte er sich gefügt, Launen, Nötigungen und in Bitten gekleidete Befehle hingenommen, sich demütigen, ausbeuten und beiseite schieben lassen. Das war nun vorüber. Der Rest seiner Zeit gehörte ihm, und er würde sich nicht mehr zum Narren machen, für keinen Mann und vor allem für keine Frau. Während er einige der Packungen aufriß und die Zigarillos neben dem Strohsack aufstapelte, begann sein Leben in knappen Bildern an ihm vorüberzuziehen, wechselnde Erinnerungsfetzen, deren manche bunt und verheißungsvoll auftauchten, die jedoch, Ernüchterung zurücklassend, wieder verschwanden. Er zündete einige der Zigarillos an und griff in

Gedanken nach der Zweiliterflasche, die, aus dem Heubündel ragend, neben seiner Lagerstätte stand. Der Zimtschnaps schmeckte süß und scharf, und Sebastiano dachte, daß es der kleine Schluck Anis nach dem Abendessen gewesen war, den Aurelia ihm als erstes verboten hatte. Damals war Junipero gerade geboren, sein erster Sohn, der sich inzwischen zum Blindgänger und Phantasten entwickelt hatte und seine Kammer mit Kriegsspielzeug anfüllte, anstatt eine Frau zu nehmen und Kinder zu zeugen, und Aurelia hatte, um den Kleinen in der Furcht des Herrn aufziehen zu können, jeden Alkohol aus dem Haus verbannt. Sebastiano erinnerte sich an die hitzeglühenden Sommer in der Sierra de la Virgen und die nahezu unerfüllbaren Ansprüche, die seine Frau gestellt hatte: Wasser, Kühlrohre, Fliesenböden und Ventilatoren mußten in jedes Zimmer des windschiefen Häuschens eingebaut werden, und Sebastiano schuftete sich auf den steinigen Feldern den Rücken krumm, während Aurelia im Schatten der Markise auf der Veranda saß und dem Kind die Fliegen verjagte. Dann wurden Pepe und Pepe geboren, die sich trotz Sebastianos Strenge nach und nach zu asozialen Elementen und Rechtsbrechern ausgewachsen hatten. Zuletzt Conchita, die, wenn auch unausgesprochen und uneingestanden, Jahre hindurch Sebastianos einzige Freude gewesen war. Nach ihrer Geburt hatte Aurelia ihn abgewiesen und war in das Zimmer gezogen, in dem sie von nun an ihr Leben mit einem Heiligen teilte, und Sebastiano hatte sich seine kargen Freuden bei den wechselnden Erntearbeiterinnen suchen müssen, immer in Hast, immer unter demütigenden Umständen, immer in Angst vor Entdekkung. Er hatte den Patrón gespielt und sich ein Bild von sich selbst zurechtgezimmert, aber sein Leben war ein Gebäude ohne Fundament gewesen, und er hatte sich mit Härte gepanzert, um vor sich und den anderen zu bestehen. Später hatte Aurelia sich selber dem Zimtschnaps zugewandt. Die äußeren Verhältnisse hatten sich zwar gebessert, seit sie auf Angel del Sur eingezogen waren und Sebastiano nicht mehr über achthundert, sondern über zwölftausend Olivenbäume gebot, aber das gab ihm die verlorenen Jahre nicht zurück. Nun war Conchita blind, und die Hoffnung, sie an einen guten Mann zu verheiraten, der die Arbeit auf der Finca fortführen würde, war zunichte. Einzig Ele hatte sein Leben verändert, ihm Wärme gegeben, wo man ihm sonst Bibelsprüche entgegengehalten und in Besserwisserei gekleidete Mißachtung bezeugt hatte. Ele hatte manches ins Gleis gerückt, hatte ihre weiche, kreolfarbene Hand heilend auf seine Wunden gelegt.

Sebastiano merkte nicht, daß es die zwölfte Zigarillo war, die er, immer eine an der anderen anzündend, rauchte, indem er die nun in stärkeren Farben leuchtenden Bilder in sich einströmen ließ. Sein Kopf war angenehm umnebelt von Zimtschnaps, Rauch und dem Geruch von Spiritus, der vermischt mit dem Duft von frischem Heu, in würzigen Schwaden zu ihm hochstieg. Ich werde meine Entschlüsse nicht gleich treffen, dachte Sebastiano. Es ist nicht spät, und ich habe es nicht eilig. Ich bin frei, das ist das Wichtigste. Keiner von ihnen wird mich je wiedersehen. Auch die Frauen nicht, vor allem die Frauen nicht. Beim Gedanken, daß dies Conchita mit einschloß, wurde ihm für Sekunden schwer ums Herz, aber dann fiel ihm ein, daß sie ihn sowieso nicht sehen konnte und der Verlust für sie somit geringer sein würde als für die anderen. Er griff nach einer letzten Zigarillo und dachte, daß er in die Berge gehen könnte oder zurück in die Sierra de la Virgen oder auch ostwärts an den Golfo de Rosas, in das Kloster, in dem seine Mutter als Küchenmädchen gearbeitet hatte, ehe sie seinem Vater in die Sierra gefolgt war. Dort würde ihn weder Aurelia mit ihrem eingebildeten noch Ele mit ihrem echten Kind finden. Der Gedanke, sich ausgerechnet in einem Kloster vor Aurelia zu verstecken, war erheiternd, und Sebastiano schlüpfte nun doch aus den Stiefeln, um es sich auf dem Strohsack bequem zu machen. Sein Kopf war schwer, als wären zu viele Gedanken darin, aber es konnte auch der Alkohol sein, den er in solchen Mengen nicht gewohnt war. Er streckte sich auf dem raschelnden Lager aus und fragte sich in einer Mischung von Heiterkeit und Verwunderung, warum er diesen Weg nicht längst gegangen war, da es ihm nun so leichtfiel und keiner anderen Voraussetzung als seines eigenen Entschlusses bedurft hatte.

Er hatte schon die Augen geschlossen, als er denken mußte, um wieviel besser die Zigarillos, die Aurelia ihm ebenfalls verboten hatte, schmeckten als die Pfeife, die sie ihm widerwillig erlaubt hatte, und daß er ab jetzt selbst bestimmen würde, was er rauchte, wieviel und an welchem Ort. Er drückte, auf dem Rücken liegend, ohne hinzusehen, den glimmenden Rest auf dem Holzboden aus und vergewisserte sich, etwas weiter seitwärts tastend, daß der Vorrat an ungeöffneten Packungen ausreichend war, ehe er mit einem zufriedenen Seufzer einschlief.

10

Korporal Fernando Bluna, dem es in seiner derzeitigen Funktion oblag, die abgelegte Amtspost zu überprüfen, war bei einem der letzten Schriftstücke angelangt und hatte nach der Feder gegriffen, um eine Notiz darüber anzulegen, als sein Blick starr wurde und seine Hand, die das Papier hielt, zu zittern begann. Das Schreiben enthielt die Anfrage von Doña Aurelia Riéra, betreffend einen Besuch ihrer Tochter Conchita samt Acompañante bei dem zur Verbüßung einer sechsmonatigen Haftstrafe dortselbst angehaltenen Knecht Fernando Lopez García.

Bluna, beide Ellenbogen auf die Tischplatte gestützt, das Briefblatt vor seinen Augen, starrte auf die Buchstaben, ohne sie wahrzunehmen, indes in seinem Hirn hektische Gedankenfolgen, teils hintereinander, teils nebeneinander abliefen. Erstens hatte er sich vorgenommen, nichts zu überstürzen. Das Eisen sollte sanft und bedachtsam geschmiedet werden, wofür er sich alles in allem einen Zeitraum von etwa einem Jahr eingeräumt hatte. Das Mädchen war noch zu jung, um es mit dem Gedanken an die unzweifelhaften Lasten, wenn auch ebenso unzweifelhaften Freuden der Ehe zu konfrontieren. Bluna hatte erwogen, in etwa zwei bis drei Wochen in die Offensive zu gehen und seinen privaten Besuch auf Angel del Sur anzukündigen, bei dem er versuchen wollte, mit Conchita in ein Gespräch über schöngeistige Dinge zu kommen, um ihr Vertrauen zu gewinnen. Zu diesem Zweck hatte er sich mehrere Bücher besorgt und zum Teil auch schon durchgesehen, worunter sich eine Biografie des Dichters Cervantes, ein Katalog über die Ausstellung spanischer Maler, darunter El Greco und Velasquez, in der Nationalgalerie von Madrid, die Entstehungsgeschichte des Wallfahrtsortes Santiago de Compostela sowie ein Reiseführer durch die Sierra Nevada befanden. Bei der Gelegenheit hatte er vorgehabt, Señor Sebastiano erste Andeutungen zu machen und dessen Reaktion zu erkunden, um im negativen Fall sofortige Gegenmaßnahmen auszuarbeiten. Nun war sein Zeitplan gestört, es galt nicht nur die gesamte Strategie, sondern auch die einzelnen Abschnitte neu zu überdenken, wozu ihm, wie das Datum auf dem Brief und die beigeschlossene Kopie der bereits erfolgten Zusage durch den Aufsichtsbeamten von Fuego Fuego zeigten, nur wenig Zeit blieb. Der zweite Punkt war, daß er bei seinem seinerzeitigen Aufenthalt auf der Finca die wohl erkennbare, aber undurchsichtige Beziehung zwischen der kleinen Patroncita und dem Knecht mit der Stirnlocke offensichtlich unterschätzt hatte. Noch immer schien es undenkbar daß die von dem Mann so heftig zur Schau getragene Verehrung in einem die soziale Barriere überspringenden Ziel münden könnte, doch mußte man einräumen, daß das Mädchen offenbar gewünscht hatte, den Mann in seiner Haft zu besuchen, und daß dieser Wunsch, wenn auch nicht von ihrem Vater, so doch von ihrer Mutter unterstützt worden war. Der dritte Punkt, gleichzeitig das Fazit aus den beiden ersteren, war demnach: Er mußte handeln, und das gleich. Ein Brief an Señor Sebastiano Riéra war abzufassen, in dem er eventuell mit diskreter Erwähnung seines Interesses an der Señorita, um die Erlaubnis eines Besuchs auf Angel del Sur bat. Dies würde ihm nach menschlichem Ermessen nicht verwehrt werden. Wenn er das erste Gespräch mit dem schönen, sanften Mädchen hinter sich gebracht hätte, würde man weiter sehen.

Bluna war aufgestanden und maß die viereckige Amtsstube, in deren Mitte sich der Schreibtisch befand, diesen im Uhrzeigersinn umkreisend, mit seinen Schritten aus: fünf links, Viertelwendung, fünf links, Viertelwendung, fünf links, Viertelwendung, fünf links. Als er schwindlig wurde und, da er des Briefes wegen vergessen hatte, sein eingepacktes Frühstück zu sich zu nehmen, das Hochsteigen leichten Hungergefühls verspürte, blieb er mit einem Ruck am offenen Fenster stehen und sah hinaus auf die in kleinstädtischer Spätnachmittagsruhe liegende Straße. Eine Gestalt kam den Gehsteig entlang, sie hatte angenehme Umrisse und wirkte auf nicht näher zu bezeichnende Weise beschwingt, wenngleich ihr Gang alles andere als leichtfüßig war. Sie kam direkt auf das Fenster zu, und Bluna zog sich, um nicht für neugierig gehalten zu werden, in den Schatten des halboffenen Holzladens zurück. Als die Frau bis auf wenige Schritte herangekommen war, hob sie den Blick und lächelte dem unzureichend verborgenen Korporal zu, und Bluna, ertappt und gleichzeitig erfreut, lächelte zurück und tippte mit der Hand an seine auch im geschlossenen Raum während der Dienstzeit niemals abgelegte Mütze. Die Frau winkte kurz mit einem Mangozweig, den sie in der Hand trug. Sie war nicht jung, hatte aber etwas wie zwanglose Anmut, und als sie dicht unter dem Fenster durchging, sah Bluna, daß sie in erkennbar vorgerücktem Stadium schwanger war.

Er blieb, auf beide Ellenbogen gestützt, auf der Fensterbank lehnen und sah der Frau nach, wie sie auf schwarzbestrumpften, durchaus gutgeformten Beinen die Straße hinunterging, vorsichtig Schritt vor Schritt setzend, als fürchte sie, die Last, die sie trug, unnötig zu erschüttern. Als sie am Ende des Häuserblocks in die zum Kirchenplatz führende Zypressenallee einbog, zog Bluna sich in sein Amtszimmer zurück und begab sich, durch die unerwartete Begegnung ermutigt, an seinen Schreibtisch. Es war nun schon das zweite Mal, daß eine Frau, die seinem Blick begegnet war, sich nicht sofort von ihm abgewandt hatte, und wenngleich man einräumen mußte, daß sie der Mütze wegen seinen spärlichen Haarwuchs und der Entfernung wegen seine Pickel nicht hatte wahrnehmen können, stand er doch nicht an, den Vorfall als gutes Omen zu werten. Er nahm einen Bogen mit dem Briefkopf ›Gendarmeriekommando Comunidad Fuego Fuego‹ aus der Schreibtischlade und drückte seinen privaten Gummistempel mit der Aufschrift ›Fernando Bluna, Sargento‹ darunter, ehe er die Mütze kurz in die Stirn und gleich danach wieder in die korrekte Lage rükkend, mit der Abfassung eines Briefes an Señor Sebastiano Riéra, Patrón auf Angel del Sur Comunidad Fuego Fuego, begann.

Ele hatte es sich seit ihrer Annäherung an den Heiligen Geist, die, wie sie meinte, ihre Existenz in eine neue milde Aura getaucht hatte, zur Gewohnheit gemacht, nach Geschäftsschluß den Weg zu ihrem ebenso wohlmeinenden wie effizienten Sachwalter San Cristóbal zu nehmen, ohne dessen Fürsprache ihr der Zugang zum geflügelten Drittel der Heiligen Dreifaltigkeit wohl weiterhin verschlossen geblieben wäre. Im Augenblick, da der davonstürzende Sebastiano sie inmitten der Wirrnis zurückgelassen und das Kind unter ihrem Herzen sich erstmals geregt hatte, war etwas mit ihr vorgegangen, das mit Worten schwer zu beschreiben war. Am ehesten glich es einer Empfindung von Schwerelosigkeit, als sei alles, was ihr Sorgen bereitet hatte oder noch bereiten könnte, von ihr genommen und in eine Hand gelegt, die sich bereit gefunden hatte, einzugreifen, schützend und leitend und ohne Vorbehalte. Da sie seit Beginn ihrer Schwangerschaft die Verständigung mit dem Heiligen Geist gesucht und San Cristóbal zum Vermittler erkoren hatte, konnte es nur an dieser Kombination liegen, wenn sie ihre Situation, die, nüchtern betrachtet, alles andere als rosig war, mit an Heiterkeit grenzender Gelassenheit und einem durch nichts begründeten Vertrauen in die Zukunft hinnahm.

Sebastiano hatte sie verlassen, soviel stand fest. Ihr Kind würde nicht nur ohne nominellen, sondern auch ohne sorgenden Vater aufwachsen. Die beiden *toros* kamen zwar ideell, aber keineswegs praktisch in Frage: Ele hatte nicht im Sinn, zusätzlich zu ihrem Kind dessen notorisch arbeitsscheue, wenn auch ansonsten anstellige Väter von der beschränkten Rendite ihres Papierladens zu ernähren. Der Laden jedenfalls, dies war ein Pluspunkt, gehörte ihr, war von Sebastiano auf ihren Namen eingetragen worden, und niemand, auch er selbst nicht, konnte ihr diese Erwerbsquelle streitig machen. Beim Gedanken, daß es in ihrem bisher eher wechselvollen Leben bald einen Fixpunkt geben würde, schlug ihr Herz höher, und es kam vor, daß sie während der Mittagspause das Geschäft schloß und einen ausgedehnten Spaziergang über den Marktplatz machte, um jedermann an ihrer nun schon deutlich sichtbaren körperlichen Veränderung teilhaben zu lassen. Wen dies verwundern mochte, da es sich letztlich um ein uneheliches Kind handelte, der hätte bedenken müssen, daß damit der von Ele angestrebten bürgerlichen Existenz ein unanfechtbares Zeichen gesetzt war: Eine Mutter und ein Kind bildeten eine Familie, und einer Familie anzugehören, die sich aus dem Ertrag eines Papierwarengeschäfts ernährte, bedeutete für Ele einen sozialen Aufstieg, von dem sie zu keinem Zeitpunkt ihrer Vergangenheit zu träumen gewagt hätte. In diesem Sinn hatte sie sich auch entschlossen, keinen Schritt mehr vom Pfad bürgerlicher Tugend abzuweichen, die beiden *toros*, die biologische Rechte hatten, eventuell ausgenommen, wies jedoch den Gedanken daran, wie allfällige sonstige, die sich mit ihrem neuen Seelenzustand nicht kombinieren ließen, zugunsten nützlicherer Überlegungen und Handlungen von sich. Sie absolvierte allabendlich einen Besuch bei San Cristóbal und hatte dem ausgestreckt auf seinem Sarkophag ruhenden Heiligen bisher insgesamt fünfzehn Blüten, Rispen oder Zweige aus ihrem Hofgärtchen in die über der Brust gefalteten bleiernen Hände gelegt, ohne sich, was die Gewächsarten betraf, ein einziges Mal zu wiederholen, und durch das Setzen neuer Pflanzen eine Auswahl sichergestellt, die für weitere sieben Tage reichte. Danach würde sie, in etwas geänderter Reihenfolge, von vorn beginnen und hatte bereits den Plan gefaßt, die erbauliche Beschäftigung auch nach ihrer Niederkunft fortzusetzen, wobei sie – ein Gedanke, der ihr Herz erwärmte – das Wägelchen mit Gottes spätem Geschenk vor sich herschieben würde.

Es war an jenem Abend, an dem sie den Mangozweig gewählt und sich für den folgenden Tag für eine der violetten Hibiskusblüten entschieden hatte, als Ele zur gewohnten Zeit den Laden schloß, die Katze Fulvia, die seit jenem Abend in der Waschküche an traumatischen Zuckungen litt und sich weder streicheln noch in die Arme nehmen ließ, versorgte und ihren täglichen Weg zu San Cristóbal antrat. Die Sonne stand schräg, und Ele setzte vorsichtig Schritt vor Schritt, wobei ihr einfiel, daß das Holpern des Wägelchens auf dem Kopfsteinpflaster seinem kleinen Insassen gewiß Spaß machen würde, ein Gedanke, der auch sie erheiterte, so daß sie, als sich der uniformierte Mann mit der kerzengerade sitzenden Mütze am Fenster zeigte und bei ihrem Anblick hinter dem Holzladen verschwand, ohne sie aus den Augen zu lassen, nicht anders konnte, als ihm zuzulächeln. Der Mann schien verwirrt, lächelte jedoch zurück. Er war jung, und sein Gesicht wirkte etwas teigig, doch war da etwas, das Ele augenblicklich für den ihr völlig Fremden einnahm: Als Frau, für die das männliche Geschlecht keinerlei Geheimnisse barg, hatte sie einen Blick für die Zeichen echter Empfindung, und dieser Mann trieb im Strudel einer Verstrickung, die ihn bis in seinen Blick, in sein Lächeln hinein beherrschte. Auch als er, immer noch überrascht, die Hand an seine Mütze legte, um sie zu grüßen, geschah es innerhalb dieser Umklammerung, die er wie Ele vermutete, freiwillig gesucht hatte und zu deren Opfer er geworden war.

Sie wünschte, da sie selbst sich glücklich fühlte, daß dem Manne Gutes widerfahren möge, und winkte ihm, näher gekommen, mit dem Zweig, den sie in der Hand hielt, zu. Als sie im Weitergehen seinen Blick, von dem sie wußte, daß er nicht ihrer Person galt, in ihrem Rücken fühlte, nahm sie sich vor, bei San Cristóbal ein spezielles Gebet für den Gendarmeristen mit dem teigigen Gesicht und dem beweglichen Herzen zu verrichten.

In der Kirche angekommen, hatte sie ihr Vorhaben vergessen, weil ihr während des Weges durch die Zypressenallee eingefallen war, daß es höchste Zeit war, sich nach einer passenden Hebamme umzusehen. Bei der Gelegenheit kam ihr – fast könnte man sagen, zwangsläufig jenes andere Kind in den

Sinn, von dem Sebastiano im Laufe des Mißverständnisses gesprochen hatte und das, wie Ele sich nachträglich zusammengereimt hatte, demnächst auf Angel del Sur das Licht der Welt erblicken würde. Sie verweilte ein wenig bei dem Gedanken, der ihr bizarr und unwirklich vorkam, mit dem es aber, wenn sie das Gespräch in der Waschküche Punkt für Punkt durchging, seine Richtigkeit haben mußte. Sebastiano hatte sich also, seinen Beteuerungen zum Trotz, nach all den mit ihr in der satingelben Löwenhöhle verbrachten Stunden wieder seiner Ehefrau zugewandt und mit ihr ein Kind gezeugt. Der Verrat schmerzte, wenngleich Ele sich sagen mußte, daß sie zur selben Zeit seine beiden Söhne zu Kavalieren erzogen und seine Rückkehr in die Ehe durch ihre abweisende Haltung möglicherweise selbst herbeigeführt hatte: Es ist immer der erlittene, nie der begangene Verrat, der zählt.

Sie legte, bei dem bleiernen Heiligen angekommen, den Mangozweig, der zu groß für seine Hände war, quer über seinen Bauch und dankte ihm einmal mehr, daß er die himmlischen Kräfte so weit für sie mobilisiert hatte, daß sie imstande war, die Dinge positiv zu sehen und sich in ihrem künftigen Leben einzurichten. Hätte sie gewußt, was sich eine knappe Pferdewagenstunde entfernt inzwischen auf Angel del Sur ereignet hatte, wäre ihr San Cristóbals Intervention sowie die Zuwendung des ihr so offenbar gewogenen Heiligen Geistes noch um vieles wertvoller erschienen.

Ein Funke von Sebastianos flüchtig ausgedrückter Zigarillo hatte im Staub des Scheunenbodens zu glimmen begonnen. Die trockenen Halme neigten sich der Glut willig zu, und hier und da begann es zu knistern, an einzelnen Punkten zuerst, dann an mehreren zugleich. Zuletzt, als habe es sich heimlich unter dem Heu bereits seinen Weg gebahnt, schoß das Feuer in einer breiten Garbe hoch, unvermittelt und vehement wie eine aus dem Boden gestampfte Wand. Sie lief quer durch die Scheune, streifte das Fußende von Sebastianos Strohsack und folgte der Spur des verschütteten Spiritus auf den abschüssigen Balken bis ans Tor. Als Sebastiano, halb betäubt von Alkohol und Zigarillos, hochfahren wollte, überrollte ihn eine Welle von Hitze und warf ihn auf sein Lager zurück. Unterhalb seines schweren Körpers hatte es zu brennen begonnen, und da Sebastiano sich noch einmal aufraffte und in Panik nach einem Fluchtweg sah, stand zwischen ihm und dem Ausgang ein Vorhang aus Flammen, der im hereindringenden Luftzug auf ihn zukam und den nach Atem ringenden Mann in dröhnende Helligkeit hüllte. Sebastiano hockte zusammengekrümmt auf dem Strohsack und versuchte, in der Gewißheit, daß er die Schmerzen nur mehr wenige Sekunden würde ertragen können, zu einer Art von Klarheit zu kommen, die ihm über sein Leben, in dem ihm vieles rätselhaft geblieben war, Aufschluß geben sollte. Aber das Feuer hatte schon nach seinen Kleidern gegriffen, und die Zeit reichte nur mehr für ein vages Gefühl des Triumphes, daß er sich zur Freiheit durchgerungen hatte, und das Bedauern darüber, daß er sie nicht mehr würde auskosten können. Ein allerletztes Bild zeigte ihm zwei Frauen in Madonnenmänteln mit Jesuskindern im Arm, dessen eines merkwürdigerweise ein Mädchen war. Dann stockte Sebastianos Atem, und inmitten der Stichflammen, die um ihn herum und durch ihn hindurch aus dem Strohsack schossen, fühlte er, wie Schmerzen und Gedanken von ihm abfielen, ehe er den endgültigen Schritt in die Freiheit tat.

Conchita erwachte, weil sich etwas in ihrem Bauch bewegte. Es war ein Gefühl, als habe sie zuviel von den halbreifen Granatäpfeln gegessen, wie sie und ihre Brüder Pepe und Pepe das in der Kinderzeit getan hatten, oder von den violetten Paprikaschoten, mit denen Umbre Aurelias Tortillas würzte. Es war keine Übelkeit, nur ein heftiges Rumoren und Stoßen, als solle sie aufwachen, dringend und augenblicklich, und als sie sich mit einem Ruck aufsetzte und die Augen aufriß, fühlte sie an den Lidrändern ein beißendes Brennen. Gleichzeitig drang ein scharfer Geruch durch das Fenster und das Geräusch, das an Conchitas geschärftes Ohr schlug, glich eindeutig dem Prasseln des allmorgendlich von Umbre in der Küche entfachten Herdfeuers. Conchita stützte sich, was ihr in letzter Zeit schwerfiel, weil sie, wie Umbre scherzhaft bemerkt hatte, einen ständig steigenden Appetit entwickle, vom Strohsack hoch und tastete sich an Aurelias Bett. Aurelia, die sich nach dem Anima-Läuten ein Glas Tarragona und nach dem aus geschmorten Hammelrippchen bestehenden Abendessen zwei Gläschen Malaga genehmigt hatte, war im Traum damit beschäftigt, Jakobus' Altar für die zu erwartende Schöne Seele mit einigen pastellfarbenen Blüten aufzufrischen. Conchita rüttelte an ihrem Arm. »Madre.«

Aurelia wandte sich ihr mit geschlossenen Augen zu. »Die Azalee in die Mitte. Die Malven stellen wir an den unteren Rand.«

»Es brennt, Madre.«

Aurelia blinzelte ihrer neben dem Bett knienden Tochter ins Gesicht. »Was brennt?«

»Das kann ich nicht sehen. Aber ich rieche es, Madre, und ich höre es.«

Sie half ihrer Mutter, sich in den Kissen aufzurichten. Aurelia warf einen Blick durch das Fenster in die vom Feuer aufgehellte Nacht.

»Das ist die Scheune. Wahrscheinlich Pepe el Moreno, der Idiot. Gib mir die Kassette. Und den Schirm vom Kopfende.«

Conchita beeilte sich, ihr beides zu reichen. Aurelia stellte die Kassette auf ihren Bauch und zog die Decke darüber. Dann griff sie nach dem Schirm.

»Weck deinen Vater und deine Brüder. Sie sollen einen Wasserring um das Haus ziehen. Vor allem darf Jakobus nichts geschehen.«

Sie warf einen Blick zur Zimmerdecke, wo der Heilige in orangefarbenen Schattierungen zuckte, ehe sie mit dem Schirm mehrmals kräftig gegen das Kaminrohr schlug.

Umbre fuhr aus dem Schlaf hoch, als das durch die Nische führende Rohr neben ihr erdröhnte. Vor dem Küchenfenster wallten Schwaden von rötlichem Rauch.

»Santa Maria! Das Jüngste Gericht ist angebrochen. Das Höllenfeuer wird uns alle verzehren.«

Sie sank in die Knie und begann zu beten. Als sie beim vierten »O Jesus, Barmherzigkeit« angelangt war, riß Conchita die Küchentür auf.

»Es brennt, Umbre. Die Scheune brennt.«

Umbre vergaß ein Kreuz zu schlagen und fuhr hoch. »Die Scheune? Woher weißt du das, mein Vögelchen?«

»Meine Mutter hat es gesagt. Ich habe sie geweckt, weil etwas in meinem Bauch sich bewegt hat.«

Umbre sank auf die Knie zurück. »Was sagst du da, *mi santa pequeña?*«

»Es war, als ob ich eine Schlange im Bauch hätte. Sie hat mich gestoßen, und ich bin aufgewacht.«

»*Un milagro.* Ein Wunder!«

Umbre wollte wieder zu beten beginnen, besann sich aber, daß der Zeitpunkt nicht günstig war, und griff statt dessen nach ihrem Capote.

»Hast du es dem Patrón gesagt und deinen Brüdern?«

»Vater ist nicht in seinem Zimmer. Umbre, wir müssen Pepe el Moreno aus der Scheune holen.«

»Heilige Madonna!«

Junipero stieß, zwei gefüllte Eimer in Händen, mit dem Fuß die Küchentür auf und rief: »Macht eure Kleider naß. Wir schaufeln einen Graben um das Haus.«

Umbre war, den Umhang um ihre Schultern raffend, zum Fenster gestürzt. »Der Wind steht schlecht. Das Feuer treibt auf uns zu.«

»Ich hole einen Schlauch aus dem Keller.« Junipero verließ die Küche.

Conchita hatte zu zittern begonnen. Umbre, die in hektischer Eile alle in Frage kommenden Ratgeber angerufen hatte und im Begriff war, eine Botschaft vom Krötenkopf zu empfangen, schrak hoch, als das Rohr von Aurelias neuerlichen Schlägen dröhnte.

»Ich muß zur Patrona. Geh vor das Haus, Vögelchen, und stell dich in den Wind.«

»In den Wind?«

»Stell dich ihm entgegen. Halte deinen Bauch in den Wind. Beeil dich, *pequeñita*, tu, was ich dir sage.«

Umbre schlüpfte in ihre *pantuflos* und rannte den Gang hinunter. Auf halbem Weg kamen ihr die beiden mit Schaufeln bewaffneten Pepes entgegen. Umbre starrte Pepe el Moreno an wie ein Gespenst.

»Wieso hast du dich retten können?«

»Ich habe mich nicht gerettet. Ich war in der Kammer.«

»Wieso bist du nicht in der Scheune?«

»Weil Vater dort wohnt.«

Die Schaufel fiel Pepe aus der Hand, als er merkte, was er gesagt hatte. Er rannte, von Pepe el Rubio gefolgt, vor das Haus und schrie in die hochzüngelnden Flammen: »Padre, Padre, Padre.«

Conchita, die blaß und zitternd vor dem Tor stand, hatte ihre Augen, deren Lider brannten, weit geöffnet.

Junipero kam, einen Schlauch hinter sich schleppend, aus dem Keller. »Wir müssen das eine Ende in den Brunnen hängen. Wieso schaufelt ihr keinen Graben?«

»Vater ist in der Scheune«, sagte Conchita.

Umbre hatte die Tür zum Altarzimmer aufgerissen. Aurelia saß aufrecht im Bett, die Kassette an ihre Brust gedrückt. Als Umbre, sich mehrmals bekreuzigend, den Mund öffnete, um etwas zu sagen, gebot Aurelia ihr mit einer Handbewegung Schweigen.

»Eine Seele verläßt uns. Hör mit dem Gefuchtel auf, und bete.«

Umbre sank, mit über der Brust gerafftem Capote, auf den Boden neben Aurelias Bett.

»Ist sie hier im Raum, die Seele?«

»Sie ist dabei, die Himmelsleiter zu ersteigen. Wer ist es? Pepe el Moreno?«

»Es ist der Patrón, Doña Aurelia. Es ist Señor Sebastiano.«

Umbre fing, auf dem Boden vornübergebeugt, zu schluchzen an. Aurelia saß ein paar Augenblicke lang unbewegt, ehe sie sich in die Kissen zurücksinken ließ.

»Sebastiano. Mein Mann!«

Umbres Schluchzen wurde lauter. Aurelia faltete über der Kassette, die auf ihrem Bauch stand, die Hände.

»Der Himmel wird ihm seine Tore öffnen.«

»*Si*, Patrona.« Umbre hatte den Kopf in ihren Capote gehüllt.

»Er war ein guter Mann. Ein gerechter Patrón und gewissenhafter Vater.«

»*Si*, Señora.«

»Ein gütiger Sachwalter, der stets das Wohl der ihm Anvertrauten im Auge hatte.«

»*Esto es*, Señora.« Umbre schlug unter dem Capote schluchzend ein Kreuz. »Gott wird es ihm lohnen.«

»Er wird ihn liebreich empfangen. Wir beten zwei ›Erbarm dich meiner Sünden, Herr‹ und ein ›Der du an dem Kreuze hangest‹. Stell die Kassette ans Fußende, und schenk mir das Glas voll.«

Umbre befreite Kopf und Hände aus dem Capote, um Aurelias Wünsche zu erfüllen. Als sie die Flasche an ihren Platz zurückstellte, sah sie, daß Conchita in der Tür stand. Sie fuhr erschrocken hoch.

»Bleib draußen, Engelchen, um der Hostie willen! Ich habe dir gesagt, du sollst dich vor das Haus stellen.«

»Ich möchte dabeisein, wenn ihr für meinen Vater betet.«

»Du kannst später für ihn beten oder vor dem Haus. Wo sind deine Brüder?«

»Pepe und Pepe schaufeln einen Graben. Junipero wollte mit dem Schlauch zur Scheune, um Vater zu helfen, aber er kam nicht durch, weil der Wind sich gedreht hat.«

Umbre, die sich aufgerichtet hatte, starrte Conchita an. »Was sagst du da?«

»Als ich vor das Haus kam, drehte sich der Wind und lief wieder auf die Scheune zu. Junipero stand vor einer Feuerwand und konnte nicht durch.« Conchitas Tränen hatten zu rinnen begonnen. Sie kniete an Aurelias Bett nieder und tastete nach der Hand ihrer Mutter. »Madre, die Scheune ist niedergebrannt bis auf die Grundmauern. Keine Katze hätte sich retten können. Vater hat uns verlassen und ist zu Gott gegangen.«

Aurelia erwiderte mit ihren kühlen Fingern den Händedruck ihrer Tochter. Umbre begann sich auf den Zehenspitzen um sich selbst zu drehen. »Ich habe es gewußt! Der Krötenkopf hat nicht gelogen. Das Feuer hat das Haus verschont, weil eine kleine Schöne Seele darin wohnt!«

Aurelia ließ Conchitas Hand los und stieß den Schirm, der neben ihr auf dem Bett lag, kräftig gegen das Kaminrohr. »Schweig, alte Drossel, die Zunge wird dir am Gaumen festwachsen!«

Umbre erschrak und schlug sich, ohne im Drehen innezuhalten, mit der Hand auf den Mund. Conchita, die weinend an Aurelias Bett kniete, rief sich die Sätze, die ihr Vater im Laufe ihres Lebens zu ihr gesprochen hatte, ins Gedächtnis. Es waren nicht viele gewesen, zwei oder drei, aber sie hatte aus jedem seine Liebe gefühlt und wollte keinen davon verlieren. Der letzte lag ein paar Monate zurück und war vielleicht der schönste gewesen. Ihr Vater hatte gesagt: »Geschickt, das ist sie«, als sie nach ihrer Erblindung beim Frühstück ihre Dienste verrichtet hatte wie sonst. Sie nahm sich vor, zu seinen Ehren mit der Holznadel ein Altartuch zu sticken und es beim nächsten Besuch der Kirche in Fuego Fuego San Cristóbal zu weihen. Vielleicht war es möglich, Sebastianos Namenszug einzuarbeiten, wenn ihre Mutter ihr die Buchstaben mit Haarklammern vorschrieb.

Aurelia hatte, sich aufrichtend, einen Schluck zu sich genommen und gab Umbre über den Kopf ihrer weinenden Tochter hinweg einen Wink. »Hör auf, dich wie ein Kreisel zu drehen. Was ist mit dem ›Erbarm dich meiner Sünden, Herr‹? Wir können Sebastiano nicht ohne Fürbitte in den Himmel aufsteigen lassen.«

Als sie bei ›Laß das Fegefeuer weichen‹ angelangt waren, schoben sich Pepe und Pepe durch die Tür, gefolgt von Junipero, der noch immer den Schlauch hinter sich herzog. Sie beteten das von Aurelia festgesetzte Programm zuzüglich eines ›Hilf ihn liebreich zu empfangen‹, danach stimmte Umbre eine Danklitanei für die Schonung des Hauses an, bei der Conchita schließlich zu weinen aufhören konnte und sich dem Gebet der anderen anschloß.

Das Feuer war bis auf etwa zwanzig Meter an das Haus herangekommen, als der Wind sich drehte und es mit verstärkter Kraft in die entgegengesetzte Richtung trieb. Da, wo die Scheune gestanden hatte, lag anderntags ein dicker grauer Belag, aus dem einzelne Trümmer ragten. Von Sebastiano fehlte jede Spur. Schließlich zogen die Brüder die Reste ihres Vaters unter einem Block klebriger Asche hervor, zur Unkenntlichkeit verkohlt und zu halber Körpergröße geschrumpft. Conchita wurde von Umbre im Haus festgehalten, bis die Männer die sterblichen Überreste des Patrón in einer hastig zusammengezimmerten Kiste verstaut und diese zugenagelt hatten. Aurelia, befragt, ob man in Fuego Fuego einen Sarg bestellen solle, um ihrem Ehemann solcherart eine würdigere letzte Unterkunft zu bereiten, befand dies nach einer Unterredung mit Jakobus für überflüssig, da Sebastianos Seele ohnehin im Himmel und Bescheidenheit eine dort hochgeschätzte Tugend sei.

Am darauffolgenden Sonntag morgen wurde Sebastiano Riéra, eingesegnet vom Vicario der Pfarre San Cristóbal, in einer der Größe der Kiste entsprechenden Grube am Fuße der Olivenpflanzung beigesetzt, die in der Blickrichtung von Aurelias Fenster lag und wohin der Wind den Klang der Anima-Glocken von der jenseits der Olivenbäumchen liegenden Ortschaft bei gutem Wind über die Bergkuppe trug. Wenige Tage später zog sich eine von Conchita gepflanzte, täglich mehrmals begossene Trepadora über die frisch aufgeschüttete Erde, und am Fuß des Holzkreuzes, das Junipero aus zwei der Deckenbalken angefertigt hatte, die bei der Übersiedlung aus der Sierra de la Virgen übriggeblieben waren, begann wilder Wein zu wuchern.

Junipero, unversehens mit der Bürde des dem Haushalt vorstehenden Patrón beladen, zog sich erstmals seit Conchitas Erblindung auf den Speicher zu den Olivenfässern zurück in der Hoffnung, dort ein wenig von der ihm an allen Ecken fehlenden Stärke für die bevorstehende Aufgabe zu finden. Aurelia ließ durch Umbre das Kreuz des Jakobusaltars in der Nische des Fensters aufstellen, durch welches sie zu Sebastianos Grab hinübersehen konnte, um während ihrer Meditationen das Kreuz des Erlösers gleichzeitig mit dem ihres verblichenen

Ehemannes vor Augen zu haben, was neben der damit verbundenen Bequemlichkeit möglicherweise die Kraft ihrer Gebete verdoppelte. Fepe und Pepe fanden nach anfänglicher ehrlicher Trauer die Wendung für ihre Entwicklung zu eigenständiger Männlichkeit, was immer man darunter verstehen mochte, nicht übel und begannen, teils getrennt, teils gemeinsam, Zukunftspläne zu schmieden. Einzig Conchita weinte sich allabendlich auf ihrem Strohsack die Augen rot, und Umbre, die jeweils am folgenden Morgen die Spuren feststellte, beschloß, mit ihrer Überraschung zu warten, bis der erste scharfe Schmerz abgeebbt sein würde und die kleine Patroncita wieder zu einer Freude bereit wäre.

Als die Trepadora zwei weitere Ranken über den Erdhügel gezogen hatte, Junipero manchmal den Speicher verließ, allerdings nur, um baldigst wieder dahin zurückzukehren, und Pepe und Pepe auf der Lambretta Erkundungsfahrten nach Riaza und sogar einmal nach Roca Ruiz unternahmen, war Conchita ruhiger geworden, und ihre Augen waren morgens nicht mehr verschwollen. Sie hatte begonnen, mit der Holznadel an einem Tuch zu sticken, und Umbre, in deren Rocktasche der Brief mit Datum, Wochentag und Uhrzeit des Besuchs im Gemeindegefängnis von Fuego Fuego knisterte, hielt sich bereit. Der Krötenkopf hatte ihr hinsichtlich des Feuers einen unbezahlbaren Wink gegeben, indem er ihr geraten hatte, Conchita, die eine kleine Schöne Seele unter dem Herzen trug, vor das Haus zu schicken, um den Wind zur Umkehr zu bewegen. Nun war ihr in einer der vergangenen Nächte im Traum eine Schwalbe auf Dachsfüßen erschienen, die auf der Diele ein geflecktes Ei gelegt hatte, ein Hinweis darauf, daß ein unerwartetes Ereignis bevorstand, das mit einer Reise zu tun hatte. Sie schrieb diese neuerliche Information dem Krötenkopf zu und beschloß, um sich seines Wohlwollens weiterhin zu versichern, den Brief während dreier folgender Nächte auf dem Fensterbrett dem Mondlicht auszusetzen, ehe sie daranging, die Patroncita über die bevorstehende Reise in Kenntnis zu setzen.

Bigotazo hatte auftragsgemäß einige Flaschen Lysol und eine Gartenspritze besorgt, wofür er nach Rückfrage beim Bürgermeisteramt das Geld aus der Amtskasse entnommen hatte. Beim Verpacken der genannten Gegenstände fügte er ein Taschentuch aus seinem privaten Besitz hinzu, das sich Nando als Mundschutz erbeten hatte, sowie einen ausgedienten Overall, den er seinerzeit bei seinen als Ausgleich für das stundenlange Sitzen bei Schachpartien unternommenen Radwanderungen getragen hatte.

Nach der abendlichen Schachpartie übergab er Nando das sorgfältig verschnürte Paket und machte ihn zögernd und auf taktvolle Weise darauf aufmerksam, daß er zu seinem Bedauern gezwungen sei, seinem Häftling bei Verlassen des Amtsgebäudes Handschellen anzulegen, dies aber so unauffällig tun würde, daß niemand, der ihnen auf dem Weg begegnete, etwas davon merken werde. Nando fand das zu Bigotazos Erleichterung selbstverständlich und ließ ihn die letzte Partie gewinnen, um die Stimmung seines Bewachers, dem das Gespräch sichtlich Schwierigkeiten bereitet hatte, wieder zu heben.

Anderntags nach Unterrichtsschluß gingen die beiden eingehakt – Bigotazo hatte Nandos Hand an seine eigene gekettet, sie unter seinem Arm durchgezogen und Nandos Jackenärmel darübergeschoben, – als wären sie die besten Freunde, durch die Stadt, und niemand, der ihnen begegnete, wunderte sich; sie wurden im Gegenteil allenthalben freundlich gegrüßt, da man Nando längst für einen dem Aufseher von Amts wegen beigegebenen Gehilfen hielt. Im Schulhaus angekommen, nahm Bigotazo seinem Häftling auf der Toilette die Handschellen ab und half ihm in den Overall. Dann band er ihm fürsorglich den Mundschutz um, worauf er das betreffende Schulzimmer aufsperrte, Nando samt Spritze und Lysolflaschen einließ und die Tür hinter ihm abschloß.

Nando arbeitete vier Stunden lang mit äußerster Gewissenhaftigkeit, was sich schwierig gestaltete, da er die Spritze für den Gebrauch gegen die Schulter pressen und bei jedem neuerlichen Anfüllen zwischen die Knie klemmen mußte. Er besprühte jede Bank und jedes Pult von beiden Seiten, behandelte die gekalkten Wände, so hoch er auf einem Stuhl stehend, reichen konnte und reinigte vor allem den Sitzplatz des erkrankten Mädchens, den Bigotazo ihm angegeben hatte, mit größter Sorgfalt. Den Boden besprühte er unter den Pulten durchkriechend, Quadratmeter für Quadratmeter, ohne das winzigste Fleckchen auszulassen, und behandelte zuletzt den Katheder mit Tisch und Stuhl sowie die Tafel inklusive der Metallschale, in der ein paar abgebrochene Kreidestückchen lagen. Während er unter den Pulten durchkroch, nahm ihm der Lysolgeruch fast den Atem, und er dachte, daß Bigotazo ihm das Tuch nicht nur über den Mund, sondern auch über die Nase hätte binden sollen, aber nun war es zu spät, und er beließ es dabei, sich für ein paar tiefe Atemzüge aufzurichten und dann weiterzuarbeiten.

Als der letzte Tropfen Lysol verbraucht und Nando, der kaum noch atmen konnte, am Ende seiner Kräfte war, öffnete Bigotazo die Tür. Er nahm seinen erschöpften Häftling in Empfang, bedankte sich auf der Toilette während des Kleiderwechselns aufrichtig und herzlich und labte ihn an Ort und Stelle mit einer mitgebrachten Knoblauchwurst sowie einem Schluck Pflaumenwein aus seiner Feldflasche. Anschließend traten sie, umständehalber wieder eingehackt, den Rückweg an. Auf der Brücke, die die beiden Ortsteile miteinander verband, fiel Bigotazo etwas ein, und in seinem Amtszimmer angekommen, suchte er, während Nando sich in seine Zelle zurückzog, die Notiz über den aus Angel del Sur angemeldeten Besuch aus seinem Aktenordner.

Er hatte es ein wenig eilig, da er mit der von ihm verehrten Witwe zu einer Tasse Tee in einem der drei Kaffeehäuser von Fuego Fuego verabredet war und darauf brannte, ihr die Vollzugsmeldung zu überbringen. Ehe er die Zelle abschloß, bedankte er sich noch einmal mit warmen Worten für Nandos Hilfsbereitschaft und empfahl ihm, sich ein wenig früher als sonst zur Ruhe zu begeben, da der Tag für ihn kräfteraubend gewesen sei und das abendliche Schachspiel aus privaten Gründen sowieso entfallen müsse. Er hatte schon den Schlüssel im Schloß gedreht, als er seinen Häftling noch kurz über den bevorstehenden Besuch der Patroncita samt Acompañante aus Angel del Sur informierte, und war sehr erschrocken, als Nando, der sich bis dahin allen Anstrengungen zum Trotz mannhaft aufrecht gehalten hatte, mit zitternder Hand nach den Gitterstäben griff und sein Gesicht im Schein der von der Decke baumelnden Glühbirne aschfahl wurde.

Bigotazo erwog kurz, noch einmal aufzuschließen und seinen Schutzbefohlenen mit einem weiteren Stück Knoblauchwurst zu laben, aber die Witwe wartete, und da Nando auf die besorgte Frage, ob er ihn allein lassen könne, mit in die Stirn fallender Locke stumm, jedoch unmißverständlich nickte, brachte Bigotazo sein Gewissen seiner Neigung zum Opfer und verließ, an der Tür noch einmal freundschaftlich zurückwinkend, den Raum.

Es dauerte Minuten, bis Nando seine Hand vom Gitter lösen konnte. Seine Fingerspitzen waren eiskalt, und das Blut pulste in harten Schlägen durch seinen Körper. Er taumelte rückwärts gegen die Pritsche und fiel darauf nieder, als hätte er einen Stoß erhalten. Im Geist wiederholte er Bigotazos Worte, mit denen dieser ihm den Besuch angekündigt hatte, so lange, bis sie ihren Sinn verloren. Die Freude, die er hätte empfinden müssen, war erdrückt von der Angst, etwas an der positiven Entwicklung, die augenscheinlich auf sein Opfer zurückzuführen war, zu verderben. Stundenlang wälzte er sich auf seinem Lager, seine eine Hand zur Faust geballt und gegen die Brust gedrückt, wie dies seit dem Unfall, der ihn den anderen Arm gekostet hatte, seine Art des Händefaltens war. Schließlich gewann die Erschöpfung über die Erregung Oberhand, und ehe er einschlief, nahm Nando sich vor, Umbre nie wieder eine alte Assel zu nennen, auch nicht in Gedanken, und es mit Geduld hinzunehmen, wenn sie das Haus vom Keller bis zum Giebel mit Knoblauch ausräucherte und in ihrer Herdnische Häufchen von Ziegenkot verbrannte.

Conchita ging mit der leeren Gießkanne von Sebastianos Grabhügel, über den sich eine dritte Ranke zog, über den Sandplatz auf das Haus zu, vorsichtig Fuß vor Fuß setzend, die freie Hand mit gespreizten Fingern ausgestreckt, um nicht gegen ein Hindernis zu laufen. Junipero, der sie vom Fenster des Speichers aus beobachtete und seinen Zufluchtsort der dringenden Angelegenheit wegen verlassen hatte, löste sich aus dem Schatten der Tür.

»Chiquitina.«

Conchita blieb stehen und hob den Arm gegen die Sonne, die sie nicht sehen konnte, aber deren Licht auf ihren Lidrändern brannte.

»Junipero?«

»Ich muß mit dir sprechen, meine Kleine.«

Conchita stellte die Gießkanne in den Sand. Junipero ergriff seine Schwester am Arm und führte sie zu der Bank an der Hauswand, über die sich das Vordach wölbte.

»Setz dich, *chiquitina.* Es ist etwas, das dich betrifft.«

»Mich?«

Junipero zog ein Blatt Papier aus der Jackentasche. Seit Sebastianos Tod war er es, dem es zustand, die Post zu öffnen und die damit verbundenen Entscheidungen zu treffen. Tagelang hatte er gezögert und überlegt, ob er Aurelia oder auch Umbre ins Vertrauen ziehen sollte. Die Sache betraf letztendlich alle, die auf Angel del Sur wohnten, aber da er Conchita am nächsten stand, fiel es ihm besonders schwer, eine neutrale Position zu beziehen. Er nahm einen Anlauf, ehe er nach der Hand seiner Schwester griff, die offen auf dem leicht gebauschten Rock in ihrem Schoß lag.

»Es sieht aus, als hättest du einen Verehrer.«

Conchitas Finger zuckten vor Erstaunen in seiner Hand leicht auf.

»Was sagst du?«

»Junge Mädchen haben Verehrer. Davon hast du wohl schon gehört. Du siehst recht hübsch aus, seit – seit einiger Zeit.«

Conchita schüttelte ungläubig den Kopf. »Ich kenne niemanden. Und niemand kennt mich.«

»Jemand kennt dich doch. Er hat einen Brief an Vater geschrieben, der ihn leider nicht mehr gelesen hat.« Conchita schlug mit der freien Hand ein Kreuz, wie immer, wenn von dem Toten die Rede war, und Junipero folgte ihrem Beispiel, obgleich sie das nicht sehen konnte.

»Der Betreffende möchte nach Angel del Sur kommen, um einen Besuch zu machen.«

»Vielleicht hat er von Jakobus gehört, den Mutter an der Zimmerdecke hat.«

»Er möchte mit dir sprechen. Er möchte versuchen, dein Vertrauen zu gewinnen.«

»Wozu?«

Junipero sandte einen hilfeheischenden Blick zum Himmel, der sich blau und gläsern zum Gipfel der Olivenpflanzung spannte. Dies war nicht sein Thema, und er verfluchte einmal mehr den Brand, dessen katastrophale Folgen ihn in die Position des Familienvorstands gehoben hatten. Das Interesse eines ehrenhaften jungen Mannes an einem blinden Mädchen bedeutete einen unvorhergesehenen Glücksfall, und ein Patrón wie Sebastiano hätte nicht gezögert, die Sache nach Kräften zu fördern. Anders lag es bei ihm, der seiner Aufgabe ohnehin nicht gewachsen, mit Conchita den Mittelpunkt des Geschehens auf der Finca zu verlieren fürchtete, die Seele, die alles mit sanfter Hand in Gang hielt.

»Das ist eine Überraschung, nicht wahr?« Er vermied das Wort ›Glücksfall‹, um seine Schwester nicht zu kränken. »Wir müssen nur sehen, daß alles ins richtige Gleis kommt.«

Dafür würde er mit Gottes Hilfe sorgen. Der Gedanke, der ihm im Schatten der Ölfässer gekommen war, war simpel und zielführend zugleich: Wenn es gelang, den Mann zu überzeugen, daß es eine ebenso bedeutende Aufgabe war, eine Finca zu bewirtschaften, wie dem Bürger zu Recht und Ordnung zu verhelfen, wuchs Angel del Sur in dem künftigen Schwager möglicherweise ein neuer Patrón heran.

»Nun, was sagt meine kleine *chiquitina?* Freust du dich?«

Conchita hatte ihm ihre Finger entzogen und die Hände im Schoß gefaltet. Junipero deutete das als Schüchternheit und glaubte, ihr ein wenig Mut machen zu müssen.

»Du bist sehr jung, das ist richtig. Aber unsere Mutter war kaum älter, als sie Vater geheiratet hat.«

Das Wort hatte für Conchita einen fremden, beunruhigenden Klang, der ihr es nicht möglich machte, sich damit in Zusammenhang zu bringen. Alles, was sie begriff, war, daß Junipero erwartete, daß sie sich freute. Junipero blickte ihr aufmunternd ins Gesicht, was Conchita nicht sehen konnte.

»Nun, *chiquitina?* Jedes Mädchen möchte doch heiraten und Kinder bekommen. Willst du nicht wissen, wer es ist?«

»Wer ist es?« fragte Conchita gehorsam.

»Der Polizeioffizier, der vor ein paar Wochen hier war. Nach seinem Rang zu urteilen, scheint er ein tüchtiger und strebsamer junger Mann zu sein.«

Über Conchitas Nasenwurzel stand eine kleine Falte, die Junipero vorher nicht bemerkt hatte.

»Ist es der, der Nando weggeführt hat?«

Junipero schlug sich mit der Hand, in der er den offenen Brief hielt, unwillkürlich gegen den Schenkel, als hätte er etwas nicht bedacht, das ihm jetzt einfiel.

»Er hat Nando weggeführt, das ist richtig. Aber er konnte damals nicht anders handeln. Es gab eine Auseinandersetzung, und Nando hat ihn tätlich angegriffen.«

»Das war meinetwegen.«

»Ich weiß, *chiquitina.* Niemand macht Nando deswegen einen Vorwurf. Aber der Polizist hat nur seine Pflicht getan.«

Conchitas Hände bewegten sich in ihrem Schoß, ihre Finger öffneten und schlossen sich. »Was geschieht, wenn man heiratet?«

Junipero legte den Brief auf die Bank und zog ein Taschentuch aus seiner Rocktasche. »Wie meinst du das?«

»Muß ich mit ihm nach San Eresmo gehen?«

Junipero wischte mit dem Taschentuch über seine Stirn. »Möglicherweise wird er das wollen. Aber es könnte auch sein, daß er hierherzieht und auf der Finca mit uns lebt und arbeitet. An Vaters Stelle, sozusagen.«

Er beschloß im stillen, Umbre fünf Pesetas für eine Wachskerze zu übergeben, die sie zu Füßen San Cristóbals für die Erfüllung eines Wunsches aufstellen sollte. Die kleine, steile Falte stand noch immer auf Conchitas Stirn.

»Du mußt dich erst mit dem Gedanken vertraut machen, das ist verständlich. Aber wenn Korporal Bluna zu Besuch kommt, solltest du dir darüber im klaren sein, was du ihm antwortest.«

Conchita hatte sich abgewandt, um zu verhindern, daß Junipero etwas von ihrem Gesicht ablas, das sie zu verbergen wünschte: Sie konnte zu alldem nichts sagen, ohne zuvor mit ihrem Heiligen gesprochen zu haben. Er würde ihr raten, was zu tun war, sein Einverständnis erteilen oder es verweigern. Manchmal, nach der Andacht, die sie allabendlich mit Aurelia abhielt, saß er an ihrem Strohsack, aufrecht und reglos wie ein Schatten. Er sprach nicht zu ihr, aber sie konnte ihm Fragen stellen und erhielt seine stumme Antwort. Und wenn es in ihrem Bauch zuckte und stieß, legte er seine Hand darauf, und es wurde still. Wochenlang hatte sie gefürchtet, an einer gefährlichen Krankheit zu leiden, die die Familie vor ihr geheimhielt, aber als die Unruhe immer wieder abklang und auch keine Schmerzen hinterließ, begann sie Umbres Erklärung, es handle sich um eine ihrem Alter angemessene lebhafte Verdauung, zu glauben und achtete nicht mehr darauf. Auch waren die damit verbundenen Empfindungen nicht durchweg unangenehm. Manchmal an der Traumgrenze glitt sie in den Sog eines Bildes, das sie in die Kapelle der Arena von San Eresmo führte und ihr die seltsame Art ihres Heiligen, sich zu offenbaren, in Erinnerung rief. Dahinter stand ein schwer begreifliches Geheimnis, aber Conchita war sicher, daß die Zeit der Lösung für sie kommen würde, wie dies bei allen Geheimnissen der Fall war: Bilder und Worte aus der Kindheit entschlüsselten sich, wenn man sie lange genug festhielt, und erhielten aus dem, was man inzwischen erfahren hatte, ihren Sinn.

Junipero hatte sich vorgebeugt, um seine Schwester nicht aus dem Blickfeld zu verlieren. Die Sonne war ein Stück weitergewandert, und er strich mit dem Fingerrücken leicht über ihre wieder offen im Schoß liegende Hand.

»*Chiquitina.*«

»Ich muß nachdenken«, sagte Conchita.

»Tu das, meine Kleine.«

Während des Abendessens schien Conchita verändert zu

sein. Ihre Stirn war glatt, und in ihren blicklosen Augen lag ein sanfter Glanz. Selbst Pepe und Pepe bemerkten, daß sie sich trotz ihrer für alle sichtbaren Gewichtszunahme lebhafter als sonst bewegte und die Arbeit ihr zum ersten Mal seit Sebastianos Tod wieder Freude zu machen schien. Junipero, der dies auf das vorangegangene Gespräch zurückführte, fühlte sich erleichtert: Der Gedanke, daß Conchita wegen des Unfalls, an dem er sich schuldig glaubte, möglicherweise kein normales Leben hätte führen können, war ihm schwer auf der Seele gelegen. Er beschloß, die Summe für San Cristóbals Kerze aus dem väterlichen Erbteil zu verdoppeln und die Kerze persönlich nach Fuego Fuego zu bringen und zu Füßen des Heiligen anzuzünden. Ferner war ein Brief an den Korporal zu verfassen, mit der Mitteilung, daß seinem Besuch auf Angel del Sur nichts im Weg stehe.

Es war jedoch weder Juniperos Ankündigung noch die beabsichtigte Unterrredung mit dem Heiligen, was Conchitas Gemütslage so sichtbar verändert hatte. Als sie mit dem Weinkrug aus dem Keller gekommen war, hatte Umbre ihr in der Ecke des Gewölbebogens, wo sie ein Kohlestückchen entzündet hatte, inmitten aufsteigender Knoblauchschwaden mitgeteilt, daß sie demnächst nach Fuego Fuego reisen und Nando einen Besuch abstatten würden. Conchita hatte es nicht gleich bemerkt, aber später war es ihr doch aufgefallen, daß der gefüllte Steinkrug in ihren Händen leichter und leichter geworden war, bis sie ihn überhaupt nicht mehr fühlte, und daß sie selbst während des Gehens von Schritt zu Schritt an Gewicht zu verlieren schien. Das blieb den ganzen Abend über so, während sie in der Küche arbeitete und danach auf ihrem Stuhl am Tisch saß, und hielt auch an, als sie auf ihrem Strohsack lag und ihre Gebete gesprochen hatte, bis sie im Schatten des Heiligen, der an ihrer Seite saß und an den sie an diesem Tag keine Frage hatte, einschlief.

11

Korporal Bluna, dem es in seiner derzeitigen Position neben anderen verwaltungstechnischen Aufgaben oblag, die Eintragungen in das Geburten- und Sterberegister vorzunehmen, war bei einem der letzten Eingänge angelangt und hatte nach der in schwarzes Kunstleder gehüllten Kartei gegriffen, als sein Blick starr wurde und seine Hand, die das Blatt hielt, zu zittern begann. Die Nachricht stammte von der der Comunidad Fuego Fuego zugehörigen Finca Angel del Sur und beinhaltete, daß Señor Sebastiano Ramón Manuel Riéra, Patrón dortselbst, im 56. Lebensjahr stehend, einem Brandunfall zum Opfer gefallen war. Bluna, beide Ellenbogen auf die Tischplatte gestützt, starrte auf die Buchstaben, ohne sie wahrzunehmen, indes in seinem Hirn hastige Gedankenfolgen abzulaufen begannen.

Conchita hatte also ihren Vater verloren, durch einen Brandunfall, wobei ihr selbst, wie Bluna nach sofortigem Durchblättern der restlichen Papiere erleichtert feststellte, nichts zugestoßen war. Sein Brief war demnach, wie aus dem Todesdatum zu ersehen, nicht mehr in die Hände des Patrón gelangt, sondern in die des nachrückenden Familienoberhaupts, worunter er sich vermutlich jenen saftlosen waffensammelnden Blindgänger vorzustellen hatte, der mit einem Schraubenschlüssel im Gürtel umherlief. Das erklärte einerseits, warum er bisher ohne Antwort geblieben war, zwang ihn jedoch andererseits, sowohl die gesamte Strategie wie auch die einzelnen Abschnitte neu zu überdenken. Er befahl sich Ruhe, ehe er sich aus seinem Stuhl erhob, die ohnehin korrekt sitzende Mütze noch gerader rückte und den Schreibtisch, der sich in der Mitte des viereckigen Amtszimmers befand, mit im Uhrzeigersinn gesetzten Schritten zu umkreisen begann: fünf links, Viertelwendung, fünf links, Viertelwendung, fünf links, Viertelwendung, fünf links. Er hatte sich schon gefragt, warum die Antwort aus Angel del Sur so lange auf sich warten ließ, erwogen, einen zweiten Brief abzufassen, für den Fall, daß der erste der Nachlässigkeit des radfahrenden und notorisch alkoholfreudigen Postboten zum Opfer gefallen sei, oder auch einfach einen Zug zu besteigen, um die Finca, die alles barg, was sein Herz erfüllte, unter einem dienstlichen Vorwand ein weiteres Mal aufzusuchen. Nun war das Rätsel gelöst, gleichzeitig aber mußte er sich sagen, daß es spät, zu spät war, die ursprüngliche Strategie weiter zu verfolgen. Der Besuch der kleinen Patroncita im Gemeindefängnis stand unmittelbar bevor, und sein Bestreben war es gewesen, sich ihr noch vor ihrem Besuch bei dem stirnlockigen Rivalen, und das auf möglichst beeindrukkende Weise, in Erinnerung zu bringen.

Er hörte auf, seine Schritte zu zählen und trat an den Schreibtisch. Er war nicht mehr das dienstbeflissene Vollzugsorgan, das auf der Finca einen Rebellen festgenommen hatte, sondern der, wenn auch nur für den Augenblick, kommandierende Korporal eines Gendarmeriepostens. Er würde die kleine Patroncita auf besondere Art in Fuego Fuego empfangen, vielleicht an der Brücke oder auf dem Weg, den sie mit ihrer Acompañante von dort aus zum Gefängnis zurückzulegen hatte. Am schönsten wäre es natürlich, ihr am Tor des Gebäudes entgegenzutreten, darüber konnte er in Ruhe nachdenken. Jedenfalls war sein Entschluß gefaßt. Als er mit einem tiefen Atemzug ans Fenster trat, sah er in der Ferne die schwangere Frau mit dem seltsam beschwingten Gang herankommen, die er schon einmal von diesem Platz aus gesehen hatte. Sie kam den Gehsteig entlang auf sein Fenster zu und trug, wenn Bluna richtig sah, diesmal einen dunkelvioletten Blütenzweig in der Hand. Bluna trat einen Schritt zurück und wandte sich dann, ohne noch einmal hinzusehen, dem Aktenregal zu. Die Frau hatte ihn noch nicht bemerkt, und indem er es vermied, ihrem Blick zu begegnen, hatte er das Empfinden, seiner Patroncita, deren sanfte Seele der vollständigen Hinwendung bedurfte, eine Art von Treue zu halten. Ele, die sich an diesem Tag für eine Bougainvillea entschieden hatte, hätte ihrerseits Blunas Aufmerksamkeit ohnehin nicht bemerkt, da sie ihren Weg zu San Cristóbal seit einiger Zeit mit gesenktem Kopf zurücklegte. Sebastianos Tod, über den Pepe und Pepe ihr bei einem zufälligen Besuch im Pappdachhäuschen ebenso zufällig berichtet hatten, war gleich unerwartet wie schmerzlich über sie hereingebrochen, und Ele, die vor Sebastianos Söhnen Haltung bewahren mußte, um sich nicht zu verraten, hatte sich von dem Schock noch nicht erholt.

Die Brüder hatten während eines gemeinsamen Ausflugs nach Roca Ruiz auf halber Strecke angehalten, um sich bei einem Glas Mandarinensaft und einem kleinen Gespräch – anderes kam Eles vorgeschrittener Schwangerschaft wegen nicht mehr in Frage – für die Weiterfahrt und die am Zielort zu erwartenden Ereignisse zu stärken. Ele wäre bei der Nachricht beinahe die Karaffe aus der Hand gefallen. Sie faßte im letzten Augenblick fester zu und ließ sich in einen der mit quellenden Kissen belegten Korbstühle sinken. Als die beiden gegangen waren, saß sie noch eine Stunde lang unter der gelbgestreiften Markise, ohne sich zu bewegen, und fühlte nur dem sanften Dehnen in ihrem Inneren nach, das kam und verebbte, als absolviere eine kleine eigenständige Existenz ein vorgeschriebenes Pensum an Übungen, ohne von ihrem Seelenzustand Notiz zu nehmen. Es war ein sonderbares Gefühl, sich in zwei Personen verschiedener Gemütslage geteilt zu finden: das Etwas in ihr schien auf beharrliche Weise munter und betriebsam, während sie selbst sich wie gelähmt fühlte. Sebastiano würde also seinen Sohn nie zu sehen bekommen. Ele hatte davon geträumt, ihm eines fernen Tages, mit dem kleinen Sebastiano an der Hand – der nach den Ereignissen in der Waschküche allerdings einen der beiden anderen Vornamen des Patrón, Manuel oder Ramón, tragen würde –, bei einer Zufallsgelegenheit zu begegnen. Sie kannte Sebastiano zu gut, um nicht zu wissen, daß der Anblick des Kleinen ihn bewegt hätte: Er würde auf ihn zugehen, ihn in die Arme schließen und murmeln: »Mein Sohn!«, während ihm eine Träne über die Wange laufen würde – ein Bild, das Ele in all den Wochen seit Sebastianos spektakulärem Abgang in ihrem Herzen gehegt, in das sie ihre Hoffnungen gesetzt hatte. Nun war auch das vorbei, und was ihr blieb, war der tägliche Weg zu San Cristóbal. Sie brachte ihm von da an Blumen in gedeckten Farben, violette Orchideen, dunkelblaue Nachtschatten und tiefrote Tulpen sowie Stockrosen, die im Dämmer der hohen, kleinfenstrigen Kirchenkuppel fast schwarz erschienen. Nach einer Hebamme hatte sie bereits Ausschau gehalten und diese in der Person einer vormaligen geburtshilflichen Assistenz des Kreiskrankenhauses von San Eresmo namens Lucinda gefunden, die ihren Beruf aufgegeben hatte, um einem in Fuego Fuego beheimateten Huf- und Wagenschmied die Hand fürs Leben zu reichen. In der Zwischenzeit hatte sie ihm mehrere Töchter geboren und nahm Privataufträge an, um das gemeinsame Haushaltsbudget aufzubessern. Lucinda war rotwangig, stämmig und fröhlich und hatte, wenn man ihr beim Einkaufen oder auf Spaziergängen begegnete, stets eines ihrer Kinder auf dem Rücken und eines an der Brust, so daß beim Betrachter der Eindruck entstand, sie sei als lebende Reklame ihrer selbst unterwegs. Lucinda notierte Eles voraussichtlichen Geburtstermin in einem leinengebundenen Büchlein, das sie an einer Lederschnur am Gürtel trug, machte Ele darauf aufmerksam, daß das Kind im Augenblick noch verkehrt herum liege, sich das aber erfahrungsgemäß kurz vor der Geburt ändere, und gab ihr, die als »späte Erstgebärende« zu bezeichnen war, ein paar Verhaltensmaßregeln bezüglich Ernährung und allgemeiner Lebensführung mit auf den Weg. Bei der Frage nach dem Kindesvater, der Verständigung nach der Geburt halber, war Ele aufgezuckt, hatte aber dann wie seinerzeit vor Pepe und Pepe erklärt, daß es sich um einen ehrenwerten Patrón handle, der, was inzwischen bedauerlicherweise tatsächlich eingetroffen war, verstorben sei. Ele fühlte sich nach dem Gespräch gestärkt und hätte der Zukunft noch um vieles positiver entgegengesehen, wäre nicht die Geschichte mit dem Datum gewesen.

Anhand einer Quittung des dorfansässigen Tierarztes – wie erinnerlich hatte die Katze Fulvia während des Streites einen Schock erlitten, und Ele hatte sie tags darauf zur Behandlung gebracht – hatte sie feststellen müssen, daß Sebastianos Todestag auf eben jenen Tag fiel, an dem die Auseinandersetzung in der Waschküche stattgefunden hatte. Dies mochte ein fataler Zufall sein, doch kam Ele, wenn sie sich Sebastianos Verfassung vergegenwärtigte, seinen taumelnden Gang zum Wagen, die Art, wie er bei der Abfahrt mit der Peitsche auf das Pferd eingeschlagen hatte, nicht umhin, zu mutmaßen, daß hier ein Zusammenhang bestand. Sie glaubte nicht an Selbstmord, eher an eine Nachlässigkeit, die auf seine Gemütslage zurückzuführen war, fühlte sich auf unwägbare Weise schuldig und fragte sich, was sie im Sinn aller Beteiligten hätte anders machen können oder sollen. Sie grübelte Nächte und auch Tage hindurch, was zur Folge hatte, daß sie bei ihren Ausgängen, so auch auf dem Weg zu San Cristóbal, den Kopf gesenkt hielt, wodurch es an diesem Tag zu keinem Blickkontakt mit Korporal Bluna, der sich seinerseits in die Zimmermitte zurückgezogen hatte, kommen konnte. Jeder war in seinem eigenen Gedankenkreis gefangen, und ihre Wege kreuzten sich für diesmal, ohne einander zu berühren. Bluna setzte sich, sobald er annehmen konnte, daß die Frau mit dem Blütenzweig an seinem Fenster vorüber war, an den Schreibtisch und begann die Liste der ihm zugeteilten Gendarmerieschüler nach zwei geeigneten Adjutanten zu durchforsten; Ele kniete, bei San Cristóbal angekommen, nachdem sie ihm den Blütenzweig in die starren Finger gezwängt hatte, auf dem Steinboden nieder und verharrte in demütiger Haltung, bis der kleine Manuel oder Ramón, der offenbar zu frieren begann, sich in Erinnerung brachte.

Als die Sonne hinter dem Gemeindeamt, das mit seinen zwei Stockwerken der höchste Bau des Ortes war, unterging, hatte Bluna zwei mögliche Kandidaten, genauer gesagt, den ihm bereits bekannten Gendarmerieschüler Maria José Camaro und einen frisch eingestellten Rekruten namens Pedro Paco ausgewählt, dessen Familie ihm aus seinem Heimatdorf in der Tierra de Cameros bekannt war. Er entwarf noch vor Dienstschluß einen Brief an seinen Vorgesetzten in San Eresmo, in dem er um die Erlaubnis ansuchte, die beiden Obengenannten zu einer Eskorte anläßlich des Besuches zweier Damen bei einem arretierten Gewalttäter abkommandieren zu dürfen.

Ele ihrerseits hatte San Cristóbal wie immer getröstet verlassen und hielt bei ihrem Heimweg den Kopf merklich weniger gesenkt als vorher. Es gab nichts Sinnloseres, als darüber nachzudenken, wie die Dinge gelaufen wären, wenn sie anders gelaufen wären, eine Erkenntnis, die unzweifelhaft vom Heiligen Geist stammte und die Ele, wie alles, was ihr von diesem zuteil wurde, sorgsam in ihrem Herzen bewahrte. Alles, was ihr zu tun blieb, war, sich auf das Leben mit dem kleinen Manuel oder Ramón vorzubereiten. Daß es ein Sohn sein würde, davon war sie überzeugt, ebenso davon, daß er seinem Vater, dem Patrón von Angel del Sur, der in mehrfacher Hinsicht ein außergewöhnlicher Mann gewesen war, gleichen würde.

Seit Sebastianos Tod war eine sonderbare Veränderung in Eles Denken vor sich gegangen. War sie sich vordem noch, wenn auch nur in stillen Stunden, ihrer Verbindung zu den beiden *toros* durchaus bewußt gewesen, so hatte sie seit deren eher zufälliger Eröffnung anläßlich des Kurzbesuchs in ihrem Lustgärtchen alle diesbezüglichen Erinnerungen aus ihrem Gedächtnis gebannt. Was sie von nun an in den beiden Pepes sah, waren die erwachsenen Brüder des kleinen Ramón oder Manuel, deren Vater ebenso wie der Vater des von ihr erwarteten Sohnes Sebastiano Riéra war. Diese Sicht der Dinge war zu ihrer persönlichen Wahrheit geworden, und auch wenn man Ele aus tiefstem Schlaf geweckt oder in Hypnose versetzt hätte, hätte sie keine andere Auskunft gegeben. Phänomene dieser Art kommen bei Schwangerschaften, insbesondere wenn sie unter ungewöhnlichen Begleitumständen ablaufen, vor, und Ele stellte mit ihrem Realitätsverlust keinen Einzelfall dar. Da Sebastiano tot war und sie mit ihrer Version niemandem schadete, war auch nichts dagegen einzuwenden. Die Tragödie, zu der dies schlußendlich führte, ereignete sich mehr als eineinhalb Jahrzehnte später und war zum Zeitpunkt von Eles Bewußtseinswandel von niemandem vorauszusehen, es sei denn vom Heiligen Geist, der aber aus nur ihm bekannten Gründen schwieg und nichts unternahm, um den Lauf der Dinge zu ändern.

Umbre und Conchita waren in der Morgendämmerung aufgebrochen, um wenigstens ein Stück des Weges, der drei Stunden lang durch dürres Grasland führte, in der Kühle des Morgens zurücklegen zu können. Junipero war als Patrón bei der Arbeit auf der Pflanzung unabkömmlich, und die beiden Pepes verstanden es zwar, eine Lambretta zu lenken, waren aber, sobald sie ein Fuhrwerk in Gang setzen sollten, entweder zu wild oder zu lahm, so daß das Pferd entweder scheute oder sich nicht vom Fleck rührte. Umbre fand keinen Nachteil darin, dem Ereignis sozusagen Schritt um Schritt näherzukommen, man konnte sich auf diese Weise entsprechend darauf vorbereiten. Wichtige Dinge im Leben mußten mit Bedacht in Angriff genommen werden, und das wichtigste war zur Zeit, daß die kleine Schöne Seele, die Conchita, ohne es zu wissen, unter ihrem Herzen trug, sich entschloß weiterzuwachsen, um nicht – Gott und alle Heiligen mochten es verhüten – als schwacher Winzling zur Welt zu kommen.

Aurelia hatte ihre Tochter vor dem Aufbruch ermahnt, dem Knecht keine Fragen zu stellen, die ihn in Verlegenheit bringen könnten, und ihr mit ihrer kühlen Hand ein Kreuzzeichen auf die Stirn gesetzt. Als Umbre und Conchita das Altarzimmer verlassen hatten, war sie darangegangen, alle Mahlzeiten, die Umbre für den Tag neben ihrem Bett aufgebaut hatte – der Ausflug würde bis zum Abend dauern, da man Conchita zwischen den Fußmärschen eine Ruhepause gönnen mußte –, an verschiedene Plätze zu rücken und ihnen die ebenfalls bereitgestellten Getränke zuzuordnen. Dann war sie nach einem Schluck Valdepeñas, den man guten Gewissens noch dem Frühstück zurechnen konnte, in die Kissen zurückgesunken und hatte Kontakt mit ihrem Heiligen aufgenommen, der im Morgenlicht mild und verheißungsvoll von der Decke blickte.

Aurelia hatte Jakobus während der vergangenen Tage die Notwendigkeit seiner Intervention Höheren Orts eindringlich klargelegt. Es konnte dem Ruf des Hauses schweren Schaden zufügen, wenn das angekündigte Kind schwach, kränklich oder gar tot geboren würde, insbesondere da es sich um eine kleine Schöne Seele handelte, die – man denke an den Stillstand des Feuers – schon in ungeborenem Zustand beachtliche Wunder bewirkt hatte. Jakobus hatte zugestimmt oder jedenfalls nichts Gegenteiliges verlauten lassen und ihr zum Dank für ihr Vertrauen an zwei aufeinanderfolgenden Nächten die blaue Schlange geschickt, die sich zahm und wärmend auf ihrem Bauch geringelt hatte. Nun, da Umbre mit Conchita unterwegs war und die Konturen des Heiligen nach Aurelias letztem Schluck aus der Frühstücksflasche etwas an Schärfe verloren hatten, hob sie noch einmal ihr Herz zu ihm und ließ ihn wissen, daß sie von seiner Kompetenz im allgemeinen und speziell im vorliegenden Fall – war es doch auch sein Haus, dessen Ruf auf dem Spiel stand – durchdrungen war. Als Zeichen seines Wohlwollens erbat sie sich einen dritten Besuch der Schlange, der ihr, gleichgültig, was der Ausflug zum Gefängnis mit sich brächte, die Gewißheit eines glücklichen Ausganges signalisieren sollte. Jakobus tauchte seine Gestalt zum Zeichen seiner Zustimmung in das milde Rot des Sonnenaufgangs, und Aurelia schlief nach einem letzten Blick auf die aufgereihten Mahlzeiten inklusive der dazugehörigen Getränke beruhigt ein.

Nando hatte sich die Nacht hindurch schlaflos auf seiner Pritsche gewälzt. Die Vorstellung, daß Conchita in ihrem Zustand, auch wenn sie von diesem nichts ahnte, den Weg nach Fuego Fuego auf sich nahm, um ihn im Gefängnis aufzusuchen, jagte ihm abwechselnd kalte und heiße Schauer über den Rücken. Das Blut kreiste schmerzend in seinen Schläfen, und er sagte sich die Fragen und Antworten, deren er sich im Gespräch mit der Patroncita bedienen wollte, so oft vor, bis ihm auch das letzte Wort davon entfallen war. Gegen Morgen sank er, desperat und in kalten Schweiß gebadet, in einen ohnmachtsähnlichen Schlaf, aus dem ihn Bigotazo, der guter Stimmung war, da die Sache mit der Witwe seit der geglückten Aktion im Schulhaus geradezu rasante Fortschritte machte, weckte, indem er mit dem Schlüsselbund fröhlich klirrend gegen das Gitter schlug.

»He, du Schlafmütze! Dein Besuch ist wohl schon unterwegs!«

Nando fuhr hoch, als hätte man neben ihm einen Schuß abgefeuert. Bigotazo starrte erschrocken in das eingefallene Gesicht mit den rotgeränderten Augen.

»Was ist mit dir? Bist du krank?«

»Ich habe schlecht geschlafen.«

»Heiliger Josef! Wenn deine Patroncita dich so sieht, denkt sie, daß du hier schändlich behandelt wirst.«

Es fiel ihm ein, daß dies dank der von Nando erwähnten Blindheit der Besucherin nicht zu befürchten sei, und er schloß erleichtert und eilfertig die Zellentür auf.

»Komm nach nebenan in die Dusche. Ich habe dir ein frisches Hemd und etwas Rasierwasser mitgebracht.«

Nando, der sich kaum auf den Beinen halten konnte, schlüpfte nach vollzogener Dusche in die Kleider, rasierte sich mit zitternder Hand und kämmte sich vor dem runden Metallspiegel die Locke in die Stirn. Bigotazo, dessen Sinne seiner eigenen Situation zufolge für gewisse Phänomene geschärft waren, verfolgte Nandos Verrichtungen mit teilnahmsvollem Blick.

»Hombre, ich hatte keine Ahnung, daß es dich so erwischt hat! Warum hast du mir nichts davon erzählt?«

Nando hob, den Kamm in seiner herunterhängenden Hand, hilflos die Schulter. »Es gibt nichts zu erzählen.«

Bigotazo stöhnte, Verständnis signalisierend, auf. »Schlimm! Gott verdamm mich, Hombre, ich weiß, wovon du sprichst. Wir hatten einen Aktenträger, der hatte sich in die Tochter des Stadthauptmanns verliebt. Es war eine Tragödie. Er hat sich in den Fluß gestürzt, dort, wo die Brücke die beiden Teile von –« Er verstummte, weil er merkte, daß dies nicht der Weg war, seinen Freund aufzumuntern, und trat einen Schritt auf ihn zu. »Komm, setz dich.« Er führte Nando, der sich von ihm willenlos durch den Raum schieben ließ, zu der Holzbank, die an der Wand für die im Amtszimmer Wartenden aufgestellt war. »Immerhin besucht sie dich. Sie will dich sehen. Nichts ist hoffnungslos! Denk an meine Witwe.«

Die Witwe hatte ihm in Aussicht gestellt, demnächst mit ihm eine in Roca Ruiz stattfindende Fiesta zu besuchen, und er hatte Nando davon erzählt. Nando nickte mechanisch, während er mit seiner einen Hand den Kamm in die Rocktasche gleiten ließ. Bigotazo hatte sich neben ihn auf die Bank gesetzt und überlegt, ob er ihm den Arm um die Schulter legen sollte, es aber dann unterlassen, um die Autorität zu wahren und Nando nicht nahezutreten.

»Du kannst dich hier in aller Ruhe mit ihr unterhalten. Die Acompañante übernehme ich. Ich habe draußen ein Schild hingehängt: Heute kein Parteienverkehr.«

»Du bist ein echter Freund, Bigotazo.«

Bigotazo zögerte sekundenlang, die Frage zu stellen, aber Neugier und Anteilnahme waren stärker: »Ist sie hübsch, deine Patroncita?«

Nando stieg eine Blutwelle ins Gesicht. Er wandte sich ab und sagte mit leiser Stimme, die sein Zittern verbergen sollte: »Sie ist ein Engel.«

Bigotazo stand auf. Er ging, seine Hände, die bei Nandos Worten kalt geworden waren, reibend, zum Schreibtisch und öffnete die Lade, in der sich Zucker und Kakaopulver befanden. Dann holte er eine Flasche Milch aus seiner Aktentasche und setzte den auf dem Regal stehenden Spirituskocher in Brand.

»Jetzt trinken wir eine Tasse heiße Schokolade, das beruhigt die Nerven. Und dann könnten wir bis zur Ankunft der beiden Damen ein kleines Schachspiel machen. Was hältst du davon? Ich meine, da heute sowieso kein Parteienverkehr ist.«

Korporal Bluna nickte zufrieden, als er die beiden Adjutanten, die in voller Uniform vor ihm Aufstellung genommen hatten, musterte. Es war eine Ordonnanz, mit der man sich sehen lassen konnte. Er selbst hatte die Nacht unter dem Ventilator liegend zugebracht, um etwas Farbe in sein blasses Gesicht zu bringen, weil er ein gesundes Aussehen aufweisen wollte und die Sonne nicht vertrug. Seine Uniform war auf Hochglanz poliert, die Mütze saß kerzengerade, und er hatte den schneidigen Gruß – zusammengeschlagene Hacken, die ausgestreckte Hand am Mützenrand – tagelang geübt und mit seinen Adjutanten exerziert. Maria José, der Dienstältere der beiden und, wie erinnerlich, bereits im Außendienst erprobt, hatte die Aufgabe erhalten, die Straße von der Brücke zum Gemeindegefängnis zu inspizieren und eventuelle blickstörende Objekte wie Papierschnitzel, Obstschalen oder Häufchen von Hundekot aus dem Weg zu schaffen. Er war seiner Aufgabe dank des ihm von seiner Mutter anerzogenen Ordnungssinnes gewissenhaft nachgekommen, und als die beiden Frauen am Ende der Staubstraße auftauchten, glänzte der Anmarschweg in makelloser Sauberkeit. Conchita und Umbre hatten auf Betreiben der Acompañante zwei größere Pausen eingelegt, während deren Umbre die Patroncita, die sich trotz ihrer Körperfülle erstaunlich mühelos fortbewegte, aus einer Flasche mit dem gemischten Saft von Mandarinen und Zitronen gelabt hatte, um sie bei Kräften zu halten. So stand die Sonne beinahe im Zenit, als sie auf der Einfahrtsstraße, an die sich erst in lockerer, dann in dichterer Folge die Häuser zu drängen begannen, dem Städtchen zuschritten.

Umbre hatte keine Schwierigkeiten, sich in Fuego Fuego zurechtzufinden. Sie war schon mehrmals hiergewesen, um verschiedene Einkäufe zu tätigen, wenn einer der Erntearbeiter sie mit dem Fuhrwerk mitgenommen hatte oder auch zu Fuß, wie heute. Als sie an dem Kiosk vorbeikamen, der dem Pappdachhäuschen gegenüberlag und dessen Rolläden, vermutlich der Hitze wegen, geschlossen waren, mußte Umbre an die Señora denken, die ihr bei ihrem letzten Besuch im Städtchen den Auftrag für Pepe el Moreno mitgegeben hatte. Inzwischen waren einige Monate vergangen, und auf Angel del Sur hatte sich vieles verändert. Sie fragte sich, ob sie die Señora wiedererkennen würde und was die seltsame Botschaft, von der ihr das Wort »Hibiskus« im Gedächtnis geblieben war, bedeutet haben mochte. Als sie den Fluß überquert hatten, lag die Straße kerzengerade und schattenlos vor ihnen, und Umbre faßte fürsorglich nach dem Arm der Patroncita.

»Wir sind gleich hier, mein Vögelchen. Möchten Sie noch ein wenig ruhen?«

»Nein, Umbre. Es geht mir gut.«

Conchita hatte den ganzen Weg über ihre Beine kaum gefühlt. Die Schwerelosigkeit, die im Augenblick, da sie von dem bevorstehenden Besuch erfahren hatte, über sie gekommen war, war zwischendurch etwas geschwunden oder wiedergekehrt, hatte sie aber in keinem Augenblick verlassen. Nun, da Umbre ihr das nahende Ziel angekündigt hatte, schien die Straße, von Hitze aufgeweicht, unter ihren Sohlen zu zerfließen.

»Wie viele Schritte noch?«

»Zweihundert, Patroncita, oder vierhundert.«

Umbre war mit Zahlen nicht übermäßig vertraut. Was über die Perlen eines Rosenkranzes oder die Forderungen des Vogelkopfes, eine bestimmte Anzahl von Bohnen- oder Reiskörnern auf das Fensterbrett zu legen, hinausging, überstieg ihre Möglichkeiten.

»Zweihundert?«

»Warte, Vögelchen.«

Umbre blieb stehen, um Conchita das Haar aus der Stirn zu streichen. Das Mädchen hatte von dem Marsch in der Sonne rosig-bräunliche Wangen, und in ihrem Ausschnitt, von dem das Baumwolltuch geglitten war, hoben und senkten sich die zwei während der vergangenen Monate merklich gerundeten Hügel im Rhythmus ihres Atems.

»Noch einen Augenblick, meine Kleine.«

Umbre zog das Tuch zurecht und legte es, einen Knoten schlingend, über Conchitas Brust. Männer waren Bestien, auch wenn sie die Stimmen von Heiligen hatten, und es war unnötig, einen Knecht, der im Gefängnis saß, mit Perspektiven zu konfrontieren, die, bildlich gesprochen, außerhalb seiner Reichweite lagen.

»Nun komm. Und denke an das, was deine Mutter gesagt hat.«

Bei Schritt einhundertzwölf drang ein Laut an Conchitas Ohr, der wie das Herankommen zweier oder dreier Personen klang, die im gleichen Takt gingen. Sie registrierte es, ohne im Zählen innezuhalten, und war bei hundertdreißig angekommen, als eine stählerne Stimme an ihr Ohr klang.

»Stillgestanden.«

Sie stockte unwillkürlich im Schritt. Umbre blieb ebenfalls stehen und musterte den teigigen Korporal, der, wie sie sich erinnerte, in Begleitung eines der beiden anderen Kerle Nando ehedem aus Angel del Sur fortgeholt hatte.

»Gewehr ab!«

Bei dem Wort »Gewehr« zuckte Conchita zusammen. Sie hatte die Stimme erkannt und fürchtete, der Mann habe die Absicht, ihr den Zutritt zu Nando zu verwehren.

»Wie weit ist es noch, Umbre? Können wir gehen?«

Bluna war, die Hand am Koppel, auf Conchita zugetreten. Er hatte zu seinem Schrecken bemerkt, daß die Nacht unter dem Luftzug des Ventilators ihm einen steifen Nacken und einen nahezu bewegungslosen rechten Arm eingetragen hatte, und war von dem ursprünglich geplanten schneidigen Dreiergruß abgerückt. Statt dessen schlug er die Hacken zusammen, wie er dies in Kinofilmen von Offizieren der spanischen Armee gesehen hatte, und bot Conchita seinen Arm.

»Wenn Sie erlauben, Señorita.«

Das Herz klopfte ihm bis zum Hals. Der Aufmarsch hatte tadellos geklappt. Die beiden Adjutanten Maria José und Pedro hatten sich selbst übertroffen. Er würde bei Gelegenheit eine Belobigung aussprechen und dafür sorgen, daß jedem von ihnen ein halber Gepäckmarsch erlassen würde. Beim Anblick Conchitas war ihm übel geworden, so sehr hatte er sie seit seinem Besuch auf der Finca vermißt. Nun stand sie vor ihm, lebendiger und schöner, als sie ihm in seinen Träumen erschienen war. Er fühlte, wie der Rand der Mütze auf seine Stirn zu drücken begann, ein Zeichen dafür, daß ihm das Blut zu Kopf gestiegen war. Im Vorgefühl des unmittelbar bevorstehenden kostbaren Augenblicks fixierte er durch den Nebel, der vor ihm aufstieg, das Gesicht des Mädchens, das sich in unfaßbarer Nähe vor seinen Augen befand.

»Wenn Sie erlauben«, murmelte er.

Conchita, die nicht wußte, was sie erlauben sollte, und überdies vor der Stimme des Mannes zurückgezuckt war, griff nach einer flüchtigen Wendung in Blunas Richtung nach der Hand ihrer Acompañante.

»Umbre –«

Umbre, die die Erregung ihrer *pequeñita* fühlte und zudem

seit ihrer eigenen Gefängniszeit einen latenten Groll gegen alles, was eine Polizeiuniform trug, hegte, wandte sich in gedämpfter Ungeduld an Bluna. »Lassen Sie uns gehen, Sargento. Sie sehen, die Señorita hat es eilig.«

Bluna stand da, ohne zu begreifen. Sekunden vergingen, ehe er imstande war, einen Schritt zur Seite zu tun und den Weg freizugeben. Die Señorita hatte ihn angesehen, als blicke sie durch ihn hindurch. Sie, auf deren Wiedererkennen er mit der ganzen Inbrunst seines Herzens gewartet hatte, strebte von ihm fort, hatte es eilig, hatte sich abgewandt, gleichgültig, teilnahmslos, unberührt.

Bluna fühlte, wie die Uniform, an deren Verschönerung er tagelang gearbeitet hatte, plötzlich schäbig an seinem Körper hing, fühlte den Druck der Mütze auf seiner Stirn, der ihm den Schweiß in sein blasses, pickelübersätes Gesicht trieb. Umbre hatte, da der Sargento keine Miene machte, sie zu begleiten, Conchita am Arm ergriffen und war mit ihr auf die Tür zugegangen, wo Bigotazo, der sie vom Fenster aus gesehen hatte, wartete, um sie in Empfang zu nehmen. Die beiden Adjutanten standen noch immer Gewehr bei Fuß, mit geradeaus gerichtetem Blick.

»Rühren«, befahl Bluna bleich und mit ersterbender Stimme.

Ein Augenblick konnte eine Existenz vernichten. Bluna hatte dergleichen schon gehört. Wenn es einen selbst betraf, lag es jenseits des Faßbaren, jenseits des Annehmbaren, man hätte auch sagen können: jenseits dessen, was ein Mann von Gemüt und Charakter, ein Mann mit einem aufrichtigen und liebesbereiten Herzen zu ertragen imstande war.

Fernando Bluna blickte nicht zurück, als er seine beiden Adjutanten ohne ein weiteres Wort auf der sonnenbeschienenen Staubstraße stehenließ und den Weg über den Marktplatz einschlug, der zu seinem Amtszimmer führte. Er hatte »Rühren« gesagt, damit war das Ende der Aktion, zu der die beiden abkommandiert gewesen waren, abgeschlossen. Die Hitze stach vom Himmel, und er war in seinen hochgeschlossenen Uniformrock gezwängt wie in einen Schraubstock, aber er setzte stetig Fuß vor Fuß, den vom Ventilator schmerzenden Nacken erhoben, die Mütze kerzengerade auf dem Kopf. Bilder aus der Vergangenheit tauchten vor ihm auf, schmerzhaft wie je, nur gemildert durch den Gedanken, daß es das letze Mal war, daß er damit konfrontiert wurde: Sommerabende in der Tierra de Cameros, lange Schatten, Gekicher hinter jedem Busch, Mädchenblicke, die sich von ihm abwandten, geflüsterte Worte, die er nicht verstand, Geheimnisse, deren er nicht teilhaftig war und nun auch nicht mehr werden würde. Als er um die letzte Ecke gebogen war und das graue Gebäude mit der Aufschrift *»Oficina de la Policía«* vor ihm lag, hatte er das Empfinden, nach stürmischer Fahrt den Hafen anzusteuern, in dem er Frieden finden würde. Er beschleunigte seine Schritte und trat, in seinem Dienstraum angekommen, an das offene Fenster. Einen Augenblick lang schien es, als warte er auf etwas. Er blickte die Straße hinunter, die in der mittäglichen Hitze ausgestorben dalag und in der einzig ein magerer Hund im Schatten der Häuserzeile die Wand entlangstrich. Bluna wandte sich ins Zimmer zurück, öffnete die Schreibtischlade und entnahm ihr den Strick, den er dort aus Sicherheitsgründen für etwaige randalierende Subjekte, die sich einer Anhaltung widersetzten, bereithielt. Er war etwa vier Meter lang und würde bei der geringen Höhe des Raumes ausreichen, auch wenn man ihn doppelt nahm, was Bluna der Einfachheit halber beabsichtigte. Er prüfte mit einem Blick zur Decke den Haken, an dem die Glasampel hing, rückte den Schreibtisch darunter und stellte den Stuhl darauf. Er erkletterte beides, zog, die Ampel ein wenig beiseite schiebend, den Strick durch den Haken und verknotete ihn auf halber Höhe. Danach entfernte er den Tisch und schob den Stuhl wieder unter den Strick. Der Knoten saß dank präziser Berechnung so, daß Bluna, wenn er den Kopf zwischen den beiden Enden durchsteckte, unterhalb des Knotens nur einen zweiten, diesen zweckdienlicherweise doppelt, zu schlingen brauchte, um den Erfolg sicherzustellen. Er überlegte, während er ein paar Kreise um den wieder an die alte Stelle gerückten Schreibtisch zog, ob noch etwas zu erledigen sei, und kam zu dem Schluß, daß dies nicht der Fall war: Seine amtlichen Belange waren, wie jederzeit, sorgfältig geordn und Abschiedsbriefe erwiesen sich angesichts mangelnder Adressaten als überflüssig. Seine Eltern waren tot, und an etwaige Freunde hatte er, sollte es sie in seinem Leben gegeben haben, keine Erinnerung.

Was blieb, war den Schreibtisch auszuräumen und die in den verschiedenen Regalen sowie in den Laden angesammelten privaten Gegenstände säuberlich zu ordnen und in einem der unteren Fächer zu verwahren. Desgleichen verfuhr er mit dem Spind, was alles in allem etwa fünfundzwanzig Minuten in Anspruch nahm. Bluna ging systematisch vor und legte zuletzt auf jeden der beiden Nachlässe einen Zettel mit dem Vermerk: Eigentum Korporal Fernando E. Bluna z. Z. Kommandant des Gendarmeriepostens Fuego Fuego. Dann war auch das getan.

Er schlüpfte aus dem Uniformrock, da er der Meinung war, daß sich sein Vorhaben mit dem Tragen von Dienstkleidung nicht vereinbaren ließ, nahm die Mütze ab und verwahrte beides im Wandschrank. Dann stieg er auf den Stuhl und schlang die beiden frei hängenden Enden des Strickes um seinen Hals. Es war mühsam, da er der Schmerzen wegen, die ihm die Nacht unter dem Ventilator eingebracht hatte, die rechte Hand kaum über Schulterhöhe heben konnte. Schließlich hatte er es geschafft und einen festen doppelten Knoten unterhalb seines Kinns gezogen. Er hatte sich dabei auf die Zehenspitzen gestellt, um sicherzugehen, daß er sich im gegebenen Augenblick hoch genug über dem Boden befinden würde.

Kurze Zeit verweilte er auf der Fläche des Holzstuhls stehend, in Gedanken bei den glücklichen Momenten auf Angel del Sur, da der sanfte Blick des Mädchens auf ihm ruhte, dem einzigen Geschenk, das das Leben für ihn bereitgehalten hatte. Dann begannen seine Fußgelenke infolge des langen Auf-den-Zehenspitzen-Stehens zu schmerzen. Er nahm unmerklich Haltung an, befahl seine Seele Gott, der, wenn er alles verstand, auch ihn verstehen würde, und seine Beine gehorchten ihm ohne eine Spur von Widerstand oder Schwäche, als er dem Stuhl einen kräftigen Stoß versetzte und sich in die Schlinge fallen ließ.

»Folgen Sie mir Señorita«, sagte Bigotazo, die Tür zum Vorraum offenhaltend. Seine Augen lagen in teilnehmender Bewunderung auf dem Mädchen, das seinen Gruß freundlich erwidert hatte und sich an der Hand seiner Acompañante so sicher bewegte, als befände es sich in vertrauter Umgebung. Schon als er vom Fenster aus den eigenartigen Empfang durch den Ortskommandanten beobachtet hatte, hatte er begriffen, was seinen Freund an dieses sanfte Geschöpf band. Sein persönlicher Geschmack ging in eine andere Richtung, die von ihm umworbene Witwe war ein stattliches Bündel Weiblichkeit mit dem Anflug eines dunklen Flaums auf der Oberlippe, aber Nandos lautere Seele suchte sich eben ihren eigenen Pfad, und Bigotazo hätte von Herzen gewünscht, daß dieser sich als etwas gangbarer erwiesen hätte, als dies offenkundig der Fall war. Er merkte, daß etwas von der Erregung des Freundes auf ihn übersprang, und war bestrebt, die Sache voranzutreiben. Die Acompañante, die ihn mit einem Blick aus ihren stechenden Augen gemessen hatte, schien bereit, ihm – seines vertrauenerweckenden Schnurrbarts wegen, wie er vermutete – die Señorita zu überlassen, und er legte nach einem vorbereitenden Räuspern die Hand leicht auf den Arm des Mädchens.

»Wenn Sie mir freundlichst folgen wollen, Señorita. Die Señora werde ich, wenn sie einverstanden ist, ein wenig vor dem Haus auf und ab führen.«

»Ich möchte in der Nähe bleiben«, sagte Umbre, die bemerkt hatte, daß alles Blut aus Conchitas Wangen gewichen war.

Bigotazo öffnete, ohne Conchitas Arm loszulassen, die Haustür und rief den beiden immer noch auf dem Platz stehenden, von ihrem Sargento verlassenen Adjutanten zu: »He, ihr beiden! Ich brauche einen Café helado für die Señora. Wer von euch möchte sich zwei Pesetas verdienen?«

Die beiden rannten los.

Umbre war an Conchita herangetreten und klopfte ihr mit dem Handrücken mehrmals heftig erst gegen die rechte, dann gegen die linke Wange, um ihnen ein wenig Farbe zu verleihen.

»Schon gut, mein Vögelchen. Du kannst gehen. Die Jungfrau und alle Märtyrerinnen sind bei dir.«

Conchita ließ sich von Bigotazo durch den Vorraum auf die Tür zuschieben. Ihrer beider Schritte klangen dumpf auf dem Holzboden, dann klickte die Klinke. Jemand schien aufzustehen. Es dauerte einen Augenblick, bis Conchita die Richtung erkannt hatte und sich dem Geräusch zuwandte.

»Angel de Dios«, sagte die Stimme ihres Heiligen.

Nando hatte sich mühsam hochgestemmt. Der Schweiß rann ihm in die Augen. Bigotazo, über den Anblick des Freundes erschrocken, war bestrebt, auf ihn zuzugehen und ihn zu stützen, jedoch ohne Conchita loszulassen, was zu einer Unterbrechung im Bewegungsablauf führte. Schließlich waren sie bei der Bank angelangt, und Bigotazo legte Nando die Hand auf die Schulter.

»Setz dich, um des Himmels willen. Das kommt daher, daß du heute nacht nicht geschlafen hast. Hier Señorita, Sie können ebenfalls auf der Bank Platz nehmen. Vielleicht möchten Sie später ein Glas Mandarinensaft oder etwas Obst, ich könnte auch –« Er verstummte, weil er den Eindruck hatte, daß ihm niemand zuhörte. Nando sah Conchita an, als hätte er ihr Gesicht zum ersten Mal vor Augen, und Conchita blickte zu ihm auf, als ob sie ihn sehen könnte.

»Gut, dann –«, sagte Bigotazo, etwas ratlos die Schultern hebend. »Ich werde klopfen. Vielleicht in fünfzehn Minuten oder in zwanzig, je nachdem –« Er versuchte, auf Zehenspitzen den Raum zu verlassen, was sich bei seiner stattlichen Schuhgröße als schwierig erwies, es gelang ihm jedoch, erst auf der Schwelle zu stolpern und die Tür hinter sich ins Schloß zu ziehen, ehe er mit voller Wucht auf die draußen in gebückter Haltung lauschende Umbre prallte.

Nando hatte, ohne es zu merken, seine Faust gegen die Brust gepreßt, was dasselbe bedeutete, wie wenn ein Mann, der im Besitz beider Arme ist, die Hände faltet. »Patroncita«, sagte er.

Conchita, die nur auf den Ton gehört hatte, antwortete: »Ich bin auch froh, dich zu sehen, Nando.«

Das Wort schmerzte Nando, wie immer, wenn sie es gebrauchte, und er tat einen raschen Atemzug. Dann entstand eine Pause. Conchita hatte sich in ihrer Schwerelosigkeit keine

Gedanken über etwaigen Gesprächsstoff gemacht und merkte plötzlich, daß ihr nichts einfiel, was zu sagen wäre, und Nando war verstummt, weil es für die Dinge, die er sagen wollte, zu früh war und er sich für die Zeit davor nichts zurechtgelegt hatte.

Schließlich faßte er sich ein Herz und fragte: »Wie geht es Ihnen, Patroncita? Wie geht es auf Angel del Sur?«

»Du fehlst uns«, sagte Conchita.

Nandos Herz begann schneller zu schlagen. Conchita, der es in dem geschlossenen Raum heiß geworden war, hatte nach ihrem Schultertuch gegriffen.

»Und wie geht es dir?« fragte sie, den Knoten, den Umbre geschlungen hatte, ein wenig lockernd. »Was tust du die ganze Zeit?«

Nando senkte den Kopf, um nicht auf ihre Hände zu sehen. »Ich esse«, sagte er, »ich schlafe und gehe ein bißchen im Büro auf und ab. Ich spiele mit meinem Aufseher Schach. Er ist sehr freundlich. Leider kann ich Ihnen keine Figuren schnitzen, Patroncita. Ich darf hier kein Messer haben.«

»Du kannst es tun, wenn du zurück bist«, sagte Conchita.

»Ich hoffe, das wird bald sein«, sagte Nando.

Conchita horchte dem Klang nach, den sie wiedererkannte. Während des Gesprächs war es ihr erschienen, als entferne sie sich schrittweise aus der Realität und sei wieder in der Kapelle der Arena von San Eresmo angelangt. Der Mann, der auf der Bahre lag, war Miguel und sprach mit der Stimme ihres Heiligen, aber er hatte Nandos Gesicht, und seine Worte hatten den spröden Klang, mit dem er zu ihr gesagt hatte: »Ich brauche etwas. Ganz dringend.« Conchita faßte mit beiden Händen nach der Holzfläche der Bank, weil ihr eine Blutwelle ins Gesicht gestiegen war.

Nando sah mit Staunen, wie die Züge des Mädchens sich belebten und ein durchsichtiger Schimmer in ihre Augen trat. Er hatte sich zurückhalten wollen, aber etwas in ihm war stärker, und er sagte ein wenig vorgebeugt mit zugeschnürter Kehle: »Sie sehen wunderschön aus, Patroncita.«

»Umbre meint, ich esse zuviel.«

Sie wußte also nichts. Nando war erleichtert und besorgt zugleich. Erleichtert, weil ihr ihre Unschuld erhalten geblieben war, und besorgt, weil die Zeit ihrer Niederkunft näherrückte. Äußerlich war ihr nichts anzusehen. Wer sie nicht von früher kannte, wäre nicht auf den Gedanken gekommen, daß sie schwanger war. Nando beschloß, noch heute mit Bigotazo zu sprechen: Wenn eine vorzeitige Entlassung nicht möglich war, konnte man ihm vielleicht nach Absprache mit der vorgesetzten Behörde einen Urlaub gewähren. Die Vorstellung, nicht in der Nähe zu sein, wenn Conchitas Stunde gekommen war, brachte ihn um den Verstand. Er riß sich gewaltsam von dem Gedanken los.

»Habt ihr schon mit der Olivenernte angefangen?«

»Junipero möchte damit warten, bis du wieder da bist.«

Conchitas Erwähnung ihres Bruders in der Funktion des Patróns brachte Nando darauf, daß er sich noch nicht zu Sebastianos Tod geäußert hatte. »Wegen Ihres Vaters, Patroncita«, sagte er, »es tut mir leid.«

»Mutter sagt, daß er im Himmel ist. Sie hat ihn die goldene Leiter hinaufsteigen sehen.«

»Er ist gewiß im Himmel.«

Conchita war bei der Erwähnung von Juniperos Namen ebenfalls etwas eingefallen, und da sie der Sache ein wenig ratlos gegenüberstand, hielt sie es für angebracht, mit Nando darüber zu sprechen.

»Junipero sagt, daß ich heiraten soll.« Sie konnte nicht sehen, daß Nandos Gesicht unter seiner Stirnlocke aschfahl geworden war. Sein Atem stockte, und er faßte unwillkürlich nach seiner Kehle.

»Warum sagst du nichts?« fragte Conchita. Als er nicht antwortete, dachte sie, daß er eine genauere Erklärung erwartete, und setzte hinzu: »Junipero meint, daß ich mich freuen sollte.«

Nando hielt die Hand um seine Kehle gepreßt, die ihm den Dienst zu versagen drohte: Schließlich brachte er die Worte heraus: »Wer ist es?«

»Der Polizist, der dich von Angel del Sur weggeholt hat. Junipero scheint es zu wünschen.«

Dagegen war objektiv gesehen, nichts zu sagen: Ein junger Mann im Staatsdienst, offensichtlich strebsam, in vorgerückter Position. Es war Nandos Schuld. Er hatte zu lange gezögert. Sich auf die Kraft seines Opfers verlassen, statt noch zu Sebastianos Lebzeiten vor ihn hinzutreten und sein und der Patroncita Schicksal in die Hand zu nehmen. Ein Schüttelfrost überfiel ihn.

Conchita, die seine keuchenden Atemzüge hörte, fragte erschrocken: »Was hast du, Nando? Fühlst du dich nicht wohl?«

»Werden Sie ihn heiraten, Patroncita?«

»Ich kann ihn nicht leiden«, sagte Conchita.

Nando, der sich von der Bank hatte erheben wollen, sank zurück. Conchita fürchtete plötzlich, ihn behelligt zu haben. Sie hatte die Sache ins Gespräch gebracht, weil sie in ihrer Unsicherheit einen Rat oder eine Lösung von der Stimme ihres Heiligen erhofft hatte.

Da er nicht antwortete, fragte sie nach einer Pause bedrückt: »Denkst du, ich muß es trotzdem tun?«

»Nein«, sagte Nando. Es klang wie ein Aufschrei. Wie Miguels Stimme in der Kapelle von San Eresmo, als er hervorgestoßen hatte: »Bleib.« Conchita atmete auf. Sie wunderte sich nicht, daß er ihr das Wort gesagt hatte, das sie befreite, noch, daß die Zeit ihr entglitten war: Ihre Begegnung bestand von Anfang an. Schon San Eresmo war im Grunde nur eine Fortsetzung gewesen.

Von draußen klopfte Bigotazo behutsam an die Tür. »Verzeihung. Die fünfzehn Minuten sind vorüber.«

Er war mit Umbre auf und ab gegangen, wobei diese den Café helado, den die beiden Adjutanten abgeliefert hatten und wofür jeder mit zwei Pesetas entlohnt worden war, in winzigen Schlucken zu sich genommen hatte. Bigotazo hatte versucht, ein Gespräch in Gang zu bringen, was an Umbres Hingabe an das ihr unbekannte wohlschmeckende Getränk gescheitert war. Die beiden Adjutanten waren abgezogen, der Platz lag ausgestorben in der Stille des Mittags. Nando und Conchita waren bei Bigotazos Klopfen aufgeschreckt.

»Patroncita«, sagte Nando.

»Ja. Ich muß gehen.«

Sie hatten sich einander zugewandt. Nando wußte nicht, woher er den Mut nahm, als er sagte: »Ich würde Sie zum Abschied gerne auf die Stirn küssen, Patroncita.«

Conchita nickte. Nando beugte sich zitternd vor. Im Augenblick, da er sich ihrer Stirn näherte, hob Conchita, die nicht sehen konnte, in welcher Höhe er sich befand, ihr Gesicht.

Ihre Lippen trafen aufeinander, unerwartet und ungewollt, und zwischen Geschehen und Erkennen stand die Zeit still. Nando fühlte in einem Taumel von Staunen und Ungläubigkeit, daß das Mädchen nichts unternahm, um sich zurückzuziehen, und Conchita, die nicht sofort, dann aber doch begriff, was geschehen war, stützte sich mit den Fingerspitzen beider Hände auf die Bankfläche, um ihre Lage nicht zu verändern. Als Bigotazo abermals klopfte, mochten Sekunden oder Minuten vergangen sein. Es war Nando, der sich, das offene, sanft gerötete Gesicht des Mädchens vor Augen, von Conchita löste, um das Schicksal nicht zu überfordern. Conchita wagte es nicht, die Hand auszustrecken, um ihn zu berühren: Gottes Gnade war in ihr Herz gefallen, und, gleichgültig in welcher Gestalt oder Umgebung ihr Heiliger sich ihr offenbarte, sie war ihm anvertraut. Wenn es ihm gefiel, den Knecht an seine Stelle zu setzen, war es Gottes Wille, der ihr das Augenlicht genommen hatte, um ihren inneren Blick zu schärfen. Sie merkte, daß die Schwerelosigkeit, die sie vorher empfunden hatte, nur die Vorbereitung auf die Empfindung gewesen war, die sie jetzt erfüllte. Nando hatte sich ebenfalls erhoben und stand vor ihr.

»Die Maria schützt Sie, Patroncita.«

»Alle Heiligen sind mit dir, Nando.«

Conchita hatte bei ihrem Eintreten die Schritte gezählt, und es bereitete ihr keine Mühe, die Tür zu finden. Bigotazo, der draußen gewartet hatte, wich, erstaunt über die Veränderung, die mit ihr vorgegangen war, einen Schritt zurück.

Umbre flatterte mit wehendem Capote auf Conchita zu. »*Pajarita*, mein Vögelchen, du bist überanstrengt, du mußt sofort an die frische Luft.« Sie nahm sie flügelschlagend um die Schulter und strebte mit ihr dem Ausgang zu.

»Ich habe Hunger«, sagte Conchita.

Umbre stieß einen spitzen Freudenschrei aus. »Dank der Hostie! Wir halten ein Festmahl zu Ehren deines Heiligen: Aufseher, gibt es hier im Ort irgendwo ein schattiges Plätzchen?«

»Unten am Fluß stehen Bänke«, sagte Bigotazo, der nicht aufhören konnte, Conchita anzustarren. »Es sind auch eine Menge Eukalyptusbäume dort.«

Umbre deutete im Abgehen eine Verbeugung an, die Bigotazo erwiderte.

Conchita, die beides nicht sehen konnte, blieb auf der Schwelle noch einmal stehen. »Danke, Aufseher. Sie waren sehr freundlich.«

»Es war mir eine Ehre, Señorita«, erwiderte Bigotazo, den Kragen seiner Uniform, der ihm zu eng geworden war, lokkernd. Als die beiden das Haus verlassen hatten, riß er die Tür des Büroraums auf, wo Nando, der sich nicht vom Fleck gerührt hatte, neben der Holzbank stand. »Sie liebt dich, Hombre. Ich hab' es ihr angesehen!«

Nando hielt sich mit seiner einen Hand an der Lehne der Bank fest. »Sie soll den Polizisten heiraten.«

»Sie liebt dich. Glaub mir, ich habe einen Blick dafür.«

Bigotazo war einen Schritt auf Nando zugetreten und erschrak vor dem fiebrigen Blick des Freundes. »Mann Gottes, verdamm mich, du siehst aus wie dein eigener Leichnam. Mach dir nicht so viele Sorgen. In ein paar Wochen bist du draußen, dann löst sich alles von selbst.« Er merkte, daß Nando zitterte, und griff nach seinem Arm, um ihn zu stützen. »Leg dich hin, um aller Heiligen willen! Du hast heute nacht nicht geschlafen. Ich bring' dir zum Abendessen eine Flasche Kakteensaft, das wird dich wärmen.« Er half Nando, sich auf die Pritsche zu legen, und zog die Decke über ihn. Als er das Gitter abgesperrt hatte und schon in der Bürotür stand, warf er noch einen besorgten Blick zurück und beschloß, seinem Häftling das Essen samt Kakteensaft früher als sonst, am besten gleich nach dem Anima-Läuten, zu bringen. An ein anschließendes Schachspiel war unter diesen Umständen ohnehin nicht zu denken, und was seine persönlichen Belange betraf, so hatte die Witwe den Wunsch geäußert, in der Dämmerung mit ihm einen Spaziergang am Flußufer zu machen, wodurch sich Bigotazo, der darin einen Fortschritt in ihrer Beziehung erblickte, in dem Bestreben bestärkt fühlte, das Eisen zu schmieden, solange es heiß war.

Er entfernte, draußen angelangt, den Zettel mit der Aufschrift »Heute kein Parteienverkehr« und vertauschte ihn gegen einen mit der Aufschrift »Mittagspause bis 16 Uhr«. Dabei fiel ihm die wundersame Veränderung der kleinen Señorita ein, und er fühlte sich, wenn auch innerhalb gewisser Grenzen, zum Vergleich mit den wechselnden Wesenszügen seiner Witwe angeregt. Auf den Platz hinausgetreten, verweilte er noch ein paar Augenblicke lang bei dem Mysterium der Liebe im einzelnen sowie im allgemeinen, ehe er sich dem realistischeren Gedanken, welchem der drei Kaffeehäuser von Fuego Fuego er an diesem Mittag seinen Besuch abstatten würde, zuwandte.

Conchita und Umbre hatten den Fluß erreicht und sich auf einer Bank, die im Schatten eines mächtigen Eukalyptusbaums stand, niedergelassen. Umbre hatte aus den unergründlichen Taschen ihres Tuchrocks zwei Pakete mit Käsefladen, zwei mit getrocknetem Eselsfleisch, mehrere frischgebackene Holzofenbrote, ein Glas mit grünen Oliven sowie eine Flasche *vino con gaseosa* zutage gefördert. Conchita aß zuerst die Käsefladen, dann zwei Brote mit Eselsfleisch samt den Oliven und trank am Ende die Flasche *vino con gaseosa* zu drei Vierteln leer. Umbre betete im stillen, daß Conchitas Appetit der kleinen Schönen Seele unter ihrem Herzen zugute käme, um deren Wachstums willen der Ausflug unternommen worden war, und nahm das gelungene Picknick unter dem Eukalyptusbaum für einen vielversprechenden Anfang.

Es könnte als Zufall gelten, sollte aber im Rahmen der vorliegenden Gegebenheiten nicht als solcher gewertet werden, daß Ele ihren Weg zu San Cristóbal, vom Pappdachhäuschen ausgehend, an der Polizeiwache vorbei, an diesem Frühnachmittag über die Uferpromenade nahm. Während sie im Schatten der Bäume ohne Hast voranschritt, kam ihr unversehens in den Sinn, daß sie sich an der Stelle befand, wo sie seinerzeit den Streit zwischen den beiden *toros* auf ihre Weise geschlichtet hatte. Sie verwarf den Gedanken augenblicklich, war sich jedoch nach wenigen weiteren Schritten über dessen Ursprung im klaren: Auf der Böschung zwischen Fluß und Uferweg befanden sich auch diesmal zwei Gestalten, die zwar im Gegensatz zu damals friedlich auf einer Bank saßen, deren eine jedoch in engstem Zusammenhang mit Eles überraschend aufgetauchter Erinnerung stand: Es war die Haushälterin, der sie seinerzeit die Nachricht für Pepe el Moreno zugleich mit dem Schlüsselwort »Hibiskus« mitgegeben hatte. Ele erwog, umzukehren oder mit gesenktem oder abgewandtem Kopf vorbeizugehen, aber die Frau hatte sie schon erblickt und winkte ihr mit dem Flügel ihres Capote eifrig und, wie es schien, erfreut zu. Ele verlangsamte, unsicher geworden, ihren Gang und murmelte einen Gruß, den die alte Fledermaus, sich devot von der Bank erhebend, erwiderte, während das Mädchen an ihrer Seite in eine andere Richtung blickte und sich erst nach einem Augenblick des Begreifens dem beiderseitigen Gruß anschloß. Ele fiel ein, daß es sich hierbei um Sebastianos blinde Tochter handeln könnte, und Anteilnahme und Neugier ließen sie im Schritt verhalten: Anteilnahme, weil das Mädchen sanft und freundlich wirkte, und Neugierde, weil sich aus ihrem Gesicht möglicherweise künftige Ähnlichkeiten mit dem demnächst zu erwartenden kleinen Bruder des Mädchens, Manuel oder Ramón, ablesen ließen.

Sie erwog, das Mädchen anzusprechen, um es dazu zu bewegen, ihr das Gesicht zuzukehren, suchte kurz nach den richtigen Worten und verwarf den Gedanken wieder, um nicht in ein Gespräch mit der Fledermaus gezogen zu werden. Als sie jedoch, zum Weitergehen entschlossen, den ersten Schritt tun wollte, geschah etwas Sonderbares. Ihr Fuß wurzelte am Boden fest, als unterstünde er einem fremden Willen. Der Befehl dazu kam unzweifelhaft aus dem Bereich ihrer Leibesmitte, wo der kleine Ramón oder Manuel in heftige Bewegung geraten war.

Im gleichen Augenblick sagte das Mädchen, das wenige Schritte vor ihr auf der Bank saß, zu der immer noch devot dastehenden Alten: »*Madre de Dios*, Umbre, ich habe heute wieder zuviel gegessen, sieh doch, wie es in meinem Bauch rumort.«

Und als Ele sich, wie von Drähten gezogen, Sebastianos Tochter zuwandte, erkannte sie, durch ihre eigene Situation hellsichtig geworden, unter dem dünnen, kaum gebauschten Leinenkleid, das das Mädchen trug, die Bewegung des Kindes unter ihrem Herzen.

Für Sekunden hielt der Wind den Atem an, und das Rauschen des Flusses verstummte. Ein unhörbares mehrstimmiges Flüstern schien über der Uferböschung zu liegen, und Sebastianos Tochter hatte den Kopf gehoben, als habe sie es ebenfalls vernommen. Schließlich gelang es Ele, sich zu lösen und weiterzugehen. Die Alte rief ihr etwas nach, einen Gruß oder Wunsch, doch Ele hatte ihren Schritt beschleunigt, als gelte es, ein Geheimnis in Sicherheit zu bringen. Sebastianos Tochter war schwanger, und mit der Klarheit, die ihr dank ihrer aufrichtigen Hinwendung zum Heiligen Geist zuteil geworden war, fühlte Ele, daß die Begegnung etwas bedeutete.

Padre Felipe, der Vorstand des Klosters Rábida Alcazar, gleichzeitig Pfarrer der Kirche San Cristóbal, dessen Vorliebe Versehgänge waren, weil man dabei sozusagen seinem Schöpfer in die Hand arbeitete, und der hierbei sowie zur Bewältigung der Entfernung zwischen seinen beiden Wirkungsbereichen noch immer seine Motoguzzi strapazierte, hatte um die Fastenzeit eine Predigt gehalten, die Ele ihrem Zustand gemäß besonders bewegt hatte. Sie hatte von dem Besuch Marias bei ihrer Base Elisabeth gehandelt, die, wie Ele, in vorgerücktem Alter gesegneten Leibes gewesen war, und ein Satz daraus hatte etwa gelautet: Sieh, und als es des Herrn unter deinem Herzen ansichtig wurde, da hüpfte mir vor Freude das Kind in meinem Leib. Ele hatte daraus zweierlei gelernt: Erstens, daß es dem kleinen Ramón oder Manuel möglich war, durch ihre Augen nach außen zu sehen, und zweitens, daß er imstande war, Gefühle auszudrücken, wie dies Elisabeths Kind, im erwähnten Fall durch freudiges Hüpfen, anschaulich bewiesen hatte. Von da an hatte sie begonnen, den Kleinen auf alles, was ihr sehenswert schien, hinzuweisen, und fand darin einen beglückenden Ausgleich für die fehlenden Kontakte mit der Katze Fulvia, die aus bekannten Gründen nach dem Schock in der Waschküche als Bezugsobjekt ausgeschieden war. Mehrere Male schon hatte der kleine Manuel oder Ramón eindeutig auf Eles Winke reagiert, so beispielsweise, als sie ihn auf einen besonders schönen Sonnenuntergang, auf einen Goldfisch im Brunnen vor dem Rathaus und, vor allem, auf einen in vielen Farben leuchtenden Eisbecher aufmerksam gemacht hatte, der ihr, mit einem kleinen Schirmchen verziert, in einem der drei Kaffeehäuser von Fuego Fuego serviert worden war. Nun war er selbst es gewesen, der sie mit allem Nachdruck auf etwas hingewiesen hatte, und Ele, die, in Gedanken versunken, die Uferpromenade verlassen hatte und in die Straße zum Polizeirevier eingebogen war, blieb, von der Wucht der Botschaft getroffen, im Schatten der Häuser stehen. Sebastianos Tochter war schwanger! Aurelia hatte sich, wie Sebastiano seiner kleinen Löwin in Wort und Tat wiederholt glaubhaft versichert hatte, schon Jahre zuvor aus der Ehe zurückgezogen. Das Mädchen war unverheiratet, ein Kindesvater offensichtlich nicht greifbar. Was lag näher, als das Kind der Tochter als das der Mutter auszugeben, um Problemen aus dem Weg zu gehen und das Ansehen des Hauses zu wahren? Schwangerschaften ließen sich, wenn man dabei geschickt vorging, auch vor der nächsten Umgebung verbergen. Die alte Fledermaus war vermutlich eingeweiht, aber selbst Ele hätte ohne den ihr zugegangenen Hinweis keinerlei Verdacht geschöpft, wiewohl der Geburtstermin des Mädchens, wie sich aus dem Waschküchengespräch errechnen ließ, etwa zeitgleich mit ihrem eigenen liegen mußte.

Die nächste unmittelbare Folgerung aus ihrer Gedankenkette trieb Ele Tränen der Rührung in die Augen: Sebastiano war ihr treu gewesen! Er hatte, hilflos wie Männer waren, weder gewagt, sich dem auf Angel del Sur geschmiedeten Komplott zu entziehen, noch sich ihr anzuvertrauen. Sein Verhalten während der letzten Besuche, auch der Auftritt in der Waschküche erschien plötzlich in völlig neuem Licht: Er hatte sich auf seine Art gewehrt, sich eingekreist, getäuscht, düpiert gefühlt. Daß sie selbst es gewesen war, die ihn getäuscht hatte, war Ele zu diesem Zeitpunkt schon entfallen, und so konnte sie sich weitgehend von dem Vorwurf freisprechen, den sie sich wegen des am gleichen Tag stattgefundenen tragischen Unfalls gemacht hatte. Es war ein Zusammentreffen unglücklicher Umstände gewesen, und daß Sebastiano sie nicht ins Vertrauen gezogen hatte, war nicht ihre Schuld.

Sie stand im Schatten der Hausecke und blickte die Straße hinunter, wo die Mittagshitze brütend über den Steinquadern hing. Durch ihren Kopf jagten wirre Bilder, und ihre Füße schmerzten von der Last, die sie trug. Im Geist überschlug sie die Wegstrecke, die sie bis zur Zypressenallee zurückzulegen hatte, und war im Begriff umzukehren, um in der Ruhe ihres markisenüberdeckten Gärtchens über die ihr zugegangenen Erkenntnisse nachzudenken. Da fiel ihr Blick auf den Strauß orangefarbener Orchideen, den sie im Arm hielt und den sie, der nahenden Geburtsstunde Ramón Manuels wegen, diesmal mit besonderer Sorgfalt ausgewählt hatte. Der Heilige hätte es zu Recht als grobe Undankbarkeit auslegen können, wenn sie ihm just an dem Tag, da er ihr so sichtbar zur Seite gestanden hatte, sein Geschenk vorenthielt. Zum Nachdenken würde während des Gehens und auch später daheim genügend Zeit bleiben. Sie trat, sich mit einem kleinen Seufzer ermunternd, hinaus in die Helligkeit, um ihren Weg zu gehen, ein Entschluß, der nicht nur Eles Glaubensstärke und Disziplin unter Beweis stellte, sondern darüber hinaus insofern von Bedeutung war, als sie damit, ohne es zu wissen, eine Entscheidung über Leben und Tod herbeiführte.

Man könnte den Zufall anführen und ihn dafür verantwortlich machen, daß einerseits Conchitas Mahlzeit nach dem Besuch im Gefängnis tatsächlich zu üppig ausgefallen war und daß andererseits der kleine Manuel oder Ramón in eben jenem Augenblick darangegangen war, seine von Lucinda festgestellte falsche Lage zu korrigieren. Solcherart wären die beiden

Vorgänge zusammenhanglos nebeneinander abgelaufen,jeder für sich und ohne Berührungspunkt. Man könnte aber auch jenen nicht widersprechen, die behaupten wollten, daß es die Seelen von Pilar und Ramón Manuel waren, die einander an jenem sonnigen Nachmittag am Fluß zum ersten Mal begegneten und sich in der Überraschung des Erkennens in ihren ungeborenen Körpern einander zuwandten.

12

Da Korporal Bluna trotz der vorangegangenen Aufräumarbeiten letztlich im Kurzschluß gehandelt hatte, war es nicht verwunderlich, daß sich bei einem so jungen und bekannt tatkräftigen Mann, wenn auch verspätet, der Selbsterhaltungstrieb Bahn brach. Im Augenblick, da er mit einem kräftigen Ruck den Stuhl zur Seite gestoßen hatte und sein Hals in die Schlinge glitt, stand das Endgültige seines Tuns so deutlich vor seinen Augen, daß alles Vorangegangene, so schmerzlich es gewesen sein mochte, in den Hintergrund trat und er mit beiden Händen nach dem Strick oberhalb seines Kopfes griff. Es gelang ihm, sich trotz der vom Ventilator schmerzenden Schulter mit mehrmaligem wechselnden Nachgreifen hochzuziehen und den Druck um seinen Hals so weit zu lockern, daß er wie ein Kletterer in der Felswand mit beiden Händen am Seil festhing. Damit war sowohl seinem Entschluß, am Leben zu bleiben, Genüge getan wie für den Augenblick Luft geschaffen. Auch galt Bluna, der in der Polizeisporttruppe der Ausbildungsschule von San Eresmo der Beste im Fünfkampf gewesen war, als durchtrainierter Leichtathlet. Wie man jedoch weiß, ist es eine der schwersten Übungen, sich mit abgewinkelten Armen am Seil zu halten, und so war es nur eine Frage der Zeit, wie lange der Korporal ausharren würde. Er versuchte, etwas schwingend, mit der Fußspitze den Stuhl zu erreichen, hatte ihn aber zu weit weggeschleudert und wollte keine weiteren Kräfte vergeuden. Auch blieben seine erst zögernden, dann kräftigeren Hilferufe, wiewohl die beiden Adjutanten, die nach einer ratlosen Viertelstunde auf dem Platz zum Gendarmeriekommando zurückgekehrt waren und nur zwei Zimmer von ihm entfernt *baraja* spielten, ungehört. Schon begannen seine Kräfte nachzulassen, seine Situation wurde von Sekunde zu Sekunde unerträglicher, und bei aller Verzweiflung, die ihn befiel, mußte er sich sagen, daß er selbst es gewesen war, der sich in diese mißliche Lage gebracht hatte. Er überlegte kurz, ob er seine Seele der Jungfrau befehlen und das Seil loslassen solle, um die Qual zu verkürzen. Seine Handflächen brannten, die Schultergelenke, insbesondere das rechte, hatten unter der Zuglast des Körpers zu zittern begonnen, und der Strick grub sich infolge seiner erlahmenden Kräfte in die Halsbeuge und drückte ihm die Zunge gegen den Gaumen, wodurch die Luftzufuhr zu stocken begann. Die Hoffnungslosigkeit seiner Lage stand drastisch vor seinen Augen, und er begann sich, gewissermaßen gleichlaufend mit den verrinnenden Sekunden, in sein Schicksal zu fügen. Im Gegenzug wurden jedoch Kräfte in ihm wach, die ihn anwiesen, sein Leben so teuer wie möglich zu verkaufen. Wenn für sonst niemanden, der es wert gewesen wäre, dann zur höheren Ehre des Vaterlandes, das schließlich bis zu jenem verhängnisvollen Tag auf Angel del Sur seinen Lebensinhalt gebildet hatte. Und so faßte er, schmerzende Handflächen, Schultern und mangelnde Luft mißachtend, noch einmal kräftig in das Seil und zog sich daran hoch, mit einem letzten geistigen *»todo por la patria«* der ihm zugegangenen inneren Weisung folgend.

Ele setzte auf dem von der Hitze aufgeweichten Asphalt Schritt vor Schritt und hatte eben überlegt, ob sie ihr Schultertuch über den Blütenzweig breiten sollte, um ihn vor der Sonne zu schützen, als ihr unversehens ein Gedanke in den Sinn kam: Sie hatte bisher beim Verlassen der Kirche die jeweils vom Vortag stammenden Gaben, nachdem sie sie aus San Cristóbals steinernen Händen gelöst hatte, in den Abfalleimer neben der Kirchentür versenkt. Dies war insofern Verschwendung, als die Blumen sich unter dem kühlen Kuppelgewölbe relativ frisch hielten und nach Ablauf eines Tages ohne Schwierigkeiten weiterzuverwenden gewesen wären. Am besten, indem man sie einem zweiten Heiligen zum Geschenk machte, der nicht in der glücklichen Lage war, jeden Tag Blumen zu erhalten, und dem man auf diese Weise ein wenig Freude bereiten konnte. Ele dachte hierbei an den Nährvater Josef von Nazareth, dessen weiße, mit Gold verzierte Statue unterhalb der Kanzel im heiligen Stall von Bethlehem stand und der für ihre Zwecke als Zweitheiliger wie geschaffen war, galt er doch als für die Familie zuständig – und eine solche würde sie ja bald sein. Sie hatte beinahe die ganze Länge der Straße hinter sich gebracht und bewegte sich, soweit ihr dies möglich war, mit beflügeltem Schritt auf die Polizeistation zu. Selbstverständlich würde sie mit der Neuordnung sofort beginnen, und der Gedanke, daß, wenn sie die Kirche verließ, gleich zwei Heilige von ihr bedacht zurückbleiben würden, erwärmte ihr Herz. Sie schrieb die ihr zugegangene Eingebung dem Heiligen Geist zu und hob den Blick, um ihm zu danken, als ihr an diesem an Überraschungen nicht armen Tag das Sonderbarste von allen Erlebnissen zuteil wurde: Das Gesicht des sensiblen Polizisten, mit dem sie ein Lächeln getauscht hatte, befand sich heute innerhalb des Fensterrahmens in völlig ungewohnter Höhe, so daß es den Eindruck machte, als würde der Mann über dem Boden schweben. Beim zweiten Blick schien es Ele, als seien seine Züge seltsam verzerrt, und beim dritten stellte sie fest, daß er, was beinahe schockierend ungewohnt wirkte, seine Mütze nicht trug. Sie tat einen hastigen Schritt auf das Fenster zu und rief, Anstand und Gepflogenheit beiseite lassend, hinauf: »Sargento, geht es Ihnen gut?«

»Hilfe«, keuchte Bluna, dem die Augen aus dem Kopf zu quellen begannen.

Ele ließ den Blütenzweig fallen und stürzte durch die offene Haustür in das Gebäude. Sie nahm die wenigen Stufen nach oben, so schnell sie konnte, und öffnete, in dem dunklen Gang angelangt, die Tür, die sie für die richtige hielt. Als sie, nach einem ungenützt verstrichenen Augenblick, da das Gegenlicht sie blendete, erkannte, was vor sich ging, prallte sie zurück und stieß einen Schrei aus.

Bluna, der mit seinem Gesicht in Richtung Fenster hing und ihr Eintreten nur akustisch wahrgenommen hatte, keuchte: »Den Stuhl.«

Ele sah sich um. Es gelang ihr, ihren Schrecken zu überwinden, sie bückte sich, hob den Stuhl auf und schob ihn unter den Sargento, der mit den Zehen danach tastete. Als er festen Tritt gefaßt und die Hände vom Seil gelöst hatte, gab er einen unbestimmbaren Laut von sich, der wie ein Seufzer oder ein Zuruf klang, und Ele, die nicht bemerkt hatte, daß ihr die Tränen aus den Augen stürzten, stand schluchzend und händeringend vor ihm und starrte in sein kalkweißes Gesicht.

»Mein Gott, Sargento, warum haben Sie das getan?«

»Die Schere«, keuchte Bluna.

Ele verstand jetzt den Zuruf von vorhin. Sie wandte sich suchend um.

»In der Schreibtischlade«, stieß der Mann, nach Atem ringend, hervor.

Ele öffnete die Lade und reichte Bluna die Schere, die er, eine Hand vom Seil lösend, an sich nahm. Als er jedoch versuchte, sie hochzuheben und damit in die Nähe des Seiles zu gelangen, merkte er, daß dies seine Möglichkeiten überstieg. Ele, die die Situation begriff und deren Fassung im Zuge der an sie gestellten Forderungen wiederzukehren begann, wand ihm das Ding vorsichtig aus den blutleeren Fingern.

»Warten Sie, Sargento. Ich schneide Sie ab.«

Sie schob den Besucherstuhl, der vor dem Schreibtisch stand, an den des Sargento heran und versuchte, hinaufzuklettern, wozu sie sich an dem herunterhängenden Arm des Mannes festhalten mußte.

»Sie erlauben, Sargento.«

Bluna signalisierte mit sich öffnenden und schließenden Fingern jegliches Einverständnis. Ele ergriff, nachdem sie die Schere in ihrem Ausschnitt verstaut hatte, mit beiden Händen Blunas Arm und zog sich, erst auf dem Sessel kniend, dann stehend, daran hoch. Oben angelangt, merkte sie, daß ihr nicht viel Platz verblieb. Bluna war nicht groß, aber breit, und auch ihr eigener Umfang war derzeit beachtlich. Sie entnahm die

Schere dem Aufbewahrungsort und tastete sich damit, den Blick in die Tiefe vermeidend, über Blunas Kopf hinweg an den Strick heran.

Es war kein leichtes Unterfangen. Einige Male drohte sie das Gleichgewicht zu verlieren, und, an das Seil herangekommen, merkte sie, daß es ihr zähen Widerstand bot. Sie rutschte mit der Schere ab, setzte noch einmal an und begann dem Ding in kleinen verbissenen Attacken auf den Leib zu rücken. Ein paar der äußeren Hanfteile sprangen unter ihren Schnitten ab, und Ele, des Erfolges innewerdend, verdoppelte ihre Anstrengung.

Korporal Bluna versuchte, der an seiner Befreiung arbeitenden Frau nach Kräften nützlich zu sein. Er hatte, auf Zehenspitzen stehend, selbst nicht viel Halt, sobald sie jedoch ins Wanken kam, preßte er seinen Körper stützend gegen den ihren, und als in einen seiner Arme etwas Gefühl zurückgekehrt war, legte er ihn um den vollschlanken Leib seiner Retterin.

Ele hatte in zähem Einsatz etwa die Hälfte des Seils durchtrennt und erwog, eine Pause einzulegen, da das Stehen mit erhobenen Händen sie zu erschöpfen begann, als sie in ihrem Inneren einen Riß fühlte und der kleine Manuel oder Ramón an diesem Tag zum zweiten Mal in Bewegung geriet. Sie ließ erschrocken von dem Seil ab und klammerte sich an ihren Schutzbefohlenen, der seinerseits mit seinen immer kräftiger werdenden Armen ihre Taille umfaßt hielt.

»Verzeihung, Sargento. Ich mache gleich weiter. Ich glaube, es ist etwas mit meinem Kind.«

Der Sargento, immer noch im Sprechen behindert, drückte sie tröstend fester an sich. Ele hob wieder die Hände, wobei ein stechender Schmerz ihren Körper durchlief, und schnitt dann, über sich hinauswachsend, mit einer einzigen entschlossenen Bewegung das Seil durch. Bluna, zum zweiten Mal befreit, atmete auf, was seinen Körperumfang noch um ein weniges erweiterte. Minutenlang standen die beiden umschlungen und von den vorangegangenen Ereignissen erschöpft auf ihren Stühlen. Dann löste sich Bluna, da der Abstieg anders nicht zu bewerkstelligen war, zögernd von seiner Retterin.

»Gestatten Sie, daß ich vorangehe. Ich werde mir anschließend erlauben, Ihnen behilflich zu sein.« Er kletterte vom Stuhl und wandte sich, den abgeschnittenen Strick um den Hals, der seltsam unbewegt und schweigend oben verbliebenen Ele zu. »Verzeihung, Señora: Was sagten Sie vorhin von Ihrem Kind?«

»Ich glaube, es kommt zur Welt«, sagte Ele.

Bluna griff mit der Hand, die ihm plötzlich wieder gehorchte, in seine Tasche und holte ein Taschentuch heraus, mit dem er sich über die schweißnasse Stirn fuhr.

»Es kommt zur Welt? Sie meinen, jetzt, Señora? Hier?«

»Ich weiß es nicht genau«, sagte Ele, deren kaum versiegte Tränen wieder zu rinnen begannen. »Es ist mein erstes. Aber ich habe jedenfalls das Gefühl.«

»Qué diablo!« sagte Bluna, weiter an seinem Gesicht herumwischend, während er begann, mit kleinen, konsternierten Schritten vor Eles Sessel auf und ab zu gehen, *»Qué diablo,* Señora, das ist meine Schuld, es ist ganz allein meine Schuld! Können Sie mir verzeihen?«

»Darauf kommt es jetzt nicht an«, sagte Ele mit schwankender Stimme.

Bluna unterbrach seinen Gang und steckte das Taschentuch ein. »Verzeihen Sie! Ich bin ein Idiot. Darf ich Ihnen behilflich sein?« Er trat an den Stuhl heran. »Hier nehmen Sie meine Hand. Stützen Sie sich auf meine Schulter. Halten Sie sich an der Lehne fest.« Er gab mehrere einander widersprechende Anweisungen und griff schließlich mit der wiedergewonnenen Kraft seiner Hände selbst zu. »Ganz ruhig, Señora. Ich besorge Ihnen einen Arzt. Sie müssen sich hinlegen. Setzen Sie sich für einen Augenblick hierher.«

»Keinen Arzt«, sagte Ele, »die Hebamme.«

»Die Hebamme«, wiederholte Bluna, Haltung bewahrend, »selbstverständlich. Sofort. Wo finden wir sie, wie ist ihr Name?«

»Lucinda«, sagte Ele. »Die Frau des Wagenschmieds in der Calle de Serpiente.«

»Entschuldigen Sie mich für einen Augenblick. Ich leite alles in die Wege.«

Bluna hatte Ele auf den Sessel gleiten lassen und wollte den Raum verlassen, als sein Blick auf das tränenüberströmte Gesicht seiner Befreierin fiel. Er stockte bestürzt im Schritt. »*Por Dios*, Señora, können Sie mir sagen, warum Sie weinen?«

»Es ist drei Wochen zu früh«, sagte Ele.

Bluna machte unwillkürlich eine Bewegung, als wolle er sich die Haare raufen, was bei der Beschaffenheit seines Kopfbewuchses als unrealisierbar gelten konnte, und verließ im Laufschritt den Raum. Zwei Zimmer weiter saßen die Adjutanten noch immer beim *baraja*, wobei Maria José dem jahrgangsjüngeren Gendarmerieschüler Pedro Paco die zwei Pesetas, die ihm kurz vorher für die Besorgung des Café helada für die Frau im Umhang zugegangen waren, wieder abgewonnen hatte.

Bluna riß die Tür auf und rief ihnen zu: »Notfall! Alarmstufe eins. Erwarte Sie zur Entgegennahme der Befehle.«

Die beiden Adjutanten, von ihren *baraja-Karten* aufsehend, musterten überrascht ihren Vorgesetzten, der, die Schlinge eines abgeschnittenen Hanfseils um den Hals, in der Tür stand. Bluna, der ihren Blick bemerkte, griff nach der Schlinge, zerrte hastig daran und zog sie, als sie genügend gelockert war, über seinen Kopf.

»Zur Befehlsentgegennahme! Ich muß zurück zu der Señora. Glotzt nicht so dumm. Euer Kartenspiel wird Folgen haben!« Er eilte zurück zu Ele, die sich, leise stöhnend, auf dem Stuhl zurückgelehnt hatte. »Ich habe zwei Gehilfen abkommandiert. Wir werden sofort Ihren Ehemann verständigen.«

»Ich habe keinen Ehemann«, sagte Ele.

Bluna, der erneut nach seinem Taschentuch hatte greifen wollen, hielt in der Bewegung inne. »Wie darf ich das verstehen?« murmelte er verwirrt.

Die beiden Adjutanten waren mit umgeschnallten Koppeln und kerzengerade sitzenden Mützen in der Tür erschienen.

Bluna nahm, ohne es zu merken, Haltung an. »Großeinsatz«, sagte er, »volle Bereitschaft! Maria José, du holst die Bahre aus dem Sanitätsraum...« Er sah, daß Ele bei dem Wort zusammenzuckte, und verbesserte sich: »...die Tragbahre.« Und zu Pedro Paco gewandt: »Und du holst die Frau des Wagenschmieds aus der Calle de Serpiente, ihr Name ist Lucinda. *Listo para marchar* – ohne Tritt marsch!«

Die beiden salutierten und stoben davon. Bluna, der Eles vorangegangene Worte noch nicht verarbeitet hatte, begann mit erregten Schritten vor dem Stuhl, auf dem sie saß, auf und ab zu gehen. Ele war ein wenig vornübergesunken und horchte in sich hinein. Ihr Sohn drängte ans Licht, drei Wochen zu früh, und sie hoffte mit der ganzen Inbrunst ihres Herzens, daß er leben würde. Es wunderte sie nicht, daß er voll Heftigkeit und Eile war, er besaß ein ungestümes Naturell und glich darin vermutlich seinen Brüdern Pepe und Pepe, indes sein Vater Sebastiano sich mit Ausnahme des Auftritts in der Waschküche stets als von weitgehend sanfter Wesensart erwiesen hatte. Sie sah ihn vor sich, während die Wellen, die ihren Körper durchliefen, stärker wurden, schwarzlockig, mit dunklen Augen und so wild und zärtlich, wie eine Mutter sich ihren Sohn wünschen kann. Die Bewegung in ihrem Inneren versetzte sie in sanfte Betäubung, so daß sie fürchtete, vom Stuhl zu gleiten, während Bluna mit gesenktem Kopf in tiefen Gedanken vor ihr auf und ab schritt und Maria José, die zusammengefaltete Tragbahre im Arm, in der Tür stand und einen – der Umstände wegen mißglückenden – Versuch zu salutieren unternahm.

»Wenn Sie erlauben, Sargento, Befehl ausgeführt.«

Bluna half ihm, das Ding zu entrollen und an der Wand neben der Kleiderablage aufzustellen.

»Hilf mir. Nimm den Arm der Señora. Gestatten Sie, Señora.«

Die beiden hoben die bewegungsunfähige Ele vom Stuhl und transportierten sie zu der Liege, wo Bluna ihr mit einem nochmaligen »Gestatten Sie« die Beine hochhob, um sie so bequem wie möglich zu betten. »Eine Decke für die Señora. *Pronto para marchar!*«

Maria José holte eine nach Pferdemist riechende Zeltplane aus dem Spind, die Bluna sorgfältig über Ele ausbreitete.

Als der Sargento den Blick bemerkte, mit dem der Gendarmerieschüler die Gestalt der liegenden Frau musterte, herrschte er ihn an: »Glotz nicht so dumm. Die Señora bekommt ein Kind. Geh auf dein Zimmer und warte auf weitere Befehle. Und laß die Finger von den Karten!«

Maria José, der nicht wußte, wie er allein hätte *baraja* spielen sollen, legte verblüfft die Hand an die Mütze und verschwand.

Ele stöhnte leise auf. Blunas Herz krampfte sich zusammen, und er tat einen Schritt auf die Bahre zu.

»Sie brauchen sich keine Sorgen zu machen, Señora. Sie sind eine junge, kräftige Frau.«

Ele hätte über das Kompliment gerne gelächelt, aber die Vorgänge in ihrem Inneren ließen ihr keine Zeit. Sie schloß die Finger um die Holzleisten zu beiden Seiten der Tragbahre.

»Die Hebamme sagte, das Kind liegt verkehrt.«

»Verkehrt? *Qué diablo!*« Bluna merkte, wie ihm der Schweiß auf die Stirn trat. »Heißt das, daß es sich um eine schwierige Geburt handeln könnte?«

»Es wäre möglich.«

»Por Dios!« stieß Bluna hervor, nach dem Teufel diesmal Gott bemühend. »Aber dann kann Ihnen die Hebamme nicht helfen. Sie müssen nach San Eresmo ins Krankenhaus. Ich fordere sofort einen Polizeiwagen an.«

»San Eresmo ist zu weit«, sagte Ele, die es wissen mußte.

»Qué diablo! Sie brauchen erfahrene Hilfe, Señora, einen Arzt, einen Spezialisten –«

»Das Kloster Rábida Alcazar hat ein Hospiz«, sagte Ele.

»Das Kloster? Aber wenn Sie... verehrte Señora –« Bluna dämpfte seine Stimme »– wenn Sie tatsächlich, wie Sie andeuteten, unvermählt sein sollten –« Er wartete Eles Widerspruch ab und setzte, als dieser nicht erfolgte, in um noch eine Nuance diskreterem Tonfall fort: »...wäre das nicht vor den ehrwürdigen Religiosas bis zu einem gewissen Grad unangenehm für Sie?«

»Ich fürchte«, sagte Ele, »daß mir keine Wahl bleibt.«

Bluna begann in höchster Erregung seinen Gang wiederaufzunehmen: vier Schritte rechts, volle Kehrtwendung, vier Schritte links. Das Ganze noch einmal, indes sein Herz dumpf gegen die verstärkte Brustleiste seines Uniformrocks hämmerte. Dann hatte er seinen Entschluß gefaßt. Er trat an die Bahre heran, und seine Gemütsbewegung sowie die Tatsache, daß er der liegenden Ele auf diese Weise näher war, was zur besseren Verständigung diente, brachten es mit sich, daß er sich auf ein Knie niederließ.

»Señora«, sagte er »ich bin dreiundzwanzig Jahre alt, Korporal im Staatsdienst mit abgeleisteter Wehrverpflichtung, Nichtraucher und Nichttrinker ferner gesund und anhangslos. Darf ich mir erlauben, Ihnen – in Anbetracht der Umstände auf diese etwas formlose Weise – Herz und Hand anzutragen?«

Ele lag ganz still. Die Worte hatten sie gestreift wie ein Ruf aus einer fernen, wunderbar unversehrten Welt. Zwischen zwei Schmerzwellen überlegte sie, ob sie wirklich ihr gegolten haben konnten, aber der Mann mit der beweglichen Seele, der kurz vorher hatte sterben wollen, kniete neben ihr und bot ihr Schutz und Hafen seines Namens und seiner Ehrbarkeit, und die Erregung, die auf seinem Gesicht geschrieben stand, galt ihr und der möglichen gemeinsamen Zukunft, die er gegen die Vergangenheit einzutauschen bereit war. Eine Welle von Wärme durchströmte Eles Herz und ließ ein unbekanntes Gefühl des Friedens in ihr erstehen. Die Empfindung, daß der Heilige Geist ihr gewogen war, hatte sie all die Zeit nicht getrogen. Aber daß Josef der Nährvater, noch ehe sie ihre Absicht, die Blumengaben betreffend, hatte in die Tat umsetzen können, so sichtbar über ihr waltete, grenzte an ein Wunder. Sie faltete unterhalb der sperrigen, nach Pferdemist riechenden Decke die Hände.

»Señora –« sagte Bluna, der Eile eingedenk, in sanft drängendem Ton.

»Wenn Sie meinen, Sargento.«

»Heißt das ja?«

»Ja«, sagte Ele.

Bluna sprang auf. Auf dem Weg zur Tür fiel ihm ein, daß er die Hand seiner Braut küssen sollte, aber da diese zugedeckt war hätte er die Decke wegziehen müssen, und so verwarf er den Gedanken wieder. Als er den Gang betreten wollte, prallte er beinahe gegen eine stämmige junge Frau mit blondem Kraushaar und rotwangigem Gesicht, die eine bauchige Ledertasche an einem Gurt über der Schulter trug. »Entschuldigung«, sagte er und fuhr den hinter der Frau auftauchenden Pedro Paco an: »Wieso gibst du nicht acht! Treten Sie ein, Señora, Sie sind gewiß die Hebamme. Wir haben beschlossen, in das Kloster Rábida Alcazar zu fahren, ich wollte gerade einen Polizeiwagen organisieren.«

Lucinda stellte nach einem Blick in Eles Gesicht die Tasche ab, sah sich um, trat an das Waschbecken und griff, sich die Ärmel hochrollend, nach der Seife. »Ich muß die Señora untersuchen«, sagte sie. »Bitte drehen Sie sich zur Wand.« Die beiden Männer gehorchten. Lucinda untersuchte Ele gründlich. Dann bückte sie sich und holte eine weiße Gummischürze und ein Leinenhäubchen aus ihrer Tasche. »Wie ich vermutet habe«, sagte sie, »eine Sturzgeburt. Die beiden Herren verlassen bitte den Raum.« Sie beugte sich über Ele. »Seien Sie ganz ruhig, Señora, es wird nicht lange dauern. Sie müssen nur tüchtig mitarbeiten, dann ist das Ganze ein reines Vergnügen.«

»Eine Sturzgeburt?« fragte Bluna verwirrt. »Aber die Señora meinte, das Kind läge verkehrt.«

»Es hat sich herumgedreht«, sagte Lucinda, die in die Schürze geschlüpft war und sich das Häubchen aufgesetzt hatte. »Es ist alles in Ordnung.«

»Und wie lange wird es dauern?«

»Zwanzig Minuten, nach meiner Schätzung. Im höchsten Fall eine halbe Stunde.«

»Augenblick«, sagte Bluna, der sich, wie immer in Krisensituationen, zu seiner vollen Entschlußkraft durchgerungen hatte. »Kommando halt, Antreten zur Befehlsübernahme!« Er hatte Pedor Paco, der in Panik den Raum verlassen wollte, am Ärmel gefaßt und hielt ihn fest. »Du läufst, so schnell du kannst, zur Kirche San Cristóbal und holst Padre Felipe. Sag ihm, es handelt sich um eine Eheschließung. Glotz nicht so dumm, die Señora ist meine Braut.«

»Padre Felipe ist auf einem Versehgang«, wandte Pedro Paco ein, »wir sind ihm in der Calle de Serpiente begegnet.«

»Dann bring den Vicario. Keinen weiteren Widerspruch! Ohne Tritt marsch.«

Pedro Paco stürzte davon. Lucinda hatte eine Filzunterlage auf dem Schreibtisch ausgebreitet und begonnen, ihre aus der Tasche geförderten Instrumente darauf zurechtzulegen.

Bluna starrte, für einen Augenblick irritiert, auf das Arsenal. *»Por Dios«*, sagte er. »Es wird doch nicht gefährlich für die Señora?«

»Männer!« sagte Lucinda, ein paar Gummihandschuhe aus der Tasche holend und mit einem kräftigen Ruck ausschüttelnd, »erst tun sie es den Frauen an, und dann fragen sie, ob es gefährlich ist.«

Bluna sah davon ab, sich zu rechtfertigen, und auch Ele, die die Sachlage normalerweise klargestellt hätte, hatte im Moment andere Sorgen. Vermutlich hatte Lucinda ihr den toten Patron ohnehin nicht geglaubt. Sie schloß die Augen, da der kleine Ramón oder Manuel vorübergehend alle ihre Kräfte beanspruchte. Bluna merkte, wie seine Knie bei ihren rascheren Atemzügen weich wurden.

»Kann ich mich umziehen? Ich gehe hinter die Schranktür.«

»Rápido!«

Bluna schlüpfte hinter der geöffneten Tür des Spinds in die Ausgangsuniform eines Korporals der Armee, die zu tragen ihm erlaubt war und die er zu feierlichen Anlässen anzulegen pflegte. Als er die Mütze auf seinem Kopf geraderückte, hörte er Schritte auf dem Gang. Er schloß hastig den Spind und riß die Bürotür auf.

»Gottes Segen!« sagte der Vicario, der seine Soutane zum Zweck der schnelleren Fortbewegung mit der einen Hand hochgerafft hatte und in der anderen den orangefarbenen Blütenzweig trug, der Ele beim Anblick des am Strick hängenden Korporals aus der Hand gefallen war. »Ich habe das hier vor der Haustür gefunden und dachte, es wäre ein gutes Omen. Wo ist die Braut?« Er war, von dem atemlosen Pedro Paco gefolgt, näher gekommen und sah sich um.

»Die Braut ist hier«, sagte Bluna und trat an die Tragbahre, auf der Ele, deren Haar schweißnaß glänzte, bis an das Kinn zugedeckt unter der Zeltplane lag. »Ich bin der Bräutigam. Ich muß Sie bitten, sich zu beeilen, Vicario, wir haben keine Minute zu verlieren.«

Der Vicario, ein junger Mann von glänzender Auffassungsgabe, schlug Eles Decke so weit zurück, daß ihre Hände frei waren, und legte ihr den Blütenzweig auf die Brust.

»Ihr Brautstrauß, Señora. Wir haben zwei Zeugen –«, er streifte Lucinda und Pedro Paco mit einem Blick, »und sind hier im Angesicht Gottes versammelt, um einen Bund fürs Leben zu schließen.« Er fischte in der Tasche seiner Soutane nach der Stola. »Reichen Sie einander die rechte Hand. Sprechen Sie mir nach –«

»Sargento«, sagte Ele, ihre Stimme klang so schwach, daß Bluna sich zu ihr hinunterbeugen mußte, um sie zu verstehen, »haben Sie es sich gut überlegt? Ich bin fast zwanzig Jahre älter als Sie.«

»Machen Sie sich deswegen keine Sorgen, Señora«, erwiderte Bluna, indem er den vorher versäumten Kuß auf die Hand seiner Verlobten nachholte. »Sie sind gerade eine richtig vollreife Olivenfrucht.«

Ele lächelte zwischen zwei Schmerzwellen und schloß ihre freie Hand um San Cristóbals Blütenzweig. Der Vicario ließ die Brautleute der Einfachheit halber ihre Namen selbst nennen, wodurch sowohl Ele wie auch der Korporal erfuhren, mit wem sie soeben den Bund fürs Leben schlossen. Als er nach dem beiderseitigen Ja mit dem Satz endete: »Hiermit erkläre ich euch zu Mann und Frau«, platzte Lucinda heraus: »Das wurde auch Zeit«, und Pedro Paco nützte die Gelegenheit, um den Raum zu verlassen. Als der Vicario ihm folgen wollte, hielt Bluna ihn zurück.

»Bitte, warten Sie draußen, Reverendo, wir können dann gleich die Taufe vornehmen. Das Kind kommt drei Wochen zu früh und ist vielleicht schwächlich.«

Das Kind war keineswegs schwächlich, wie sich bereits eindeutig feststellen ließ. Lucinda hatte nichts zu tun, als Eles Stirn zu kühlen, der Abkömmling fand seinen Weg in die Welt ohne fremde Hilfe. Ele kam kaum zu Atem, sie folgte Lucindas knappen Anweisungen; etwaige Schmerzen zu empfinden blieb ihr keine Zeit.

Bluna, der zögerte, sie allein zu lassen, stand der Hebamme, die mit Tüchern zwischen Tragbahre und Wasserleitung hin und her lief, im Weg. »Soll ich hinausgehen?« fragte er.

Ele war gerührt von der Besorgnis, die in seiner Stimme lag. »Halten Sie meine Hand, Sargento«, bat sie. »Aber sehen Sie dabei zum Fenster hinaus.«

Die nächsten Minuten waren anstrengend für Mutter und Kind, und auch Lucinda ließ die nassen Tücher bleiben und kümmerte sich um ihre Arbeit. Während Bluna an dem abgeschnittenen Ende des Hanfstricks vorbei auf die sonnige Straße blickte, von der aus Ele ihm zum ersten Mal ihr Lächeln geschenkt hatte, dachte er, daß die Wege des Herrn wunderbar waren und daß ein Händedruck unter gewissen Voraussetzungen durchaus geeignet war, einen Mann zum Vater zu machen. Kurz darauf tat sein Sohn seinen ersten Schrei.

»Er ist schön«, sagte Ele, als Lucinda ihn ihr in den Arm legte.

»Er ist kräftig«, sagte Bluna und beschloß, einen strammen Soldaten aus ihm zu machen.

»Er ist ein Tornado«, sagte Lucinda und wickelte ihn in Ermangelung von Windeln in Eles Schultertuch. »Gott schütze dereinst alle Jungfrauen vor ihm!«

»Wie soll er heißen?« fragte der Vicario, den mit Wasser gefüllten Zahnbecher über den dunklen Lockenkopf des Knaben haltend.

»Ramón Manuel«, sagte Ele, und Korporal Bluna ergänzte: »Ramón Manuel Esteban, wenn Sie erlauben, Señora. Esteban ist mein zweiter Vorname.«

»Es ist mir eine Ehre, Sargento«, erwiderte Ele.

Der Vicario waltete seines Amtes, indem er den vollen Inhalt des Zahnbechers über die dunklen Lockenringe goß, wobei die Trauzeugin Lucinda zusätzlich als Patin fungierte. Als der Täufling infolge der ihm zuteil gewordenen Behandlung lautstark protestierte, hielt Lucinda dem Korporal das brüllende Bündel hin.

»Nehmen Sie ihn, Sargento! Ein Junge muß von seinem Vater getragen werden, das gibt ihm Kraft und Sicherheit.«

Im Augenblick, da das Geschrei verstummte, steckten Maria José und Pedro Paco, deren Klopfen vorher nicht zu hören gewesen war, ihre Köpfe zur Tür herein.

»Was gibt es?« fragte Bluna.

»Wir wollten fragen, ob wir uns für heute abmelden dürfen, Sargento, die Dienstzeit ist zu Ende.« Die beiden blickten erstaunt auf ihren Kommandanten, der, einen Säugling im Arm, unter einem abgeschnittenen Hanfstrick stand.

»Vamos«, sagte Bluna. »Ihr bekommt eine halbtägige Belobigung abzüglich des Kartenspiels. Und vergeßt nie, daß ein höherer Wille über uns waltet.« Die beiden zogen verdutzt ab, während Ele die Hand des Vicario, der zu ihr getreten war, um sich zu verabschieden, festhielt.

»Reverendo«, sagte sie, »ich hätte eine Bitte: Würden Sie den Blütenzweig, den Sie mir gegeben haben, zu San Cristóbal in die Kirche mitnehmen? Und wenn es Ihnen nicht zuviel Mühe macht: Könnten Sie ihm den Zweig, den er in der Hand hält, wegnehmen und dem heiligen Josef vor die Füße legen? Und sagen Sie den beiden, daß ich ihnen danke.«

»Wird gemacht«, sagte der Vicario. »Mit dem größten Vergnügen, meine Tochter.«

So kam es, daß Ele ihre Hochzeitsnacht auf einer Tragbahre im Gendarmeriekommando von Fuego Fuego zubrachte, während der junge Vater, den kleinen Ramón Manuel Esteban auf den Armen wiegend, bis zum Morgengrauen in seinem Amtszimmer auf und ab schritt.

So kam es ferner, daß der Sohn der beiden *toros* Pepe und Pepe, Enkel des Sebastiano Riéra, Patrón auf Angel del Sur, als Ramón Manuel Esteban Bluna Granados, eheliches Kind der Papierhändlerin Eleuteria Bluna Granados und des Stellvertretenden Ortskommandanten Fernando Esteban Bluna in das Geburts- und Taufregister der Pfarre von San Cristóbal eingetragen wurde.

Der zufällige Kuß auf die Lippen seiner Patroncita, dem diese so wunderbar willig standgehalten hatte, hatte Nando in eine Art Zwischenreich entrückt, in dem jede Realität aufgehoben war. Seine Seele schwang zwischen zwei Polen, Entzücken wechselte mit Zweifel und somit Verzweiflung, er wand sich schweißgebadet unter der Decke, die Bigotazo fürsorglich über ihn gebreitet hatte, stand auf, um ein paar Schritte zu tun, und kroch, als er merkte, daß er sich nicht auf den Beinen halten konnte, wieder zu seiner Pritsche zurück. Dort angekommen, wurde er von kalten Schauern erfaßt, die ihn von den Haarwurzeln bis zu den Zehenspitzen überliefen, so daß er sich, zu schwach, um nach der Decke zu greifen, zähneklappernd auf seinem Lager krümmte. Wenig später merkte er, daß ihm der Atem schwer wurde, seine Kehle schmerzte, er rang nach Luft und glaubte sterben zu müssen, wobei er mit dem noch verfügbaren Teil seines Bewußtseins den Tod als Preis für die ihm zugefallene Gunst für durchaus angemessen hielt. Als Bigotazo kurz nach dem Läuten sowie dem erfolgreich verlaufenen Spaziergang mit seiner Witwe das Büro betrat, hörte er schon an der Tür Nandos keuchende Atemzüge. Er stellte die Aktentasche, die er unter dem Arm trug und in der sich zwei gerollte kalte Fleischtortillas und eine Thermosflasche voll Kakteensaft befanden, hastig auf dem Schreibtisch ab und trat an das Gitter. Der Schlüsselbund entfiel ihm, er hob ihn auf und drehte mit zitternden Fingern den Schlüssel im Schloß. Nando lag halb bewußtlos auf seiner Pritsche, die unter den Schauern, von denen er geschüttelt wurde, leise ächzte.

Bigotazo beugte sich zu ihm und berührte seine Schulter. »Nando, hörst du mich?«

Nando versuchte sich herumzudrehen, was ihm große Mühe bereitete.

Bigotazo faßte fester zu. »He, Nando, komm zu dir. Mann Gottes, du bist krank.«

Nando gelang es, sich Bigotazo zuzuwenden. Er starrte ihn aus rot umrandeten Augen an. »Mein Hals.«

»Du mußt ins Krankenhaus. Ich hole das Dreirad.«

Das Gendarmeriekommando besaß ein mit Ladefläche und

Plachendach ausgestattetes Dreirad. Als Bigotazo das Büro verlassen wollte, stand der für die Nachtwache abkommandierte Kadett aus der Fernando-Kaserne, dessen Strohsack Bigotazo in der Nacht, da er und Nando einander beim Schachspiel erstmalig nähergekommen waren, benutzt hatte, vor der Tür.

Bigotazo zeigte durch die offene Zellentür auf die Pritsche. »Wir haben einen Krankentransport. Komm hierher. Faß an. Wir tragen ihn mitsamt der Pritsche, das ist einfacher.« Er breitete sorgsam die Decke über Nando, ehe sie die Pritsche aufhoben und über den Hof zur Garagentür trugen. Bigotazo sperrte auf und ließ das Dreirad herausrollen.

»Heb auf. Wir stellen ihn auf die Ladefläche.«

»Aber wenn er in einer Kurve verrutscht oder herunterfällt?« gab der Kadett zu bedenken.

»Das ist richtig.«

Sie stemmten den in die Decke gewickelten Häftling gemeinsam hoch und brachten ihn, teils schiebend, teils ziehend, auf dem Beifahrersitz unter, wo er, nach Atem ringend, gegen die von Bigotazo geistesgegenwärtig zugeschlagene Tür sackte. Bigotazo klemmte sich hinter das Steuerrad.

»Wohin bringen Sie ihn, Aufseher?«

Bigotazo, der darüber noch nicht nachgedacht hatte, nahm den Fuß wieder vom Gaspedal. »Für San Eresmo reicht das Benzin nicht, und die Tankstelle ist schon geschlossen. Am besten zu euch in die Fernando-Kaserne.«

»Unser Lazarett ist derzeit nicht in Betrieb. Der zuständige Offizier ist krank.«

»Dann ins Kloster Rábida Alcazar. Die Schwestern von den Engeln haben ein Hospiz. Los, steig hinten ein, du fährst mit.« Der Kadett kroch auf die Ladefläche, und Bigotazo gab Gas.

Das Kloster Rábida Alcazar, Heimstätte der Schwestern von den Engeln, besaß eine mit acht Betten ausgestattete Krankenabteilung, die unter der Leitung der Priorin Madre Ildefonsa, die eine Ausbildung als Operationsschwester absolviert hatte, von dem pensionierten Militärarzt aus der Fernando-Kaserne, Doktor Fabiolo Bravo, sowie zwei Diplomschwestern betreut wurde. Als Bigotazo mit dem Dreirad vorfuhr, stürzten die beiden Schwestern Miranda und Maria Rosa, die aus anfallender Langeweile die Zufahrtsstraße zum Kloster während ihrer frommen und nützlichen Verrichtungen kaum je aus den Augen ließen, auf den Hof und umkreisten die Ankömmlinge mit kleinen Ausrufen und flatternden Haubenflügeln. Im Augenblick, da Bigotazo die Tür des Beifahrersitzes öffnete, fiel ihnen der Patient sozusagen entgegen, und sie schleppten den nunmehr Bewußtlosen in den zu ebener Erde gelegenen Hospiztrakt, wo Miranda als die ältere und erfahrenere von beiden es unternahm, ihn auszukleiden und zu Bett zu bringen, während Maria Rosa sich auf die Suche nach Doktor Bravo machte, der die Abendstunde zu einem Spaziergang in den Platanenalleen des ausgedehnten Klostergartens zu nutzen pflegte.

Doktor Bravo setzte, herbeigeeilt, augenblicklich den Luftröhrenschnitt, und das war, wie er schweißgebadet die Instrumente weglegend, erklärte, gerade noch im letzten Augenblick geschehen. Bigotazo und der Kadett, die im Hof auf einer Bank gewartet hatten, wurden angewiesen, sich unter der Aufsicht der Schwestern einem Lysolbad zu unterziehen, ebenso wie die Schwestern selbst, denen der Arzt darüber hinaus für die Pflege strengste Sicherheitsvorkehrungen auferlegte.

»Mund- und Nasenschutz! Händewaschen, sobald ihr ihn berührt habt. Strengste Quarantäne, keinerlei Kontakt zu anderen Patienten. Ich möchte wissen, wo, zum Teufel, der Mann sich die Diphtherie geholt hat?!«

Bigotazo schwieg während der Heimfahrt bedrückt vor sich hin. Des einen Unglück war des anderen Glück, und sein eigener Erfolg bei der Witwe, durch Nandos bravourösen Einsatz in dem verseuchten Klassenzimmer herbeigeführt, hatte diesen selbst an den Rand des Todes gebracht. Er beschloß, seinem Blutsbruder noch mehr als bisher jede freundschaftliche Hilfe angedeihen zu lassen und insbesondere, falls die Angelegenheit mit der Witwe zu einem guten Ende kommen sollte, lebenslang seine schützende Hand über ihn zu halten.

Nando dämmerte während der folgenden Wochen vor sich

hin, ohne zu merken, daß ihm Nahrung eingeflößt oder seine Kleidung gewechselt wurde, manchmal in völliger Apathie, manchmal in wirren Träumen gefangen. Da durch den Luftröhrenschnitt die Erstickungsgefahr beseitigt war, blieb nichts zu tun, als auf die Wiederkehr seiner Kräfte zu warten. Eine starke Natur erneuert sich im Schlaf, und Nando war stark. Hin und wieder drang eine sanfte Stimme zu ihm durch, aber wenn er die Augen öffnete, war eine weiße Maske über ihn gebeugt, und seine waghalsige Hoffnung schwand zugunsten wesenhafterer Träume. Miranda und Maria Rosa wechselten sich in ihrer hingebungsvollen Pflege ab, und seit Bigotazo bei einem seiner Besuche kundgetan hatte, daß es Nandos heldenmütiger Einsatz im Dienste der Schulkinder von Fuego Fuego gewesen war, der ihn auf das Krankenbett geworfen hatte, galt Nando innerhalb des Klosters als eine Art Märtyrer, und sogar die Priorin Madre Ildefonsa kam eines Tages, in sterile Leintücher gehüllt und mit einem bis an die Augen reichenden Atemschutz versehen, zur Tür des Quarantäneraums, um einen Blick auf ihn zu werfen.

Als er schließlich ins Bewußtsein zurückfand, war ein Stück Zeit ins Land gegangen, und es dauerte einige weitere Tage, bis er begriffen hatte, was ihm widerfahren war, und mit Hilfe Bigotazos, der nun, da die Ansteckungsgefahr gebannt war, täglich an sein Bett eilte, imstande war, die Geschehnisse zu überblicken. Doktor Bravo drückte seine Zufriedenheit aus, machte jedoch drei Wochen intensiven Pflegeaufenthaltes auf der Station zur Bedingung für die Entlassung, was sowohl von Bigotazo, der dazu übergegangen war, auf seinem täglichen Besuchsweg das Schachbrett mit sich zu führen, als auch von den Schwestern Miranda und Maria Rosa mit Freude zur Kenntnis genommen wurde.

Nandos Genesung ging schrittweise, aber stetig voran. Die Priorin Madre Ildefonsa kam ohne Leintücher und Mundschutz an sein Bett, um ihn, verspätet, doch deshalb nicht minder herzlich, im Kloster der Schwestern von den Engeln willkommen zu heißen. Bigotazo entwarf in Gedanken einen Brief an seine vorgesetzte Behörde in San Eresmo mit der Anfrage, ob die Krankheit dem Häftling von der Haft abzuziehen oder die Haft um die Dauer der Krankheit zu verlängern sei, um seine Eingabe, Nandos fixe Anstellung betreffend, rechtzeitig abfassen zu können. Nando selbst bemühte sich, die Anordnungen Doktor Bravos gewissenhaft zu befolgen, um seine Gesundheit baldigst in vollem Umfange wiederzuerlangen, und wurde darin von den Schwestern Miranda und Maria Rosa eifrigst unterstützt.

Alles hätte seinen geordneten Gang genommen zum Wohle des Patienten und zur Zufriedenheit aller Beteiligten. Es geschah jedoch, daß den Knecht zu eben jener Zeit ein ferner Ruf erreichte, der Nando keine Wahl ließ, als ihm, Gesundheit sowie Dankespflicht außer acht lassend, Folge zu leisten.

Nach der Rückkehr von Fuego Fuego hatte die kleine Schöne Seele unter Conchitas Herzen langsam, aber doch merkbar wieder zu wachsen begonnen. Aurelia, die ihre Tochter allabendlich im Nachthemd sah, hielt Umbre eines Tages, als diese den Teller mit abgenagten Hühnerknochen sowie die leere Weinflasche entfernen wollte, zurück.

»Es hat gewirkt, Umbre. Was meinst du?«

»Dank der dreimal gepriesenen Hostie, Patrona! Ich glaube, wir können der Geburtsstunde mit ruhigem Herzen entgegensehen.«

Sie klemmte die Flasche unter den Arm und schlug, den Kopf über die Hühnerknochen gebeugt, ein Kreuz.

Aurelia richtete sich in ihren Kissen auf. »Wir können keine Hebamme holen! Hast du daran gedacht?«

»Ich weiß in diesen Dingen Bescheid, Señora. Wir haben noch drei Wochen Zeit. Ich werde inzwischen an einer Sau üben, die demnächst Ferkel bekommen soll.«

Gegen ihre Gewohnheit war es diesmal Aurelia, die im Hinblick auf die Sau ein schnelles Kreuz schlug. Umbre wollte sich entfernen, aber Aurelia hatte noch ein Anliegen.

»Seit Sebastianos Tod hat mich die Schlange nicht mehr besucht. Was hältst du davon?«

Umbre überlegte mit zusammengekniffenen Augen und schiefgelegtem Kopf. »Es könnte sein, daß sie am Grab des Patrón wacht und ihren Platz nicht verlassen möchte. Wenn es der Señora recht ist, werde ich den Vogelkopf deswegen befragen.«

»Tu das. Und vergiß nicht, mir eine neue Flasche zu bringen. Am besten eine von den Bocksbeuteln aus dem Regal neben der Kellertür.«

Umbre deutete mit von sich gestreckten Hühnerknochen eine Verbeugung an und verschwand. Abends, als sie das Ritual zur Kontaktaufnahme mit dem Vogelkopf eröffnen wollte, fiel ihr die Sache mit Junipero ein, die wenige Wochen zurücklag und bei näherer Betrachtung die Befragung des Vogelkopfs überflüssig machte. Junipero war eines Abends verstört vom Flußbett heimgekehrt und hatte zuerst bei den Ölfässern und dann bei Umbre in der Küche Trost gesucht und schließlich nach zwei Tassen Schokolade und einem Pfefferminzbrand einen alten ledernen Stulpenhandschuh aus der Tasche gezogen und die damit verknüpfte Geschichte erzählt.

Er hatte auf Planquadrat B 178 an der Flußbiegung oberhalb der Brücke gearbeitet, wo er dereinst seinen Schwur geleistet hatte, und im Lauf des Nachmittags außer einem verrosteten Gießkannensieb auch zwei Patronen mit Hülsen und zwei weitere ohne Hülsen zutage gefördert. Als er sich aufrichtete, um sich den Schweiß von der Stirn zu wischen, fiel sein Blick auf den unmittelbar vor ihm liegenden Feldstein. Flüchtig schien es ihm, als habe sich dort etwas bewegt, und als er seinen Blick der Richtung der Sonnenstrahlen anpaßte, sah er, daß auf der abgeflachten, ihm zugewandten Seite, halb unter den Grasbüscheln verborgen, eine Schlange lag. Ihre Schuppen schimmerten in mattem Azur, sie dehnte sich anmutig auf der brüchigen Fläche, das Köpfchen über den doppelt geringelten Leib gelegt, und sah ihn aus aufmerksamen Augen an. Junipero erschrak und wich etwas zurück, aber der Blick des Tieres lag so ruhig auf ihm, daß er nach einigen Minuten einen vorsichtigen Spatenstich tat und, da dies die Schlange nicht im mindesten zu stören schien, schließlich seine Arbeit wiederaufnahm. Während der folgenden Stunde brachte er zwei weitere leere und eine volle Patronenhülse ans Licht und dachte dann, daß es für diesen Tag genug sei und er darangehen könne, seine Schätze zu reinigen. Er breitete seine Jacke auf dem Riedgras aus und ließ sich darauf nieder, nachdem er Glaspapier, Lappen, ein Paar alter Lederhandschuhe und ein sorgfältig mit Bast umwickeltes Fläschchen mit Putzflüssigkeit aus seinem mitgebrachten Rucksack geholt hatte.

Er schlüpfte in die Handschuhe und begann, die kleinen Zylinder vorsichtig mit dem Glaspapier zu reinigen, entfernte zuerst den Rost vom Geschoßteil und den Grünspan von der Messinghülse und ging dann daran, die Patronen aus den Hülsen zu ziehen, um das Pulver an Ort und Stelle zu verbrennen, ehe er die Dinger nach Hause trug. Die winzigen schwarzgrauen Blättchen rieselten zwischen den Grashalmen in den Sand, und Junipero reinigte anschließend die Außenflächen seiner Funde mit der mitgebrachten Putzflüssigkeit, wozu er erst einen groben, dann einen weichen Lappen verwendete. Schließlich lagen die Dinger matt schimmernd vor ihm auf einem ausgerollten Filztuch, und Junipero griff in die Jackentasche und zog ein Paket Streichhölzer hervor. Das Pulver bildete ein kleines dunkles Häufchen zwischen den Halmen und würde, wenn er das Streichholz daranhielt, ein wenig aufzischen und dann verbrennen. Die Schlange hatte sich die ganze Zeit über so ruhig verhalten, daß er sie beinahe vergaß. Nur wenn er hin und wieder von seiner anstrengenden Tätigkeit aufblickte, begegnete er ihren unverwandt auf ihn gerichteten Augen. Nun entnahm er der Schachtel ein Hölzchen und strich es über die Fläche, so daß an seinem Ende eine kleine Flamme aufsprang.

Es ging rascher, als es sich denken läßt.

Der winzige Feuerstrahl war hochgezüngelt, und ehe Junipero das Streichholz an das Pulver halten konnte, war der blauglänzende Leib der Schlange vorgeschnellt wie eine Feder. Sie umschlang blitzschnell seinen Arm und schlug die Zähne in das Leder oberhalb seines Handgelenks, nachdrücklich und ohne Eile, als wolle sie sicher sein, all ihr Gift abgegeben zu haben, ehe sie sich entrollte, von seinem Arm glitt und als lautloser Schatten zwischen den Riedhalmen verschwand. Junipero blieb, vor Schreck erstarrt, minutenlang unbewegt sitzen, das abgebrannte Streichholz in der Hand, ehe er imstande war, den Handschuh abzuziehen und nachzusehen, ob der Biß eine Spur auf seiner Haut hinterlassen habe. Gottlob war er unverletzt, nur an der Innenseite des Handschuhs hingen zwei winzige, glänzende Tropfen, und Junipero schauderte bei dem Gedanken, wie knapp er dem Tod entronnen war. Er blieb noch eine Weile neben dem Pulverhäufchen sitzen, wagte es aber nicht, ein zweites Streichholz zu entzünden, da es offensichtlich die Flamme gewesen war, die die Schlange zu ihrem Angriff veranlaßt hatte. Schließlich raffte er sich auf, rollte die gereinigten Patronen samt Hülsen in das Filztuch, verstaute Funde und Werkzeug in seinem Rucksack und machte sich auf den Heimweg, wo er zuerst die Ölfässer und dann die Küche aufsuchte, um zuletzt, auf Umbres Frage, was ihn so offensichtlich verstört habe, sein Erlebnis zu berichten.

Umbre ließ sich die Geschichte durch den Kopf gehen und machte sich ihre Gedanken darüber, ohne sie Junipero mitzuteilen, bestärkte diesen nur in der Ansicht, daß er großes Glück gehabt habe und es grundsätzlich ratsam sei, beim Hantieren mit scharfen Flüssigkeiten Handschuhe zu tragen. Als Aurelia sie wegen der unterbliebenen Besuche der Schlange zu Rate zog und sie ursprünglich den Vogelkopf konsultieren wollte, fiel ihr die Begebenheit im Bachbett ein, und da sie inzwischen ihre Schlüsse gezogen hatte, blieb sie am folgenden Morgen nach Abservieren des Frühstücksgeschirrs in beflissener Haltung auf Aurelias Türschwelle stehen. Aurelia stieß mit den Zehen an die Kassette, die einen verheißungsvollen Klang von sich gab, und fuhr mit ihrer blaugeäderten Hand durch die Luft.

»Mach die Tür zu, und komm näher!«

Umbre gehorchte und pflanzte sich vor Aurelias Bett auf.

»Rede: Ist es Sebastianos Seele, die den Besuch der Schlange verbietet?«

»Die Seele des Patrón hat mit Sicherheit nichts damit zu tun, Señora.«

Aurelia atmete auf. Sie war in bezug auf ethische Prinzipien nicht zimperlich, da sie sich ihre eigenen zu machen pflegte, aber der Seele ihres verblichenen Gatten hätte sie ungern Mißhelligkeiten bereitet.

»Was ist es dann?«

»Die Schlange fürchtet das Feuer, Señora. Sie hat Señor Junipero einer Streichholzflamme wegen beinahe in die Hand gebissen. Auf Angel del Sur hat es kürzlich gebrannt, deshalb wagt sie sich nicht mehr hierher.«

Aurelia dachte nach.

Umbre glaubte, noch etwas hinzufügen zu müssen: »Wenn die kleine Schöne Seele geboren ist, wird sich das ändern. Die Schlange schützt das Kind. Sie wird ihre Angst überwinden, sobald die kleine Schöne Seele ihren ersten Schrei getan hat.«

Aurelia tastete mit ihren Zehen über die kühle Fläche der Schatulle. »Wie lange wird das noch dauern?«

»Drei Wochen und zwei Tage, wenn meine Rechnung richtig ist, Señora.«

Aurelia seufzte leise auf. »Schön, du kannst gehen. Wenn es stimmt, was du sagst, bekommst du eine Peseta für einen Rosenkranz.«

Umbre hütete sich, zu sagen, daß sie inzwischen bereits acht Rosenkränze besitze, und verließ, unterwürfig ihren Capote raffend, den Raum. Draußen warteten Pepe und Pepe unfrisiert und mit mürrischen Gesichtern.

»Was ist heute mit dem Frühstück? Sollen wir hungrig aufs Feld gehen?«

»Wo ist Conchita?«

»Sie ist im Badezimmer und spielt Radio. Junipero meinte, wir sollten sie nicht stören. Aber was ist mit dem Churro und der Schokolade?«

»Kämmt euch die Haare«, sagte Umbre, »ihr seht aus, als hättet ihr im Heu geschlafen. Ich werde Conchita holen. In zehn Minuten könnt ihr in die Küche kommen.«

Conchita hatte zu ihrem kurz zurückliegenden fünfzehnten Geburtstag, der des Todes ihres Vaters wegen in diesem Jahr nicht gefeiert worden war, von Junipero ein altes Kofferradio geschenkt bekommen und etwas später anläßlich eines Markttages in Roca Ruiz, zu dem sie ihren Bruder begleiten durfte, die Batterie, die nötig war, das Ding in Gang zu bringen. Es hatte einen etwas blechernen Ton, entfaltete aber, wenn man lange und geduldig an den Einstellungsknöpfen drehte, Töne von samtener Klarheit. Vor allem ein Sender, er nannte sich »Das Herz von Salamanca« und war zwischen zwei kreischenden Militärmusikstationen aufzufinden, verzauberte Conchita durch seine tagaus, tagein gesendeten lieblichen Melodien, deren einige sie von früheren Dorffesten oder den Feierabenden der Erntearbeiter her kannte, die ihr jedoch seit ihrer Rückkehr von Fuego Fuego in völlig anderem Licht erschienen. Es war darin von Sehnsucht die Rede, von Liebe, die welkte und starb, von Abschied, Verlassen, Ehre und Verzicht, und Conchita konnte sich manchmal beim Zuhören der Tränen nicht erwehren. Andere wieder handelten von Glück und Treue, von Hochzeit und Bräutigam, und eines, das eine Art Kennmelodie des Senders war und ihm offenbar den Namen gegeben hatte, von dem Kuß, den der Caballero seiner Señorita raubt, da er ihr unvermutet im Schatten der Olivenbäume begegnet.

Manchmal, wenn Conchita auf der Holzbank vor dem Haus saß und die Abendsonne auf ihren blinden Augen fühlte, drückte sie das Gerät, das sie in ihrem Schoß hielt, unbewußt an sich, als wolle sie das Lied, das, fröhlich oder schmerzlich, zu ihr emporstieg, umarmen. Die sanfte Bewegung in ihrem Inneren, die sie nun schon als etwas Gewohntes empfand, hatte ihre Sinne geschärft, so daß sie alles doppelt stark wahrnahm, den Geruch des Sandes, auf dem tagsüber die Sonne gebrütet hatte, das Summen der Fliegen unter dem Vordach, das Knarren der Holzbalken, die Glockentöne, die der Wind von jenseits des Hügels über die Olivenpflanzung trug. Hin und wieder führte der Klang sie zurück in Miguels Kapelle in der Arena, und sie fragte sich, welches Vermächtnis er ihr mit seiner seltsamen Art, sich zu offenbaren, hinterlassen habe. Dann ertappte sie sich dabei, daß sie jene Stunde in dem kühlen Gewölbe zurückwünschte, um mehr darüber zu erfahren und das daran geknüpfte Geheimnis zu begreifen, vielleicht aber auch, um jene Geste, mit der er versucht hatte, sie zu umarmen, und zu der er nicht mehr imstande gewesen war, zu erwidern, um ihm ihre Ergebenheit zu zeigen. Wenn sie soweit gekommen war, ging das Bild Miguels in das des Knechtes Nando über, und Nandos Kuß, mit dem er im Gemeindegefängnis von Fuego Fuego ihre Lippen berührt hatte, entstand aus der Melodie, die »Das Herz von Salamanca« täglich mehrmals in den Äther schickte, und fand im Schatten der Olivenbäume statt, wo der liebeskranke Bursche seiner Señorita unversehens über den Weg gelaufen war.

Da Aurelia nichts gegen Musik einzuwenden hatte und, wie sie wußte, angenehme Dinge dem klaglosen Verlauf einer Schwangerschaft förderlich waren, durfte Conchita nach dem Abendgottesdienst, den sie und Aurelia weiterhin gemeinsam abhielten, und nachdem sie sich auf ihren Strohsack zurückgezogen hatte, jeweils noch ein oder zwei Lieder spielen. Auf diese Art nahm Conchita das »Herz von Salamanca« mit in den Traum, wo sich die Schauplätze Fuego Fuego und San Eresmo ebenso wie die handelnden Personen und die jeweiligen Erinnerungen mischten, so daß sie sie nicht mehr auseinanderzuhalten vermochte. Wenn sie erwachte, fühlte sie, daß etwas an ihrem Herzen zerrte. Es war ein bleierner Schmerz, der in ihr nistete, als habe er für alle Zeiten Wurzeln geschlagen. Erstmals versäumte sie eine oder die andere ihrer Pflichten, antwortete auf an sie gerichtete Fragen mit Verspätung oder stand mit dem leeren Milchtöpfchen vor der Tür des Ziegenstalls und hatte vergessen, zu welchem Zweck sie sich dorthin auf den Weg gemacht hatte.

Umbre beobachtete ihre *pequeñita* mit verständnisvoller Anteilnahme. Da sie die einzige im Haus war, die begriffen hatte, daß das Mädchen im Bann eines übermächtigen Gefühls stand, versuchte sie ihr unauffällig beizustehen und, auch um der kleinen Schönen Seele willen, alles Störende von ihr fernzuhalten. Conchita saß nach dem Anima-Läuten oft bis zur hereinbrechenden Dämmerung vor der Tür, das Kofferradio im Schoß, und lauschte den Flamencos, Malagueñas und Seguidillas, die das »Herz von Salamanca« in unterschiedlicher Tonqualität von sich gab. Ein paar Verse hatten sich ihr unauslöschlich eingeprägt: »O du Königin meines Lebens, lieb' dich ewig ohnegleichen, kann dich meine Treu' nicht rühren, wird mein Tod dein Herz erweichen.« Oder: »Selbst das Unglück, dich zu lieben, muß ich dennoch Glücksfall nennen, denn was wäre mir geblieben ohne dieses süße Sehnen.« Den stärksten Eindruck aber hinterließ ihr eine Zeile aus einem kastilischen Hochzeitslied, in dem der Jüngling, nachdem er den Myrthenkranz aus den Locken seiner Braut entfernt hat, zu ihr sagt: »Laß mich, ermattet von der holden Lust, sodann im Schatten deiner Wimpern schlafen.«

Conchita schloß daraus zweierlei: Erstens, daß Eheleute außer dem Tag auch die Nacht gemeinsam verbringen, da der junge Mann sonst schwerlich in die Lage gekommen wäre, im Schatten der bräutlichen Wimpern zu schlafen. Zweitens, daß die offensichtliche Müdigkeit des Betreffenden auf eine vorangegangene holde Lust zurückzuführen sei, die in dem Lied zwar nicht näher beschrieben wurde, von der die angesprochene Señorita aber zu wissen schien, worum es sich handelt.

Conchitas mühsame tastende Versuche, das sie umgebende Dickicht von Rätseln zu durchdringen, erklärten sich aus ihrem bisherigen Lebensweg. Einziges Mädchen unter älteren Brüdern, in ihrem achten Lebensjahr von der Schule genommen, war sie in einer Welt der Erwachsenen groß geworden, ohne je eine Freundin oder Spielkameradin besessen zu haben. Die Zeiten, in denen Mädchen ihre Geheimnisse auszutauschen pflegten, waren an ihr vorübergegangen, ohne daß sie auch nur einen Hinweis erhalten hätte oder eine Frage hätte stellen können. Die Brüder waren mit ihren vielfältigen Liebhabereien beschäftigt, Umbre hätte sich eher die Zunge abgebissen, als ihre *pequeniña* mit den profanen Dingen des Lebens, die ihr selbst nur Unglück gebracht hatten, vertraut zu machen, und Aurelia, die jede Unannehmlichkeit scheute, hielt aufklärende Gespräche generell für überflüssig. Was geschehen sollte, geschah ohnehin, und seit Bestehen der Welt hatten noch jeder Mann und jedes Mädchen im entscheidenden Moment gewußt, was zu tun war. Die Institution der Ehe war Conchita soweit klar, daß sie wußte, daß ihre Eltern, wie man sagte, glücklich verheiratet gewesen waren, doch hatte Aurelia, seit Conchita denken konnte, in dem Zimmer mit dem Fleck an der Decke gehaust, während ihr Vater das im oberen Stockwerk liegende getäfelte Zimmer mit den hohen Fenstern und dem Baldachinbett bewohnte. Dieses Bett hatte, wie Conchita wußte, die doppelten Ausmaße eines normalen Bettes, jedoch hatte sie das immer der Körpergröße ihres Vaters zugeschrieben, der auf einer normalen Sitzbank zumindest eineinhalb Plätze benötigte und einen zweiten Stuhl neben den seinen zog, wenn er es sich nach dem Abendessen bequem machen wollte.

In Wahrheit war das Baldachinbett einer der Wünsche Aurelias aus der Zeit in der Sierra de la Virgen gewesen, da Jakobus noch nicht in ihr Eheleben eingegriffen hatte, und Sebastiano hatte sich halb totgeschuftet, um den Luxusgegenstand für seine Frau erstehen zu können. Nun, da Conchita nachzudenken begann, fiel ihr ein, daß Sebastiano stets nur die eine Hälfte des Bettes benutzt hatte. Später hatte er auf dem unberührten Teil mit der weißen, mit Goldquadern durchwirkten Überdecke eine Art Büro eröffnet und seine Papiere ausgebreitet, die Buchführung über den Verkauf der gepreßten und der rohen Oliven, die Entlohnung der Erntearbeiter und die bezahlten beziehungsweise zu entrichtenden Steuern. Die durch ihre Schwangerschaft hervorgerufene körperliche Reife Conchitas hatte, wiewohl sie davon nichts wußte, auch ihre Gedanken reifer gemacht, und so konnte es nicht ausbleiben, daß sie sich, angeregt durch das »Herz von Salamanca«, mit den Bruchstücken von Empfindungen und Erinnerungen, die ihr nach und nach zufielen, auseinandersetzte. Sie kam, wie erwähnt werden muß, nicht allzuweit damit, war jedoch empfindsam geworden und hatte manchmal nach dem Abendgottesdienst an der Grenze des Hinübergleitens in den Traum mehr und buntere Bilder im Kopf, als sie bewältigen konnte.

Eines Abends, der Mond hatte seine flache Scheibe gemächlich über den Himmel geführt und war zu einer scharfen weißen Sichel geschrumpft, schmerzte Conchitas Kopf vom Nachdenken, und da sie versuchte, die Luftbilder mit einem Kettengebet zu zerstreuen, wurden sie noch wirrer, setzten sich als spitzschnäbelige Vampire in ihrem Nacken fest und krochen im Lauf der Nacht von dort aus in ihren Hals. »Einem von uns wird etwas einfallen müssen«, hatte Umbre dem Vogelkopf zu bedenken gegeben, und dieser hatte, den Handlungsbedarf offenbar begreifend, Nandos ungewollten Kuß auf die Lippen der Patroncita zu einem ebenso überraschenden wie zweckdienlichen Manöver genutzt. Die Diphtherie warf Conchita auf ihr Strohlager und setzte sich mit aller Schonungslosigkeit in dem durch die Schwangerschaft geschwächten Körper des Mädchens fest. Der Verlauf war anders als bei Nando, Conchita blieb von Erstickungsanfällen weitgehend verschont, doch lag ihre Temperatur beständig bei vierzig Grad, und sie dämmerte in Fieberphantasien dahin, ohne je ansprechbar zu sein. Da weder Aurelia noch Umbre wußten, um welche Art von Erkrankung es sich handelte – die Kunde von Nandos Diphtherie war nicht bis Angel del Sur gedrungen, und ein Arzt konnte wegen Conchitas Schwangerschaft nicht gerufen werden –, wurde die Kranke abwechselnd mit den verschiedensten Hausmitteln behandelt, worunter sich Eiswickel, eine Brühe aus Entenschnabelpulver und gestoßenen Gänsekrallen gegen die Hitze, ein Tee aus Mariendistel und Weidenschwamm gegen den Frost und eine Essenz aus Hasengalle gegen die offensichtlichen Schluckbeschwerden befanden. Da Conchita sich hin und wieder leise wimmernd an den Hals griff, war Umbre so vernünftig, ihrem Atem auszuweichen und bei der während der Pflege unvermeidlichen Annäherung ihren Capote vor den Mund zu ziehen, so daß weder ihr noch Aurelia, deren Bett auf der anderen Seite des Zimmers stand, die verderblichen Keime etwas anhaben konnten.

Der von Umbre errechnete Geburtstermin rückte näher, ohne daß bei Conchita eine Besserung eingetreten wäre, und Umbre, im Lesen von Zeichen und Botschaften geübt, begann das Konzept des Vogelkopfs zu durchschauen: Die Krankheit hatte Conchita in tiefe Unbewußtheit gestoßen, aus der sie auch unter extremen Belastungen nicht so leicht auftauchen würde, vor allem, wenn man, wie Umbre dies ohnehin vorgehabt hatte, ein wenig nachhalf. Sie begann, über einem Plan zu brüten, und traf eine erste Vorkehrung, die darin bestand, daß sie an einem Nagel über der Herdnische eine alte Kuhglocke befestigte, von der aus sie einen Bindfaden durch den Flur in das Altarzimmer zog, wo sie das Ende an den Griff von Aurelias am Kopfende des Bettes hängenden Schirm band. Aurelia brauchte nun bei den ersten Anzeichen der Geburt nicht an das Heizungsrohr zu klopfen, was jeder im Haus hören würde, sondern nur am Schirmgriff zu ziehen, um Umbre herbeizurufen. Des weiteren bereitete sie das Hopfenwasser zu, das, wie schon vor Monaten mit Aurelia besprochen, der kleinen Patroncita den Geburtsvorgang verschleiern sollte und das auch in der gegenwärtigen Lage nicht schaden konnte, wobei sie dem Gebräu noch etwas in Ziegenmilch gekochten Hauswurz, der landläufig zur Beseitigung männlicher Unfruchtbarkeit diente, jedoch auch zur Beschleunigung einer Geburt benutzt werden konnte, beifügte.

Es war der Abend des anbrechenden Neumonds, als Conchita, die normalerweise bewegungslos vor sich hin dämmerte, unruhig zu werden begann. Ihre Hände flatterten über die Bettdecke, als wolle sie nach etwas greifen, und sie murmelte in bittendem Ton unverständliche Worte. Umbre kniete neben dem Strohsack nieder und ergriff ihre Hand. Conchita erwiderte den Druck, ließ aber gleich wieder los, als sei es nicht das gewesen, wonach sie gesucht habe. Umbre sah sich im Zimmer um, und ihr Blick fiel auf die Gazelle, die Nando für die Patroncita geschnitzt hatte. Sie nahm sie aus dem Regal und legte sie in die geöffneten Finger Conchitas, worauf diese ruhiger wurde. Ehe Umbre das Zimmer verließ, breitete sie, eine Verbeugung gegen Aurelia andeutend, die Flügel ihres Capote aus, was soviel hieß wie »ich bin bereit«, und Aurelia nickte und sandte einen ergebenen Blick zur Decke, wo Jakobus im Dämmerlicht eine grauviolette Tönung angenommen hatte.

Gegen Mitternacht läutete die Glocke in der Herdnische, und Umbre fuhr aus dem Schlaf. Noch ehe sie in ihre Pantuflos schlüpfte, rückte sie den Topf mit dem Trank in die Herdmitte, wo das Feuer die Nacht über geglost hatte, und zündete in der

Glut einen Kienspan und an diesem eine Kerze an. Zehn Minuten später war sie mit dem Trank und den aufgeweichten Wachspfropfen im Altarzimmer, wo Conchita sich leise stöhnend auf ihrem Lager wälzte. Umbre strich ihr das schweißfeuchte Haar aus der Stirn, stopfte ihr die Pfropfen in die Ohren und flößte dem schwer atmenden Mädchen vorsichtig den Trank ein. Dann ließ sie es auf den Strohsack zurückgleiten, wo Conchita wie betäubt liegenblieb.

»Sie hat etwas zerbrochen, das sie in der Hand hielt«, sagte Aurelia. »Davon bin ich aufgewacht. Es klang wie das Knacken eines Zweiges im Wald.«

Umbre sah, daß eines der Gazellenbeinchen abgebrochen auf der Bettdecke lag. Sie nahm es an sich und glättete die Decke über Conchitas in Schauern zuckenden Leib. »Wir müssen warten«, sagte sie, »es kann noch Stunden dauern. Wir können nichts tun, als warten und beten.«

»Gut«, sagte Aurelia, sich mit einem Seufzer in die Kissen lehnend, wobei ihre Stimme um eine kaum merkbare Nuance weicher klang als sonst. »Wir warten und beten.«

Seit jenem denkwürdigen Tag, der ihn in geradezu atemberaubender Abfolge zum Selbstmordkandidaten, Bräutigam und Familienvater gemacht hatte, glaubte Korporal Fernando Bluna sich in mehrfacher Hinsicht ins Paradies versetzt. Hatte er ursprünglich geplant, seine kleine Familie in seinem von der Gemeinde zur Verfügung gestellten Dienstzimmer unterzubringen, so wurde er bei einem Besuch in Eles Pappdachhäuschen eines Besseren belehrt.

Er war, von der ansprechenden Bauweise bis zu der großzügigen Fröhlichkeit der Einrichtung, aufs höchste beeindruckt und willigte mit Begeisterung ein, seinen eigenen Umzug dahin vorzunehmen. Nicht genug damit, erhielt er eine Verständigung seiner vorgesetzten Behörde, wonach der Kommandant, dessen Stelle er versah, wegen eines ärztlichen Kunstfehlers – die Blinddarmnarbe hatte Verwachsungen gebildet, die auf jeden Druck mit Schmerzen reagierten, so daß er nicht mehr imstande war, die Dienstpistole zu tragen – in den dauernden Ruhestand versetzt werde. Mithin war der Weg für ihn frei, und als bewährter Mann, der überdies eine tadellose Dienstbeschreibung vorzuweisen hatte, konnte Bluna damit rechnen, bei nächster Gelegenheit als designierter Ortskommandant von Fuego Fuego seinen Dienst zu versehen. Er konnte die Häufung der glücklichen Fügungen kaum fassen, ja es kam vor, daß er ganz gegen seine Gewohnheit mitten in der Dienstzeit von seinem Fenster aus verträumt auf den Gehsteig blickte, von dem aus Ele ihn zum ersten Mal mit ihrem Lächeln gegrüßt hatte, und wenn es von San Cristóbal sechs Uhr schlug, hatte er anders als früher, da er um diese Zeit erst mit dem Aufräumen des Büros begann, dies längst erledigt, die Akten geordnet, die Stempel verwahrt und die Schränke und Laden geschlossen, so daß er beim letzten Glockenschlag bereits die Bürotür von außen ins Schloß drückte. In dem kleinen marquisenüberdeckten Gärtchen mit den Blumentöpfen, wo er von seiner Ehefrau mit einer Karaffe Mandarinensaft erwartet wurde, ruhte er von den Mühen des Tages aus und ließ sich, in goldgelbe Kissen gelehnt, von ihr über ihren Tagesverlauf mit dem kleinen Ramón Manuel berichten, der seinen Einstand in das Erdenbürgertum mit ausdauernden und kraftvollen Demonstrationen seiner Stimmbänder untermalte. Bluna war über die Lebhaftigkeit des Kleinen ebenso entzückt wie über dessen Beharrlichkeit, wenn es darum ging, seine Mutter von jedweder Tätigkeit im Haus abzuberufen und sie dazu zu bringen, im Zuge der Nahversorgung ihre Bluse zu öffnen.

»Was macht unser kleiner Tornado?« fragte er täglich beim Heimkommen, während er die Dienstmütze im Vorraum an den Haken hängte und, sobald er seine Frau umarmt hatte, unterwegs Koppel und Pistole abschnallend, in das Lustgärtchen eilte, wo der kleine Ramón unter einer Fächerpalme ruhte.

Als Ele sich nach den Strapazen der Geburt und der ersten durchwachten Nächte wiederhergestellt fühlte, ging sie daran, ihren jungen Ehemann in die subtileren Freuden des Zusammenlebens einzuweihen, worin sie, wie niemand bezweifeln wird, Meisterin war. Bluna, bis dato vom Schicksal vernachlässigt, blühte unter ihrer Zuwendung auf, und wenn er auch nicht die Qualitäten der *toros* erreichte, machte er doch durch Eifer und Ambition wett, was ihm an Erfahrung fehlte. Eles Ehrgeiz war es, die Frau, deretwegen er die Verzweiflungstat begangen hatte, aus seinem Gedächtnis zu tilgen, und in gewisser Weise gelang ihr dies, wie nicht zu verwundern, in kürzester Zeit. Blunas Gedanken an Conchita waren zu einer sanften Erinnerung verblaßt, die nicht mehr schmerzte und angesichts derer er sich manchmal verwundert fragte, wie er so schnell hatte verzagen können, während er gleichzeitig Gott dankte, der ihm einen so freudvollen neuen Weg gewiesen hatte.

Ihre Ehe währte nun etwa einen Monat, und Ramón Manuel war dazu übergegangen, während der kurzen Schreipausen seiner Mutter, vorzugsweise jedoch seinem Vater zuzulächeln, was diesem jedesmal Tränen der Rührung in die Augen trieb. Im Geiste hatte er für den Jungen bereits einen kompletten Lebensplan entworfen, in dem sowohl eine vorzügliche Berufsausbildung, für die er jedes Opfer auf sich zu nehmen bereit war, als auch ein erfolgreich abgeleisteter Militärdienst, der, man mochte es drehen, wie man wollte, einen Mann erst zum Mann machte, enthalten war. An einem jener Abende, Ramón Manuel war nach der Spätmahlzeit in den Armen seiner Mutter eingeschlafen und von ihr in der Wiege untergebracht worden, betrat Korporal Bluna in Erwartung der bevorstehenden Freuden mit klopfendem Herzen das Zimmer mit dem satinbezogenen Gesundheitsbett. Ele, die sich bereits zur Ruhe begeben und zu diesem Zweck ein auberginefarbenes Spitzennachthemd angelegt hatte, rückte etwas zur Seite, worauf Bluna, den Arm um ihre Schulter legend, den Platz neben ihr einnahm.

»Meine Liebe«, begann er mit halblauter Stimme – sie hatten sich angewöhnt, gedämpft zu sprechen, sobald der kleine Tornado vorübergehend außer Gefecht gesetzt war –, »wie du weißt, bin ich der glücklichste Ehemann, und ich danke dem Schicksal dafür, daß es unsere Wege zusammengeführt hat. Aber eine Frage bewegt mich, wie du dir denken kannst.«

Ele blickte, in seinem Arm geborgen, zu ihm auf.

»Du brauchst mir nicht zu antworten, wenn du nicht willst«,

fuhr Bluna fort, »ich werde deinen Entschluß respektieren, aber ich habe den kleinen Ramón so liebgewonnen, daß ich denke, eines Vertrauensbeweises von deiner Seite würdig zu sein.«

Ele machte sich ein wenig aus seiner Umarmung frei und faltete die Hände im Schoß. »Ich weiß nicht, ob ich dich richtig verstehe, mein Lieber.«

»Ich denke, ja«, sagte Bluna mild, indem er den Druck um ihre Schultern wieder etwas verstärkte. »Es wäre mir ein Anliegen, den Namen von Ramóns Vater zu erfahren. Ich versichere dir, daß sich, wie immer die Antwort ausfällt, nichts an meinen Gefühlen zu dir oder dem Kleinen ändern wird, und auch, daß das Geheimnis bei mir gut aufgehoben ist.«

Ele nickte, während eine warme Welle, ausgelöst durch Blunas einfühlsame Worte, ihr Herz erreichte. »Du hast ein Recht, es zu erfahren«, sagte sie. »Verzeih, daß ich nicht von selbst daran gedacht habe. Es ist nur natürlich, daß du es wissen willst, und ich brauche mich Ramóns Herkunft wegen nicht zu schämen.« Sie ergriff die Hand ihres Ehemannes, die auf ihrer Schulter lag, und schloß ihre kreolfarbenen Finger darum. »Ramóns Vater ist ein Patrón, der vor kurzem gestorben ist. Er lebte auf einer Finca, die eine halbe Wagenstunde von hier entfernt ist, und er hat mich während der vergangenen Jahre regelmäßig besucht. Die Finca heißt Angel del Sur, und der Name des Patrón ist Sebastiano Riéra.«

Bluna, den warmen Körper seiner Ehefrau gegen seinen eigenen gelehnt, brachte es zustande, seine Überraschung nicht durch das geringste Aufzucken zu verraten. Er tat einen schnellen und anschließend einen tiefen Atemzug, womit Eles sonderbar schicksalhaft scheinende Eröffnung, die ihn vermutlich noch einige Stunden des Nachdenkens kosten würde, in seinem Inneren aufgenommen und verschlossen war. »Es ist gut, meine Liebe«, sagte er, »gut, daß nun kein Geheimnis mehr zwischen uns steht.«

Er küßte Eles Schläfe und ihr Haar und, da sie sich ihm zuwandte, ihre Stirn und ihre karminroten Lippen. Sie schmeckten nach Mandelöl, und Bluna, im Banne des Glückes, ließ noch einmal von ihr ab, um sie zu betrachten und sich zu vergegenwärtigen, daß es seine ihm zugehörige Frau war, die weich und willig in seinem Arm lag. Ele schmiegte sich mit einem zufriedenen Seufzer an seine Brust und dachte, was es, von allem anderen abgesehen, für ein Glücksfall war, daß sie ihrem Ehemann auf seine Frage einen so bedeutenden Mann wie Sebastiano Riéra als Kindesvater hatte nennen können, und Bluna wiederum dachte, daß das Hinscheiden des Patrón, so bedauerlich es war, insofern auch seine guten Seiten hatte, als ein toter Rivale angenehmer war als ein lebendiger. Dann dachten beide über einen längeren Zeitraum nichts mehr, bis Ramón Manuel in seiner Wiege erwachte und sich mit dem ihm eigenen Nachdruck in Erinnerung brachte.

Ele hatte die Wahrheit, *ihre* Wahrheit gesagt. Auch bei sorgsamster Gewissenserforschung wäre sie sich keiner Schuld bewußt gewesen. Ebenso hätte niemand, selbst mit dem größten Weitblick nicht, das Verhängnis voraussehen können, das sich zu einem späteren Zeitpunkt vollziehen sollte. Dennoch war es Eles Auskunft, die den Grundstein dafür legte, und hätte sie gewußt, was sie dem Schicksal in die Hände spielte, hätte sie an jenem Abend auf die Frage ihres Ehemannes jeden anderen Namen, eingeschlossen den der beiden *toros*, aber um keinen Preis, vermutlich auch um den ihres Lebens nicht, den Namen Sebastiano Riéra genannt.

13

Umbre hatte zu Häupten von Conchitas Strohsack zwei halbe und am Fußende acht ganze Kerzen angezündet, um der kleinen Schönen Seele zu zeigen, in welche Richtung sie sich zu bewegen habe. Eine weitere hing mit nach unten angezündetem Docht an einer Drahtschlinge von der Decke, um zu verhindern, daß der Teufel seine Kralle nach dem Neugeborenen ausstrecke, und auf der Türschwelle lag ein leicht schwelendes, mit Knoblauch getränktes Kohlestückchen gegen etwaige

Vampire, die, wie man wußte, gierig nach jungem Fleisch waren. Ferner hatte Umbre, um die Nachtgeister zu täuschen und sie am Eintritt in das Altarzimmer zu hindern, mit Eidotter eine Sonne an jeden Fensterflügel gemalt. So gerüstet, kauerte sie, leise Gebete murmelnd, vor dem Strohsack, während Aurelia mitten in einem »Der du alle Gnaden spendest« aufrecht in ihrem Bett sitzend eingeschlafen war.

Conchita, wiewohl in tiefer Bewußtlosigkeit, stöhnte auf, wenn die Wehen in unregelmäßigen Abständen ihren Körper überliefen. Nach Mitternacht hatte sie der Gazelle das zweite und etwas später das dritte Beinchen abgeknickt. Als vor den Fenstern ein schmaler Lichtstreifen die Nachtwolke zu teilen begann, wurden die Abstände kürzer. Umbre hatte ihr schon zwei weitere Male etwas von dem Trank verabreicht, und Conchita atmete trotz der Anstrengung, der ihr Körper ausgesetzt war, ruhig. Das Kind schien von der Wirkung des Getränks nicht betroffen, wie Umbre insgeheim gefürchtet hatte. Es zeigte sich lebhaft und drängte, nachdem es sich einmal dazu entschlossen hatte, mit Beharrlichkeit ans Licht. Da seine Mutter nicht mithelfen konnte, mußte es alle Arbeit allein tun und nahm dies mit der Fügsamkeit, die einer kleinen Schönen Seele geziemte, in Kauf. Als sich die Endphase der Geburt ankündigte, schüttete Umbre den Rest des Hopfensaftes aus dem offenen Fenster in das davorliegende Pfefferkrautbeet, um dem Schlangengott ihr Vertrauen zu bekunden und ihn dadurch zur Hilfe für seinen Schützling zu bewegen.

Die kleine Schöne Seele betrat die Welt mit der Kehrseite voran, als hätte sie im letzten Augenblick doch noch vor der Unternehmung gezögert. Umbre schrie entzückt: »Ein Mädchen, alle Heiligen, es ist eine kleine Heilige!«, und Aurelia schreckte in ihren Kissen hoch. Dann stockte der Vorgang, und der Wind wehte von jenseits der Olivenpflanzung drei helle Schläge durch die Nacht. In diesem Augenblick wandte Conchita ihr schweißüberströmtes Gesicht zur Seite und flüsterte »Nando«, und ihre Finger krampften sich so fest um die Gazelle, daß das letzte Beinchen brach. Umbre schrie auf. »*Madre de Dios*, sie wird ersticken, die kleine Schöne Seele wird ihr Leben lassen, ehe sie geboren ist.« Aurelia richtete sich in ihrem Bett auf und rief Umbre zu: »Du mußt auf den Bauch drücken, drück, so fest du kannst.« Umbre, die das schon eine ganze Weile lang tat, rief zurück: »Das nützt nichts, Señora, man muß ziehen und schieben zugleich, die Patroncita kann nichts tun, Sie müssen aufstehen, Señora, wir müssen ihr beide helfen.«

Aurelia versuchte die Decke zurückzuschlagen und ihre Beine zu heben, aber sie bewegten sich keinen Zentimeter. Umbre war neben Conchitas Strohsack zusammengesunken und jammerte: »Sie ist kaum fünfzehn, mein Lämmchen, meine *pequeñita*, sie ist nicht dafür gebaut«, und Aurelia sagte, indem sie sich wieder zurückfallen ließ: »Es ist unmöglich, ich habe seit zehn Jahren keinen Fuß auf den Boden gesetzt.«

Umbre merkte mit Entsetzen, daß Conchitas Körper schlaff wurde, als habe ein fremder Wille den ihren gebrochen, und war im Begriff, dem Vogelkopf ein paar Verwünschungen an den dürren Hals zu jagen, als ihr seine Worte aus dem Bachbett einfielen und sie mit einem Aufschrei hochfuhr: »Ich hab' es, Patrona, ich hab' es!«

Eine seiner Anweisungen hatte gelautet, den Strohsack im Zimmer ihrer Mutter in entgegengesetzter Richtung zu deren Bett aufzustellen, und Umbre wußte jetzt, weswegen. Sie raffte sich auf und zerrte und schob das Lager mit dem reglosen Mädchen mit Händen und Füßen auf Aurelias Bett zu, und diese hatte begriffen und stützte sich hoch, so gut sie konnte, und als der Strohsack neben ihr angelangt war, griff sie zu, und Umbre drückte und stieß, und gemeinsam zogen sie das kleine, halberstickte Wesen ans Licht.

»Sie muß schreien«, sagte Umbre und begann auf die winzige Kehrseite einzuschlagen. »Schrei, mein Seelchen, meine *Santisima*, um der Hostie willen, schrei.« Sie drosch auf das kleine Wesen ein, bis es einen Laut von sich gab, der wie ein Schluchzen klang, und schließlich in bitterliches Weinen ausbrach.

»Gut, meine Kleine«, keuchte Umbre, atemlos vor Anstrengung, »weiter so, nur weiter«, und während die Kleine ihrer

Aufforderung folgte, begann sie sie zu säubern und legte sie dann, in vorgewärmte Tücher geschlagen, in Aurelias Arm. »Ihr Kind, Patrona. Gottes Segen möge über Ihnen walten.«

Umbre hatte Tränen in den Augen und wandte sich Conchita zu, die, die beinlose Gazelle in Händen, reglos, aber mit seit Wochen erstmals ein wenig geröteten Wangen auf ihrem Strohsack lag.

Aurelia betrachtete das Kind in ihrem Arm, dessen Großmutter sie war und als dessen Mutter sie gelten würde, und sah, daß es feingliedrig war und ein zart gezeichnetes Gesichtchen hatte. Und als es ein wenig später zu weinen aufhörte und die Augen aufschlug, erschrak sie vor dem Ernst, mit dem es sie betrachtete.

»Die Kleine ist mit einer Lüge geboren«, sagte sie, »sie trägt sie für uns alle, und niemand wird sie davon befreien. Sie muß damit durchs Leben gehen, weil auf dieser Lüge die Ehre unseres Hauses ruht. Wir werden sie Pilar, die Säule, nennen.«

Die Glocke der Klosterkapelle von Rábida Alcazar schlug die dritte Morgenstunde, als Nando mit einem Ruck aus dem Schlaf fuhr. Die Luft im Krankenzimmer war stickig, und der Schweiß rann ihm in die Augen. Er setzte sich im Bett auf und versuchte seine Gedanken zu ordnen. Jemand hatte ihn gerufen, und als er plötzlich wie vom Blitzschlag getroffen erkannte, wer es gewesen war, taumelte er, sich an den Stäben des Stahlrohrbettes festhaltend, hoch. Seine Kleider lagen säuberlich zusammengefaltet im Schrank, er zwängte sich hinein und verließ auf unsicheren Beinen das Zimmer.

Draußen war die Tür versperrt, aber da der Hospiztrakt ebenerdig lag, öffnete er ein Fenster und ließ sich über den Sims nach unten gleiten. Sekundenlang hockte er halb betäubt auf dem Kies und überlegte, welche Richtung er einzuschlagen habe. Als er sich umsah, um sich zurechtzufinden, fiel sein Blick auf ein Fahrrad, das neben einem Kellerfenster an der Hauswand lehnte. Es war das Rad des Gärtners, das dieser benutzte, um mit seinen Geräten in die entfernteren Teile des Klostergartens zu gelangen. Auf der Lenkstange war ein Korb montiert, in dem sich eine Heckenschere, ein Handrechen und eine Sichel befanden. Nando kippte die Geräte auf den Kiesweg und schob das Rad vorsichtig um die Hausecke. Die Allee, die vor ihm lag, schien zum Eingangstor zu führen, und er begann, das Rad schiebend, darauf zuzugehen.

Die Klinke der Seitenpforte gab nach, und Nando stand draußen im Freien. Er hatte nichts bedacht, weder daß die Nonnen sich sorgen würden, noch daß Bigotazo in Schwierigkeiten kommen könnte, auch nicht, daß das Rad nicht sein Eigentum und seine Handlungsweise somit Diebstahl war. Alles, was zählte, war der Ruf, den er erhalten hatte, und er begann auf gut Glück seinen Weg zu suchen.

Das Kloster Rábida Alcazar lag nördlich von Angel del Sur, und nach den verblassenden Sternen zu urteilen, befand er sich auf dem richtigen Weg. Er hatte versucht, das Rad zu besteigen, aber seine Glieder gehorchten ihm nicht, und so marschierte er, mit seinem einen Arm das Rad führend und gleichzeitig auf die Lenkstange gestützt, zu Fuß weiter. In der Morgendämmerung kam er durch mehrere Ortschaften, deren Namen er nicht kannte, und als die Sonne aufgegangen war, merkte er, daß er Hunger hatte, aber seine Taschen enthielten kein Geld, nur einige Stücke Würfelzucker, die ihm von den Frühstücken mit Bigotazo, der seine Schokolade besonders süß trank und dies auch von seiner Umgebung voraussetzte, übriggeblieben waren, sowie den Taschenkamm, den ihm sein Aufseher aus Freundschaft und gegen die Vorschrift belassen hatte. Er aß ein wenig Würfelzucker, und es schien ihm, als hätten seine Kräfte seit seinem Aufbruch eher zu- als abgenommen. Die Sonne hatte ihm gezeigt, daß er in Richtung Angel del Sur unterwegs war, und wenn er auch von der Krankheit geschwächt war, so hatten Miranda und Maria Rosa ihn doch vorzüglich gepflegt, und das Ziel, das er vor Augen hatte, war dazu angetan, seine anfänglich schwerfälligen Schritte zu beflügeln.

Gegen Mittag war er soweit, daß er das Rad besteigen konnte, und bald darauf traf er auf den ersten Wegweiser, der das Städtchen Fuego Fuego anzeigte. Er aß, die Fahrt nur kurz unterbrechend, zwei Stück Würfelzucker und trat anschließend noch kräftiger in die Pedale. Als die Sonne im Zenit stand, kam er an das Flüßchen, das in seinem späteren Verlauf Fuego Fuego durchquerte und an dieser Stelle noch idyllisch zwischen den Wiesenhängen dahinplätscherte. Er stieg ab, tauchte von einer Steinplatte aus seinen Oberkörper bis über den Kopf ins Wasser, ohne das Hemd abzulegen, und fiel anschließend auf der Uferböschung in erschöpften Schlaf. Als er erwachte, waren die Schatten länger geworden. Er raffte sich auf, aß die beiden letzten Zuckerstückchen und bestieg das Rad. Von nun an kannte er den Weg, und er beschloß, Fuego Fuego in einem kalbkreisförmigen Bogen zu umfahren, um anschließend auf die Staubstraße zu stoßen, die nach Angel del Sur führte. Wenn er keine Müdigkeit zuließ und keine Pause machte, konnte er noch vor Einbruch der Nacht bei Conchita sein.

Eine Geburt war ein gesunder Vorgang, und Umbre wunderte sich nicht, daß Conchitas Lebensgeister im Anschluß daran merkbar zurückzukehren begannen. Ihre Haut, die während der Erkrankung fahl und matt gewesen war, schimmerte sanft durchblutet, und ihre Finger, die noch immer die Gazelle festhielten, tasteten nicht mehr ruhelos über die Bettdecke, sondern waren friedlich und entspannt um den kleinen Torso geschlossen. Umbre hatte die letzten Stunden von Conchitas Ohnmacht genutzt, um einen festsitzenden Wickel aus Leinen um ihre Brust zu schlagen, der das Einschießen der Milch verhindern sollte, und hatte ihr darüber hinaus jede halbe Stunde einen Becher mit abgekochtem Spargelsud eingeflößt, was demselben Zweck diente. Für den Zeitpunkt ihres Erwachens stand eine Schüssel mit getrockneten Apfelscheiben, Rosinen und kandierten Schöllkrautblättern bereit: die Apfelspalten und Rosinen, um den Körper der Patroncita von etwaigen zurückgebliebenen Giftstoffen zu reinigen, und die Schöllkrautblätter, um ihre Erinnerung an die vorangegangenen Ereignisse zu löschen. Die kleine Pilar lag, von der Anstrengung der Geburt erschöpft, schlafend in der Holzwiege neben dem Bett der ihr zugefallenen Mutter, die, entweder von den nächtlichen Vorgängen oder von der Flasche Jerez, die sie sich zur Feier der Geburt ihres Töchterchens genehmigt hatte, ermattet, gleichfalls in Schlaf gesunken war, während Umbre sich zu Füßen des Strohlagers niedergekauert hatte, um das Erwachen der Patroncita abzuwarten.

Gegen Mittag wurden Conchitas regelmäßige Atemzüge rascher, sie bewegte sich im Schlaf und wandte den Kopf zum Fenster, von wo ihr ein Lichtschein zugegangen sein mochte. Umbre beugte sich über sie und strich mit der Hand erst über ihren Arm und dann über ihr Haar, das von der Krankheit strähnig und trocken war. Conchita, die die Sanftheit der harten Hand erkannte, versuchte sich ein wenig aufzurichten, woran der Brustpanzer sie hinderte, und fragte: »Umbre?«, und Umbre, der zum zweiten Mal während der vergangenen Stunden die Tränen in die Augen traten, sagte: »Dank der dreimal gepriesenen Hostie, daß du dem Leben wiedergegeben bist, mein Täubchen«, und Conchita versuchte ihre blicklosen Augen zu öffnen und sagte: »Was ist mit mir, Umbre? Was war mit mir?«

»Madre de Dios«, sagte Umbre, indem sie Conchita ein Kissen unter den Kopf schob und nach der Reisschüssel griff, »das ist eine lange Geschichte, Patroncita. Sie waren krank, und Ihre Frau Mutter, die Hostie schütze sie jetzt und in der Stunde ihres Todes, hat einem kleinen Mädchen das Leben geschenkt. Wenn Sie hübsch von dem Reis essen und anschließend ein paar getrocknete Früchte kauen, erzähle ich Ihnen alles von Anfang an.«

Die Sandstraße zog sich zwischen bepflanzten Tafelbergen hin, und Nando war mehrmals in Versuchung gewesen, im Schatten einer oder der anderen Eibe am Wegrand zu rasten, aber der Wille, der ihn vorantrieb, war zäh, und so kämpfte er sich, teils das Fahrrad schiebend, teils auf dem weichen Boden mühsam in die Pedale tretend, voran. Die Sonnenstrahlen brannten auf seiner vom langen Krankenzimmerdasein empfindlich gewordenen Haut, und Sand und Schweiß verklebten seine Augen, aber als die Dämmerung anbrach, wurde es kühler, und der Boden unter seinen Füßen wurde härter. Zwei oder drei Fahrzeuge begegneten ihm, darunter ein Wagen, der von der Finca kam und auf dem ein paar Erntearbeiter saßen, die vermutlich nach Fuego Fuego unterwegs waren. Sie drehten sich nach ihm um, erkannten ihn aber nicht. Er fühlte seine Beine nicht mehr und bewegte sich in breiigem Nebel, der sich über seine Sinne gelegt hatte und in dem er nichts als seinen eigenen harten Herzschlag hörte. Als die Umrisse der Finca aus dem Grau tauchten, beschleunigte er seine Schritte und langte, den Arm auf das Fahrrad gestützt, auf dem Vorplatz an. Dort blieb er stehen, griff in die Tasche, wobei er das Rad in den Sand fallen lassen mußte, holte den Kamm heraus und frisierte sich seine Locke in die Stirn. Sein Haar war während seiner Krankheit um etwa fünf Zentimeter gewachsen, so daß die Locke seine Augen nunmehr zur Hälfte bedeckte, aber Nando schenkte diesem Umstand keine Beachtung und schlug, der Stütze des Fahrrads beraubt, mit unsicheren Schritten den Weg zur Haustür ein.

In diesem Augenblick trat Umbre, die die erste Mahlzeit aus gewässerter Milch, Reiswasser und Kleie für die kleine Pilar zubereitet hatte, vor die Tür, um das Fläschchen im Abendwind zu kühlen. Als sie die knochige Gestalt mit den in die Stirn hängenden Haaren auf sich zuwanken sah, sank sie, sich bekreuzigend, unter dem Vordach in den Sand.

Nando taumelte heran. »Wo ist sie?« stieß er hervor, und Umbre schlug beim Anblick des staubbedeckten Gesichts mit den rot geränderten Augen ein weiteres Kreuz.

»Nando, um der sieben letzten Worte Christi willen, kommst du von den Toten?«

Nando hob, um seine vorher gestellte Frage zu untermauern, seinen Arm, und Umbre, die dachte, er hole zu einem Schlag aus, hielt ihm abwehrend die Milchflasche entgegen.

»Beruhige dich. Beruhige dich.«

Nandos Blick blieb wie hypnotisiert an dem Fläschchen hängen. »Das Kind ist geboren?«

»Ja, eine kleine Heilige«, sagte Umbre und fügte, um Nando

nicht neuerlich zu einer unzarten Geste zu veranlassen, rasch hinzu: »Mutter und Kind sind wohlauf.«

»Wo ist sie?« fragte Nando wieder mit einer Stimme, die Umbre bei ihm noch nicht gehört hatte.

»Bei ihrer Mutter im Altarzimmer. Nando, warte doch –«

Er stürmte, Umbre beiseite stoßend, ins Haus. Im Altarzimmer wandte Conchita auf ihrem Strohsack den Kopf der Tür zu.

»Patroncita –« sagte Nando.

Conchita lag still und horchte auf die Atemzüge des Mannes und das leise Knacken der Dielenbretter unter seinen Füßen.

»Du bist da, Nando.«

»Ja, Patroncita.«

»Ich habe dich gerufen.«

»Ich hab' es gehört.«

Aurelia, starr vor Verwunderung, richtete sich in ihrem Bett auf. Nando war an Conchitas Lager getreten. Als Umbre mit der Milchflasche hinter ihm in der Tür erschien und Aurelia mit wehenden Flügeln Zeichen machte, wischte diese, Stille gebietend, mit einer Handbewegung durch die Luft.

»Wie geht es Ihnen, Patroncita?« fragte Nando, der weder Aurelia noch die kleine Pilar in ihrer Wiege wahrgenommen hatte.

»Du warst lange fort«, sagte Conchita, und es hörte sich an, als sei sie einen Berg zu schnell hinaufgelaufen.

»Das ist vorüber, Patroncita.«

»Ich war krank, Nando. Und meine Mutter hat ein Kind bekommen.«

Nando atmete auf: Sie wußte nichts. Er griff unwillkürlich in seine Rocktasche, die leer war.

»Leider habe ich Ihnen nichts mitgebracht, Patroncita. Es war nicht möglich. Ich bin so schnell aufgebrochen.«

»Ich habe deine Gazelle.« Conchita streckte ihm die Hand mit dem Gegenstand, den sie die ganze Zeit über festgehalten hatte, entgegen. »Ich habe ihr die Beine abgebrochen. Umbre sagt, daß ich Schmerzen hatte.«

»Ich werde sie wieder ankleben.«

»Nando«, sagte Conchita, und zum ersten Mal in all der Zeit, die soviel Schweres für sie bereit gehabt hatte, waren Tränen in ihrer Stimme, »du darfst nie wieder von mir fortgehen. Du mußt bei mir bleiben, Nando, versprichst du es mir?«

»Bis daß der Tod uns scheidet, Patroncita«, sagte Nando, der neben dem Strohsack auf die Knie gesunken war.

Aurelia, die erst nicht für möglich gehalten hatte, was sich vor ihren Augen abspielte, war viel zu klug, um nicht augenblicklich die Vorteile zu begreifen, die eine Konstellation wie die vorliegende für alle Beteiligten mit sich brächte. Die Möglichkeit, der Finca auf diese Weise einen, wenn auch einarmigen, so doch höchst fähigen Patrón zu gewinnen, wog etwaige Standesunterschiede bei weitem auf, um so mehr, als ihre eigenen Söhne aus verschiedenen Gründen für eine derartige Position nicht in Frage kamen.

Als Nando sich wieder aufgerichtet hatte und, Bett und Wiege erst jetzt wahrnehmend, in der Verwirrung seines Herzens zwar eine entschuldigende Verbeugung in Aurelias Richtung andeutete, ansonsten jedoch wie festgewurzelt im Raum stehenblieb, winkte ihn die Patrona mit einer Handbewegung heran.

»Ich habe mich mit Jakobus besprochen«, sagte sie, »und in seinem wie auch im Sinne meines verstorbenen Gatten beschlossen, daß Conchita ihre kleine Schwester über die Taufe halten wird. Wenn Sie es wünschen«, – sie benutzte hier erstmalig im Gespräch mit dem Knecht das respektvolle »Sie« – »und wenn auch Conchita es wünscht, kann sie im Anschluß daran mit Ihnen vor den Altar treten.«

»Gepriesen sei der Herr, der das gefügt hat«, platzte Umbre heraus, ehe Aurelia sie mit einem Blick zum Schweigen brachte.

Aurelias Entscheidung, mit der sie Junipero vorgriff – als Conchitas älterem Bruder wäre es diesem zugestanden, über die Zukunft seiner Schwester zu bestimmen –, war ohne Widerstand und nahezu ohne Erstaunen zur Kenntnis genommen worden. Junipero war über die Initiative seiner Muter ebenso erleichtert wie über die Tatsache der Verlobung, die ihn der Verpflichtungen eines Patrón enthob, und Pepe und Pepe waren mit jeder Lösung einverstanden, die ihren beschaulichen Lebensstil nicht störte. In den Baracken der Erntearbeiter wurde die bevorstehende Eheschließung des Knechts mit der jungen Patroncita zuerst als Gerücht, dann als Tatsache gehandelt, und da Nando, der von jeher auf der Finca als eine Art Respektsperson gegolten hatte, sich den Arbeitern gegenüber stets loyal verhalten hatte und dies, wie man ihn einschätzte, weiterhin tun würde, beschloß man, ihm seinen Aufstieg zu gönnen. Gleichzeitig wurde die Ankunft der post mortem geborenen Tochter des Patrón Sebastiano bekannt. Doña Aurelia als verwitwete Mutter wurde bewundert und bedauert, wobei die Bewunderung überwog, und für die Taufe der kleinen Pilar, die in der Pfarre San Cristóbal in Fuego Fuego stattfinden sollte, wurde ein Hoffnungskreuz mit hundert eingeflochtenen Wünschen angefertigt, das bei Junipero, der noch als Patrón galt, zugleich mit der Bitte um einen freien Tag hinterlegt wurde.

Am Wochenende nach Arbeitsschluß erschien ein stämmiges Mädchen mit rosigem Gesicht und dunkelblondem Zopf an der Haustür und fragte nach der Dueña.

Umbre rasselte mit dem Schlüsselbund, den sie unterhalb ihres Capote an einem Bindfaden um den Hals trug. »Ich vertrete sie. Was willst du?«

»Ich bin als Erntearbeiterin eingestellt. In der Baracke habe ich gehört, daß die Patrona ein Kind bekommen hat.«

»Was geht dich das an?«

»Ich dachte, weil die Patrona schon älter ist, daß sie vielleicht zuwenig Milch hat. Ich könnte das Kind stillen. Ich habe vorige Woche entbunden, und mein Kind ist tot.«

Umbre musterte das Mädchen aus ihren engstehenden Mausaugen. »Du scheinst nicht besonders traurig zu sein.«

»Nein, Señora. Es war das Kind aus einer Vergewaltigung.«

»Wie heißt du? Wo kommst du her?«

»Mein Name ist Aranja Rocca. Mein Vater war Brunnenmeister in Estepar. Meine Eltern sind bei einer Sprengung ums Leben gekommen.«

»Was hast du mit dem Kind gemacht? Ich will die Wahrheit wissen.«

»Nichts, Señora. Es war von selbst tot. Ich schwöre es, Señora, bei der ewigen Ruhe meiner Eltern.«

Umbre beschloß, der Sache nicht weiter nachzugehen, um den ewigen Schlaf von Señor und Señora Rocca nicht unnötigerweise zu gefährden. Am Abend berichtete sie Aurelia von der Vorsprache der Brunnenmeisterstochter.

»Eine Fügung des Schicksals«, sagte Aurelia. »Flaschenkinder werden meist kränklich und schwach. Sie kann einstweilen bei dir in der Küche schlafen, und sobald Conchita verheiratet ist, ihren Strohsack beziehen. Dann bist du entlastet, und ich habe sie hier für Pilar immer zur Hand. Conchita und der neue Patrón beziehen Sebastianos Zimmer im ersten Stock.«

Conchita, die seit Nandos Rückkunft das Empfinden hatte, ihre Seele habe sich von ihrem Körper gelöst und schwebe unterhalb von Jakobus' Umrissen an der Zimmerdecke, hatte, wenn auch nur mit halbem Ohr, da ihre Gedanken ständig um die wenigen Sätze kreisten, die sie mit Nando gewechselt hatte, Aurelias Worte gehört. Sie versuchte sich vorzustellen, daß sie mit Nando in das prächtige Zimmer ihres Vaters ziehen sollte, und scheiterte daran ebenso wie an der Vorstellung, mit Nando vor dem Altar zu stehen. Sie umschloß die Gazelle, deren Beinchen Nando wieder angeklebt hatte, vorsichtig mit ihren Fingern und ließ sich in den vertrauten Dämmerzustand gleiten, in dem alles einfach und begreifbar war und in dem sie ihre verlorenen Kräfte zusehends wiedergewann, wie Umbre bei jedem Besuch an ihrem Strohlager zufrieden feststellte. Als sie wieder imstande war, das Radio zu bedienen, um die ihr vertrauten Lieder zu spielen, merkte sie, wie ihr das den Zugang zu den in Aussicht gestellten Ereignissen erleichterte, und nachdem sie dutzendmal das »Herz von Salamanca« gehört hatte, war es ihr, wenn auch nur für Sekunden, möglich, sich an der Seite Nandos im weißen Kleid durch die Kirchenpforte schreiten zu sehen. Da die beiden Feste am selben Tag stattfinden sollten, galt es, Conchitas Wiederherstellung abzuwarten, und als Umbre ihr den Brustverband abnahm, der, wie sie ihrer

Patroncita erklärt hatte, zur Vermeidung von Hustenanfällen angelegt worden war, wünschte Conchita sich aufzusetzen und, da dies klaglos gelang, noch am selben Abend aufzustehen, um im Zimmer ein paar Schritte zu tun. Sie küßte ihrer Mutter die kühle feingeäderte Hand, beglückwünschte sie zur Geburt ihrer Tochter und bewunderte hierauf ihr kleines Schwesterchen, das mit ausgebreiteten Armen friedlich in seiner Wiege schlief. Als sie fragte, ob sie nicht noch ein paar Schritte bis zur Küche tun könnte, stellte Umbre, die den Hintergrund der Frage durchschaute, dies für einen der folgenden Tage in Aussicht, wenn Conchita kräftig genug sei, ein Bad zu nehmen, ihre Kleider anzuziehen und ihr Haar zu bürsten, worauf Aurelia bemerkte, dann werde es wohl Zeit, Kontakt mit Padre Felipe aufzunehmen.

Im Kloster Rábida Alcazar hatte Nandos Verschwinden größte Aufregung ausgelöst. Miranda und Maria Rosa glaubten an eine Entführung, da sie sich nicht vorstellen konnten, daß er sich ihrer treusorgenden Pflege freiwillig entzogen habe. Madre Ildefonsa vermutete einen Rückfall samt Fieberwahn, welcher unberechenbare Handlungsweisen nach sich gezogen hätte. Doktor Fabiolo Bravo, der Madre Ildefonsas Version strikt ablehnte, meinte wiederum, es sei ihm vermutlich langweilig geworden, was bei Miranda und Maria Rosa empörte Tränenausbrüche hervorrief. Später stellte man fest, daß das Rad des Gärtners fehlte, und beschloß, den nachmittäglichen Besuch Bigotazos abzuwarten, ehe man Anzeige erstattete, wozu sich außer dem Gärtner, dessen Wochenplanung des fehlenden Fahrrades wegen in Unordnung geraten war, ohnedies niemand bereit gefunden hätte.

Bigotazo kam und ließ den Ansturm von Mitteilungen, Vermutungen und Befürchtungen über sich ergehen, ohne sich seine Bedrängnis anmerken zu lassen. Die Situation war für ihn insofern schwierig, als ihm, dienstrechtlich gesehen, ein Häftling entsprungen war, für den er auch während dessen Krankheit die Verantwortung trug, dem er jedoch privat durch einen Schwur zur immerwährenden Brüderlichkeit bis zum Tode verpflichtet war. Er brauchte nicht lange nachzudenken, wo er Nando finden würde, es gab für den Freund nur einen Weg und ein Ziel, doch hatte dieser sich fremden Gutes bemächtigt, was ihn, und das zu Ende seiner Haftzeit, als rückfälligen Straftäter ausweisen würde. Bigotazo, durch persönliche Umstände darin bestärkt – die Witwe hatte ihm tags zuvor erstmalig gestattet, seinen Schnurrbart auf ihre Stirn zu drükken, was ihn in einen Taumel der Hoffnung versetzt hatte –, beschloß, nichts zu überstürzen. Eine Inspektion war nicht zu erwarten, vor allem nicht im Kloster Rábida Alcazar, und ein Schwur vor Gott galt in jedem Fall mehr als ein dem Staate geleistetes Gelöbnis. Bigotazo beschwichtigte den Gärtner, indem er ihm anbot, ihm bis zur Wiederbeschaffung sein eigenes kostbares, mit mehreren Extras ausgestattetes Tourenrad, das er am folgenden Tag mit dem Dreirad nach Rábida Alcazar bringen würde, zur Verfügung zu stellen. Den ehrwürdigen Religiosas sprach er Trost zu und nahm ihre Versicherung, daß sie Nando vorzüglich versorgt und ihm solcherart keine Ursache zur Flucht gegeben hätten, zur Kenntnis.

Anderntags erhielt der Gärtner das Rad Marke »Ikarus«, und Bigotazo fand einen Brief seiner vorgesetzten Behörde vor, in dem klargestellt wurde, daß weder die Krankheit von der Haft abzuziehen, noch diese um die Krankheit zu verlängern sei und somit der Gefangene Fernando Lopez Garcia, Knecht auf Angel del Sur, zu dem vom Munizipalgericht festgesetzten Termin aus der Strafhaft entlassen werden könne.

Bigotazo stellte anhand seines Kalenders fest, daß noch zwei Tage Haftzeit übrig waren, und beschloß im Hinblick auf die Witwe, die keine übereilten Unternehmungen liebte, einen davon verstreichen zu lassen, ehe er sich auf den Weg nach Angel del Sur machte.

Nando seinerseits hatte sich jeden Tag vorgenommen, sich bei Bigotazo oder den Schwestern von Rábida Alcazar zu melden und das Fahrrad, das er vom Sand gesäubert und im Ziegenstall abgestellt hatte, zurückzubringen, doch hatte er auf der Finca Berge von Arbeit vorgefunden, die durch den monatelangen Ausfall zweier Kräfte, der des Patrón Sebastiano und seiner eigenen, liegengeblieben waren, und war darangegangen, das Nötigste zu erledigen, wobei er im Zuge der Erledigungen immer auf noch Nötigeres stieß. Daneben machte, wie er erfuhr, Conchitas Genesung Fortschritte, und er wünschte von ganzem Herzen, sie vor seinem Abmarsch zu sehen, so daß er diesen immer wieder hinausschob. Als Conchita ihr Zimmer schließlich verlassen konnte, begegneten die beiden einander mit scheuer Behutsamkeit, und obgleich jeder fortwährend die Nähe des anderen suchte, kam kein Gespräch zustande, zum einen, weil Umbre oder auch Aranja, die ihren Dienst angetreten hatte und täglich viermal das Altarzimmer aufsuchte, um die kleine Pilar zu stillen, meist in der Nähe waren, zum anderen, weil zuviel zu sagen gewesen wäre, um es in etwas so Sprödes wie die Sprache zu kleiden.

Bigotazo erschien und machte Nandos Gewissensbissen des Fahrrads wegen ein Ende, überbrachte ihm die gute Nachricht vom Munizipalgericht und wurde im Umkehrverfahren von Nando gebeten, bei seiner Hochzeit die Rolle des Trauzeugen zu übernehmen. Bigotazo umarmte den Freund und versicherte, er habe es immer gewußt und gönne ihm sein Glück vom Herzen, auch wenn er selbst nun, da Nando Patrón auf Angel del Sur würde, auf den erwünschten Mitarbeiter im Gemeindeamt verzichten müsse. Aurelia, von Umbre in Eile davon in Kenntnis gesetzt, daß Nando hochmögenden Besuch erhalten habe, ließ den Señor ins Altarzimmer zu einer Flasche Murcia und zu knusprig gebackenem *Mona con frutas* bitten, wofür die Wiege an das Fußende geschoben und ein Klapptisch an Aurelias Bett aufgeschlagen wurde. Aurelia, nach den entbehrungsreichen Jahren einer intellektuell unergiebigen Ehe und der gehobenen, jedoch wenig abwechslungsreichen Konversation mit dem Fleck, genoß Bigotazos aufmerksame Zuhörerschaft und seine sparsam eingeworfenen klugen Kommentare ebenso wie dessen von der gepflegten Manneszier im wettergegerbten Gesicht unterstrichene stattliche Erscheinung, und als er sich verabschiedete, meinte sie, es gereiche dem Hause zur Ehre, einen so respektablen Señor als Trauzeugen gewonnen zu haben. Die Frage der Taufe sei insofern geklärt, als Conchita den weiblichen, die Brüder Pepe und Pepe den männlichen Teil der Patenschaft für die kleine Pilar übernehmen würden, wohingegen Junipero die Verpflichtung zufiele, die Braut in Vertretung seines verstorbenen Vaters zum Altar zu führen. So fehle es nur mehr an einem weiblichen Trauungsbeistand für Conchita, da Aurelia selbst aus Gesundheitsgründen sowie wegen ihrer Funktion als Täuflings- und Brautmutter diese Aufgabe nicht übernehmen könne. Bigotazo meinte nach kurzem Nachdenken, er kenne eine überaus respektable Dame namens Xaviera Molina Gomez, verwitwet und den oberen Gesellschaftsschichten von Fuego Fuego zugehörig, die den Vorzug, von der Señora Doña zur erwähnten Funktion aufgerufen zu sein, gewiß zu würdigen wisse. Man verabschiedete sich in gegenseitiger Wertschätzung, wobei Bigotazo Haltung annahm, mit der Hand über beide Schnurrbartspitzen strich, die Hacken zusammenschlug und sich mit schneidiger Eleganz über Aurelias dargereichte Hand beugte.

Tags darauf lieferte Bigotazo das Rad im Kloster Rábida Alcazar ab, forderte sein eigenes vom Gärtner zurück, worüber dieser alles andere als glücklich war, und überbrachte den ehrwürdigen Religiosas Nandos Grüße sowie die Nachricht von seiner baldigen Vermählung, worauf diese beschlossen, *»Caro mio ben«* und »Lobet Gott«, eventuell noch »Gepriesen sei der Stamm« als mehrstimmigen Chor a capella, mit Verstärkung durch die Schulklassen des dem Kloster angeschlossenen Colegio unter der Leitung der Musiklehrerin Schwester Fidelis, einzustudieren.

Die Witwe schlug Bigotazo, der ihr die ehrenvolle Einladung überbrachte, einen Ausflug nach San Eresmo vor, um dort nach geeigneter festlicher Kleidung für das Ereignis Ausschau zu halten, und erlaubte dem Überglücklichen einen Kuß auf ihre Wange. Padre Felipe stellte eine glanzvolle Taufe und ebensolche Hochzeit in Aussicht, knüpfte aber die Bedingung daran, daß die Braut, ihrer Jugend wegen, drei Stunden eines ehevorbereitenden Unterrichts in der Sakristei der Pfarre von San Cristóbal zu absolvieren habe, woraufhin Junipero sich erbötig machte, seine Schwester zum Brautunterricht nach Fuego Fuego zu bringen. Pepe und Pepe hatten zu streiten begonnen, wer die gestickte Weste und wer die von Conchita handgeknüpfte Krawatte tragen werde. Und Umbre, die derzeit noch ihre Herdnische mit Aranja teilte, stellte einen mit Hühnerdärmen gefüllten ausgehöhlten Kuhfuß zwecks Sicherstellung harmonischen Ehelebens auf den Sims über dem Herd und hängte ein mit getrocknetem Ziegenkot gefülltes Leinensäckchen gegen Milchdurchfall, Kinderkrätze und nächtliches Ersticken in den Kaminabzug, worauf Aranja sich bei Aurelia beschwerte und eine andere Unterkunft verlangte. Aurelia jedoch erhielt in diesen Tagen Besuch von der Schlange.

Sie schwebte an einem unsichtbaren Faden von der Zimmerdecke nieder und ließ sich, zu einem zierlichen Ring geschlungen, in Pilars Wiege fallen. Dort entrollte sie sich und begann das schlafende Mädchen zu umkreisen, behutsam und gemächlich, als wolle sie es in Besitz nehmen. Zuletzt schlang sie sich wie liebkosend um Pilars Hals und wechselte dann, geräuschlos über den Rand der Wiege gleitend, zu Aurelias Bett über, wo sie den gewohnten Platz auf deren Bauch einnahm. Aurelia, zu fasziniert, um einzugreifen, und zufrieden, daß der Bann gebrochen und die Erinnerung der Schlange an das Feuer auf Angel del Sur offensichtlich ausgelöscht war, ließ sie gewähren und faltete nur vorsichtig über der Bettdecke die Hände: Jakobus hatte es gefügt, und sie dankte ihm dafür. Kurz vor dem Einschlafen erhob sie noch einmal ihr Herz zu ihm und gelobte ihm einmal mehr unverbrüchliche Treue, auch wenn der Señor mit dem prächtigen Schnurrbart, der sie heute an ihrem Bett besucht und mit dem sie eine Flasche Murcia geleert hatte, durchaus jemand war, für den es sich gelohnt hätte, die Füße noch einmal auf den Boden zu setzen.

Padre Felipe zeigte im Gespräch mit Conchita Güte und Geduld. In der ersten Stunde erklärte er ihr die geistige Sinnhaftigkeit des Sakraments der Ehe und erläuterte, daß es so stark sei, daß es die Sünde heilige, und daß Gott es zu ebendiesem Zweck eingesetzt habe.

»Welche Sünde, Padre?« fragte Conchita.

Padre Felipe antwortete ausweichend und setzte Conchita

auseinander, daß die Frau dem Mann untertan sein solle und daß er sie lieben solle aus seiner ganzen Seele. Dies beziehe sich nach Gottes Willen auf alle Bereiche der Ehe.

»Welche Bereiche?« fragte Conchita.

»Nun, auf Haus und Küche und alles, was sonst noch in einer Ehe vorgeht.«

Conchita saß während der Heimfahrt grübelnd neben Junipero auf dem Kutschbock. Als er fragte, warum sie so schweigsam sei und ob ihr der Unterricht nicht gefallen habe, sagte sie: »Junipero, was geht außer Haus und Küche in einer Ehe vor?«

»Wie kommst du darauf?«

»Ich möchte es wissen.«

»Hat Padre Felipe darüber gesprochen?«

»Warum fragst du nur und antwortest nicht?«

»Weil ich dein Bruder bin«, sagte Junipero kryptisch und lenkte das Gefährt in eine Kurve zwischen zwei Tafelbergen.

»Was macht das aus, Junipero?«

»Es ist kein Gespräch zwischen Geschwistern.«

»Zwischen wem sonst?«

»Ich weiß nicht recht«, sagte Junipero, indem er seine Mütze lüftete, so daß der Fahrtwind seine Stirn kühlte. »Vielleicht zwischen Eheleuten.«

In der nächsten Stunde erklärte Padre Felipe Conchita die Bedeutung des Bibelwortes »Er soll dein Herr sein«. Die Frau solle dem Manne nicht widersprechen und sich ihm nicht widersetzen, auch wenn sie dies oder jenes nicht verstünde. Sie solle sich gehorsam erweisen in Worten und Gedanken und auch – Conchitas Jugend wegen glaubte er es hinzufügen zu müssen –, in sonst allem, worin eine Frau ihrem Mann gehorsam sein solle.

»Was meinen Sie, Padre?« fragte Conchita.

Padre Felipe, der es längst bereut hatte, sich auf den Brautunterricht eingelassen zu haben, zog ein Taschentuch aus seiner Soutane und wischte sich damit über Nacken und Hals. »Nun, ich meine«, sagte er, »daß sie sich, Gottes Gebot folgend, ergeben und willig zeigen soll in allem, was ein Mann von einer Frau wünscht.«

Er brach die Stunde ab, ehe Conchita eine weitere Frage stellen konnte, und erklärte Junipero, der draußen auf dem Kutschbock saß, daß der Eheunterricht beendet sei. Abends auf ihrem Strohsack dachte Conchita darüber nach, ob das, was ein Mann von einer Frau wünscht, mit der holden Lust zu tun habe, von der in dem kastilischen Hochzeitslied die Rede war. Unvermittelt fiel ihr hierzu die Kapelle von San Eresmo ein, wo Miguel, der, wenn schon ein Heiliger, so doch auch ein Mann gewesen war, ebenfalls etwas von ihr gewünscht hatte. Sie hätte nicht sagen können, ob es die holde Lust gewesen war, doch schien er von ihrer Bereitschaft, ihm Gehorsam zu erweisen, so angetan gewesen, daß er versucht hatte, sie zu umarmen, und der Riß, der damals durch ihren Körper gegangen war, war bis heute nicht geheilt.

Am Tag des Doppelfestes stand Nando um vier Uhr früh auf, weil er nicht schlafen konnte. Er verließ das Haus in Richtung Olivenpflanzung, verweilte kurz an Sebastianos Grab und stieg dann den Hügel hinauf bis zu dem flach verlaufenden Kamm, von dem aus man auf die gegenüberliegende Seite sehen konnte. Auf dem höchsten Punkt stand eine Pinie, die hundert Jahre alt sein mochte. Ihre Krone war breit wie ein Dach, und Nando lehnte sich, oben angekommen, an den knorrigen Stamm. Er glaubte nicht an Umbres Geister, aber sein Opfer hatte geholfen, und er legte unwillkürlich die Hand zur Faust geballt an seine Brust. Im Tal ragte der Kirchturm zwischen den wenigen verstreuten Häusern in den Morgennebel, und Nando dachte daran, wie oft ihm das Anima-Läuten das Ende der Arbeit verkündet hatte und wie er jedes Mal heimgerannt war, um keinen Augenblick des Abends, der ihm die Nähe der Patroncita brachte, zu versäumen. Er wußte nicht, wann all dies begonnen hatte, nur, daß es nicht enden würde und daß er nichts wollte als an Conchitas Seite sein. Weiter zu denken hatte er sich verboten, weil es darüber hinaus nichts Denkbares gab. Unklar wußte er, daß er warten würde, lange oder für immer, um Conchitas Seelenruhe nicht zu gefährden, und daß das Wort »Opfer« nur im Zusammenhang mit Trennung von ihr existierte. Als die Glocke im Tal sechs Schläge tat, wandte er sich zum Gehen und wunderte sich, wie schwer ihm der Abstieg fiel, da ihm nicht bewußt gewesen war, daß er zwei Stunden lang im eisigen Frühwind gestanden hatte und seine Glieder vor Kälte klamm waren. Daheim angelangt, schlüpfte er in seiner Kammer in seinen Sonntagsanzug, kämmte sich vor dem Metallspiegel die Locke in die Stirn und mußte sich anschließend auf das Bett setzen, weil seine Beine versagten.

Conchita wurde währenddessen im Wohnzimmer von Umbre und Aranja angekleidet. Sie trug aus Gründen der Eile oder der Pietät das Hochzeitskleid, in dem Aurelia seinerzeit Sebastiano das Jawort gegeben hatte und das ihr mit wenigen Änderungen vorzüglich paßte. Bei der Anprobe war es ihr ähnlich ergangen wie Nando, sie wurde von einem plötzlichen Schwächeanfall erfaßt, und Umbre schrie entzückt auf: »Dank der heiligen Jungfrau! Wenn die Braut beim Probieren des Hochzeitskleides ohnmächtig wird, hält die Ehe hundert Jahre und einen Tag.« Aranja hatte ihr das Haar hochgebürstet, und Umbre steckte die Peineta darin fest und breitete die Hochzeitsmantille aus kastilischen Spitzen darüber. Conchita sah so zart und lieblich aus, daß Nando bei ihrem Anblick die Tränen in die Augen schossen und er sich zu seinem Entschluß beglückwünschte, sie nie zu verletzen, ihr vielmehr zu dienen und sie zu beschützen, solange ein Atemzug in ihm sein würde.

Aurelia war von Umbre und Aranja in ihre schwarze Festtagstracht gehüllt worden, und nachdem ihre Söhne Pepe und Pepe sie zu dem auf dem Vorplatz abgestellten, von Junipero gelenkten Wagen getragen und auf den Rücksitz gehoben hatten, legte Umbre ihr das blaßviolette Kaschmircape um, das Aurelia beim seinerzeitigen Umzug von der Sierra de la Virgen nach Angel del Sur abgenommen hatte, um Jakobus vor dem Wolkenbruch zu schützen. Im zweiten Wagen, der von Nando gelenkt wurde, fuhr das Brautpaar, und im dritten saßen die beiden Pepes sowie Aranja, die die kleine Pilar auf dem Schoß hielt. Die Abfahrt gestaltete sich insofern schwierig, als Pepe und Pepe in Streit gerieten, weil keiner von ihnen auf den Kutschbock und jeder zu Aranja in den Wagen wollte. Schließlich einigten sie sich darauf, daß Pepe el Rubio bei der Hinfahrt und Pepe el Moreno bei der Rückfahrt kutschieren solle, und man konnte aufbrechen.

Das Doppelfest sollte als große Feier begangen werden, bei der nach kirchlichem Brauch zuerst die Brautmesse zelebriert und die Kommunion gereicht würde. Vor dem Tor der Kirche angekommen, wurde Aurelia auf den bereitgestellten Holzsessel, den der Bischof bei seinen Besuchen zu benutzen pflegte, gehoben und in die Kirche getragen, wo man sie an der Seite der ersten Stuhlreihe absetzte. Padre Felipe agierte in seinem schönsten von der Frauenbruderschaft der Pfarrgemeinde bestickten Umhang, der Schwesternchor von Rábida Alcazar, verstärkt durch die Schulklassen des Colegio, hatte im Altarraum Aufstellung genommen, und der Vicario war persönlich in den Turm gestiegen, um die Glocken zu läuten.

Nach der Messe bekam Conchita von Aranja ihr Schwesterchen, das aus Gründen der Vereinfachung oder Pietät das Taufkleid trug, das Conchita bei ihrer Namensgebung getragen hatte, in den Arm gelegt, und Padre Felipe fragte, ob sie dem Teufel widersage. Conchita mußte für sie antworten, worauf Padre Felipe die Kleine auf den Namen Pilar Conchita Maria Aurelia taufte, und der Chor sang »Gepriesen sei der Stamm, dem du entsprossen«. Anschließend nahm Aranja Conchita das Kind wieder ab und legte es Aurelia in den Arm, die die kleine Säule, die die Ehre des Hauses Riéra trug, in den Saum ihres blaßvioletten Kaschmircapes hüllte.

Ergriffenes Schweigen herrschte, als Junipero die Braut aus der Taufkapelle und durch den Mittelgang nach vorn geleitete, wo Nando, neben sich seinen Freund Bigotazo, sie erwartete. Halb Fuego Fuego war gekommen, um dabeizusein, wenn der einarmige Mann das blinde Mädchen zum Altar führte. Im Schatten einer Säule stand Ele, die Mantille halb vor das Gesicht gezogen, und gab sich einigen Erinnerungen hin, die sie nicht, wie sonst fast alles, mit ihrem Ehemann teilen konnte. Letztlich hatte es sich für sie zum Guten gefügt, und ihre Anwesenheit in der Kirche sollte nichts anderes besagen, als daß sie Sebastiano, der ihr durch das Verschweigen der wahren Umstände Schmerz bereitet hatte, verzieh und dem Kind, das soeben vor ihren Augen getauft worden war, ein glückliches Leben wünschte.

Der Chor sang »Caro mio ben«, und als Nando Conchita den Ring an den Finger steckte, zitterte seine Hand, so daß ihm das Kleinod, das Aurelia aus Gründen der Pietät oder Sparsamkeit der Hinterlassenschaft ihrer seligen Schwiegermutter Doña Mercedes Riéra entnommen hatte, beinahe entfallen wäre. Bigotazo hielt den Atem an, ebenso seine Herzdame, die Witwe Xaviera Molina Gomez, Conchitas Trauzeugin, die sich zur Feier des Tages in ein gemeinsam mit Bigotazo in San Eresmo ausgesuchtes rostrotes Seidenkleid gezwängt und eine rostrote Spitzenmantille über die in ihrem hochgetürmten Haar stekkende Peineta gelegt hatte. Als Nando Conchitas Schleier zur Seite streifte, um sie zu küssen, zitterte seine Hand noch mehr, und in der Kirche hätte man eine Stecknadel fallen hören können. Conchita hob ihm, in Erinnerung an ihren Besuch in der Gefängniszelle, ihr Gesicht entgegen, und die Witwe schluchzte auf und griff aufgewühlt nach der Hand Bigotazos, der als Nandos Trauzeuge neben ihr stand und dem vor Freude eine Blutwelle ins Gesicht schoß. Zuletzt sang der Chor, nicht ganz passend, aber in Ermangelung eines passenderen Stückes aus dem Repertoire das Lied, das Schwester Fidelis, die ihre Novizenjahre in einem Kloster im Norden Deutschlands verbracht hatte, von dorther mitgebracht und selbst übersetzt hatte und das aus dem 16. Jahrhundert stammte:

»Es flog ein Täublein weiße
vom Himmel hoch herab
im engelischen Kleide
zu einer Jungfrau zart.
Gegrüßest seist du, wunderschöne Maid
Dein Seel ist hochgezieret,
dein Leib gebenedeit.«

Umbre hatte inzwischen auf der Finca mit Hilfe zweier Olivenpflückerinnen ein Festmahl zubereitet, zu dem auch Padre Felipe und der Vicario sowie die Trauzeugen geladen waren, wobei der Padre und der Vicario im Wagen des Brautpaars, Bigotazo und seine Witwe in dem Wagen des Taufkindes, der bei der Rückfahrt von Pepe el Moreno kutschiert wurde, Platz genommen hatten.

Es war gegen neun Uhr abends und das Fest in vollem Gange, als Conchita sagte, daß die ungewohnte Peineta und die schwere Mantille ihr Kopfschmerzen bereiteten, worauf sie von Umbre von beidem befreit und von ihrer Mutter, die sich ebenfalls zurückzuziehen wünschte, zum einen, um sich mit Jakobus auszutauschen, zum anderen, um Aranja, die die erste Nacht im Altarzimmer verbringen würde, Anweisungen zu geben, in Gnaden entlassen wurde. Umbre schloß Conchita in die Arme und flüsterte ihr zu: »Genieß es, mein Lämmchen, aber wenn es dir zuviel wird, schlag ihm auf die Finger«, und Junipero, glücklich, sein schlechtes Gewissen sowie die Verantwortung ad acta legen zu können, drückte Conchita brüderlich an seine Brust. Bigotazo verabschiedete sich von seinem Freund mit Hand- und Schulterschlag und beeilte sich hierauf, mit seiner Herzdame zur Gesellschaft zurückzukehren, wo die Brüder Pepe und Pepe ein beliebtes, wenn auch etwas freies nordspanisches Hochzeitslied angestimmt hatten.

Conchita stieg an der Hand ihres Mannes die Treppe zum Zimmer ihres Vaters hoch, wobei sie die Stufen zählte. Als die Tür sich hinter ihnen geschlossen hatte, legte Umbre, die ihnen heimlich gefolgt war, ein getrocknetes Stückchen Ziegenleber gegen jungfräuliche Kühle und drei Barthaare des Bockes gegen lahme Lenden auf die Türschwelle und zog sich dann in ihre Herdnische zurück, wo sie zum ersten Mal, seit Aranja im Haus war, wieder ungestört ein mit Hühnerdärmen gefülltes Leinensäckchen an einer Drahtschlinge für die Erhaltung der Gewogenheit des Vogelkopfs und die regelmäßige Wiederkehr der Schlange aufhängen konnte.

Im Zimmer angekommen, sagte Nando, dessen Herz brannte und der Conchita seine Hingabe begreiflich machen wollte: »Sie brauchen nichts zu fürchten, Patroncita, ich werde Ihnen nicht nahetreten. Wenn Sie zu Bett gehen, drehe ich mich zur Wand, Sie können mir vertrauen.« Und Conchita, die seinen Worten entnahm, daß er sie liebte aus seiner ganzen Seele, wie Padre Felipe ihr das Bibelwort erklärt hatte, und die nichts so sehr wünschte, als ihm ergeben zu sein, wie Gott es von ihr erwartete, zögerte nicht, ihren Teil beizutragen und sagte: »Nando, wenn du etwas möchtest, das ein Mann von einer Frau wünscht, mußt du es mir sagen, ich weiß, daß das zu einer Ehe gehört.«

»Heiliger Herr des Himmels, Patroncita«, stammelte Nando und mußte sich am Türstock festhalten, weil Don Sebastianos Zimmer mit allen Einrichtungsgegenständen um ihn zu kreisen begonnen hatte.

Die Sterne erstiegen den Nachthimmel, einer nach dem anderen, und brannten Löcher in das schwarze Tuch, als blicke Gott aus Millionen Augen auf die Erde. Jenseits der Olivenpflanzung hatte sich der Wind erhoben und strich in Böen über den Hügel, er rüttelte an den von Conchita gepflanzten Ranken auf Sebastianos Grab und schlug in dumpfen Stößen gegen das Haus. Im Bachbett ringelte sich die Azulita schlafend auf dem Feldstein, während die kleine Pilar in ihrer Wiege ihren ersten Traum hatte, der vielleicht von den goldenen Wiesen handelte, die sie hatte verlassen müssen, denn sie verzog kurz ihren Mund zum Weinen, ehe sie ruhig weiterschlief. In Sebastianos Zimmer sagte Nando »Herz meines Herzens«, faltete seine Hand in Conchitas Hand und dachte, daß er nun nie mehr die Faust ballen müsse, um zu beten, und Conchita sagte mit geschlossenen Augen: »Ich kann dich sehen, Nando, ich sehe dein Gesicht.«

Dann stieg die Mondsichel schmal und silbern über dem Dachfirst auf, und über allem lächelte Gott die Ewigkeit eines Herzschlags lang, ehe er sich anderen Dingen zuwandte.

TEIL II

Pilars Garten

14

Der neue Patrón auf Angel del Sur stellte schon während der ersten flüchtigen Durchsicht der Bücher fest, daß die wirtschaftliche Lage der Finca alles andere als rosig war. Sebastiano, passionierter Landwirt, doch kaufmännisch ebenso ungeschult wie ungeeignet, hatte die anfallenden Geschäfte mehr nach Gefühl als nach geschäftlichen Richtlinien betrieben und dabei mit einem gewissen Instinkt die Dinge so weit im Gleichgewicht gehalten, daß sich ein angenehmes Leben für die Bewohner der Finca ermöglichen ließ. Aurelia, die ihren gesicherten Lebensabend in Form der Kassette mehrmals am Tag sanft mit den Zehen gegen den Fußteil des Bettes stieß und sich an dem hölzernen Klang erfreute, hatte schon zu Sebastianos Lebzeiten wenig Interesse am Gedeihen des Anwesens an den Tag gelegt, solange sie täglich ihr frisches Bettzeug, die flüssige Ergänzung zu den Mahlzeiten und ausreichend Blumen für Jakobus' Altar zur Verfügung hatte, und reagierte dementsprechend zerstreut, als Nando sie von der Feststellung in Kenntnis setzte.

»Angel del Sur ist die größte Finca in der Comunidad. Wir haben zwölftausend Olivenbäume und vier Maultierritte Akkerland.« Mit Maultierritt bezeichnete sie die Strecke, die das genannte Tier innerhalb einer Stunde im Schritt zurückzulegen imstande war.

»Darum geht es, Señora: Die Oliven müssen gepflückt, das Ackerland muß bebaut werden. Die Arbeiter sind organisiert und verlangen festgesetzte Löhne. Wir werden Kredit aufnehmen müssen, um die Scheune wieder aufzubauen. Leider hatte Don Sebastiano keine Versicherung gegen Feuer abgeschlossen.«

»Mein Mann lehnte Versicherungen ab. Er hielt sie für Betrug und Halsabschneiderei.«

»Wenn uns wenigstens ein Teil der Futtermittel erhalten geblieben wäre! Aber der gesamte Vorrat ist mit der Scheune verbrannt. Wir werden Futter zukaufen oder Vieh abstoßen müssen.«

Aurelia wandte sich dem halbvollen Glas Rioja zu, das neben ihr auf dem Nachttisch stand, und nahm einen Schluck: Es würde Sebastianos Grabesruhe empfindlich stören, wenn er wüßte, daß Vieh aus seinem kostbaren, liebevoll aufgestockten Bestand veräußert werden müßte. Sie hielt gedankenvoll inne, ehe sie das Glas wieder abstellte.

»Wie lange würde es dauern, die Rückstände aufzuarbeiten?«

»Wenn man geeignete Arbeitskräfte hätte...« Nando stockte.

Aurelia wußte, was er meinte: Weder Junipero noch die beiden Pepes waren geeignet, in einer Krise ihren Mann zu stehen. Junipero verrichtete seine Feldarbeit zwar ohne Widerstreben, war jedoch nicht allzu kräftig und auch mit den Gedanken meist nicht bei der Sache, so daß es vorkam, daß er den halben Acker zweimal, den restlichen Teil überhaupt nicht mit der Egge bearbeitete. Pepe und Pepe hatten sich in Fuego Fuego einige Ersatzteile für ihre Lambretta besorgt und waren nach jeglicher Tätigkeit auf der Finca immer schon eine Stunde vor dem Anima-Läuten daheim, da jeder von ihnen das gemeinsame Fahrzeug als erster mit Beschlag belegen wollte. Der Streit, der hierauf ausbrach, dauerte gewöhnlich bis zum Abendessen und endete entweder mit einer Prügelei, die beiden das Ausgehen unmöglich machte, oder damit, daß sie sich darauf einigten, gemeinsam loszufahren, was insofern neuen Konfliktstoff in sich trug, als sie in entgegengesetzte Richtung, nämlich Pepe el Rubio nach Fuego Fuego und Pepe el Moreno nach Roca Ruiz, wollten. Aurelia, in ihre Kissen zurückgesunken, tat ob der ihr hinlänglich bekannten Fakten einen kurzen Seufzer und beschloß, wie immer, wenn ihr etwas unangenehm zu werden drohte, sich aus der Angelegenheit zurückzuziehen.

»Sie müssen die Sache in die Hand nehmen, Señor«, erklärte sie, »und den Betroffenen die Lage klarmachen.« Sie vermied es, zu erwähnen, daß es sich um ihre Söhne handelte, und sandte einen Blick zur Zimmerdecke, wo sich ein Phänomen abzuzeichnen begann, von dem später die Rede sein wird. »Sie müssen die Zügel anziehen und dafür sorgen, daß jeder seinen Beitrag leistet. Das Wohl von Angel del Sur liegt in Ihren Händen...« Sie besann sich, daß die Formulierung in bezug auf Nando nicht glücklich war, und verbesserte sich: »...in Ihrer Verantwortung. Was Sie hierzu für nötig halten, wird geschehen.«

»Wollen Sie damit sagen, Señora«, vergewisserte sich Nando, dem seine neue Würde noch nicht in Fleisch und Blut übergegangen war, »daß ich den Auftrag habe, die Angelegenheiten auf der Finca nach meinem Dafürhalten zu regeln?«

»So und nicht anders verhält es sich, Señor.« Aurelia war seit Conchitas Hochzeit dazu übergegangen, ihren Schwiegersohn mit dem ihm zustehenden Titel anzusprechen. »Sie sind der Patrón. Und vergessen Sie nicht: Was für die Finca geschieht, geschieht vornehmlich für Conchita und Pilar.«

Sie wandte ermüdet, jedoch mit dem Verlauf des Gesprächs zufrieden, den Kopf zur Seite, um anzuzeigen, daß sie nichts mehr hinzuzufügen hatte. Nando entfernte sich mit einer stummen Verbeugung. Schon während er über den dunklen Flur auf die Küche zuging, in der sich um diese Zeit außer der in der Kühle der Herdnische vor sich hin dösenden Umbre niemand aufhielt, begannen vielfältige Gedanken in seinem Kopf Gestalt anzunehmen. Junipero tat sein Bestes und war als der älteste männliche Riéra nicht aus dem Haus wegzudenken. Was jedoch die Brüder Pepe und Pepe betraf, würde sich vielleicht ein Lösung finden lassen. Nando, dem der plötzliche Eifer Hitzewellen unter die Stirnlocke trieb, blieb im Flur stehen, um seine Gedanken zu ordnen. Aurelia hatte mit ihrer Bemerkung, daß seine Anstrengungen vor allem Conchita und Pilar zugute kämen, das Zentrum seiner rastlos sorgenden Seele getroffen: Das Kind stand ebenso wie seine junge Ehefrau im Mittelpunkt seines Fühlens und Denkens, und jedesmal wenn er im Altarzimmer einen Bericht abzugeben oder einen Auftrag entgegenzunehmen hatte, blieb er, was Aurelia nicht entging, minutenlang wie angewurzelt vor der Wiege stehen, um das kleine Gesichtchen mit den ernsten Augen zu betrachten. Pilar wiederum hielt mitten in dem leisen Weinen, das manchmal unvermittelt aus ihr herausbrach, als entspränge es einem fremden Willen, inne, sobald sie das wettergegerbte Gesicht des Mannes mit der Stirnlocke über sich sah.

»Er wird sie so lange anstarren, bis sie ihm ähnlich sieht«, bemerkte Aranja, die über keinen der Zusammenhänge informiert war, und tatsächlich meinten einige der Hausbewohner, eine Ähnlichkeit der Kleinen mit dem neuen Patrón festzustellen, was insofern nicht verwunderlich war, als das Plakat, das Conchita in ihrem Wäschekasten aufbewahrt und nach ihrer Erblindung umständehalber vergessen hatte, eine gewisse prinzipielle Übereinstimmung der Gesichtszüge des Patróns mit jenen des unglücklichen Matadors Miguel Martinez, genannt El Húngaro, erkennen ließ. Nando, der ehedem gemeinsam mit Umbre die wenigen Habseligkeiten der Patroncita in das eheliche Quartier im ersten Stockwerk verbracht hatte, hatte das Plakat, das sich ohne sein Zutun auf der Treppe entrollt hatte, nachdenklich betrachtet und sich, ehe Umbre ihn mit der Wäsche eingeholt hatte, einen Augenblick lang gefragt, was es mit dem kühn blickenden Kämpfer auf sich habe, aber Pepe el Moreno, die einzige Person, die darüber hätte Aufschluß geben können, war eines Lambretta-Ausfluges wegen nicht zur Stelle, und Nando rollte das Plakat wieder zusammen und schob es, nachdem Umbre die Wäsche in Sebastianos Eichenschrank gestapelt hatte, an die hintere Wand des Fachs.

Noch in der Stunde, da er Aurelias Auftrag empfangen hatte, begann Nando ein Konzept auszuarbeiten, das, wenn es funktionierte, und dafür wollte er im Sinne aller Beteiligten sorgen, den Wiederaufbau der Scheune bei uneingeschränktem Betrieb auf der Finca ermöglichen würde. Er setzte Erfolgsprämien für die besten Erntehelfer und Olivenpflücker aus und zog diejenigen unter ihnen, die mit Hammer und Winkelmaß umgehen konnten, für die Zimmermannsarbeit, die anderen,

Frauen mit eingeschlossen, für die Aufräum- und Aushubverrichtungen an dem bis auf die Grundmauern niedergebrannten Holzbau heran, indem er ihnen schriftliche Verträge aushändigte, die ihnen die fixe Saisonanstellung für die folgenden drei Jahre zusicherte. Von einer der jeweils vorbeiziehenden Zigeunertruppen, die anfragten, ob sie sich für eine Weile am Rand des Grundstücks niederlassen dürften, entlieh er drei kräftige Burschen und erlaubte ihnen, dafür die nach dem Abschütteln der Oliven in den Zweigen verbliebenen Restfrüchte, bei zwölftausend Bäumen eine beachtliche Menge, abzuernten und nach Gutdünken zu verwenden oder zu verkaufen. Zum Ersatz der verlorengegangenen Futtermittel nahm er der Eile wegen – den Tieren konnte die Notlage nicht verständlich gemacht werden – bei der Banco Municipal in Fuego Fuego einen Kurzkredit auf und bürgte dafür mit dem Elftel der Finca, das bei der Eheschließung in seine Hände übergegangen war – die restlichen zehn Elftel verteilten sich auf Aurelia, Conchita, Junipero, Pepe, Pepe und Pilar und die möglichen zukünftigen Ehepartner der vier Letztgenannten –, so daß er, als Aurelia ihn wenige Tage später ins Altarzimmer bat und fragte, ob es nötig sei, etwas aus ihrer Schatulle, mit der sie bei diesen Worten sanft gegen das Fußende des Bettes stieß, flüssig zu machen, dies verneinen konnte. Aurelia entließ ihn mit der Bemerkung, daß ein Patrón wie er ein Glücksfall für die Finca sei, und knüpfte die Hoffnung daran, daß nun, da sich ein neuvermähltes Paar im Haus befinde, wohl auch bald für Nachwuchs gesorgt sei, wobei sie in ihrer praktischen Art bereits erwogen hatte, die kleine Pilar bis dahin von Aranja stillen zu lassen, damit deren Milch nicht versiege und somit auch das zweite zu erwartende Kind von ihr mitversorgt werden könne. Nando, dem bei Aurelias Ausführungen das Blut in die Ohren geschossen war, murmelte etwas vom ungewöhnlichen Weitblick der Patrona und davon, daß der Herr in seiner Weisheit es je nachdem schon fügen werde oder nicht, worauf er sich, rückwärts gehend, wie er dies bei seinem Freund Bigotazo gesehen hatte, entfernte. Aurelia tastete, ohne hinzusehen, nach einer Ducado, entzündete sie, ebenfalls ohne hinzusehen, und öffnete, sich ein wenig aufstützend, das Fenster neben ihrem Bett, um den Rauch durch den geöffneten Flügel in die Richtung von Sebastianos Grab zu blasen, eine Gewohnheit, die sie angenommen hatte, seit Pilars Wiege im Altarzimmer stand.

Nando verhielt einmal mehr in dem dunklen Flur und versuchte seine Gedanken zu ordnen. Er hatte, was die von Aurelia angesprochene Frage betraf, nicht die Absicht, sich auf die Weisheit des Herrn zu verlassen, was ihn jedoch nicht als Mann von mangelndem Gottvertrauen, sondern vielmehr als solchen von ausgeprägtem Verantwortungsgefühl auswies: Nando Lopez Garcia, Patrón auf Angel del Sur, hatte, und das blieb auch nach dem vorangegangenen Gespräch das Resultat seiner Überlegungen, den Beschluß gefaßt, mit Conchita keine Kinder zu zeugen.

Dies war keineswegs auf die Umstände seiner Ehe mit der kleinen Patroncita zurückzuführen. Vielmehr hatte sich Conchita, die, abgesehen von ihrer Blindheit, ein mit Seele und Sinnen vollends gesegnetes Geschöpf war, unter dem Einfluß des »Herzens von Salamanca« und vornehmlich dank Nandos Einfühlungsvermögen zu einer hingebend liebevollen Ehefrau entwickelt. Doch hatte Nando für seinen Vorsatz zweierlei Gründe: Erstens war Conchitas ohnehin zarte Konstitution durch die Doppelbelastung von Diphtherie und Geburt über Gebühr beansprucht worden, so daß ihm eine neuerliche Schwangerschaft als Risiko erschien. Zweitens aber, und das war der gewichtigere Grund, wären durch eine solche möglicherweise Erinnerungen an den bereits einmal durchlebten Zustand ausgelöst worden, was, so Nandos Überzeugung, im Hinblick auf Conchitas Seelenruhe um jeden Preis zu vermeiden war.

Conchita hatte längst begriffen, was es mit dem ihr von Umbre am Hochzeitstag zugeflüsterten Satz »Genieß es, mein Lämmchen« auf sich hatte. Auch war ihr inzwischen die in jenem kastilischen Hochzeitslied erwähnte holde Lust vertraut. Dennoch war es für Nando nicht schwierig, seinen Beschluß sozusagen im Alleingang in die Tat umzusetzen. Conchita war völlig unaufgeklärt in die Ehe gegangen, und da ihr einziges

Wissen in der Liebe zu ihrem Mann bestand, hatte sie keine Ahnung von den Berechnungen und Manipulationen, mit denen die Natur zu überlisten war, während Nando dank einiger Erinnerungen an seine kurze Militärzeit und anhand einer informativen Broschüre, die er anläßlich der Rindermesse in Fuego Fuego an dem Kiosk einer freundlichen, in cremefarbene Seide gekleideten Señora erworben hatte, in der Lage war, den Überblick zu wahren.

Später schien es ihm, als wäre er der Señora schon einmal begegnet, und er grübelte kurz über den Zusammenhang nach, jedoch hatte es zu der Zeit, da Ele auf der Finca arbeitete, kaum Kontakte zwischen Hauspersonal und Erntearbeitern gegeben, und die Abrechnungen waren von Sebastiano persönlich vorgenommen worden, so daß nichts Nandos Erinnerung nachhalf und er schließlich über der Lektüre des Buches die Umstände des Kaufes vergaß.

Ele hingegen wußte genau, mit wem sie es zu tun hatte. Sie hatte Nandos Eintritt auf Angel del Sur noch miterlebt und war zudem kürzlich Zeugin seiner Hochzeit mit Sebastianos Tochter gewesen, bei der auch das Kind getauft worden war, von dem Ele seit jener Begegnung am Flußufer wußte, daß nicht Aurelia, sondern das blinde Mädchen es geboren hatte. Sie hatte darüber zu niemandem gesprochen, aus einer Art von Treue gegen Sebastiano, der es so gewollt hatte, aber auch, um ihren Ehemann Fernando Bluna, mit dem sie die zärtlichste Eintracht verband und der in seiner vornehmen Art nie ein Wort über ihre Vergangenheit verlor, nicht mehr mit der Erwähnung des Namens Riéra zu behelligen. Nando handelte ebenso wie Ele aus Liebe, und würde man versuchen, die Summe aus allen Tragödien zu ziehen, die der Liebe entspringen, würde diese die Summe derer, die durch bösen Willen verursacht werden, vermutlich um ein Vielfaches übertreffen.

Nachdem Nando die Arbeitsverteilung innerhalb des Personals vorgenommen hatte, bat er nach dem Abendessen die Familie, zu der sich auch Umbre und Aranja zählen durften, zu einen Gespräch in die Küche. Pepe und Pepe waren mit Zeit und Ort nicht einverstanden, der Abend gehörte ihrer Meinung nach dem Vergnügen, und hätte Nando die Versammlung auf den Sandplatz vor dem Haus verlegt, hätten sie während seiner Ausführungen die Schrauben am Hinterrad ihres Fahrzeugs austauschen können, das bereits bei einer Geschwindigkeit von dreißig Stundenkilometern bedrohlich zu rasseln begonnen hatte. Doch Nando bestand auf seiner Verfügung, und dies war seine erste Kraftprobe als Patrón. Nachdem Conchita und ihre Brüder auf der Herdbank und Umbre sowie Aranja, die wie immer ein keuschheitshalber bis zum Hals zugeknöpftes Kleid, das einem Leinensack glich, trug, ohne daß dies ihre darunter verborgenen Reize im geringsten gemindert hätte, auf dem Kohlenschemel Platz genommen hatten, erläuterte er kurz die Lage, in der die Finca sich befand, sprach über das Konzept, das er bereits entwickelt hatte, und bat die Anwesenden um Vorschläge zu ihrer persönlichen Mitwirkung.

Die Brüder Pepe und Pepe wechselten einen Blick. »Heißt das, daß wir zuwenig arbeiten?« fragte Pepe el Rubio.

»Es heißt, daß unsere Arbeit der Finca kein flüssiges Kapital einbringt«, sprang Junipero seinem neuen Schwager bei. »Wir brauchen Mittel von draußen, um den Schaden, der durch den Brand entstanden ist, auszugleichen.«

»Du meinst, Geld verdienen?«

»Genau das«, antwortete Nando anstelle des angesprochenen Junipero. »Zwischen den Erntezeiten kann ich die Arbeit auf der Finca allein verrichten. Die Löhne müßten während der kommenden vier bis fünf Jahre aus zugeschossenen Mitteln bezahlt werden, bis das Gleichgewicht zwischen Erntespesen und Erlös wiederhergestellt ist.«

Conchita, die mit im Schoß gefalteten Händen auf der Herdbank saß, konnte es nicht verhindern, daß der Stolz über die Umsicht ihres Mannes einen Hauch von Röte in ihre Wangen trieb.

»Aber die Frauen können sich doch nicht einfach einen Beruf suchen«, sagte Pepe el Moreno, der fürchtete, daß Aranja die Finca verlassen würde. Pepe el Rubio nickte zustimmend.

»Von den Frauen ist nicht die Rede«, erklärte Nando. »Sie sind nur anwesend, um alles zu hören und ihre Meinung zu sagen.« Nando hatte sich, um in seiner schwierigen Mission etwas Halt zu finden, an die Herdkante gelehnt und die Beine überkreuzt, was ihm den Anstrich ungezwungener Autorität verlieh.

»Ich könnte meinen Anteil an der Finca verpfänden«, sagte Pepe el Moreno, dem dies akzeptabler erschien, als einer geregelten Tätigkeit nachzugehen.

»Das habe ich bereits getan«, entgegnete Nando. »Zwei verpfändete Anteile würden Angel del Sur zu sehr belasten.«

Die Tatsache, daß Nando, bis vor kurzem noch Knecht, sein ihm eben erst zugefallenes Eigentum in den Dienst der Sache gestellt hatte, ließ die Anwesenden einen Augenblick lang beeindruckt schweigen.

Hierauf meldete sich Pepe el Rubio zu Wort. »Ich könnte Schnaps brennen«, schlug er vor. »Das ist eine Sache, von der ich etwas verstehe. Wir haben Feigen im Überfluß, man könnte das Angebot mit Kartoffeln und Kakteenfrüchten erweitern. Allein der Absatz in der Fernando-Kaserne würde eine Menge einbringen.«

Pepe el Moreno, der Nandos Sanierungsplänen anfänglich mit Mißmut begegnet war, hatte während der vergangenen Gesprächsminuten im Geist die Möglichkeit sondiert, die eine derartige Umstellung für ihn persönlich bringen würde. »Wir können aber doch hier wohnen bleiben?« vergewisserte er sich, eingedenk gewisser Vorkommnisse, die sich während der Vollmondnächte auf der Finca abspielten und von denen später die Rede sein wird, und erntete dafür einen einverständlichen Blick seines Bruders Pepe el Rubio.

»Selbstverständlich«, sagte Nando, die Verlegenheit, in die ihn Pepe el Morenos offensichtliche Anerkennung seiner Person als Patrón gebracht hatte, überspielend. »Es geht ausschließlich darum, den Maßstäben, die Señor Sebastiano gesetzt hat, gerecht zu werden. Dafür bitte ich um eure Hilfe.«

»Wenn Pepe el Rubio eine Schnapsbrennerei eröffnet«, meldete sich Conchita zu Wort, »wird das dem Ruf der Finca nicht schaden?«

»Nicht, wenn es professionellen Charakter hat«, erklärte Junipero. »Er müßte beim Alkalden eine Genehmigung einholen. Dann ist es ein ganz normaler Beruf, sozusagen mit Gewerbeschein.«

»Muß man dazu nicht eine Prüfung ablegen?« wandte Pepe el Moreno ein.

»Hast du Angst, daß ich sie nicht bestehe?« fragte Pepe el Rubio grinsend.

Umbre auf ihrem Kohlenschemel schlug ein Kreuz. »Eine Schnapsbrennerei auf Angel del Sur! Was wird Señor Sebastiano in seinem Grab dazu sagen?«

»Er wird verstehen, daß es nötig ist«, sagte Nando. »Außerdem ist es nur für ein paar Jahre. Ich finde die Idee ausgezeichnet. Hat noch jemand Vorschläge?«

»Ich«, sagte Pepe el Moreno.

Die Möglichkeiten, die sich vor seinem geistigen Auge aufgetan hatten, ließen ihn vor Erregung unterhalb der Bank mit den Schuhspitzen über den Holzboden scharren. Schon lange war zwischen ihm und seinem Bruder die Rede davon gewesen, daß im Hinblick auf ihre zumeist verschiedenen Fahrziele ein zweites Fahrzeug eine dringende Notwendigkeit darstellte. Darüber hinaus war es notwendig, auch an den Zielorten über etwas Kapital zu verfügen. Eine bezahlte Tätigkeit außer Haus würde, auch wenn man seinen Verpflichtungen gegenüber der Familie nachkam, die Möglichkeit bieten, etwas für private Zwecke abzuzweigen.

»Woran hast du gedacht?«

»Ich werde Castrador«, sagte Pepe el Moreno mit gegen den Boden gestemmten Schuhspitzen, »Sauschneider.«

»Augenblick«, sagte Junipero. »Ehe wir uns darüber weiter unterhalten: Es sind zwei unverheiratete Frauen anwesend. Vielleicht wollen sie den Raum verlassen.«

»Nicht nötig«, sagten Umbre und Aranja wie aus einem Mund, was insoweit verständlich war, als jede von ihnen bereits ein Kind geboren hatte.

Conchita, die als einzige mit dem Wort nichts anfangen konnte, beugte sich etwas vor. »Castrador?«

»Tio Rani geht in Pension«, fuhr Pepe el Moreno fort. »Er

sagt, seine Hände sind schon zu zittrig. Soviel ich weiß, hat er noch keinen Nachfolger.«

Conchita lehnte sich wieder zurück: Tio Rani war ihr ein Begriff. Es handelte sich um den alten Mann in dem mexikanischen Poncho, der im Umkreis der Comunidad von Hof zu Hof zog und aus Stieren Ochsen, aus Hengsten Wallache und aus Ebern Hausschweine machte.

»Muß man das nicht lernen?« fragte Pepe el Rubio.

Pepe el Moreno scharrte mit seinen Schuhspitzen. »Es ist nicht schwerer, als ein Kaninchen zu tranchieren«, sagte er grinsend. »Tio Rani hat es mir ein paarmal gezeigt. Ich könnte ja bei dir zu üben anfangen.«

Aranja wandte sich errötend zur Seite, und Umbre versetzte dem neben ihr sitzenden angehenden Chirurgen einen Rippenstoß.

»Benimm dich anständig, oder du ziehst mit deinem Strohsack in den Ziegenstall. Dein Vater war ein Caballero, und du bringst Schande über sein Grab.«

»Die Idee ist nicht schlecht«, sagte Nando. »Du müßtest mit Señor Rani Kontakt aufnehmen. Es ist ein großes Gebiet, und die Arbeit wird gut bezahlt.«

»Ich brauche natürlich ein Fahrzeug«, sagte Pepe el Moreno, »aber das könnte ich auf Kredit nehmen. Eine Lambretta oder noch besser eine Ossa.« Er hatte zu scharren aufgehört und starrte mit schiefgelegtem Kopf auf die gegenüberliegende Küchenwand, auf der sich erbauliche Bilder für seine Zukunft abzuzeichnen begannen: Ein neues eigenes Fahrzeug, eine leicht zu verrichtende Tätigkeit, die ihn in Gebiete führen würde, die er bisher noch nicht durchforstet hatte und die, wie zu vermuten, voll von hübschen Mädchen waren. Mehrere Male täglich einen Geldbetrag auf die Hand, abgesehen von den, wenn man es so ausdrücken wollte, Abfallprodukten seiner Tätigkeit, die, soweit kein Eigenbedarf bestand, interessierten Caballeros vor allem älteren Semesters als begehrte Rarität gegen zusätzlichen Erlös überlassen werden konnten.

»Ausgezeichnet«, sagte Nando, dessen Stirn unterhalb der Locke von der Anstrengung, die ihm die ungewohnte Position als Vorsitzender einer Versammlung bereitete, feucht geworden war. »Das sind schon zwei ausgezeichnete Vorschläge.« Es fiel ihm auf, daß er sich wiederholt hatte, und er setzte zu einer Verbesserung an, als er merkte, daß ihn ohnehin niemand beachtete, weil aller Augen auf Junipero gerichtet waren, der, wie Nando erst jetzt auffiel, schon einige Zeit hindurch mit seitlich aufgestützten Händen und einem sonderbar nach innen gerichteten Blick, der seinem Gesicht den Ausdruck stillen Glükkes verlieh, auf der Herdbank saß.

Als Junipero merkte, daß man ihn ansah, löste er sich aus seiner Haltung, ohne daß sein Gesichtsausdruck sich verändert hätte.

»Waffen«, sagte er. »Ich werde Waffen verkaufen. Tauschen und verkaufen. Ihr braucht mir in der neuen Scheune nur einen Raum von zwanzig Quadratmetern zu überlassen. Ich werde darin einen Laden errichten, der alles Dagewesene in den Schatten stellt.«

Einige Sekunden lang herrschte Schweigen. Umbre bekreuzigte sich, Aranja folgte ihrem Beispiel.

Dann sagte Pepe el Moreno: »Aber dazu muß die Scheune erst fertiggebaut werden.« Und Pepe el Rubio: »Wir könnten ja mit seinen zwanzig Quadratmetern anfangen.«

Nando, der begriff, daß die drei männlichen Riéras sich einig waren, war klug genug, nichts einzuwenden, und sagte, indem er sich von der Herdkante, die ihm Halt und Stütze geboten hatte, löste: »Ich danke allen Anwesenden für ihren Ideenreichtum und ihre Hilfsbereitschaft. Die Rettung von Angel del Sur ist somit in die Wege geleitet. Die Sitzung ist geschlossen.«

Umbre bekreuzigte sich ein drittes Mal und murmelte: »Ein Schnapsbrenner, ein Sauschneider und ein Waffenhändler unter einem Dach mit einer Schönen Seele: Gottes Geduld ist groß« und beschloß, Aranja ab sofort allabendlich einen Löffel gestoßenen Ziegenhornpulvers in die Suppe zu mischen, um ihre Milch gegen die Einflüsse des Widersachers, der anhand der Berufswahl der jungen Señores vielleicht versuchen würde, sich im Haus niederzulassen, immun zu machen.

Nach dem Abendessen sagte Conchita in Sebastianos holzgetäfeltem Zimmer zu ihrem Ehemann: »Du warst wunderbar, Nando. Mein Vater in der ewigen Seligkeit muß stolz auf dich sein.«

Nando legte seinen Arm um seine Frau und sagte: »Sein Tod soll nicht vergebens gewesen sein, wir werden die Scheune schöner aufbauen, als sie vorher war.«

Pepe el Rubio war im Keller bereits darangegangen, die Vorräte an Feigen zu sortieren und die Wände nach einem geeigneten Platz für ein größeres Regal abzuklopfen, während Junipero in der Abenddämmerung den Weg zum Flußbett genommen hatte. Zu Füßen des Feldsteins, an dem er an jenem Tag seinen Schwur geleistet hatte, saß er im dürren Riedgras, blickte über die Planquadrate, die ihm noch zu bearbeiten verblieben, und versuchte sich den Wandel zu vergegenwärtigen, der ihn in die Situation, in der er sich vorfand, versetzt hatte: Nando, ehedem Knecht, nunmehr sein Schwager, hatte ihm die Verantwortung für Conchita, der er seine Zukunft zu opfern gelobt hatte, abgenommen. Was blieb, war brüderliche Zuneigung und Verbundenheit, die einer Tätigkeit, noch dazu wenn sie im Interesse des Familienverbandes ausgeübt wurde, in keiner Weise entgegenstand. Junipero brauchte seine Pläne nur nach Absegnung durch den Alkalden von dem ursprünglich von ihm als Tätigkeitsgebiet angestrebten England in die neu zu erbauende Scheune zu verlegen und konnte dem Aufruf seines Schwagers, der die Last von seinen Schultern genommen hatte, im Gegenzug nachkommen und gleichzeitig seinen Lebenswunsch verwirklichen. Er hatte die Hand auf den unteren Ausläufer des Feldsteins gelegt und ließ, überwältigt vom Ergebnis seiner Gedankenkette, die vor seinen Augen auftauchenden Visionen auf sich einwirken. Jedes der Planquadrate, deren Abgrenzungen er, wenn er dem Lauf des Baches bis zur Biegung folgte, schachbrettartig vor sich aufgegliedert sah, war ihm neu geschenkt, war nicht vertane, verbotene Vergangenheit, sondern greifbare, unbenommene Zukunft. Er dachte, daß er heute, erstmals nach langer Zeit, wieder die Ölfässer auf dem Speicher aufsuchen würde, nicht um sich zu verbergen oder Schutz zu finden, sondern um in ihrem Schatten demütig und mit Vorbedacht das Glück zu proben, mit dem er keine Erfahrung hatte und das er nicht zu handhaben wußte. Die bauchigen Holzwände würden sich um ihn drängen, und der schwere, ein wenig scharfe Geruch der Oliven, der die Eigenschaften eines Betäubungsmittels hatte, würde sich besänftigend auf seine durch die Konfrontation mit den neuen Lebensumständen aufgewühlten Sinne legen.

Junipero war so ausschließlich damit beschäftigt, die nächsten Schritte zu bedenken, daß er den schmalen blauen Schatten nicht bemerkte, der seine auf dem Stein liegende Hand zuerst streifte und sich dann in einer lockeren Schleife darüber hinwegschlängelte. Erst als er im Riedgras neben dem Stein verschwunden war, schien es Junipero, als habe ein Efeublatt, vom Wind bewegt, seinen Handrücken gestreift, und ehe er die Hand von dem sandigen Stein löste, dachte er, daß er seinen Schwur nicht zurückgenommen, sondern sozusagen nur ausgesetzt habe und jederzeit bereit sei, sollten die Umstände es erfordern, wieder seine Beschützerrolle zu übernehmen und Conchita sein Leben zur Verfügung zu stellen. Als er sich erhob, war die Sonne bis auf einen dünnen rötlichen Rand hinter der Olivenpflanzung verschwunden, und Junipero wischte den Sand von seiner Handfläche und streifte die von Uferstäuchern gesäumten Planquadrate jenseits der Flußbiegung, zu denen er, wenn alles gutging, in etwa vier Jahren gelangen würde, mit einem immer noch ungläubigen Blick, ehe er sich auf den Heimweg machte.

Aurelia hatte die Neuigkeiten gefaßt aufgenommen: Was ihre Söhne taten oder unterließen, war für sie seit Jakobus' Zeiten nicht von Belang. Wenn die Scheune aufgebaut werden konnte, ohne daß es an den Viehbestand ging, war ihre Ruhe gesichert, und sie wies Umbre, die ihr die Nachricht flügelschlagend überbracht hatte, an, dafür zu sorgen, daß ihrem Schwiegersohn, der ein hervorragender Planer war, der Respekt entgegengebracht würde, der dem Patrón der größten Finca in der Comunidad zustand.

Während des Stillens beschwerte sich Aranja, die vor Heiserkeit kaum sprechen konnte, bei Aurelia darüber, daß Umbre ihr etwas in die Suppe getan haben müsse, diese habe nach Kreide geschmeckt und ihr die Kehle völlig ausgetrocknet. Aurelia richtete sich im Bett auf, zündete sich eine Ducado an, blies den Rauch durch den offenen Fensterflügel in die Richtung von Sebastianos Grab und meinte, daß einer von Umbres Gesprächspartnern, der Vogelkopf oder auch der Krötenkopf, diese vermutlich dazu aufgefordert habe und im übrigen das Personal gehalten sei, Meinungsverschiedenheiten untereinander auszutragen, das sei demokratisch und im Sinne des verstorbenen Patrón, der ein fortschrittlicher Dienstherr gewesen sei. Aranja drückte die kleine Pilar, die die Reste des Rauches, welcher trotz Aurelias Bemühungen in ihre Richtung wehte, widerspruchslos einatmete, fester an sich und beschloß, die alte Fledermaus mit ihren eigenen Waffen zu schlagen. Aurelia drückte ihre Ducado in dem Aschenbecher, der auf dem Nachttisch zwischen ihrem Bett und Pilars Wiege stand, aus, lehnte sich in ihren Kissen zurück und heftete den Blick an die Zimmerdecke, wo seit Pilars Einzug im Altarzimmer eine Veränderung vorgegangen war. Schließlich war die Kleine satt von Milch und Rauch, und Aranja schloß ihr Kleid, das einem Leinensack glich und ihre Keuschheit manifestierte – wie erinnerlich, stammte das Kind, das sie geboren hatte, ihren Angaben nach aus einer Vergewaltigung –, und anschließend zog Ruhe im Altarzimmer ein. In Sebastianos holzgetäfeltem Zimmer schloß Nando seine Hand zum Dankgebet in Conchitas Finger, und im Keller hatte Pepe el Rubio den besten Platz für das Regal ausfindig gemacht und beschlossen, schon am folgenden Tag die nötigen Bretter zu beschaffen und die Vorräte an Feigen sowie Kartoffeln zu überprüfen. Auf dem Speicher hatte sich Junipero zwischen den Ölfässern ausgestreckt und blickte, den Kopf auf den verschränkten Armen, mit demutsvoll erhobenem Herzen durch die Dachluke auf die stetig westwärts rückenden Sterne. Am heitersten jedoch war an diesem Abend Pepe el Moreno, der in seiner Kammer inmitten Dutzender von Prospekten auf dem Boden hockte, die Vorteile einer Ossa mit denen einer Maico verglich, wobei er sich im

Grunde schon für die Ossa entschieden hatte, und in ungewohnter Akribie die für seine Tätigkeit zu besorgenden Instrumente wie Schlachtschußpistole, Betäubungsspritze und Skalpell in ein Notizbuch, das ansonsten nur Mädchennamen enthielt, eintrug, wobei er sich die mancherorts seiner harrenden Begegnungen in allen erbaulichen Einzelheiten ausmalte, nicht wissend, daß er mit seinem Entschluß sein Schicksal besiegelt hatte.

Pilar war ein freundliches und anspruchsloses Kind, das zumeist ruhig in seiner Wiege lag und, die Ärmchen auf dem Kissen hochgereckt, schlief oder, wenn es wach war, mit ernsten Augen zur Decke blickte, wo, wie erwähnt, eine Veränderung vorgegangen war. Nicht, daß Jakobus einmal mehr seine Farbe gewechselt oder seine Umrisse neu gestaltet hätte. Der Heilige war im großen und ganzen der gleiche geblieben. Jedoch hatte sich an seiner Seite ein zweiter, erheblich kleinerer Fleck gebildet, der, wenn man mit schiefgelegtem Kopf hinaufblickte, die Form eines Hühnchens aufwies, und Aurelia, die von ihrer Position aus Zeit und Muße hatte, Pilar in ihrer Wiege zu beobachten und dies mit Vorliebe tat, da die Kleine in jeder Lage einen anmutigen Anblick bot, hegte zuerst die Vermutung, späterhin die Gewißheit, daß das Erscheinen des Hühnchens nicht bloß mit Pilars Ankunft im Altarzimmer zusammenhing, sondern vielmehr durch den fortgesetzten Blick der Kleinen zur Zimmerdecke erst dort entstanden war.

Sie teilte ihre Vermutung Umbre mit, die nach einigem Nachdenken meinte, es sei wohl der heilige Franziskus, Schutzpatron der Tiere, der das Hühnchen über Pilars Wiege gesetzt habe, um seine besondere Anteilnahme an dem kleinen Wesen zum Ausdruck zu bringen. Sie verschwieg dabei den Umstand, daß Pilar ihre leibliche Existenz gleichfalls einem Tier, genauer gesagt, der blauen Schlange, verdankte, die ehedem im Bachbett das vorzeitige Ausgelöschtwerden des kleinen Lebens verhindert hatte. Aurelia war mit der Erklärung zufrieden, da sie selbst keine bessere zur Hand hatte und das Wirken eines zweiten Heiligen an ihrer Zimmerdecke als eine sichtbare Gnade des Herrn gewertet werden durfte, die überdies ein wenig Abwechslung zu bringen versprach. Sie schickte Umbre nach einer Flasche Sangre del Diablo aus Sebastianos Nachlaß in den Keller und überlegte, während diese unterwegs war, ob Jakobus' Altar um ein paar Topfpflanzen bereichert oder ein zweiter, kleinerer für Franziskus errichtet werden sollte. Als Umbre mit dem Teufelsblut zurück war, richtete Aurelia sich in ihren Kissen auf.

»Was hast du Aranja in die Suppe getan? Versuch nicht, mich anzulügen, es sind zwei Heilige im Zimmer.«

»Nur ein bißchen Ziegenhornpulver, Señora, um ihre Milch für unsere kleine Pilarita rein zu halten.«

»Warum sollte Aranjas Milch nicht rein sein? Sie ist ein häusliches Mädchen, das ein gottgefälliges Leben führt.«

Umbre vermied es, näher auf Aranjas Häuslichkeit, die unbestritten war, jedoch ihre Schwachstellen hatte, einzugehen. Sie hatte Aurelia seinerzeit bei Aranjas Ankunft die näheren Umstände, die zu Aranjas Stillfähigkeit geführt hatten, verschwiegen, obwohl derlei auf der Hand lag, um die Anstellung des Mädchens, die eine gesunde Ernährung für die kleine Pilar versprach, nicht zu gefährden. Aurelia ihrerseits hatte nicht das mindeste Interesse an den Umständen gezeigt, die Aranja in ihr Haus geführt hatten. So kam es, daß Aranjas Ruf, den sie durch ihre abschreckende Kleidung untermauerte, tadellos war und der überwiegende Teil der Hausbewohner, Aranja selbst mit eingeschlossen, für ihre Keuschheit die Hand ins Feuer gelegt hätten.

»Nun?« fragte Aurelia, die es haßte, auf eine Antwort zu warten.

»Ich dachte, wegen der Berufspläne der jungen Herren: ein Schnapsbrenner und ein Sauschneider. Sie könnten das Böse anziehen.« Umbre erwähnte Junipero und seine künftigen Waffengeschäfte nicht, weil er mit ihren Befürchtungen in keinem Zusammenhang stand.

»Beides sind ehrbare und notwendige Tätigkeiten. Außerdem verstehe ich nicht, was das Ganze mit Aranja zu tun haben soll.«

Umbre verzichtete darauf, Aurelia über die Zusammenhänge, die ihr selbst etwas schleierhaft waren, aufzuklären. Sie nahm sich vor, ab nun das Ziegenhornpulver mit etwas Krötenspeichel zu vermischen, welcher der Suppe den kreidigen Geschmack nehmen würde, so daß Aranja keinen Grund mehr zur Beschwerde hätte.

Aurelia hatte sich das Glas voll Teufelsblut eingeschenkt und hielt es gegen das Licht, wo die etwas ölige Flüssigkeit von innen her zu leuchten schien.

»Sebastiano war ein Mann, der zu leben wußte.«

»*Esto es*, Señora.«

»Wie viele Flaschen davon sind noch im Keller?«

»Vier Kästen und zwei oder drei Bocksbeutel.«

»Es ist gut, du kannst gehen. Und daß mir keine Klagen mehr kommen.«

»Ich verbürge mich dafür im Namen der Dreifaltigkeit.«

Umbre schlug unter dem Capote ein rasches Kreuz und nahm sich vor, die Sache auf eigene Faust zu ergründen und wenn nötig, aus der Welt zu schaffen. Sie brauchte dazu nur die nächste Vollmondnacht abzuwarten, denn während Aurelia nach ihrem täglichen Abendtrunk in einen ohnmachtsähnlichen Zustand verfiel, nahm Umbre, durch deren Herdnische das Heizungsrohr lief und die überdies einen leichten Schlaf hatte, jedes Geräusch im Haus wahr. Schon als Aranja kurz nach ihrem Eintritt die Herdnische mit ihr geteilt hatte, war Umbre aufgefallen, daß in Vollmondnächten eine Veränderung mit dem Mädchen vorging. Sie saß plötzlich kerzengerade auf dem Strohsack und blickte mit weit offenen Augen nach dem Küchenfenster, durch das sich der silberne Mondstrahl ergoß, und jeder Versuch, sie anzusprechen oder zum Niederlegen zu bewegen, scheiterte. Ein paarmal stand sie auf, schob den Riegel der Haustür zurück und trat hinaus auf den Vorplatz, wo sie im Sand barfuß Kreise zog, ein- oder zweimal nahm sie den Weg zur Olivenpflanzung und schlug, das sackartige Hemd im feuchten Gras gerafft, einen Bogen um Sebastianos Grab, ehe sie schweigend heimkehrte, die Tür verriegelte und die Herdnische aufsuchte, wo sie sich zum Schlafen zur Seite rollte. Umbre machte späterhin keinen Versuch mehr, sie aufzuhalten, da ihr Verbleib in der Küche nach Conchitas Verlobung eine Frage der Zeit war. Nachdem Aranja bei Aurelia eingezogen war, blieb auch in Vollmondnächten der Riegel geschlossen, und Umbre meinte, Aranjas Zustände hätten sich dank der beruhigenden Einflüsse der beiden Heiligen an der Zimmerdecke oder auch aus Respekt vor der Patrona, mit der sie den Raum teilte, gebessert. Daß dem nicht so wahr, erwies sich eine Vollmondnacht später, und wir sollten uns des besseren Verständnisses wegen kurz mit Aranjas Seelenzustand zur Zeit ihres Eintritts auf Angel del Sur befassen.

Wie wir wissen, hatte Aranja kurz davor ein ihren Angaben nach totes Kind geboren, das, wieder ihren Angaben nach, aus einer Vergewaltigung stammte. Dies zu überprüfen war selbst Umbre zu umständlich gewesen. Wie immer die Dinge lagen, Aranja hatte von der Sache einen Schock davongetragen, der ihre Milch zwar nicht zum Versiegen brachte, aber sie veranlaßte, sich von allem, was sie noch einmal in eine ähnliche Lage hätte bringen können, striktest fernzuhalten. Hatte sie bei ihrer Vorsprache noch ein geblümtes Miederkleid getragen und ihren auf dem Rücken geflochtenen Zopf mit einer blauen Schleife gebunden, so ging sie, als sie das Interesse der Brüder Pepe und Pepe an ihren körperlichen Reizen gewahrte, dazu über, sich in Sackleinen zu verpacken und Knopfreihen anzubringen, die an den Ärmeln bis über die Handgelenke und an der Vorderseite bis unter das Kinn reichten. Was man darunter ahnte, war immer noch so anziehend, daß die Brüder sie umkreisten wie zwei Kater, denen man Pfeffer in den Brei gerührt hat, aber Aranja, die, sobald sie Pilar aus den Armen gelegt hatte, nach der Bibel griff und solcherart nie mit leeren Händen anzutreffen war, war auf der Hut. Sie trug ihren kleinen Schützling, in ein kariertes Tuch gebunden, stundenlang über die Pflanzung, erstieg den Hügel oder saß, das Kind sanft wiegend, in der Abenddämmerung vor dem Haus und flüsterte ihm in ihrer katalanischen Muttersprache Geschichten von Heiligen ins Ohr, die über dem Rost im Feuer schmorten, von Pfeilen durchlöchert einherschritten oder ihren Kopf, den man ihnen abgeschlagen hatte, unter dem Arm trugen. Abends las sie an Conchitas Stelle die Verse aus der Jakobsfibel, die Aurelia zu hören wünschte, und schloß stets mit einem Gebet, an dessen Ende der Wunsch stand, ihre Milch, die der kleinen Pilar offensichtlich so gut anschlug, daß sie zu einem prächtigen und gesunden Kind gedieh, möge nicht versiegen. Aranja war glücklich, auf Angel del Sur einen Unterschlupf gefunden zu haben, der es ihr ersparte, als Erntearbeiterin jahraus jahrein von Finca zu Finca zu ziehen, und hegte die begründete Hoffnung, daß man sie auch nach der Stillzeit, zumindest für eine Weile, behalten würde, da niemand im Hause die kleine Pilar beaufsichtigen konnte: Aurelia kam ihrer Krankheit wegen nicht in Frage, und Umbre hatte, abgesehen davon, daß sie ihres Alters wegen als Kindermädchen ungeeignet war, die gesamte Last des Haushalts zu tragen. Aranja badete das Kind in abgekochtem Regenwasser und säuberte seine weiche Haut mit ätherischen Ölen, die sie aus Sandelholz, Johanniskraut, Melisse und Eukalyptus gewann und die ihr zu Zeiten, da sie sich noch nicht in Sackleinen zu verpacken pflegte, zu manchem Erfolg verholfen hatten. Nachts rückte sie ihren Strohsack an Pilars Wiege, an deren anderer Seite Aurelias Bett stand, und ließ das Kind tagsüber nur aus den Armen, wenn Conchita, die das Schwesterchen ihrer Blindheit wegen weder aufzuheben noch zu tragen wagte, an dessen Wiege saß, die unter das Vordach auf den Sandplatz geschoben worden war, wo Chonchita Stunden damit verbrachte, mit den Fingerspitzen die zarten Gesichtszüge zu ertasten und über das flaumige Haar zu streichen. Nando, der den Bau der Scheune beaufsichtigte, sowie Junipero, der zwischen den Ölfässern mit dem Entwerfen von Plänen beschäftigt war, versäumten es nie, im Vorbeigehen ein Wort an das Kind zu richten oder den Finger hinzuhalten, nach dem es sogleich mit seinen kleinen Händen griff, und sogar Pepe und Pepe warfen beim Betreten des Hauses einen Blick auf das Schwesterchen, das schon früh die Gabe des Lächelns besaß, wobei seine Augen jedoch sonderbar ernst blieben. Aranja, nach Kräften bestrebt, sich einen Platz im Haus zu sichern, meinte, dies, abgesehen von ihrem

Diensteifer, am besten durch beispielhaften Lebenswandel zu erwirken, und es wäre keiner Macht der Erde gelungen, sie davon abzubringen. Es bedurfte dazu einer Macht, die außerhalb der Erde lag, um es genauer auszudrücken, der Macht des Mondes.

Kurze Zeit nach ihrem Auszug aus der Herdnische, es war ein trüber und verhangener Tag gewesen, und das Haus war schon zur Ruhe gegangen, riß spätabends die Wolkendecke über Angel del Sur auf und gab den Blick auf einen dottergelben Vollmond frei. Der Strahl ergoß sich durch das Fenster des Altarzimmers auf die Lagerstätten von Aurelia, Pilar und Aranja, und während die zwei Erstgenannten ruhig weiterschliefen, erhob sich Aranja, wie von einer unhörbaren Stimme gerufen, von ihrem Strohsack. Sie tat ein paar lautlose Schritte über den Holzboden, öffnete die Tür und schlug, offenbar im Bestreben, durch die Haustür auf den Sandplatz zu gelangen, die Richtung ein, die von der Küche aus in den Flur führte. Da sie sich jedoch im Altarzimmer befand, führte die Wendung, die sie vollzog, auf die Treppe zu, und in dem Wunsch, ihren Weg zu finden, brachte Aranja das Hindernis, lautlos Stufe für Stufe nehmend, hinter sich und fand sich vor einer Tür, deren Klinke sie entschlossen niederdrückte. Pepe el Rubio fuhr aus dem Schlaf hoch, als Aranja mit offenen, ein wenig starren Augen an seinem Bett stand und die unzweifelhafte Tendenz zeigte, auch dieses Hindernis, wenn nötig durch Überklettern, hinter sich zu bringen. Er erfaßte die Gunst des Augenblicks, richtete sich auf und half durch raschen Zugriff, das Hindernis, wenn auch nicht zu überwinden so doch zu ersteigen.

Aranja erhob keinen Einwand, auch nicht als Pepe daranging, die Gunst des Augenblicks auf ihre Haltbarkeit zu prüfen, mit dem Ergebnis, daß er sie erst nach mehr als zwei Stunden in die schützende Sackhülle entließ, die von ihr sorgsam bis an die Handgelenke und unter das Kinn geschlossen wurde, ehe sie wortlos den Raum verließ. Draußen angekommen, wandte sie sich neuerdings in die Richtung, die einzuschlagen sie von Anfang an beabsichtigt hatte und stand nach der gewohnten Wendung abermals vor einer Tür, die sie ebenso entschlossen wie die vorige öffnete. Diesmal war es Pepe el Moreno, der aus dem Schlaf hochfuhr, jedoch nicht weniger geistesgegenwärtig als sein Bruder reagierte, worauf sich der Hergang bis in die frühen Morgenstunden wiederholte.

Umbre maß die beiden bleichen Gestalten, die anderntags mit wirren Haaren in der Küche erschienen, mit einem mißbilligenden Blick. »Was ist mit euch los? Ihr seht aus, als hättet ihr über Nacht im Schornstein gehangen.«

»Meine Haare lassen sich nicht bürsten«, sagte Pepe el Rubio. »Ich habe schon eine halbe Flasche Dachsöl darübergegossen.«

»Das kann man riechen«, sagte Pepe el Moreno. »Du stinkst wie ein toter Maulwurf in der Sonne.«

»Und du hast einen Gang wie einer von Tio Ranis frisch behandelten Patienten.«

»Seid still, alle beide«, sagte Umbre, die des Nachts ein Geräusch vernommen hatte und einen Zusammenhang zu vermuten begann. »Falls ihr es noch nicht bemerkt habt, es befinden sich Frauen am Tisch.«

Die einzige, die morgendlich frisch aus der Weiße ihres Keuschheitshemdes blickte, war Aranja, die in Ermangelung der kleinen Pilar, die ihren Frühschlummer absolvierte, die Bibel im Schoß hielt und den Gruß der Brüder mit unbefangener Freundlichkeit erwiderte. Umbre sah von ihrem Churro auf und merkte, daß die beiden einen Blick wechselten. Sie hätte nicht sagen können, was ihr dabei durch den Kopf ging, aber es zielte möglicherweise in die richtige Richtung, und sie beschloß, die Augen offenzuhalten.

»Du hast dich bei der Patrona beschwert?« fragte sie nach dem Läuten die vor dem Haus sitzende Aranja, die an einem ihrer Hemden ein paar fehlende Knöpfe annähte.

»Ja, Señora. Sie haben mir etwas in die Suppe getan. Sie hat nach Kreide geschmeckt, und ich habe die ganze Nacht gehustet.«

»Besser, in der Nacht husten, als Dinge zu tun, die den finsteren Mächten Einlaß in das Haus gewähren.«

Aranja sah erstaunt von ihrer Arbeit auf. »Welche finsteren Mächte, Señora?«

»Du weißt, wovon ich rede. Versuch nicht, mich hinters Licht zu führen. Die Treppe knarrt, auch wenn du barfuß gehst.«

»Ich weiß nicht, was Sie meinen, Señora«, sagte Aranja etwa ungeduldig. »Ich gehe über keine Treppe, weil das Zimmer der Patrona zu ebener Erde liegt. Und womit sollte ich Sie hinters Licht führen? Wenn die Suppe wieder nach Kreide schmeckt, werde ich sie nicht essen und mache kein Geheimnis daraus.«

»Du wirst essen, was du bekommst«, sagte Umbre, durch Aranjas Bestimmtheit verunsichert. Vielleicht fraß ein Spitzzahndämon an ihrer Leber, und sie wußte tatsächlich nichts von ihren nächtlichen Unternehmungen. »Du nährst eine kleine Schöne Seele, das heißt, daß deine eigene Seele weiß sein muß wie die Hostie. Wer hat dir die Knöpfe abgerissen?«

»Ich weiß es nicht, Señora«, sagte Aranja, »vielleicht die kleine Pilar. Sie greift beim Trinken manchmal nach meinem Hemd. Aber was hat das mit der Suppe zu tun?«

Umbre stieg nachdenklich in den Keller. Sie hatte ein wenig von dem zu glänzenden Schlieren erstarrten Krötenspeichel vom Steinboden gekratzt und in einem Olivenglas aufbewahrt. Über dem Dampf erweicht, besaß er die Eigenschaft, jeder Substanz, mit der er vermischt wurde, den Eigengeschmack zu nehmen. Aranja würde von dem Ziegenhornpulver, auf das in keinem Fall verzichtet werden durfte, nichts merken.

Conchita erwartete ihren Mann in Sebastianos getäfeltem Eckzimmer, das ihrer beider eheliches Gemach war und durch dessen vier Fenster, von denen je zwei nach Nordwest und zwei nach Südwest sahen, zur Zeit des Anima-Läuten die Strahlen der Abendsonne einige Minuten hindurch gleichzeitig fielen. Sie saß auf dem baldachinbewehrten Bett, die Hände im Schoß gefaltet, ihr sanftes Gesicht mit offenen Augen dem Licht zugekehrt, und Nando blieb, wie immer, wenn er unversehens mit seinem Glück konfrontiert wurde, davon überwältigt, auf der Schwelle stehen.

»Nando«, sagte Conchita, den Kopf ihm zuwendend.

»Herz meines Herzens. Wir sind soweit, daß wir die Stützbalken aufstellen können. Ich habe Anordnung gegeben, für heute Schluß zu machen, damit ich früher bei dir sein kann.« Da hauptsächlich Gelegenheitsarbeiter am Bau beschäftigt waren, ging es normalerweise nach dem Abendessen bis zur einbrechenden Dunkelheit weiter.

Conchita errötete vor Freude. »Ich habe nachgedacht, Nando. Ich möchte auch etwas beitragen.«

»Wozu möchtest du beitragen, *mi alma*, meine Seele?«

»Zur Rettung von Angel del Sur. Ich könnte Netze für die Olivenernte knüpfen, das fällt mir nicht schwer. Wenn Junipero zu den Märkten fährt, um nach Waffen zu suchen, könnte ich mit ihm fahren und die Netze verkaufen.«

»Du brauchst nichts zu tun. Du hast einen Mann, der für dich sorgt.« Nando hatte sich neben sie gesetzt und seine eine Hand auf ihre beiden gelegt.

»Ich weiß, Nando. Aber wir könnten das Geld gebrauchen, und ich hätte gern eine Aufgabe.«

»Es ist eine sehr gute Idee«, sagte Nando.

»Wirklich?«

»Ja. Ich bin stolz auf dich.«

»Ich bin auch stolz auf dich.« Conchita wußte, daß es ihrem Mann nicht leichtfiel, der Rolle des Patróns gerecht zu werden, aber er gab sich alle Mühe, und es gelang ihm von Tag zu Tag besser.

Beim Abendessen verkündete Nando Conchitas Pläne, und sie erhielt die anerkennende Zustimmung der Familie. Auch Pepe el Moreno hatte Neuigkeiten: Tio Rani, der glücklich war, sich aus seinem Geschäft zurückziehen zu können, hatte ihm nicht nur eine perfekte Ausbildung zugesagt, sondern für deren Ende auch die Überlassung seines gesamten chirurgischen Bestecks, für das er dann ohnehin keine Verwendung mehr haben würde, gegen eine Leibrente angeboten. Pepe el Rubio hatte das Regal, für das er aus Ersparnisgründen die beim Scheunenbrand einigermaßen verschont gebliebenen Bretter verwendet hatte und bei deren Säuberung ihm Aranja, in züchtiges Sackleinen gehüllt, zur Seite gestanden hatte, fertiggezimmert und in den Keller verbracht, und Junipero hatte einen Plan für die Gestaltung eines Verkaufslokals und einen weiteren für die Reihenfolge der innerhalb der Comunidad zu besuchenden Märkte entworfen. Nando hatte soeben beschlossen, im Anschluß an das Abendessen bei einer Flasche Rioja mit einer kleinen Ansprache die Kooperationsbereitschaft der Familie zu würdigen, als Aranja nach dem ersten Tropfen Suppe den Löffel weglegte.

»Was ist?« fragte Umbre.

»Die Suppe schmeckt nach Kreide.«

»Ausgeschlossen«, sagte Umbre rasch. Der Krötenspeichel hatte noch nie seine Wirkung verfehlt.

»Sie schmeckt nach Kreide. Wenn Sie nicht der Meinung sind, Señora, tauschen Sie Ihre Suppe gegen meine.« Sie hob den Teller und hielt ihn Umbre hin.

»Unsinn«, sagte Umbre, die Hand schützend um ihren Teller legend, »was soll ich mit deiner Suppe, wenn ich eine eigene habe?«

»Ich esse sie nicht«, sagte Aranja, »ich habe gestern die ganze Nacht gehustet. Ich brauche sie nicht zu essen.«

»Wer sagt das?«

»Der Vogelkopf«, sagte Aranja, Umbre fest in die Augen sehend.

Umbre fiel beinahe der Löffel aus der Hand. »Was sagst du da?«

»Der Vogelkopf hat mir gesagt, daß ich die Suppe nicht zu essen brauche, wenn sie nach Kreide schmeckt«, wiederholte Aranja und lehnte sich, die Arme über ihrem bis ans Kinn zugeknöpften Kleid verschränkt, im Sessel zurück.

»Das ist eine Lüge.«

»Nein, Señora«, sagte Aranja, »wenn Sie mir nicht glauben, fragen Sie ihn doch selbst.«

Umbre rang nach Fassung. »Seit wann redest du mit dem Vogelkopf?«

»Schon länger«, sagte Aranja mit bescheiden gesenkter Stimme. »Aber das von der Suppe hat er mir erst heute gesagt.«

Umbre war nahe daran, über den Tisch zu langen und

Aranja das Ziegenhorn-Krötenspeichel-Gemisch in den sackleinenen Schoß zu schütten. Aranja hatte den Blick gehoben und sah sich hilfesuchend im Kreis der Familie um. Wie zu erwarten, waren Pepe und Pepe die ersten, die ihr beisprangen.

»Warum soll sie nicht mit dem Vogelkopf reden?« fragte Pepe el Moreno, seinem Bruder unter dem Tisch auf den Fuß tretend, und dieser ergänzte, zu Umbre gewendet, mit schmerzverzerrtem Gesicht: »Du redest ja auch mit ihm und tust, was er sagt.«

Conchita hatte begriffen, daß die Eifersucht aus Umbre sprach, und versuchte zu vermitteln. »Vielleicht denkt der Vogelkopf, daß es Pilar beim Schlafen stört, wenn Aranja in der Nacht hustet.«

»Das könnte sein«, sagte Junipero, der keine Sekunde an die Existenz des Vogelkopfes glaubte, aber in Ruhe seine Suppe essen wollte. »Jedenfalls halte ich es für richtig, wenn Aranja ihm folgt.«

Umbre war klug genug, ihre Niederlage zu erkennen, stand auf und kippte Aranjas Teller in den Ausguß. Von den darauffolgenden Tortillas mit Thunfisch und Oliven legte sie ihr eine zweite vor, um die kleine Pilar vor Unterernährung zu bewahren. Aranja aß ihre beiden Tortillas wortlos auf, während Umbre den Plan faßte, das Übel da zu fassen, wo es am wirksamsten auszurotten war, nämlich an seiner Wurzel.

Für die nächste Vollmondnacht traf sie Anstalten zu einer Sitzwache und gedachte diese zweckmäßigerweise mit der Einhaltung eines Gelübdes zu verbinden, das sie zu Ehren Unserer Lieben Frau von den 7 Schmerzen für die glückliche Geburt der kleinen Pilar abgelegt hatte.

Als die Nacht anbrach, schüttete sie den Strohsack, dessen Oberfläche sie mit gewaschenen spitzen Kohlestückchen unterlegt hatte, neu auf und versenkte eine ebenfalls gewaschene Ofengabel im rückwärtigen Teil ihres Kleides, welche vom Kragen bis zum Gürtel reichte und den Zweck hatte, eine kerzengerade Sitzhaltung zu erzwingen. Es ging gegen Mitternacht, ohne daß sich etwas ereignet hätte, und Umbre dachte bereits daran, Unserer Heiligen Frau von den 7 Schmerzen eine Teilung des Gelübdes anzubieten, als sie vom Flur her das bekannte Knacken der Holztreppe vernahm. Sie stemmte sich blitzschnell hoch, wobei sie die Ofengabel aus ihrem Kragen zu ziehen vergaß, und begab sich in den Flur, wo Aranja mit starren Augen und bloßen Füßen dabei war, die Stufen zu erklimmen. Umbre, die, sobald es darauf ankam, flink wie eine Fledermaus war, überholte das mechanisch Fuß vor Fuß setzende Mädchen mit wenigen Sprüngen und stand, als dieses sich in die gewohnte Richtung wandte, mit ausgebreiteten Flügeln vor Pepe el Rubios Tür. Aranja stockte vor dem unerwarteten Hindernis, wobei die leichte Irritation, die sich ihrer bemächtigte, nicht von ihren starren Augen, sondern von der ratlosen Hand, die sie bereits gehoben hatte, um die Klinke niederzudrücken, abzulesen war. Die Blicke der beiden Frauen hafteten ineinander, ohne daß Aranja etwas wahrzunehmen schien, es machte im Gegenteil den Eindruck, als sähe sie durch Umbre hindurch. Wenig später wandte sie sich zur Seite und nahm, wieder mechanisch Fuß vor Fuß setzend, den Weg zu Pepe el Morenos Tür, wo Umbre, die ihr, die Wand entlang huschend, zuvorgekommen war, sie abermals erwartete. Aranja stand still, indes sich in ihrer Haltung Verwunderung und Unverständnis ausdrückte. Nach ein paar Sekunden, während derer Umbre sie durchbohrend fixierte, wandte Aranja sich um und schlug den Weg zur Treppe ein. Umbre lehnte sich aufatmend gegen die Wand, als etwas geschah, das ihr das Blut in den Adern gefrieren ließ.

Aranja machte, am Ende des Flurs angekommen, eine unerwartete Wendung zu dem neben der Treppe liegenden, der Hitze wegen auch des Nachts geöffneten Fenster, durch das sich der volle Strahl des Mondes ergoß. Ihr Gesicht wandte sich wie von Drähten gezogen dem Licht zu, und ehe es Umbre möglich war, ein Wort zu sagen oder einen Schritt zu tun, hatte sie ihr sackleinenes Gewand über die Knie gerafft und das Fensterbrett erstiegen. Von dort aus ließ sie sich lautlos und ohne zu zögern in den silbernen Glanz gleiten, und als Umbre, die vor Entsetzen die Augen geschlossen hatte, diese wieder öffnete, war Aranja vom Fensterbrett verschwunden. Umbre wartete mit angehaltenem Atem auf den Aufprall, aber nichts geschah. Es war, als hätte Aranja sich in Luft aufgelöst wie eines der Schemen aus Umbres mischköpfigem Sammelsurium.

Minuten vergingen, ehe Umbre näher zu treten wagte. Ihr erster Blick galt der Tiefe, aber der Rasen lag fahl und ruhig im Mondlicht. Beim zweiten Blick wollte ihr ein Schrei entfahren, den zu ersticken ihr durch einen raschen Schlag auf den Mund eben noch gelang. Aranja stand auf dem Sims, das in der Höhe des ersten Stockwerks um das Haus lief und bei zwei knappen Fußbreiten eine leichte schräge Neigung nach unten aufwies. Umbre stand zitternd in der Fensternische und überlegte, was zu tun war. Ihr erster Impuls war gewesen, ebenfalls auf das Fensterbrett zu klettern und nach Aranja zu greifen, jedoch war sie daran schon im Ansatz durch die Ofengabel gehindert worden, die in ihrem Rücken steckte und die zu entfernen zuviel Zeit in Anspruch genommen hätte. Aranja tänzelte draußen den Sims entlang bis zur Hausecke, wo sie kurz Umbres Blicken entschwand, und kehrte nach wenigen Minuten, während derer Umbre murmelnd alle Nothelfer durchgegangen war, von der anderen Seite zurück, wo sie nicht, wie Umbre gehofft hatte, das Fenster ansteuerte, sondern in einiger Entfernung mit verschränkten Armen, als hielte sie die kleine Pilar an sich gedrückt, an die Hauswand gelehnt stehenblieb und eine Melodie zu summen begann, wobei sich ihre Schultern leicht hin und her wiegten.

Umbre, die wußte, daß es lebensgefährlich war, einen Schlafwandelnden zu wecken, und es daher auch nicht wagte, jemanden im Haus zu Hilfe zu rufen, tat nach Abklingen des ersten Schreckens und kurzer Überlegung das einzig Vernünftige: Sie ließ sich, im Hinblick auf die Ofengabel mit einiger Vorsicht, auf dem obersten Treppenabsatz nieder und schickte sich an, in kerzengerader Haltung auf Aranjas Rückkehr zu warten.

Es dauerte etwa anderthalb Stunden, ein zerrissener Glokkenton von jenseits der Olivenpflanzung war bereits durch das Fenster in den Flur gefallen, ein Zeichen dafür, daß der Nachtwind im Begriff war, sich zurückzuziehen und dem Frühwind

Platz zu machen, als sich der Fensterflügel bewegte, und erst einer, dann der zweite von Aranjas nackten Füßen auftauchte. Aranja sprang, das Sackleinen über die Knie gerafft, geräuschlos auf den Dielenboden, wandte sich mit starren Augen der Treppe zu und schritt, nichts weiter als das bekannte leichte Knacken hinterlassend, an Umbre vorbei abwärts dem Erdgeschoß zu, wo sie ohne Zögern die Richtung zum Altarzimmer einschlug und hinter der Tür verschwand.

Umbre zog sich am Treppengeländer hoch und schlug rasch hintereinander acht Kreuze, wovon fünf Unserer Lieben Frau von den 7 Schmerzen der unvorhergesehenen Unterbrechung wegen, die drei restlichen den namenlosen Nothelfern, die ihrer Anrufung gefolgt waren, galten. Danach suchte sie die Herdnische auf, wo sie auf ihrem mit Kohlesplittern gespickten Strohsack bis Tagesanbruch aufrecht sitzend ausharrte und die Zeit mit Überlegungen hinsichtlich weiterer Schritte in der Angelegenheit verbrachte. Da Aranja das Ziegenhornpulver verweigerte, ihre Kontakte zu den Brüdern jedoch sichtlich nicht zu unterbinden waren, mußte eine andere Lösung gefunden werden. Angeregt durch die Kohlestückchen, die auch durch zwei Unterröcke und einen Tuchkittel hindurch wie die Hölle stachen, verfiel Umbre schließlich auf den Gedanken, das Ziegenhornpulver unter Pilars Matratze zu streuen, wo es zwar nicht mehr auf Aranjas Milch einwirken,jedoch mit Gottes Hilfe deren mögliche üble Folgen für das Kind unwirksam machen konnte. Gegen Morgen fiel sie in Tiefschlaf, der erst durch die in blütenweißes Sackleinen gehüllte und sanfte Munterkeit verströmende Aranja unterbrochen wurde, die in der Küche erschien und ihres an diesem Morgen besonders heftigen Hungers wegen noch vor dem Frühstück um ein Stück Brot bat. Umbre wies sie mit barscher Stimme an, es sich aus dem Brotkasten zu holen, und während sie mit vor Schmerzen gekrümmtem Rücken in ihre Pantuflos schlüpfte, dachte sie, daß die Sache bei allem überstandenen Schrecken noch glimpflich abgelaufen sei.

Sie führte ihr Vorhaben bezüglich des Ziegenhornpulvers noch am selben Nachmittag aus, indem sie Conchita, die unter dem Vordach an der Wiege der kleinen Pilar saß, das Kind mit einem Scherzwort in den Arm legte und sich anschließend, was Conchita nicht sehen konnte, an der Wiege zu schaffen machte. Während der folgenden Wochen geschah nichts Auffälliges, die Kleine gedieh prächtig und war, abgesehen von den unerklärlichen kurzen Weinanfällen, die sie von Zeit zu Zeit überkamen, ein so friedliches und fröhliches Kind, daß Umbre die Gefahr für gebannt hielt und sich zu ihrer Idee, das Ziegenhornpulver betreffend, beglückwünschte.

Über die kleine Pilar wäre hier noch zu sagen, daß sie mit ihrem Lächeln, das alle Welt bezauberte und bei dem ihre Augen nach wie vor sonderbar ernst blieben, gleichmäßig alle Hausbewohner bedachte, jedoch zu Conchita, die nie in ihre Wiege blickte und sie nur mit ihren sanften Händen berührte, eine besondere Zuneigung gefaßt zu haben schien. Sie rief sie, sobald sie ihre Nähe fühlte, mit leisen kehligen Lauten zu sich, griff mit ausgestreckten Händen nach den tastenden Fingern, und, was vielleicht noch auffälliger war, sie hatte in ihrer Gegenwart noch nie geweint. Der neu hinzugekommene Fleck an der Decke, mit dem Aurelia, sonst in derlei Kontaktnahmen nicht ungeübt, bisher vergeblich ins Gespräch zu kommen gesucht hatte, stand nach wie vor an derselben Stelle in etwa halber Kniehöhe des heiligen Jakobus. Er stellte eindeutig ein Hühnchen dar und tauchte manchmal während der Dämmerstunde unter Pilars unverwandtem Blick in ein überaus angenehmes leicht violettes Grau.

Pepe el Morenos Ausbildung bei Tio Rani machte rasche Fortschritte, ebenso der Ausbau von Pepe el Rubios Schnapsbrennerei, für die ihm nach einer Vorsprache bei Alkalden, dem er, um seine Eignung zu erweisen, eine Dreiliterflasche Feigenschnaps zur Beurteilung vorgelegt hatte, ebenso wie Junipero für seinen Waffenladen, eine Genehmigung erteilt worden war. Die Scheune war zur Hälfte wiederaufgebaut, und Junipero hatte seine Waffen nach und nach in den bereits fertiggestellten Teil, der sein Geschäftslokal werden sollte, verbracht, wobei er sie, sorgfältig numeriert und katalogisiert, an Haken aufhängte oder je nach ihrer Gefährlichkeit in Schränken oder Schubladen verwahrte. Nando, dessen Leben sich nach Sebastianos Tod am einschneidendsten verändert hatte, war nach anfänglichen Schwierigkeiten auf dem besten Wege, sich als Patrón nicht nur auf der Finca, sondern auch im weiteren Umkreis der Comunidad einen Namen zu machen, und er und Conchita falteten allabendlich vor dem Einschlafen ihre Hände ineinander, um Gott für die Weisheit und Güte, mit der er ihrer beider Wege zusammengefügt hatte, zu danken.

Aurelia verfolgte das Gedeihen der kleinen Pilar mit Wohlwollen und sorgte im Augenblick, da das Kind mit den Füßen an das Ende der Wiege stieß, dafür, daß ein Bettchen angeschafft wurde, wofür sie, wie auch für die Kleidung und das Spielzeug der Kleinen, in ihre private Schatulle griff. Sie galt allgemein als fürsorgliche und zärtliche Mutter, und auch Padre Felipe, der regelmäßig auf seiner Motoguzzi vorbeikam, um nach seinem Täufling sowie nach dem jung vermählten Paar zu sehen und es dabei nie versäumte, in den Keller zu steigen und Pepe el Rubios berufliche Fortschritte zu überprüfen, spendete Mutter und Kind vor dem Abschied jeweils seinen besonderen Segen und wies Aurelia darauf hin, wie wunderbar Gott es in seiner Gnade eingerichtet habe, daß ihr nach dem Verlust ihres treusorgenden Ehemannes ein lebendiges Vermächtnis verblieben sei.

Als Pilars Stillzeit zu Ende ging und Aranja bei Aurelia mit der Bitte, auch weiterhin im Haus bleiben zu dürfen, vorstellig wurde, war es Umbre, die die Sache befürwortete. Zum einen, weil sich kein besseres Kindermädchen für die Kleine gefunden hätte, zum anderen, weil durch die bekannten Vorkommnisse während der Vollmondnächte die Lebensgewohnheiten der Brüder Pepe und Pepe einer gewissen Stabilität unterworfen waren, da sie, gleichgültig, wo sie sich befanden, Aranjas Besonderheit zufolge an gewissen im voraus zu berechnenden Tagen mit Sicherheit auf Angel del Sur anzutreffen waren, was die Kontrolle im allgemeinen und die Einteilung gewisser Arbeiten im besonderen erleichterte. Darüber hinaus mußte Umbre sich eingestehen, daß gegen das flinke und arbeitsame Mädchen, das die kleine Pilar vergötterte, im Grunde nichts einzuwenden war. Aurelia stimmte augenblicklich zu, wofür neben den sachlichen auch rein persönliche Erwägungen ausschlaggebend waren. Wie bekannt, hatte Aranja nach Conchitas Auszug aus dem Altarzimmer deren Aufgabe, das Abendgebet zu sprechen, übernommen und war, als ihr die Gebete ausgingen und Aurelia sich ob der Wiederholungen zu langweilen begann, dazu übergegangen, der Patrona aus der Bibel vorzulesen. Aurelia liebte hier vor allem die Stellen, an denen von alttestamentarischen Dynastien und deren Fortpflanzungschronik die Rede war und es etwa lautete »... und Aaron zeugete Eleasar und dieser zeugete Pinchas und dieser zeugete Abischua und dieser zeugete Bukki und dieser zeugete Ussi ...« und die mit ihrem sanften, wohllautenden Rhythmus in Verbindung mit dem abendlichen Schluck Jerez oder Rioja eine angenehm einschläfernde Wirkung ausübten. Seit neuerdings das etwas geräumigere Bettchen der kleinen Pilar zwischen Aranjas Strohsack und Aurelias Lager stand, war Aranja, um den Schlaf der Kleinen nicht durch zu lautes Sprechen zu stören, dazu übergegangen, für ihre abendlichen Lesungen den Platz am Fußende von Aurelias Lager einzunehmen. Aurelia, nach dem Auszug Conchitas aus dem Altarzimmer und den damit verbundenen Entbehrungen wachsam im Erkennen neuer Möglichkeiten, hatte Aranja, die einer Leseschwäche zufolge die Bibel mit einer Hand dicht vor ihren Augen hielt, während die andere locker auf ihren Knien lag, behutsam Zentimeter für Zentimeter vorstoßend, ihre Füße in den sackleinenen Schoß geschoben. Aranja, befähigt, Weisungen auch mentaler Art entgegenzunehmen, tastete, ohne hinzusehen oder im Lesen innezuhalten, nach Aurelias Füßen und begann sie zu kratzen, erst den einen, dann den anderen, die Hand jeweils nur zum Umblättern lösend, bis das Familienkapitel des Hohenpriesters Aaron, eines der längsten, das die Bibel enthält, zu Ende war. Der Vorgang wiederholte sich anderntags wie auch an den folgenden Abenden, und bald hatte sich, ohne daß Aranja es zu merken schien, ein feststehendes Ritual herausgebildet, wobei es geschehen konnte, daß Aranja, nachdem sie am Bettende Platz genommen hatte, zuerst nach Aurelias Füßen und erst danach zur Bibel griff. Hiermit war eines der Probleme, die Aurelia während der vergangenen Monate beschäftigt hatten, zu ihrer Zufriedenheit gelöst, um so mehr, als sie Aranja für ihre Gefälligkeit nicht zu belohnen brauchte, da diese offensichtlich gar nicht wußte, daß sie sie ausführte. Das zweite, die blaue Schlange betreffend, erledigte sich ebenfalls von selbst, da die Azulita, nachdem sie einmal den Weg über Pilars Wiege genommen und Aurelia schon gefürchtet hatte, sie würde sich vornehmlich dem Kind zuwenden, dies offenbar nicht im Sinn hatte, sondern sich wie ehedem in regelmäßigen Abständen bei Aurelia einfand. Die dritte Angelegenheit betraf den neu hinzugekommenen Fleck an der Decke, der weiterhin jede Kontaktaufnahme verweigerte, und wurde von Aurelia für den Augenblick ad acta gelegt, da sie aus der Verbindung mit Jakobus wußte, daß Heilige ihren eigenen Kopf hatten und sich nur dann zu einem Gespräch bereit fanden, wenn sie selbst es wünschten. Überdies lag es durchaus im Bereich des Möglichen, daß das Hühnchen sich nur der kleinen Pilar, mit deren Geburt sein Erscheinen in ursächlichem Zusammenhang stand, eröffnen werde. Die vierte und letzte Sorge Aurelias betraf die Tatsache, daß der Winter nahte, und ihre Gewohnheit, bei jeder Zigarette das Fenster zu öffnen und den Rauch in die Richtung von Sebastianos Grab zu blasen, zu einem Kälteeinbruch im Altarzimmer und damit möglicherweise zu einer gesundheitlichen Gefährdung der kleinen Pilar führen würde. Aurelia beschäftigte sich nach Erledigung der ersten drei Fragen einige Tage hindurch so intensiv mit der verbliebenen, daß sie infolge der geistigen Inanspruchnahme jedesmal, wenn sie nach einer Ducado griff, was in diesen Tagen öfter als sonst der Fall war, das Fenster zu öffnen vergaß. Das Resultat war überraschend und beruhigend zugleich: Nicht nur, daß Pilar keinerlei Anzeichen von Schädigung oder Mißbehagen zeigte, sie schien sich im Gegenteil in der nebelverhangenen Atmosphäre ausnehmend wohl zu fühlen und wandte, sobald sie das Klicken des Feuerzeugs vernahm, ihr Köpfchen mit deutlich gezeigtem Interesse in Aurelias Richtung.

So konnte alles seinen beschaulichen Gang nehmen, und als Aranja eines Tages mit gesenktem Blick bei Umbre erschien und fragte, zu welchem Opfer sie ihr als Dank für ihren Verbleib auf der Finca raten würde, beschloß Umbre, die Sache mit dem Vogelkopf auf sich beruhen zu lassen. Immerhin hätte sie unter weniger günstigen Umständen zur Mörderin an dem Mädchen werden können, und der Schreck über Aranjas nächtlichen Ausflug lag ihr noch in den Knochen. Sie riet Aranja, acht Tage hindurch in der Morgendämmerung vier Arme voll Holz aus dem Schuppen zu holen und neben dem Herd aufzuschichten, und nahm sich im übrigen im Interesse aller Beteiligten vor, darüber zu wachen, daß sich der gefährliche Vorfall aus jener Vollmondnacht nicht wiederhole.

Er wiederholte sich dennoch, wenn auch ein gutes Dutzend Jahre später, und es war Pepe el Rubio, der diesmal damit in Zusammenhang stand. Wäre er von Umbre vorgewarnt gewesen oder hätte er den ihrer Herkunft eigenen, mit vernünftigem Selbstschutz gepaarten Instinkt besessen, wäre es ihm mit größter Wahrscheinlichkeit gelungen, eine Situation zu meistern, die ihm, da er sich von der Eingebung des Augenblicks hinreißen ließ, zum Verhängnis wurde.

15

Als der einarmige Mann an ihrem Kiosk das Sachbuch über Geburtenregelung gekauft und sie dabei mit einem kurzen fragenden Blick gestreift hatte, war Ele nahe daran gewesen, zu sagen: »Wir kennen einander von Angel del Sur« und »Gottes Segen Ihnen und der Tochter des Patrón Sebastiano auf Ihren Lebensweg«. Sie hatte es nicht getan, um den Mann, der einen diskret zu nennenden Kauf getan hatte – das Buch war seines Inhalts wegen in der äußersten unteren Ecke des Schaufensters ausgestellt gewesen –, nicht durch das Gefühl, erkannt zu sein, in eine peinliche Situation zu bringen. Sie blickte ihm nach, als er, das Buch in der Rocktasche verwahrend, über die Straße auf sein dort abgestelltes Fahrzeug zuging. Ihr Herz krampfte sich für Sekunden zusammen, als sie den zweirädrigen Wagen erkannte, den Sebastiano zu seinen Besuchen bei ihr stets benutzt hatte und mit dem er auch beim letzten Mal, da sie ihn lebend gesehen hatte, im Anschluß an die Schreckensszene in der Waschküche, an deren Folgen die Katze Fulvia noch heute litt, peitschenknallend um die Ecke gebogen war. Da es ein stiller, frühherbstlicher Nachmittag war und nur wenige Kunden sich am Kiosk einfanden, hing Ele längere Zeit hindurch ihren Gedanken nach und stieß dabei auf die Frage, wofür der Mann, dessen Hochzeit sie in der Kirche von Fuego Fuego miterlebt hatte und dessen Ehe, wie jedermann sehen konnte, aus Liebe geschlossen worden war, das Buch brauchte. Da sie, wie sie vermutete, eine der wenigen Personen war, die über die vorangegangene Schwangerschaft des Mädchens Bescheid wußten, tauchte in der Folge unvermeidlich die zweite Frage, nämlich die nach dem Vater des Kindes auf. Der Bräutigam schied in Eles Überlegungen von Anfang an aus. Wäre er es gewesen, hätte man die Eheschließung zeitgerecht angesetzt und nicht bis nach der Geburt gewartet. Darüber hinaus schien es unglaubhaft, daß sich Sebastianos in der Furcht des Herrn erzogene Tochter solcherart mit dem Administrador ihres Vaters eingelassen haben sollte. Eher war es denkbar, daß ein dem Hause Fernstehender sich, vielleicht anhand eines Ausflugs, womit Ele der Wahrheit ziemlich nahekam, dem Mädchen genähert und es in Schande gebracht hatte und der Knecht, der damit in mehrfacher Hinsicht sein Glück machte, auf Aurelias Geheiß in die Bresche gesprungen war. Daß der Mann die Absicht hatte, die Ehe zu vollziehen, ging aus dem Kauf des Buches ebenso hervor wie sein Wunsch, keine Kinder zu zeugen. Warum aber war das der Fall? Handelte es sich um eine Absprache mit seiner Ehefrau, oder war es seine alleinige Entscheidung? Ele war im Begriff, das Für und Wider eingehend zu erwägen, und hatte sich zu diesem Zweck in dem satinbezogenen Schaukelstuhl, welcher aus dem Lustgärtchen stammte und von ihrem Ehemann dort durch ein hirschledernes Prachtstück ersetzt worden war, niedergelassen, als der kleine Ramón Manuel, der in einem Wäschekorb neben dem Verkaufspult untergebracht war und den die Eltern abwechselnd zu ihrer Arbeitsstätte mitzunehmen pflegten, in lautes Gebrüll ausbrach und Ele die Jalousie des Kioskfensters herunterlassen und ihm die Brust reichen mußte.

Daß sie und Bluna die Beaufsichtigung des Kindes unter sich aufteilten, ging auf einen Vorschlag des in den Kleinen völlig vernarrten Vaters zurück und brachte insofern Schwierigkeiten, als Bluna nicht imstande war, den Sohn auf natürliche Weise zu ernähren, so daß Ele jeden zweiten Tag eine Batterie von Flaschen bereitstellen mußte, die der inzwischen zum Inspector ernannte Ortskommandant im Wasserbad über einer Spiritusflamme erwärmte und dem lebhaften jungen Mann verabreichte, indes er Verhöre führte oder seinen Untergebenen Anweisungen erteilte. Im Ort hatte man sich daran gewöhnt, daß der Comandante während seiner Amtshandlungen und auch im Außendienst – hierzu war in dem ihm zur Verfügung stehenden Plachenwagen ein Kindersitz montiert worden – stets den kleinen Inspectorito, wie er in Fuego Fuego bald genannt wurde, bei sich hatte, und als Ramón etwas größer war und den Wäschekorb verließ, wurde ihm sowohl unter dem Verkaufspult des Kiosks als auch in der Dienststube des Ortskommandanten eine Spielecke eingerichtet.

Ramón Manuel war von wilder, aber gutmütiger Wesensart, und was seine leiblichen Väter Pepe und Pepe ihm an Ungestüm und Hitzköpfigkeit vererbt hatten, wurde durch Eles liebevolle Nachgiebigkeit gemildert. Ramón widersprach seinem Vater bei jeder sich bietenden Gelegenheit, seiner Mutter nie, und Bluna, der die Konfrontationen mit dem klugen kleinen Kerl liebte und sie darüber hinaus für ein erzieherisches Element hielt, tat nichts, um diesem Umstand entgegenzuwirken, weil er seinem Ziel, aus dem Burschen einen Caballero und ganzen Mann zu machen, förderlich schien. Da die Eltern sich auch des Abends am Bett des Sohnes abwechselten, bekam Ramón jeden zweiten Tag die erbaulichsten Heiligen- und Märtyrergeschichten zu hören, die Ele ihrem Gedächtnis und der in ihrem Kiosk aufliegenden einschlägigen Literatur entnahm, während an den dazwischenliegenden Tagen die Heroen der spanischen Historie von El Cid bis zu den Königen, die die Araber bekämpft und besiegt hatten, an der Reihe waren. »Er wird ein rechtgläubiger, herzenswarmer Junge«, sagte seine Mutter von ihm, und sein Vater: »Er wird ein trefflicher Streiter im Dienste des Vaterlandes«, während Lucinda, die, jeweils mit einem ihrer Kinder beladen, in regelmäßigen Abständen ihre Besuche machte und mit dem Weitblick der spanischen Mutter, die in etwa fünfzehn Jahren Töchter zu verheiraten haben würde, die Verbindung zu einer Familie, in der ein offensichtlich wohlgeratener Sohn aufwuchs, niemals hätte abreißen lassen, äußerte: »Schön wie ein Engel und schlau wie Luzifer. Er wird eines Tages eine Frau sehr glücklich machen.«

Ele hatte bald nach Ramós Geburt und ihrer damit verbundenen Eheschließung ihre Besuche bei San Cristóbal wiederaufgenommen und ihm täglich – diesmal zum Dank für die glückliche Fügung, die in ihrem Leben eingetreten war und die, wie sie überzeugt war, auf seine Fürbitte zurückzuführen war – eine Blume gebracht. Zu Anfang hatte sie den kleinen Ramón im Kinderwagen, späterhin an der Hand mit sich geführt, und schließlich bestand der Kleine darauf, die Blumen selbst zu Füßen des Heiligen niederzulegen, was das Wohlgefallen des Vicario und vor allem des Padre Felipe – beide waren mehrmals Zeugen der kleinen Szene – hervorrief. Padre Felipe, der in dem jungen Mann einen potentiellen Ministranten heranwachsen sah, hob ihn manchmal, wenn er Mutter und Sohn in der Pinienallee begegnete, auf den Tank seiner Motoguzzi und zog mit ihm eine Runde über den Marktplatz, wobei Ramón, vor Entzücken verstummt, das kleine Gesicht dem Fahrtwind zukehrte und versuchte, seine unterhalb der Hand des Padre auf dem Gasgriff liegende Hand unauffällig zu drehen, um die Geschwindigkeit, die, wie ihm nicht entgangen war, auf diese Weise erzeugt wurde, zu steigern. Ein- oder zweimal nahm ihn der Padre auf Überlandfahrten zu Versehgängen mit, die, wie bekannt, seine besondere Vorliebe waren, und Ramón wartete im Vorraum des Sterbehauses, von den künftigen Hinterbliebenen mit Churro und heißer Schokolade liebevoll versorgt, wobei er hin und wieder einen scheuen Blick durch den Türspalt warf, hinter dem der Padre seines Amtes waltete. Ele, die zuerst besorgt gewesen war, wenn der weit im siebenten Lebensjahrzehnt stehende Gottesmann ihren Sohn auf den Tank hob, beruhigte sich, nachdem der Kleine mehrmals unversehrt wieder bei ihr abgeliefert worden war, mit dem Gedanken, daß der Padre in seiner Funktion vermutlich mit einem besonders aufmerksamen Schutzengel ausgestattet sei, und genoß von da an die Freizeit, die ihr solcherart in den Schoß fiel. Es ergab sich somit, daß der kleine Inspectorito einen erheblichen Teil seines Daseins auf Rädern verbrachte, war er doch vom Kinderwagen nahezu nahtlos auf das Sitzchen im Dienstfahrzeug seines Vaters sowie den Tank der Motoguzzi übergewechselt. Hierzu kam, daß auch Bigotazo, in seiner Eigenschaft als Wachtmeister dem Ortskommandanten unmittelbar unterstellt, nachdem ihm die Vorliebe des kleinen Mannes zu Ohren gekommen war, diesen hin und wieder mit dem gemeindeeigenen Dreirad abholte und bei Ausflügen mit seiner Witwe – die Verlobung hatte etwa ein Jahr nach Conchitas und Nandos Hochzeit stattgefunden, und Señora Gomez, die ihrer fortgeschrittenen Jahre wegen in der künftigen Ehe auf eigene Kinder würde verzichten müssen, hatte den Kleinen besonders ins Herz geschlossen – oder auch zu Besuchen bei Madre Ildefonsa und den Schwestern von Rábida Alcazar mitnahm.

Über die Witwe Xaviera Molina Gomez wäre an dieser Stelle noch zu sagen, daß sie auf der Plaza Mayor direkt neben der Volksschule von Fuego Fuego einen kleinen, von ihrem Mann ererbten Süßwarenladen betrieb, den sie auch nach der Eheschließung mit Bigotazo nicht aufzugeben gedachte, so daß Bigotazo, der davon nichts geahnt hatte – er war der Señora in einem der drei Kaffeehäuser von Fuego Fuego begegnet und hatte sie in Anbetracht ihrer imposanten Erscheinung zu einem Glas Anis del Mono eingeladen –, auf dem besten Wege war, eine gute Partie zu machen. Überflüssig zu sagen, daß jeder dieser Dreirad-Ausflüge im Laden der Señora Xaviera endete, wo der kleine Ramón sich aussuchen durfte, was sein

Herz begehrte, und dabei zumeist nach den mit Bonbons gefüllten Stabstrompeten griff, die, sobald sie leergegessen waren und man hineinblies, einen hellen metallischen Ton von sich gaben, oder eine der Bonbonschachteln auswählte, deren Deckel mit Bildern von Militäraufmärschen aus dem Bürgerkrieg beklebt waren.

Ele beobachtete die Entwicklung ihres Sohnes, dessen Haar eine mitteldunkle, mit einem unübersehbaren Stich ins Kupfer versehene Färbung angenommen hatte, die exakt der Mischung aus Pepe el Rubios dunklem und Pepe el Morenos rotem Schopf entsprach, mit Sorge und Stolz und ergänzte das abendliche Programm durch die Legende der Sieben Heiligen Männer, die Spanien missioniert und damit dem Abgrund des Unglaubens entrissen hatten, sowie durch die Biographie der heiligen Theresia von Avila.

Zwischen Padre Felipe und Ramón hatte sich indes eine Art stillschweigender Übereinkunft herausgebildet. Da Ramón jede Art der schnellen Fortbewegung liebte, jedoch die Ausflüge auf der Motoguzzi, bei denen ihm der Fahrtwind um die Ohren pfiff, jenen per Dreirad oder Plachenwagen bei weitem vorzog, war Padre Felipe dazu übergegangen, ihm vor einer Fahrt jeweils in der Sakristei eine kurze Unterrichtsstunde in Liturgie und Meßgebeten aufzuerlegen, wobei der kluge kleine Kerl die Zusammenhänge alsbald durchschaute und sich alle Mühe gab, die Lehrzeit durch Aufmerksamkeit zu verkürzen, so daß sich die für die Fahrt vorgesehene Dauer automatisch verlängerte. Als schließlich Bigotazos Hochzeit der Verlobung im Abstand von nur zwei Jahren folgte – Madre Ildefonsa hatte ihm angedeutet, daß Gott längere Verlobungszeiten der zu großen Versuchung wegen nicht schätze –, und bei welcher Bigotazos Vorgesetzter, Inspector Bluna, sowie der Patrón von Angel del Sur als Trauzeugen fungierten, war Ramón der jüngste und schönste Ministrant, den Fuego Fuego je auf den Stufen des Altars erblickt hatte. Ele hatte mit Hilfe Lucindas eine Kutte aus weißer Baumwolle für ihren Sohn angefertigt, in der er wie ein dem Seitenaltar entstiegener kleiner Engel aussah, und im Verlaufe seiner Ausübungen kam es zu jenem Vorfall, der die Würde der Stunde erheblich ins Wanken brachte und von dem in Fuego Fuego noch lange die Rede war. Dies verdient insofern festgehalten zu werden, als die kleine Pilar, die an jenem Tag ihren ersten Kirchenbesuch absolvierte, darob in nicht zu stillende Heiterkeit ausbrach, und der Ernst, der ansonsten auch während des Lächelns in ihren Augen stand, erstmals völlig daraus verschwand.

An dem Tag, an dem der neue Patrón von Angel del Sur das Buch an Eles Kiosk erwarb und Ele ihm auf seinem Weg zu Sebastianos Wagen nachschaute, wurden neben ihren Überlegungen, den Buchkauf betreffend, mannigfaltige, die Vergangenheit betreffende Gedanken in ihr wach, denen sie in dem satinbezogenen Schaukelstuhl, zu dessen Füßen der kleine Ramón nach eingenommener Mahlzeit zufrieden schlief, nachhing. Der Anblick des Pferdewägelchens, auf dessen Kutschbock sich die aufrechte, breitschultrige Gestalt Sebastiano Riéras so stattlich ausgenommen hatte, war dazu angetan, Erinnerungen zu wecken, die auch die zärtliche Zweisamkeit mit ihrem Ehemann Fernando Bluna nicht hatte auslöschen können. Was für ein Mann war Sebastiano gewesen, wie hatte er sie aufgehoben und durch das Zimmer zu dem dottergelb bezogenen Bett getragen, ein Jäger, seiner Beute gewiß. Wie hatte seine schwere Gestalt geschwankt an jenem letzten Tag in der Waschküche, da er, selbst ein umstelltes Wild, wie taub und blind davongewankt war, die vertraute Geborgenheit, die für ihn zur Täuschung geworden war, hinter sich lassend, um nicht wiederzukehren. Eles Brust schmerzte, als sie durch das Kioskfenster auf die Pinie blickte, unter deren ausladenden Zweigen das Fahrzeug stand, das sich mit einem fremden Mann auf dem Kutschbock entfernte, und der Druck wich für den Rest des Tages nicht mehr. Als sie sich nach dem Herabziehen des Rollbalkens über das Körbchen beugte, um den kleinen Ramón aufzuheben, fuhr ein kühler Pfeil durch ihr Herz, der sie zwang, minutenlang in halb gebückter Stellung, den Kleinen auf den Arm, zu verharren, ehe sie sich aufrichten und Ramón, der sich völlig still verhielt und nur mit beiden Händen ihre Arme umklammerte, in dem danebenstehenden Sportwagen unterbringen konnte. Sie sagte ihrem Mann nichts, da Inspektor Bluna bei der geringsten Unpäßlichkeit seiner Frau vor Sorge völlig außer sich geriet, und nahm sich vor, in den nächsten Tagen heimlich Doktor Bravo aufzusuchen, aber als ihr Mann sie des Abends im Ehebett in seine liebenden Arme schloß, löste sich der Schmerz und kam auch in der folgenden Zeit nicht wieder, so daß Ele den Vorfall vergaß.

Während Nando in mäßigem Tempo auf dem Sandweg in Richtung Angel del Sur unterwegs war, dachte er, wie gut es sei, daß er in Anbetracht von Conchitas Blindheit das erworbene Buch gefahrlos im Zimmer würde aufbewahren können, ohne fürchten zu müssen, daß ihr der Inhalt zur Kenntnis käme. Bei der Gelegenheit fiel ihm das Plakat mit dem glutäugigen Torero ein, das zusammengerollt noch immer im untersten Fach des Wäscheschranks lag und das Conchita, da es ihr sozusagen aus den Augen geraten war, auch aus dem Sinn gekommen zu sein schien. Daheim angekommen, las er, während Conchita auf der Küchenbank sitzend an ihren Netzen arbeitete, die ersten beiden Kapitel des Buches und verstaute dieses dann im Wäscheschrank unterhalb der Plakatrolle, über die er, ohne sie noch einmal zu öffnen, ein Gummiband zog.

Beim Abendessen erklärte Pepe el Moreno, daß seine Ausbildung beendet sei und er bei dem Fahrzeughändler in Fuego Fuego eine Ossa bestellt habe, die in der folgenden Woche lieferbar sei, womit seine Berufstätigkeit ihren Anfang nehme.

Junipero hatte auf der gegen geringe Bezahlung zur Verfügung stehenden Druckerpresse des Gemeindeamtes zwanzig vom Bezirksvorsteher eigenhändig gesetzte Prospekte anfertigen lassen, die die Eröffnung seines Waffenladens anzeigten und in allen wichtigen Geschäften von Fuego Fuego und Roca Ruiz sowie in der FernandoKaserne und auf den Anzeigetafeln der Bürgermeisterämter der genannten Städte ausgehängt waren. Junipero rechnete damit, daß sich die Sache, insbesondere durch die Rekruten der Fernando-Kaserne, alsbald in weiten Kreisen herumsprechen werde, und ging damit nicht fehl, denn schon einige Tage nach der Eröffnung kam ein Interessent aus San Eresmo, und etwa zwei Wochen später bestellte der Provinzgouverneur von Burgos zwölf Schrotflinten für eine Jagdgesellschaft, die er anläßlich des Erntedankfestes zur Kaninchenjagd in den Gouverneurspalast geladen hatte. Junipero, der bereits einige Lieferanten in den umliegenden Städten, darunter auch Burgos und San Eresmo, ausfindig gemacht hatte, verbrachte die Abende damit, auf dem Dachboden, wo er die Ölfässer auf einer Seite zusammengerückt und sich auf dem dadurch frei gewordenen Platz eine Art Büro eingerichtet hatte, Preise zu vergleichen, Angebote zu prüfen und Kalkulationen aufzustellen. Er hatte ein älteres, nicht mehr ganz dichtes Ölfaß der Breite nach in zwei ungleiche Teile zersägt, wovon der größere, mit der Fläche nach oben aufgestellte Teil einen runden Tisch, der kleinere den dazu passenden Hocker darstellte. Die Familie hatte sich daran gewöhnt, daß er nach dem Abendessen in seinem Büro verschwand, wo ihn Conchita, der er einen baldigen Besuch auf dem Markt von San Eresmo in Aussicht gestellt hatte, manchmal aufsuchte. Auch Aranja kam mit oder ohne Pilar, da es im Hause kaum jemanden gab, mit dem sie sich unterhalten konnte, und Junipero der einzige von den Riéra-Brüdern war, von dem ihr keine Gefahr drohte.

Aurelias Arthritis, die mehrere Jahre hindurch keine Besserung, jedoch auch keine Verschlechterung erfahren hatte, begann sich mit dem hereinbrechenden Winter nachdrücklich bemerkbar zu machen. In striktem Gegensatz zu den Verordnungen des herbeigerufenen Doktor Bravo fühlte Aurelia sich der Schmerzen wegen veranlaßt, täglich anstelle einer Schachtel Ducados deren anderthalb und abendlich anstelle eines Glases Rioja oder Jerez deren zwei zu konsumieren. Ratschläge oder Einwände wurden dadurch im Keim erstickt, daß Aurelia ihre Familie beschuldigte, ihr genau das vorenthalten zu wollen, was ihr Leiden lindere, und niemand Lust hatte, sich diesem Vorwurf auszusetzen. Man ließ ihr ihren Willen und hoffte, daß sich ihr Zustand auch ohne den Doktor, den sie nicht mehr zu sehen wünschte, vielleicht mit Eintreten der allerdings noch fernen wärmeren Jahreszeit bessern würde.

Es war an einem Abend um La Candelaria, das Kerzenfest,

was soviel wie Maria Lichtmeß bedeutet. Die Dunkelheit zog sich tief in den Boden, ein Hauch von Reif lag auf dem Querbalken des Fensterkreuzes, und der Wind fegte in Böen von der Olivenpflanzung her über das Haus. Aurelia hatte schon tagsüber an heftigen Rückenschmerzen gelitten, die weder durch einen von Umbre bereiteten Trank aus Aalfett, Schafsnasensud und Selleriepulver noch durch Aranjas Füßekratzen, verbunden mit einem Gebet an die leidgeprüfte Apollonia von Alexandrien, zu lindern gewesen war. Gegen Mitternacht steigerten sich die Schmerzen, und Aurelia, sonst diszipliniert bis in die Fingerspitzen, konnte es nicht verhindert, daß ihr ein fortgesetztes leises Wimmern entfuhr, das wohl nicht Aranja, deren Schlaf, abgesehen von den Vollmondnächten, dem eines Murmeltiers glich, wohl aber die kleine Pilar weckte. Pilar in ihrem weißen, bis an die Zehen reichenden Baumwollnachthemdchen zog sich an den Stäben ihres Gitterbettchens hoch und blickte erschrocken auf die stöhnende Frau, die sich, vor Schmerzen zusammengekrümmt, auf ihrem Lager wälzte. Ihr kleines Gesicht wurde ratlos und ängstlich, sie blickte unwillkürlich zur Decke, als wolle sie sich bei dem Hühnchen Rat holen, ein Schüttelfrost überfiel sie, und ihre Augen begannen zu brennen. Eingedenk dessen, daß auch Aurelia sie zu sich nahm, wenn sie Kummer hatte oder aus einem bösen Traum erwachte, machte sie sich schließlich, der Länge ihres Hemdchens wegen etwas mühsam, daran, das Gitter zu überklettern, und drückte sich, im Bett ihrer Mutter angekommen, in dem Wunsch, diese zu trösten oder wenigstens durch ihre Anwesenheit ihr Mitgefühl auszudrücken, gegen den ihr zugekehrten Rücken. Aurelia fühlte die sanfte Berührung und die Umklammerung der runden kleinen Arme an ihrem Hals. Sie lag still und genoß, soweit ihre Schmerzen dies zuließen, die Wärme, die durch das Baumwollhemd und ihr eigenes seidenes Nachthemd von dem Körper der Kleinen auf sie überströmte. Nach wenigen Minuten merkte sie, wie der Schmerz sich auf sonderbare Weise zusammenzog und gleichzeitig an Schärfe verlor. Einige Augenblicke lang hielt er noch zitternd stand, als setze er sich zur Wehr, und begann dann abzufließen, stetig und unaufhaltsam, als habe Pilars Berührung ihren Rücken davon freigefegt. Aurelia lag ungläubig, halb betäubt vor Verwunderung, mit allen Sinnen in sich hineinhorchend, als warte sie, daß er wiederkehre, aber nichts geschah. Er hatte sich aufgelöst, ohne eine Spur zu hinterlassen, und ihre Brust hob sich unwillkürlich in einem tiefen Seufzer. Pilar löste erschrocken die Arme vom Hals ihrer Mutter, als fürchte sie, ihr den Atem genommen zu haben, doch Aurelia drehte sich, mühelos wie seit Wochen nicht mehr, im Bett herum, nahm die Kleine in die Arme und flüsterte ihr zu: »Danke, Pilarita, *mi santa muchacha*, du hast alle Kräfte des Himmels in dir.« Und: »Es bleibt unser Geheimnis, *mi angelita*, dann werden sie es nicht wagen, mir noch einmal meine Ducados oder meinen Wein zu verbieten.« Die kleine Pilar schmiegte sich, ohne zu verstehen, was Aurelia meinte, aber glücklich, ihr geholfen zu haben, an die nach Minze und Rauch duftende Seidenschulter, ehe sie das Gitter zum zweiten Mal überkletterte und in ihrem Bettchen anlangte, wo sie unter die noch warme Decke schlüpfte und augenblicklich einschlief.

Tatsächlich vergingen mehrere Jahre, ehe jemand davon erfuhr, und auch dann nicht durch Pilar, die sich ihrer Kräfte gar nicht bewußt war. Es war eine Ziege, die den Sachverhalt an den Tag brachte, doch soll den Dingen zu diesem Zeitpunkt nicht vorgegriffen werden. Aurelia erklärte ihrer Familie am folgenden Morgen, daß, was ihre Behandlung betreffe, sie selbst am besten Bescheid wisse und Doktor Bravo ein Idiot sei, und als Umbre einige Zeit später, hauptsächlich um Aranjas Vollmondexkursionen nicht doch noch zur Kenntnis der Patrona gelangen zu lassen, den Vorschlag machte, Kind und Kindermädchen der Bequemlichkeit halber in einem eigenen Raum unterzubringen, erklärte Aurelia, Aranja könne in Conchitas früheres Kämmerchen im ersten Stockwerk ziehen, aber Pilar werde das Altarzimmer nicht verlassen. Pilar war mit der Lösung einverstanden, vor allem wegen des Hühnchens an der Decke, das sie im Falle einer Übersiedlung vermißt hätte, und in der Folge brauchte Aurelia, sobald sich ein Schmerzanfall ankündigte, nur die Hand auszustrecken, um Pilar zum Überklettern des Gitters zu bewegen. Dies war jedoch immer seltener der Fall, und bei einem eher zufälligen Besuch Doktor Bravos, der acht Monate später erfolgte, weil Pepe el Moreno sich in Ausübung seiner Tätigkeit den Huftritt eines Pferdes eingehandelt und dabei eine Knieverletzung zugezogen hatte, erklärte sich Aurelia, wenn auch widerstrebend, bereit, sich untersuchen zu lassen, und Doktor Bravo stellte fest, daß die Arthritis, an der sie seit nunmehr fünfundzwanzig Jahren gelitten hatte, geheilt sei. Aurelia nahm es zufrieden und ohne größeres Erstaunen zur Kenntnis, wohingegen Doktor Bravo in den Keller zu Pepe el Rubio stieg, sich dessen Produkte einzeln vorführen ließ und auch noch eine Flasche auf den Heimweg mitnahm, um seiner Verwunderung Herr zu werden. Die Frage, ob Aurelia nun, da die Gründe für ihren Aufenthalt im Bett wegfielen, dieses verlassen solle, stellte sich insofern nicht, als der ursprüngliche Anlaß im Laufe der Jahre längst in Vergessenheit geraten war und eine diesbezügliche Änderung die Gepflogenheiten der Familie erheblich aus dem Gleichgewicht gebracht hätte.

Aranja bezog Conchitas Mädchenkammer, einen Raum, der über der Küche lag und dessen einziges, an der Rückseite des Hauses liegendes Fenster auf den sanft aufsteigenden Hügel der Olivenpflanzung blickte. Zu den Mahlzeiten fand sie sich, solange für Pilar noch extra gekocht wurde, mit ihrem Schützling im Altarzimmer ein, da Aurelia es liebte, in Gesellschaft der Kleinen zu essen, und brachte das Kind später, als es seinen Platz am Familientisch erhalten hatte, nach jeder Mahlzeit zu Aurelia, wenn diese zur Einleitung ihrer Siesta eine Ducado oder auch deren mehrere rauchte. Abends las sie wie vordem die von der Patrona bevorzugten Bibelstellen, während sie unermüdlich die in ihrem Schoß liegenden Füße kratzte. Auch die nächste Vollmondnacht brachte keine Probleme, da Aranja, nun mit den Gegebenheiten des oberen Stockwerks genügend vertraut, ihren Weg auch von der neuen Position aus zu finden wußte.

Auf dem Markttag in San Eresmo erstand Junipero bei dem dortigen Großhändler die vier ihm noch fehlenden Schrotflinten für den Provinzgouverneur, dessen Kaninchenjagd unmittelbar bevorstand, und weitere vier als Reserve für mögliche Nachbestellungen. Beim Durchstöbern des Lagers, bei dem der Großhändler ihm sachkundig und wortreich zur Seite stand, stieß er auf ein seltsames Instrument aus grobkörnigem Metall mit einem Griff aus Zedernholz, dessen Rohr der Länge nach durchschnitten war, so daß es sich in zwei Teile aufklappen ließ, in deren Mitte die Munition eingelegt werden konnte. Befragt, was für ein Ding das sei, erklärte der Geschäftsmann, es handle sich um eine handgefertigte Schlachtschußpistole aus dem Nachlaß eines Viehzüchters aus der Mancha, der sie eigens habe konstruieren lassen, um seinen Tieren einen ebenso schmerzlosen wie sicheren Weg ins Jenseits zu ermöglichen. Er holte die dazugehörigen Patronen heraus und erklärte, die Besonderheit der Waffe bestehe darin, daß sie, anders als normale Schlachtmaschinen, nicht mit einem Bolzen, sondern mit Nullerschrot benutzt werde, der nach dem Abschuß sofort explodiere und das Gehirn zerreiße, wogegen es bei Bolzen schon vorgekommen sei, daß sie in der Schädeldecke steckengeblieben oder zu wenig tief eingedrungen seien, wodurch das Tier überlebt und unsägliche Qualen gelitten habe. Junipero war beeindruckt und fragte nach dem Preis des Instruments, wobei er erwähnte, daß er es seinem Bruder, welcher *Castrador* sei und im weitgesteckten Rahmen dieses Berufes häufig zu Schlachtungen herangezogen werde, gerne zum Geschenk machen würde. Der Geschäftsmann meinte, der materielle Wert sei nicht sehr groß, das außergewöhnliche daran sei die Idee, die dahinterstecke, und der verblichene Züchter wüßte es sicher zu schätzen, wenn das Instrument weiterhin zu tierfreundlichen Zwecken verwendet würde, anstatt in der Vitrine eines Großhandelslagers dem Rost entgegenzudämmern. Man einigte sich auf einen für beide Teile akzeptablen Preis, und das Ding wurde in einem mit blauem Leder überzogenen und mit gleichfarbigem Samt ausgeschlagenen Karton, ebenfalls einem Entwurf des Viehzüchters, verpackt und Junipero ausgehändigt, worauf Conchita, die in der Ecke des Ladens, auf einer Blechkiste mit Munition sitzend, auf ihren Bruder gewartet hatte, diesem half, den Karton sowie die in Zeltplanen gewickelten Schrotflinten zum Wagen zu bringen.

Sie fuhren anschließend zum Obstmarkt, wo Conchita sieben von ihren acht Netzen verkaufte und das dafür erhaltene Geld mit vor Freude zitternden Händen in das karierte Taschentuch einschlug, in dem sie schon bei jenem Ausflug nach San Eresmo, bei dem Pepe el Moreno ihr Begleiter gewesen und sie ihrem Heiligen begegnet war, ihr Geld verwahrt hatte. Bei dem Gedanken, daß sie etwas für Angel del Sur hatte tun können und ihr Mann vielleicht wieder sagen würde, daß er stolz auf sie sei, schlug ihr Herz höher. Sie machte Junipero den Vorschlag, auf dem Heimweg kurz in Fuego Fuego zu halten und den Süßwarenladen Doña Xaviera Gomez' aufzusuchen, um, da ihre Geschäfte über Erwarten gut gelaufen waren, ein paar Süßigkeiten für die kleine Pilar und vielleicht eine Stange Lakritze für Umbre, die für derlei schon kilometerlange Fußmärsche auf sich genommen hatte, zu erstehen.

Bigotazos Verlobte stemmte ihre straffe Fülle aus dem Ohrenstuhl, wo sie zwischen den Kundenbesuchen im *»Diario de la Señora«* zu blättern pflegte, und umarmte Conchita, als deren Trauzeugin sie an Bigotazos Seite erhebende und unvergeßliche Augenblicke durchlebt hatte. Sie wies auf die vorzügliche Placierung des Prospekts von Juniperos Geschäftseröffnung hin – sie hatte die Ankündigung direkt über dem Ladentisch zwischen einem Plakat, auf dem ein kleiner Mohr in eine Mandelschnitte biß, und einer Reproduktion von Raffaels Madonna im Grünen aufgehängt –, fragte nach der Familie und wollte in ihrer überströmenden Kinderliebe sofort alles über die kleine Pilar wissen, wie viele Zähne sie habe, welche Wörter sie sagen könne, welches ihre Lieblingsgerichte seien und anderes mehr. Conchitas Bestellungen fügte sie, was diese nicht sehen konnte, jeweils noch ein Extrastückchen hinzu, so auch der für Umbre bestimmten Lakritzenstange, und streifte die Figur der Patroncita, was diese ebenfalls nicht sehen konnte, mit einem prüfenden Blick. Zuletzt kaufte sie ihr das noch verbliebene Olivennetz ab, dies unter Hinweis auf ihre künftige Ehe, da sich in Bigotazos Hausgärtchen, dessen Herrin sie demnächst sein werde, sieben Olivenbäume befänden, und erging sich in bewundernden Worten über Conchitas Geschicklichkeit sowie über die Seelenstärke, mit der sie das schwere Schicksal ihrer Erblindung meistere. Beim Abschied drückte sie Conchita noch einmal herzhaft an ihre durch das Korsett kaum gebändigte Fülle und flüsterte ihr zu, daß man zwar noch nichts sehen könne, sie jedoch überzeugt sei, daß bei der nunmehr fast zweijährigen Dauer und offensichtlichen Harmonie ihrer Ehe wohl bald ein weiterer kleiner Abkömmling auf Angel del Sur das Licht der Welt erblicken werde.

Conchita saß während der Heimfahrt schweigend neben Junipero auf dem Kutschbock, die von Doña Xaviera in Zellophan verpackten und mit einer blauen Schleife versehenen Süßigkeiten im Schoß, und überhörte zweimal die Frage ihres Bruders, ob es für sie ein schöner Tag gewesen sei oder ob ihr etwas fehle, da sie nicht antworte. Er setzte nach einiger Zeit zum dritten Mal zu einem Wort an, unterließ es aber nach einem Blick in Conchitas Gesicht, woran er insofern recht tat, als sie ihn auch diesmal nicht gehört hätte. Ihre Seele war fortgeglitten und befand sich am Hof des kastilischen Königs Alfonso und seiner schönen Tochter, der Infantin Inez Concepción, die man dem jungen Alkalden angetraut hatte und deren Schicksal für sie zum Spiegelbild ihres eigenen geworden war.

Das »Herz von Salamanca« war, um den Wünschen des intellektuellen Teils seines Publikums Rechnung zu tragen, dazu übergegangen, diesem die Novelle »Die Liebe der Infantin« des kastilischen Dichters Jeronimo Tob in täglichen Fortsetzungen, gelesen von einer angenehmen Frauenstimme, zu Gehör zu bringen. Conchita war zufällig von Anfang an dabeigewesen, und das Schicksal der schönen Inez Concepción, das ihrem eigenen in vielen Einzelheiten glich, hatte sie so gefesselt, daß sie, unter dem Vordach auf der Bank ihre Netze knüpfend, keine der Folgen versäumte. Die Geschichte zog sich über Monate hin, und Inez Concepción war, allen Standesunterschieden zum Trotz, mit dem jungen Alkalden, der genaugenommen ein Angestellter ihres Vaters war, wie Nando Sebastianos Angestellter gewesen war, vor den Altar getreten. Sie liebten einander unaussprechlich, und Wendungen wie »Einmal mehr schlugen die Flammen der Leidenschaft über ihnen zusammen« oder »Sie gab sich ihm hin mit aller Leidenschaft, deren sie fähig war«, lösten in Conchita einen Schauder des Einverständnisses aus. Ihre Geschichten liefen ziemlich parallel, Inez Concepción war ihr erst seit kurzem ein Stück voraus, und da das »Herz von Salamanca« nach wie vor Conchitas einzige Informationsquelle darstellte – auf das Erlernen der Blindenschrift, die ihr neue Möglichkeiten erschlossen hätte, hatte sie der wechselnden Ereignisse im Hause wegen für den Augenblick verzichten müssen –, versuchte sie aus dem Werdegang der Infantin soviel wie möglich auf sich selbst anzuwenden.

Nun hatte die Infantin ihrem geliebten Alkalden einige Zeit nach der Eheschließung ein süßes Geheimnis ins Ohr geflüstert, und Conchita, die zuerst mit dem Wort nichts anzufangen wußte, entnahm den in Gang gekommenen Vorbereitungen in der königlichen Familie, daß sich ein Kind angekündigt hatte. Die Zusammenhänge waren ihr inzwischen nicht mehr fremd, sie hatte Gesprächsfetzen und Erinnerungen aus ihrem insbesondere seit der Erblindung unfehlbaren Gedächtnis hervorgeholt und sich in der Geborgenheit ihres Dunkels ein Weltbild gezimmert, das dem Tatsächlichen nahezu entsprach. Da sie erfahren hatte, was es war, das Männer wünschten, und auch die holde Lust ihr vertraut war, ihr Wissen jedoch nur aus Bruchstücken, denen sie je nach Gelegenheit Stein um Stein hinzufügte, sowie der Liebe zu ihrem Mann bestand, hatte sie sich durch ein Gestrüpp von Vermutungen und Fragen tasten müssen, ehe es ihr gelungen war, eine Verbindung zwischen Persönlichem und Allgemeinem herzustellen. Die holde Lust schuf neues Leben, und was eine Geburt war, wußte sie, seit sie, damals zehnjährig, durch die Dachluke des Stalles heimlich zugesehen hatte, wie zwei Erntearbeiterinnen unter Sebastianos Anleitung ein Kälbchen ans Licht gezerrt hatten. Zur Zeit fühlte die Infantin die Bewegung des Kindes unter ihrem Herzen, und Conchita horchte im Altarzimmer, an Pilars Bettchen sitzend, manchmal in sich hinein. Etwas am Zustand der Infantin ließ vage Bilder in ihr erstehen, die sich jedoch beim Versuch, sie zu fixieren, sogleich auflösten. Die Diphtherie hatte eine Gedächtnislücke hinterlassen, die sich von dem Besuch in Nandos Gefängniszelle, da seine Lippen die ihren berührt hatten, bis zu dem Tag seiner Wiederkehr auf Angel del Sur erstreckte.

Ehe Junipero das Gefährt von der Straße weg auf den Sandplatz lenkte, legte er, die Zügel mit einer Hand fassend, den freien Arm um die Schulter seiner Schwester, die, wie unschwer zu erkennen, noch immer in tiefen Gedanken war.

»Wir sind da, *pequeñita.* Du bist müde, es war ein langer Tag.«

Conchita half ihrem Bruder, die Schrotflinten sowie den Karton in das Geschäftslokal in der Ecke der halbfertigen Scheune zu bringen, über dessen Portal ein Schild mit der Aufschrift »Juniperos Arensal«, von diesem selbst entworfen und mit Aranjas Hilfe hergestellt, angebracht worden war. Der blaulederne Karton erhielt einen Platz unterhalb des Verkaufspults, da Junipero die Absicht hatte, ihn seinem Bruder Pepe el Moreno im Rahmen eines feierlichen Aktes, etwa zu einem besonderen Geburtstag, zu überreichen. Conchita verteilte ihre Geschenke an Pilar, die, auf dem Küchenboden sitzend, sofort begann, jede einzelne der Süßigkeiten auszuwickeln und einen Haufen bunten Papiers zu erzeugen, und an Umbre, die sich blitzschnell bückte, um ihre Hand zu küssen. Dann stieg sie die Treppe zu Sebastianos getäfeltem Eckzimmer hoch, holte das Geld aus dem karierten Taschentuch und verstaute es in dem von Nando geflochtenen Brotkorb, in dem sie schon seinerzeit das bei Aurelia mit Füßekratzen verdiente Geld aufbewahrt hatte. Schließlich nahm sie, den Korb im Schoß haltend, ihren Lieblingsplatz auf dem Bett ein, an dem die Sonnenstrahlen sich zu Tagesende jeweils für einige Minuten kreuzten, was kurz nach dem Läuten der Anima-Glocken der Fall war.

Als Nando eintrat, lag der vierfache Lichtstrahl auf dem Gesicht seiner Frau, und wie immer bei ihrem Anblick tat sein Herz ein paar schnelle Schläge.

Conchita wandte sich ihm zu und hob ihm den Korb entgegen. »Hier, Nando. Ich habe alle Netze verkauft.«

»Herz meines Herzens.« Er griff vorsichtig nach dem Korb, und Conchita konnte das Erstaunen in seiner Stimme hören. »Wieviel es ist! Wir werden einen Teil des Daches damit bestreiten können.«

Conchita schoß vor Freude das Blut in die Wangen. »Es ist ganz einfach. Das letzte hat Señora Gomez gekauft. Ich könnte versuchen, noch mehr Kunden in Fuego Fuego zu finden.«

»Das ist ein guter Gedanke«, stimmte Nando zu. Er hatte den Korb auf dem Regal oberhalb des Bettes zwischen den holzgeschnitzten Tieren abgestellt und setzte sich neben Conchita, seine Hand auf ihre beiden im Schoß ineinandergefalteten Hände legend.

»Señora Gomez und Bigotazo werden heiraten.«

»Ich freue mich für meinen Freund«, sagte Nando.

»Señora Gomez meint –« Conchita stockte.

»Was, *mi alma?*«

»Nando, denkst du, daß wir einmal ein Kind bekommen werden?«

Nando wandte sich ab, was Conchita nicht sehen konnte.

»Das liegt in Gottes Hand.« Der Schweiß war ihm bei seiner Lüge unter die Stirnlocke gestiegen.

»Ich weiß, Nando. Aber es könnte doch sein, daß Gott es will. Oder denkst du, daß er es meiner Blindheit wegen nicht zulassen wird?«

»Das wäre möglich«, sagte Nando, indes er fieberhaft überlegte, ob der Inhalt des Buches, das er hinter der Plakatrolle verstaut hatte, auf irgendeine Weise zu Conchitas Kenntnis gelangt sein könnte. »Bedenke doch, du könntest es nicht versorgen, ohne es in Gefahr zu bringen.«

»Ich könnte ihm meine Liebe geben. Alles andere könnte Aranja tun, wie bei Pilar.«

»Wir haben ein Leben vor uns«, sagte Nando, seine Hand, deren Fläche feucht geworden war, von Conchitas Händen lösend. Seine Stimme hatte zu zittern begonnen.

Conchita, die seine Aufregung nicht verstand, fürchtete, ihn verletzt zu haben. »Vielleicht hätte ich nicht darüber sprechen sollen.«

»Du sollst über alles mit mir sprechen, *mi alma*«, sagte Nando, indem er sich ihr zukehrte und sie in den Arm nahm. »Aber es gibt Dinge« –, er schien die folgenden Worte weniger zu ihr als zu sich selbst zu sprechen, »– die man nicht auflösen kann. Man muß sie hinnehmen, wie sie sind.«

»Du bist atemlos, als hättest du einen Stier eingefangen«, sagte Conchita, die den dumpfen Schlag seines Herzens an ihrem eigenen fühlte. »Du solltest dich bei der Arbeit nicht überanstrengen.«

»Das tue ich nicht, *mi alma.* Ich muß nur zusehen, daß die Scheune fertig wird, bevor das Frühjahr kommt und ich auf die Felder muß.«

Vor dem Einschlafen gelobte sich Conchita, das Thema, das ihren Mann so offensichtlich in Bedrängnis gebracht hatte, nie wieder zur Sprache zu bringen. Wenn er sich Gottes Willen unterwarf, wollte sie es ihm gleichtun. Sie tat einen Schwur, indem sie ihre Finger in die seinen schloß und dachte, daß, falls Gott die Absicht habe, ihr ein Kind zu versagen, sie ja die kleine Pilar hätte, die dem Alter nach ihr Kind sein könnte und der sie all ihre Fürsorge und Zärtlichkeit geben konnte. Nando, bereits im Einschlafen, fühlte den Druck ihrer Hand und murmelte, ihr zugewandt: »Das mit den Netzen hast du gut gemacht, *mi alma*, ich bin stolz auf dich«, und Conchita dachte, daß ihr zu ihrem Glück nichts fehle und es ihr nicht schwerfallen würde, ihren Schwur zu halten.

Sie hielt ihn anderthalb Jahrzehnte lang, bis zu jenem Tag, an dem die Säule, auf der die Ehre der Familie Riéra ruhte, an ihrer eigenen Last zerbrach und das Überleben von Angel del Sur neue Maßnahmen erforderte.

16

Pilar aß ihre erste Zigarette im Alter von zwei Jahren. Eine ihrer ersten Wahrnehmungen hatte darin bestanden, daß Aurelia mehrmals am Tag nach einer kleinen bunten Schachtel griff, die auf dem Nachttischchen am Kopfende des Gitterbettchens lag, und ihr ein schmales weißes Ding entnahm, das sie in den Mund steckte, was ihr Freude zu bereiten schien und überdies den Raum mit herbsüßem, angenehm betäubendem Nebel füllte. Sie hatte ihrer Mutter dabei unzählige Male mit wachsendem Interesse zugesehen, und eines Tages griff sie, in ihrem Bettchen sitzend, durch die Gitterstäbe nach der Packung, nestelte mit ihren kleinen Fingern eines der weißen Röllchen heraus und begann es langsam und genußvoll aufzuessen, Bissen für Bissen, wobei sie zwar den duftenden Nebel vermißte, jedoch ansonsten mit ihrer Beute zufrieden war. Aranja kam dazu, als sie beim Mundstück, das sich etwas schwerer kauen ließ, angelangt war, riß es ihr mit einem Aufschrei aus der Hand und versuchte ihr die Tabakreste aus dem Mund zu holen, was Pilar durch hartnäckiges Zusammenbeißen der Zähne verweigerte. Aurelia fuhr aus ihrem Nachmittagsschlaf hoch und klopfte, als sie erfuhr, was geschehen war, mit dem Schirm gegen das Heizungsrohr, um Umbre herbeizuholen, woraufhin die drei Frauen, um Pilars Bettchen versammelt, überlegten, was zu tun sei. Umbre schlug etwas Verstopfendes, zum Beispiel mit Salbei getränkte Kohlestückchen, vor, um den Tabak in Pilars Körper zur Auflösung zu bringen, ehe er diesen verließ, Aranja war für etwas Abführendes, und Aurelia wollte dem Kind frisches Sauerkraut verabreichen, das, eiligst herbeigeholt, auf Pilars heftige Ablehnung stieß, so daß es nicht gelang, ihr auch nur einen Bissen zwischen die zusammengepreßten Lippen zu schieben. Schließlich meinte Umbre, ein Gebet an den Nothelfer der Magenleidenden, den heiligen Erasmus, dem, wie erinnerlich, die Eingeweide vermittels einer Winde aus dem Leib gerissen worden waren, sei das beste, und obwohl Pilars Magen völlig in Ordnung schien, vereinigten sich die Frauen zu einem Kettengebet, das Pilar so gut gefiel, daß sie, im Augenblick, da es beendet war, abermals durch die Gitterstäbe nach der Schachtel griff, um den kurzweiligen Vorgang zur Wiederholung zu bringen. Schließlich erschien Conchita, die, in der Küche an ihren Netzen arbeitend, das Gebet gehört hatte, und schlug vor, mit der Kleinen einen Verdauungsspaziergang zu unternehmen, worauf Pilar ihr die Schachtel, die sie bis dahin hartnäckig verteidigt hatte, aushändigte, sich aus dem Bettchen heben ließ und an der Hand ihrer Schwester, fort von den drei Frauen, die ihre Darbietung offenbar nicht zu wiederholen wünschten, ins Freie strebte. Hierbei kam es zum ersten Mal zu einem jener Spaziergänge, die späterhin Pilars und auch Conchitas tägliche unverzichtbare Freude bildeten und insofern ebenso hilfreich wie lehrreich waren, als die kleine Pilar Conchita ihre Augen lieh, wohingegen Conchita sie mit mancherlei Gefahren, etwa einer Wurzel, einem Dornstrauch oder einer giftigen Pflanze, bekannt machte, sobald Pilar etwas Derartiges entdeckt und ihr geschildert hatte. Sie nahmen den Weg zur Olivenpflanzung, wo Conchita sich nach Pilars Anweisungen streckte, um ein paar Früchte vom Baum zu holen, und knieten sodann zu einem Gebet an Sebastianos letzter Ruhestätte nieder, wobei Conchita Pilar erklärte, daß hier ihr Vater begraben liege, dessen Körper bei einem Brand verkohlt und dessen Seele bei Gott sei, worauf Pilar ihrer Schwester die Hand führte, um sie die Inschrift auf dem Stein ertasten zu lassen.

Später, nachdem Junipero die Kleine zwei- oder dreimal zum Flußbett mitgenommen hatte, das er des erfolgreichen Werdegangs seiner Geschäfte wegen nur mehr an längeren Sommerabenden aufsuchen konnte, wodurch er immer noch bei Planquadrat B 181 hielt, konnte Pilar ihre Schwester auch diesen Weg führen, und er wurde zu ihrem liebsten Spaziergang. Nando war über die Entwicklung mehr als froh, war sie doch dazu angetan, Conchita über das mögliche Entbehren eines eigenen Kindes hinwegzuhelfen, und auch Conchita empfand es so und hegte, da Aranja sich auf die Versorgungspflichten beschränkte und Aurelia ihren Aufgaben in keiner Weise nachkommen konnte, zunehmend mütterliche Gefühle für die Kleine.

Pilar sprach früh und fehlerfrei, da sie nur von Erwachsenen umgeben aufwuchs und jeder, in dessen Nähe sie sich aufhielt, das Wort an sie richtete. Darüber hinaus zeigte sie eine sehr persönliche und logische Sicht der Dinge, welche sie, wie allgemein angenommen, von Aurelia geerbt hatte, was in erweitertem Sinne wohl der Fall war. Während der langen Tage, da Conchitas Mann sich bei der Arbeit auf den Feldern befand, wurden sie und Conchita zu Gesprächspartnern und tauschten die Erfahrungen aus ihrem bisherigen Leben aus, wobei Pilar einzig die Sache mit Aurelias Rückenschmerzen verschwieg, die ihre Mutter ausdrücklich als ihrer beider Geheimnis bezeichnet hatte. Conchita erzählte von Sebastiano, soviel ihr von ihm im Gedächtnis geblieben war, dabei dies und jenes ein wenig ergänzend oder ausschmückend, und Pilar freute sich, einen so klugen und stattlichen Mann zum Vater gehabt zu haben.

Eines Tages kam die Rede auch auf den Heiligen, dem Conchita anläßlich der Fiesta in San Eresmo begegnet war, und Pilar war von der Geschichte höchst beeindruckt. Nach einigen Tagen des Nachdenkens kamen sie während eines Spaziergangs wieder darauf zu sprechen.

»Wie hat er ausgesehen?«

»Wie ein Mann. Ein Torero.«

Was ein Torero war, hatte Pilar in Pepe el Morenos Kammer gesehen, der seine Wände noch immer mit Plakaten gepflastert hatte.

»Sehen alle Heiligen so aus?«

»Sie können verschiedene Gestalten annehmen. Einer ist bei Mutter an der Decke, der heilige Jakobus. Genaugenommen sind es zwei. Jakobus ist ein bißchen verrutscht, weil unsere Brüder bei der Übersiedlung von der Sierra die Balken falsch angenagelt haben.«

»Und der zweite?«

»Danach mußt du Mutter fragen. Sie meint, daß er dir gehört.«

»Mir?« Pilar war so aufgeregt, daß sie im Schritt stockte, was Conchita, die sie stets an der Hand hielt, beinahe zu Fall gebracht hätte. »Ich habe einen Heiligen?«

»Mutter glaubt es. Er kam ins Zimmer, als du geboren wurdest. Du kennst doch das kleine Hühnchen über deinem Bett.«

»Natürlich kenne ich das Hühnchen. Es ist mein Loch zum

lieben Gott. Wenn ich durchschaue, kann ich in den Himmel sehen.«

Abends fragte Pilar ihre Mutter nach dem Hühnchen und welchen Heiligen es darstelle.

»Umbre meint, es ist Franziskus, der Heilige, der für die Tiere zuständig ist. Sie vermutet das, weil er die Gestalt eines Tieres angenommen hat. Hast du Tiere besonders gern?«

Pilar hatte darüber noch nicht nachgedacht. Sie kannte nur die Rinder, Ziegen und Hühner auf der Finca und darüber hinaus ein paar Eidechsen aus dem Flußbett und ein paar Heuschrecken, die im Riedgras an Sebastianos letzter Ruhestätte hausten.

»Du solltest versuchen, mit ihm zu sprechen«, sagte Aurelia. »Mit mir redet er nicht.«

»Ich kann nicht mit ihm sprechen. Er ist ein Loch.«

Abends versuchte sie es dennoch, aber er antwortete nicht und gab nur, insbesondere während Aranja aus dem Stammbaum der Familie des Königs Salomon las, den Blick auf eine lichte, flirrende Ferne frei.

»Kommen alle Menschen in den Himmel, wenn sie im Grab liegen?« fragte Pilar Conchita am Tag darauf, während sie auf dem Weg zum Flußbett waren.

»Nur die, die Gott geliebt haben.«

»Liebst du Gott?«

»Natürlich«, sagte Conchita. »Du nicht?«

»Ich weiß nicht, wie man das macht.«

Pilar führte Conchita zu dem Feldstein, auf dem Junipero sein Werkzeug abzulegen pflegte. Sie setzten sich ins trockene Gras, und Conchita hob ihr Gesicht der Sonne entgegen, von der sie einen schwachen Schimmer von Helligkeit empfing. Pilar, die neben der efeubewachsenen Platte kauerte, legte ihre Hand auf den spröden, von der Mittagshitze durchwärmten Stein. Unterhalb der Blätter bewegte sich ein schmaler Schatten, und während Pilar über Conchitas Worte nachdachte, fiel ihr Blick auf das leise raschelnde Laubwerk. Sie zuckte zurück und erkannte zwischen den Efeublättern ein zierliches Köpfchen, aus dem zwei kühle graue Augen sie musterten. Das Tier verharrte einen Augenblick lang und begann sich dann gemächlich aus dem Schatten der Blätter zu lösen.

Conchita hörte, daß Pilar ein paar schnellere Atemzüge tat. »Was hast du?«

»Auf dem Stein sitzt eine Eidechse. Aber sie hat keine Beine.«

»Das ist die Azulita«, sagte Conchita, »die Felsenschlange, die hier wohnt. Sie tut dir nichts. Umbre sagt, sie hat dich schon gekannt, ehe du geboren wurdest. Sie fürchtet sich nur vor dem Feuer.«

Die Schlange hatte begonnen, auf den Rand der Felsplatte zuzukriechen. Pilar wollte ihre Hand zurückziehen, aber sie klebte wie festgewachsen an dem Stein.

»Sie kommt zu mir. Ich kann meine Hand nicht wegnehmen.«

»Beweg dich nicht. Vielleicht will sie dir etwas sagen.«

Pilar starrte wie gebannt auf den blauglänzenden Leib, der sich in sanften Windungen näherschob. Das Tier zog einen Halbkreis um ihre Hand und begann sich dann, das Köpfchen anmutig hebend, um ihr aufgestütztes Handgelenk zu schlingen, einmal, dann ein zweites Mal, behutsam und ohne Hast, bis es die gewünschte Position erreicht zu haben schien und, das Köpfchen über das Schwanzende gelegt, mit aufmerksamen, starren Augen zu ihr aufblickte. Pilar hatte den Vorgang mit zitterndem Herzen verfolgt.

»Sie hat sich um meinen Arm gewickelt. Doppelt, wie ein Armband.«

Conchita wagte nicht, die Hand auszustrecken und nach dem Tier zu tasten, um es nicht zu verscheuchen.

»Ist sie glitschig?«

»Nein. Trocken und ein bißchen kühl. Wieso hat sie mich gekannt, ehe ich geboren wurde?«

»Das hat Umbre mir nicht gesagt. Was tut sie jetzt?«

»Sie sieht mich an. Was will sie mir sagen?«

Conchita dachte nach. Bei der Hochzeit der Infantin Inez Concepción war im Hof des Schlosses ein Fest für die Bediensteten gegeben worden, und die Burschen hatten dem Mädchen ihrer Wahl ein doppeltes Band um das Handgelenk geschlungen.

»Sie hat dich gern. Sie meint, daß du ihr gehörst.«

»Ich habe sie auch gern«, sagte Pilar, »sie ist nicht so dumm wie die Eidechsen, die davonrennen, wenn man sie fangen will. Wieso fürchtet sie sich vor dem Feuer?«

Conchita erzählte die Geschichte, die Junipero mit dem Streichholz widerfahren war. Pilar hörte zu, ohne die Hand zu bewegen.

»War das der Tag, an dem du blind geworden bist?«

»Nein, das war später. An dem Tag, an dem ich blind wurde, hat Junipero geschossen, und ich bin in einen Dornenstrauch gerannt.«

»Hat es weh getan?«

»Ich kann mich nicht erinnern«, sagte Conchita.

Pilar wußte, daß sie Conchita an der Hand führen mußte, weil diese nicht sehen konnte, wo sie sich befand.

»Wie ist das, wenn man blind ist?«

»Du brauchst nur die Augen zuzumachen, dann weißt du es.«

Es war das erste Mal, daß von Conchitas Blindheit die Rede war, und Pilar, die jedem Gedanken, der ihr in den Sinn kam, sofort nachging, was manchmal zu sprunghaftem Themenwechsel führte, vergaß im Eifer des Gesprächs die Schlange an ihrem Handgelenk.

»Woher weißt du, wie die Dinge aussehen?« Es war ihr aufgefallen, daß Conchita von allem, worauf die Rede kam, eine exakte Vorstellung hatte.

»Von früher«, sagte Conchita. »Ich habe sie im Kopf.«

»Bist du traurig, daß du sie nicht mehr siehst?«

»Nicht besonders«, sagte Conchita. »Denk doch, ich hätte sonst nie erfahren, daß Nando mir zum Mann bestimmt ist. Erst als ich blind war, habe ich gehört, daß er mit der Stimme meines Heiligen spricht.«

Pilar verstand nicht, was Conchita gesagt hatte, aber sie hielt die Augen geschlossen und fühlte nun, da das Gespräch verstummt war, wieder die kühle Fessel an ihrem Handgelenk.

»Hat Gott alle Tiere gemacht?«

»Alle.«

»Auch die Schweine und Kühe, die Pepe el Moreno schlachtet?«

»Auch die.«

»Ist Pepe ein Mörder?«

»Nein«, sagte Conchita. »Wenn man ein Tier tötet, ist man kein Mörder. Die Tiere werden geschlachtet, damit die Menschen zu essen haben.«

»Hat Gott das gesagt?«

»Nicht ausdrücklich. Aber er hat es auch nicht verboten.«

»Muß man verhungern, wenn man keine Tiere ißt?«

»Nein«, sagte Conchita, »man kann Pflanzen essen oder Früchte. Der heilige Cassianus hat in der Wüste von wildem Honig, Wasser und Kaktusfrüchten gelebt.«

Pilar dachte nach. Auf ihrer Stirn war eine winzige steile Falte entstanden. »Es ist ungerecht«, sagte sie.

»Was?«

»Daß man sie schlachten darf.«

»Du darfst Pepe el Moreno deswegen nicht böse sein«, sagte Conchita, die die Falte nicht sehen konnte, aber den Ton von Pilars Stimme hörte. »Es ist seine Arbeit, und er tut es für Angel del Sur.«

»Ich bin Pepe nicht böse. Aber ich werde kein Tier mehr essen.«

»Du meinst: nie mehr?«

»Nie mehr«, sagte Pilar und fühlte, wie die Fessel an ihrem Handgelenk sich lockerte. Sie öffnete die Augen und sah, daß die Azulita begonnen hatte, sich aufzurollen, behutsam und ohne Eile. Sie glitt von Pilars Arm abwärts auf die Steinplatte, wo sie sekundenlang verhielt und Pilar aus kühlen, prüfenden Augen musterte, ehe sie gemächlich, als habe sie einen Auftrag erfüllt, im Dunkel des Efeus verschwand. Pilar verfolgte ihre Spur, die an der Bewegung der Blätter zu erkennen war, bis sie sich gegen den Sockel im dichter werdenden Geäst verlor und die Efeudecke reglos wie zuvor im Mittagslicht lag.

»Sie ist fort«, sagte sie.

»Du wirst sie gewiß wiedersehen. Wen sie gern hat, den vergißt sie nicht.«

Daheim angekommen, sorgte Conchita dafür, daß Pilars Wunsch, kein Fleisch mehr zu essen, ohne viel Aufhebens zur Kenntnis genommen wurde, und die Familie, mit diversen Vorlieben oder Abneigungen der einzelnen Mitglieder von jeher vertraut, gewöhnte sich daran, daß Pilar ab nun nur von den Beilagen aß oder daß von Aranja oder Umbre eine kleine Extramahlzeit, etwa eine Suppe aus sauren Bohnen oder eine Tortilla mit Paprikaschoten, wie auch Aurelia sie liebte, für sie zubereitet wurde.

Als Pilar an jenem Abend durch die Umrisse des Hühnchens in die nebelhafte Helligkeit blickte, die sich wie immer vor ihren Augen auftat, überfiel sie ein leichter Schüttelfrost, und sie vermeinte, die sanfte Fessel wieder an ihrem Handgelenk zu fühlen. Aranja beendete ihre Bibellesung, die diesmal aus dem Buch Esra stammte und das Verzeichnis der zurückkehrenden Juden und deren Beisteuer zum Tempelbau beinhaltete, und nachdem Aurelia sich ihren Nachttrunk, der diesmal aus einem Glas des kostbaren »Sangre del Diablo« aus Sebastianos Nachlaß bestand, näher an das Bett hatte rücken lassen, forderte sie Aranja auf, das Licht zu löschen.

Pilar jedoch, die im Dunkeln ihre Hände noch zu einem kurzen Schutzengelgebet faltete, merkte bei der vertrauten Bewegung, daß ihre rechte Hand ein wenig schwerer war als die linke, so als hätte die Azulita ihren Doppelreif noch um ihr Gelenk geschlungen. Es war dies eine Empfindung, die sie zeit ihres Lebens nicht mehr verlassen sollte.

Ramón Manuel bekam zu seinem dritten Geburtstag von seinem Vater ein eigenes Gefährt geschenkt. Es war dies ein Kinderfahrrad, das Bluna anläßlich einer Produktmesse in San Eresmo erworben hatte und auf dessen Gepäckträger ein Hilfsmotor montiert war, den Bluna mit Erlaubnis des Alkalden aus dem altgedienten Rasenmäher der Gemeinde ausgebaut hatte. Der Motor war durch eine Gliederkette, die sich vermittels Seilzug ein- und ausklinken ließ und in einer gedrehten Lederschnur über der Lenkstange endete, mit dem Radkranz verbunden, so daß das Fahrzeug sowohl mechanisch wie motorisch zu betreiben war. Ramón hatte das Ding im Schein der Geburtstagskerzen sekundenlang stumm vor Entzücken betrachtet, ehe er darauf losstürzte, es an den Griffen faßte und, ohne den mit Datteln und Maulbeeren belegten Kuchen sowie die dringend gewünschte und von Ele eigenhändig angefertigte Uniformjacke zu beachten, ins Freie strebte. Auf dem zu dieser Zeit glücklicherweise menschenleeren Gehsteig – die Feier hatte nach Blunas Dienstschluß stattgefunden – begann der kleine Inspectorito seine Runden um das Pappdachhäuschen zu drehen, zuerst, obwohl im Sattel sitzend, mit beiden Füßen Gehbewegungen ausführend und das Rad auf diese Weise in Schwung haltend, später, als ein gewisses Tempo erreicht war, nach den Pedalen angelnd und kräftig in diese tretend, wie er dies bei Radfahrern beobachtet hatte. Zuletzt wurde er auf das Lederband aufmerksam, das über die Mitte der Lenkstange lief und dessen Ende in seinem Blickfeld baumelte. Er löste kurz eine Hand von der Lenkstange und riß daran, worauf der kleine Motor auf dem Gepäckträger ansprang und mit einem kräftigen Vorwärtsruck die Schubkraft übernahm. Ramón, mit dem Phänomen mechanischer Fortbewegung durchaus vertraut, stellte sogleich die überflüssig gewordene Beinarbeit ein und hielt sein vor Freude und Erregung glühendes Gesicht dem Fahrtwind entgegen, indes er in zügigem, jedoch gleichbleibendem Tempo – der Rasenmähermotor bot in dieser Hinsicht keine Steigerungsmöglichkeit – fortfuhr, das Haus zu umkreisen.

»Er ist ein Genie«, rief Bluna, der, am Fenster des Wohnzimmers stehend, die Fortschritte seines Sohnes mitverfolgte. »Er wird herunterfallen«, jammerte Ele, die, wiederholt vom Fenster fortstrebend, um auf die Straße zu laufen, immer wieder dahin zurückkehrte, da Ramón, sobald sie das Zimmer zur Hälfte durchquert hatte, wieder am Fenster auftauchte. Schließlich war es der Comandante, den es nicht mehr im Zimmer hielt und der, auf der Straße angekommen, seinem Sohn bei jeder Vorbeifahrt aufmunternde Worte zurief, bis dieser ein wenig schwindelig von der immer gleichbleibenden Kreisbewegung, seinem Vater bei einer Begegnung zurief: »Ich möchte stehenbleiben!« In diesem Augenblick fiel Bluna ein, daß er den Hebel zum Abstellen des Motors auf dem Gepäckträger belassen hatte, der vom Sitz aus nicht zu erreichen war, und er schlüpfte, seine aufmunternden Zurufe fortsetzend, aus seiner Jacke und krempelte die Beine seiner Hosen hoch. Als Ele, der es endlich gelungen war, sich vom Fenster zu lösen, unter die Pergola aus Oleandergeäst trat, die das Haustor überdachte, sah sie, daß ihr Mann dabei war, wie verrückt hinter dem Fahrzeug herzurennen und die Hand nach dem Motor, offenbar im Bestreben, diesen abzustellen, ausstreckte, was sich als schwierig erwies, da immer dann, wenn er den Hebel auf gerader Strecke fast zu fassen bekam, Ramón um die nächste Ecke bog. Schließlich rief Bluna seinem Sohn zu: »Fahr hinaus auf die Straße!« Ramón ließ sich das nicht zweimal sagen, hatte er den Gehsteig doch nur im Hinblick auf Eles wiederholte Ermahnungen, diesen nie zu verlassen, benutzt.

Ele schrie auf, als ihr Sohn, den Vater im Gefolge, über die Bordsteinkante schoß und auf die Straße hinaustuckerte, und stand, zwischen den gespreizten Fingern ihrer vor das Gesicht geschlagenen Hände hindurchsehend, wie festgewurzelt unter der Pergola, bis sich diese infolge der wachsenden Entfernung des Fahrzeugs zwischen ihren Blick und die Vorgänge auf der Straße schob. Vier Straßen und sieben entgegenkommende Fahrzeuge weiter gelang es Bluna, den Hebel zu erreichen und herumzudrehen, worauf das Gefährt seine Geschwindigkeit verminderte und er, im Laufen mit einer Hand nach seinem Sohn, mit der anderen nach der Lenkstange greifend, beides so lange im Gleichgewicht hielt, bis das Ding ausrollte und schließlich zum Stillstand kam. Ele schrie zum zweiten Mal auf, als der Oleander den Blick auf ihre unversehrt gebliebene Familie freigab, und brach in Tränen aus, die erst versiegten, nachdem der mit Datteln und Maulbeeren belegte Kuchen aufgegessen war und ihr Mann ihr versichert hatte, wie großartig sich ihr Sohn in der Gefahr bewährt habe und daß Mutproben wie die soeben vorgeführte zwingend nötig seien, um einen

Mann zum Mann zu machen. An jenem Abend geschah es zum zweiten Mal, daß Ele das leichte, kühle Aufzucken ihres Herzens verspürte, als habe eine fremde Hand danach gegriffen und halte es behutsam, aber nachdrücklich fest. Sie stand vor dem Spiegel des Schlafgemachs und war dabei, ihr Haar zu lösen, als ihr die Arme sanken und das Bild vor ihren Augen zerrann. Es gelang ihr, das Stöhnen, das ihr in die Kehle gestiegen war, zu unterdrücken, so daß Bluna, der bereits in seinem blauseidenen Schlafanzug, einem Geschenk Eles zum dritten Hochzeitstag, der, wie erinnerlich, mit Ramóns Geburtstag zusammenfiel, auf dem ehelichen Lager Platz genommen hatte, nichts merkte. Diesmal nahm sie sich ernstlich vor, Doktor Bravo aufzusuchen und dabei, um den Zweck des Besuchs vor ihrem Ehemann zu verschleiern, den kleinen Ramón zu einer Art Wallfahrt in das Kloster Rábida Alcazar mitzunehmen. Wie immer besserte sich ihr Zustand im Augenblick, da ihr Ehemann sie in seine Arme nahm und ihr ein paar Worte zuflüsterte, in diesem Fall des Inhalts, daß die dritte Hochzeitsnacht für ihn wie die erste sei und sich dies auch bei der zehnten und zwanzigsten nicht ändern werde.

Ele führte ihr Vorhaben einige Tage später aus, und während der Comandante im Amtszimmer einen rückfälligen Unbehausten vernahm, der schon zum vierten Mal durch ein Seitenfenster in die Sakristei von San Cristóbal eingedrungen war und auf einem Stoß von Meßgewändern übernachtet hatte, wurden Mutter und Sohn von Bigotazo, der die Aufgabe mit Freuden übernommen hatte, auf dem gemeindeeigenen Dreirad nach Rábida Alcazar kutschiert. Die Schwestern Miranda und Maria Rosa, die während ihrer etwas langweiligen Dienstzeit in regelmäßigen Abständen durch das Fenster zu blicken pflegten, stürzten, als sie des Dreirads ansichtig wurden, das sie von Bigotazos Besuchen bei ihrem Lieblingspatienten Nando her kannten, aufgeregt und mit flatternden Hauben ins Freie, gefolgt von der frisch angelobten Hilfsschwester Nuna, der von Madre Ildefonsa eingeschärft worden war, stets das zu tun, was die beiden anderen Schwestern taten. Sie umstanden aufgeregt das Gefährt, als Bigotazo Ele beim Aussteigen behilflich war, und schrien entzückt auf, als der kleine Inspectorito in seiner neuen Uniformjacke mit umgehängter Stabstrompete, die Locken von Ele sorgfältig gekämmt, die dunklen Augen forschend auf die kleine Versammlung gerichtet, aus dem Wagen kletterte.

»*Madre de Dios*, ein vollendeter Caballerito.« – »Señora, Gott hat Sie mit einem Schatz beschenkt.« – »Wir müssen ihn sofort zur Ehrwürdigen Mutter bringen, sie muß ihn sehen.« Die drei Frauen knieten bei Ramón nieder, berührten seine Schultern, auf denen die nachempfundenen Embleme der siegreichen Armee des Caudillo prangten, tasteten nach den kleinen Händen und strichen ihm mit raschen, scheuen Bewegungen über Locken und Wangen. Als Ele den Zweck ihres Besuchs kundgetan hatte, machte Miranda sich auf den Weg, um Doktor Bravo zu holen, der sich zu dieser Zeit üblicherweise im Rosengarten aufhielt, indes Maria Rosa die Gäste zu einem Glas Limonade in das Besucherzimmer bat. Wenig später war der Doktor zur Stelle, begrüßte die Ehefrau des Comandante, mit der ihn, von beiden Seiten taktvoll unerwähnt, einige in verschwommener Ferne liegende, durchweg erbauliche Erinnerungen verbanden, und geleitete sie in sein Arbeitszimmer, wo er den Freizeitponcho ablegte, in seinen weißen Mantel schlüpfte und, abgewandt, mit taktvoll gesenkter Stimme um das Ablegen der für die Untersuchung hinderlichen Kleidungsstücke bat.

Inzwischen wurden Bigotazo sowie der kleine Inspectorito zur Audienz bei der Ehrwürdigen Mutter gebeten, die den schnurrbärtigen Aufsichtsbeamten ausnehmend schätzte. Bigotazo beugte sich, wie vorgeschrieben, über die Hand der Äbtissin, um den Siegelring mit den 3 Kreuzesnägeln Christi, den sie an ihrem Mittelfinger trug, zu küssen, und Ramón, der den Vorgang fasziniert beobachtete, fragte sich, was es mit dem klotzigen Ding, das an der Hand der Señora steckte, auf sich habe, da Bigotazo offenbar dessen Geschmack prüfe. Die Ehrwürdige Ildefonsa befragte den Besuch nach seinem Befinden und dem seiner Verlobten, der allseits geschätzten Señora Gomez, äußerte ihre Freude darüber, daß Bigotazo ihrem Rat gefolgt war und die Verlobungszeit, die, wie sie abermals betonte, eine Quelle der ständigen Versuchung sei, nicht länger auszudehnen gedachte, und stellte dem kleinen Inspectorito ein paar freundliche Fragen, die der Kleine prompt und unerschrocken beantwortete. Als es zum Abschied kam und Bigotazo sich abermals über den Ring beugte, wollte Ramón der Sache auf den Grund gehen, ergriff mit seiner kleinen Hand die Finger der Señora und fuhr, sich unvermittelt vorbeugend, mit der Zunge über die Oberfläche des Kleinods, das zu seiner Enttäuschung jedoch nicht anders schmeckte als die ovalen Dinger, die sein Vater in seinem Uniformgürtel trug und, wie er sagte, zum Schießen benötigte und deren eines Ramón einmal heimlich aus der Halterung gezogen und zum Mund geführt hatte. Die Señora schien jedoch über sein Tun entzückt, lobte seine gottgefällige Erziehung und verabschiedete die Besucher mit einem wohlwollenden »Dominus vobiscum«, womit sie unversehens eine weitere Aktion ihres kleinen Gastes heraufbeschwor. Ramón, dem diese Worte von den Unterrichtsstunden bei Padre Felipe her vertraut waren, antwortete augenblicklich mit »Etcumspiritutuo« und fügte, da er meinte, dies sei, wie vom Padre her gewohnt, die erwartete Gegenleistung für die Ausfahrt, das Confiteor sowie das ihm ebenfalls geläufige Sanctus hinzu und, nachdem er die ungläubige Verblüffung Bigotazos und vor allem der weißen Señora gewahrte und es ein besonders langer Ausflug gewesen war, im Anschluß daran noch eine Praefatio, deren Anfangsworte lauteten: »Es ist in Wahrheit würdig und recht.« Als er geendet hatte, winkte ihn die Äbtissin nach sekundenlanger Sprachlosigkeit zu sich und drückte ihn, sich in ihrem Sessel vorbeugend, an ihre unter den Leinenkleidern quellende Fülle, wobei sie, zu Bigotazo aufblickend, sagte: »Er ist ein kleiner Engel, Señor, Gott hält sichtlich seine Hand über ihn. Wenn Sie einverstanden sind, werde ich Padre Felipe bitten, ihn bei Ihrer Hochzeit ministrieren zu lassen, das wird Ihrer Ehe Segen bringen.« Und Bigotazo, der, selbst von Ramóns Darbietung beeindruckt, ohnehin jeden Rat der Äbtissin befolgte, antwortete: »Das ist ein wunderbarer Gedanke, Ehrwürdige Mutter, Señora Bluna wird glücklich sein, und für uns, wie ich auch im Namen meiner Verlobten sagen darf, wäre es eine große Freude.«

Die Äbtissin löste sich von Ramón, der kurzzeitig die Luft angehalten hatte, richtete sich in ihrem Sessel auf und beauftragte Bigotazo, seine Verlobte sowie Señora Bluna ihres Wohlwollens zu versichern, worauf sie, dem kleinen Engel mit beiden Händen zuwinkend, ihre Besucher entließ. Draußen wartete die Hilfsschwester Nuna und brachte die Gäste in den Besucherraum zurück, wo sie von Miranda und Maria Rosa, die in der Eile heiße Schokolade und einen im Sterilisationsapparat aufgewärmten Apfelkuchen auf den Tisch gebracht hatten, erwartet wurden.

Eles Untersuchung dauerte verhältnismäßig lange. Doktor Bravo klopfte und horchte sie gewissenhaft ab, wobei er sich jeden möglichen Gedanken, der ihn bei der Berührung von Eles kreolfarbiger, noch immer samtener Haut in eine unpassende Richtung hätte lenken können, striktest verbot. Schließlich ließ er das Stethoskop sinken und maß mehrmals ausführlich Blutdruck und Puls, ehe er, wieder abgewandt und mit gesenkter Stimme, seine Patientin bat, sich anzukleiden.

In seinem Schreibtischsessel zurückgelehnt und mit seiner Brille spielend, eröffnete er der ihm gegenübersitzenden, in gedämpfter Erwartung zu ihm aufsehenden Ele, daß sie vermutlich seit jeher an einer Herzschwäche gelitten habe, die sich durch die schicksalsbedingte Unrast in ihrem Leben – er drückte sich mit dem der Situation geziemenden Zartgefühl aus – kontinuierlich verschlechtert habe, so daß es zu den vorliegenden Beschwerden gekommen sei. Er riet zu viel Ruhe, maßvoller, aber regelmäßiger Bewegung in frischer Luft, verschrieb für den Fall einer akuten Unpäßlichkeit dämpfende Tropfen und riet, sich von jeglicher Aufregung fernzuhalten. Zuletzt empfahl er, seine Brille eingehend betrachtend, mit um eine Nuance leiserer Stimme, auch in bezug auf ihre Ehe die ihrer Befindlichkeit angemessene Zurückhaltung zu wahren, genauer gesagt, ihren Gemahl, den allseits geschätzten Comandante, zu bitten, das eheliche Gemach zu verlassen. Falls sie mit der Übermittlung letzterer Anordnung Schwierigkeiten habe, sei er in seiner Eigenschaft als Arzt gerne bereit, dem Comandante die Dringlichkeit derselben persönlich auseinanderzusetzen.

Ele hörte ruhig zu, schüttelte den Kopf und sagte, nein, sie wolle selbst mit ihrem Mann sprechen. Während Doktor Bravo sie zur Tür geleitete, fragte sie nach seinem Honorar, worauf der Arzt mit einer spontan abwehrenden Bewegung die Hand hob. Ele lächelte ihm zu, und dies war der einzige Augenblick, in dem ein Funke der alten Vertrautheit zwischen ihnen aufglomm. Von Bigotazo und den Schwestern erfuhr sie, für welches Ehrenamt ihr kleiner Sohn ausersehen war, und die Bedrückung, die Doktor Bravos Eröffnung bei ihr hinterlassen hatte, wich ein wenig und löste sich vollends, als ihr Ehemann sie des Abends wie immer in seine Arme schloß. Sie berichtete, welche Auszeichnung Ramón zuteil geworden war, und Bluna, der schon unter die Decke geschlüpft war, sprang noch einmal aus dem Bett und ging mit vor Erregung und Vaterstolz geschwellter Brust ein paarmal im Zimmer auf und ab, ehe er zu seiner Frau zurückkehrte. Um etwaigen Zufällen vorzubeugen, erwähnte Ele noch, daß sie anläßlich ihres Besuchs im Kloster auch ein Gespräch mit Doktor Bravo geführt habe, ließ jedoch die Gründe hierfür ebenso wie seine diesbezüglichen Anordnungen unerwähnt. Sich ihnen zu fügen hatte sie ohnehin keinen Augenblick in Erwägung gezogen, da sie ihr absurd erschienen. Ebensogut hätte er ihr empfehlen können, sich lebendig begraben zu lassen.

Während der folgenden Tage ging sie daran, verschiedene Schnittmuster zu entwerfen und in den Wirkwarenläden von San Eresmo und den umliegenden Orten nach dem geeigneten Stoff für ein Meßgewand zu suchen. In einem Bettwarengeschäft in Roca Ruiz fand sie schließlich einen dichtgewebten weißen Baumwollstoff, der einen leichten Seidenglanz aufwies, und kaufte einige Meter davon, die sie, sorgfältig zusammengerollt und zu einem Paket verschnürt, nach Hause trug. Mit Hilfe von Lucinda, die vor ihrer Ehe mit dem Wagenschmied neben ihrer Ausbildung zur Hebamme einen Nähkurs absolviert hatte, wurden aus dem Stoff verschiedene Teile geschnitten und nach Eles Mustern neu zusammengefügt, bis eine reizende kleine Kutte entstanden war, zu der Lucinda eine Goldkordel beisteuerte, die von einem Türvorhang aus der Wohnung ihrer ehemals wohlhabenden Familie mütterlicherseits stammte. Im Verlauf der Arbeit vergaß Ele ihre Beschwerden vollends, und als Ramón anläßlich der letzten Anprobe seinem Vater vorgeführt wurde und der Inspector, vor Stolz und Rührung sprachlos, den Kleinen aufhob und in die Arme schloß, strömte ihr Herz vor Glück über, und sie richtete all ihre Gedanken auf den Tag, an dem ihr kleiner Sohn die Festlichkeit, zu der neben der Familie des Trauzeugen Nando aus Angel del Sur auch eine Abordnung der Religiosas aus dem Kloster Rábida Alcazar erwartet wurde, zieren würde.

Nando, in Dingen, die seine Ehefrau betrafen, wie immer allen anderen und auch ihr selbst um einen Gedanken voraus, hatte für die Zeit, da die kleine Pilar, die Conchita derzeit ihre Augen lieh, aufhören würde, an der Hand ihrer Schwester zu gehen, an einem Stöckchen aus Pinienholz zu schnitzen begonnen. Der Griff stellte einen Hundekopf dar, schmal und grazil wie der eines spanischen Windspiels, wobei die Schnauze nach vorn wies und die kurzen hängenden Ohren den Griff so weit verbreiterten, daß er angenehm in der Hand lag. Als Nando das Stöckchen weiß bemalt hatte, erschien es ihm trotz seiner Zierlichkeit ein wenig kahl, so daß er erwog, es auf irgendeine Weise zu verschönern, einerseits um seine Funktion zu verschleiern, andererseits um ihm einen spielerischen Anstrich zu geben. Anläßlich eines Höflichkeitsbesuchs bei der Verlobten seines Freundes Bigotazo, dessen Trauzeuge er demnächst sein würde, fiel ihm die Girlande aus den neuerdings beliebten Plastikblumen auf, die aus dichtgesteckten weißen und rosafarbenen Bergnelken bestand und mit der Señora Gomez sowohl das Schaufenster wie auch den Innenraum ihres Süßwarenladens geschmückt hatte. Sofort nach der Begrüßung erkundigte Nando sich nach der Herkunft der Girlande, und sobald Señora Gomez, der die Erregung in seiner Stimme nicht entgangen war, den beabsichtigten Verwendungszweck erfahren hatte, stieg sie auf die kleine Fußleiter, mit der sie die Bonbons aus den höher gelegenen Regalen zu holen pflegte, und schnitt ein etwa anderthalb Meter langes Stück ihres Raumdekors ab, das sie, wieder auf dem Fußboden angelangt, in Nandos Hand legte. Nando war überglücklich und fragte mehrere Male, ob er das Opfer tatsächlich annehmen könne, ehe er die von der Señora serpentinenförmig in einer Bonbonschachtel untergebrachte und mit Seidenpapier zugedeckte Blumenkette an sich nahm und sich auf den Heimweg machte. Daheim empfing ihn Umbre mit der Nachricht, daß die Brüder Pepe und Pepe einander bei einer heftigen Auseinandersetzung die Köpfe blutig geschlagen und sich anschließend unter gegenseitigen Drohungen zur Pflege ihrer Wunden in ihre Kammern zurückgezogen hätten. Conchita, das Verbandszeug in der Hand, lief im Flur ihrem Ehemann, den sie nicht sehen konnte, in den Weg und blieb, von seinem sanften Arm aufgehalten, erleichtert stehen.

»Nando, Gott sei Dank, daß du da bist! Die beiden haben einander halb totgeprügelt.«

»Aber weswegen?«

»Sie wollen heiraten.«

Nando, der den Zusammenhang nicht verstand, verharrte in verblüfftem Schweigen.

»Sie wollen dieselbe Frau heiraten. Aranja.«

»Aranja?«

Die Sache hatte sich so abgespielt, daß Pepe el Moreno, von der Arbeit heimkommend, zu seinem Bruder in den Keller gestiegen war und ihm eröffnet hatte, daß er Aranja zu heiraten gedenke, weswegen Pepe el Rubio ab sofort seine Hände von ihr zu lassen habe. Darauf hatte Pepe el Rubio geantwortet, der Gedanke, Aranja zu heiraten, stamme von ihm, er hege ihn schon seit längerer Zeit und habe im übrigen als der Ältere das Vorrecht, so daß es Pepe el Moreno sei, der sich hüten möge, ihm bei seiner Braut noch einmal in die Quere zu kommen. Im Zuge des folgenden Wortwechsels holte Pepe el Moreno, dem die verbalen Argumente ausgingen, zu einem Faustschlag auf das Auge seines Bruders aus, wofür Pepe el Rubio sich mit einem Hieb auf das Kinn des Rivalen revanchierte. Nach wenigen Sekunden wälzten sie sich auf dem Boden und bewegten sich, da sie nicht voneinander ließen, im ausgeglichenen Spiel der Kräfte rollend von Wand zu Wand, wodurch die Regale ins Wanken kamen und schließlich nacheinander einstürzten, die Flaschen klirrend zerbrachen und der von Pepe el Rubio hergestellte flüssige Inhalt sich auf den Kellerboden sowie auf die kämpfenden Brüder ergoß. Umbre, die, durch den Lärm aufgescheucht, in den Keller geeilt war, sah mit Entsetzen, wie die beiden inmitten von Glasscherben und einem Gemisch aus Feigenschnaps, Nußbrand und Wildkirschengeist dabei waren, einander die Schädel einzuschlagen. Da ihre mehrfachen Zurufe ungehört blieben, schlüpfte Umbre schließlich aus einem ihrer hölzernen Pantuflos und schleuderte ihn gegen die Glühbirne, die von der gewölbten Decke hing, worauf diese mit einem Knall zersprang, und der Keller im Dunkeln lag.

Die Brüder droschen noch ein paar Augenblicke lang blindwütig aufeinander ein, lösten sich dann voneinander, erhoben sich und verließen, die Hände vor den von Schnittwunden und Alkohol brennenden Gesichtern, unter fortgesetzten Beschimpfungen den Schauplatz. Aranja, die mit einer Pfefferschotentortilla und einem Glas Teufelsblut auf dem Weg zum Altarzimmer war, ließ beides fallen, als sie der blutverschmierten Gestalten ansichtig wurde, die, ohne sie wahrzunehmen, an ihr vorbeiwankten und, sich an dem beidseitig nach oben führenden Treppengeländer hochziehend, ihren Gemächern zustrebten.

»*Madre de Dios*, was ist geschehen?«

»Verschwinde, du bist an allem schuld«, sagte Umbre, die sowohl aus dem Kampf wie aus den dabei hervorgestoßenen Wortfetzen ihre Schlüsse gezogen hatte.

»Wieso ich?«

»Hole die Patroncita. Sag ihr, wir brauchen Verbandszeug. Ich stelle heißes Wasser bereit.«

Auf dem Weg zum Altarzimmer begann Aranja vor Schreck zu schluchzen.

Aurelia richtete sich in gemessener Eile in ihren Kissen auf. »Was gibt es? Ist die Tortilla verbrannt?«

»Ich habe sie fallen lassen. Wir brauchen Verbandszeug. Pepe und Pepe bringen einander um.«

»Weswegen?«

»Ich weiß es nicht. Umbre meint, es sei meine Schuld.« Aranjas Tränen strömten ungehemmt über ihre Wangen.

Conchita, die am Fußende des Bettes gesessen hatte, sprang auf und begann die Schritte zu Aurelias Kleiderschrank, in dem sich der Medikamentenkasten befand, zu zählen.

»Wenn zwei Idioten einander ihre Reste von Gehirn aus den Schädeln schlagen, ist das kein Grund, eine Tortilla fallen zu lassen. Geh, und mach eine neue.«

Aranja lehnte, von einem Weinkrampf geschüttelt, am Türstock und suchte in den Falten ihres Keuschheitsgewandes nach einem Taschentuch. »Sie hätten sie sehen sollen, Señora. Beim heiligen Sebastian, sie schienen sich in Blut gewälzt zu haben. Man konnte ihre Gesichter gar nicht erkennen.«

Pilar, die auf dem Boden mit den bunten Papieren aus Señora Gomez' Süßwarenladen spielte, hielt damit inne und blickte mit ernsten Augen zu Aranja auf.

Aurelia wedelte mit der Hand durch die Luft. »Eine Tortilla, und misch Zwiebel unter die Paprikaschoten. Ich hab' keine Lust, mit diesem Schwachsinn noch mehr Zeit zu vergeuden.«

Aranja gehorchte und verließ den Raum.

Conchita hatte dem Schrank die Medikamentenschachtel entnommen und zählte die Schritte zur Tür. »Wenn Sie erlauben, Madre. Man kann die beiden nicht ohne Hilfe lassen.« Sie folgte, da ihre Mutter keinen weiteren Einwand erhob, der schluchzenden Aranja auf den Flur, wo sie von Umbre erwartet und unter wirren Erklärungen in das erste Stockwerk geführt wurde.

Als die kleine Pilar, die sich wie von Drähten gezogen vom Boden erhoben hatte, ebenfalls auf die Tür zugehen wollte, hielt Aurelia, die sich ein wenig aus dem Bett beugte, sie mit sanfter Hand zurück. »Nein, *angelita*. Du wirst es nicht tun.«

Pilar stockte im Schritt. Ihre Augen wurden dunkel und ein wenig starr. »Madre –« flüsterte sie. Es klang wie eine Bitte, ernst und dringend.

»Du wirst ihnen nicht helfen. Es sind zwei Raufbolde, die es nicht besser verdient haben. Sie sollen sehen, wie sie zurechtkommen.«

Pilar zögerte. Aurelia zog sie ein wenig näher zu sich heran. »Deine Kräfte gehören mir, sonst keiner Menschenseele. Es ist unser Geheimnis. Du hast es mir versprochen. Erinnerst du dich?«

Pilars Blick glitt zur Zimmerdecke, wo Franziskus im Widerschein der untergehenden Sonne eine schwach violette Färbung angenommen hatte.

»Keiner Menschenseele«, wiederholte Aurelia eindringlich und schloß das Kind, sich an der Bettkante aufstützend, in ihre nach Minze duftenden Arme.

Pilar nickte. Vom oberen Stockwerk her drangen Stimmen durch das offene Fenster, Schmerzenslaute und leise Aufschreie, die darauf schließen ließen, daß einer der Pepes soeben verarztet wurde. Pilar horchte in Aurelias Armen ein paar Augenblicke lang reglos in sich hinein, ehe sie sich von Aurelia löste und ihren Platz auf dem Fußboden bei Señora Gomez' buntem Papier wieder einnahm.

Nando hatte das Haus betreten, als Conchita nach Versorgung der Brüder mit dem Verbandskasten auf dem Rückweg zu Aurelias Zimmer war. Ihre Erklärung ließ ihn sogleich die der Sache innewohnende Problematik erkennen. »Wenn Pepe und Pepe dieselbe Frau heiraten wollen, gehen wir schwierigen Zeiten entgegen«, meinte er. »Oder denkst du, daß einer von beiden nachgeben wird?«

Conchita schüttelte den Kopf. Beim Abendessen, einem Eintopf aus Hammelstücken und Bohnen, zu dem die Brüder als Mumien, mit umwickelten Gesichtern und Händen, erschienen, bestätigte sich, daß beide, wenn auch im Augenblick kampfesmüde, entschlossen waren, ihre Positionen zu verteidigen.

»Damit ihr es alle wißt«, erklärte Pepe el Moreno nach dem ersten Bissen, den er zwischen seinen Bandagen in den Mund geschoben hatte, »ich werde Aranja heiraten.«

Pepe el Rubio setzte zu einem der Vermummung wegen etwas dumpf klingenden Hohnlachen an. »Unsinn. Ich bin es, der Aranja heiraten wird. Ich bin der Ältere und als selbständiger Unternehmer in der Lage, einen Hausstand zu gründen.«

»Dein Unternehmen besteht derzeit aus Scherben«, sagte Pepe el Moreno. »Ehe du es neu aufgebaut hast, sind Aranja und ich Großeltern.«

Pepe el Rubio schloß seine Mumienhand um das Messer und deutete damit in Pepe el Morenos Richtung. »Du bist ein Streuner und Herumtreiber«, erklärte er. »Eine Frau wie Aranja braucht einen häuslichen Mann.«

»Zuviel Häuslichkeit schadet der Ehe«, sagte Pepe el Moreno. »Eine Frau muß sich auf die Heimkehr ihres Mannes freuen. Wenn sie sich den ganzen Tag dein dummes Gesicht ansehen muß, schläft sie abends ein, bevor du aus den Unterhosen steigst.«

»Schluß jetzt«, sagte Umbre, »habt ihr noch nicht genug angerichtet? Pepe, leg das Messer weg. Du kannst den Eintopf auch mit dem Löffel essen.«

Aranja hatte den Teller von sich geschoben und die Hände in ihrem sackleinenen Schoß gefaltet.

»Warum kann nicht einer Aranja heiraten, und der andere nimmt sich eine andere Frau?« fragte Conchita, die das fröhliche Mädchen gerne zur Schwägerin gehabt hätte.

»Eben«, sagte Pepe el Moreno. »Ich heirate sie, und Pepe nimmt sich eine andere.«

»Umgekehrt«, sagte Pepe el Rubio, »ich heirate sie, und du behältst deinen Harem in Roca Ruiz.«

»Laßt sie doch selbst entscheiden«, schlug Junipero vor, der sein Lieblingsgericht in Ruhe essen wollte.

Alle Blicke richteten sich auf Aranja, die im Laufe des Gesprächs begriffen hatte, worauf Umbres Bemerkung, sie sei an allem schuld, zurückzuführen war. Sie hob den Kopf und blickte mit geröteten Wangen, jedoch ruhig, in die Runde.

»Nun?« ermunterte sie Nando, der als Patrón meinte, sich einschalten zu müssen.

»Ich heirate nicht«, sagte Aranja. »Keinen von beiden. Ich heirate überhaupt nicht.«

Die Brüder streiften einander, die jeweilige Niederlage des anderen als eigenen Erfolg verbuchend, mit einem triumphierenden Blick.

»Wenn ich sie nicht bekomme, bekommt er sie auch nicht«, stellte Pepe el Rubio, mit seinem Löffel auf dem Tellerrand den Takt des El-Cid-Marsches klopfend, fest.

»Kommt Zeit, kommt Rat«, sagte Pepe el Moreno zu Aranja. »Du wirst dich nicht auf die Dauer gegen dein Glück stellen.« Und zu seinem Bruder gewandt: »Wir werden sehen, wer den längeren Atem hat.«

Den längsten Atem hatte Aranja, die sich während der folgenden zehn Jahre strikt weigerte, eine Entscheidung zu treffen. Das hatte zur Folge, daß die Brüder, deren Geplänkel sich noch eine Weile hinzog, schließlich zu einer Art Stillhalteabkommen gelangten, innerhalb dessen alles, die Vollmondnächte eingeschlossen, beim alten blieb und jeder insgeheim darauf wartete, daß der andere sich verheiraten würde. Da beide sowohl Aurelias Dickkopf wie Sebastianos Langmut geerbt hatten, stand die Partie von Anfang an remis, und so geschah es, daß alle drei Riéra-Brüder – bei Junipero war ohnehin nie daran zu zweifeln gewesen – unvermählt blieben. Pepe el Moreno dehnte sein Revier auf den hügeligen Norden der Provinz aus, wohingegen Pepe el Rubio das von der Finca aus leichter zu erreichende Flußtal zwischen Fuego Fuego und San Eresmo bevorzugte. Mit der zunehmenden Reife sowie den geschäftlichen Erfolgen der Brüder – Pepe el Rubio hatte den durch die Rauferei entstandenen Schaden in angemessener Zeit eingebracht – stieg ihr Ansehen beim weiblichen Geschlecht ebenso wie ihre Freude an den Bequemlichkeiten, die ihnen die Finca in jeder Hinsicht bot, so daß sich die Frage nach einem eigenen Hausstand bald nicht mehr stellte.

Nachdem Conchitas Ehe auch im dritten Jahr kinderlos geblieben war und die Familie Riéra solcherart vom Aussterben bedroht schien, ergab es sich in der Folge, daß sich die diesbezüglichen Erwartungen auf die kleine Pilar richteten, wobei deren nähere Zukunft Anlaß zu einer Vielfalt von Erwägungen bot. Umbre schlug einen Hauslehrer vor, um ihre kleine Heilige nicht mit etwaigen Unsitten künftiger aus unterschiedlichen Kreisen stammender Mitschüler in Berührung zu bringen. Aranja stimmte ihr im Hinblick auf den langen Schulweg zu, zog ihr Votum jedoch zurück, als Junipero sich bereit erklärte, die Kleine täglich vor Eröffnung seines Ladens nach San Eresmo zu kutschieren und in der Mittagspause wieder abzuholen. Conchita schlug vor, sie mit Beginn ihrer Schulzeit bei Bigotazo, dessen künftige Ehefrau das Kind ohnehin vergötterte, unterzubringen, wohingegen Aurelia durchblicken ließ, daß sie ihre Pläne habe, diese jedoch zu diesem frühen Zeitpunkt noch nicht preiszugeben wünsche.

Die Entscheidung fiel schließlich mittelbar durch Hermana Fidelis, Ordensschwester des Klosters Rábida Alcazar, im Zusammenhang mit Bigotazos Hochzeit, zu welcher der Chor für das Graduale den 127. Psalm »Dem fruchtbaren Weinstock wird gleichen dein Weib in deines Hauses Räumen« und zum Ringwechsel sowie zum Ausgang in vierfacher, je eine Terz betragender Tonabstufung »Die Jungfrau auserkoren« einstudiert hatte. Madre Ildefonsa hatte der Feierlichkeit, bei der ihr ehemaliger Patient als Trauzeuge fungierte, persönlich die Ehre gegeben, und wie im Falle Ramón Manuels war sie es, die am Ende ihr gewichtiges Wort in die Waagschale warf, doch soll an diesem Punkt den Ereignissen, von denen uns nur noch eine kurze Zeitspanne trennt, nicht vorgegriffen werden.

Eles Hände zitterten, als sie Ramón die weißseidene Kutte überstreifte, die Kapuze glattstrich und die gedrehte Goldkordel um seine Mitte zu einem Knoten schlang. Schon früh am Morgen hatten die Glocken geläutet, Inspector Bluna hatte sich den schwarzen Anzug zurechtgelegt und dem Polizisten Pedro Paco, der ehedem bei seiner eigenen unvorhergesehenen Trauung als Zeuge eingesprungen war, den Vormittagsdienst im Amtszimmer übertragen. Der Himmel spannte sich in wolkenlosem Blau über den Dächern, und auf den beiden Zufahrtsstraßen bewegten sich aus verschiedenen Richtungen zwei Fahrzeuge auf die Stadt zu: aus der einen der mit Decken belegte Plachenwagen der Klostergärtnerei, auf dem der Chor

Platz genommen hatte, aus der anderen das vollbeladene Transportfuhrwerk der nächst der Fernando-Kaserne gelegenen Brauerei. Auf Angel del Sur knöpfte Aurelia, der solches seit ihrer Heilung nicht die geringsten Schwierigkeiten bereitete, sich aus dem Bett beugend, eigenhändig die Rückseite des bodenlangen Häkelkleidchens mit seinen insgesamt vierundzwanzig Knöpfen zu, das Pilar zu ihrem ersten Kirchenbesuch trug, und befestigte die Mantille in dem dunklen Haar, das je nach Tageszeit und Lichteinfall einen stärkeren oder schwächeren rötlichen Schimmer aufwies.

In San Eresmo angekommen, stellte Nando den Pferdewagen hinter dem Festzelt ab, das Señora Gomez für ihre Gäste am Ausgang der Pinienallee hatte errichten lassen. Bigotazo hatte es sich nicht nehmen lassen, die Ehrwürdige Mutter, die sich in Begleitung der Schwestern Fidelis, Miranda und Maria Rosa befand, mit dem gemeindeeigenen Dreirad abzuholen, indessen seine Verlobte, die an diesem Tag ein zitronenfarbenes Kaschmirkleid mit schwarzer Mantille trug, in der Sakristei zusammen mit Padre Felipe und dem Vicario eine voreheliche Einkehr- und Besinnungsstunde hielt. Das Brautpaar hatte am Vormittag gemeinsam die letzte Ruhestätte des seligen Señor Gomez aufgesucht, ihn der neuen Ehe wegen um Verständnis und Verzeihung gebeten und beides, wie die bräutliche Witwe versicherte, erlangt. Bigotazo hatte in seiner freudigen Erregung nicht nur die Hand der Äbtissin, auf welcher der Ring mit den 3 Kreuzesnägeln Christi prangte, sondern als Kavalier automatisch auch gleich die Hände der drei sie begleitenden Nonnen geküßt, was bei diesen leichte Verwirrung auslöste.

Ele lieferte den in seine weiße Kutte gehüllten Ramón in der Sakristei ab, wo Doña Xaviera ihren Glücksengel ans Herz drückte und in einen Tränenstrom ausbrach, der während der gesamten Trauungszeremonie nicht versiegen sollte. Auch Padre Felipe war vom Anblick des schwarzgelockten kleinen Engels ergriffen und entschied spontan: »Er soll nach dem Ringwechsel die große Glocke läuten«, wobei er die daraus entstehenden Konsequenzen zu diesem Zeitpunkt nicht vorhersehen konnte. Der Chor der ehrwürdigen Religiosas unter Leitung der fröhlichen Schwester Fidelis hatte im Halbkreis unterhalb des Altars Aufstellung genommen, Madre Ildefonsa, flankiert von den Schwestern Miranda und Maria Rosa, thronte im rechten, der Vicario nebst zwei im Volksschulalter befindlichen Ministranten im linken Chorgestühl. Für die in feierliches Schwarz gekleideten Trauzeugen, den Comandante Bluna und den Patrón von Angel del Sur, standen zwei samtbezogene Stühle zu beiden Seiten der Trauungsbank bereit. Die fast vollständig erschienene Familie Riéra – nur Aurelia und Umbre waren auf Angel del Sur zurückgeblieben, und Pepe el Moreno war infolge auswärtiger Arbeiten unabkömmlich – hatte in der ersten Reihe Platz genommen. Die kleine Pilar saß zwischen Junipero und Conchita, die an diesem Tag zum ersten Mal ihr mit der Blumengirlande umwickeltes weißes Stöckchen trug, und die ausnahmsweise nicht in Sackleinen verpackte Aranja zwischen Pepe el Rubio und Doña Eleuteria Bluna, welche als Frau des zweiten Trauzeugen ebenfalls einen Ehrenplatz innehatte. Bigotazos Schnurrbartenden waren kühn nach oben gezwirbelt, und im Gegensatz zu seiner schluchzenden Braut strahlte er so freimütig in seinem Glück, daß es jedermann ans Herz griff. Als zur Eröffnung einer der beiden größeren Ministranten die Glocke läutete und Padre Felipe den Altarraum betrat, verstummten das Raunen in der Kirche und, nachdem der Padre das Weihrauchfaß ausführlich geschwenkt und mit diskretem Räuspern an den zweiten Ministranten weitergegeben hatte, auch das Schluchzen der Braut.

Während der nun folgenden Trauung geschah dreierlei:

Erstens griff Aranja in einer Art Trance, in die der Weihrauch sie versetzt hatte, nach der Hand des neben ihr sitzenden Pepe el Rubio und hielt diese während des gesamten Graduale fest. Solches kam einem bis dato undenkbaren Gunstbeweis ihrerseits gleich und bestärkte Pepe in der für ihn schicksalhaften Annahme, daß er es sei, dem ihre wahre Neigung gehöre und dem es somit zukomme, sich, gleichgültig wie lange sie sich der Eheschließung widersetzen möge, als ihren Verlobten zu betrachten.

Zum zweiten war die kleine Pilar, die es liebte, gemeinsam mit Conchita das »Herz von Salamanca« zu hören, und die hübschen Lieder für einen Bestandteil des kleinen schwarzen Kastens, aus dem sie kamen, hielt, erstmals in der Wirklichkeit mit lebendigen singenden Menschen konfrontiert. Es schien ihr, als ob Schwester Fidelis, die, vor dem Chor stehend, jeweils den Einsatz gab und sich, während der Ton anschwoll, in die erste Reihe einfügte, eine magische Maschinerie in Gang setze, ähnlich derjenigen, die Nando in Bewegung brachte, wenn er mit seiner einen Hand in das Schwungrad der aufheulenden Ölpresse griff, bevor er sich in die Gruppe der mit Olivenkörben heranrückenden Erntearbeiter reihte. Während die Töne zur Kuppel aufstiegen, beobachtete Pilar die sich gleichzeitig öffnenden und schließenden Münder der Nonnen und kam zu dem Ergebnis, daß es desto schöner klang, je weiter sie den Mund aufrissen und je länger sie ihn offenhielten. Bei der Stelle »– und weih – hei – hei – hei – hei – hei – hei – hei – heise den Weg«, von welcher das Gewölbe widerhallte, stockte ihr vor Aufregung der Atem, und sie konnte sich nur dadurch helfen, daß sie ebenfalls den Mund öffnete, zwar ohne einen Ton von sich zu geben, da sie das Lied nicht kannte, aber um die Spannung, in die sie unversehens geraten war, zu mindern.

Beim zweiten Vers des 127. Psalms, »Deine Söhne sind wie Olivensprößlinge um deinen Tisch«, wußte Pilar anhand der Textwiederholungen bereits, wann sie den Mund mehr oder weniger weit zu öffnen hatte, und die Sache begann ihr Spaß zu machen, so daß ihre Wangen sich röteten und ein sanfter Schimmer in ihre Augen trat. Schon bei der Stelle »Vom Erwerb deiner Hände kannst du zehren, glücklich bist du, und es geht dir gut« war der Blick der Chorleiterin Schwester Fidelis auf das reizende dunkelhaarige Mädchen gefallen, das in Häkelkleid und Mantille wie eine kleine Braut mit gefalteten Händen in der ersten Reihe saß und, wie es schien, aus Leibeskräften mitsang. Nach der ersten Überraschung mußte sie unwillkürlich lächeln, und Pilar, die ihren Blick unverwandt auf die Chorleiterin geheftet hatte, lächelte zurück. Während des folgenden Verses fuhr sie fort, den Mund zu öffnen und zu schließen, wodurch Fidelis den Eindruck gewinnen mußte, das Kind könne den gesamten schwierigen Psalm auswendig. Sie schüttelte vor Verwunderung den Kopf, und Madre Ildefonsa, die dies vom seitlichen Chorgestühl aus bemerkte, folgte dem Blick der Schwester und nahm das engelsgleiche Geschöpf mit dem verklärten Blick, das im Eifer des Singens sein Gesichtchen zu den sonderbarsten Grimassen verzog, ebenfalls wahr. Dies war der Augenblick, in dem die Entscheidung über Pilars nähere Zukunft fiel und ihr Eintritt in die Klosterschule von Rábida Alcazar eine zumindest von Schwester Fidelis und in der Folge auch von Madre Ildefonsa beschlossene Sache war.

Das dritte Vorkommnis betraf den schwarzlockigen, in eine kleine Mönchskutte gehüllten Ministranten, der auf den Stufen des Altars mit vor Eifer gerunzelter Stirn seinen Dienst versah. Er rannte hin und her, hob, wenn er die für ihn viel zu hohen Stufen erkletterte, sein Gewand, um nicht zu stolpern, stolperte dennoch, als er, in der einen Hand das Weihwasserfaß, in der anderen Hand den Wedel, zur linken Seite eilte, wo die beiden größeren Ministranten ihm beides abnahmen, es an den Vicario weitergaben und mit diesem durch das von dem Kleinen flink geöffnete Türchen des Kommuniongitters in den Kirchenraum hinabstiegen, indes der Chor das Lied »Wir treten hier vor deinen Altar« intonierte. Als die Gemeinde gesegnet und das Trio an seinen Platz zurückgekehrt war, winkte Padre Felipe dem Kleinen, worauf dieser das Meßbuch vom Altar holte, die mit einem Band bezeichnete Stelle aufschlug, sich auf der Stufe unterhalb des Padre diesem zugewandt aufpflanzte und das aufgeschlagene Buch über seinen Kopf hielt, so daß der Padre die Verbindungsworte »Hiermit seid ihr einander als Mann und Frau zu eigen, was Gott verbunden hat, soll der Mensch nicht trennen« bequem ablesen konnte. Hiernach stieg Padre Felipe zu dem knienden Brautpaar hinab und stellte die mit Ja zu beantwortende Frage, wobei er Bigotazo mit dessen kaum jemandem bekannten bürgerlichen Namen Quirinio Susa ansprach, was ein leises Raunen in der Gemeinde hervorrief. Schließlich ordnete er den Ringwechsel an und schlang die weiße Stola um die übereinandergelegten

Hände der beiden, wobei die Trauzeugen ebenfalls niederknieten und die Señora, nachdem sie bis zu diesem Zeitpunkt ihren Tränen lautlos ihren Lauf gelassen hatte, wieder in Schluchzen ausbrach. Hiernach nahm der Padre wieder den Weg über die Stufen und las aus dem von Ramón unverdrossen auf dem Kopf gehaltenen Buch die Zeilen »Die Frau sei dem Mann untertan, und er soll sie lieben aus seiner ganzen Seele« sowie »Liebet und vermehret euch« ab, wobei er unwillkürlich innehielt und einen skeptischen Blick auf die in zitronengelbe Spitze gezwängte Braut warf, sich räusperte und verbesserte: »Liebet einander, wie Gott seine Kirche liebt.« Danach schlug er das Buch über Ramóns Kopf zu, was diesen beinahe aus dem Gleichgewicht brachte, und wandte sich mit der Aufforderung an Bigotazo: »Sie dürfen die Braut jetzt küssen.«

Bigotazos Schnurrbartenden erzitterten, als er sich zum Kuß über die karminroten Lippen seiner Ehefrau beugte, und einige der Schwestern hatten Tränen in den Augen, als Fidelis den Einsatz für die Zeile »Liebend wird er dich erhalten, er, der nichts als lieben kann« gab. Señora Gomez, verehelichte Susa, schlang ihre Arme im Hochgefühl der nunmehrigen Legitimität leidenschaftlich um die stattlichen Schultern ihres Gemahls, und während das Lied der Schwestern mit den Zeilen »Wer auf ihn sich ganz verläßt, dessen Glück steht felsenfest« ausklang, legte Ramón das Buch auf dem Altar ab und eilte, wie vom Padre angeordnet, zum Glockenseil.

Das Seil war an der rechten Seite des Kommuniongitters durch einen eigens dafür bestimmten Ziegelstein arretiert, indes das Loch, durch das es zum Turm führte, sich in der Mitte der Kuppel befand. Als Ramón an das Gitter trat und den Stein aufhob, fiel sein Blick auf die kleine Pilar, die mit vor Aufregung erhitztem Gesichtchen dicht vor ihm in der ersten Reihe saß und seinen Verrichtungen mit unverhohlenem Interesse folgte. Er stockte in der Bewegung, ihre Blicke begegneten einander, ehe er den Stein beiseite legte, sich aufrichtete und, auf Zehenspitzen stehend, das Seil so weit oben, als es ihm möglich war, mit beiden Händen ergriff. Dann, in dem seltsam durchdringenden Gefühl, daß die Augen der Kleinen ihm folgten, was bei ihm das spontane Bestreben auslöste, sein Bestes zu tun, bückte er sich, so tief er konnte, das Seil mit aller Kraft nach unten ziehend, und ließ es dann, wie der Padre ihm eingeschärft hatte, ohne die Hände zu lösen, nach oben schnellen.

Der erste Schlag der mächtigen Glocke genügte, um den kleinen Meßdiener vom Boden zu heben und meterweit in die Luft zu tragen, wobei er, da das Seil aus der Mitte der Kuppel hing, von der rechten Seite des Altarraums über die Köpfe des Brautpaars und der Zeugen hinweg zur linken gehoben wurde, wo er dicht vor dem Chorgestühl, in welchem der Vicario und die beiden Ministranten saßen, zu Boden ging. Da er, dem Geheiß des Padre folgend, nicht losließ, brachte ihn der zweite, etwas stärkere Schlag wieder über die Köpfe der Anwesenden zurück, diesmal vor das Chorgestühl, in dem sich Madre Ildefonsa in Begleitung der Schwestern Miranda und Maria Rosa befanden. Alle drei schrien auf, und Maria Rosa sprang geistesgegenwärtig von ihrem Sitz und streckte die Arme nach dem Kleinen aus, doch war dieser schon wieder in der Luft und auf dem Weg nach der anderen Seite, wo diesmal der Vicario aufsprang, dessen Versuch, nach seinem Ministranten zu greifen, jedoch ebenso fehlschlug wie der Maria Rosas. Ele verfolgte mit vor Entsetzen geweiteten Augen den Flug ihres Sohnes, mehrere Mitglieder der Gemeinde sprangen von ihren Sitzen und bekreuzigten sich, Doña Xaviera barg schluchzend ihr Gesicht an der Schulter ihres Ehemannes, und Bluna, der ebenfalls aufgesprungen war, rief seinem Sohn zu: »Halt dich fest, Ramón«, was dieser ohnehin tat, wodurch die Glocke jedoch in immer stärkere Schwingungen versetzt wurde. Padre Felipe, der auf den Stufen des Altars stand, rief dem Vicario zu: »Tun Sie etwas, um des Himmels willen«, und Madre Ildefonsa hatte ein Gebet angestimmt, dem sich Miranda angeschlossen hatte und in welches Maria Rosa, die an der Front stand, ihrer geteilten Aufmerksamkeit wegen nur hin und wieder ein Wort einwarf. Ramón, im volltönenden Rhythmus der großen Glocke pendelnd, warf bei jeder Luftfahrt einen Blick auf das weißgekleidete Mädchen, das den Hergang entzückt verfolgt hatte und schließlich in ungehemmte Heiterkeit ausgebrochen war.

Pilar lachte, wie man es bei ihr noch nie gesehen hatte, sie rang nach Luft, und ihre Augen glänzten, und Conchita, die nicht sehen konnte, was vorfiel, beugte sich, auf ihr blütengeschmücktes Stöckchen gestützt, zu ihr hinunter und fragte mehrmals: »Was ist geschehen, Pilar?«, worauf die Kleine jedoch vor Lachen nicht antworten konnte.

Schließlich war es Inspector Bluna, dem die väterliche Sorge Tatkraft verlieh. Er folgte, nach oben sehend, dem Flug des Sohnes, kalkulierte aus Schwung und Höhe den nächsten zu erwartenden Fallwinkel und war mit wenigen Sprüngen an der errechneten Stelle, als sein Sohn sich auf Talfahrt befand. Er faßte den Kleinen mit dem bewährten, ihm aus verschiedentlichen Dienstübungen geläufigen Polizeigriff um die Mitte und rief ihm gleichzeitig zu: »Jetzt loslassen!«, welcher Aufforderung Ramón geistesgegenwärtig folgte.

Das Seil schnellte mit einem Geräusch, das an einen Peitschenknall erinnerte, nach oben und verschwand in der Kuppel, und die Gemeinde atmete hörbar auf, indes die Glocke ein paar volle und danach ein paar flachere Töne von sich gab, ehe sie verstummte.

Beim anschließenden Umtrunk in dem Festzelt, bei welchem Señora Xaviera Molina Gomez, verehelichte Susa, als Gastgeberin fungierte, bildete Ramóns unfreiwilliger Trapezakt das Hauptthema, und die Señora, die anfänglich der gestörten Feierlichkeit wegen etwas betrübt gewesen war, stimmte schließlich in die allgemeine Heiterkeit sowie vor allem in die Erleichterung, daß der gefährliche Zwischenfall dank der Entschlossenheit des Inspectors ein gutes Ende genommen hatte, ein.

Wenige Tage später traf ein Brief aus dem Kloster Rábida Alcazar auf Angel del Sur ein, in dem die Ordensschwester Fidelis mit, wie sie ausdrücklich erwähnte, Wissen und Billigung der Ehrwürdigen Mutter die Anfrage stellte, ob bezüglich der Schulausbildung der jüngsten Tochter des verstorbenen Patrón schon Pläne bestünden. Es wäre wohl bis zum Schuleintritt der Kleinen noch etwas Zeit, doch könne man bei einem so sichtlich aufgeweckten, intelligenten und überdies musikalischen Kind nicht früh genug an die Zukunft denken, und die

Klosterschule sei der geeignete Platz, um die gottgegebenen Talente zum Lob des Herrn zu pflegen, zu fördern und zum Blühen zu bringen. Aurelia erklärte, daß sie bereits ähnliche Pläne für Pilar gehegt habe, überließ jedoch, um der Verantwortung enthoben zu sein, die letzte Entscheidung dem Patrón. Nando las Conchita den Brief vor, als er sie, von der Arbeit heimkommend, auf ihrem Lieblingsplatz in Sebastianos getäfeltem Zimmer vorfand.

Conchita ließ das Netz, an dem sie arbeitete, sinken. »Soll unsere kleine Pilar eine Nonne werden?«

»Nur wenn sie selbst es später wünscht. Die Klosterschule bietet die Gewähr für eine vorzügliche Erziehung. Pilar ist klug, sie könnte später studieren.«

Conchita wandte sich dem schwachen Lichtschein zu, der vom Fenster her durch ihre Lider drang. »Sie müßte dort wohnen.«

»Nur während der Schulzeit«, sagte Nando, »die Ferien könnte sie auf Angel del Sur verbringen.«

»Es ist eine große Ehre«, sagte Conchita.

Nando, der den Ton ihrer Stimme hörte, wechselte lautlos den Platz, so daß er ihr Gesicht sehen konnte. »Du hast selbst vorgeschlagen, sie bei Bigotazo unterzubringen, *mi alma*«, sagte er.

Aus Conchitas Zügen war alle Farbe gewichen. »Dort hätte ich sie besuchen können«, sagte sie.

Nandos Herz hatte dumpf zu schlagen begonnen, wie immer, wenn er für Conchitas Seelenfrieden fürchtete. »Es ist beinahe noch drei Jahre«, sagte er, »und im Kloster kann man sie ebenfalls besuchen. Aber wenn du es nicht möchtest, *mi alma* –«

»Ich möchte es«, sagte Conchita, nach dem Netz in ihrem Schoß greifend, »es ist das Beste für Pilar.«

An einem der folgenden Tage ging ein Antwortbrief an Schwester Fidelis ab, in dem Nando sich im Namen der Familie für den ehrenvollen Vorschlag bedankte und betonte, daß dieser den Wünschen Doña Riéras, der Mutter der kleinen Pilar, entgegenkäme.

Umbre buk einen Radkuchen, den sie mit einem Kreuz aus Puderzucker und einer darüber schwebenden, aus Hühnerfedern hergestellten, etwas ruppigen Taube versah. »Der Heilige Geist ist in unser Haus eingezogen«, verkündete sie, »unsere kleine Schöne Seele geht ihren Weg.«

Pilar, die nicht wußte, was das bedeutete, aß ihren Teil des Kuchens, ohne das mißgestaltete Federvieh zu beachten, und sie und Conchita nahmen ihre täglichen Spaziergänge zum Flußbett oder zur Olivenpflanzung sowie zu Sebastianos Grab wieder auf. Manchmal, wenn Pilar im Altarzimmer vor dem Einschlafen das Hühnchen an der Decke betrachtete, schob sich ein Bild davor, das die sonderbar zitternde Ruhe, in die sie glitt, sobald sich das Loch zum Himmel geöffnet hatte, unversehens unterbrach und sie gegen ihren Willen zum Lachen brachte: Es war dies der Anblick eines schwarzlockigen Jungen in Mönchskleidern, der unermüdlich durch die Luft flog, hinüber und herüber, wie an Fäden hängend, als gelte es einen unsichtbaren Hügel zu überspringen. Sie rollte sich in ihrem Bettchen zur Seite, um ihr Lachen zu ersticken, und Aurelia, die im Halbdämmer ein leises Geräusch hörte, streckte die Hand zwischen den Gitterstäben durch und streichelte beruhigend über das Haar der Kleinen, weil sie das Geräusch für ein Schluchzen hielt und nach drei Gläsern Rioja nicht in der Stimmung war, nach dem Grund zu fragen.

In San Eresmo wurde noch einige Zeit über Bigotazos Hochzeit im allgemeinen und Ramóns Darbietung im besonderen gesprochen, dann trat ebenso wie auf Angel del Sur der Alltag in seine Rechte, und abgesehen davon, daß man sich daran gewöhnen mußte, die Besitzerin des Süßwarenladens nunmehr mit »Señora Susa« anzusprechen, war alles wie vorher.

Um den Ablauf jenes Teiles der Geschichte, der Ramón und Pilar betrifft, festzuhalten, müßte an dieser Stelle erwähnt werden, daß es, abgesehen von jenem Vorfall am Flußufer, der jenseits ihrer Geburtsstunde lag, das erste Mal gewesen war, daß die beiden einander begegneten.

17

Pilar aß während der folgenden zwei Jahre insgesamt noch etwa zehn Zigaretten. Sie zog sie, zwischen den Gitterstäben ihres Bettchens hindurchgreifend, aus der Packung auf Aurelias Nachttisch, wenn diese schlief, und auch als nach Erreichung ihres vierten Lebensjahres das Bettchen gegen den Strohsack ausgetauscht wurde, auf dem sie seinerzeit von der in Diphtherie und Alkohol befangenen nichtsahnenden Conchita geboren worden war und den man, da Aurelia Pilars nächtlicher Hilfeleistung nicht mehr bedurfte, an die gegenüberliegende Wand rückte, wußte sie sich in den Besitz der kostbaren Röllchen zu setzen. Inzwischen hatte sie begriffen, daß Aurelia damit auf andere Weise verfuhr als sie selbst, fand aber den eigenen Gebrauch so kurzweilig und fühlte sich danach so angenehm benommen, daß sie fürs erste dabei verblieb. Junipero entdeckte sie eines Tages auf dem Weg in sein auf dem Speicher liegendes Büro auf der obersten Stufe der Treppe sitzend, wohin Pilar sich mit ihrer Beute zurückgezogen hatte.

»Was tust du da?«

Pilar, die wußte, daß ihr von ihrem großen Bruder keine Gefahr drohte, wies, an einem Tabakkloß kauend, ihre Hände vor, in denen sich das aufgerollte Papier und der Rest des Tabaks befanden.

Junipero mußte lachen. »Zigaretten ißt man nicht, Pilarita. Man raucht sie.«

»Ich weiß«, sagte Pilar, »aber ich kann es nicht.«

Junipero, der nur Zigarillos rauchte, zog eine aus der Rocktasche und setzte sich neben Pilar auf die Treppenstufe. »Es ist ganz einfach«, erklärte er. »Alles, was du brauchst, ist ein Streichholz.«

Er zog eine flache Packung aus der Hosentasche, steckte die Zigarillo in Brand und tat einen Zug. Pilar blickte gebannt auf die Rauchwolke, die aus dem Mund ihres Bruders aufstieg.

»Darf ich es auch versuchen?«

Junipero reichte Pilar die Zigarillo. »Sei vorsichtig, sie ist ziemlich stark. Einfach einatmen und wieder ausatmen.«

Pilar gehorchte und tat einen behutsamen Zug. Infolge ihres durch den gekauten Tabak abgestumpften Geschmackssinns nahm sie nicht die Schärfe, sondern nur die wohltuende Schwerelosigkeit, die das Ding vermittelte, wahr.

»Wie ist es?«

»Schöner als essen«, sagte Pilar. Sie versuchte es noch einmal und verdoppelte die Rauchwolke, die über der Treppe in der Luft hing.

»Genug«, sagte Junipero. »Wenn Umbre etwas merkt, bekommen wir es mit dem Vogelkopf zu tun.«

»Ist Rauchen eine Sünde?«

»Das nicht«, sagte Junipero, »aber es ist nicht gerade gesund für kleine Mädchen.«

»Und Stehlen?«

»Stehlen ist eine Sünde. Weshalb fragst du?«

Pilar zögerte. »Ich habe die Zigarette aus Mutters Paket genommen.«

»Das habe ich mir beinahe gedacht«, sagte Junipero. »Wenn ich das nächste Mal in der Fernando-Kaserne zu tun habe, bringe ich dir aus dem Tabakladen ein Päckchen Ducados, damit du wegen eines bißchen blauen Dunstes keine Sünde zu begehen brauchst.«

»Gott liebt dich, Junipero.«

»Gott liebt dich, Pilar.«

Junipero hielt sein Wort und brachte Pilar einige Wochen später aus dem Tabakladen, in dem er ehedem der Serviererin begegnet war, die ihm zu dem ersten Stück seiner Waffensammlung verholfen hatte, eine Schachtel Ducados, blau, extra mild. Pilar verwahrte die Kostbarkeit an der Kopfseite ihres Strohsackes, wo sie durch Auseinanderziehen der Nähte ein Loch geschaffen hatte, und brauchte sich nun des Abends, während Aranja bibellesend und füßekratzend auf Aurelias Bettende saß, nur auf den Bauch zu drehen, um durch den Überzug des Strohsacks den Duft der Packung, in die sie eine kleine Ritze gerissen hatte, zu atmen. Sie war dahintergekommen, daß der Geruch der kleinen Röllchen fast ebenso angenehm war wie das Kauen oder der Rauch, und stellte sich, da sie nicht wußte, wann ein derartiges Geschenk ihr wieder zufallen würde, auf den denkbar sparsamsten Umgang mit ihrem Schatz ein. Des Morgens steckte sie einige Tabakkrümel in die Tasche ihres Kleides oder trug sie auf der bloßen Haut, indem sie sie im Ausschnitt verwahrte, wo sie bis zum Gürtel rutschten und tagsüber einen wundersamen Duft ausströmten, besonders während der Spaziergänge, da ihre Haut von Bewegung und Hitze ein wenig feucht geworden war.

Als der letzte Sommer vor Pilars Schuleintritt angebrochen war und die Spaziergänge mit Conchita, bei der diese zur Gewöhnung nicht mehr an Pilars Hand ging, sondern das weiße, mit Bergnelken umwickelte Stöckchen benutzte, sich manchmal über halbe Tage ausdehnten, befahl Aurelia die Kleine eines Morgens an ihr Bett. Sie erklärte ihr, daß sie ab Herbst die Schule besuchen werde und die Schwestern von Rábida Alcazar sie auf alles vorbereiten würden, was für ihr Leben wichtig wäre, und daß es eine große Ehre sei, daß Madre Ildefonsa sie zur Klosterschülerin auserkoren habe.

Pilar heftete die Augen auf das morgendlich bleiche Hühnchen an der Decke. »Warum kann ich nicht in San Eresmo zur Schule gehen?«

»Weil du ein besonders begabtes Mädchen bist. Wir müssen Madre Ildefonsa dankbar sein.«

Während des folgenden Besuchs bei Sebastianos Grab sprach Pilar kein Wort, und Conchita, die von Aurelias Mitteilung wußte, tastete, neben Pilar im Gras sitzend, nach der kleinen Gestalt an ihrer Seite.

»Während der Ferien kommst du heim«, sagte Conchita und bemühte sich, ihrer Stimme Festigkeit zu verleihen. »Und Nando und ich werden dich besuchen.«

In die weiße Haut über Pilars Nasenwurzel hatte sich wie immer, wenn sie nachdachte, eine kleine Falte gegraben, die Conchita nicht sehen konnte.

»Wenn ich nach Rábida Alcazar gehe, werde ich dann die Schrift auf Vaters Grab lesen können?«

»Nicht nur die Schrift«, sagte Conchita, »auch die Bibel und all die anderen Bücher.« Sie hob die Hand zu dem Granitblock, zu dessen Füßen sie saßen, und Pilar blickte auf die Finger, die über die gemeißelten Buchstaben glitten.

»Wenn du etwas angreifst, hast du es dann im Kopf? Wie die Dinge, die du früher gesehen hast?«

»So ähnlich.«

»Und es geht nicht mehr weg?«

»Nein«, sagte Conchita, »es bleibt drin. Mit der Zeit wird es sogar deutlicher.«

Während Aranja des Abends, die Bibel im sackleinenen Schoß, mit der freien Hand Aurelias Füße kratzte und aus den Stammbäumen der Söhne Abrahams, Isaak und Ismael, las, hielt Pilar, auf ihrem Strohsack liegend, den Blick unbewegt auf das Hühnchen geheftet, das sich, der geänderten Position ihrer Schlafstelle wegen, nun schräg über ihr befand, wodurch sie den Kopf manchmal so lange schief hielt, daß es ihr nachher nur mit Mühe gelang, ihn wieder gerade zu drehen. Conchita hatte ihr erzählt, daß Aurelias Heiliger gemeinsam mit der Familie aus der Sierra de la Virgen nach Angel del Sur übergesiedelt sei, aber sie konnte ebensowenig hoffen, daß ihre Brüder die Zimmerdecke noch einmal zerlegen würden, wie Madre Ildefonsas Erlaubnis zu erhalten, in einem Schlafsaal, den sie, wie sie gehört hatte, mit anderen Schülerinnen teilen würde, den heiligen Franziskus in Gestalt fleckiger Bretter an die Decke zu nageln. Die einzige Möglichkeit, die Pilar hatte, bestand darin, sich den Heiligen so einzuprägen, daß sie ihn überallhin mitnehmen konnte, und Conchita hatte ihr diesbezüglich Hoffnung gegeben. Während der folgenden Nächte begann Pilar, sobald Aurelia eingeschlafen war, die Umrisse mit den Augen nachzuziehen, schloß dann die Lider und fand das Bild mühelos in ihrem Inneren wieder. Was auf diese Weise nicht übertragbar schien, war das Aufbrechen der Kontur zu jener flirrenden Ferne, in der Gott wohnte und ohne die Pilar meinte, den Tag nicht beschließen zu können. Sie wiederholte, eingedenk der Worte Conchitas, daß die Bilder mit der Zeit deutlicher würden, den Vorgang allabendlich mehrere Male und war gegen Ende des Sommers soweit, daß sie, wann immer sie es wünschte und, gleichgültig, wo sie sich befand, nur die Augen zu schließen brauchte, um das Hühnchen vor sich zu haben. Da im Moment offenbar nicht mehr zu erreichen war, gab sie sich damit zufrieden und sah der Übersiedlung nach Rábida Alcazar in einer Mischung aus Spannung und Neugierde entgegen.

In die Zeit zwischen Olivenernte und Schulbeginn fiel Pepe el Morenos fünfundzwanzigster Geburtstag, und für diesen Anlaß hatte Junipero das Geschenk, das er seinerzeit bei dem Waffengroßhändler in San Eresmo für seinen Bruder erworben hatte, aufbewahrt. Als das Festmahl beendet und die von Umbre zubereitete, mit Stacheln aus Pistazien verzierte Nougatrolle aufgegessen war, zog Aranja das Tuch, das über den Gabentisch gebreitet war, fort, und Pepe nahm seine Geschenke entgegen: ein Paar holzgeschnitzter Manschettenknöpfe von Nando, eine geflochtene Krawattenschnur von Conchita, einen Zigarrenbehälter aus dem Besitz seines verstorbenen Vaters von Aurelia, eine Flasche Ingwerlikör mit eingegossenem Wurzelstock von Pepe el Rubio und ein aus Silberpapier gefaltetes Dampfschiff von Pilar. Als letzter trat Junipero an den Tisch und überreichte seinem Bruder die blaue Kassette, die dieser neugierig öffnete. Im Gegensatz zu seiner teils verblüfften, teils ratlosen Familie erkannte er augenblicklich, was es mit dem metallenen Ding, das majestätisch auf dem blauen Samtkissen ruhte, auf sich hatte. Er nahm es vorsichtig heraus, betrachtete es von allen Seiten, strich mit den Fingern prüfend über das Rohr und schloß schließlich die Hand besitzergreifend um den von Junipero mit Olivenöl polierten Kolben aus Zedernholz. »*Maravilloso*«, stieß er hervor, hob die Hand und zielte, ohne seine erschrocken zur Seite weichende Familie wahrzunehmen, auf den Stirnknochen eines vor ihm stehenden unsichtbaren Tieres. »Mit Pulver, das bedeutet, daß nur ein Schuß nötig ist. *Muy maravilloso.*« Er schloß, ohne das Ding, von dem nun auch die Familie begriffen hatte, worum es sich handelte, wegzulegen, seinen Bruder Junipero in die Arme und schlug ihm mit der freien Hand mehrmals kräftig auf den Rücken, was seine Freude ausdrücken sollte. »Ein einmaliges, ein erlesenes Stück! Wo hast du es aufgetrieben?«

Junipero gab Auskunft, und Umbre, die den praktischen Wert des Geschenks erfaßt hatte, meinte: »Warum probieren wir es nicht gleich aus? Das Schwein für den Winter muß ohnehin geschlachtet werden.«

Alle blickten erwartungsvoll auf Pepe el Moreno, der sogleich erklärte, daß dies die Krönung seines Geburtstags wäre, worauf Umbre, die pistazienkauende Aranja mit sich ziehend, hinausrannte, um den Kessel in der Waschküche zu heizen und die Töpfe bereitzustellen. Die Brüder, Pepe el Moreno an der Spitze, machten sich auf den Weg in den Stall, um das Schwein zu holen, indes Nando daranging, die Leiter, den Wetzstein und eine Auswahl von Messern in die Waschküche zu schaffen.

Als Conchita nach Pilars Schulter tastete und ihr vorschlug, auf der Bank vor dem Haus noch ein paar Figuren aus Bindfaden zu schlingen, sagte Pilar: »Ich möchte mit.«

»Wohin?«

»Mit den anderen. Ich möchte dabeisein, wenn Pepe das Schwein schlachtet.«

Conchita hielt die Kleine, die auf die Tür zustrebte, zurück. »Nein, Pilarita, das ist nichts für dich.«

»Ich möchte dabeisein. Bitte, komm mit mir.«

Conchita hielt Pilars Hand, die sich aus der ihren lösen wollte, fest. »Nein«, sagte sie eindringlich. »Das ist etwas für Männer. Du würdest es nicht ertragen, und ich ertrage es auch nicht.«

Pilar, deren Augen einen etwas starren Ausdruck angenommen hatten, blickte auf die Tür, durch die ihre Brüder verschwunden waren. »Du siehst es nicht«, sagte sie in der ihr eigenen schlüssigen Art.

»Aber ich höre es. Tiere schreien, wenn sie geschlachtet werden.«

»Komm mit«, sagte Pilar. »Bitte.« Ihre Stimme war zum Flüstern herabgedämpft.

Conchita hob ratlos die Schultern. »Wir müssen Mutter fragen, ob sie einverstanden ist.«

»Wir fragen sie.«

Aurelia befand sich in einer Zwiesprache mit Jakobus, die Schlange betreffend, deren Besuch sie vermißte, und hörte sich die ihr vorgetragene Bitte an, ohne den Blick von ihrem an der Decke befindlichen Gegenüber zu lösen.

»Pilar ist ein Landkind. Warum sollte man sie von der Arbeit, die auf der Finca zu tun ist, fernhalten?«

»Mutter erlaubt es«, sagte Pilar. »Komm, sonst ist es zu spät.«

Die Männer hatten das Schwein aus dem Koben auf den lehmigen Vorhof gezerrt. Es war ein Prachtstück von mehr als zwei Zentnern, und das Fleisch würde bis zum Dreikönigstag reichen. Das Tier sträubte sich mit allen Kräften und stieß dabei gellende Schreie aus, die wie die Schreie eines Menschen klangen.

Pilar blieb stehen, ein Zittern überlief sie, und unter ihre Lider schien beizender Rauch zu kriechen. »Laß mich«, sagte sie zu Conchita, die sie festhalten wollte, »Mutter hat es erlaubt.« Sie schloß die brennenden Augen und hatte die Umrisse des Hühnchens mühelos vor sich. Dann löste sie sich sanft von Conchitas Hand und ging geradewegs auf ihre Brüder zu, die einander lautstarke Ratschläge zuriefen, wie das Schwein am besten zu bändigen sei.

Niemand hatte Zeit, die kleine Gestalt zu beachten, die von hinten an das Tier herantrat und mit der ausgestreckten rechten Hand, die des unsichtbaren Doppelringes wegen immer ein wenig schwerer war als die andere, für Sekundenbruchteile die schrundige, vor Anstrengung und Angst schweißnasse Haut des Tieres berührte.

Das Schwein hielt übergangslos still. Es hörte zu schreien auf, und als erst einer, dann der zweite der Brüder ungläubig seinen Zugriff lockerte, stand es schwer atmend, aber unbewegt mit gespreizten Beinen und gesenktem Kopf auf dem Lehmboden, als habe es beschlossen, vor dem ohnedies unausweichlichen Schicksal zu kapitulieren.

»Jetzt«, rief Pepe el Rubio seinem Bruder zu, der, um die Hände frei zu haben, seine Schlachtpistole auf dem Hackstock neben dem Schweinestall abgelegt hatte. »Los, das ist der Augenblick!«

Pepe, der im Kampf mit dem Schwein die Orientierung verloren hatte, richtete sich auf, strich sich das Haar aus der Stirn und sah sich um. Da stand Pilar vor ihm und hielt ihm mit hochgehobenen Händen die Waffe entgegen.

»Los, Pepe«, schrie sein Bruder noch einmal, und Pepe griff nach dem blanken Kolben, hob die Pistole, zielte und drückte ab. Pilar hatte sich zur Seite gewandt, und Conchita, die weiter weg stand, lief, von dem Knall aufgescheucht, ein paar Schritte ins Feld hinein.

Das Schwein sackte zusammen, als seien seine vier Beine gleichzeitig abgebrochen, und lag reglos auf dem Boden, und als Pilar sich wieder umwandte, sah sie, daß der Kopf des Tieres, ohne daß ein Stück seiner Haut geplatzt wäre, doppelt so breit war wie vorher. Ein Brechreiz schüttelte sie, sie tat ein paar krampfhafte Atemzüge, machte dann kehrt und lief in das Feld hinein zu Conchita, die, sobald Pilar sie berührt hatte, niederkniete und das Kind in die Arme nahm. Pilar weinte kurz und heftig auf, und Conchita, die das an ihrer kleinen Schwester kannte, hielt sie an sich gedrückt, bis es vorbei war. Die Männer umstanden das tote Schwein, lachten und lobten Pepe el Morenos Treffsicherheit sowie das fabelhafte Gerät, und erst als Junipero sich auf den Weg machte, um den Schubkarren für den Kadaver zu holen, bemerkte er Conchita und fragte erschrocken, weshalb in aller Welt sie gerade zu diesem Zeitpunkt mit dem Kind das Haus verlassen habe.

»Sie hat mir die Pistole gebracht«, sagte Pepe el Moreno, der Junipero gefolgt war, »habt ihr es nicht gesehen? Sie ist ein mutiges und anstelliges Mädchen.« Und als Conchita fragte: »Hast du das wirklich getan, Pilar?« sagte Pepe el Rubio: »Die Mädchen sind heutzutage gottlob nicht mehr zimperlich. Ich habe schon mit drei Jahren die Hühner gehalten, wenn ihnen die Köpfe abgehackt wurden.«

Das Schwein wurde in die Waschküche gebracht, und die

Brüder krempelten die Hemdsärmel hoch und banden sich Schürzen vor. Umbre und Aranja schleppten Wasser heran, die Flammen unter dem Kessel prasselten und sprühten Funken, und der Geruch von warmem Blut füllte den Raum.

»Komm mit«, hatte Pepe el Rubio zu Pilar gesagt, und Pilar, jenseits ihrer Besonderheit ein weltzugewandtes und neugieriges Mädchen, war den Männern in die Waschküche gefolgt, indes Conchita, bei der das Verhalten ihrer kleinen Schwester Verwirrung und Betroffenheit ausgelöst hatte, sich mit dem Stöckchen über den Sandplatz tastete und ins Haus ging, wo sie auf ihrem Lieblingsplatz in Sebastianos getäfeltem Zimmer ihre Gedanken zu ordnen versuchte.

Das Schwein wurde verkehrt an der Leiter aufgehängt, die Brüder wetzten verschiedene Messer, und Nando und Junipero begannen das Tier fachgerecht zu zerlegen. Nun, da es nicht mehr schrie, war es ein Gegenstand, den Pilar in aller Ruhe betrachten konnte. Nando erklärte dem Kind, das auf dem Hokker an der Wand saß, wo sich das Herz des Tieres befand, schnitt es heraus und übergab es Umbre zugleich mit Lunge, Leber und Magen. Als der Schnitt nach unten fortgesetzt wurde, sah Pilar mit Staunen, wie aus der Bauchhöhle eine endlose dicke bläuliche Wurst quoll, die von Umbre und Aranja, die sich zu diesem Zweck mit einem Eimer unterhalb der Leiter postiert hatten, aufgefangen wurde. Auf Pilars Frage erklärte ihr Junipero, daß dies der Darm des Tieres sei, daß jedes Lebewesen, also auch Pilar, einen solchen besitze und daß alles, was man durch den Mund zu sich nehme, in ebendieser bläulichen Wurst ans andere Ende des Körpers gelange, wo es diesen in geänderter Form, Pilar wisse wohl, wovon er spreche, verlasse. Pilar versuchte sich das System vorzustellen, und es leuchtete ihr ein. Der leichte Schauder, der sie dabei erfaßte, veranlaßte sie zu der Frage: »Haben Pflanzen auch einen Darm?«

Junipero, der ein frisch gewetztes Messer von Pepe el Rubio übernahm, mußte lachen. »Nein. Sie ernähren sich von Wasser, Sonne und Luft.«

Pilar atmete auf. Daß sie selbst zu der erwähnten Gattung

gehörte, nahm sie hin wie alles, was sich nicht ändern ließ, aber der Gedanke, sich von etwas zu ernähren, das auf diese peinliche und derbe Art funktionierte, war ihr unvorstellbar, und sie war froh, den Entschluß, keine Tiere zu essen, bereits gefaßt zu haben.

Als die Arbeit der Männer getan war, die geschnittenen und ausgebluteten Fleischstücke aufgehäuft auf dem Holztisch lagen und die verschiedenen Innereien in verschiedenen großen Töpfen auf dem Feuer dampften, holte Pepe el Rubio eine Flasche Feigenschnaps aus dem Keller, und die Brüder stießen, ihre Schürzen ablegend, auf einen ertragreichen und gesunden Winter an, den sie soeben mit dem Schlachten des Weihnachtsschweins eingeleitet hatten. Auch Umbre und Aranja nahmen an dem Umtrunk teil, und Pilar durfte ihren Finger in Juniperos Glas tauchen und etwas später, was ihr ungleich mehr Freude bereitete, neben ihm sitzen, als er sich eine Zigarillo anzündete.

Etwa zur gleichen Zeit fuhr Aurelia, die ihr Gespräch mit Jakobus beendet hatte und danach ein wenig eingedämmert war, unvermittelt in ihrem Bett hoch. Der mutmaßliche Hintergrund von Pilars Wunsch war ihr in den Sinn gekommen, und sie fixierte die Umrisse des heiligen Franziskus, die gleich denen des Jakobus diffus im Abendgrau verschwammen, mit argwöhnischem Blick. Bald darauf wurde ihr von Pepe el Rubio die Vollzugsmeldung zugleich mit der Erwähnung von Pilars tätiger Mithilfe und dem sonderbar gewandelten Verhalten des Schweins während des Schlachtvorgangs überbracht.

Als Aranja nach Obliegen ihrer Abendpflichten die Bibel über Ham, Sem und Jaffet geschlossen und Aurelias Füße zugedeckt hatte, winkte Aurelia die Kleine, die in ihrem weißen Nachthemd mit um die Knie geschlungenen Armen auf ihrem Strohsack saß, mit einer Handbewegung zu sich.

»Pilarita, meine kleine *angelita*«, begann sie mit ihrer sanftesten Stimme, »gibt es etwas, das du mir sagen möchtest?«

Pilar, die barfuß am Ende des Bettes stand, erwiderte den Blick ihrer Mutter offen und ruhig. »Sie haben es mir erlaubt, Madre«, sagte sie leise.

Aurelia fuhr auf. »Du hast mir versprochen –« Sie stockte mitten im Satz. Ihr war klargeworden, daß Pilar nichts getan hatte, als ihre seinerzeitige Anordnung, die da lautete: »Außer mir keine Menschenseele«, auf ihre Art wörtlich auszulegen. Pilars Augen ruhten auf Aurelia, als wüßte sie um ihre Gedankengänge oder hätte diese ausgelöst.

»Diablo«, sagte Aurelia ganz gegen ihre Gewohnheit und musterte Franziskus, der seit seiner Anwesenheit in ihrem Zimmer noch keinen Deut von sich gegeben hatte, mit einem inhaltsreichen Blick. Es war keine Schande, gegen einen Heiligen zu verlieren, noch dazu, wenn er einem keine Möglichkeit zur Argumentation gegeben hatte. Was zählte, war, daß es augenscheinlich keinen Weg gab, die laut Auskunft einer ungewöhnlichen Offenbarung des St. Miguel in Gestalt eines Toreros entstammende kleine Pilar an der Ausübung ihrer Berufung zu hindern. So gesehen, war dies das kleinere Übel: Aurelia war nicht daran interessiert, aus Angel del Sur ein Mekka für die Bresthaften aus der näheren und ferneren Umgebung zu machen. Sofern es Tiere betraf, würde sich der Andrang in Grenzen halten, auch würde es in diesem Falle nicht als unehrenhaft gelten, eine oder die andere Spende, die der Finca auf diese Weise zugute käme, anzunehmen. Wichtig war, daß die Sache nicht zu früh an den Tag kam. Aber da in Rábida Alcazar außer vielleicht einem Kanarienvogel der Schwester Pförtnerin oder dem Hund des Gärtners keine Menagerie zu vermuten war, bestand diesbezüglich wohl wenig Gefahr. Aurelia hatte sich in die Kissen zurückgleiten lassen und betrachtete ihr Enkelkind, das in seinem langen weißen Nachthemd am Fußende ihres Bettes stand, mit wohlwollender Neugier.

»Sprichst du mit Franziskus?«

»Nein, Madre. Ich sehe durch ihn durch.«

»Hat er dich berufen?«

Pilar bemühte sich, die Frage zu verstehen. Über ihrer Nasenwurzel entstand eine kleine Falte, und Aurelia begriff, daß sie es anders formulieren mußte.

»Was fühlst du, wenn du helfen willst?«

»Mir wird kalt«, sagte Pilar, »und meine Augen brennen.«

»Liebst du Tiere?«

Pilar verharrte kurz bei der Frage, die ihr schon einmal gestellt worden war. »Umbre meint –«

Aurelia winkte ab. Umbres Interpretation war ihr bekannt. Es bliebe zu klären, was Ursache und was Wirkung war: Aber von Pilar würde sie diesbezüglich keinen Aufschluß erhalten.

»Es ist gut«, sagte sie und stieß mit den Zehen leicht gegen die Schatulle an ihrem Fußende. Der Gedanke, daß sich alles, was sie aus ihrem Privatvermögen für eine kleine Heilige erstellt hatte, in der ewigen Seligkeit zu ihrem Vorteil zu Buche schlagen könnte, verursachte ihr ein angenehmes Gefühl in der Magengegend, so daß sie sich ein wenig zur Seite wandte und nach einer Zigarette griff.

Pilar, die darüber entzückt war, beeilte sich, ihrer Mutter zuvorzukommen und das Feuerzeug zur Hand zu nehmen. »Erlauben Sie, Madre?« Sie trat dicht an Aurelia heran, ließ die kleine Flamme aufspringen und hielt sie an das Zigarettenende. Dann wartete sie, bis nach Aurelias erstem Zug die duftende, betäubende Wolke aufstieg und sie für kurze Zeit einhüllte, ehe sie, sich auflösend, zur Decke stieg.

Aurelia wandte Pilar ihre Wange zu. »Du darfst mich küssen.«

»Danke, Madre.«

Pilar legte das Feuerzeug auf dem Nachttisch ab und beugte sich über die weiße, feingeäderte Wange ihrer Mutter, die nach Moschus duftete, indes von der Haarsträhne, die sich aus der Peineta gelöst hatte und über Aurelias Schläfe fiel, ein sanfter, süßlicher Tabakgeruch ausging. Sie verharrte ein wenig länger, als Aurelia erwartet hatte, und so wurde ihr das Glück zuteil, daß Aurelia, die durch nichts von einem einmal eingeschlagenen Rhythmus abzubringen war, einen weiteren Zug aus der Zigarette nahm, während Pilar noch über sie gebeugt stand.

»Nun geh zu Bett, *angelita.* Es war ein anstrengender Tag für dich.«

»Ja, Madre. Danke, Madre.«

Pilar löschte das Licht, kletterte auf ihren Strohsack und zog sich die Decke bis ans Kinn. Franziskus schimmerte dunkelviolett von der Decke, und Pilar dachte noch ein wenig über Aurelias Fragen und deren Sinn nach, ehe sie den Blick mit zitterndem Herzen nach oben richtete und die vertrauten Umrisse des Hühnchens zu ihrer flirrenden Unendlichkeit aufbrechen ließ.

Wenn ihr Bruder Pepe el Moreno gemeint hatte, sie sei ein tapferes Mädchen, irrte er: Pilar hatte ihm die Waffe nur gereicht, um die Qual des Tieres, die sie nicht abwenden konnte, zu verkürzen. Und Aurelias Frage, ob sie einer Berufung folge, wäre, auch wenn Pilar sie verstanden hätte, unbeantwortet geblieben, da sie über ihre eigenen Beweggründe nichts wußte. Es blieb einem Menschen, mit dem sie bis zu diesem Tag noch kein Wort gewechselt hatte, vorbehalten, zu begreifen, daß das Zittern, das Pilar beim Anblick von Leid befiel, dem Wunsch entsprang, dieses auf sich herüberzuziehen oder zumindest zu teilen, und der beizende Rauch auf ihren Lidern das Brennen der ungeweinten Tränen des Mitleids war.

Die Klassenlehrerin Schwester Rafaela, eine rundliche, hinlänglich beflissene Erzieherin mittleren Alters, im Umgang mit frisch eingeschulten Zöglingen durchaus geübt, hatte bereits nach wenigen Wochen erkannt, daß ihr in der Schülerin Pilar Riéra eine den gewohnten Rahmen sprengende Herausforderung zugewachsen war. Das kleine Mädchen mit den ernsten Augen und dem dunklen Haar, in dem hin und wieder rötliche Funken aufblitzten, saß zumeist mit auf dem Rücken verschränkten Armen ruhig in ihrer Bank und folgte den Ausführungen der Schwester, die in der Unterstufe alle Fächer außer Religion und Musik unterrichtete, mit ungeteilter Aufmerksamkeit. Hin und wieder jedoch irrte ihr Blick ab, als habe er jenseits der Vorgänge im Klassenzimmer ein unsichtbares Ziel gefunden, und wenn die Schwester zu diesem Zeitpunkt eine Frage an sie richtete, antwortete sie prompt und korrekt, als sei sie mit einem Teil ihres Selbst die ganze Zeit über zugegen gewesen. Meist geschah es dann, daß sie umgehend eine Gegenfrage stellte, aus der hervorging, daß sie nicht nur alles gehört und verstanden, sondern sich gleichlaufend ihre Gedanken gemacht hatte, und Schwester Rafaela, für eine andere als die herkömmliche Sicht der Dinge weder zuständig noch konditioniert, mußte alle Anstrengung aufbieten, um vor der versammelten Klasse, die Pilars beharrliche Wißbegier als Kurzweil auffaßte, ihr Gesicht zu wahren. Zu ihrer Ehre muß gesagt werden, daß sie Pilar ihr Verhalten nicht verübelte, sondern im Gegenteil, um Verständnis bemüht, der Kleinen, die, wie sie sehr wohl begriff, keine Provokation, sondern nur die Beseitigung allfälliger Unklarheiten im Sinn hatte, stets von neuem mit freundlicher Geduld begegnete. Nach einiger Zeit mußte sie sich sogar eingestehen, daß sie an den gelegentlichen Wortgefechten, die für sie neue Denkanstöße in den seit Jahrzehnten gleichförmig verlaufenen Klosteralltag brachten, ein gewisses Vergnügen fand und daß es, sobald Pilar einer Unpäßlichkeit wegen ihr Zimmer nicht verlassen konnte, für sie ein verlorener Unterrichtstag war.

Anders Schwester Santuza, die in allen Klassen der Klosterschule das Wort des Herrn verbreitete und, päpstlicher als die Äbtissin auf Zucht und Ordnung bedacht, in Pilar eine sich dem Gebot christlicher Demut auf frevelhafte Weise widersetzende Seele erblickte: Die gegenseitige Abneigung stand mit der Stunde ihrer Begegnung fest. Da Pilar mit dieser für sie bisher unbekannten Regung nicht umzugehen wußte, wurde sie für sie zu einer ungreifbaren Bedrückung, die sich verstärkte, als sie eines Tages, an Schwester Santuzas Zimmer vorbeigehend, durch den Türspalt einen mehrschnürigen Ziemer, wie ihre Brüder ihn zu Stierrennen benutzten, auf dem Bett liegen sah und ein andermal aus dem verschlossenen Raum die peitschenden Schläge sowie die bei jedem Schlag hervorgekeuchten Worte der Schwester »Ich habe gesündigt« vernahm. Da die Schwester im Rahmen des Unterrichts ihre Lehrmeinung mit autoritärem Nachdruck vertrat, scheute Pilar sich nicht, ihr, ebenso wie der Klassenlehrerin Rafaela, die ihr wichtig scheinenden Fragen zu unterbreiten.

Schwester Santuza hatte den Kindern erklärt, daß Gottes Güte unendlich sei und daß er, um die Welt zu erlösen, seinen

Sohn geopfert habe. Einige Tage zuvor hatte Rafaela ihnen die Erdkugel vorgeführt und von vielfarbigen und heidnischen Völkern erzählt, die in fremden Erdteilen lebten. Pilars Fragen über das von Rafaela erwähnte Heidentum nahmen in der Folge eine halbe Stunde der Unterrichtszeit in Anspruch.

»Liebt Gott alle Menschen?« fragte sie, nachdem Santuza ihre Ausführungen beendet hatte.

»Natürlich, mein Kind.«

Santuza, die Pilar nicht leiden konnte, hatte, um sich in Selbstzucht zu üben, ihr gegenüber einen Ton wohlwollender Milde angenommen.

»Auch die Heiden auf der anderen Seite der Erde?«

Santuza verharrte kurz in Stillschweigen. »Sicher, mein Kind«, antwortete sie dann, den Blick ihrer Schülerin vermeidend, »auf seine Weise.«

»Auf welche Weise?«

»Nun, wie er es für richtig hält«, sagte Santuza. »Wir wollen uns kein Urteil über die Weisheit Seiner Ratschlüsse erlauben, nicht wahr?«

Pilar, die das nicht im Sinn gehabt hatte, schüttelte den Kopf. »Ich meine, ob er sie erlöst hat?«

»Natürlich nicht«, sagte Santuza, deren Atem schneller ging, »sonst wären sie ja keine Heiden. Er erlöst die, die Ihn lieben und Seinen Geboten gehorchen.«

»Dann hat Gott seinen Sohn nur für die Hälfte der Menschen geopfert?«

Santuza wedelte mit der rechten Hand durch die Luft, indes die linke das Kreuz auf ihrer Brust umklammert hielt. »Das ist nicht unsere Sache«, erklärte sie, »wir lieben Ihn und wir gehorchen Seinen Geboten.« Im Gegensatz zur Klassenlehrerin war sie provozierbar.

Pilar sah mit Staunen, wie ihre Brust unter den gestärkten Falten sich hob und senkte. »Aber –« sagte sie, da Schwester Santuzas Feststellungen keine Antwort auf ihre Frage gewesen waren.

Die Schwester drehte sich auf ihren Gummiabsätzen herum, was ein quietschendes Geräusch auf dem geölten Boden hervorrief. »Genug«, sagte sie, »genug!« Auf ihren Backenknochen waren rote Flecke erschienen. »Du würdest besser daran tun, deiner Sünden zu gedenken und sie zu bereuen, anstatt ihnen weitere wie Hoffart und Zweifel hinzuzufügen.«

Pilar schwieg verblüfft. Die Schwester trat an das Fenster, stieß die Flügel auf und stand, schwer atmend, einige Sekunden lang auf die Brüstung gestützt, ehe sie sich umwandte und ihren Vortrag wieder aufnahm. Pilar, die nichts verstanden hatte, verbrachte den Rest des Unterrichts schweigend mit auf dem Rücken verschränkten Armen, indes Santuza, dem fortgesetzt auf ihr liegenden Blick ihrer Schülerin ausweichend, die Stunde zu Ende brachte.

»Ich habe dreißig ersprießliche Lehrjahre im Dienste des Herrn verbracht«,klagte sie ihrer Mitschwester Rafaela, »und muß mich mit diesem Ausbund an Subversion und Besserwisserei herumschlagen.«

Die größte Enttäuschung jedoch bildete Pilar für die Musiklehrerin Schwester Fidelis. Hatte diese sich für ihren Chor eine Stütze in Form einer lieblichen Stimme, gekoppelt mit umfangreichem Repertoire, erwartet, mußte sie feststellen, daß Pilar von Psalmen keine Ahnung hatte und auf dem musikalischen Sektor, das »Herz von Salamanca« ausgenommen, völlig unbeschlagen war. Auch die erwartete Engelsstimme ließ zu wünschen übrig. Pilars Organ klang etwas spröde, und sie intonierte vor allem in den höheren Lagen hörbar falsch. Fidelis, die über ihre eigene Enttäuschung hinaus fürchtete, sich vor der Äbtissin blamiert zu haben, erwog, die Flucht nach vorn anzutreten und Madre Ildefonsa von ihrer Fehlentscheidung zu unterrichten. Da ergab es sich bei einer Chorprobe, die im Hinblick auf den bevorstehenden Advent abgehalten und bei der der Psalm »O Wurzel Jesse fest von Stand« einstudiert wurde, daß Pilar, was bei ihrem guten Gedächtnis eine Seltenheit war, eine Zeile des Textes vergaß und wie damals in San Cristóbal einfach fortfuhr, den Mund zu öffnen und zu schließen, ohne einen Ton von sich zu geben. Fidelis, vor der Gruppe stehend, horchte auf, als der gewohnte Mißklang ausblieb. Wie bei Bigotazos Hochzeit trafen sich ihre und Pilars Blicke, die

Verständigung fand wortlos und in Sekundenschnelle statt, und beide mußten lächeln. Von da an formulierte Pilar die Texte, die sie schnellstens aufgefaßt hatte, tonlos und präzise, und als es einige Wochen später zur Aufführung in der festlich erleuchteten Klosterkapelle kam, gratulierten die Äbtissin und der als Musikkenner geltende Doktor Bravo ebenso wie die Schwestern Miranda, Maria Rosa und in deren Gefolge die Hilfsschwester Nuna der Chorleiterin zu der gelungenen Aufführung im allgemeinen und der reizenden Neuerwerbung, die so ausdrucksvoll und glockenhell zu singen verstand, im besonderen. Das Geheimnis hielt die Jahre hindurch bis zu Pilars Austritt aus der Klosterschule, der im Rahmen eines Skandals stattfand. In dieser Zeit wurde Fidelis ohne besondere Absprache zu ihrer Vertrauten, die ihr zulächelte, wenn sie fröhlich war, und ihr wortlos über das Haar strich, wenn sie Kummer oder Heimweh hatte. Im großen und ganzen fand sich Pilar in Rábida Alcazar gut zurecht. Die Kinder mochten sie ihrer offenen und freundlichen Art und auch ihrer Darbietungen während des Unterrichts wegen, und was die Lehrer betraf, so war es nicht Pilar, die mit Santuza, sondern Santuza, die mit Pilar Schwierigkeiten hatte. Die Äbtissin lobte sie bei den Anlässen, da Pilar mit ihrer Sprechstimme, die tatsächlich glockenhell war, so daß der Schwindel beim Chorgesang keiner Seele auffallen konnte, lange Gedichte vortrug, und sie lernte in allen Gegenständen schnell und leicht. Das beste an Rábida Alcazar war jedoch, daß es auch hier möglich gewesen war, in der Matratze die Nähte ein wenig auseinanderzuziehen und die weißblaue Schachtel sowie die Gazelle, die sie aus Angel del Sur mitgebracht hatte – Conchita hatte ihr zum Abschied erlaubt, sich eines von ihren geschnitzten Tieren auszusuchen, und Pilar hatte nach der Gazelle gegriffen –, unterzubringen. Conchita hatte sich schwer von dem Tier getrennt, es jedoch andererseits als gutes Omen angesehen, wenn das Ding, das ihr selbst am wertvollsten war, ihre kleine Schwester in die neue Umgebung begleitete. Pilar hatte beides im Ausschnitt ihres Kleides nach Rábida Alcazar transportiert und in einem unbeobachteten Moment das Versteck geschaffen, wobei sie darauf achtete, daß die Gazelle, deren Beinchen, wie Conchita gesagt hatte, geklebt waren, genügend Platz fand. Wenn die anderen schliefen, griff sie, auf dem Bauch liegend, unter die Matratze, strich mit den Fingerspitzen über die Gazelle und holte ein paar Krümel Tabak aus dem Päckchen, die sie entweder zwischen den Fingerspitzen zerrieb oder auf das Kopfkissen legte, bevor sie mit geschlossenen Lidern die Umrisse des Hühnchens aus ihrem Gedächtnis holte und sich zum Einschlafen zur Seite drehte. Später brachen die Beinchen der Gazelle doch, aber inzwischen waren so viele der weißen Röllchen aufgebraucht, daß in der Schachtel Platz für die vier grazilen Gliedmaßen des Tierchens war und die Gazelle ihr Dasein in der dunklen Höhle der Seegrasfüllung ab nun beinlos fristete.

In ihren Abendgebeten gedachte Pilar ihrer Mutter und Conchitas sowie der anderen, die sie auf Angel del Sur zurückgelassen hatte, und in ihren Träumen ging sie an der Hand ihrer Schwester über die Olivenpflanzung zu Sebastianos Grab, oder sie suchten das Bachbett auf und saßen zu Füßen des efeuüberwachsenen Feldsteins. Ein- oder zweimal kam die Azulita zu Besuch und ringelte sich um das weißlackierte Gitter am Fußende von Pilars Bett, als wolle sie ihr sagen, daß sie sie nicht vergessen habe. Manchmal jedoch, an der Traumgrenze, sah Pilar den hochgewölbten Altarraum von San Christóbal vor sich, in dem ein weißgekleideter kleiner Meßdiener durch die Luft flog, und wenn sie vor Sehnsucht nach Angel del Sur nicht einschlafen konnte, genügte es, sich das Bild des Jungen, der, am Glockenseil hängend, mit dunklen Augen zu ihr heruntersah, in Erinnerung zu rufen, um ihre Tränen zu trocknen und ihr das Herz leichter zu machen.

Auf Angel del Sur hatte unauffällig ein Wechsel in der Verteilung der Pflichten stattgefunden. Umbre, deren Hände etwas zitterig geworden waren, so daß ihr in der Küche manchmal ein Teller oder ein Topf entglitt, und die einmal beim Feuermachen beinahe ihren in der Herdnische befindlichen Strohsack in Brand gesetzt hätte, war jetzt zumeist im Hausgarten anzutreffen, wo sie Sträucher schnitt oder, auf einem Schemel sitzend, Beete grub und Gemüse anpflanzte, und hatte darüber hinaus einen Teil der Stallarbeiten übernommen, die die Brüder ihrer geschäftlichen Verpflichtungen wegen nicht mehr ausführen konnten. Conchita, die die umliegenden Märkte so gründlich mit Netzen versorgt hatte, daß für die nächsten Jahre keine Abnehmer zu erwarten waren, hatte, indem sie sich wiederholt von Aranja aus dem handgeschriebenen Kochbuch ihrer Mutter, das noch aus der Sierra de la Virgen stammte, vorlesen ließ, etliche Rezepte auswendig gelernt, die sie nacheinander ausprobierte. Nachdem sie die Schritte in alle Richtungen gezählt und die Regale mit den Spannen ihrer Hände ausgemessen hatte, bildete die Arbeit in der Küche für sie eine Quelle der Abwechslung und Kurzweil, und sie setzte ihren Ehrgeiz darein, möglichst allein zurechtzukommen und sich nur beim Anzünden des Herdfeuers oder Herbeischaffen des Wassers von Aranja helfen zu lassen. Wenn die Familie des Abends das Essen lobte und ihr Mann später in Sebastianos getäfeltem Zimmer zu ihr »*Mi alma*, was täten wir ohne dich?« sagte, wurde ihr warm vor Freude, und ein wenig half ihr die neue Aufgabe über die ansonsten unverändert schmerzende Trennung von Pilar hinweg.

Aranja, die sich rechtzeitig durch Bibellesen und Füßekratzen unentbehrlich gemacht hatte, so daß sie bei Pilars Übersiedlung nicht mehr fürchten mußte, die Finca verlassen zu müssen, fügte ihrer Nützlichkeit eine weitere Komponente hinzu, indem sie es übernahm, Jakobus' Altar täglich mit frischen Blumen zu versorgen, die sie zu Umbres Ärger aus dem Hausgarten holte, wobei sie nicht davor zurückschreckte, zu Ehren des Heiligen eine halbgereifte Sonnenblume zu pflücken oder einen Tomatenstock mitsamt der Wurzel auszureißen. Aurelia war mit der neuen Einteilung sehr zufrieden, denn nun war es Conchita, die die Tortillas zubereitete und dabei nicht mit Pfefferschoten sparte, und Aranja, die für sie in den Keller stieg und der es auf das Gewicht von einer oder zwei zusätzlichen Flaschen nicht ankam.

Eine weitere Veränderung fand statt, als Umbre es ihres schlechter gewordenen Gehörs wegen in ihrer Herdnische nicht mehr wahrnahm, wenn Aurelia mit dem Regenschirm gegen das Heizungsrohr schlug. Die Folge war, daß Aurelia mehrere Male klopfen mußte, bis ihr Arm schmerzte und das Rohr sich bog, ehe jemand im Haus es hörte, und daß es ein- oder zweimal geschah, daß sie ohne Nachttrunk bis zum Morgen ausharren mußte. Da sie es ohnehin haßte, allein in einem Zimmer zu schlafen, verfügte sie, daß Aranja sich während Pilars Abwesenheit auf deren Strohsack einzuquartieren habe, stieß damit jedoch auf unvermuteten Widerstand. Die Brüder Pepe und Pepe erschienen einzeln bei ihr und erklärten ihr, um wieviel besser Umbre ihrer Erfahrung wegen zu ihrer persönlichen Betreuung geeignet sei, und Junipero, der tatsächlich ihr Wohl im Auge hatte, schloß sich ihnen an. Aurelia, die keine Lust hatte, sich mit drei Männern auseinanderzusetzen, stimmte unter der Bedingung zu, daß Aranja weiterhin ihren Versorgungspflichten bezüglich Küche und Keller nachkäme, wobei es ihr, wie unschwer zu erraten, ausschließlich um den Keller ging. Aranja behielt zur Freude der beiden Pepes ihre Kammer im ersten Stock bei, indes Umbre, die sich der Ehre, im Altarzimmer wohnen zu dürfen, bewußt war, die Herdnische dennoch mit gemischten Gefühlen verließ, da es ihr in ihrem neuen Domizil schwer möglich sein würde, den Wünschen des Vogelkopfs bezüglich nächtlicher Aufhängung eines Hühnerdarmes, eines Säckchens mit Ziegenkot oder eines solchen mit knoblauchgetränkten Kohlestückchen zu entsprechen.

Während der Ferien zwischen dem ersten und zweiten Schuljahr kehrte Pilar heim auf die Finca und brachte, vor allem für Conchita, ein Stück des vertrauten früheren Lebens zurück. Umbre räumte vorübergehend den Strohsack und holte in dieser Zeit in der Herdnische alle Opfer nach, die sie bis dahin versäumt hatte. Pilar fand ihren Heiligen an der Decke unversehrt und mit allen Wunderkräften, die ihr den Blick zu Gott freigaben, vor, und atmete allabendlich den lang entbehrten Rauch aus Aurelias Zigaretten ein, der ihren Körper vor dem Einschlafen so leicht machte, als habe er sich vom Boden gelöst und schwebe im Raum. Daß sie inzwischen lesen gelernt hatte, bedeutete für ihr Zusammensein eine erhebliche Bereicherung und machte Pilar zur eifrigen und unermüdlichen Lehrerin ihrer Schwester. Conchita ließ sich von ihr die Schulbücher vorlesen und die Lieder, die sie bei Schwester Fidelis einstudiert hatte, vorsingen. Sie erfuhr, daß auf der anderen Seite der Erde Heiden wohnten und daß, wie Schwester Santuza es im Religionsunterricht verkündet hatte, mit der Frau die Sünde in die Welt gekommen sei. Conchita war von dem, was sie zu hören bekam, höchst beeindruckt. Sie forderte Pilar immer wieder auf, vorzulesen und zu erzählen, und sprach anschließend in Sebastianos getäfeltem Zimmer mit Nando darüber, der ernsthaft nachzudenken begann, auf welche Weise man Conchita das Erlernen der Blindenschrift ermöglichen könnte. Als er ihr seine Überlegungen mitteilte, war Conchita zwar erfreut über das damit einhergehende unausgesprochene Lob, meinte jedoch, daß die Arbeit im Haus ihr dazu keine Zeit lasse und sie von Pilar ohnehin alles Wissenwerte erfahre.

Gegen Ende des Sommers traf auf Angel del Sur ein Brief des Polizeikommissariats von San Eresmo ein, in dem Inspector Bluna seinen dienstlichen Besuch ankündigte und gleichzeitig anfragte, ob von seiten des Hauses Einwände bestünden, wenn er bei dieser Gelegenheit seine Familie mitbringe, da seine Frau einmal auf der Finca gearbeitet habe und sich freuen würde, diese wiederzusehen. Nando, der den Brief, wie es ihm zustand, zuerst las, machte Aurelia davon Mitteilung, und diese war über die in Aussicht stehende Abwechslung erfreut und trug Nando auf, umgehend zu antworten und dem Inspector zu versichern, daß es dem Hause Riéra eine Ehre sein werde, die Familie Bluna zu empfangen. Nando, der nicht vergessen hatte, daß Bluna der seinerzeitige Urheber seiner Haftstrafe gewesen war, aber ebensowenig, daß er diesem Umstand Conchitas Besuch im Kreisgefängnis und dadurch mittelbar sein Glück verdankte, fügte hinzu, daß er neugierig sei, den dienstlichen Anlaß des Besuchs zu erfahren. Er verschloß den Brief, kämmte sich vor dem Spiegel seine Locke in die Stirn und dachte dabei, daß es nicht immer leicht,jedoch in jedem Fall richtig und nötig sei, auf Gottes Weisheit zu vertrauen, ehe er in die Küche hinunterstieg, um seiner Frau bei den Vorbereitungen für das Abendessen zuzusehen.

Als Mann von Ehre und Anstand war Inspector Bluna der Ansicht, daß man begangenes Unrecht gutzumachen habe. Als er bei den abgelegten Akten, die er in regelmäßigen Abständen zu durchblättern pflegte, auf das Datum stieß, zu welchem die Bewährungsfrist für den ausgesetzten Teil der Strafe des ehemaligen Polizeihäftlings und jetzigen Patróns auf Angel del Sur verstrichen war, beschloß er, diesem die erfreuliche Mitteilung selbst zu überbringen. Da, wie er wußte, seine Frau die Finca von früher her kannte und seine Mission überdies in die Ferien fiel, lag es nahe, dies zum Anlaß für einen Familienausflug zu nehmen, um so mehr, als er sich bei dem Gedanken an die damaligen Geschehnisse eines gewissen Unbehagens nicht erwehren konnte und demgemäß meinte, daß die Anwesenheit seiner Frau und seines Sohnes ihm bei der Wiederkehr an jene schicksalhafte Stätte den erforderlichen Rückhalt gewähren würde. Ramón war entzückt über die in Aussicht gestellte Reise und bat seinen Vater um die Erlaubnis, mit seinem neuen Fahrzeug, das er zu Schulbeginn bekommen hatte und das etwas größer war als das vorhergegangene, dem Dienstwagen, in dem seine Eltern sitzen würden, hinterherfahren zu dürfen. Bluna entgegnete, dies sei wegen der Rillen in der Sandstraße zu gefährlich, auch sei der Weg zu weit, aber er wisse etwas, was Ramón ebensoviel Freude bereiten würde. Tatsächlich ließ er, als sie die wenig befahrene Strecke zwischen den Tafelbergen erreicht hatten, den kleinen Inspectorito an das Steuer des Dienstwagens, und Ramón lenkte das Fahrzeug, auf dessen Rücksitz die zwischen Stolz und Bangen schwankende Ele saß, indes Bluna, seinen Fuß vom Beifahrersitz aus unter dem Armaturenbrett durchstreckend, Gas gab.

Auf Angel del Sur wurden sie von Nando empfangen, und Bluna, der beim Betreten der Stätte seiner Niederlage einen leichten Druck in der Magengrube verspürt hatte, beruhigte sich, als sein ehemaliger Rivale ihn zwanglos und freundlich begrüßte. Auch hatten die Verhältnisse sich seither gewandelt, und es war weniger beschämend, gegen einen Patrón als gegen einen Knecht verloren zu haben.

Conchita hatte auf der festlich gedeckten Tafel einen Imbiß aus getrocknetem Eselsfleisch, Paprikawürstchen und in Olivenöl gebratenen Eiern bereitgestellt und bat mit sanfter Stimme zu Tisch, indes Aranja, die mehrere Flaschen verschiedenen Rotweins aus dem Keller geholt hatte, daranging, die Gläser zu füllen. Bluna, der seiner sperrigen Uniform wegen den Platz etwas umständlich eingenommen hatte, entfaltete seine Serviette mit zitternder Hand. Der Anblick der jungen Frau, um die er so sehr gelitten, daß er den Tod gesucht hatte, griff ihm noch immer ans Herz. Unterhalb des Tischtuchs tastete er nach Eles Hand, als wolle er sich seines Glücks vergewissern, und Ele, die schon nach dem Messer gegriffen hatte, legte es noch einmal weg, um den Druck seiner Hand zu erwidern. Auch für sie hatte der Tag seine besondere Bewandtnis. Der Gedanke, unter Sebastianos Dach bei Tisch zu sitzen, jagte ihr fortgesetzt kleine Schauer über den Rücken, und der Anblick des reizenden kleinen Mädchens , das ehedem der Grund für das Mißverständnis und somit für das Zerwürfnis zwischen Sebastiano und ihr gewesen war, trieb ihr die Tränen in die Augen. Pilar saß dem kleinen Inspectorito durch die Breite des Tisches getrennt gegenüber, so daß sie ihn die ganze Zeit über ansehen mußte, aber nicht mit ihm sprechen konnte.

Nach dem Abendessen stand Bluna auf, entfaltete das Schriftstück, das er in der Brusttasche trug, erklärte Nando, daß die Bewährungsfrist für den ausgesetzten Teil der Strafe verstrichen und er ab sofort wieder als unbescholtener Bürger anzusehen sei, und überreichte Nando aus seiner anderen Brusttasche eine Kopie des Schreibens, die dieser dankend entgegennahm. Da der dienstliche Teil abgeschlossen war, fragte Nando den Inspector, ob es etwas auf der Finca gebe, wofür er besonderes Interesse habe, und Bluna, erleichtert, daß der Akt so reibungslos über die Bühne gegangen war, meinte, er würde gerne das Waffengeschäft des Señor Junipero aufsuchen, für das, wie er wußte, der Alkalde persönlich seine Genehmigung gegeben hatte. Gemeinsam verließen sie die Tafel, um Junipero in der Scheune einen Besuch abzustatten, während Conchita Señora Bluna, deren Hände vor Erregung eiskalt waren, Aurelias Einladung ins Altarzimmer zu einer Tasse Kaffee und einem Glas Anis del Mono überbrachte. Umbre indessen machte sich mit einem Tiegel Dachsöl und einigen Kräutern auf den Weg zum Ziegenstall.

Tags zuvor war eine Ziege, die aus der umzäunten Weide ausgebrochen war, einem in der Nähe beschäftigten Feldarbeiter vor die Mähmaschine gelaufen, wobei ihr der Sensenbalken die Flanke aufgerissen hatte. Umbre hatte die Wunde gesalbt und der regungslos auf dem Stroh liegenden Ziege ein Agavenblatt auf den Bauch und einige Stengel Berberitze auf den Kopf gelegt, aber das Tier hatte zu fiebern begonnen, die Wunde eiterte, und während der folgenden Nacht begannen die Gedärme hervorzuquellen.

Als die Erwachsenen den Raum verlassen hatten, ging Pilar um den Tisch herum auf den Jungen mit der kreolfarbenen Haut und den dunklen Locken zu, der wie sein Vater in eine Uniformjacke gekleidet war.

»Du bist der, der durch die Luft geflogen ist.«

»Und du hast gelacht.«

Pilar mußte bei der Erinnerung an den Vorfall beinahe wieder lachen, unterließ es aber nach einem Blick in die Augen des Jungen.

»Warst du mir böse?«

»Damals ein bißchen«, sagte Ramón, »jetzt nicht mehr.«

»Was willst du lieber sehen, den Feldstein im Flußbett oder das Grab meines Vaters?«

»Beides«, sagte Ramón.

Pilar führte ihn zu Sebastianos Grab und erklärte ihm, welch stattlicher Mann und beliebter Patron Señor Riéra gewesen sei, und fügte, um ihrem Gast etwas Außergewöhnliches zu bieten, hinzu, welch schreckliches Ende er in der brennenden Scheune gefunden hatte. Ramón, normalerweise für dramatische Begebenheiten durchaus empfänglich, war etwas unaufmerksam. Er hatte sich mit Betreten des Hauses, da er in Pilar das Mädchen aus der Kirche wiedererkannte, vorgenommen, sie, auf welche Weise immer, so nachhaltig zu beeindrucken, daß sie ihn nie mehr vergessen würde. Von den Heidengeschichten, die lückenlos in seinem Gedächtnis aufbewahrt waren, eignete sich die Errettung der Jungfrau Esmeralda aus der Gewalt des Seeungeheuers am besten, und während Pilar sprach, schossen ihm die Gedanken kreuz und quer durch den Kopf. Mit einem Seeungeheuer war auf Angel del Sur nicht zu rechnen, aber mit einer Befreiung sah es nicht übel aus. Er hatte im Vorbeigehen an den Türen der Stallungen Riegel bemerkt, die nur von außen zu öffnen waren.

Als Pilar schwieg und ihn erwartungsvoll ansah, murmelte er *»Maravilloso«*, was nicht ganz paßte, da Pilar soeben von der verkohlten Leiche ihres Vaters gesprochen hatte, die unter den Trümmern der Scheune aufgefunden worden war. Dann brachen sie auf, um den Weg zum Flußbett zu nehmen, der, wieder an den Stallungen vorbei, in die entgegengesetzte Richtung führte.

Auf der Höhe des Ziegenstalls wechselte Ramón im Gehen den Platz, so daß Pilar sich nun neben der Holzwand befand. Er öffnete, an ihr vorbeigreifend, den Riegel und beförderte das Mädchen mit einem kleinen Stoß in den dämmerigen, von Hitze und Stallgeruch stickigen Raum. Dann schob er den Riegel wieder vor. Während Pilar, die auf dem Stroh gelandet war, sich überrascht zurechtzufinden suchte, brach er einen Zweig von dem ihm zunächst stehenden Strauch, säuberte ihn von Blättern und Ästen und schlenderte, das Gras vor seinen Füßen peitschend und mit dem ersten Teil seiner Aktion zufrieden, ins Feld hinein.

Pilar erhob sich und sah sich um. Durch die Ritzen der Holzbalken fiel das Sonnenlicht und teilte den Raum in schrägstehende Rechtecke. Dann hörte sie ein leises Keuchen und ging darauf zu. In der Ecke auf einer Strohschütte lag die Ziege und starrte sie aus weit aufgerissenen Augen an.

Pilar trat näher. Die Dunkelheit war heller geworden, und sie sah die Wunde an der Flanke des Tieres. Der Geruch von Ammoniak brannte in ihren Augen, und ihre Hand, die den unsichtbaren Doppelreif trug, wurde schwer. Sie stieg über die

Barriere, die die einzelnen Koben voneinander trennte, und kniete bei der Ziege nieder.

Für Ele, deren Herz beim Überschreiten der Schwelle des Altarzimmers gegen die Rüschen ihrer Seidenbluse geklopft hatte, war es ein mehr als sonderbares Gefühl, Sebastianos Ehefrau gegenüberzusitzen. Aranja hatte auf Befehl der Patrona eine Thermosflasche mit Kaffee, eine Karaffe Anis del Mono und einen Teller mit Ingwergebäck auf dem Tisch neben dem Bett bereitgestellt, und Aurelia, die nicht ahnte, daß es sich bei Ele um ihre einstige Rivalin handelte, was ihr möglicherweise auch gleichgültig gewesen wäre, hatte diese in Erwartung einer kurzweiligen Plauderstunde mit ausgesuchtem Wohlwollen begrüßt.

Als Bluna seiner Frau den Familienausflug nach Angel del Sur vorgeschlagen hatte, war es Ele klar gewesen, daß es hierbei zu einer Begegnung mit Sebastianos Frau kommen würde, und sie hatte erwogen, Vater und Sohn allein ziehen zu lassen. Doch dann war ihr in den Sinn gekommen, daß Sebastiano sie immer seine kleine Löwin genannt hatte und sie es seinem Andenken schuldig sei, sich der Herausforderung zu stellen. Sie hatte Aurelia schon einmal gesehen, als diese bei Conchitas Hochzeit an ihr vorbei zum Altarraum getragen worden war, indes sie selbst sich hinter der Säule versteckt hatte, und die im Sessel hoch aufgerichtete blasse Frau mit dem violetten Umhang und den von der silbernen Peineta gehaltenen Haaren hatte ihr scheuen Respekt eingeflößt. Nun, da sie ihr gegenübersaß, fand sie eine liebenswürdige Gastgeberin vor, die, begierig, Neuigkeiten aus San Eresmo zu erfahren, verschiedene Fragen stellte und mit der sie sich alsbald in angeregter Unterhaltung fand. Aurelia erkundigte sich nach Eles Sohn, der, wie sie wußte, mit Pilar gleichen Alters war, ließ sich über dessen Vorliebe für schnelle Fahrzeuge berichten und erwähnte, für Ele kaum überraschend, daß ihre beiden Söhne Pepe und Pepe in Ramóns Jahren nicht anders gewesen seien. Ele wiederum schilderte ihren Alltag am Kiosk, und Aurelia äußerte sich anerkennend über Eles Fähigkeit, so verschiedenartige Aufgaben zum Wohle aller erfolgreich miteinander zu verquicken.

Schließlich zeigte Aurelia ihrer Besucherin, die sich zu diesem Zweck aus dem Sessel erheben mußte, Sebastianos Grab, das vom Kopfende ihres Bettes aus zu sehen war, und als Ele, der beim Anblick des einsam gegen den Himmel ragenden Kreuzes erst ein kühler, dann ein warmer Schauer durch die Adern lief, sich wieder setzte, hatte sie das Empfinden, daß ein Kreis sich geschlossen hatte und Sebastiano mit ihr zufrieden war.

In der Zwischenzeit hatte Bluna sich in Juniperos Laden umgesehen. Junipero, entzückt, einen so kundigen Besucher bei sich zu sehen, zeigte diesem, nachdem die Verkaufskollektion besichtigt war, seine private Sammlung, die der Inspector sich Stück für Stück vorführen ließ. Zuletzt überließ Junipero seinem Gast einen Trommelrevolver acht Komma fünf mit perlmuttbelegtem Griff, für den dieser besonderes Interesse zeigte, zu einem Liebhaberpreis, worauf der Inspector Junipero einlud, sich bei Gelegenheit das gemeindeeigene Arsenal im Keller des Gendarmeriekommandos anzusehen, in welchem sich zum Teil noch Waffen aus dem Krieg befänden, ein Angebot, das Junipero mit Freuden annahm.

Ramón hatte die Finca in einem weiträumigen Bogen umkreist und war nach seiner Rückkehr bei dem für ein Stadtkind ungewöhnlichen Anblick des überdimensionalen Misthaufens, der sich an der Rückseite der Stallungen auftürmte, staunend stehengeblieben. Danach hatte er sich in geringer Entfernung von der Tür des Ziegenstalls, diese im Auge behaltend, ins Gras gesetzt und, mit seinem Stöckchen die Halme peitschend, noch etwa eine Stunde zugebracht, um die geplante Befreiung Pilars durch die längere Wartezeit eindrucksvoller zu gestalten.

Es war Umbre, die in Erfüllung ihrer selbstauferlegten Pflichten seine Pläne durchkreuzte. Als der Tisch abgeräumt, das Geschirr gereinigt und ein Abschiedstrunk für die Gäste bereitgestellt war, beschloß sie, noch einmal nach der Ziege zu sehen, und machte sich mit Agavenblättern, Distelkraut und einem Tiegel Dachsöl auf den Weg. Da sie sich rasch zu bewegen pflegte und dabei stets geradeaus blickte, entging ihr, daß der Sohn des Inspectors etwas seitab vom Stall auf dem Wiesenrand saß und bei ihrem Anblick erschrocken aufsprang. Sie öffnete die Tür und prallte zurück, als Pilar aus dem Halbdämmer auftauchte und an ihr vorbei ins Freie rannte. Wenig später fiel ihr der Tiegel mit Dachsöl aus der Hand und zerbrach klirrend auf dem Steinboden, indes sie sich an den neben der Strohhütte hochragenden Holzbalken klammerte.

»Madre de Dios«, stammelte sie, *»Madre de Dios!«*

Aurelias und Eles Kaffeestunde neigte sich dem Ende zu, und bereits war von einer wünschenswerten Wiederholung derselben in näherer oder fernerer Zeit die Rede, als Umbre, ohne anzuklopfen, die Tür aufriß. Auf der Schwelle stehend und Aurelias Ablehnung derlei Gehabes nicht bedenkend, schlug sie hintereinander mehrere Kreuze. »Die Ziege!« stieß sie hervor. »Alle Heiligen und Märtyrer zu Füßen unseres allgütigen Gottes: die Ziege!«

Aurelia, die nach ihrem Glas gegriffen hatte, führte die Bewegung zu Ende und nahm einen Schluck Anis del Mono, ehe sie fragte: »Was ist mit der Ziege?«

»Sie ist geheilt«, stammelte Umbre. »Bei der allerheiligsten Hostie, Patrona: Es ist ein Wunder! Von der schrecklichen Verletzung ist nur mehr ein dünner Strich zu sehen.«

Aurelias Glas war auf halbem Weg zum Tisch in der Luft steckengeblieben.

»War Pilar im Stall?« fragte sie, Eles Gegenwart vergessend.

Umbre, die sich weiterhin heftig bekreuzigte, hielt in der Bewegung inne. *»Esto es. Esto es, Señora. Esto es!«* Sie wäre gern auf die Knie gesunken, unterließ es aber im Hinblick auf Aurelias vorhersehbare Mißbilligung. »Sie war im Stall, Pilarita, unsere kleine Heilige! Die Hostie beschütze sie, jetzt und in der Stunde ihres Todes.«

Aurelia, die sich der Anwesenheit ihres Gastes wieder bewußt geworden war, stellte ihr Glas mit ruhiger Hand auf dem Tisch ab. »Nun, es gibt für alles eine Erklärung«, sagte sie. »Nando wird die Sache überprüfen, und du sorgst dafür, daß Pepe el Rubio unseren Gästen noch ein kleines Andenken aus seinem Keller für die Heimfahrt bereitstellt.«

Umbre entschwand, kleine entzückte Schreie ausstoßend, indes Aurelia, den Vorfall übergehend, sich wieder ihrer Besucherin zuwandte.

Ele hatte begriffen, daß die Patrona über das, was sich soeben vor ihrer beider Augen abgespielt hatte, nicht zu sprechen wünschte, war jedoch durchaus in der Lage, zwei und zwei zusammenzuzählen: Wenn die Kreuze schlagende Fledermaus, die es taktvoll oder listig vermieden hatte, ihre Bekanntschaft mit der Frau des Comandante kundwerden zu lassen – wie erinnerlich, hatte Ele sie seinerzeit vermittels des Schlüsselwortes »Hibiskus« nach ihrem *toro* ausgeschickt, und ihr Auftrag war zur Zufriedenheit erledigt worden –, tatsächlich Zeugin eines Wunders gewesen sein sollte, würde Ele es bei deren nächstem Besuch an ihrem Kiosk erfahren. Was ihr augenblicklich in den Sinn kam, war ihre Katze Fulvia, die einige Zeit nach jenem Schock in der Waschküche, vermutlich als Folge davon, an einer rätselhaften Blindheit erkrankt war: Ein zweites Paar dünner, milchiger Lider hatte sich über ihre Augen gezogen, und das Tier verließ, vermutlich, um sich nicht an Möbelstücken zu stoßen, sein Körbchen nicht mehr, ein Zustand, den der Tierarzt als Depression bezeichnete und der Ele, die Fulvia gegenüber ein schlechtes Gewissen hatte, in höchste Sorge versetzte. Die Alte würde, dessen war Ele gewiß, für ein paar Pesetas das von ihrer Patrona gehütete Geheimnis so ausführlich ausplaudern, wie man es sich nur wünschen konnte.

Ebenso wie es Ele als Frau von Erfahrung und Lebensklugheit einwandfrei gelungen war, ihre Überraschung über Umbres Auftritt zu verbergen, fiel es ihr nicht schwer, sich Aurelias Diskretion anzuschließen, das Gespräch über einen kleinen Zeitraum hinweg geläufig fortzusetzen und sich nach einer ihr angemessen scheinenden Frist zu verabschieden.

»Warum hast du mich eingesperrt?« fragte Pilar, nachdem Umbre schreiend und Kreuze schlagend den Stall verlassen hatte, den dunkellockigen Jungen, der, sein Stöckchen in Händen drehend, etwas verlegen am Wiesenrand stand.

»Damit ich dich befreien kann«, sagte Ramón. Pilar musterte ihn aus ernsten Augen, ehe sie sich zum Gehen wandte. Der Junge blieb noch einige Sekunden lang stehen und starrte auf die Spitze des Stöckchens, das in langsamer werdenden Kreisen über die Halme strich. Dann warf er es ins Feld, vergrub die Hände in den Taschen seiner Uniformjacke und folgte Pilar ins Haus.

Bei der allgemeinen Verabschiedung auf dem Sandplatz, zu der Pepe el Rubio, wie von seiner Mutter angeordnet, einige Proben aus seinem Keller als Reiseproviant für die Gäste bereitgestellt hatte, erklärte Ramón zur Überraschung seiner Eltern, daß er das Auto bei der Heimfahrt nicht zu steuern wünsche. Pilar stand am Wagenschlag, als er diesen, ohne die Tür zu öffnen, überkletterte und sich in den von den Plachen des zurückgeschlagenen Daches umrahmten Ledersitz fallen ließ. Eine Frage brannte Pilar auf den Lippen, die, wie sie wußte, ein wohlerzogenes Mädchen nicht stellen durfte, aber Ramón verstand sie auch so und sagte: »Ich werde mir den Weg merken, damit ich wiederkommen kann, wenn ich größer bin.« Er dachte dabei an die Zweizylindermaschine mit Boxermotor, die sein Vater ihm für seinen sechzehnten Geburtstag versprochen hatte, sowie daran, daß es bis dahin nur noch acht Jahre waren und er es innerhalb dieser Zeit zuwege bringen mußte, ein Held zu werden.

Während der Fahrt zwischen den Tafelbergen, auf denen die verstreuten Olivenpflanzungen in der rasch fallenden Dämmerung nur noch als schwarze Flecken hervortraten, hing jeder seinen Gedanken nach. Daheim angekommen, überlegte Ele, ob sie ihrem Mann über den mit Umbre erlebten Vorfall, vor allem im Hinblick auf die damit verbundene Hoffnung für Fulvia, berichten solle, verschob es aber auf einen Zeitpunkt, zu dem sie über die Sache genauer informiert sein würde. Ihr Herz schlug einen raschen, unruhigen Takt, und sie erwog, sich ausnahmsweise an Doktor Bravos Anweisung zu halten, unterließ es jedoch aus einem Gefühl der Loyalität für ihren Ehemann, die sie ihm an jenem Tag mehr als sonst zu schulden glaubte.

Nachdem das Licht im Zimmer seiner Eltern erloschen war,

stand Ramón, der schon zu Bett gegangen war, noch einmal auf, um im Schuppen sein derzeitiges Fortbewegungsmittel zu überprüfen, und kam zu dem Schluß, daß es im Hinblick auf die Ermüdungserscheinung des Rasenmähermotors sowie auf die Fahrrillen der in Frage kommenden Straße nicht möglich sein würde, eine bestimmte Strecke innerhalb einer gebotenen kurzen Zeitspanne zurückzulegen.

Auf Angel del Sur schlich Umbre in der Dämmerung mit der Heckenschere in den Stall und schnitt der Ziege, die auf dem Stroh lag und bei ihrem Eintritt den Kopf hob, drei Haare ab, die sie in einem Kupfermedaillon, dem einzigen Andenken an ihre Mutter, verwahrte, in dem sich bereits drei Haare ihres weiland siebenten Geschwisterchens sowie drei Haare des von den Mauren geköpften Märtyrers Anselmo von den Häusern befanden, welch letztere sie während des Aufenthalts in Cataluña einem durchreisenden Jakobspilger für acht Pesetas, ihren gesamten Monatslohn, abgekauft hatte.

Im Altarzimmer erhielt Aranja anschließend an ihre abendlichen Dienstleistungen von der Patrona den Auftrag, die Flasche Anis del Mono auf dem Tischchen neben dem Bett stehenzulassen und nur den Teller mit den restlichen Ingwerplätzchen und das Glas der Besucherin zu entfernen. Nachdem Aranja den Raum verlassen hatte, wandte Aurelia sich in dem Wunsch, Genaueres über den nachmittäglichen Vorfall zu erfahren, Pilar zu, jedoch war diese auf ihrem Strohsack eingeschlafen, und Aurelia ließ sich in die Kissen zurückfallen und fixierte die beiden Heiligen an der Decke mit ausnahmsweise geteilter Aufmerksamkeit: Jakobus erschien im Strahl ihrer nach oben geöffneten Nachttischlampe in mildem Goldgelb, indes Franziskus, welcher den Pilar näher gelegenen dunkleren Teil des Zimmers bewohnte, sich in rätselhaftes Grau hüllte. Aurelia ließ den Nachmittag an sich vorbeiziehen und kam zu dem Schluß, daß es eine vergnügliche Kaffeestunde gewesen sei und daß es mit Umbres Ansicht, es handle sich bei dem kleineren Fleck um den Schutzpatron der Tiere, zweifellos seine Richtigkeit habe.

Pilar war nicht eingeschlafen, sie hatte nur die Augen geschlossen. Aber auch wenn Aurelia sie gefragt hätte, hätte sie keine Auskunft geben können, da sie sich ihrer Handlungsweise nicht bewußt war und nur tat, was der Augenblick ihr eingab. Die Frage, die sie beschäftigte, war, warum der Sohn des Inspectors gewünscht hatte, sie zu befreien, und welche Zeitspanne er mit den Worten »wenn ich größer bin« im Sinn haben mochte.

18

In Juniperos Leben ergaben sich unerwartet neue Aspekte, als der Gouverneur, den er verschiedentlich in Waffenfragen beraten hatte und der ihn als Experten schätzte, ihn zu seinem Vertrauensmann für sämtliche seine Jagdleidenschaft betreffenden Fragen machte. Nicht nur daß er für sich und seine Hausjäger neue Gewehre erwarb und laufend die nötige Munition bei Junipero bestellte. Er ließ ihn auch mehrmals in seinen an der Avenida Toledana liegenden, im maurischen Stil gebauten Palast bitten, um seine eigene Sammlung, die zum Teil noch aus den Eroberungskriegen stammte, von ihm begutachten zu lassen, und Junipero bewerkstelligte es mit Geduld und Liebe zur Sache, daß die eine oder andere ehrwürdige Büchse, die seit Jahrzehnten ihren Dienst versagt hatte, wieder in Funktion trat und der Gouverneur seinen Besuchern ausgewählte und präzise justierte Jagdwaffen zur Verfügung stellen konnte. So konnte es nicht ausbleiben, daß er eines Tages selbst zur Kaninchenjagd geladen wurde, was ihn insofern in Verlegenheit brachte, als es ihm nicht möglich war, auf etwas Lebendiges, im besonderen auf ein Kaninchen, das für ihn aus ihm selbst nicht bekannten Gründen etwas Menschenähnliches an sich hatte, zu schießen. Da es jedoch nicht anging, daß der Waffenexperte des Gouverneurs in den Verdacht geriet, ein schlechter oder mittelmäßiger Schütze zu sein, brachte er zu der betreffenden Einladung eine Winchester Twin mit, ein Prachtstück aus Wales, das aus dem Nachlaß eines baskischen

Bankiers und Großwildjägers stammte, und demonstrierte deren Qualitäten an einer ebenfalls mitgebrachten Zielscheibe, die er im hinteren Teil des Gartens an einer Pinie befestigte. Die Gäste durften das Unikum der Reihe nach ausprobieren, und wie zu erwarten, traf Junipero mit jedem Schuß ins Schwarze, indes einige der hochachtbaren Teilnehmer, für deren Waidmannsglück die Hausjäger zuständig waren, die, sobald ein Schuß danebenging, ein eigens zu diesem Zweck mitgeführtes totes Kaninchen aus dem Rucksack zogen und damit triumphierend aus dem Dickicht brachen, weit vom Ziel blieben. Somit war Juniperos Ruf gefestigt, und in der Folge kam es dazu, daß er innerhalb der Gemeinschaft als eine Art Autorität angesehen wurde, was ihm die Möglichkeit gab, den Troß zu begleiten, ohne selbst schießen zu müssen.

Da Junipero des langen Weges zwischen Angel del Sur und der Avenida Toledana sowie seines Geschäfts wegen den Einladungen zur Jagd nur an Wochenenden Folge leisten konnte, man ihn jedoch häufiger zu sehen wünschte und die Gäste sich stets enttäuscht zeigten, wenn der freundliche, umsichtige Señor, der als Waffenexperte galt, jedoch selbst niemals schoß, bei einem Ausritt fehlte, bot ihm der Gouverneur nach einiger Zeit einen leerstehenden, am Eingang des Palastgartens gelegenen Pavillon als Dependance an. Junipero dachte zwei Wochen lang nach, kam zu dem Schluß, daß die Vorteile die Nachteile überwogen, und nahm das Angebot an. Er schnitt ein weiteres Faß in zwei Teile und brachte dieses zusammen mit der Hälfte seines Warenlagers per Pferdewagen in das Pförtnerhäuschen am Eingang des Palastgartens, wo innerhalb weniger Wochen ein perfekt ausgestatteter Verkaufsraum nebst angrenzendem Büro entstand, in welchem Junipero außer einer Schlafstelle der Gewohnheit halber zwei leere Ölfässer aus Angel del Sur aufgestellt hatte. Auf die Prospekte, die er zur Eröffnung seiner Zweitgeschäftsstelle wieder auf der gemeindeeigenen Druckpresse der Comunidad anfertigen ließ, setzte er mit ausdrücklicher Bewilligung seines Gönners unter seinen Namen die Bezeichnung ›Waffenlieferant des Gouverneurs‹ und verbrachte von da an die Hälfte der Woche in der Avenida Toledana, für welche Zeit er ›Juniperos Arsenal‹ der ohnehin unterbeschäftigten Aranja überließ, die sich dafür angeboten hatte und nichts zu tun brauchte, als auftretenden Interessenten die ausgewählten Stücke zu den angeschriebenen Preisen zu überlassen und die Verkäufe in ein von Junipero dafür bereitgestelltes Buch einzutragen.

Die Neuigkeit, daß ein hübsches Mädchen Juniperos Platz hinter dem Ladentisch eingenommen habe, verbreitete sich in der Comunidad ebenso schnell wie die Kunde über die Eröffnung eines exklusiven Waffengeschäfts in der Hauptstadt. Beides war Juniperos Geschäftsgang überaus zuträglich, und da die Finca dank der Umsicht des Patróns wirtschaftlich wieder auf festem Boden stand, konnte Junipero zu Ende der Saison daran denken, sowohl den Laden auf Angel del Sur auszubauen als auch die weder komfortable noch repräsentative Schlafstelle hinter dem Vorhang des Pavillons gegen eine kleine Mietwohnung in der Hauptstadt zu vertauschen.

Als die Schonzeit für die Kaninchen begonnen hatte, suchte der Gouverneur seinen Waffenlieferanten zuweilen im Pavillon auf, um sich die eine oder die andere sehenswerte Neuerwerbung vorführen zu lassen, oder Junipero unterwies seinen Gönner in der Kunst des Zielschießens an der Scheibe, die im hinteren Teil des Palastgartens an der Pinie hing, und als die Tage kürzer wurden, konnte es geschehen, daß der unverheiratete Gouverneur den jungen Mann, dessen Bescheidenheit und kluge Weltsicht er zunehmend schätzte, zur Teestunde in seine Bibliothek bat. Wenn Junipero dann, nach Angel del Sur zurückgekehrt, in seinem selbstgefertigten Inventar zwischen den Ölfässern saß und Geschäftsbücher und Angebote prüfte, wobei sein Blick des öfteren durch das Dachfenster auf die stetig westwärts rückenden Sterne fiel, mußte er denken, daß es für den linkischen, vom Mißgeschick verfolgten Jungen bis nun ein weiter Weg gewesen war und daß sein Leben einen Verlauf genommen hatte, mit dem er zufrieden sein konnte.

Der Werdegang der Brüder Pepe und Pepe verlief in der Folge insofern verschieden, als Pepe el Morenos Wirkungskreis sich zunehmend außer Haus verlagerte, indes Pepe el Rubio, unermüdlich im Erfinden und Destillieren von immer neuen Essenzen, den Keller kaum mehr verließ und nur zu den Mahlzeiten ans Tageslicht kam. Pepe el Morenos Revier erstreckte sich bis zu den Bergen, die die Provinz gegen den Norden abgrenzten, und längst waren es nicht nur landwirtschaftliche Unternehmungen, die seine Dienste in Anspruch nahmen, auch mehrere Gestüte zählten zu seinen ständigen Kunden, und der Ruf, der dem Castrador mit dem flammendroten Haarschopf vorauseilte, war in mehr als einer Hinsicht bemerkenswert.

Pepe hatte sich für seine Ossa, auf deren Tank er eigenhändig mit Ölfarbe einen schwefelgelben Blitz gemalt hatte, der sich im Zickzack über das Gehäuse wand, einen zweirädrigen Anhänger bauen lassen, den er bei dienstlichen Fahrten mit sich führte und abkoppelte, sobald er privat unterwegs war. Darin befand sich neben den von Tio Rani übernommenen Utensilien ein aufklappbares Gestell aus Stahlrohr, in dem das zu behandelnde Tier, Hengst, Stier oder Esel, an einem um die Mitte gelegten Gurt hochgezurrt und mit den Beinen vermittels breiter Lederschlaufen an die vier Pfosten des Gestells gefesselt wurde. Die Idee stammte von Tio Rani, der Pepe die Vorteile des betreffenden Geräts auseinandergesetzt, es jedoch selbst nie zu einem solchen gebracht hatte, was insofern bedauerlich war, als der nunmehr achtzigjährige Mann im Lauf seiner Karriere mehrmals von um sich schlagenden Tieren, die das Hilfspersonal nicht zu bändigen vermocht hatte, verletzt worden war. Wenn Pepe unter dem verwegenen Knattern seiner Ossa samt Anhänger durch eine Toreinfahrt fegte und auf dem Hof eine ausladende Schleife zog, ehe er vom Ledersitz sprang, bewegten sich zumeist schon die Vorhänge, hinter denen eine Magd oder Hausangestellte, zuweilen auch das Töchterchen des Patróns scheue und neugierige Blicke auf den Ankömmling warf, und sobald das Gerüst aufgebaut und das zu behandelnde Tier vorgeführt war, wagte sich die betreffende Hausbewohnerin zögernd ins Freie, um den »roten Castrador«, wie Pepes Beiname lautete, an der Arbeit zu sehen. Meist kam es dabei schon zu den ersten Blickkontakten, und wenn das Werk vollbracht war und ein edler Hengst oder feuriger Stier den Ort seiner Erniedrigung als gefügiger Domestik verließ, trat das betreffende Mägdlein näher, um den Señor nach der Anstrengung zu einem Imbiß samt kühlem Trunk zu bitten, bei welcher Gelegenheit häufig schon Ort und Stunde einer Begegnung festgelegt wurden. Da Pepe oft mehrere Aufträge an einem Tag zu erledigen hatte, kam es in dem erwähnten Punkt zu einer gewissen Häufung, wobei Pepe geschickt zu taktieren verstand, schwächere und stärkere Tage gegeneinander ausglich und schließlich auf zwei bis drei, einmal sogar auf vier Verabredungen pro Nacht kam, deren erfolgreicher Verlauf auf Grund gewisser Begleitmaßnahmen nicht verwunderlich war. Angeregt durch das Interesse der Patrones und Caballeros an den sogenannten Abfallprodukten seiner Tätigkeit, war Pepe auf den Gedanken gekommen, es einmal selbst damit zu versuchen, und war, obwohl schon vorher kein Grund zur Klage bestanden hatte, über die Wirkung dennoch überrascht gewesen. Die Mädchen, freier und aufgeschlossener, als Pepe dies vom Süden her gewohnt war, stellten ihm die schmeichelhaftesten Zeugnisse aus und scheuten sich nicht, einander, wenn auch hinter vorgehaltener Hand, Andeutungen über ihre Erlebnisse zu machen, so daß der Ruf, der dem roten Castrador vorauseilte, ihm neue Möglichkeiten sozusagen selbsttätig erschloß und ihm, dem der Dienst am schönen Geschlecht von jeher Lebenszweck gewesen war, nichts zu tun blieb, als sich im vielgestaltigen Kreislauf seiner Passion treiben zu lassen.

Auf die Finca heimgekehrt, lieferte er Pepe el Rubio farbige Schilderungen seiner Lebensweise und erntete ungläubiges Staunen. Als er ihm jedoch vorschlug, in Anlehnung an alte Zeiten die eine oder die andere Reise mit ihm gemeinsam zu unternehmen, erklärte Pepe el Rubio, daß er das brüderliche Angebot zu schätzen wisse,jedoch mit seinem Leben zufrieden sei und es nicht zu ändern wünsche. Tatsache war, daß es ihm zunehmend schwerfiel, Angel del Sur zu verlassen, und schon der Gedanke an eine kurze Ausfahrt ihm heftiges Unbehagen bereitete, so daß er nurmehr die wichtigsten Termine wahrnahm und seine Zusteller angewiesen hatte, die von ihm benötigten Ingredienzien auf der Finca abzuliefern. Die Hingabe, mit der er sich der Verfeinerung bereits vorhandener sowie der Kreation neuer Erzeugnisse widmete, brachte es mit sich, daß er seine Produkte im Lauf des Herstellungsvorgangs unzählige Male verkosten mußte, was zur Folge hatte, daß er des Abends manchmal den Zugang zur Treppe verfehlte und die Nacht auf seinem Arbeitstisch ausgestreckt inmitten verschiedener berauschende Wohlgerüche verströmender Essenzen zubrachte. Wenn er am darauffolgenden Morgen in etwas desolatem Zustand bei Conchita in der Küche erschien, brachte er häufig das Gespräch auf Aranja, die er beharrlich als seine Verlobte bezeichnete und von der auch Conchita wünschte, daß sie sich besinnen und dem auf so wundersame Weise häuslich gewordenen Pepe el Rubio ihr Jawort geben würde. Seit Aranja an drei Wochentagen die Stelle einer Verkäuferin in Juniperos Laden einnahm, war das Mädchen, das sich inmitten der Waffen sicherer zu fühlen schien, dazu übergegangen, für die betreffende Zeit ihre Leinensäcke mit einer Kleiderschürze oder einem Rock mit hochgeschlossener Bluse zu vertauschen, was Pepe Hoffnung gab. Als er sich jedoch eines Nachmittags nach Überziehen eines frischen Hemdes und Glätten seines Haares vermittels Akazienöls an ihrer Arbeitsstätte einfand, legte Aranja gleich bei seinem Eintritt eine Smith & Wesson Sieben Komma Fünf mit versilbertem Lauf griffbereit auf den Ladentisch, so daß über ihre Reaktion im Falle einer Annäherung kein Zweifel bestehen konnte und Pepe nach einem kurzen Gespräch über Aranjas neue Tätigkeit, das Wetter und die zu erwartende Ernte den Schauplatz verließ. Nach zwei weiteren Versuchen, die auf die gleiche Art verliefen, stellte er seine Visiten ein und tröstete sich mit dem Gedanken, daß es nicht aller Tage Abend sei und sein Bruder im Rahmen seiner weitgesteckten Verpflichtungen möglicherweise doch noch einem Mädchen begegnen würde, das er zu ehelichen wünschte, für welchen Fall er sich, wenn auch durch nichts begründet, einen Meinungsumschwung Aranjas versprach. Zumindest würde sich in bezug auf die Vollmondnächte, von deren Teilung Pepe el Moreno bisher nicht abzurücken bereit gewesen war, etwas ändern, und niemand konnte ihm verbieten, auf einen fernen Tag zu hoffen, an dem sich sein beschauliches Gewerbe mit der erwünschten Ehe auf das glücklichste verbinden ließe.

Der Vorfall, der zu Pilars erster Eintragung in das sogenannte ›Register‹ von Rábida Alcazar führte, stand im Zusammenhang mit der alljährlich als Ereignis gefeierten Erstkommunion, die laut Madre Ildefonsa die unauflösliche Vereinigung mit dem heiligsten Herzen Jesu darstellte und auf die die Klasse im Rahmen des Religionsunterrichts von Schwester Santuza vorbereitet wurde. Bei der dritten Eintragung in das erwähnte Buch, das im Entstehungsjahr des Klosters von der damaligen Äbtissin angelegt worden war und das Sündenverzeichnis aller bis dato straffällig gewordenen Zöglinge enthielt, wurde man ohne weitere Begründung der Schule verwiesen. Die Sache hätte für Pilar erheblich schlimmer ausgehen können, wäre nicht Doña Xavieras Papagei, von dem noch die Rede sein wird, zu eben jenem Zeitpunkt an Leberzirrhose erkrankt.

Schwester Santuza hatte den Kindern im Rahmen ihrer Unterweisungen erklärt, daß der Heiland seinen Jüngern anläßlich des letzten Abendmahls aufgetragen habe, in Gedanken an ihn seinen Leib aufzuessen, und Pilar verbrachte längere Zeit mit der Überlegung, in wie viele der weißen Scheibchen, die sie anläßlich des Gottesdienstes von der Hand des Padre Felipe in die aufgerissenen Münder der größeren Schülerinnen hatte wandern sehen, ein erwachsener männlicher Körper aufgeteilt werden könne. Da ihr die wundersame Brot- und Fischvermehrung aus früheren Religionsstunden geläufig war, legte sie sich eine Version zurecht, nach der der Leib Christi ebenso wie bei der Speisung der Fünftausend am See Genezareth immer wieder nachwuchs und die Berge von Oblaten, die der Padre aus dem goldenen Schränkchen in der Mitte des Altars hervorholte, aus ständig erneuerten Gliedmaßen des Heilands stammten, welche auf geheimnisvolle Weise hinter dem Schranktürchen deponiert wurden. Das zweite, größere Problem bestand darin, daß der Zeitpunkt, zu dem Pilar selbst eines von den Dingern würde schlucken müssen, unaufhaltsam näherrückte und sie sich darüber klar war, daß ihr dies nicht möglich sein würde. Wie erinnerlich, hatte Pepe el Moreno ihr den Ablauf des Verdauungsvorgangs anhand des geschlachteten Schweines auseinandergesetzt, und es schien Pilar ebenso absurd wie unvertretbar, den Leib des Herrn auf den Weg durch die Gedärme dem daraus unvermeidlich resultierenden Ende zuzuführen. Sie überlegte, was zu tun sei, befragte des Abends das aus ihrer Erinnerung geholte Hühnchen, das sich jedoch nicht äußerte, und dachte schließlich daran, Schwester Fidelis ins Vertrauen zu ziehen, doch vergingen die Tage, ohne daß sie sich dazu entschlossen hätte. Schon Wochen zuvor waren die Kinder von Schwester Santuza angewiesen worden, sich auf ihre Sünden zu besinnen und, insbesondere, nachdem Padre Felipe ihnen die Beichte abgenommen habe, ein verinnerlichtes und gottgefälliges Leben zu führen. Pilar, die ihrer Beichte am Ende sicherheitshalber die Worte »Ich habe gelogen« hinzugefügt hatte, um etwaige Versäumnisse oder Ungenauigkeiten rückwirkend zu korrigieren, sah in Santuzas Worten die Aufforderung, niemanden mit ihren persönlichen Sorgen zu belasten, und kam zu dem Schluß, daß sie ihr Problem selbst zu lösen habe. Sie hatte während der Proben neben dem Eingang zur Sakristei ein Türchen bemerkt, das von innen zu öffnen war und an dem vorbei die Kinder nach Empfang der Hostie zu ihren Plätzen zurückkehren würden. Da dies wegen des großen Andrangs in Gruppen geschehen mußte – am Tag der Erstkommunion pflegten Zöglinge und Schwestern geschlossen zum Tisch des Herrn zu gehen –, würde es nicht auffallen, wenn Pilar die Kapelle durch jenes Türchen für kurze Zeit verließ und sich nach ihrer Rückkehr in die Gruppe der mit demütig gesenktem Blick vorbeiziehenden Kinder reihte.

Bereits in der Morgendämmerung des bewußten Tages setzte Schwester Fidelis das Glockenspiel der Kapelle in Gang, in dessen Geläute zu ihrem Kummer eines abgebrochenen Zapfens wegen ein Ton fehlte, so daß das Lied »Stirb nicht in deiner Sünden Last« als »Stirb in deiner Sünden Last« über das Klostergelände zu schallen pflegte. Schwester Fidelis hatte schon mehrere Eingaben an den Provinzgouverneur aufgesetzt, jedoch waren diese von Madre Ildefonsa stets zugunsten anderer Ersuchen, wie beispielsweise um die Wiederherstellung eines durch Gewitterschaden zerstörten Blitzableiters, die Anschaffung einer Pumpe zur Trockenlegung des Goldfischteiches oder, wie derzeit anstehend, eines Kaninchengitters zum Schutz der im Souterrain gelagerten Vorräte, zurückgestellt worden. Pilar trug ein Kleid aus weißer Wollspitze, das bereits Conchita zum gleichen Anlaß getragen hatte, sowie einen Kranz aus Mandelblüten, der von ihrer Schwester eigenhändig geflochten worden war. Conchita und Nando waren aus Angel del Sur angereist, Bigotazo und seine Ehefrau Doña Xaviera, von der Äbtissin persönlich eingeladen, hatten, wie Bigotazo es auf Wunsch seiner Ehefrau formulierte, eines familiären Krankheitsfalles wegen – es handelte sich um den Papagei – zu ihrem Bedauern absagen müssen. Schwester Fidelis hatte die Chöre wie alljährlich zur Feier der Erstkommunion mit zwei verschiedenen Gruppen einstudiert, was den Vorteil hatte, daß jeweils eine Gruppe das »Jubilate et cantate« singen konnte, während die andere zum Tisch des Herrn ging.

Pilar hatte eine unruhige Nacht verbracht. Die Vorstellung, den Leib des Herrn in sich aufzunehmen, raubte ihr ebenso den Schlaf wie der Gedanke, das Symbol ihrer Vereinigung mit dem heiligsten Herzen Jesu nach dessen Empfang möglichst rasch und unauffällig wieder loswerden zu müssen. Ihre Fingerspitzen schmerzten vor Erregung, als sie inmitten ihrer Klassenkolleginnen unter den aufrauschenden Orgelklängen durch das Längsschiff auf den Altarraum zuging. Padre Felipe hatte alle Hände voll zu tun. Sich flink das Kommuniongitter entlang bewegend und nach jeweils drei Durchgängen über die Stufen zum Tabernakel stürzend, um Nachschub für seinen goldenen Kelch zu holen, spulte er sein »Recipe corpus« mit größter Eile herunter. Der Anblick des Ministranten, der hinter dem Padre herstolperte und mit ernstem Gesicht den Teller unter die jeweilige Hostie hielt, ließ Pilar kurz an Ramón denken, doch blieb ihr keine Zeit zur Heiterkeit. Ihr Herz klopfte in dumpfen Schlägen, und die Gedanken hinter ihrer Stirn überstürzten sich.

Seit sie Angel del Sur verlassen hatte, war ihr Wunsch, das stets abrufbare Hühnchen eines Tages zu seiner flirrenden Ferne aufbrechen zu sehen, nicht erloschen, sondern stärker geworden, und nach allem, was Madre Ildefonsa und Schwester Santuza den Kindern über die Kommunion mitgeteilt hatten, setzte Pilar all ihre Hoffnung auf den magischen Augenblick der Vereinigung. Andererseits mochte die Notwendigkeit, den Leib Christi nach Empfang sofort wieder von sich geben zu müssen, die Chancen schmälern, so daß sie nicht wußte, was sie auf den Stufen des Altars erwartete. Ebenso lag der Ausgang der Aktion, welche das Seitentürchen betraf, im dunkeln. Pilars Gesicht war kalkweiß vor Erregung, und auf der Höhe der ersten Reihe, in der die Schwestern saßen, entfiel ihren fühllosen Händen die Kommunionskerze und rollte in einer Musikpause unter den Tritten der nachfolgenden Mädchen auf die Bank zu, wo sie dumpf gegen das Holz schlug. Pilar mußte unter den argwöhnischen Blicken Santuzas zweimal danach greifen, ehe es ihr gelang, das runde, glatte Ding, dessen Flamme erloschen war, vom Steinboden aufzuheben. »Anzünden«, zischte Santuza, als Pilar sich einreihen wollte, und Pilar wandte sich stumm flehend an das folgende Mädchen, das ihr bereitwillig die Kerze hinhielt und wartete, bis die Flamme auf Pilars Docht übergesprungen war, wodurch die nachrückende Gruppe ins Stocken geriet.

Die Orgel intonierte »Geopfert ist das heil'ge Lamm«, und in Pilars Ohren rauschte es, als Padre Felipe sich in seinem feierlichen goldgelben Meßgewand vor ihr aufpflanzte und der Ministrant ihr mit einem Ruck von der Seite her den Goldteller unter das Kinn schob. Der Leib Christi schmeckte klebrig und ein wenig süß, und Pilar senkte wie die anderen Kinder den Kopf und schob im Zuge des kurzen Dankgebets, während welchem ihr klargeworden war, daß das Wunder nicht stattgefunden hatte, das papierdünne Gebilde in die Wange, um es vor der vorzeitigen Auflösung zu schützen. Als die Mädchen sich mit gefalteten Händen erhoben und hintereinander in den Seitengang einbogen, fühlte sich Pilar, Santuzas Blick nicht mehr im Rücken, wieder sicherer, und im Augenblick, da sie an der

Holztür angelangt war, drückte sie, ohne sich noch einmal umzusehen, die Klinke nieder und befand sich im Freien.

Die nunmehrige Abfolge stand fest. Pilar lief, so schnell sie konnte, über den gepflasterten Hof zu dem Kiesweg, der unter dem Torbogen hindurch zum Hauptgebäude führte, und diesen noch ein paar Schritte weiter, bis sie an der Taxushecke angelangt war, die den sakralen Teil des Klosters wie eine innere Mauer umschloß. Hier im lockeren Erdreich sollte der Leib Christi seinen Platz finden. Sie kniete nieder und begann hastig mit den Händen ein Loch zu graben, tief genug, um Ihn vor den Mißhelligkeiten des Wetters und dem Geschnüffel des Gärtnerhundes zu bewahren. Später würde sie ein Kreuz darauf pflanzen, zwei Ästchen, durch Grashalme miteinander verbunden, sobald sich die Gelegenheit dazu ergab. Ihre vor Erregung eiskalten Finger gehorchten ihr nur widerwillig, und während der Arbeit mußte sie darauf achten, daß das Papierding in ihrem Mund nicht zerging. Schließlich war das Grab tief genug, und sie griff vorsichtig in den Mund, um den Leib des Herrn, der feucht und warm an der Innenseite ihrer Wange klebte, loszulösen, was ihr nach einiger Mühe gelang. Sie hielt das weiße, an den Rändern schon etwas zerfaserte Scheibchen in der Hand und ließ für die Dauer eines Stoßgebets alle Inbrunst, deren sie in der Eile fähig war, darauf einströmen, ehe sie es in das Erdreich legte und die kleine Grube mit raschen Bewegungen zuschüttete. Noch kniend, streifte sie ihre klammen, klebrigen Hände auf dem Grasboden ab und prägte sich die Stelle, die des später zu errichtenden Kreuzes wegen auffindbar bleiben mußte, ein. Dann stand sie auf, wandte sich um und blickte geradewegs in die vor Entsetzen weit aufgerissenen Augen Santuzas.

Kein Wort fiel zwischen ihnen. Santuza faßte Pilar an der Hand und zerrte sie über den aufwirbelnden Kies hinter sich her zum Schulgebäude, wo sie sie durch das Tor in den Flur und von dort in das Klassenzimmer stieß, das sie, den Schlüssel zweimal im Schloß drehend, versperrte. Dann eilte sie, das Habit über den Schnürschuhen gerafft, zur Kapelle, wo die ehrwürdigen Religiosas unter der Führung der Äbtissin, die zu diesem Zweck ihren Platz im Altarraum verlassen hatte, soeben zum Tisch des Herrn schritten.

Santuza blieb am seitlichen Eingang stehen und trat Madre Ildefonsa, als diese sich nach Empfang der Hostie hochgestemmt und den Weg zum Chorgestühl eingeschlagen hatte, in den Weg. Die Äbtissin, in ein kurzes Gebet versunken, hob, als ihr der Zutritt zu ihrem Platz verwehrt war, erstaunt den Kopf.

»Ehrwürdige Mutter –« stammelte Santuza.

Madre Ildefonsa blickte in das vor Erregung aufgedunsene Gesicht der Schwester, über das sich vom Stirnschutz bis zur Leiste des Stehkragens ein Netz von bläulichen Adern zog.

»Was ist?«

»In der kleinen Riéra steckt der Teufel.«

Die Äbtissin schob den soeben empfangenen Heiland in die Wange, wie Pilar es zuvor getan hatte. »Nehmen Sie sich zusammen, Schwester! Sie befinden sich im Haus des Herrn.«

Santuza, die nach Atem rang, griff mit zitternden Händen nach dem Kreuz auf ihrer Brust. »Strafen Sie mich, ehrwürdige Mutter. Züchtigen Sie mich. Verstoßen Sie mich. Aber hören Sie mich an, um des allmächtigen Gottes willen.« Sie brach in hysterisches Schluchzen aus, was Madre Ildefonsa veranlaßte, sich mit ihrer Fülle zwischen sie und die weihevollen Vorgänge in der Kapelle zu schieben.

»Was ist geschehen?«

Santuza, von der Äbtissin in die Nische zwischen Stützpfeiler und Taufbecken gedrängt, fuhr sich mit der Hand über das schweißbedeckte Gesicht. »Lassen Sie es mich nicht aussprechen, Madre, nicht an diesem heiligen Ort. Wir müssen eine Befragung einleiten, eine Inquisition. Der Bischof muß verständigt werden –«

Madre Ildefonsa holte tief Luft. Sie haßte es, wenn ein Kirchenfest, an dessen Ende ein reichliches und beschauliches Mahl zu stehen pflegte, eine Unterbrechung erfuhr. Der Zustand ihrer Mitschwester ließ jedoch keinen Zweifel darüber offen, daß mit Beschwichtigungen nichts auszurichten war. Überdies wünschte sie, endlich den Heiland in Andacht auf ihrer Zunge zergehen zu lassen.

»Wo ist Pilar?«

»Im Klassenzimmer. Ich habe sie eingeschlossen.«

Santuzas Tränen begannen erneut zu fließen. Madre Ildefonsa fuhr, das anhebende Schluchzen der Schwester im Ansatz erstickend, mit der Hand durch die Luft.

»Schön. Wir werden die Sache untersuchen.«

Bigotazo hatte seiner Frau für die einsamen Stunden im Geschäft zu ihrer Unterhaltung einen Papagei geschenkt, der auf den Namen Ernesto hörte, welchen Xaviera, wäre ihr je ein Sohn geschenkt worden, diesem gegeben hätte. Ernesto sprach nach Ablauf eines Jahres vier ganze und zwei halbe Sätze und darüber hinaus ein paar Silben, die nichts bedeuteten, jedoch einen zärtlichen, kehligen Klang hatten, der Xavieras Entzükken bildete. Sie sprach mit ihm über das Wetter, die aus und ein gehenden Kunden oder die Artikel, die sie im ›Diario de la Señora‹ las, und Ernesto lauschte aufmerksam mit schiefgelegtem Kopf und antwortete mit »Guten Tag, womit kann ich dienen« oder »Trink deinen Wein aus, mein Lieber«, oder mit einer der erwähnten Silben, woraufhin die beiden einander mehrmals »Küßchen, Küßchen« zuriefen. Ihre Unterhaltung fand eines Morgens – es war der Tag, an dem in Rábida Alcazar das Fest der Erstkommunion begangen wurde – ein jähes Ende, als Ernesto beim Zuhören den Kopf noch schiefer hielt als gewöhnlich und nach einigen Minuten, die er in dieser Haltung verbracht hatte, wortlos von der Stange glitt und mit zuckenden Flügeln auf dem Boden des Käfigs liegenblieb. Xaviera, außer sich vor Sorge, sandte nach dem Tierarzt, Doktor Patilla, der, herbeigeeilt, die sogenannte Papageienkrankheit feststellte, hervorgerufen durch bakterienartige Mikroorganismen, die, wie er ihr zu seinem Bedauern eröffnen mußte, Ernestos Leber nach und nach zersetzen würden. Xaviera sank in eine Ohnmacht, aus welcher der Tierarzt sie vermittels einer Spritze aus einem Kampfergemisch, die er üblicherweise erkrankten Pferden zu verabreichen pflegte, erweckte, worauf Xaviera in einen Weinkrampf ausbrach. In diesem Augenblick betrat Ele, die ihren Sohn durch den Kauf einer mit Caramelos gefüllten Stabstrompete für eine am Vortag erhaltene Schulnote belohnen wollte, das Geschäft. Wie nicht anders zu erwarten, bewegten Ernestos Leid und Xavieras Kummer ihr gutes Herz, und nach einem Augenblick der Überlegung, ob es statthaft sei, Doktor Patilla, den sie von seiner leider erfolglos gebliebenen Behandlung ihrer Katze Fulvia her kannte, zum Mitwisser zu machen, ihr jedoch keine andere Wahl blieb, beugte sie sich zu der in ihrem Sessel vor Kummer und Körperfülle stöhnenden Xaviera und flüsterte: »Ich sollte vielleicht nicht darüber sprechen, Senora, aber Gottes Wege sind wunderbar, und es könnte sein, daß es noch Hilfe für Ihren Papagei gibt.« Und als Xaviera wie elektrisiert in ihrem Sessel hochfuhr und Doktor Patilla das Stethoskop aus seinen Ohren nahm, um besser zu hören, schilderte sie in kurzen Worten ihren Besuch auf Angel del Sur und Umbres Auftritt in Aurelias Zimmer.

Wenig später fuhren die drei in Doktor Patillas Geländewagen, an dessen Windschutzscheibe er die dort befindliche Plakette mit der Aufschrift ›Arzt im Dienst‹ gegen eine solche mit der Aufschrift ›Tierrettung‹ vertauscht hatte, unter fortgesetztem Gehupe in Richtung Rábida Alcazar, wobei Doña Xaviera neben dem mit einem Tuch verhängten Käfig Ernestos auf dem Rücksitz, Ele, die eilends ihre depressive Katze von daheim geholt hatte, neben dem Doktor auf dem Beifahrersitz Platz genommen hatte. Auf Eles geäußerte Befürchtung, den Doktor in seiner Berufsehre gekränkt zu haben, hatte Patilla geantwortet, daß er selbst ein gläubiger Mann sei und Gottes Macht dort anfange, wo die des Menschen ende, wobei er im stillen erwog, falls es mit dem Wunder etwas auf sich haben sollte, in künftigen Fällen den Besitzern seiner jeweiligen Patienten gegen einen kleinen Aufpreis einen bestimmten Hinweis zu geben.

Die Schwestern Miranda und Maria Rosa, in ihrem Gefolge die Hilfsschwester Nuna, eilten, nachdem sie die Hupe vernommen hatten, in Erwartung eines Patienten auf den Vorplatz. Patilla hielt mit knirschenden Reifen, und die Schwestern umstanden, flatternd vor Aufregung, das Gefährt, aus dem die beiden Frauen, ihre kranken Lieblinge an sich gedrückt, ans Licht kletterten. Überraschte Fragen wurden gestellt, und Patilla hatte die Hände gehoben, um zu einer Erklärung anzusetzen, als ein kleiner Trupp vom Schultrakt her in forschem Tempo dem Hauptgebäude zustrebte: Pilar, nach Art eines Sträflings von Padre Felipe und Schwester Santuza geführt, gefolgt von der Äbtissin und der ein feuchtes Taschentuch in ihrer Hand zerknüllenden Schwester Fidelis.

Pilar war eine Stunde lang vernommen worden. Als die Äbtissin erfahren hatte, worum es sich handelte, hatte sie den Padre sowie Schwester Fidelis, die die Verantwortung für Pilars Aufenthalt in Rábida Alcazar trug, beigezogen. Pilar hatte eine Stunde lang mit gesenktem Kopf auf alle Vorwürfe, Fragen und Vorhaltungen geschwiegen. Ihre Motive vor den Anwesenden, insbesondere vor Santuza, die ihr Einzelheiten nicht erspart hätte, darzulegen schien ihr ebenso ungeheuerlich, wie der Vorgang selbst es für sie gewesen wäre. Erst gegen Ende, als Fidelis, die an die Teufelsbesessenheit ihrer Lieblingsschülerin nicht zu glauben vermochte, mit tränenerstickter Stimme fragte, ob sie Jesus liebe, worauf Santuza empört aufgefahren war und Padre Felipe, der ein gerechter Mann war, zur Äbtissin gewandt, bemerkt hatte, daß es auch für die augenscheinlichsten Dinge mehrere Erklärungen geben könne, hatte Pilar den Blick zu Fidelis gehoben und fast unmerklich genickt.

Ildefonsa, die den Eindruck gewonnen hatte, daß im Augenblick nicht mehr zu erreichen war, und überdies Hunger verspürte, erklärte die Sitzung für vertagt, worauf Santuza vorschlug, dennoch sofort einen Exorzisten herbeizuholen, um den Teufel nicht in Rábida Alcazar Wurzeln schlagen zu lassen. Pilar, die nicht wußte, was das bedeutete, sich davon jedoch nichts Gutes versprach, sandte einen hilfesuchenden Blick zu Padre Felipe, worauf der Padre, der Santuza nicht ausstehen konnte, weil sie ihm in jeder Beichte von ihren Selbstgeißelungen berichtete, die er höchst albern fand, sich der Äbtissin anschloß, dies ebenfalls im Hinblick auf das Mittagessen und mit dem Bemerken, daß für einen Exorzismus zuvor die Genehmigung des Bischofs einzuholen sei.

»Wozu ein Exorzist?« schluchzte Fidelis. »Pilar sagt, daß sie

Jesus liebt. Vielleicht hat sie ihn nur begraben, um ihn auferstehen zu lassen.« Sie war der Wahrheit so nahegekommen, daß Pilar unwillkürlich eine Bewegung in ihre Richtung machte, worauf Santuza sie am Handgelenk ergriff und, dieses wie bei einer Gefangennahme hochhaltend, fragte: »Was soll mit ihr geschehen, Madre?«

»Sie bekommt ein Mittagessen«, entschied Madre Ildefonsa, deren Gedanken ausschließlich um einen Punkt kreisten. »Am besten im Poenitarium. Dort kann sie überlegen, ob sie uns etwas zu sagen hat.«

Das Poenitarium war ein Raum im ersten Stockwerk, in dem unbotmäßige Zöglinge, die etwa ihren Sündenzettel nicht auf den letzten Stand gebracht oder nicht mit den Händen auf der Bettdecke geschlafen hatten, für jeweils einen oder mehrere Tage »zum Nachdenken« isoliert wurden.

Auf dem Weg zur Tür faßte Padre Felipe, der ebensowenig an Pilars Besessenheit glaubte wie Fidelis und Madre Ildefonsa, nach Pilars freier Hand und flüsterte ihr zu: »Glaubst du, daß du es mir in der Beichte sagen kannst?«, und Pilar nickte zum zweiten Mal, ehe die Inquisition das Klassenzimmer verließ.

An der Einfahrt stand ein Geländewagen, daneben umringten Miranda, Maria Rosa und Nuna einen Mann und zwei Frauen, deren eine ein größeres verhülltes Ding im Arm hielt. Als die Gruppe näher kam, sagte eine der Frauen: »Da ist sie, da ist Pilar«, und der Mann trat zur Seite. Pilar nahm weder Ramóns Mutter noch Señora Susa wahr, sondern sah nur die apathische Katze im Arm der Frau und den todkranken, mit den Flügeln zuckenden Papagei auf dem Boden des Käfigs, von dem Xaviera in Eile das Tuch weggezogen hatte.

Sie riß sich los und tat mit zitternden Knien ein paar Schritte. Ele hielt ihr unwillkürlich die Katze hin, und Pilar, deren Augen in der stechenden Sonne brannten, griff zuerst daneben, faßte dann noch einmal zu und nahm den schlaffen, knochenlos wirkenden kleinen Körper in die Arme. Minutenlang drückte sie ihn an sich, indes die Anwesenden den Atem anhielten, bis Fulvia einen schwachen Laut von sich gab, ihr

Körper sich straffte und sie sich vorsichtig blinzelnd nach Ele umwandte, der sie zum ersten Mal seit Monaten ohne die herabgezogenen milchigen Lider in die Augen blickte.

Ele schrie auf und griff nach Fulvia, indes Xaviera wie hypnotisiert die Tür des Käfigs öffnete, den erschöpften Ernesto vorsichtig herausnahm und ihn Pilar entgegenhielt.

»Teufelswerk«, murmelte Santuza, als der zitternde Vogelleib unter Pilars Händen ruhig wurde und Ernesto nach mehrmaligem kurzen Aufplustern den Kopf hob.

»Jesus, meine Zuversicht«, murmelte Fidelis, »alle Engel des Herrn lobpreisen dich«, und Doña Xaviera, über deren Gesicht die Tränen liefen, preßte den Käfig, in den Pilar den leise krächzenden Ernesto gesetzt hatte, an ihre bebende Fülle.

Madre Ildefonsa, die sich als erste gefaßt hatte, öffnete den Mund, um etwas zu sagen, da hatte Xaviera, was mit dem Käfig im Arm kein leichtes Unterfangen war, in ihre Handtasche gegriffen und ein Paket Pesetascheine, den Erlös der vergangenen Woche, zutage gefördert.

»Hier, Ehrwürdige Mutter, nehmen Sie das als Spende für Ihr Kloster. Gott möge seinen Insassen so gnädig sein, wie er sich mir erwiesen hat.«

Ildefonsa starrte auf das Paket in Xavieras Hand, auf Ernesto, auf Fulvia und wieder auf das Geld.

Schwester Fidelis war, ohne es zu merken, einen Schritt näher getreten. »Das Glockenspiel«, flüsterte sie, indem sie ihre Hände faltete.

»Der Blitzableiter«, korrigierte Madre Ildefonsa, auf das Paket starrend.

»Beides«, sagte Ele, die als Geschäftsfrau begriffen hatte, worum es ging. »Ich werde mir erlauben, die Kosten für einen der genannten Gegenstände zu übernehmen.«

Madre Ildefonsa bewegte ihre Hand einige Zentimeter auf das Päckchen zu.

Santuza, die in krampfartiges Kopfschütteln verfallen war, tat einen Aufschrei. »Teufelswerk! Bei den allerheiligsten Kreuzesnägeln, die Sie an Ihrem Ringfinger tragen, Ehrwürdige Mutter, es ist Teufelswerk.«

Ildefonsa suchte den Blick des Padre, der in glänzendem Erfassen der Situation zuerst Fulvia, dann Ernesto segnete, ehe er sich an Santuza wandte. »Unsinn! Wie kann etwas Teufelswerk sein, das einer so gottgefälligen Einrichtung wie dem Kloster dient?« Er schlug zur Bekräftigung das Zeichen der Absolution über der mit den 3 Kreuzesnägeln geschmückten Hand der Äbtissin, ehe diese endgültig nach dem Geldpaket griff.

Niemand hatte auf Pilar geachtet, die nun, da die Verhandlungen beendet schienen, den beiden Personen, die sie geführt hatten, zur neuerlichen Gefangennahme die Arme entgegenstreckte.

Ildefonsa, der Güte Gottes und des Beistands des Padre gewiß, hatte das kostbare Paket in den Falten ihres Habits verschwinden lassen und winkte Pilar mit einer Handbewegung zu sich. »Bereust du, was du getan hast, mein Kind?«

Pilar, die nicht wußte, worauf die Frage der Äbtissin sich bezog, aber die Erfahrung gemacht hatte, daß Bereuen immer günstig war, nickte. »Ja, Ehrwürdige Mutter.«

»Dann wollen wir die Sache vergessen. Gott sagt: An ihren Früchten sollt ihr sie erkennen.« Das Wort brachte sie auf den eigentlichen Sinn des Festtages, und sie wandte sich, die beiden ihr bekannten Señoras und den ihr nicht bekannten Señor mit wohlwollendem Nicken entlassend, dem Haus zu, aus dessen Souterrain eine freundliche Brise den Geruch von gebratenem Kaninchen, Paella und Ingwerkuchen über den Vorplatz trug.

Santuza bestand dennoch darauf, daß Pilars Tat in das ›Register‹ eingetragen würde, und Ildefonsa, die des Gezeters müde war und überdies andere Sorgen hatte, erhob keinen Einwand. Wichtiger schien es ihr, zu überlegen, auf welche Weise Pilars Talente am vorteilhaftesten für das Kloster eingesetzt werden könnten.

Ele und Xaviera hatten, nach Fuego Fuego heimgekehrt, im Überschwang ihres Glückes nicht geschwiegen, und bereits am folgenden Tag erschienen in Rábida Alcazar Lucindas Ehemann, der Huf- und Wagenschmied, mit einem lahmenden Pferd sowie ein ehemaliger Kriegsteilnehmer, dessen Hund an

Asthma litt, die Inhaberin des Katzenpflegeheims mit zweien ihrer Schützlinge und der gemeindebedienstete Flurhüter mit einem zahmen Hühnerhabicht, der einen Röhrenknochen verschluckt und sich die Speiseröhre verletzt hatte. Madre Ildefonsa ließ Pilar viermal aus dem Unterricht holen, was einige Unruhe in den Schulbetrieb brachte, und beauftragte Hilfsschwester Nuna, die ebenfalls viermal geholt werden mußte, die Spenden für das Kloster entgegenzunehmen. Am Nachmittag ließ die Äbtissin vom Gärtner eine Tafel mit der Aufschrift ›Tierheilungen wochentags von 15 bis 16 Uhr‹ anfertigen und am Gittertor der Klostermauer, welche das gesamte Areal umschloß, anbringen. Während der ersten Wochen kam es dadurch in einigen Fällen zu Wartezeiten, doch sprach sich die Anordnung bald herum, und in der Folge gelangte man zu einer Vorgangsweise, die bei größtmöglicher Effizienz den geringsten Aufwand erforderte: Schlag drei Uhr wurde Pilar, die zu dieser Zeit Schule, Mittagessen und Ruhezeit absolviert hatte, von Fidelis, die ihr Glück und ihren Stolz kaum zu verbergen vermochte, über den Kiesweg an die Gitterpforte geführt, worauf der Gärtner diese aufschloß und die wartenden Patienten nebst Begleitpersonen einließ. Pilar ging, wie es schien wahllos, auf einzelne Tiere zu, nahm eine Katze in den Arm, kniete bei einem Hund nieder oder strich einem Esel, Pferd oder Kälbchen über das Fell, was jeweils mehrere Minuten in Anspruch nahm. Sie sprach dabei zu niemandem, auch nicht zu Fidelis, die in ihrer Nähe blieb, und in ihren Augen lag ein etwas starrer Ausdruck, so daß keiner der Besucher das Wort an sie zu richten wagte. Manche der Tiere waren sogleich gesund, andere mußten mehrmals vorgeführt werden und waren danach beschwerdefrei, bei einigen von ihnen versagten Pilars Kräfte, jedoch wurden in solchen Fällen deren Besitzern auf Anordnung von Madre Ildefonsa, die für korrekte Verhältnisse war, ihre Spenden zurückerstattet. War Pilars Arbeit getan, wurde das Gittertor geschlossen, und Fidelis geleitete ihren Schützling ins Haus zurück, wo die nachmittägliche Schokolade bereitstand und die Schularbeiten zu erledigen waren.

Pilar selbst empfand, was sie tat, nicht als außergewöhnlich.

Sie konnte etwas, das andere nicht konnten, wie etwa Junipero, der gerufen wurde, wenn es um Gewehre, und Pepe el Rubio, wenn es um Schnapssorten ging. Pele el Moreno wiederum war für Tieroperationen zuständig und Aranja für das Herdfeuer. Dank Madre Ildefonsas Zeiteinteilung versäumte sie während der Stunde an der Gartenpforte keinen Unterricht, so daß ihre Schulerfolge weiterhin ausgezeichnet waren. Die Zöglinge von Rabida Alcazar hatten sich, nachdem sie Pilar eine Zeitlang bestaunt hatten, an die tägliche Tierversammlung vor dem Kloster gewöhnt, und da beinahe jedes der Mädchen von jemandem wußte, der Heilkräfte besaß – die Mutter einer Mitschülerin Pilars war durch einen Tischlermeister aus Barea von einer faustgroßen Geschwulst am Knie befreit worden –, verlor die Sache innerhalb des Klosteralltags bald an Bedeutung. Zwei oder drei Reporter der lokalen Zeitungen meldeten sich bei der Äbtissin, und Pilar wurde vorgeführt, doch blieben die Gespräche mit ihr so unergiebig, daß nur einer von ihnen einen kleinen Artikel im ›Diario de la Señora‹ veröffentlichte, den Xaviera in einem handgeschnitzten Holzrahmen in elfenbeinfarbenem Passepartout unterhalb der Nelkengirlande an der Wand ihres Ladens aufhängte. Padre Felipe hatte das Ereignis im Rahmen der Sonntagspredigt verkündet, doch waren die Tierbesitzer im Umkreis bereits informiert, und überdies hatte in Echeveria, einem Städtchen südlich von San Eresmo, eine Madonnenstatue begonnen, blutige Tränen zu weinen, worauf sich das allgemeine Interesse auf diese konzentrierte.

Aurelia war alles andere als erbaut, als sie von der Sache hörte. Sie hatte den Zeitpunkt von Pilars Volksschulabschluß abwarten wollen, um im darauffolgenden Sommer auf Angel des Sur eine Ambulanz einzurichten, wozu sich in dem auf Juniperos Wunsch erweiterten Teil der Scheune Platz gefunden hätte. Nun galt nicht Angel de Sur, sondern Rábida Alcazar als der Ort des Wunders, und es bedurfte mehrerer Gespräche mit Jakobus, etlicher Flaschen des würzigen Sangre del Diablo und einer von Umbre überbrachten Versicherung des Vogelkopfs, daß mit dem Tag von Pilars Heimkehr der Ruhm der Finca den des Klosters bei weitem in den Schatten stellen würde, um Aurelias Ärger zu besänftigen, was jedoch im Hinblick auf die hoffnungsreiche Zukunft schließlich gelang.

Der einzige, dem die Sache nachdrücklich zu schaffen machte, war Rámon, der Pilars Außerordentlichkeit in Gestalt der genesenen Katze Fulvia täglich vor Augen hatte. War es schon kein einfaches Vorhaben gewesen, mit dem sechzehnten Lebensjahr den Status eines Helden erreicht zu haben, so verlagerten sich die Gewichte jetzt noch um ein gewaltiges Stück: Heldentum mochte bei einem beliebigen Mädchen angebracht sein, für eine Heilige waren andere Maßstäbe zu setzen. Vor allem durfte es bei der zu begehenden Großtat nicht auf etwas so Simples wie die Beseitigung eines Seeungeheuers oder die Befreiung einer Jungfrau hinauslaufen. Was es nunmehr zu vollbringen galt, mußte, soviel stand fest, der höheren Ehre Gottes dienen, und in dieser Hinsicht waren die innerhalb seines Alltags bestehenden Möglichkeiten dünn gesät.

An einem der Ramóns religiöser Erziehung gewidmeten Abende erzählte Ele ihrem Sohn von Judas, der den Herrn für einen Beutel Silberlinge verraten hatte, und Ramóns Empörung hatte ihn danach mehrere Stunden lang nicht einschlafen lassen. Im Gegenzug hatte sein Vater eines Abends von Ravaillac gesprochen, dem Mönch aus La Rochelle, der König Heinrich IV. von Frankreich, der als Gegner der Kirche galt, ermordet hatte. Der Gerechtigkeit zu dienen, gegen Gottes Feinde zu Feld zu ziehen, gegen Seine Verräter das Schwert zu erheben in Seinem Namen, derlei mochte, verbunden mit einer passenden Tat, dazu angetan sein, auch bei einer Heiligen den gewünschten Eindruck zu hinterlassen. Ramón hatte keine feste Vorstellung von der Aufgabe, die er sich selbst gestellt hatte, noch davon, wie er im Ernstfall darangehen würde, sie zu bewältigen. Dennoch war der Gedanke geboren, und das unklare Bild, das für Ramón mit einem ebenso unklaren, doch unverzichtbaren Ziel verbunden war, gewann allmählich festere Umrisse, die er während der folgenden Jahre unverrückbar in seinem Herzen trug.

Während Pilars Schulferien war der Ansturm auf Angel del Sur nicht so groß, wie Aurelia gehofft und die übrigen Familienmitglieder befürchtet hatten. Da der Weg nach der Finca weit und die Anreise, insbesondere mit einem kranken Tier, über die schattenlose, zwischen den Tafelbergen hindurchführende Sandstraße mühsam war, nahmen nur die leidenschaftlichsten Tierliebhaber die Anstrengung auf sich, wobei es sich bei den Patienten in der Hauptsache um Hunde, Katzen, Ziervögel und Käfigtiere wie Meerschweinchen und Streifenhörnchen, in einzelnen Fällen um Frettchen oder Rhesusäffchen handelte. Ein krankes Pferd oder eine kranke Kuh nach Angel del Sur zu bringen hätte eines Lastwagens bedurft, und in derlei Fällen zogen die Besitzer es vor, nach Pepe el Moreno zu schicken, der sich auf seine Ossa schwang und das Problem vermittels seiner Schlachtschußpistole prompt und fachgerecht löste.

Da die Hilfesuchenden je nach Anreisezeit einzeln und über den Tag verteilt erschienen – manchmal waren es zehn oder mehr, manchmal fünf, manchmal weniger –, sah Aurelia vorerst von festen Ordinationszeiten ab. Pilar wurde nach Bedarf aus dem Haus geholt, oder falls sie sich auf einem ihrer Spaziergänge mit Conchita befand, wurden dem Besucher bis zu ihrer Rückkehr ein Platz im Schatten sowie Schokolade und Churro angeboten. Von den Spenden des ersten Sommers wurde Juniperos Geschäft um das Doppelte des von ihm ursprünglich vorgesehenen Raumes erweitert, so daß man die ehedem von Junipero und Aranja angefertigte, schon etwas ausgebleichte Tafel mit der Aufschrift ›Juniperos Arsenal‹ gegen ein von einem Kunstschmied in San Eresmo hergestelltes Metallschild mit der Aufschrift ›Juniperos Texas-Shop‹ ersetzte. Im zweiten Sommer wurde eine mit den neuesten technischen Errungenschaften versehene Destilliermaschine für Pepe el Rubio angeschafft, die im Vergleich zu der vorhergegangenen bei vermindertem Elektrizitätsverbrauch ein höheres Maß an Leistung erbrachte. Pepe el Moreno vertauschte die zweirädrige Holzkiste, die er zum Transport seiner Gerätschaften verwendete, gegen einen vierrädrigen gefederten

Sportanhänger mit Plachendach, dessen schwarze Metallflächen er auf allen vier Seiten eigenhändig mit schräg verlaufenden schwefelgelben Blitzen verzierte, und Aranja erhielt eine rückwirkende Lohnaufbesserung von zehn Prozent, wofür sie sich durch Junipero in Burgos zwei hochgeschlossene Rüschenblusen, einen Lederrock und ein paar Wildweststiefel besorgen ließ, in welcher Aufmachung sie von nun an ihre Arbeit verrichtete.

Das Prunkstück jedoch bildete eine ebenfalls von dem Kunstschmied gefertigte doppelflügelige Gitterpforte, die Aurelia an der Stelle, an welcher die Staubstraße in den Sandplatz mündete, auf dem ansonsten zaunlosen Grundstück hatte errichten lassen und an deren Torhälften je ein handgeschmiedeter vergoldeter Engelsfittich angebracht war, was sowohl die Anwesenheit einer Heiligen wie auch den Bezug zu dem Namen der Finca, der ›Engel des Südens‹ bedeutete, anzeigen sollten. Neben dem Tor wurde ein Pfosten schräg in das Erdreich gerammt, von dessen Spitze an einem Hanfseil ein Sprengring hing, gegen welchen die Besucher mit einem darunter liegenden Steinknüppel schlagen konnten, so daß Pilar es im Haus oder auf der dahinter ansteigenden Olivenpflanzung und bei günstigem Wind auch im Bachbett hörte.

In Rábida Alcazar hatte das Glockenspiel insgesamt sieben neue Walzen erhalten, die Pumpe war in Betrieb genommen, der wiederhergestellte Blitzableiter montiert worden, und darüber hinaus hatte die Äbtissin das Dach der Kapelle neu dekken lassen, da die mehr als hundertjährigen Schindeln den allherbstlichen Böen nicht mehr standhielten und es bei Regen bisweilen aus der Kuppel auf das Chorgestühl oder den Tisch des Herrn tropfte. Ehe Pilar zu Herbstbeginn Angel del Sur verließ – ihr Übertritt in das dem Kloster angegliederte Colegio de Señoritas, das der Sekundarschule entsprach, stand bevor –, hatte man sie, da sie nun zu den größeren Mädchen zählte, in einem Geschäft in Fuego Fuego, das von Señora Susa, deren Papagei seit seiner Genesung zwei Sätze dazugelernt hatte, der Mutter ihrer kleinen Heiligen empfohlen worden war, neu eingekleidet. Die Verkäuferin, nur wenig älter als die zwölfjährige

Pilar, trug eine enge blaue Arbeitshose aus dicht gewebtem Leinen, die Pilar ausnehmend gefiel und die sie bei ihrem Weg durch die Stadt, auf welchem Umbre sie begleitete, schon an einigen Burschen und Mädchen gesehen hatte. Sie wußte, daß sie im Kloster damit unter keinen Umständen würde erscheinen dürfen, fragte jedoch, nachdem alles andere besorgt war, bei Umbre an, ob noch etwas Geld übrig sei, und da dies dank Aurelias Großzügigkeit der Fall war, erstand man gegen Umbres anfängliche Einwände das gewünschte Stück sowie ein Paar der flachen Leinenschuhe mit geflochtener Sohle, wie sie zu Dutzenden auf den Regalen vor dem Geschäft gestapelt waren. Daheim angekommen, schlüpfte Pilar in die neue Kleidung, und nachdem jeder im Haus die eine oder die andere Bemerkung darüber gemacht hatte, gewöhnte man sich daran, daß Pilar in ihrer Freizeit nichts anderes mehr trug.

An einem der letzten Abende vor der Rückkehr nach Rábida Alcazar saßen Pilar und Conchita in der sinkenden Sonne vor dem Haus, und Conchita, die nach der Gazelle gefragt und erfahren hatte, daß deren Beine neuerlich abgebrochen waren, schlug vor, das Tierchen zu den Weihnachtsferien mitzubringen, damit Nando den Schaden beheben könne. Pilar stimmte zu, und Conchita, der der Gedanke an den nahenden Abschied das Herz schwer machte, sagte: »Du könntest dir inzwischen eines von meinen anderen Tieren aussuchen. Nimm, welches du willst.«

Pilar meinte, daß die Gazelle ihr bis Weihnachten genüge, wie sie sei, hatte jedoch verstanden, daß Conchita ihr eine Freude zu bereiten wünschte, und während des Gesprächs war ihr eingefallen, daß der Aufbewahrungsort der Beinchen bis auf diese selbst nichts mehr enthielt, da sie die Ducados im Laufe der vier Volksschuljahre bis auf den letzten Krümel aufgebraucht hatte. Sie zögerte, ihre Bitte auszusprechen, doch Conchita fragte von selbst: »Gibt es etwas anderes, das du mitnehmen möchtest?«

»Nicht mitnehmen«, sagte Pilar, die daran dachte, daß Junipero, der nach wie vor die jeweils halbe Woche auf Angel del Sur verbrachte, während dieser Zeit mindestens einmal nach

Fuego Fuego zu fahren pflegte, »aber vielleicht könntest du mir etwas Geld geben? Dann könnte ich –« Sie hielt inne, um den Satz so zu formulieren, daß sie ihre Schwester nicht belog. »– in der Oberstufe dürfen die Mädchen sich Süßigkeiten für die Stunde nach dem Abendessen kaufen.«

»Natürlich«, sagte Conchita, froh, daß sie Pilar einen Wunsch erfüllen konnte. »Du brauchst nur in mein Zimmer zu gehen. Im untersten Fach des Wäscheschranks steht ein Korb.« Es war der Korb, den Nando ehedem für seine Patroniña geflochten hatte und in dem Conchita seit der Zeit des Füßekratzens ihr Geld aufbewahrte. »Nimm dir, soviel du brauchst.«

Als Pilar vor der offenen Schranktür, an deren Innenseite sich ein Spiegel befand, kniete und den Korb, nachdem sie ihm ein paar Pesetascheine entnommen hatte, wieder in das Fach zurückschieben wollte, rollte etwas auf ihre Hand, das sie, um es wieder ordnungsgemäß verwahren zu können, ans Licht zog. Es war eine Papierrolle, über die ein Gummiband gezogen war, und Pilar streifte, nachdem sie die Rolle von allen Seiten betrachtet und hineinzusehen versucht hatte, nach kurzem Zögern das Gummiband ab und glättete das Papier.

Es war ein Plakat zur Ankündigung einer Corrida in San Eresmo und zeigte einen Matador in sieghafter Haltung, welcher einem aus geblähten Nüstern schnaubenden Stier die Capa in spielerischer Geste entgegenhielt. Pilar versank für Sekunden in den Anblick des gutgeschnittenen Männergesichts, an dem ihr etwas auf unbestimmte Weise vertraut schien, und sie wäre, hätte sie aufgeblickt und ihr Bild in dem vor ihr befindlichen Spiegel gesehen, möglicherweise überrascht gewesen. So sann sie, das Plakat auf dem Boden gerollt, über die seltsame Empfindung des Wiedererkennens nach und kam zu dem Schluß, daß das Plakat vermutlich aus Pepe el Morenos Sammlung stamme, wo sie es in zurückliegenden Tagen anläßlich eines Besuchs in seiner Kammer gesehen haben mochte. Sie hob es auf, um es wieder in den Schrank zu legen, wandte es jedoch zuvor, um die Empfindung zu verlängern, noch einmal dem vierfach durch die Fenster fallenden Abendlicht zu. In diesem Augenblick betrat Nando in Arbeitskleidung mit von der Mütze flachgedrückter Stirnlocke den Raum.

»Ich habe mir Geld geholt«, sagte Pilar, sich nach ihm umwendend. »Conchita hat es erlaubt.«

Nando trat näher und blickte auf das Plakat in ihren Händen. Pilar, die sein Interesse bemerkte, hob es ein wenig höher und drehte es in seine Richtung.

»Es lag im Schrank. Vermutlich gehört es Pepe el Moreno.«

Nando, der das Plakat selbst in den Schrank gelegt hatte, folgte mit jäh erwachter Aufmerksamkeit den Zügen des Mannes, die sich lebendig von der schwarzen andalusischen Tracht mit der violetten Schärpe abhoben. Da er hinter Pilar stand, befand sich deren Spiegelbild ebenso wie das Konterfei des Matadors unmittelbar vor seinen Augen, und er sah, was Pilar nicht gesehen hatte.

»Vermutlich«, sagte er mit ruhiger Stimme. »Ich werde es aufbewahren und Pepe geben, wenn er das nächste Mal nach Angel del Sur kommt.«

Als Pilar den Raum verlassen hatte und wenig später ihre und Conchitas Stimmen von der Hausbank her durch die offenen Fenster drangen, faltete Nando das Plakat, ohne es noch einmal anzusehen, zusammen, steckte es in seine Rocktasche und stieg die Treppe hinunter zur Küche, in der sich um diese Zeit niemand aufhielt. Vor dem Herd, in dem das Feuer gloste, blieb er stehen und dachte, daß seine und Conchitas nunmehr zehn Jahre währende glückliche Ehe ihn verpflichtete, zu ihrem Wohl in ihrer beider Namen nicht nur über die Zukunft, sondern auch über die Vergangenheit zu entscheiden. Er holte das Plakat aus der Tasche, entfaltete es und riß es langsam und sorgfältig in kleine Stücke, die er, einzeln oder zu dünnen Lagen gebündelt, ins Feuer warf. Dann wartete er, in die Glut sehend, bis das Papier zu einem lockeren grauen Hügel verbrannt war, der zuletzt raschelnd in sich selbst zerfiel, womit das einzige Indiz für Pilars Herkunft aus der Welt geschafft war.

Am letzten Tag vor Schulbeginn nahm Junipero, dem Pilar in der Gewißheit, daß sie auf ihn zählen konnte, ihren Wunsch anvertraut hatte, seine kleine Schwester zu einer geschäftlichen Fahrt in die Fernando-Kaserne mit. In unmittelbarer Nähe der Kaserne befand sich der Tabakladen, in dem Junipero jener andalusischen Kellnerin begegnet war, die ihm zu seiner Beretta sieben Komma zwei verholfen hatte. Er hielt auf der dem Laden gegenüberliegenden Straßenseite und gab Pilar, die neben ihm auf dem Kutschbock saß, die Zügel in die Hand.

»Ich hole dir deine Ducados«, sagte er, indem er vom Wagen kletterte. »Es sieht sonderbar aus, wenn du es tust.«

Im Augenblick, da Junipero, der mit seinen Gedanken bereits bei dem bevorstehenden Verkaufsgespräch mit dem Zeugmeister war, die Straße betrat, hielt ein Gefährt, das wie ein Fahrrad aussah, jedoch von einem Motor betrieben wurde, mit schleudernden Reifen vor seinen Füßen.

Junipero wich erschrocken zurück, und der Junge, der das Fahrzeug gelenkt hatte, sprang, um nicht zu stürzen, vom Sattel, wobei das Rad unter seinen Händen wegglitt und wenige Meter weiter im aufwirbelnden Straßenstaub liegenblieb.

»Tut mir leid, Señor«, sagte der Junge, der in Pilars Alter sein mochte, »ich bin wohl zu schnell gefahren.«

»Alles in Ordnung«, sagte Junipero, seine Jacke glattstreichend, »es war meine Schuld. Ich habe weder nach rechts noch nach links gesehen.«

Sie lächelten einander, erleichtert, daß nichts geschehen war, zu, ehe Junipero, diesmal vorsichtig, seinen Weg über die Straße fortsetzte.

Der Junge ging auf sein Rad zu, als das Pferd, das ebenfalls erschrocken war und das Pilar bislang zu halten vermocht hatte, hochstieg und an dem durch die Bremsen blockierten Wagen riß. Der Junge wandte sich blitzschnell um, griff nach den beiden Trensenringen und hielt das Pferd, ohne Gewalt anzuwenden, so nachdrücklich fest, daß es sich beruhigte und, mit den Hufen scharrend, auf seinem Platz stehenblieb. Als Ramón, dessen Aufmerksamkeit auf das Tier gerichtet gewesen war, aufblickte, begegnete er einem Paar dunkler Augen, die in einer Mischung aus überstandenem Schrecken und Bewunderung auf ihn gerichtet waren. Er wandte sich ab, um die Blutwelle, die ihm in die Stirn gestiegen war, zu verbergen, und bückte sich nach dem Rad, wobei er, wie ehedem in San Cristóbal, den Blick des Mädchens in seinem Rücken fühlte. Während er das Fahrzeug aufhob und den Sand von Sitz und Lenkstange klopfte, ging ihm fieberhaft durch den Kopf, daß es ihm als Mann obläge, das Wort zu ergreifen, und daß ein wohlmeinender Zufall ihm nun die Gelegenheit bot, die Antwort, die er Pilar beim Abschied in Angel del Sur auf ihre ungefragte Frage gegeben hatte und die ihm im nachhinein als unzureichend erschienen war, zu verdeutlichen. Er schob sein Gefährt an den Wagen heran, blieb an der Tür stehen und sagte zu dem Mädchen, das, ohne ihn aus den Augen zu lassen, die Zügel in Händen, auf dem Kutschbock saß: »In fünf Jahren bekomme ich mein Motorrad.«

Pilar nickte fast unmerklich. In diesem Augenblick trat Junipero, ein Paket Zigarillos und eine Schachtel Ducados in der Hand, auf die Straße. Ramón startete den Motor seines Fahrzeugs, schwang sich in den Sattel und war schon eine Häuserzeile weit entfernt, als Junipero, am Wagen angelangt, Pilar das weiß-blaue Päckchen in den Schoß legte und ihr die Zügel aus der Hand nahm.

Als der Wagen die Finca am darauffolgenden Morgen durch das freistehende, mit Engelsflügeln verzierte Tor in Richtung Rábida Alcazar verließ, war es Nando, der neben der nunmehrigen Sekundarschülerin auf dem Kutschbock saß, während auf dem Rücksitz ein Strohkoffer lag, in dem Pilars neue Kleidungsstücke verwahrt waren. Conchita hatte davon abgesehen, die beiden zu begleiten, um sich nicht in Gegenwart Fremder von Pilar verabschieden zu müssen, und horchte, unter dem Vordach stehend, mit offenen Augen, auf deren Lidrändern die Sonne brannte, dem davonrollenden Wagen nach. Pilar jedoch verließ Angel del Sur leichteren Herzens als sonst, da sie auf dem Boden ihres Strohkoffers die kleine weiß-blaue Schachtel wußte, vor allem aber weil die Frist bis zu dem angekündigten Besuch Ramóns mit den von ihm genannten fünf Jahren überschaubar geworden war.

19

Die zweite Eintragung der Schülerin Riera in das berüchtigte ›Register‹ stand in Zusammenhang mit den Ereignissen auf Angel del Sur und brachte Pilar das von Schwester Santuza eigenhändig in gotischen Buchstaben verfaßte sogenannte ›Monitonum‹ ein, die letzte Warnung vor dem endgültigen Schulausschluß, dazu eine gütige, wenn auch nachdrückliche Ermahnung von Madre Ildefonsa und ein medizinisches Gutachten von Doktor Bravo.

Pilar, die nach den Vorfällen, von denen noch zu berichten sein wird, in eine Art Lethargie fiel, in der sie vorübergehend sogar ihre Heilkräfte verlor, nahm alles wortlos hin und versuchte, da ihr das Lernen auch in der anspruchsvollen Sekundarschule keine Schwierigkeiten bereitete, um so intensiver, das allgegenwärtige Hühnchen zum Leben zu erwecken, um auch fern von Angel del Sur, wo sie Trost nötiger hatte als daheim, hin und wieder einen Blick in die flirrende Unendlichkeit zu erlangen. Sie brachte jede freie Minute damit zu, das Bild zu beschwören, und glaubte sich manchmal so dicht davor, daß sie, gleichgültig wo sie sich befand, in Reglosigkeit verharrte, um den Zugang nicht zu verschütten. Doch glitt das Schemen im letzten Augenblick immer wieder fort und entfernte sich um so rascher, je angestrengter sie es zu halten versuchte. Madre Ildefonsa führte Pilars Absencen auf die überstandenen »schwarzen Tage von Angel del Sur«, von Aurelia so benannt, aber auch auf das von Santuza verfaßte ›Monitonum‹ zurück und setzte der Schwester auseinander, daß man mit einer Heiligen nachsichtiger hätte verfahren müssen, worauf Santuza schlüssig entgegnete, daß gerade eine Heilige eine nachhaltige Beispielwirkung ausübe und man daher mit ihr besonders streng zu verfahren habe. Madre Ildefonsa mußte das am Gittertor befestigte Schild, das die Ordinationszeiten angab, entfernen lassen und zeigte sich, als das Fest *La Candelaria* vor der Tür stand, einigermaßen besorgt, da die Spenden wegen des Ausfallens von Pilars Heilungen ausblieben und sie bei einem Holzschnitzer in Burgos eine Lichtermadonna bestellt hatte. Da kniete Pilar eines Tages während des Meditationsspaziergangs bei dem Hund des Gärtners, der seit Monaten an einer virösen Stimmbandlähmung litt, nieder und kraulte sein struppiges Fell, worauf dieser laut und kräftig zu bellen begann und der gewohnte Betrieb zur Erleichterung der Äbtissin und zur Freude von Schwester Rafaela wiederaufgenommen werden konnte.

Pilar selbst war durch Schule und Tierbesuche so weit abgelenkt, daß ihre Erinnerung nach und nach verblaßte und, bis auf einen vagen Schmerz, der sie hin und wieder im Traum aufweinen ließ, dem Alltag wich. Sie begann sich mehr als vordem mit dem Hühnchen zu befassen, das für sie eine ähnliche Bedeutung erlangt hatte wie Jakobus für Aurelia, und verblüffte die Lehrschwestern des Colegio durch ihre Begabung für Mathematik und Naturwissenschaften. Dennoch war ihr Heimweh nach Angel del Sur stärker geworden, und manchmal, während des Abendgebets, hegte sie den heftigen Wunsch, Gott um eine dritte Eintragung in das ›Register‹ zu bitten, unterließ es jedoch, da ihr das Anliegen nicht recht statthaft schien. Vor dem Einschlafen heftete sie den Blick an die Zimmerdecke, wo ihr Heiliger seine Konturen in das fahle Weiß grub, und ihre Seele trug sie aus dem Schlafsaal hinaus über die Mauern des Klosters, über Äcker Olivenpflanzungen und Tafelberge hinweg bis an das Gittertor mit den Engelsflügeln, das bei ihrer Ankunft aufsprang und ihr den Weg zu ihrem Platz auf dem Strohsack freigab. War sie dort angelangt, umfing sie der Schlaf mit sanften Händen, und an der Traumgrenze hatte sie das glückliche Empfinden, daß nichts von dem geschehen sei, was geschehen war.

Die Geschäfte auf Angel del Sur waren so gut gegangen wie nie zuvor, sowohl die von Nando betreute Landwirtschaft betreffend als auch die betriebsfremden Unternehmungen der einzelnen Familienmitglieder. Nachdem sich, vor allem dank Pilars segensreichem Wirken, während der Schulferien ein ansehnlicher Betrag angesammelt hatte, schlug Junipero vor, dem etwas unmotiviert in der Landschaft stehenden Gittertor vermittels eines Drahtzaunes, der das gesamte Anwesen umschlösse, eine Funktion zu verleihen, stieß aber damit bei Aurelia auf taube Ohren.

»Das Tor zeigt an, daß eine Heilige hier wohnt. Was sollen wir mit einem Zaun?«

»Er würde, bildlich gesprochen, ihre Sphäre bezeichnen. Angel del Sur ist ein würdiger Rahmen für eine Heilige.«

»Ohne Zaun ist es noch würdiger, weil es nirgends zu Ende ist.«

Das Tor blieb stehen, wie es war, nur die matt gewordenen Engelsflügel wurden nach Ablauf eines Jahres von dem aus San Eresmo herbeigeholten Kunstschmied mit einer Terpentinlösung gereinigt und poliert. Während der folgenden Sommerferien begann Pilar ihre Schwester, wenn deren Arbeit im Haushalt beendet war, in den Fächern der Sekundarschule zu unterrichten. Sie saßen zuerst auf der Holzbank vor der Eingangstür und verlegten, als es dort um die zweite Saatzeit zu heiß wurde, den Unterricht an den Fuß des Olivenhügels oder in das Bachbett, wo der Strauch, gegen den Conchita am Tag ihrer Erblindung gelaufen war, sich zu stattlicher Größe erhoben hatte.

In diesen Tagen erreichte Pepe el Moreno, der sich auf der Höhe seiner beruflichen und privaten Erfolge befand, der ehrenvolle Ruf eines Pferdezüchters aus dem Norden, dessen Beschälhengst, ein prächtiges Tier, das im Laufe seiner Karriere die halbe Provinz mit seinen Nachkommen versorgt hatte, seiner zunehmenden Wildheit wegen einer Behandlung durch einen Castrador zugeführt werden sollte. Pepe, der die Großzügigkeit des betreffenden Caballeros wie auch dessen bei ihm lebende hübsche Nichte von vorangegangenen Anlässen her in lebhafter Erinnerung hatte, holte seinen Anhänger aus dem Schuppen, befestigte ihn an dem Zughaken seiner Ossa und machte sich, nachdem er Pepe el Rubio seine zeitgerechte Rückkehr zu der in wenigen Tagen bevorstehenden Vollmondnacht angekündigt hatte, auf den Weg nach dem Gestüt, das jenseits der Tiefebene in den Bergen lag.

Während der Fahrt auf der sich endlos zwischen Sandhügeln und Olivenwäldern dehnenden Straße kamen ihm allerhand sonderbare Gedanken, beispielsweise, daß er nun, da es sich für ihn über Erwarten gut gefügt hatte, seinem Bruder gelegentlich eine ungeteilte Vollmondnacht überlassen und zu einem späteren Zeitpunkt ganz von der Teilhaberschaft absehen könnte. Der Abend, an dem der neu in die Funktion des Patrón eingetretene Nando die Familie in der Küche versammelt hatte und an dem die Entscheidung über seine Zukunft gefallen war, kam ihm ebenso in den Sinn, wie jene weit zurückliegende Fiesta von San Eresmo, da Conchita ihn vor dem Tor der Arena erwartet hatte. Zuletzt, als die Straße sich mählich bergwärts zu winden begann, gedachte er Eles, die mit ihrer einfühlsamen Führung den Grundstein zu seiner glückhaften Beziehung zum schönen Geschlecht gelegt hatte, und er beschloß, ihr nach seiner Rückkehr anonym einen Strauß Hibiskusblüten zu übersenden.

Auf dem Gestüt wurde der rote Castrador bereits erwartet, und während Pepe mit Hilfe eines Knechts sein Gestell aufbaute, wurde das majestätische Tier, vom Stallmeister und zwei Bereitern gebändigt, auf den Hof geführt. Unterhalb der Pergola blitzte es rot, und Pepe, der sich erinnerte, daß die Nichte des Patróns stets eine Mohnblüte im Haar trug, versuchte hinter dem dicht belaubten Geäst etwas von der Mädchengestalt zu erkennen. Als der Hengst in den Seilen festgezurrt war, umfing Pepe sein Opfer mit einem Blick, in dem Bewunderung und Bedauern lag: Niemand hätte behaupten können, daß es ihm leichtfalle, in das Spiel der Natur einzugreifen und eine dergestalt vollendete Kreatur ihres Stolzes und ihrer Freude zu berauben.

Der Hengst schnaubte zwischen den Stahlrohren und scharrte in den Fesselbändern, daß seine Hufeisen Funken aus dem Steinboden schlugen. Pepe ließ den Gurt noch fester anziehen, so daß der schwere Körper hilflos in den Seilen hing, und machte sich dann ans Werk. Während der Prozedur gab der Hengst keinen Laut von sich, als habe er seine Sinne zu einem ungeheuren Akt des Widerstandes aufgerufen, um seinem Schänder kein Schauspiel zu geben. Pepe atmete auf, als es vorbei war und das Tier sich weiterhin völlig still verhielt. Er versorgte die Wunde mit einer Jodlösung und merkte im Aufblicken, daß der rote Fleck unter der Pergola sich bewegte und eine schmale Silhouette sichtbar wurde. Der Knecht nahm ihm auf einen Wink Jodflasche und Tupfer aus der Hand, und Pepe sagte, zum Stallmeister und den Bereitern gewandt: *»Basta, Señores, al final basta.«*

Sei es, daß er, durch die Ruhe des Hengstes getäuscht, einen Augenblick zu lang nach der Pergola hinübersah, sei es, daß der Knecht zu früh darangegangen war, die Fesselschnallen zu lösen: Der Hengst warf plötzlich den Kopf zurück und holte mit dem Hinterhuf zu einem gewaltigen Schlag aus, der Pepe im Schritt traf, wobei das schwere Eisen präzise auf seinem Schambein aufsaß und alles, was an Weichteilen zwischen Huf und Knochen lag, unter der Wucht des Hiebes zu Brei wurde.

Pepe brüllte auf und brach in die Knie, der Stallmeister stürzte herbei, um ihn zu halten, und die beiden Bereiter griffen nach den Zügelriemen des Hengstes, der wieder völlig stillstand. Das Mädchen hatte sich aus dem Schatten der Pergola gelöst und rannte mit einem Aufschrei über den Hof, wo sie wenige Meter vor dem Gestänge zitternd stehenblieb, indes der Knecht um Hilfe ins Haus lief und Pepe den Armen des Stallmeisters entglitt und ohnmächtig zu Boden sank.

Seine Arbeitshose begann sich zwei Handbreit unterhalb des Gürtels rot zu färben, das Blut sickerte durch den Stoff und tropfte auf den Steinboden, wo ein klebriger Fleck entstand. Das Mädchen hatte wieder zu schreien begonnen, und der Hengst blickte mit zurückgewendetem Kopf und geblähten Nüstern auf den Mann, der reglos auf dem Boden lag und dem er – Auge um Auge, Zahn um Zahn – heimgezahlt hatte, was ihm widerfahren war. Schließlich rannte der Stallmeister nach dem Wagen, und der ohnmächtige Pepe wurde in ein Plastiktuch gerollt und auf den Rücksitz gehoben. Der Hengst ließ sich von den beiden Bereitern widerstandslos abführen, indes zwei Stallknechte das Gestell entfernten und das Mädchen händeringend auf den Blutfleck starrte und fortgesetzt weiterschrie, bis der Patrón auf den Hof trat, seiner Nichte die Hand um die Schulter legte und sie ins Haus führte.

Im Hospital von Cervera, wohin man Pepe gebracht hatte, wurde ihm, ohne daß er vorher das Bewußtsein wiedererlangte, in einer Notoperation alles, was der Hengst zertrümmert hatte, entfernt, da die Gefahr einer Sepsis bestand. Als Pepe aus der Narkose erwachte, glaubte er sich im Halbdämmer in den Armen des Mädchens mit der Mohnblüte, und erst als der dumpfe Druck an der Operationsstelle einem vorerst gedeckten, späterhin wütenden Schmerz wich, fragte er, was geschehen sei, und erhielt nach einigen Ausflüchten die unvermeidliche Auskunft.

Er lehnte es ab, mit einem der Hospitalärzte ein weiteres Wort zu wechseln, und kehrte nach seiner Entlassung heim nach Angel del Sur, wo niemand etwas von seinem Unfall wußte. Hier verkroch er sich acht Tage lang in der Scheune und dachte nach. Dann koppelte er den Anhänger ab, schwang sich, so gut ihm das zur Zeit möglich war, auf seine Ossa und fuhr in mäßigem Tempo nach dem in sommerlicher Stille dahindämmernden Kloster Rábida Alcazar.

Doktor Bravo sah auf einen Blick, daß es keinen Funken Hoffnung gab. Er zögerte, es auszusprechen, aber Pepe sagte: »Ich will es wissen.« Als er das Urteil vernommen hatte, fragte er nach der ärztlichen Schweigepflicht, deren der erschütterte Doktor Bravo ihn augenblicklich versicherte. Sie schieden mit Handschlag voneinander, und Doktor Bravo wandte sich, als das Knattern von Pepes Motorrad jenseits der Mauern verklungen war, dem Medikamentenschrank zu, in dem er für derartige Fälle eine mit dem Etikett ›Schock‹ versehene Flasche, die klaren Feigenschnaps aus Pepe el Rubios Keller enthielt, aufbewahrte.

Als Pepe am Fluß angelangt war und auf die Brücke zusteuerte, die die beiden Teile von Fuego Fuego miteinander verband, fiel ihm ein, daß er noch ein Versprechen einzulösen hatte. An der Uferböschung standen zwischen Eiben und Pinien auch einige Hibiskussträucher, und Pepe stieg ab und pflückte einen Strauß. Dann verließ er den Dammweg und bog stadteinwärts. Nachdem er mehrere Straßen durchfahren und zwei Plätze überquert hatte, stand er vor dem über und über mit Kletterrosen bewachsenen Pappdachhäuschen, dessen Garten von einer frisch geschnittenen Hecke umschlossen war. Wie die Dinge lagen, war Anonymität nicht mehr vonnöten. Er hatte die Maschine vor dem Tor abgestellt, als sein Blick über das niedere Strauchwerk auf einen Jungen fiel, der sich an einem etwas sonderbaren Fahrzeug zu schaffen machte.

Pepe trat an die Gartenpforte und rief über den Holzbalken: »He, du.«

Der Junge richtete sich aus seiner halbgebückten Haltung auf. »Ja, Señor?«

»Ist Señora Bluna zu Hause?«

»Meine Mutter ist im Geschäft.« Ramón sah Pepes Blick auf sein Fahrzeug gerichtet und hielt eine kleine Blechflasche hoch. »Ich öle die Kette.«

»Du darfst nicht zuviel Öl nehmen«, sagte Pepe, der die Mechanik des Gefährts mit einem Blick erfaßt hatte, »sonst springt dir die Kette aus dem Zahnrad.«

»Ich weiß«, sagte Ramón.

Die beiden, die möglicherweise Vater und Sohn waren, betrachteten einander einige Sekunden lang. Dann hob Pepe den Strauß und hielt ihn dem Jungen hin.

»Kannst du das deiner Mutter geben? Du brauchst nichts dazu zu sagen.«

»Natürlich«, sagte Ramón. Sein Blick blieb an dem Motorrad hängen, das wenige Meter vor ihm am Gehsteigrand stand. »Eine schöne Maschine haben Sie da, Señor.«

Pepe öffnete das Gartentor. Ramón empfing den Hibiskusstrauß, legte ihn auf die Werkzeugkiste und trat auf die Straße.

»Eine Ossa«, sagte er mit vor Bewunderung gedämpfter Stimme. »Vier Zylinder, mit Wasserkühlung und Schwungfederung!«

»Du kannst sie haben«, sagte Pepe. »Du brauchst sie dir nur auf Angel del Sur abzuholen. Morgen oder übermorgen.«

»Ich darf erst mit siebzehn fahren«, sagte Ramón, dem beinahe das Herz stillstand.

»Dann heb sie dir auf. Ich werde dafür sorgen, daß du sie bekommst. Wie ist dein Vorname?«

»Ramón.«

Ramón sah zu, wie Pepe aufstieg und den Motor startete. Er brachte kein Wort mehr heraus, und Pepe, der das auch nicht erwartete, hob die Hand kurz grüßend vom Gasgriff, ehe er mit aufheulendem Motor davonfuhr.

Ramón vergaß den Strauß, da er mit den Gedanken bei den Worten des Señors hängengeblieben war, und so war der Hibiskus schon etwas welk, als er ihn seiner Mutter am Abend überreichte. Ele blickte nachdenklich in das Gewirr von Rispen und Blüten, dann knüpfte sie das Gebinde in der Küche zwischen den Gewürzsträußchen an eine hierfür gespannte Schnur, wo es sich im Moment etwas fremd ausnahm, aber mit verblassender Farbe gut einfügen würde. Ramón wagte nicht, seinen Eltern von dem Angebot des Señors zu erzählen, weil er vermutete, daß man ihm keinen Glauben schenken würde, und verbrachte in Gedanken an die Ossa und die damit verbundenen Möglichkeiten einige schlaflose Nächte, bis ein Brief aus Angel del Sur eintraf und seine Ungewißheit beendete.

Pepe kam am späten Nachmittag auf der Finca an. Das Tor mit den beiden frisch polierten Engelsflügeln, das während der Wintermonate etwas zu knarren begonnen hatte, öffnete sich dank der Behandlung durch den Kunstschmied lautlos und leicht. Pepe schob seine Ossa in den Schuppen, wo ein eigener Verschlag dafür errichtet worden war, fegte den Straßenstaub von Lenkstange und Benzinbehälter und verschloß das Tor. Dann ging er ins Haus und stieg hinauf in seine Kammer, ohne jemandem zu begegnen, da Conchita und Pilar zur Olivenpflanzung aufgebrochen waren, Nando auf dem Feld arbeitete, Junipero sich in Burgos, Aranja in Juniperos Laden und Pepe el Rubio im Keller aufhielt und Umbre in Aranjas Vertretung die Blumen im Altarzimmer goß. Pepe nahm die blaue Schatulle aus dem Schrank, öffnete sie und hob die Waffe behutsam aus dem Samtkissen. Danach verwahrte er die Schatulle wieder und stieg die Treppe hinunter. Unterwegs fiel ihm etwas ein, und er bog zur Küche ab, riß ein Blatt Papier von Umbres Einkaufsblock und schrieb mit dem schon etwas stumpfen Bleistift darauf: »Mein Motorrad gehört Ramón Bluna.« Dann legte er den Zettel auf die Herdplatte, die um diese Zeit kalt war und wo man ihn noch am selben Tag finden würde, und machte sich auf den Weg nach dem Stall.

Hinter dem weitläufigen Gebäude türmte sich der etwa zwei Mann hohe Misthaufen, vor dem Ramón bewundernd stehengeblieben war, nachdem er Pilar im Ziegenstall eingesperrt hatte. Pepe ging mit ruhigen Schritten darauf zu und erstieg den rutschigen, übelriechenden Hügel Meter für Meter. Oben angekommen, setzte er sich in die laue Feuchtigkeit und fühlte sich an diesem Ort, wo ein Mann, wie er es war, nach seinem Dafürhalten hingehörte, für Augenblicke seltsam wohl.

Die Sonne stand oberhalb des Stalldachs, und über den Bergkamm fielen die windzerrissenen Klänge des Anima-Läutens, das für Pepe vor seinem Berufswechsel stets das Ende der Arbeit bedeutet hatte. Er dachte, daß es ein angenehmes Leben gewesen sei, solange es gedauert habe, und daß sein Los für einen Castrador einen bizarren Akt der Gerechtigkeit darstelle, der bei näherer Betrachtung nicht ohne Humor war. Dann setzte er die Waffe von unten an sein Kinn, blickte in die Sonne und drückte ab.

Der Schuß hallte, von den Hügeln zurückgeworfen, schwächer werdend, einige Male wider, dann hatte die Nachmittagsluft ihn aufgeschluckt. Pepes Kopf war beim Abfeuern der Ladung zurückgeprallt und hatte den Körper mit sich gerissen, der im Anschluß daran zusammensackte und zur halben Höhe des Hügels herabrollte, wo er mit ausgebreiteten Armen liegenblieb. Pepes Kopf war, ohne daß die Gesichtshaut einen Riß aufwies, doppelt so breit wie vorher, und die Augen, mit denen er den letzten Blick in die Sonne getan hatte, standen weit offen und waren um etwa eine Handbreit auseinandergerückt.

Für Conchita und Pilar war es später als sonst geworden, da Pilar ihrer Schwester über die Zeitalter der Erde, in welchen Berge, Land und Meere entstanden waren, erzählt hatte und die übliche Unterrichtszeit, Conchitas zahlreicher Zwischenfragen wegen, nicht ausgereicht hatte. So war es das Anima-

Läuten gewesen, das die beiden in ihrem Eifer unterbrach. Conchita, die den Weg dank ihres Stöckchens mühelos fand, brach eilends zur Küchenarbeit auf, indes Pilar die Bücher einsammelte und ihrer Schwester im Abstand von wenigen Schritten folgte.

Als Pilar sich dem Stallgebäude näherte, womit auch der Misthaufen in ihr Blickfeld rückte, schien es ihr bei flüchtigem Hinsehen, als befände sich inmitten der ansonsten einheitlichen Farbe ein dunkler Fleck. Auf den zweiten Blick schien es ihr, als sei es eine Puppe oder Vogelscheuche, die, aus welchem Grund immer, dort abgelegt worden war. Sie beschleunigte ihre Schritte und befand sich dicht davor, als ihr bewußt wurde, daß es ein Mensch war, der mit ausgebreiteten Armen inmitten des Unrats lag. Und als sie, von Entsetzen gepackt, auf den Leichnam starrte, in dessen Gesicht die auseinandergeglittenen Augen ihren Blick zu erwidern schienen, erkannte sie, wen sie vor sich hatte.

Die Bücher entfielen Pilar, und sie wich mit einem Aufschrei zurück, ohne daß es ihr möglich gewesen wäre, ihre Augen von dem grausigen Anblick zu lösen. Schließlich flüchtete sie um die Ecke des Stallgebäudes, wo sie sich zitternd an die Holzwand lehnte. Ein Brechreiz schüttelte sie, sie schloß die Augen und preßte, als könne sie damit das Bild aus ihrem Kopf vertreiben, die Handflächen gegen ihre Schläfen. Minutenlang konnte sie nicht glauben, was sie gesehen hatte. Das Schwein fiel ihr ein, dessen Kopf, von Pepes Schlachtwaffe getroffen, auf die doppelte Breite angewachsen war, und sie erinnerte sich, das metallene Ding unweit von Pepes Körper gesehen zu haben. Ihre Hände begannen heftig zu zittern, und sie versuchte, eine mit der anderen festzuhalten, indes sie das Empfinden hatte, sich in kleine Teile aufzulösen, die nach allen Seiten auseinanderstrebten.

Plötzlich wußte sie, was sie wollte, und auch, wo es zu finden war. Sie löste sich von der Stallwand und lief, um den Anblick des Misthaufens zu vermeiden, um das Gebäude herum und über die Wiese ins Haus. Conchita war längst in der Küche, und Pilar hastete durch den Flur auf den Wandschrank zu, der in der Nische neben dem Altarzimmer stand. Zwischen Aurelias nach Minze und Moschus duftenden Nachthemden lag die gefaltete Kleiderschürze, in deren Tasche die weißblaue Schachtel steckte. Sie riß die Schürze aus dem Fach, tastete nach dem Päckchen, zog eine Zigarette heraus, stopfte die Schürze zurück und eilte die Treppe hoch in das zweite Stockwerk, wo der Speicher, in dem Junipero sein Büro errichtet hatte, verlassen im Dämmerlicht lag.

Auf dem abgesägten Ölfaß, das ihrem Bruder als Schreibtisch diente, stand ein Aschenbecher, in dem eine flache Pakkung lag. Pilar griff danach, riß ein Streichholz heraus und entzündete es, die Zigarette, die sie mechanisch zwischen ihre Lippen geschoben hatte, daran haltend. Sie atmete durstig den Rauch ein und merkte, daß das Zittern ihrer Hände nachließ. Dann setzte sie sich auf den kleineren Teil des zersägten Fasses und nahm noch ein paar tiefe Züge, bis ihr Atem ruhiger wurde und das Gefühl der Übelkeit und der Schwäche nachließ.

Sie fragte sich, warum Pepe es getan hatte und ob er jetzt bei Gott war oder, wie Umbre es von den Verstorbenen behauptete, in unmittelbarer Nähe derer, die seiner gedachten, mithin in ihrer Nähe. Nach einiger Zeit erwog sie, hinunterzugehen und eine zweite Ducado zu holen, da der erstmals sachgemäße Gebrauch der vorangegangenen sie in einen Zustand schwebender Betäubung versetzt hatte, in dem der Schrecken zunehmend an Schärfe verlor. Da sie jedoch fürchtete, jemandem zu begegnen, begnügte sie sich damit, den zwischen den Dachbalken hängengebliebenen Rauch einzuatmen, um das Schwindelgefühl noch ein wenig länger auszukosten. Als die Dämmerung tiefer sank, dachte sie, daß sie hinuntergehen müsse, um es den anderen zu sagen. Aber Nando war inzwischen von der Feldarbeit heimgekehrt und hatte Pepe gefunden.

Pepe Riéra, der rote Castrador, bekannt als ›el Moreno‹, der Dunkelhaarige, wurde, nachdem sein älterer Bruder Junipero die Sache mit der Schlachtschußpistole als Betriebsunfall deklariert hatte, auf dem der Kirche angeschlossenen Friedhof in Fuego Fuego unter Anteilnahme zahlreicher Trauernder, darunter vor allem Mädchen aus der näheren und ferneren Provinz, zu Grabe getragen. Der Schulchor des Klosters Rábida Alcazar unter der Leitung von Schwester Fidelis sang »In der Jugend Maienblüte«, »Nach der Erdentage Qual« und, nachdem Padre Felipe das »Mea culpa« gesprochen hatte, den Kanon »Buß und Reu, Buß und Reu«, wobei Pilar diesmal nicht in die Lage kam, den Mund öffnen und schließen zu müssen, da sie sich unter den Trauernden befand. Nando hatte Aurelia vorgeschlagen, ihren Sohn neben Sebastiano am Fuß des Olivenhügels zu begraben, was diese jedoch ablehnte, da sie ausschließlich ihren Ehemann vom Fenster ihres Zimmers zu sehen wünschte. Dem Begräbnis war sie mit Hinweis auf ihre Krankheit ferngeblieben, sprach jedoch gemeinsam mit Umbre, die zur Zeit an einem Anfall von Gicht litt und ebenfalls daheimgeblieben war, unter den Augen des heiligen Jakobus drei Paternoster, zwei Engel des Herrn und ein verlängertes Fegefeuergebet, von welch letzterem sie der Meinung war, daß ihr Sohn seiner vordringlich bedürfe.

In der folgenden Nacht erlitt Conchita einen Weinkrampf und sprach, von ihrem Ehemann tröstend in seinen einen Arm genommen, über ihre Erinnerungen an Pepe el Moreno, insbesondere die gemeinsam besuchte Fiesta in San Eresmo, wobei sie erstmals ihre Begegnung in der Kapelle der Arena erwähnte. Nando, der sich nie sonderlich für Stierkämpfe interessiert hatte, erinnerte sich dennoch, daß der Tod eines Matadors vor mehr als zehn Jahren einiges Aufsehen erregt hatte, und beglückwünschte sich nachträglich zu seinem Entschluß, das Plakat, das Pilar in Conchitas Wäscheschrank gefunden hatte, verbrannt zu haben. Schließlich weinte Conchita sich an seiner Schulter in den Schlaf, und Nando dachte, daß es nun an Pepe el Rubio sei, für den Fortbestand der Familie Riéra zu sorgen, und daß er als Patrón zu gegebener Zeit ein Wort mit Aranja sprechen würde.

Eine Woche später waren die Ferien zu Ende, und Pilar reiste, ihre weiß-blaue Schachtel in der Kleiderschürze verstaut, im Strohkoffer ein kleines, von Nando geschnitztes Wildschwein, das sie, der ständigen Gefahr für die Beinchen der Gazelle wegen, gegen diese ausgetauscht hatte, nach Rábida

Alcazar. Sie hatte beschlossen, den Gebrauch der Ducados zu handhaben wie vordem und sich jeweils mit dem Duft und einigen Krümeln Tabak zu begnügen, um mit dem Inhalt der Schachtel, es war die dritte, die Junipero ihr besorgt hatte, das Schuljahr bestreiten zu können. Schwester Fidelis schloß ihre blasse, schwarz gekleidete Lieblingsschülerin in die Arme, und hier, fern von Angel del Sur, geschah es, daß Pilars Trauer sich Bahn brach und sie kurz und heftig aufweinte, was Fidelis dazu brachte mitzuweinen, worauf es beiden ein wenig leichter war.

Hiermit war der erste Teil der ›Schwarzen Tage‹ abgeschlossen. Der zweite folgte im Abstand von nur zwei Wochen und war, stellte man die auf Angel del Sur gegebenen Sachverhalte in Rechnung, eine schlüssige Folge des Vorangegangenen.

Als die nächste Vollmondnacht anbrach – es war dieselbe, für die Pepe el Moreno bei seinem Aufbruch in die Berge seine Rückkehr zugesichert hatte –, befand Pepe el Rubio sich in einem Zustand der Erregung, in den sich schlechtes Gewissen mischte. War es stets sein Wunsch gewesen, die Vollmondnächte für sich allein zu haben, hätte es doch nicht auf diese Weise geschehen sollen, und er ertappte sich bei dem Gedanken, daß er es, auch um den Preis der Teilung, vorzöge, wenn Pepe el Moreno noch am Leben wäre. Dies wiederum brachte ihn seiner Verlobten gegenüber in eine schwierige Gewissenslage, und so wälzte er sich die ersten Stunden der Nacht schlaflos auf seinem Bett, angestrengt auf jedes Geräusch horchend, das von draußen in seine Kammer drang. Kurz vor Mitternacht war es soweit. Die Dielenbretter gaben das bekannte leise Knarren von sich, und wenig später hörte er, wie die Klinke von Pepe el Morenos Tür niedergedrückt wurde. Er wartete mit angehaltenem Atem, der Schweiß brach ihm aus allen Poren, als es einige Minuten lang still blieb und Aranja offensichtlich nicht wußte, woran sie war. Dann knackte der Holzboden auf dem Flur, und ohne daß sich die Tür von Pepe el Morenos Kammer hörbar geschlossen hätte, öffnete sich seine eigene, und Aranja in ihrem alles verhüllenden Leinennachthemd kam mit wiegenden Schritten und offenen Augen auf ihn zu. Sie verharrte kurz vor seinem Bett und glitt, als er die Decke hochschlug, lautlos an seine Seite. Pepe atmete auf und schloß seine Verlobte in die Arme. Bei dem Gedanken, daß nun ausschließlich er es war, den sie aufsuchte, und daß dies auch für die Zukunft so bleiben werde, konnte er sich eines kurzen, heftigen Glücksgefühls nicht erwehren. Er beeilte sich, ihr zu beweisen, daß sie die rechte Stätte gefunden habe, und wandte, um sie den zuvor vergeblich zurückgelegten Weg vergessen zu machen, sozusagen stellvertretend für seinen Bruder, die doppelte Zuwendung auf, ehe er sie in die immer noch vom Vollmond aufgehellte frühmorgendliche Dämmerung entließ. Aranja bewegte sich unter leisem Knarren der Diele über den Flur, und Pepe wollte sich schon zufrieden in die Kissen sinken lassen, als er merkte, daß das Geräusch verstummte. Er hielt in der Bewegung inne und horchte hinaus. Als einige Sekunden hindurch kein Laut zu ihm drang, schlug er die Decke zurück und stieg aus dem Bett. Aranja war an der offenstehenden Tür von Pepe el Morenos Kammer vorbeigegangen, als sie im Schritt stockte und ein nachdenklicher Ausdruck in ihre Augen trat. Sie kehrte zurück, verweilte kurz auf der Schwelle und ging dann entschlossen, als habe sie etwas zu erledigen vergessen, auf das Bett zu, auf dessen glattgestrichener Zierdecke ein Kranz aus halb vertrockneten Rosen, von Conchita geflochten, lag.

Der Ausdruck in Aranjas Augen änderte sich. Sie starrte mit gerunzelter Stirn auf die Decke und den Kranz, schüttelte dann den Kopf, machte kehrt und verließ den Raum. Draußen angelangt, wandte sie sich kurzerhand dem offenen Fenster zu, durch das der Mond seinen vollen Strahl auf die Dielenbretter goß. Pepe el Rubio betrat den Flur in dem Augenblick, als Aranja, das Leinenhemd über die Knie gerafft, das Fensterbrett erstiegen hatte und sich nach draußen in die fahle Helle gleiten ließ.

Pepes Herzschlag stockte, er wartete, wie ehedem Umbre, mit angehaltenem Atem auf den Aufprall, aber nichts geschah. Er trat ans Fenster und beugte sich hinaus, doch lag der Rasen unberührt und ruhig im Mondlicht, und erst, als er sich seitwärts wandte, entfuhr ihm ein Schrei, den er, die Hand auf den Mund gedrückt, geistesgegenwärtig erstickte. Aranja stand auf dem Sims, das in Höhe des ersten Stockwerks das Haus umlief, und als Pepe sich vorbeugte, um sie im Auge zu behalten, begann sie, die Arme verschränkt, als hielte sie ein Kind darin, halblaut in ihrer katalanischen Muttersprache ein Liedchen zu singen, indes sich ihre Schultern im Takt hin und her wiegten.

Pepe, der seine Verlobte in höchster Gefahr sah, zögerte keinen Augenblick. Er erklomm das Fensterbrett und stieg ungeachtet seiner vor Schreck fühllosen Beine hinaus auf das Sims. Er tastete sich, den Rücken gegen die Hauswand gepreßt, Zentimeter um Zentimeter an Aranja heran, was mehrere Minuten in Anspruch nahm. Als er so weit gekommen war, daß er ihre Schulter berühren konnte, und die Hand nach ihr ausstreckte, war das Lied zu Ende, und sie wandte sich zur Seite, um ihren Weg um das Haus fortzusetzen. Pepe, dem es gelungen war, sie an der Schulter zu fassen, versuchte sie festzuhalten, was Aranja nicht merkte oder nicht wünschte, und indem sie von Pepe fortstrebte, vollzog sie die beabsichtigte Wendung, wobei Pepe, der, in dem Wunsch, sie festzuhalten, die Hand in den Stoff über ihrer Schulter verkrallt hatte, aus dem Gleichgewicht geriet. Er warf, rudernd, beide Arme hoch und hielt sich, indes seine Füße auf dem schrägen Sims ins Gleiten kamen, einige Augenblicke lang in Schwebe zwischen Himmel und Erde, ehe er den Halt verlor und in die Tiefe stürzte.

Aranja, die sich in der Zwischenzeit einige Schritte entfernt hatte, hob bei dem dumpfen Aufprall den Kopf, nahm ihn jedoch nicht weiter zur Kenntnis und bog, auf dem Sims balancierend, um die Hausecke, wo sie wieder eine Zeitlang verhielt und ein paar leise Töne summte. Als sie schließlich das Haus umrundet hatte und, ohne einen Blick in die Tiefe getan zu haben, durch das Fenster in die Diele zurückkletterte, hatte der Frühwind ein paar Wolken vor den Mond gezogen und rüttelte an den Fensterläden, so daß Aranja, ohne weiter zu verweilen, die Diele durchquerte und ihre Kammer aufsuchte.

Am darauffolgenden Morgen fand Nando auf dem Weg zur Arbeit Pepe el Rubio mit gebrochenem Genick im Gras unterhalb des Flurfensters, und Umbre, die die Zusammenhänge ahnte, entzündete rund um den Toten, der in der Scheune aufgebahrt wurde, einhundertelf Kerzen und zog Aranja, die, ohne es zu wissen, die Ursache für den Unglücksfall gewesen war, zu einer dreitägigen Nachtwache heran, während der die beiden abwechselnd die Kerzen beaufsichtigten und den 23. Psalm sangen. Am vierten Tag reisten Nando und Conchita nach Rábida Alcazar, um Pilar die Nachricht zu überbringen. Am fünften Tag wurde Pepe Riéra, der Dunkelhaarige, bekannt als Pepe el Rubio, der Rote, auf dem Friedhof der Kirche San Cristóbal an der Seite seines Bruders zur letzten Ruhe gelegt. Der Schulchor des Klosters unter der Leitung von Schwester Fidelis sang »Schütze vor dem Fegefeuer« und »Heile ihn durch Christi Blut« und, nachdem Padre Felipe das »Mea culpa« gesprochen hatte, den Kanon »Buß und Reu, Buß und Reu«, wobei Pilar nicht in die Lage kam, den Mund öffnen und schließen zu müssen, da sie abseits des Chores neben Schwester Rafaela stand, die den Arm schützend um die Schulter ihrer totenblassen Schülerin gelegte hatte. Aurelia war dem Begräbnis mit Hinweis auf ihre Krankheit ferngeblieben und sprach gemeinsam mit Umbre, deren Gicht sich gebessert hatte, die aber nach der dreitägigen Nachtwache zu erschöpft für eine Fahrt nach Fuego Fuego war, unter den Augen des heiligen Jakobus drei Englische Grüße, zwei »Seele Christi« und sicherheitshalber eine Anrufung des für Schluckbeschwerden zuständigen San Blasio, der in ihrer Heimat, der Sierra de la Virgen, als Nothelfer der Alkoholiker galt.

Pilar, in das Kloster zurückgekehrt, verbrachte die Stunde nach dem Abendessen, in der die Sekundarschülerinnen frei über ihre Zeit verfügen durften, unter der Taxushecke am Grab der Hostie, argwöhnisch beobachtet von Schwester Santuza, die für ein Eingreifen jedoch keine Handhabe besaß. Seit sie vom Tod ihres zweiten Bruders erfahren hatte, befand Pilar sich, von niemandem außer Santuza bemerkt, in einem Zustand der Geistesabwesenheit, in dem kaum ein Wort zur ihr durchdrang.

Am Abend des Begräbnisses lag sie nach der allgemeinen

Andacht in ihrem Bett im Schlafsaal wach und folgte den Umrissen des allgegenwärtigen Hühnchens, das, anders als in Angel del Sur, schwieg und sich ihrem Blick nicht öffnete. Als sie schließlich in einen unruhigen Dämmerschlaf fiel, träumte sie, der Misthaufen, auf dem sie ihren Bruder vorgefunden hatte, sei an das Haus herangerückt und befinde sich unterhalb des Flurfensters. Zwei Körper lagen im rechten Winkel zueinander darauf, und die Köpfe von Pepe und Pepe waren zu einem Gesicht von doppelter Breite verschmolzen. Pilar fuhr schweißgebadet im Bett hoch, es dauerte Minuten, bis sie sich zurechtfand. Gleichzeitig wurde ihr bewußt, daß die Wirklichkeit dem Traum an Schrecken nicht nachstand. Ein Schüttelfrost überfiel sie, ihre Zähne schlugen aufeinander, und sie preßte die Hände vor den Mund, um keinen Laut von sich zu geben.

Plötzlich wußte sie, was sie wollte, und auch, wo es zu finden war. Sie stieg aus dem Bett, kniete am Kopfende nieder und griff durch das Loch in der Matratze nach der weiß-blauen Schachtel, in der sich neben dem Wildschwein eine größere Anzahl Ducados befand. Sie holte eine heraus, stopfte die Schachtel zurück und verließ, geduckt zwischen den Betten ihrer Mitschülerinnen hindurchschlüpfend, den Saal. Draußen lief sie, das Nachthemd mit einer Hand hochgerafft, so leise es ihr möglich war, den Flur entlang, wobei sie an der Tür von Santuzas Zimmer vorbeimußte. Am Ende des Flurs brannte zu Füßen einer Marienstatue, die mit durchbohrtem Herzen und gefalteten Händen an die Decke blickte, in einer blaßroten Ampel das Ewige Licht. Pilar hielt die Zigarette über die Öffnung der Ampel, bis sie Feuer fing, nahm an Ort und Stelle ein paar hastige Züge und verschwand dann um die Ecke in der Toilette, deren riegellose Tür – es war innerhalb des Klosters verboten, sich in der Toilette einzuschließen – sie hinter sich zuzog.

Santuza war einer ausführlichen Selbstgeißelung zufolge spät eingeschlafen. Ihr von den Lederriemen blutig geschlagener Rücken schmerzte, sie wälzte sich auf ihrem Lager und erwog, etwas Salbe zur Behandlung der Wunden aufzulegen, wodurch der Sinn der Geißelung allerdings fragwürdig geworden wäre. Als sie ein leises, knackendes Geräusch hörte, stand sie auf, was ihrem Rücken guttat. Sie trat auf den Flur, war mit wenigen Schritten beim Schlafsaal und fand Pilars Bett leer. Ihr nächster, weit ausladender Gang führte sie zur Toilette, wo sie die Tür aufriß und die Schülerin Riéra im Nachthemd inmitten einer Rauchwolke auf dem geschlossenen Deckel der Toilette sitzend vorfand, das Corpus delicti in der Hand.

Die Inquisition lief ab wie beim ersten Mal. Für Santuza war ein Mädchen, das rauchte, ein Geschöpf des Teufels. Fidelis bemühte sich um eine Erklärung, und Madre Ildefonsa wollte die Einnahmen für das Kloster retten. Pilars Schrank wurde durchsucht, ebenso Schultasche und Strohkoffer, und da sie auf Befragen wahrheitsgemäß antwortete, es sei die einzige Zigarette, die sie im Kloster je geraucht habe, hatte Ildefonsa größte Lust, die Sache auf sich beruhen zu lassen. Santuza jedoch beharrte darauf, den Bischof zu verständigen, und Fidelis, der in Sittenfragen unnachgiebigen Härte ihres obersten Hirten eingedenk, erschien weinend bei Doktor Bravo und bat um Hilfe. Doktor Bravo ließ sich von Schwester Miranda einen doppelt starken Kaffee zubereiten und nahm ihn zusammen mit einem Schluck aus der Flasche mit der Aufschrift ›Schock‹ zu sich. Dann ging er mit auf dem Rücken verschränkten Händen etwa zehn Minuten lang in seinem Ordinationszimmer auf und ab, blieb einmal stehen, um zu nicken, und zweimal, um den Kopf zu schütteln, und trat schließlich hinter seinen Schreibtisch, vor dem die stumm vor sich hin weinende Fidelis, ein Taschentuch in der Hand knetend, stand.

»Pilar ist möglicherweise erblich belastet«, erklärte er. »Ihre Mutter Doña Aurelia Riéra hat zwanzig Jahre lang an Arthritis gelitten und, um die Schmerzen zu ertragen, übermäßig geraucht. Es wäre denkbar, daß die Sucht des Kindes bereits im Mutterleib entstanden ist. Somit wäre Pilar von eigenem Verschulden freizusprechen, da sie ein Opfer der Umstände ist.«

»Doktor Bravo«, flehte Fidelis, das Taschentuch erregt in beiden Händen knüllend, »wäre es Ihnen möglich, Ihre Erkenntnisse, von deren Richtigkeit ich zutiefst überzeugt bin, schriftlich niederzulegen?«

Bravo holte einen Bogen Papier aus seiner Schreibtischlade, trat noch einmal an den Medikamentenschrank, nahm einen Schluck aus der bezeichneten Flasche, setzte sich an den Tisch und schrieb mit ausladenden Buchstaben das Wort ›Gutachten‹ auf das Blatt. Dann formulierte er auf präzise Weise die Diagnose, die er Fidelis mitgeteilt hatte und die insofern nicht unrichtig war, als Pilar, wenn auch auf andere Weise als vermutet, den Rauch tatsächlich im vorgeburtlichen Stadium ständig zu sich genommen hatte. Fidelis nahm das Gutachten triumphierend an sich und eilte damit zu Madre Ildefonsa, die, zufrieden, noch einmal davongekommen zu sein, Santuza umgehend davon in Kenntnis setzte und ihr, abgesehen von der Eintragung in das ›Register‹, die die Schwester der Äbtissin abgetrotzt hatte, untersagte, weitere Sanktionen über Pilar zu verhängen. Pilar ihrerseits war über die zweite Eintragung, die sie dem Ausschluß ein Stück nähergebracht hatte, soweit ihre Seelenlage dies zuließ, froh und paßte sich dem Klosteralltag weitgehend an, so daß sich während der folgenden zwei Jahre nichts ereignete, was Santuza zu Maßnahmen berechtigt oder die Äbtissin zu solchen verpflichtet hätte.

Ramón jedoch erhielt zu dieser Zeit seinen ersten an ihn persönlich adressierten Brief. Er stammte aus Angel del Sur und setzte ihn davon in Kenntnis, daß der Schwager des Patrón, Pepe el Moreno, vor seinem infolge eines Unfalls unerwartet erfolgten Tod verfügt habe, daß sein Motorrad Marke Ossa, Vierzylinder, dem Sohn des Comandante, Ramón Bluna, zufalle, und enthielt gleichzeitig die Ankündigung, daß Señor Junipero Riéra anläßlich seiner nächsten Fahrt nach Burgos, hier folgten Datum und Uhrzeit, vorbeikommen werde, um die Maschine persönlich abzuliefern.

Ramón war wie im Fieber und erhielt in jenen Tagen seine zweite schlechte Schulnote, und als Junipero zur festgesetzten Zeit vor dem Pappdachhäuschen hielt und die Maschine von Junipero und den eigens dafür abkommandierten Adjutanten Maria José Camaro und Pedro Paco vom Wagen gehoben wurde, klopfte sein Herz bis zum Hals, und er brachte es kaum fertig, dem Señor, der nach vollbrachter Aktion sofort wieder den Wagen bestieg und freundlich grüßend davonfuhr, seinen Dank nachzurufen.

Inspector Bluna, zu dieser Zeit nicht vom Dienst abkömmlich, hatte, nachdem der Brief Ramón zugegangen war, eine vertrauliche Unterredung mit seiner Ehefrau geführt. Darin war zur Sprache gekommen, daß der unglückliche Castrador auf die eine oder die andere Weise von der Existenz eines jüngeren Bruders erfahren haben mochte und im Zuge des für ihn selbst allerdings traurigen Anlasses gewünscht habe, diesem eine Freude zu bereiten. Da man ihn selbst dazu nicht mehr befragen konnte und die Eltern das Entzücken ihres solcherart beschenkten Sohnes vor Augen hatten, beschloß man, die Vermutung als Gewißheit zu nehmen und dem Wunsch des Verblichenen zu entsprechen. Ramón erfuhr weder von dem Gespräch noch von den Zusammenhängen, erhielt jedoch von Ele die Anregung, den freundlichen Señor hin und wieder in sein Abendgebet einzuschließen, was er auch tat. Ele ihrerseits ließ einige Tage hindurch während der Mittagspause in ihrem Kiosk die Jalousie herunter, um im Gedenken an ihre in der Blüte der Jahre dahingerafften *toros* ihren Tränen freien Lauf zu lassen.

Als Maria José Camaro und Pedro Paco die Maschine in dem zur Garage umgewidmeten Schuppen untergebracht hatten, sagte Maria José zu Ramón, der die Augen kaum von dem Fahrzeug wenden konnte: »Wann werden Sie sie in Betrieb nehmen, Inspectorito?«

»Ich darf erst mit siebzehn fahren«, sagte Ramón.

»Aber Ihr Vater ist der Comandante«, sagte Maria José, »er kann die Altersgrenze in Ausnahmefällen um ein Jahr heruntersetzen. Das steht im Gesetz. Zufällig habe ich einen C-Führerschein.« Maria Josés Mutter hatte ihm anläßlich seines dreißigsten Geburtstages aus erzieherischen Gründen seine Schiffchen weggenommen und ihm dafür ein ausgemustertes Armeemotorrad gekauft. »Wir könnten hin und wieder eine Fahrt machen, dabei lernen Sie es am besten«, fügte er, die Ossa ebenfalls mit einem liebevollen Blick umfangend, hinzu.

Ramón lag an diesem Abend, an dem ausnahmsweise beide

Eltern an seinem Bett gesessen hatten und er sich seine Lieblingsgeschichte, in welcher der wackere Gottesstreiter San Jorge dem Drachen die Lanze in den offenen Schlund stieß, erzählen ließ, noch lange wach. Die Aussicht, ein Jahr früher, als ursprünglich angenommen, bei Pilar zu sein, raubte ihm ebenso den Schlaf wie die daraus resultierende Notwendigkeit, die geplante Großtat, von der die ganze Welt oder doch zumindest ganz Fuego Fuego sprechen sollte, ebenfalls ein Jahr früher als gedacht begehen zu müssen.

20

Der Comandante hatte sich über die für seinen Sohn anzustrebende Karriere seit längerem Gedanken gemacht. Ramón war intelligent, wißbegierig, mutig und geschickt. Sowohl an seinem Äußeren wie an seinem Auftreten deutete sich an, daß er zum Offizier prädestiniert war, und sogar sein zuweilen etwas eigenwilliges Temperament, gepaart mit einer gewissen Dickköpfigkeit, die man als männlich bezeichnen konnte, boten für die erwähnte Laufbahn mehr Vorzüge als Nachteile. Ele, die ihren Sohn lieber in einem friedlicheren Gewerbe gesehen hätte, fügte sich schließlich den Argumenten ihres Mannes und vor allem der heftigen Begeisterung ihres Sohnes für die väterlichen Pläne und bemühte sich im Verein mit der in Näharbeiten unübertroffenen Lucinda, seine zu verschiedenen festlichen Anlässen geäußerten Wünsche nach militärischer Gewandung zu erfüllen. Als Ramón elf Jahre zählte, besaß er sieben Uniformen, darunter drei aus braunem Khaki gefertigte Armeemonturen verschiedener Einheiten, einen Luftwaffenoverall aus blauem Tuch, die Kluft eines Navigators der Königlich-Spanischen Marine mit Matrosenkragen und Mütze mit Flatterbändern, die Uniform eines Guardia Civil mit schwarzem randlosem Lederkäppchen und eine exakte Kopie der Galauniform des Caudillo aus edlem braunem Tuch mit den Generalsemblemen Krone und Pfeil. Zur Einweihung des neuen

Truppenübungsplatzes der Fernando-Kaserne, bei der der Gouverneur eigenhändig das Band durchschnitt, nahm der Comandante seinen Sohn mit auf die Tribüne und erklärte ihm, daß er nach Abschluß der Sekundarschule in die der Kaserne angegliederte Kadettenanstalt eintreten werde und nach weiteren achtzehn Monaten die Möglichkeit habe, als Offiziersanwärter in die Academia Militar überzuwechseln. Ramón war blaß vor Aufregung und konnte die Augen nicht von den in verschiedene Uniformen gekleideten Escadrons wenden, die sich unter den Kommandorufen der Offiziere in gestochenem Gleichschritt über den Platz bewegten, noch weniger von den Chargen in Gala, die hoch zu Roß mit von Federn gekrönten Helmen die Parade abnahmen. Das Präsentieren der Gewehre, bei dem Hunderte von blitzenden Karabinern auf Zuruf gleichzeitig vorschnellten, durch die Luft wirbelten und mit hartem Klang auf dem Asphalt aufsetzten, verursachte ihm Herzklopfen, und er nahm sich vor, sofort nach der Heimkehr mit dem Üben zu beginnen, um bei seinem Eintritt in die Academia von Anfang an zu den Besten zu gehören. Zuletzt spielte die Musikkapelle mit steil nach oben gerichteten Trompeten, von deren Rohren verschiedenfarbene, mit Schnüren angebrachte Wimpel wehten, die Hymne, wobei sich bei den ersten Takten alle, auch der Gouverneur, von ihren Sitzen erhoben, und deren Abschluß ein Salut aus allen auf dem Platz befindlichen Gewehren bildete, der wie ein Peitschenschlag zum Himmel stieg und von dem noch Sekunden später die Luft widerhallte. Ramón war überwältigt, saß während der Heimfahrt schweigend neben seinem Vater auf dem Vordersitz des gemeindeeigenen Plachenwagens und ließ in Gedanken das Erlebte noch einmal ablaufen, dabei jeden Schritt und jede Handbewegung nachvollziehend. Als er aus dem Wagen kletterte, fragte er seinen Vater, ob die Oficina de la Policia über eine Waffenkammer verfüge und, als Bluna dies bejahte, ob er sie bei Gelegenheit besichtigen dürfe. Bluna, glücklich, daß seine Anregungen bei Ramón auf so fruchtbaren Boden gefallen waren, sagte ihm dies zu und nahm sich vor, unverzüglich mit der Erziehung seines Sohnes zum künftigen Offizier zu beginnen.

Auf Angel del Sur war es so still geworden, daß Conchita, die des Nachmittags auf der Bank vor der Haustür zu sitzen und Olivennetze zu knüpfen pflegte, zuweilen meinte, die unter dem sonnenheißen Vordach kreisenden Fliegen nach ihrem Summen unterscheiden zu können. Wenn Nando von der Arbeit heimkam, sah er manchmal, daß sie geweint hatte, und es fiel ihm kein anderer Trost ein, als sie in seinen Arm zu nehmen und ihr zu sagen, daß es bis zu den jeweiligen Sommer- oder Weihnachtsferien nicht mehr weit sei und Pilar dann für einige Wochen heimkehren werde. Sobald die Zeit heranrückte, ging es Conchita besser, und gelegentlich erwog sie sogar, doch noch die Blindenschrift zu erlernen, aber dann fiel ihr ein, um wieviel schöner es war, die Welt durch Pilars Augen als durch erhöhte Pünktchen auf einer Metallplatte kennenzulernen, und sie gab den Gedanken wieder auf. Aurelia, die erwähnt hatte, daß sie es bedaure, ihrer Krankheit wegen die Gräber von Pepe und Pepe nicht aufsuchen zu können, erhielt von Junipero, der im Zeichnen recht geschickt war, zwei genaue Darstellungen der letzten Ruhestätten seiner Brüder, die von ihm in zarten Aquarellfarben ausgemalt und hernach von Aranja in Weidenholz gerahmt wurden. Aurelia ließ die beiden Bilder in der Fensternische neben ihrem Bett aufhängen, so daß sie daran vorbei auf Sebastianos Grab sehen konnte und von nun an während Aranjas abendlicher, mit Füßekratzen verbundener Bibellesungen all das im Blick hatte, wofür sie sich, über ihre persönlichen Anliegen hinaus, beim Herrn des Himmels oder bei einem der an der Decke befindlichen Heiligen zu verwenden wünschte. Junipero selbst hatte seinen Aufenthalt in der Hauptstadt auf fünf Tage pro Woche ausgedehnt, da das florierende Geschäft an der Pforte des Palastes zunehmend seine Anwesenheit erforderte ebenso wie die Fertigstellung der Wohnung in einem der an der Avenida Esteban liegenden alten Häuser, für welche der Gouverneur ihm ein großzügiges Darlehen nahezu aufgedrängt hatte. Ohne daß er es sich eingestand, war es auch die durch den Tod seiner Brüder auf Angel del Sur entstandene Leere, die ihm die Umstellung leichtgemacht hatte, und da er in seiner veränderten, von Jagd, Geschäftsgang und Teestunden geprägten Existenz des Trostes der Ölfässer nicht mehr bedurfte, gestalteten sich seine wöchentlichen Fahrten nach der Hauptstadt zu einer schrittweisen Übersiedlung, bei der er die verschiedensten Gegenstände, die ihm wichtig und vertraut waren, nach und nach aus seinem alten in sein neues Leben verbrachte.

Der Comandante hatte eines Abends, nachdem die Adjutanten Maria José Camaro und Pedro Paco die Polizeistation verlassen hatten, seinen Sohn in die im Souterrain des Gebäudes liegende Waffenkammer mitgenommen. Glücklicherweise waren die Vorgänger des Comandante, gleich ihm, vaterlandstreue und traditionsbewußte Männer gewesen, so daß sich in dem nicht zu geräumigen Gewölbe eine erstaunliche Sammlung vorfand, die zum Teil aus dem Bürgerkrieg, zum Teil aus noch davor liegenden Zeiten stammte. Ein Feldgeschütz auf zweirädriger Lafette befand sich ebenso darunter wie eine Haubitze mit Bajonettverschluß samt zwölf Messingkartuschen für die Pulverladung, daneben, in Wandschränken an Vierkanthaken aufgehängt, eine Vielzahl von Karabinern verschiedener, auch weiter zurückliegender Jahrgänge zuzüglich einer Bockflinte, die als Seltenheit gewertet werden mußte, und, unter Glas aufbewahrt, Faustfeuerwaffen aller Art, darunter eine doppelläufige Reiterpistole.

Ramón, der den Raum mit ehrfürchtigem Zögern betreten hatte, ging langsam von Stück zu Stück, blieb jeweils nach wenigen Schritten stehen, berührte da einen blankpolierten Holzgriff, strich dort mit den Fingern über ein glänzendes Rohr und schien vor Entzücken verstummt, was nicht zu verwundern vermag, war es doch die von seinem leiblichen Onkel Junipero ererbte Passion, die sich hier Bahn brach. Bluna, der in der Tür stehengeblieben war, ließ seinen Sohn gewähren und beglückwünschte sich insgeheim, für den Jungen, der ihm ans Herz gewachsen war wie ein eigenes Kind, die richtige Wahl getroffen zu haben. Als Ramón, nachdem er den zweiten und danach den dritten Rundgang vollzogen hatte, mit glänzenden Augen zu seinem Vater aufblickte und meinte, daß sie nun gehen könnten, er aber ein andermal gerne wiederkommen würde, nahm dieser ihn um die Schultern und erklärte ihm, daß es durchaus im Bereich des Möglichen wäre, ihn von Pedro Paco, der ein ausgezeichneter Schütze sei, in der neben der Waffenkammer liegenden Schießhalle unterrichten zu lassen und ihm darüber hinaus persönlich die eine oder die andere Lektion zu erteilen, wenn seine Verpflichtungen als Ortskommandant dies zuließen. Ramón nickte heftig und bewegte den Mittelfinger federnd und knapp in der Tasche seines Uniformrockes, als läge er am Abzug einer Waffe, wobei er sich vorstellte, den Schuß mit ruhiger Hand abzufeuern. Dabei drang gleich einer Botschaft die Tatsache, daß er ein Mann war, mit nie empfundener Eindringlichkeit in sein Bewußtsein, es war ein Gefühl von geheimnisvoller Süße, das ihn mit Stolz und an Schmerz grenzender Freude erfüllte. Er wartete mit geschlossenen Augen, bis die Empfindung abgeklungen war, was mehrere Sekunden in Anspruch nahm, und wandte sich dann zum Gehen. Als sie das Erdgeschoß verließen, sah er, daß sein Vater den Schlüssel in einem Holzkästchen verwahrte, das sich hinter einem Mauervorsprung am Treppenaufgang befand.

Bluna berichtete seiner Frau noch am selben Abend von der erfolgreich verlaufenen Besichtigung und von seinen Ramón betreffenden Ausbildungsplänen, und Ele, die sich längst in die Wünsche von Vater und Sohn gefügt hatte, begann mit zaghaftem Stolz in die Zukunft zu blicken. Sie nahm sich vor, Ramón in Hinkunft bei den abendlichen Zwiegesprächen auf seine Verpflichtung, ausschließlich für Gott und das Gute zu streiten, hinzuweisen. Ramón jedoch hatte mit Verlassen der Waffenkammer beschlossen, daß seine zu begehende Tat, deren Zeitpunkt noch im dunkeln lag, in einer Weise zu vollziehen sei, daß sie für Pilar, der sie galt, die ihm an jenem Tag zugegangene Botschaft in sich trüge.

Die Kirche San Cristóbal feierte das Jubiläum ihres neunhundertjährigen Bestehens, zu dem auch der Bischof sein Kommen angekündigt hatte, im Rahmen der Semana Santa, der Woche vor dem Osterfest, woran sich der feierlichen Gelegenheit halber auch die umliegenden Gemeinden mit ihren Beiträgen anschlossen. Ramón und Pilar waren zu diesem Zeitpunkt dreizehn Jahre alt.

Die Vorbereitungen hatten Monate vorher, im Grunde schon im Herbst begonnen. Jeder der Pfarreien im Umkreis waren mindestens zwei, in manchen Fällen drei oder vier Bruderschaften zugeordnet, die seit Jahrzehnten in friedlichem Konkurrenzkampf standen und ihr vereinseigenes wie auch aus privaten Quellen stammendes Kapital zum Großteil in die Ausstattung für den jährlichen Umzug anläßlich der Semana Santa fließen ließen. So nannten die Bruderschaften, deren Ursprung mitunter Jahrhunderte zurücklag, zu diesem Zweck angefertigte Plateauwagen ihr eigen, die, von lebensgroßen Holzfiguren bevölkert, gefolgt von kostümierten, oft mehr als hundertköpfigen Fußtruppen, am Karfreitag durch die Straßen ihrer Heimatgemeinden zogen. Die Holzfiguren, etliche von Meisterhand geschnitzt, stellten Szenen aus dem Leben Christi dar, die mit dem Namen und Anliegen der jeweiligen Bruderschaft in Zusammenhang standen, worauf auch bei der Kostümierung der Fußtruppe Wert gelegt wurde. So war beispielsweise die Bruderschaft ›Von der Geißelung Christi‹ in aschgraue Kutten mit blutroten Kapuzen, die ›Von der wunderbaren Mutter‹ in das sanfte Blau des Madonnenmantels gekleidet, die Bruderschaft ›Von der Bewahrung der Keuschheit‹ trug weiße Seidenkutten mit weißen Kapuzen, von mattgelben Kordeln eingefaßt, und die Bruderschaft ›Von den wehrhaften Streitern Christi‹ bildete eine Staffel zu Pferde mit bis an den Boden reichenden dunkelroten, mit Gold verbrämten Samtdecken, wozu die mit Lanzen bewaffneten Reiter weinrote Wämser und mit breiten Goldborten eingefaßte Kapuzen in derselben Farbe trugen. Die Kapuzen waren allesamt hoch und spitz zulaufend geschnitten und saßen auf den Schultern auf, so daß man von den Vermummten in der sich zu Trommelschlägen in mechanischem Rhythmus voranbewegenden Masse nichts als die schmalen Augenschlitze sehen konnte. Die Umzüge nahmen jeweils Stunden in Anspruch, da die Stadtteile in mehreren Richtungen durchquert wurden, wobei die Wagen teils von Motoren, teils von Menschenkraft betrieben wurden. Im letzteren Fall befanden sich die schiebenden und ziehenden Mitbrüder unterhalb der Wagenfläche, von seitlich herabhängenden Stoffbahnen verdeckt, so daß die sich mühsam Schritt für Schritt vorantastenden Füße nur bei genauem Hinsehen am unteren Rand des Stoffsaums erkennbar waren. Der Pfarre von San Cristóbal gehörten als der ältesten in der Comunidad vier Bruderschaften an, die ›Vom Heiligen Abendmahl‹, ›Von den sieben letzten Worten am Kreuz‹, ›Von unserer Lieben Frau von der Trauer‹ und die Bußbrüderschaft ›Von unserem Herrn Jesus dem Nazarener‹. Da jede der genannten Bruderschaften über zwei Wagen, die ›Vom Heiligen Abendmahl‹ über deren drei verfügte, brachte allein die Gemeinde San Christóbal neun Wagen auf, wozu aus den Bruderschaften der benachbarten Pfarren weitere neunundzwanzig kamen, so daß sich der Umzug zum Jubiläum der Kirche mit der beeindruckenden Zahl von achtunddreißig Wagen veranschlagen ließ. Padre Felipe, der die Anmeldungen persönlich entgegennahm und auf einem Bogen karierten Kanzleipapiers notierte, zählte die Liste mit vor Aufregung zitternder Stimme wieder und wieder durch und kam zu dem Schluß, daß ein derartiges Fest seit Bestehen der Pfarre nicht stattgefunden habe noch innerhalb des folgenden Jahrhunderts stattfinden werde, woraufhin er begann, sich auf einem zweiten karierten Bogen Notizen zum Ablauf und den dazu nötigen organisatorischen Maßnahmen zu machen. Die Wünsche des Bischofs mußten ausgekundschaftet und detailgetreu erfüllt, das Kloster Rábida Alcazar auf würdige Weise in die Feier eingebunden werden, und da die Gemeinde im nicht alltäglichen Besitz einer Heiligen war, sollte dieser Umstand entsprechend ins Licht gerückt werden. Padre Felipe überlegte einen Tag lang für sich allein und einen weiteren unter Hinzuziehung des Vicario und hatte danach einen Entschluß gefaßt: Einer der drei Wagen der Bruderschaft ›Vom Heiligen Abendmahl‹ stammte aus dem siebzehnten Jahrhundert und galt als der wertvollste der gesamten Provinz. Er hatte ungewöhnliche Dimensionen, und die auf seiner Ladefläche mitgeführte Figurengruppe zeigte Jesus inmitten seiner Jünger an der Festtafel, mit einer Hand die Hostie hochhaltend, mit der anderen sein bloßliegendes Herz berührend, indes die Jünger, teils sitzend, teils halb erhoben, mit verzücktem Ausdruck auf ihn blickten und Judas, den Beutel mit Silberlingen in der Hand, mit abgewandtem Gesicht an der äußersten Tischkante lümmelte. Die Bärte und Haartrachten Jesu und seiner Jünger waren aus Menschenhaar gefertigt und wurden vor jeder Ausfahrt auf das sorgfältigste gereinigt und gebürstet, die Gesichter mit dünnen Pinseln vom Staub befreit und die Augen vermittels einer warm aufgetragenen Wachsschicht zum Leben erweckt. Vor dem Prachtwagen pflegte die große Trommel einherzuschreiten, von vier Kuttenmännern an Schulterriemen getragen, vom Bruderschaftsältesten im Takt der Schritte drohend und hart geschlagen, wobei es während des langen Weges wiederholt vorkam, daß die hölzernen Trommelstöcke brachen, so daß eine größere Anzahl von Reservestöcken mitgeführt werden mußte. Diese wurden in einem leinenen Köcher verwahrt, der einem Kind an gekreuzten Schnüren um die Brust gebunden wurde, so daß es sofort zugreifen und dem Trommler einen neuen Stab reichen konnte, wenn einer gebrochen war. Da der gesamte Aufzug sein Schritttempo nach dem Takt der großen Trommel richtete und somit keine Pause eintreten durfte, war das Amt des Stäbchenträgers eine Schlüsselposition, und für diese hatte Padre Felipe die dreizehnjährige Pilar Riéra ausersehen.

Pilar wurde im Anschluß an eine Ordinationsstunde von Schwester Rafaela zu Madre Ildefonsa gebracht, die sie über die ihr zugefallene Ehre in Kenntnis setzte und sie ermahnte, sich trotz der ihr sichtbar zugewandten Gunst Gottes und des Padre jeglicher Regung von Hoffart zu enthalten, was Pilar nicht verstand, aber auf Verlangen der Äbtissin in Verbindung mit einem Kuß auf den Ring mit den 3 Kreuzesnägeln besiegelte. Als Aurelia von der Sache erfuhr, gab sie Anordnung, das weiße Kleid, das sie selbst dereinst anläßlich ihrer Firmung getragen hatte, mit einigen Volants auszustatten und einen bodenlangen Seidenmantel in der Farbe der zuständigen Bruderschaft, einem hellen Grün, anfertigen zu lassen. Umbre zündete am Vorabend des Festes für den guten Verlauf von Pilars

Auftritt einen Betstock aus selbstgezogenem Rindstalg an, den sie an einem Hanfstrick in der Herdnische aufhängte und der die Nacht hindurch langsam abbrennen sollte, mußte jedoch am Morgen zu ihrem Entsetzen feststellen, daß der Hanf Feuer gefangen hatte, worauf der Betstock in die Asche gefallen und erloschen war. Sie versuchte das Schlimmste abzuwenden und ihn neuerlich zu entzünden, doch war der Docht von Asche verklebt, so daß sie das verkohlte Ding schließlich in Zeitungspapier wickelte und bei ihrem nächsten Gang zum Ziegenstall auf den Misthaufen schleuderte, wo es so lange abwärtsrollte, bis es an der Stelle zur Ruhe kam, wo Pepe el Moreno sich den Schlachtschuß gesetzt hatte. Umbre eilte schaudernd ins Haus, dem neuerlichen Omen den Rücken kehrend, doch wäre es wohl auch ohne dieses zu dem Vorfall gekommen, der an jenem Tag des Festzuges Pilars Leben, und nicht nur das ihre, auf entscheidende Weise veränderte.

Maria José Camaro, in der Zwischenzeit zum Teniente avanciert, hatte Wort gehalten und die Erlaubnis seines Chefs eingeholt, dessen Sohn im Motorradfahren, wenn auch vorerst in der Theorie, zu unterrichten. So erschien der Teniente an seinen freien Nachmittagen am Gartentor des Pappdachhäuschens, wo Ramón, der zu diesem Zeitpunkt Schule und Hausarbeiten hinter sich gebracht hatte, ihn bereits erwartete. Die Maschine wurde aus dem Schuppen gerollt, und Maria José, der sich auf die Stunden mit dem Inspectorito stets gewissenhaft vorbereitete, begann mit seinen Ausführungen. Die ersten Lektionen beschränkten sich auf Bauweise und Funktion des Motors, Ramón erfuhr alles über die Töpfe zu beiden Seiten der Maschine, die Maria José Zylinder nannte und in denen sich, wie er erklärte,je ein Kolben auf und ab bewege. Die Bewegung übertrage sich nach unten auf ein Schwungrad sowie auf ein Getriebe und werde von dort auf das Hinterrad weitergeleitet, wodurch die Maschine sich in Bewegung setze. Ramón, auf dem Rasen neben der Ossa sitzend, folgte mit vor Aufmerksamkeit gerunzelter Stirn Maria Josés Worten, tastete mit den Fingern über die erwähnten Fahrzeugteile und wiederholte, was er gehört hatte, ohne ein einziges Mal zu stocken oder sich zu irren. Die folgenden Lektionen brachten ihm Kenntnis darüber, auf welche Weise die Kolben angetrieben wurden. Ein Benzingemisch, das sich in den Zylindern befinde, werde durch den Funken einer Zündkerze zur Explosion gebracht und setze somit die Kolben in Bewegung, eine Vorstellung, die für Ramón atemberaubend war, so daß er die glänzenden Töpfe von da an mit respektvollem Staunen betrachtete. Schließlich ging Maria José dazu über, die Lehrstunden durch eine Art Praktikum zu ergänzen, wobei Ramón den Platz auf dem Fahrersitz einnahm und alle Handgriffe, die zur Inbetriebnahme dienten, der Reihe nach ausführte, ohne daß die Maschine tatsächlich gestartet wurde, während Maria José sich Verkehrssituationen ausdachte, seinem Schüler die nötigen Anleitungen zurief und die Rolle entgegenkommender Fahrzeuge übernahm, indem er unversehens aus dem Oleanderstrauch vor die Ossa sprang, um Ramóns Reaktionsfähigkeit zu testen. Gleichzeitig wurde Ramón von dem inzwischen ebenfalls zum Teniente beförderten Pedro Paco an dessen freien Donnerstagnachmittagen in der Polizeistation erwartet, wo die beiden in den Keller stiegen und Ramón an einer Scheibe, die Bigotazo anläßlich eines Besuchs bei seinem Freund Nando auf Angel del Sur in Juniperos Texas-Shop erworben hatte, seine Lektionen erhielt. Was die Übungen am Gewehr betraf, hatte Ramón anfangs an einem Stativ mit aufgelegtem Sandsack lernen müssen, Kimme und Korn gleichzeitig zu sehen und mit der rechten Hand, so der korrekte Ausdruck, den Gewehrkolben saugend und schraubend von hinten zu erfassen, bis Kolben und Hand eine Einheit bildeten. Danach erfolgte das Einziehen des Gewehrs in die Achselhöhle mit gleichzeitigem Anlegen an die Wange, wodurch dem Rückstoß der Freiraum für einen Schlag genommen wurde, indes darauf geachtet werden mußte, daß beim Zielen die Kimme horizontal lag, um ein Verkanten des Gewehrs zu vermeiden. Bei der Pistole, deren Griff ebenfalls saugend und schraubend von hinten angefaßt werden mußte, kam es vor allem darauf an, Kimme und Korn mit ausgestreckter Hand in Augenhöhe zu halten und das Ziel von oben her anzuvisieren, wobei man zuerst ein wenig nach unten durchzog und die Waffe danach wieder hob, bis das Ziel aufsaß. Ramón hatte eine ruhige Hand und das sichere Gefühl für den richtigen Augenblick des Abdrückens, so daß Pedro Paco nach einem halben Jahr dazu übergehen konnte, ihn auf bewegliche Ziele schießen zu lassen, zu welchem Zweck eine Vorrichtung für den Transport von Scheiben, ebenfalls aus Juniperos Texas-Shop stammend, im Keller installiert wurde. Die mit Kreisen versehenen, in kleinen runden Rahmen steckenden Pappplättchen liefen, auf einem Draht montiert, horizontal von links nach rechts, wobei die Laufgeschwindigkeit verändert werden konnte. Ramón brachte es innerhalb eines weiteren halben Jahres bei Höchstgeschwindigkeit auf eine Trefferquote von fünfundachtzig Komma sieben Prozent. Der Comandante, der regelmäßig in den Keller stieg, um sich von den Fortschritten seines Sohnes zu überzeugen, war so beeindruckt, daß er die Anmeldung in die Kadettenschule, wiewohl es bis dahin noch mehr als zwei Jahre waren, zu diesem frühen Zeitpunkt vornahm, um Ramón in jedem Fall einen Platz an dem Institut zu sichern.

Während des folgenden Herbstes begann Maria José mit Billigung des Comandante kleinere Fahrten mit dem Inspectorito zu unternehmen, um diesem das richtige Verhalten im Straßenverkehr zu demonstrieren. Zu diesem Zweck wurde die Ossa aus dem Garten auf die Straße gerollt, Maria José nahm im Sattel, Ramón auf dem Soziussitz Platz, und nachdem Ramón die Arme um die Uniformjacke des Teniente geschlungen hatte, startete dieser den Motor, und sie steuerten hinaus auf die Straße, wobei Maria José seinem Schüler aufgetragen hatte, jede seiner Verrichtungen im Geiste nachzuvollziehen. Bei anbrechendem Winter – es waren die Monate vor dem geplanten Kirchenfest, und Ramón hatte von seinem Vater die Erlaubnis erhalten, die Fahrerlaubnis ein Jahr früher als allgemein üblich erwerben zu dürfen – hatten Maria José und sein Schüler Fuego Fuego nach allen Richtungen hin durchquert, die Uferpromenaden sowie die Pinienallee zu Dutzenden Malen durchfahren und den Marktplatz so oft umrundet, daß jeder von ihnen die Verkaufsstände im Schlaf hätte aufzählen können. Die kalten Winde fielen von den Bergen auf die Pflanzungen, die Olivenbäume hatten ihre trockenen Blätter zu Röllchen gedreht, die wie unordentlich gewickelte Zigarren an den Zweigen klebten, und als Navidad, das Weihnachtsfest, nahte, schlug Ramón seinem Lehrer vor, während der Ferien die eine oder die andere Fahrt über Land zu machen. Maria José war Feuer und Flamme und regte an, seine Mutter in Roca Ruiz zu besuchen, der er den Anblick ihres Marijoselito auf einer Ossa in Begleitung des jungen Inspectorito bieten wollte, worauf Ramón meinte, er sei einverstanden, Señora Camaro in Roca Ruiz zu besuchen, würde seinem Lehrer jedoch im Anschluß daran gerne eine andere Route zeigen, die zwischen den Tafelbergen nach Norden führe, welchem Vorschlag Maria José ebenso freudig zustimmte. Nachdem die Erlaubnis des Comandante eingeholt und Navidad gefeiert war, wurde das Programm in Angriff genommen. Drei Tage nach dem Fest, welches Ramón auf seinen dringenden Wunsch hin eine komplette Motorradmontur aus Ziegenleder, die allerdings noch um einige Nummern zu groß war, beschert hatte, fuhren sie nach Roca Ruiz, was für Mutter und Sohn insofern zum Triumph wurde, als nach Ankunft der Besucher, die mit heulendem Motor das Städtchen durchquert hatten, sämtliche Nachbarn aus ihren Häusern kamen und erfuhren, daß es sich bei dem in Leder gehüllten Soziusfahrer um den Sohn des Ortskommandanten von Fuego Fuego, bei dem schneidigen Teniente um das ehemals verspottete, mit Schiffchen spielende Muttersöhnchen Marijoselito handelte.

Vier Tage später, es war eine Woche nach Navidad und somit der letzte Tag des Jahres, brach man am späten Vormittag auf der Staubstraße nach dem Norden auf. Der Soziussitz der Ossa lag etwas höher als der Führersitz, so daß Ramón seinem Lehrer über die Schulter blicken und ihm Anweisungen bezüglich der einzuschlagenden Richtung zurufen konnte. Obwohl es sechs Jahre zurücklag, daß er den Weg gefahren war, hatte er sich ihn so genau eingeprägt, daß er ihn mühelos wiederfand. Er hatte dabei nicht die Absicht, bis Angel del Sur vorzudringen, und erwartete auch nicht, Pilar zu sehen. Für diesmal war der Weg das Ziel.

Die Wintersonne stand groß und bleich über den Tafelbergen. Die Räder der Ossa schütterten auf dem hartgepreßten Sand, und Maria José, dem die Gegend nebelhaft bekannt schien, suchte in seinem Gedächtnis. Dann und wann stießen Windböen seitlich gegen die Maschine und brachten sie für Sekunden aus dem Gleichgewicht. An zwei oder drei Wegkreuzungen zögerte Ramón kurz, wies jedoch danach den Lenker in die zutreffende Richtung.

Als sie die Tafelberge hinter sich gelassen hatten und nach Passieren der letzten, trapezförmig angeordneten Maronenpflanzung die graugrüne Ebene des Bachbettes vor ihnen lag, klopfte Ramóns Herz bis zum Hals, und er versäumte es bei einer Straßenbiegung, sich in die Kurve zu legen, so daß die Maschine an den Straßenrand geriet und Maria José sich zur Seite wandte und ihm zurief: »Sind Sie müde, Inspectorito? Sollen wir umkehren?«

»Noch ein kleines Stückchen, Teniente«, rief Ramón gegen den Fahrtwind. »Weiter unten, wo die Sträucher stehen, ist eine Brücke, dort können wir wenden.«

Bei Erwähnung der Brücke dämmerte es Maria José, daß seine Erinnerung ihn nicht getrogen hatte. Der Fußmarsch über die hitzeglühende Straße unter dem Kommando des damaligen Inspectors Bluna stand wieder vor seinen Augen, die Anhäufung von Schreckensszenen in der Küche jener Finca auf der anderen Seite des Bachbettes und schließlich die Verhaftung des Knechts, in deren Verlauf er ernsthaft um sein Leben gebangt hatte. Ramón merkte, daß Maria José die Geschwindigkeit erhöhte, und richtete sich auf, um den Fahrtwind besser zu spüren. Er beabsichtigte, sobald Maria José mit der Maschine kehrtmachen würde, einen Blick auf den Weg jenseits der Brücke zu werfen. Die Staubstraße verlief jetzt nahe dem Bachbett, und unterhalb der Uferböschung wurden zwei Gestalten sichtbar, die auf einer Pferdedecke neben einem mit Efeu überwucherten Stein im Gras saßen. Die größere war in einen rostroten Poncho gehüllt, der ihrer Haarfarbe glich, die kleinere, deren dunkles Haar offen über die Schultern fiel, trug einen taubengrauen Anorak und enge blaue Hosen und hielt auf ihren hochgezogenen Knien ein Buch, aus dem sie vorzulesen schien. Die beiden hatten sich dem Motorengeräusch zugewandt, und Maria José, der sie nicht bemerkte, rief Ramón zu: »Die Brücke ist nicht breiter als die Straße, Inspectorito, es ist besser, wenn Sie absteigen« und stoppte die Maschine, deren Vorderrad die Planken erreicht hatte.

Ramón glitt vom Soziussitz und trat an das Brückengeländer. Seine und Pilars Blicke trafen sich über eine Entfernung von etwa fünfzehn Metern, und Ramón legte seine Hand auf das morsche Holz des Balkens. Pilar, die den Blick unverwandt auf den Jungen geheftet hatte, der in seinem viel zu großen Lederanzug hätte lächerlich wirken können, wäre sein Gesicht nicht ernst und schön gewesen wie das eines Engels, nickte fast unmerklich. Sekunden später sagte Maria José, der die Maschine auf den rumpelnden Brettern gewendet hatte: »Sie können wieder aufsteigen, Inspectorito«, und Ramón bestieg den Soziussitz, indes Pilar sich über das Buch beugte.

»Was war das?« fragte Conchita und horchte auf das Geräusch, das sich jenseits der trapezförmigen Maronenpflanzung zwischen den Tafelbergen verlor.

»Zwei Motorradfahrer«, sagte Pilar, »sie haben auf der Brücke kehrtgemacht.« Sie blätterte im Buch eine Seite zurück und begann mit etwas atemloser Stimme weiterzulesen. Maria José, froh, dem Ort des Grauens entronnen zu sein, schaltete auf höchste Geschwindigkeit, und Ramón preßte sich, die Arme um die Uniform des Teniente geschlungen, an dessen Rücken, das Gesicht dem Fahrtwind zugewandt.

Der Vorgang war in Sekundenschnelle abgelaufen und hatte sich anschließend aufgelöst wie ein Schattenspiel, von dem nur der Abdruck der Kontur auf der Netzhaut zurückblieb. Dennoch wußte Pilar von da an, wo sie Ramón zu erwarten hatte, und Ramón wußte, wo er Pilar nach Ablauf der gegebenen Zeit vorfinden würde.

Die Wagen für die Auffahrt sammelten sich um acht Uhr früh auf dem weitläufigen Marktgelände jenseits der Brücke, die die beiden Ortsteile von Fuego Fuego miteinander verband. Manche von ihnen waren bereits eine Stunde oder länger unterwegs, einige der von Menschenkraft Betriebenen, wie der Wagen der Bruderschaft ›Vom verborgenen Manna‹, der aus einem im Norden liegenden Bergstädtchen stammte, waren in der Morgendämmerung aufgebrochen, um rechtzeitig in Fuego Fuego zu sein. Padre Felipe hatte in einer vierspännigen altkastilischen Kutsche, die in einem weißen Holzschränkchen das Allerheiligste mit sich führte, Platz genommen und nahm von da aus vermittels eines Megaphons und unter Assistenz des kapuzenverhüllten Vicario die Anordnung der Wagen und Fußtruppen vor. Die Einwohner von Fuego Fuego und Umgebung, von den Tenientes Maria José Camaro und Pedro Paco, denen ein Bataillon aus der Fernando-Kaserne zugeteilt worden war, beaufsichtigt, umringten die geschmückten Wagen, Kinder versuchten, eine Goldborte oder eine herunterhängende Girlande zu berühren, und einige der Frauen legten, von ihren Männern hochgehoben, den lebensgroßen Heiligen eine abgeschnittene Haarsträhne oder ein Blumengebinde in die hölzernen Hände.

Als Padre Felipe zehn Minuten nach acht den Einsatz zur Fanfare der Bläser vom ›Kelch des Segens‹ und damit das Zeichen zum Aufbruch des Zuges gegeben hatte, reihten Wagen und Fußtruppen sich in der vorgeschriebenen Abfolge. Die Zuschauermassen ordneten sich und bereiteten sich darauf vor, in mäßigem Tempo zu beiden Seiten der Straße mit dem Aufmarsch mitzuziehen. Die Route war so geplant, daß zuerst der eine, dann der andere Teil von Fuego Fuego in mehreren Richtungen durchquert würde und der Zug sodann auf dem Rathausplatz anlangte, wo bis zur Höhe der ersten Stockwerke Holztribünen errichtet worden waren. Hier würde der Zug, etliche Male haltend, um die einzelnen Darbietungen wie Fahnenschwingen, Geißelungen, Fanfarenstöße und Kreuzigungen hinreichend zur Geltung kommen zu lassen, den Platz umrunden und ihn danach auf einer Parallelstraße verlassen, um, wieder unter mehrfachem Halten, zum Ausgangspunkt zurückzukehren, wo er sich auflösen würde.

Die Ehrentribüne, die für den Bischof, den Alkalden und seine Familie, den Klerus der teilnehmenden Gemeinden, die Äbtissin des Klosters Rábida Alcazar, die Representantes und Diputados der Comunidad sowie für den Ortskommandanten und seine Guardia Civil vorgesehen war, lag an der Breitseite des Platzes und bot einen nach allen Seiten hin vorzüglichen Ausblick. Ramón, dessen täglicher Schulweg am Rathaus vorbeiführte, hatte das Emporwachsen der Tribüne von Anfang an miterlebt und blieb, nachdem sie fertiggestellt war, was einige Tage vor der Semana Santa der Fall war, manchmal auf dem Heimweg, wenn die Stadt in der mittäglichen Siesta lag, wie gebannt inmitten der gewaltigen Szenerie stehen. Die Ränge füllten sich in seiner Phantasie mit wogenden, ihn anfeuernden Zuschauermassen, er hörte ihre Zurufe, das vielhundertstimmige »Olé«, und sah sich über den sonnenflimmernden Boden auf den Stier zugehen, ihn an den Hörnern packen und in den Sand zwingen oder den Löwen mit bloßen Händen zerreißen, wie sein freigeistiger Vater es ihm von Mithras, dem Soldatenheiligen der römischen Legionen, berichtet hatte. Im Zentrum seiner Vorstellungen stand dabei nebelhaft, doch unverrückbar eine Erscheinung in der ersten Reihe, die seinen Blick mit dunklen Augen festhielt und der er im Anschluß an Kampf und Sieg, mit gesenktem Kopf an die Brüstung tretend, die Trophäe des Tages in erhobenen Händen darbieten würde. Eines Tages hatte der Comandante seinen Sohn mit der Mitteilung überrascht, daß der Alkalde dem künftigen Kadetten die Erlaubnis erteilt habe, seinen Vater anläßlich des Umzugs auf die Ehrentribüne zu begleiten. Ramón verbrachte etliche schlaflose Nächte, erhielt seine zweite schlechte Schulnote und durchforstete mehrmals seinen Kleiderschrank, ehe er sich für die Uniform eines Guardia Civil entschied, in der er innerhalb der Truppe seines Vaters nicht auffallen und diesem dennoch Ehre machen würde. Zuletzt bat er Pedro Paco am Ende einer Unterrichtsstunde, die Kommandos »Habt acht«, »Rührt euch« und »Auf der Stelle kehrt« mit ihm durchzunehmen. Am Vorabend der Semana Santa überfiel ihn vor dem Einschlafen ein kurzer Schüttelfrost, den er vor Ele, die an seinem Bett saß, verbarg.

Am folgenden Morgen stand er zugleich mit seinem Vater, der die Guardias zwecks flächendeckender Verteilung zum Rapport befohlen hatte, auf und nahm, während der Comandante, den Standortplan unter den Arm geklemmt, zur Polizeistation aufbrach, den Weg zum Marktgelände jenseits des Flusses.

Der Zug war dabei, sich zu formieren, die vermummten Bruderschaftsangehörigen strebten im Gedränge zu ihren Wagen, wo jeweils ein Ordner die Aufstellung vornahm, und Padre Felipe, der in der Mitte des Geschehens aufrecht im Fond seiner Kutsche stand, rief den Gruppen per Megaphon die Reihenfolge zu einer vom Rand des Platzes nach innen laufenden Spirale zu, die sich beim Abmarsch auf die Straße langsam entrollen würde. Ramón langte an, als der Padre durch Hochheben des Megaphons den Aufbruch verkündete und die den Anfang des Zuges bildende Vereinigung ›Von der Botschaft des Engels‹, die aus einem Bergstädtchen im Norden der Provinz stammte, mit zwei Wagen und einer Fußtruppe, deren Angehörige Flügel umgeschnallt hatten, den Weg auf die Straße nahm. Die Zuschauer begannen sich ebenfalls in Bewegung zu setzen und liefen dem Zug, als dieser in die erste Querstraße einbog, durch verschiedene Seitenstraßen voraus, um ihn an der nächsten Ecke wieder zu erwarten, ein Vorgang, der sich während der Dauer der Prozession ständig wiederholen würde. Ramón hatte ein Gitter am Ausgang des Platzes erstiegen und saß mit aufgestützten Händen auf der Querstange, von wo er einen guten Überblick hatte. Die der jeweiligen Bruderschaft zugeordneten Fanfaren setzten exakt mit Betreten der Straße ein, Wagen um Wagen rollte hinaus, die Vermummten fielen in ihren rhythmischen Schritt, und die Fahnen hoben und senkten sich im Takt des Marsches. Der Bruderschaft ›Von der Botschaft des Engels‹ folgten die Vereinigungen ›Vom lebendigen Brot‹, ›Vom Lamm ohne Makel‹, ›Vom Kelche des Segens‹, ›Von der Bewahrung der Keuschheit‹, ›Von den wehrhaften Streitern Christi‹ und ›Vom unblutigen Opfer des Neuen Bundes‹, die Schwesternschaft ›Von der dreimal wunderbaren Mutter‹, die Bruderschaften ›Von der Speise der Engel‹ sowie ›Vom immerwährenden Opfer‹ und die Bußbruderschaft der Holzkreuzträger ›Vom wahren Kreuz‹, die als reine Fußtruppe auftrat und deren jeder Vermummte ein Kreuz in den Ausmaßen und vom Gewicht des Kreuzes von Golgatha auf dem Rücken trug. Da die Mitwirkenden zum Teil auch innerhalb der Bruderschaften anonym blieben, mochte es der Fall sein, daß manch hochgestellte Persönlichkeit weltlichen wie geistlichen Ranges, die etwas zu bereuen hatte, sich im Schutz der Kutte unter die Büßer gemischt hatte und das Kreuz des Herrn stundenlang barfuß durch die Stadt trug. Hinter manchen der Augenschlitze glomm ein ungezügeltes Feuer, das im Vorübergleiten den unbefangenen Beschauer schreckte und vielerlei bedeuten mochte, Reue, Schmerz, Qual, Hoffnung, Auflehnung, Schuld.

Im Anschluß an das ›Wahre Kreuz‹ reihte sich die Kutsche des Padre mit dem Allerheiligsten in die Mitte des Zuges ein, gefolgt vom prächtigsten Wagen der gesamten Auffahrt, dem ›Heiligen Abendmahl‹, dem die große Trommel voranschritt. Während der letzten Runde um den Platz hielt der Bruderschaftsälteste die Trommelstäbe minutenlang in erhobenen Händen und ließ sie mit Betreten der Straße zu einem dröhnenden Wirbel auf das Pergament fallen. Die Pferde rissen an den Leitseilen, daß das weiße Schränkchen mit dem Allerheiligsten ins Wanken geriet, und soweit das Auge reichte, duckten sich die Kapuzen wie unter einem unvermittelt losbrechenden Hagelsturm.

In diesem Augenblick sah Ramón Pilar.

Sie war größer und schlanker, als Ramón sie in Erinnerung hatte, und, er empfand es zitternden Herzens, sie war kein Kind mehr. Sie ging, den Köcher mit den Stäbchen um die Taille geschnallt, neben der großen Trommel und blickte, ihre Schritte dem Takt der Schläge anpassend, geradeaus. Das Bild begann vor Ramóns Augen zu verschwimmen: die Kutsche mit dem Allerheiligsten, Pilar, Jesus mit der hoch erhobenen Hostie, die verzückten Jünger, der finstere Verräter Judas am Ende der Tafel. Der Anblick der Mädchengestalt an der Schwelle des Erwachsenseins vor der bedrohlich naturgetreuen Kulisse des Letzten Abendmahls enthielt die Botschaft, auf die er lange gewartet hatte.

Er glitt vom Gitter und begann sich durch die Menge zu drängen. Der Platz auf der Ehrentribüne war ihm sicher, die Forderung des Tages war unübersehbar. Stark im Glauben zu sein, hatte seine Mutter ihn gelehrt, furchtlos im Dienste des Gerechten, der Vater.

Die Stadt war ausgestorben, alles, was sich bewegen konnte, wohnte dem Aufbruch der Wagen bei. Ramón wählte ein paar kleinere Straßen, kroch beim Überqueren der größeren unterhalb der für die Prozession gespannten Seile durch, schlug sowohl um das Pappdachhäuschen wie um den Kiosk seiner Mutter einen Bogen und langte, von der Rückseite kommend, bei der Polizeistation an. Das Gelände war menschenleer, das Haus versperrt, da alle Mann dienstlich unterwegs waren, doch gab es an der Gartenseite ein vergittertes Fenster, das sein Vater, der ein Rosten der Waffen befürchtete, zur Lüftung des Souterrains stets offenhalten ließ. Ramón blickte sich flüchtig um, zwängte sich zwischen den Stäben durch und sprang im Inneren des Gebäudes auf den Steinboden.

Der Schlüssel zur Waffenkammer befand sich in dem Holzkästchen neben der Treppe. Ramón schob ihn in das gußeiserne Schloß und stieß die Tür auf. Die blanken Instrumente lagen in ordentlichen Reihen auf den Pulten, hingen an den Wänden oder schimmerten im matten Licht der Souterrainfenster durch die Scheiben der Schränke. Ramón blickte sich klopfenden Herzens um, doch hatte er seine Wahl bereits beim ersten Besuch, der nicht der letzte geblieben war, getroffen. Er trat an die Vitrine, die frei in der Mitte des Raumes stand, und hob die Glasplatte hoch. Neben der doppelläufigen Reiterpistole lag eine Parabellum Null Acht Zwei mit Griffschalen aus poliertem Eichenholz. Sie stammte aus derselben Serie wie die, mit der Junipero ehedem seine Schwester im Flußbett erschreckt hatte. Ramón löste sie vorsichtig von der Filzunterlage, prüfte den Abzug, zog das Magazin aus dem Kolben, drückte eine der zwischen den Waffen in einer Glasschale liegenden Patronen hinein und schob das Magazin in den Kolben zurück. Nur ein Schuß durfte fallen, nur einer war nötig. Er schloß das Pult, versperrte die Kammer, legte den Schlüssel in das Holzkästchen und verließ, nachdem er die Parabellum in seinen Gürtel geschoben und die Uniformjacke darübergezogen hatte, das Haus auf demselben Weg, auf dem er es betreten hatte.

Bigotazo hatte für die Gemahlin des Comandante sowie für seine eigene Ehefrau Doña Xaviera und die mit Señora Bluna befreundete Frau des Wagenschmieds, Señora Lucinda, drei Plätze auf der Mitteltribüne, die der Ehrenloge gegenüberlag, reserviert, von wo die Damen einen guten Ausblick nicht nur auf den Festzug, sondern auch auf die Tribüne, auf welcher sich neben dem Bischof, dem Alkalden und dem hohen Klerus sowie der Delegation aus dem Kloster Rábida Alcazar auch der Comandante mit seinem Sohn befand, haben würden. Ele hatte ebenso wie Doña Xaviera und Lucinda ein schwarzes Seidenkleid mit Peineta und Mantille angelegt, und die drei Frauen suchten, die Gebetbücher in den gefalteten Händen, eine halbe Stunde vor Beginn der Festauffahrt ihre Plätze auf. Der Comandante war schon anwesend, empfing die Ehrengäste und gab letzte Anweisungen an seine Guardias. Ramón, der von der Oficina de la Policía aus den Weg zum Rathaus genommen und den Schauplatz zugleich mit seinem Vater betreten hatte, stand in der von Ele und Lucinda geschneiderten Uniform eines Guardia Civil innerhalb der Absperrung an der Seite der obersten Tribünenreihe. Er schien von den Vorgängen um ihn herum nichts wahrzunehmen, sondern blickte, ohne sich zu bewegen, in die Richtung, aus welcher der Zug zu erwarten war, und Ele, die immer wieder zu ihm hinüberschaute, dachte mit plötzlicher Sorge, daß er, wiewohl für einen Dreizehnjährigen hoch aufgeschossen und kräftig, in der Kleidung, die ihm einen frühreifen Ernst verlieh, seltsam verloren wirkte. Sein Vater erwartete viel von ihm, ebenso mochte sie selbst ihn in ihrem mütterlichen Stolz überfordern. Ele nahm sich vor, nach dem Fest mit ihrem Mann über eine Verringerung des Unterrichts zu sprechen, um Ramón etwas Zeit für das Beisammensein mit Gleichaltrigen zu geben, wofür bis dato kaum Gelegenheit gewesen war.

Der Wagen der Bruderschaft ›Von der Botschaft des Engels‹, der erste der Auffahrt, schwenkte mit dem Elf-Uhr-Läuten der Glocken von San Cristóbal in das langgestreckte Oval des Rathausplatzes ein. Der Zug war zu diesem Zeitpunkt schon drei Stunden unterwegs und hatte zuerst den jenseits, dann den diesseits des Flusses gelegenen Teil von Fuego Fuego durchquert. Eine Anzahl von Trommelstöcken war dabei gebrochen, so daß Pilar mehrmals in den Köcher greifen und dem Bruderschaftsältesten Ersatz hatte reichen müssen. Die von Menschenhand bewegten Wagen kamen nur schleppend voran, und die Angehörigen der Bruderschaft ›Vom wahren Kreuz‹ brachen unter der selbst auferlegten Last beinahe zu Boden. Für die große Runde vor den Tribünen wurden noch einmal alle Kräfte gesammelt, da jede der Vereinigungen den bestmöglichen Eindruck zu hinterlassen wünschte. Padre Felipe gab von seiner Kutsche aus durch das Megaphon die Anweisung *»Continuar marchar«*, was bedeutete, daß man auch während des Anhaltens auf der Stelle zu treten habe, um die Prozession im Rhythmus zu halten, worauf die von düsterer Feierlichkeit getragene Umrundung des Platzes begann.

Die Zuschauer, zu Beginn des Einzugs lebhaft und laut, gerieten alsbald in den Bann des Geschehens. Der Klang der Trommelschläge, der Fanfaren und der dumpf auf dem Pflaster hallenden Schritte hatte die hypnotische Wirkung von Buschtrommeln, einschläfernd und aufpeitschend zugleich. Die Bruderschaft ›Von der Todesangst‹ vollführte in den Pausen zwischen den Fanfaren mit ihren Instrumenten in der Luft das Zeichen des Kreuzes, nach oben und unten ausholend, danach links und rechts gegen die eigene Schulter schlagend. Die Besucher hielten den Atem an, als die Pferdestaffel der Bruderschaft ›Von den wehrhaften Streitern Christi‹ mit gedämpftem Hufschlag einritt und die Kapuzenmänner in ihren weinroten goldbestickten Wämsern die Lanzen hochhielten. Die Gruppe

›Von der Geißelung‹ trat barfuß, mit nacktem Oberkörper und mit auf den Schultern sitzenden Kapuzen sowie vom Gürtel zum Boden reichenden sackleinenen Röcken auf. Jeder der Brüder hielt eine Geißel aus vierkantig geschnittenen Schaflederschnüren in der erhobenen Hand, die er im Takt der Trommel mit voller Kraft auf den eigenen Rücken niedersausen ließ. Die nackten Rücken wiesen dunkelrote Striemen auf, von einigen rann das Blut in breiten Strömen in das um die Mitte gegürtete Sackleinen. Frauen schrien auf, Kinder verbargen die Gesichter in den Röcken ihrer Mütter.

Die Bruderschaft ›Von der Speise der Engel‹ hatte den Ausgang des Platzes erreicht, als sich durch die parallel verlaufende Straße die Kutsche mit dem Allerheiligsten näherte, gefolgt von der großen Trommel und dem ›Letzten Abendmahl‹. Den zweiten Block des Aufzugs bildeten die Bruderschaften ›Von Jesus am Ölberg‹, ›Von der Geißelung‹, ›Von der Träne Petri‹, die ›Marienbruderschaft von der Todesangst‹, die ›Bruderschaft Christi, der seiner Kleider beraubt worden ist‹, ferner die Bruderschaften ›Von der Kreuzerhöhung‹, ›Vom verborgenen Gott und Heiland‹, ›Von der Kreuzabnahme‹, ›Von der Wegzehrung der im Herrn Sterbenden‹, ›Vom entblößten Kreuz‹ und, als letzte im Zug, die Lieblingsbruderschaft Padre Felipes aus der Glaubensgemeinschaft des Klosters Rábida Alcazar, ›Vom Heiligsten Gastmahl, bei dem die Engel dienen‹.

Ramón hatte seinen Standort am oberen Tribünenrand verlassen und war einige Stufen hinuntergestiegen. In der Mitte der Loge hatten die geistlichen und weltlichen Würdenträger samt Anhang ihre Plätze eingenommen, flankiert von der Spezialeinheit der Guardia Civil unter der Führung des Comandante Bluna, der sich am äußeren rechten Flügel postiert hatte. Ramón stand wenige Meter von seinem Vater entfernt, als eine Wolkenwand sich vor die Sonne schob und die bis dahin in grellem Licht liegende Szene in Schatten tauchte. Ramón atmete vor Erleichterung kurz und heftig auf: Nichts war schwieriger, als gegen die Sonne zu zielen. Das günstige Vorzeichen ließ ihn unwillkürlich nach seinem Gürtel tasten, in welchem die Waffe steckte. Er schob sie zurecht, so daß er mit einem einzigen Zugriff würde ziehen und feuern können, und streifte die Uniformjacke darüber wieder glatt.

Den Höhepunkt des Umzugs bildete die Ankunft des Wagens mit dem Allerheiligsten vor der Haupttribüne, wobei die Kutsche so weit nach vorn fuhr, daß auch der folgende Wagen vom ›Letzten Abendmahl‹ im unmittelbaren Blickfeld der Ehrengäste anhalten konnte. Zur gleichen Zeit fuhr auf der gegenüberliegenden Seite der Wagen ›Vom wahren Kreuz‹ vor, auf dem ein Bruder der Vereinigung in der Rolle des Heilands das auf dem Längsbalken befestigte Brettchen bestieg, um sich kreuzigen zu lassen. Die Aktion wurde vom längsten Trommelwirbel des Umzugs begleitet, wobei die große Trommel, die ihren Platz zwischen den beiden Hauptwagen einnahm, unmittelbar vor der Ehrenloge Aufstellung genommen hatte.

Der Bruderschaftsälteste begann mit sechs harten Doppelschlägen, denen ein sanfterer Wirbel folgte, die Fanfaren setzten vielstimmig ein und verstummten wieder, um dem zweiten, längeren Trommelsolo Raum zu geben. Ramón war zwei weitere Stufen tiefer gestiegen und befand sich nun im unteren Drittel der Loge und damit auf der Höhe der Wagenflächen. Ein Stäbchen brach, und Pilar griff in den Köcher, um es zu ersetzen. Das Kreuz auf der gegenüberliegenden Seite wurde aufgerichtet. Die Trommelschläge nahmen an Lautstärke zu und verharrten in einer monotonen Sequenz von zu- und abschwellenden Wirbeln.

Ramón griff nach der Pistole. Er zielte mit ordnungsgemäß ausgestrecktem Arm, von oben nach unten durchziehend und wieder hochgehend, wobei bei ersterem Vorgang für Sekundenbruchteile Pilar in sein Visier kam. Unwillkürlich erschrokken, geriet er, ansonsten bei ihm undenkbar, mit dem darauffolgenden Anheben etwas zu hoch, so daß sein Schuß, der aus einer Entfernung von etwa zwanzig Metern abgefeuert wurde, sein Ziel um zwei Handbreit verfehlte.

Der Knall der Entladung zerriß, nahezu gleichzeitig mit dem Einschlag, die Luft. Ramón hatte Judas, den Verräter des Herrn, ins Herz treffen wollen. Der leichten Abirrung des Arms zufolge schlug das Projektil, höher als geplant, im Halsansatz des am Tafelende sitzenden Apostels ein. Das jahrhundertealte Holz splitterte und brach mit dumpfem Klang, der Kopf des Mannes klappte nach hinten und baumelte, von den über den Rücken fallenden festgeklebten Menschenhaaren gehalten, im Nacken des Verräters, dessen Rumpf, den Beutel mit Silberlingen in der Hand, weiterhin lümmelnd am Tisch des Herrn saß.

Sekundenlang lag lähmendes Entsetzen über dem Platz. Bluna, der sich zur Seite gewendet hatte, vermochte nicht zu glauben, was er sah. Ramón ließ die Pistole sinken, und sein Blick glitt von seinem Ziel abwärts zu dem Mädchen, das neben der großen Trommel stand und mit dunklen Augen in einer Mischung von Überraschung und Bewunderung zu ihm aufsah. »Gewonnen« jubelte es in seinem Herzen, und sein und Pilars Blick hielten einander für die Dauer der erschrockenen Stille fest, ehe er die Parabellum mit leichter Hand in den Gürtel zurückschob.

Bluna war aufgesprungen und rief »Ruhe, Ruhe« in die Richtung der Ehrengäste und »Aktion, Aktion« in die Richtung der Tenientes Maria José Camaro und Pedro Paco. Die unsichtbaren Betreiber des Wagens vom ›Heiligen Abendmahl‹, ihrer anstrengenden Tätigkeit wegen nur mit langen Unterhosen und Sandalen bekleidet, waren in Panik unter den Schabracken hervorgekrochen und standen verwirrt zwischen ihren vermummten Brüdern. Die Kreuzigung auf der gegenüberliegenden Seite war ins Stocken geraten, der Heiland hatte sich von dem bereits in Schräglage befindlichen Balken hochgestemmt und schrie »Hilfe, Mörder«, und die Pferde der ›Wehrhaften Streiter Christi‹ waren scheuend quer durch die ihnen zunächst stehenden Gruppen in die Reihen der entsetzt zurückweichenden Besucher eingebrochen. Die Äbtissin hatte ihren Habit über die Knie gerafft und war, soweit ihre Fülle dies erlaubte, die Stufen zur oberen Tribünenreihe hinaufgerannt, wo sie sich keuchend auf die beiden Schwestern, die ihr gefolgt waren, stützte.

Comandante Bluna wandte sich an seinen Sohn. »Du bist verhaftet«, sagte er bleich und mit zitternden Lippen. Er gab zweien der Guardias einen Wink, worauf einer von ihnen Ramón die Hände auf den Rücken drehte, indes der andere, der eine Stufe tiefer stand, ratlos zu seinem Vorgesetzten aufblickte.

»Aber, Comandante, der Inspectorito ist nicht strafmündig.«

Der Bischof war aufgestanden und teilte mechanisch nach allen Seiten seinen Segen aus, indes der Alkalde etwa zehnmal hintereinander fragte: »Was ist passiert?«, ehe er, gefolgt von seiner Familie, fluchtartig die Tribüne verließ.

Ele, die nichts begriffen hatte, wandte sich in einer dumpfen Ahnung an die neben ihr sitzende Xaviera. »Was war das?« fragte sie, ohne die Angesprochene anzusehen, den Blick auf die gegenüberliegende Tribüne gerichtet.

»Nichts«, sagte Xaviera, die zitternden Hände um die Bibel in ihrem Schoß geschlossen.

»Doch«, sagte Lucinda, die an Eles anderer Seite saß. »Es war Ramón. Ramón hat geschossen.«

Ein Mann mit Schirmmütze, der schräg vor Ele saß, sprang auf und schüttelte die Fäuste. »Ein Anarchist«, schrie er, »ein Revoluzzer, ein Heide! Er hat einen Heiligen geschändet, ins Gefängnis mit ihm!«

Ele versuchte durch den vor ihren Augen aufsteigenden Nebel zu erkennen, was um Ramón vorging. Der zweite Guardia hatte nun doch zugegriffen, und Ramón wurde mit auf den Rücken gedrehten Armen über die Stufen nach unten gebracht. Eine Gasse bildete sich, und Totenstille lag über dem Platz, als der Sohn des Comandante die Ehrentribüne entlang abgeführt wurde. Bluna, der sich nach Ele umwandte, sah, daß sie den Hergang mit vor Entsetzen geweiteten Augen verfolgte. Bedauern und Bestürzung durchzuckten ihn. Es war voreilig gewesen, mit einem Dreizehnjährigen auf solch rigorose Weise zu verfahren, sein Pflichtgefühl hatte ihn irregeleitet, doch war es nicht rückgängig zu machen, und während er gestikulierend Befehle an seine über das Areal verteilten Guardias gab, zermarterte er sein Gehirn nach einem Trostwort für seine Frau.

Ele stand auf, ohne den Blick von Ramón, der sich, von seinen Bewachern flankiert, bereits am Ausgang des Platzes befand, zu wenden. Xaviera barg aufschluchzend das Gesicht in den Händen, und Lucinda hatte mitfühlend nach Eles Arm gegriffen, wobei deren Bibel zu Boden geglitten war.

»Lassen Sie nur«, sagte Ele mit ruhiger Stimme. »Lassen Sie, Señoras. Ich danke Ihnen.«

Sie verließ ihren Platz und begann die Stufen abwärts zu steigen. Xaviera und Lucinda riefen ihr nach, doch Ele schüttelte, ohne sich umzuwenden, den Kopf und hob wie in einer stummen Bitte, sie in Ruhe zu lassen, die Hand. Im Gedränge fand sie sich plötzlich ihrem Mann gegenüber, der sie am Ausgang der Tribüne erwartet hatte. Seine Augen waren ausdruckslos und rot umrandet, und auf seiner Stirn standen Schweißtropfen. Er suchte nach einem Wort, wissend, daß es keines gab, das helfen konnte, doch schien Ele nichts dergleichen zu erwarten, und er faßte sie, so sanft das innerhalb der schiebenden und stoßenden Menge möglich war, an den Schultern.

»Geh nach Hause«, sagte er mit tonloser Stimme, und Ele nickte.

Wenig später befand sie sich auf einer leeren Seitenstraße. Die Wolke, die die Sonne bedeckt hatte, war vorbeigezogen, und die Helle fiel senkrecht in die Häuserschlucht. An der ersten Ecke, die Ele erreichte, blieb sie stehen, als sei sie sich nicht mehr bewußt, wohin ihr Weg sie führe. Ihr Mann hatte sie aufgefordert heimzugehen, aber er hatte wohl nicht bedacht, daß sie zuallererst ihrem Sohn beistehen mußte. Zuvor jedoch war es ratsam, San Cristóbal aufzusuchen, um ihn um seine Hilfe zu bitten. Hierfür wiederum müßte sie vorher eine Blume aus dem Garten des Pappdachhäuschens holen, wodurch sich die Notwendigkeit, zuerst nach Hause zu gehen, neuerlich ergab.

Ele drehte sich, an der Ecke stehend, mehrmals unschlüssig im Kreis. Trotz der Sonne, die stechend vom Himmel fiel und von den Hauswänden und dem Pflaster widerstrahlte, breitete sich in ihrer Brust ein kühler See aus, der stetig höher stieg. Der Nebel vor ihren Augen war dunkler geworden, und sie versuchte sich mit aller Kraft zu erinnern, was vorgefallen war, doch wußte sie nur mehr, daß es etwas gewesen war, daß sie nicht begriffen hatte. Zudem mußte sie sich klarwerden, welche Richtung sie einzuschlagen wünschte, und inmitten der quälenden Ratlosigkeit und des Empfindens, daß die Kälte in ihrer Brust zu schmerzen begann, mußte sie plötzlich lächeln, weil die Entscheidung ohne ihr Zutun längst gefallen war.

Sie wandte sich um und schlug den Weg zur Polizeistation ein. Dort wartete der Mann mit dem beweglichen Herzen, und alles würde von neuem beginnen. Er hatte einen Strick an den Haken an der Decke geknüpft, Ele würde ihn abschneiden, und ihr Sohn, den sie in weniger als einer Stunde gebären würde, würde seinen Namen tragen. Sie fühlte die Wehen stärker als zuvor, sie stiegen bis an ihr Herz und nahmen ihr den Atem, doch war der Weg nicht mehr weit, und sie würde San Cristóbal im Anschluß daran besuchen oder ihm durch den Priester eine Hibiskusblüte überbringen lassen. Die beiden *toros*, die sie vergessen hatte, fielen ihr ein, Sebastiano fiel ihr ein, den sie niemals vergessen würde, und daß Gott gut zu ihr gewesen war bis zum heutigen Tag.

Sie begann ihre Schritte zu beschleunigen, der Vicario wartete und die Hebamme, und der Mann würde sagen: »Darf ich mir erlauben, Ihnen in Anbetracht der Umstände auf diese formlose Weise Herz und Hand anzutragen?« – »Ja«, sagte Ele laut, indes die Tränen über ihre Wangen liefen, und eine Stimme, die sie kannte, aber der sie kein Gesicht zuzuordnen wußte, sagte: »Bis daß der Tod euch scheidet.«

Eine halbe Stunde später, nachdem sie sich an Hauswänden vorwärtsgetastet und zeitweilig daran aufrecht gehalten hatte, erreichte Ele, der die Peineta aus den Haaren geglitten war und deren Mantille auf dem Boden hinter ihr nachschleifte, die Oficina de la Policía.

»Da kommt eine Betrunkene«, sagte einer von Ramóns Bewachern, der aus dem Fenster gesehen hatte, und eine Minute später: »*Mucha mierda*, es ist die Frau des Comandante!«

Ele erkannte niemanden mehr, auch nicht Ramón, der mit einem Aufschrei auf sie zustürzte. Bigotazo, der nach Auflösung des Zuges in Sorge um Ramón zur Station geeilt war, ließ einen Krankenwagen holen, und Ele wurde in das Hospiz des Klosters Rábida Alcazar gebracht, begleitet von Ramón, der die Hand seiner Mutter nicht losließ. Als Kommandant Bluna, nachdem er auf dem Platz Ordnung geschaffen hatte, auf Bigotazos Verständigung hin im Kloster anlangte, fand er Ele noch lebend, doch in tiefer Bewußtlosigkeit und saß gemeinsam mit Ramón an ihrem Bett, bis Ele kurz vor Mitternacht den Druck der beiden sie haltenden Hände kaum merkbar erwiderte und zu atmen aufhörte.

Doktor Bravo verließ weinend das Zimmer, der Padre sprach das *Padre nuestro* und das *Rezibea la muerta* sowie den 23. Psalm, und die Äbtissin, in Nachtgewand und gehäkeltem Überwurf von Maria Rosa herbeigeholt, schloß den soeben zum Halbwaisen gewordenen Ramón, ungeachtet des Vorfalls während der Prozession, in ihre quellenden Arme.

Bluna war so verstört, daß man nicht wagte, ihm seinen Sohn zu überlassen. Die Äbtissin schlug vor, den Jungen bis nach Beendigung der Begräbnisfeierlichkeiten, welche für den Witwer ohnedies eine schwere seelische Belastung darstellten, ihrer Obhut anzuvertrauen. Im zweiten Stockwerk des Hauptgebäudes befinde sich das sogenannte Strafzimmer, das der Osterferien wegen bis auf weiteres leerstehe, darüber hinaus sei das Kloster nach jenem Zwischenfall der geeignete Ort der Einsicht und Läuterung für den jugendlichen Übeltäter, der ihr anläßlich seines ersten Besuchs in Begleitung Bigotazos einen so vorzüglichen Eindruck hinterlassen hatte. Bluna, dessen Gedanken unausgesetzt um die Frage kreisten, ob Ramóns Schuß oder die von ihm befohlene Verhaftung Eles Tod herbeigeführt haben mochte, willigte in seiner Bedrängnis in alles ein und war für alles dankbar. Er küßte ein letztes Mal die bleiche Stirn seiner Frau, wobei die Äbtissin und die anwesenden Schwestern taktvoll zur Seite blickten, und verließ, nachdem er, wortlos und hilflos, seinen Sohn umarmt hatte, das Sterbezimmer.

Im Vorraum stand der schluchzende Doktor Bravo und eilte, als er Blunas ansichtig wurde, mit ausgestreckten Armen auf ihn zu. »Comandante«, sagte er, Blunas Hände ergreifend und heftig schüttelnd, »der Verlust, den Sie erlitten haben, ist unermeßlich. Erlauben Sie mir, Ihnen mein zutiefst empfundenes Beileid auszudrücken.«

»Doktor«, sagte Bluna, »wie war das möglich? Wie konnte das geschehen?«

»Derlei kommt vor«, sagte Bravo, den Kopf schmerzerfüllt gesenkt. »Bei schweren Herzerkrankungen kommt derlei vor.«

»Herzerkrankungen«, sagte Bluna. »Wovon sprechen Sie, Doktor?«

Bravo löste seine Hände aus denen des Comandante, trat einen Schritt zurück und starrte Bluna an. »Aber, Comandante, Ihre Frau sagte mir, daß sie mit Ihnen sprechen würde. Hat sie das nicht getan?« Er musterte bestürzt Blunas verständnisloses Gesicht. »Heißt das, daß Sie sich nicht an meine Anweisungen gehalten haben?«

»Welche Anweisungen?« fragte Bluna, und Doktor Bravo antwortete nur: »Oh, mein Gott!«

»Du hast deine Mutter getötet«, zischte Santuza Ramón zu, als sie neben ihm die Treppe hochging und das weißgekalkte Zimmer aufschloß, in dem ein Stahlrohrbett, eine Klingelschnur und ein Kruzifixus das gesamte Inventar darstellten. »Bete und büße, daß Gott dir deine Schuld vergebe. Die Mahlzeiten bekommst du aufs Zimmer. Wenn du ein Bedürfnis hast, zieh an der Klingelschnur. Madre Ildefonsa wird dich rufen lassen, falls sie mit dir zu sprechen wünscht.«

Ramón, verwirrt und verstört, ließ alles mit sich geschehen. Er saß zwei Tage und Nächte gegen das Kopfende gelehnt auf dem Bett, ohne zu sprechen oder das von Santuza gebrachte Essen zu berühren, und antwortete weder auf die Fragen der Schwester noch auf die der Äbtissin, welcher er am zweiten Tag vorgeführt wurde. Am dritten Tag besuchte ihn sein Vater und erklärte ihm, daß der Tag des Begräbnisses festgesetzt sei. Im Anschluß an das Gespräch begriff Ramón, daß seine Mutter nicht wiederkommen, sondern in die Erde gelegt werde. Ein Mann weint nicht, und Ramón hielt sich aufrecht, bis der

Abend anbrach. Dann begann sich die Erstarrung, die ihn umfangen hatte, stufenweise zu lösen, und das erste, was er verspürte, war Hunger. Er aß den Abendbrotteller mit ungezukkertem Haferschleim, den Santuza ihm durch den Türspalt zuschob, leer und kroch anschließend in das unberührte Bett. Die bis dahin zurückgedrängte Trauer rollte auf ihn zu, wie der Fluß nach Ende der Trockenheit in sein Bett einströmt, erst mit sanften Wellen nach ihm greifend, dann aufsteigend und anschwellend, bis er davon überflutet war und endlich darin versank. Wirre Bilder tauchten auf und verschwanden, die wogende Menschenmenge in der Arena, die er mit seinem Schuß aufgeschreckt hatte, Pilars Augen, die ihm sagten, daß seine Tat gelungen war, die sanfte, kreolfarbene Hand, an die er sich geklammert hatte, bis Gott danach griff. Er blickte durch das offene Fenster auf die millionenfach durchlöcherte schwarze Fläche, hinter der er seine Mutter wußte und die so weit weg war, daß es in diesem Leben keinen Trost mehr geben würde. Er hörte Santuzas gezischte Anklage, die er nicht begriff und die sich dennoch mit Messern in sein Herz grub. Erst im Schlaf begann er zu weinen und konnte damit nicht aufhören, weil der Schmerz zu einem Bestandteil seines Selbst geworden war. Es war die Nacht, da die Osterferien geendet hatten und in der die Schülerinnen von Rábida Alcazar, darunter Pilar Riéra, in das Kloster zurückgekehrt waren.

Während der Ferien auf Angel del Sur hatte Pilar wie immer ihre namentlich von Aurelia höchst geschätzte Tätigkeit aufgenommen und im Verlauf der Karwoche vier Meerschweinchen, dreizehn Katzen, sechs Hunde, fünf Kanarienvögel, ein zahmes Frettchen und einen Zierfisch, der an Gleichgewichtsstörungen litt, geheilt. Der Erlös war von Aurelia bereits für den Umbau von Pepe el Rubios verwaister Schnapsbrennerei zu einem Studio für Nando, in dem dieser seine Künste als Holzschnitzer würde entfalten können, verplant gewesen. Die Patrona war in besinnlichen Gesprächen mit ihrem Heiligen zu dem Schluß gekommen, daß es ein ebenso praktischer wie gottgefälliger Akt wäre, Nandos Künste zum Wohle der Finca zu fördern. Eine schöpferische Tätigkeit wie die seine war mit der Würde eines Patróns durchaus in Einklang zu bringen, und die hierdurch ausstehende Arbeit auf Acker und Pflanzung konnte ohne Schwierigkeiten von einem Angestellten übernommen werden. Nando, der die Führung der Finca straff in seiner einen Hand hielt und es darüber hinaus liebte, Tiere zu schnitzen, erklärte sich nach kurzer Überlegung mit Aurelias Plänen einverstanden, dies vor allem, weil die neue Regelung ihm die Möglichkeit einräumte, einen Teil des Tages im Haus und damit bei Conchita zu verbringen. Er begann, bald nachdem die Entscheidung gefallen und noch ehe der Umbau des Kellers in Angriff genommen war, in seiner Freizeit einen Vorrat an Tieren zu schnitzen, und Aranja, deren Geschäftssinn sich bei ihrer Arbeit in Juniperos Texas-Shop entfaltete, stellte zuerst einige Tiere zwischen den ausgelegten Waffen aus und sorgte schließlich für eine eigene Vitrine, die sie, wenn die Produktion in vollem Maß anlaufen würde, durch eine größere zu ersetzen gedachte. Das Schild über dem Laden erhielt einen von Aranja in Gemeinschaftsarbeit mit Junipero hinzugefügten Zusatz, womit die volle Bezeichnung, etwas sonderbar anmutend, jedoch unmißverständlich, ›Juniperos Texas-Shop und Holzschnitzerei‹ lautete. Aranjas Kunden brachten die Sache ins Gespräch, und bald erschien der erste Hundebesitzer, dessen Liebling von Conchita geheilt worden war, um eines der Tierchen, wie zu erwarten, einen Hund, zu erwerben, wobei er seiner Hoffnung Ausdruck gab, daß die Holztierchen geweiht seien. Dies veranlaßte die findige Aranja, bei der nächsten Fahrt nach Fuego Fuego Padre Felipe aufzusuchen und um etwas Weihwasser zu bitten, das sie in ein mitgebrachtes Steintöpfchen abfüllte und, wieder in Angel del Sur angekommen, über die in Juniperos Texas-Shop und Holzschnitzerei ausgestellten Tiere sprengte. Nando kam binnen kurzem in die Lage, neben Hunden und Katzen, die relativ einfach auszuführen waren, auch schwieriger anzufertigende Tiere wie Frettchen, Streifenhörnchen oder Meerschweinchen schnitzen zu müssen, doch gerieten ihm diese von Mal zu Mal besser. Er nahm sich hierauf vor, mit Eröffnung des Studios dazu überzugehen, auch kleine holzgeschnitzte Bildwerke von Pilar in die Produktion aufzunehmen, womit er, wie er wußte, seiner Frau besondere Freude bereiten würde.

Conchita und Nando, die Pilars ehrenvollem Auftritt anläßlich der Semana Santa beigewohnt und sie im Anschluß an den schrecklichen Zwischenfall auf schnellstem Wege nach Angel del Sur zurückgebracht hatten, waren erstaunt und erleichtert, daß das Mädchen keinen Schock davongetragen hatte. Sie erklärten sich dies damit, daß Pilar offensichtlich nicht bemerkt hatte, daß sie sich unmittelbar in der Schußlinie befand, und verloren, um sie nicht nachträglich in Angst zu versetzen, kein Wort über den Vorfall. Conchita selbst konnte bis zum Morgengrauen nicht einschlafen, glitt schließlich in einen Halbdämmer, aus dem sie wieder hochfuhr, und Nando hatte alle Mühe, seine Frau zu beruhigen. Pilar, die wußte, daß sie keinen Augenblick in Gefahr gewesen war, ging während des Ostermontags wie immer ihrer Heiltätigkeit nach, merkte jedoch, daß die dunklen Augen des Jungen, der auf den lümmelnden Judas gefeuert hatte, ihr folgten, wo immer sie sich befand, und mußte sich zusammennehmen, um die für ihre Arbeit nötige Konzentration aufzubringen.

Drei Tage nach der Semana Santa kehrte Pilar, ausgerüstet mit einer von Junipero besorgten nahezu vollen weiß-blauen Schachtel sowie dem an die Stelle der Gazelle gerückten Wildschwein nach Rábida Alcazar zurück. Während der Tage in Aurelias Zimmer hatte sie so oft wie möglich den Anblick ihres Heiligen in Hühnchengestalt, der an diesem Ort zu jedem Wunder bereit war, gesucht, da sie wußte, daß sie ihn nun für lange Zeit würde entbehren müssen. Wie immer, wenn sie ihn verlassen mußte, lag ein Schleier von Traurigkeit über ihr, und sie saß wortlos und in sich gekehrt neben Nando auf dem Kutschbock, indes Conchita, unter dem Vordach stehend, dem davonrollenden Wagen nachhorchte, auch als er schon längst hinter der Olivenpflanzung zwischen den Tafelbergen verschwunden war. In Rábida Alcazar angekommen, wurde die der Gefahr knapp entronnene Schülerin entgegen den Gepflogenheiten des Hauses von Rafaela und Fidelis in die Arme geschlossen. Doktor Bravo untersuchte sie auf etwaige Schockwirkungen, und obwohl sie sich völlig normal verhielt, entnahm er einer versperrten Lade ein Beruhigungsmittel für die Nacht, das sie in seiner Gegenwart schlucken mußte. Im Anschluß daran vergrub Pilar Schachtel und Wildschwein in der Matratze und begab sich nach dem Abendgebet gemeinsam mit den anderen Schülerinnen zu Bett.

Gegen Mitternacht war ihr, als knarre die Tür des Schlafsaals. Schwester Santuza stand im Türrahmen, ihre Gestalt hob sich wie der Schatten eines großen Vogels gegen die erleuchtete Diele ab. »Die Hände auf die Bettdecke«, sagte sie, den ausgestreckten Flügel auf Pilar gerichtet, mit scharfer Stimme. »Beide!«

Pilar versuchte ihre linke Hand, die über den Bettrand hing, zu heben, doch schien es ihr, als würde diese von Bleigewichten zu Boden gezogen. »Ich kann nicht«, sagte sie, das Gesicht Santuza zuwendend, »sie ist zu schwer.«

»Kein Wunder«, kreischte die Schwester, die beiden Flügel wie zum Gebet hochgehoben, »der Teufel hält dich fest. Sieh doch, die Schlange an deinem Handgelenk!«

Pilar versuchte sich aufzusetzen, doch schien ihr Kopf am Kissen festgeklebt, und während sie überlegte, sich zur Seite zu rollen, um freizukommen, fühlte sie, wie die Schlange sich von ihrem Handgelenk löste. Sie kroch über den Holzboden zwischen den Betten der schlafenden Mädchen auf das Fenster zu, erklomm, sich an der Vorhangschnur hochwindend, das Fensterbrett und verharrte dort, mit erhobenem Köpfchen starr zu Pilar herüberblickend. Dann zog sie den Riegel, ihren schmalen Leib um diesen schlingend, auf und verschwand durch den entstandenen Spalt lautlos in der Dunkelheit. Pilar fuhr mit einem Ruck hoch. Ihr Handgelenk war schwer, doch konnte sie es heben, ebenso wie ihren Kopf. Die Tür des Schlafsaals war zu, und der kreischende schwarze Vogel, der mit Santuzas Stimme gesprochen hatte, war verschwunden. Das Fenster, das die Azulita geöffnet hatte, gab den Blick auf den Sternenhimmel frei und bewegte sich leise ächzend im Wind. Pilar schlug die Decke zurück und stieg aus dem Bett.

Von dem Beruhigungsmittel, das Doktor Bravo ihr verabreicht hatte, waren ihr die Beine schwer. Sie tastete sich die Betten entlang zum Fenster, dessen Flügel eine Windbö vollends aufgestoßen hatte, und versuchte im Gerank der Kletterrosen, die die Hausfront bedeckten, eine Spur der Azulita zu erkennen, doch war diese längst zwischen den Blättern untergetaucht. Pilar ließ ihren Blick über Gras und Kiesweg wandern und wollte sich danach ins Zimmer zurückwenden, als ein Ton an ihr Ohr drang. Er kam, wie es schien, von oben, und Pilar hielt, wie körperlich berührt, in der Bewegung inne. Nach einigen Sekunden, während derer sie den Atem anhielt, wiederholte es sich. Pilar fühlte, wie ihre Augen zu brennen begannen. Sie raffte ihr Nachthemd über die Knie und stieg auf das Fensterbrett. Dort verankerte sie einen der Flügel, griff nach oben in das Spalier und zog sich hoch. Das Holz des Spaliers krachte, daß Pilar fürchtete, es würde brechen, doch trug es die Last, und mit dem nächsten Tritt stieg sie auf den Fensterrahmen und von dort auf die erste Sprosse des Gitterwerks. Die Laute, die fortgesetzt an ihr Ohr drangen, trieben sie weiter, wiewohl einzelne Dornen sich in ihre Handflächen und Fußsohlen gruben. Es war das Weinen eines Menschen, wie Pilar es noch nie gehört hatte. Anders als das Weinen ihrer Mitschülerinnen, wenn eine von ihnen eine Strafe fürchtete oder Heimweh hatte, anders auch als ihr eigenes Weinen, das manchmal unvermittelt aus ihr herausbrach und für das niemand eine Erklärung hatte. Es klang wie das Wimmern eines angeschossenen Tieres, das sich von seiner Klage nichts erhoffte, ihr nur, seiner Natur gehorchend, Raum gab.

Das Fenster, aus dem die Laute kamen, lag über dem des Schlafsaales. Pilar kletterte ungeachtet der Dornen Meter um Meter nach oben. Ihre Augen brannten, als klettere sie durch beizenden Rauch. Während der letzten Klimmzüge wurde ihre Hand so schwer, daß sie sie kaum zu heben vermochte, doch erreichte sie den Abschluß des Spaliers und zog sich am Fensterhaken hoch. Die Nacht stand schwarz über dem Dach, und Pilar blieb kurze Zeit erschöpft auf dem Fensterbrett sitzen, ehe sie sich nach innen wandte und unhörbar zu Boden glitt.

Allmählich wurden Konturen erkennbar. Ein schmales Zimmer, ein Bett, das in der Ecke stand und in dem jemand lag, ein Mensch, der im Schlaf weinte und dessen Schmerz nach Pilar rief. Er lag in die Decke gehüllt, das Gesicht der Wand zugekehrt, und Pilar, die das allgegenwärtige Hühnchen gesucht und gefunden hatte, mußte sich zusammennehmen, um nicht zu hastig vorzugehen. Indem sie näher trat, hatte sie das Aurelia gegebene Versprechen vergessen, als habe es nie existiert. Sie hob, wie ehedem im Altarzimmer, die Decke hoch, schlüpfte darunter und drückte sich behutsam gegen den ihr zugewandten Rücken.

Die Schmerzenslaute verstummten, und wenig später wurden die krampfhaften Atemzüge leichter, und Pilar, die das mit ganzer Seele gewünscht hatte, legte, wie dereinst bei Aurelia, in gedankenloser Erleichterung ihren Arm, der den unsichtbaren Doppelreif trug, um die Schulter des Schlafenden an ihrer Seite.

Ramón hatte vergebens versucht, den ihn jagenden Bildern zu entkommen. Angst und Schrecken lösten einander ab, Judas' Kopf baumelte an seinen Nackenhaaren, sein Vater sagte: »Du bist verhaftet«, und die Hand seiner Mutter wurde in der seinen starr und kalt. Schließlich stand Santuza im Türrahmen. Sie hob die Flügel ihres schwarzen Habits gegen den Himmel und schrie: »Du hast deine Mutter getötet«, und als die vertraute Gestalt von einem Tuch bedeckt und von zwei zupackenden Guardias aus dem Raum gebracht wurde, brach Ramón in verzweifeltes Weinen aus.

Mit einem Mal wurden die Bilder fahl und begannen sich aufzulösen. Ramóns Herz schlug ruhiger, als habe eine sanfte Hand es berührt, er fühlte den Druck auf seiner Schulter und wandte sich in dem ihn umfangenden Arm um.

Sie erkannten einander ohne Erstaunen. Er hatte nach ihr gerufen, und sie war seinem Ruf gefolgt.

»Meine Mutter ist tot«, sagte Ramón, und Pilar schob ihre freie Hand unter seinen Nacken durch, um ihn besser halten zu können.

»Du hättest nicht kommen dürfen«, sagte Ramón nach einer

Weile besorgt, als er begriffen hatte, daß seine Träume nicht wiederkehrten und Pilars Gegenwart Wirklichkeit war. »Ich bin ein *descastado*, ein Ausgestoßener.«

»Ich bin auch eine *descastada*«, sagte Pilar. »Ich habe eine Hostie ausgespuckt.«

»Ich habe einen Apostel ermordet«, sagte Ramón und fügte, ehe er an Pilars Schulter einschlief, kaum vernehmbar hinzu: »Ich hab' es für dich getan.«

Pilar hielt ihre Augen noch ein wenig offen, für den Fall, daß der Junge, der seine Mutter verloren hatte, noch einmal aufwachen und ihre Hilfe brauchen sollte. Ihr gebrochenes Versprechen fiel ihr ein, und sie überlegte, ob sie Aurelia um Verzeihung bitten oder ihr, um sie nicht zu kränken, die Sache verschweigen sollte. Das Sonderbare war, daß sie keine Spur von Reue empfand, und als sie in einer ihr neuen Empfindung wunschlosen Friedens den Blick nach oben richtete, wußte sie, weshalb.

Franziskus, der in seiner Güte an die Decke des Strafzimmers geklettert war, hatte an seinen Umrissen zu fluoreszieren begonnen. Die Leuchtspur fraß zielstrebig ein Loch in das kalkige Weiß, schließlich brach der innere Teil des Hühnchens auf, und die entstandene Öffnung gab den Weg zu Gottes Herrlichkeit frei. Pilar, die das Wunder allerorten gesucht und in der Strafkammer des Klosters gefunden hatte, hielt, ohne sich zu bewegen, den Blick nach oben gerichtet und fühlte der Veränderung in ihrem Inneren nach.

Das Heimweh, ihr Begleiter, sobald das Gittertor von Angel del Sur hinter ihr ins Schloß gefallen war, war dem Gefühl, heimgekehrt zu sein, gewichen, und wiewohl Pilar sich dies im Hinblick auf den Ort, an dem sie sich befand, nicht erklären konnte, überließ sie sich der Süße der Empfindung. Franziskus wußte, was er tat, und handelte mit Sicherheit im Auftrag einer höheren Ordnung. Etwas später fielen auch ihr die Augen zu, und sie flüsterte ohne Überzeugung, doch ihrer Kindespflicht eingedenk: »Verzeihung, Madre«, ehe sie sich der an ihrer Seite ruhenden Gestalt zuwandte und einschlief.

Ramóns Erschöpfung und das von Doktor Bravo verabreichte Beruhigungsmittel brachten es mit sich, daß die beiden den aufsteigenden Morgen nicht wahrnahmen und in tiefstem Schlaf lagen, als Santuza die Tür aufschloß, um dem Häftling noch vor dem allgemeinen Weckruf das Frühstück zu bringen. Der Anblick, der sich ihr bot, hatte etwas zur Folge, was ihr in vierzig ersprießlichen Jahren im Dienst des Herrn nicht widerfahren war: Santuza versagte die Stimme. Sie raffte, mit einer Hand nach dem Kreuz an ihrer Brust tastend, ihren Habit und rannte zwei Stockwerke tiefer zur Kapelle, wo die Religiosas unter Obhut der Ehrwürdigen Mutter den Morgengottesdienst abhielten. Ramón und Pilar, solcherart ungestört, schliefen zu Füßen des Gekreuzigten weiter, indes Santuza, in der Tür der Kapelle stehend, hektische Zeichen von sich gab, die die zunächst Knienden, darunter die Äbtissin, schließlich veranlaßten, ihre Andacht zu unterbrechen und der gestischen Aufforderung der Schwester, sie zu begleiten, Folge zu leisten. Die kleine Abordnung begab sich in das zweite Stockwerk, und nachdem die unerschrockene Hilfsschwester Nuna inmitten der allgemeinen Erstarrung den Handlungsbedarf erkannt und, sich aus geziemender Entfernung vorbeugend, an der Stahlrohrkonstruktion gerüttelt hatte, schlugen die beiden *descastados* die Augen auf.

Sie sahen sich einer die kleine Kammer beinahe sprengenden Versammlung entgeistert blickender Nonnen gegenüber, in vorderster Reihe die händeringende Santuza.

Weder Pilar noch Ramón unternahmen den Versuch einer Erklärung, wodurch ein länger anhaltendes Schweigen eintrat. Dieses wurde schließlich dadurch unterbrochen, daß Santuza nach einem anklagenden Blick auf das Kruzifix, das ungerührt über dem Ort der Schande hing, in die Knie sank und laut zu beten begann.

Diesmal war sich auch die Äbtissin darüber im klaren, daß nichts zu retten war.

Ramón wurde unverzüglich der Obhut Bigotazos übergeben, der ihn der Einfachheit halber – es war der Tag von Eles Begräbnis – mit dem gemeindeeigenen Dreirad direkt zum Friedhof brachte, wo Vater und Sohn einander nach einem Augenblick männlichen Zögerns in die Arme schlossen. Dem Comandante war ohne nähere Erklärung mitgeteilt worden, daß der Aufenthalt seines Sohnes in Rábida Alcazar beendet sei, womit auch die Gründe, die hierzu geführt hatten, keine Erwähnung fanden und alles, was damit zusammenhing, zwischen Vater und Sohn bereinigt war. Eleuteria Bluna Granados wurde unter herzlicher und tränenreicher Anteilnahme der Señoras Xaviera Susa und Lucinda sowie zahlreicher ihrer Kundinnen zu Grabe getragen, und der Comandante und sein Sohn schlossen sich in der Folge zu einer Notgemeinschaft zusammen, getragen von gemeinsamer Trauer sowie gegenseitiger Wertschätzung und Liebe, die die anfangs trostlose Leere zu überbrücken half und ihre Zweisamkeit mit der Wärme männlich-verhaltener Zuneigung erfüllte.

Pilar, die nach Santuzas Ansicht eigentlich Schuldige an dem Skandal – schließlich war sie es gewesen, die Ramón aufgesucht hatte, und nicht umgekehrt –, wurde nach ihrer dritten Eintragung in das ›Register‹, die Santuza eigenhändig mit violetter Tinte vornahm, des Klosters verwiesen. Auf Beschluß der Schulschwestern erhielt sie das Abgangszeugnis für die dritte Klasse der Sekundarstufe, obwohl es bis Schulschluß noch mehrere Monate waren, einerseits weil sie als vorzügliche Schülerin galt, andererseits, damit die Schulbehörde der Provinz, welcher auch das Kloster unterstand, nicht darauf verfallen möge, ihr die restliche Zeit zum verpflichtenden Schulbesuch vorzuschreiben.

Santuza ließ das Bettzeug aus der Strafkammer entfernen und in einem Winkel des Klostergartens durch den darob etwas verwunderten Gärtner verbrennen und stellte auf dem Boden des Raumes ein Weihrauchfaß auf, das den Ort der Schande mit würzigem Duft erfüllte. Anstelle der abendlichen Selbstgeißelung trieb sie sich in der Werkzeugkammer des Wirschaftstrakts zwei vierkantige Nägel durch die Handflächen, um die Schuld des Hauses zu tilgen, und mußte anschließend im Spitalstrakt von Doktor Bravo behandelt werden. Die Äbtissin, eingedenk des bevorstehenden Verdienstentgangs in ein trockenes Nervenfieber verfallen, verhängte ein dreitägiges

Redeverbot über den gesamten Klosterbereich und darüber hinaus absolutes und immerwährendes Stillschweigen gegenüber der Außenwelt, wodurch auch auf Angel del Sur niemand die Gründe für Pilars Schulausschluß erfuhr. Die Äbtissin teilte Aurelia lediglich mit, daß ihre Tochter Pilar im Gegensatz zur ursprünglichen Annahme doch nicht zur Klosterschülerin geeignet sei, was Aurelia ebenso wie die vormals gegenteilige Entscheidung der Äbtissin zur Kenntnis nahm.

Fidelis schloß ihren gefallenen Engel schluchzend in die Arme, Rafaela strich ihr verstohlen über das Haar, und die Äbtissin, zwischen zwei Fieberschüben in ihren Kissen hochgestützt, winkte ihr, eingedenk des Blitzableiters, des Glockenspiels und der holzgeschnitzten Madonna, deren Lieferung unmittelbar bevorstand, gnädig zu.

Die letzte, von der Pilar ihren Abschied nahm, war Santuza, die, ihre verpflasterten Hände über der Brust gekreuzt, an der Pforte stand. Pilar, die den hohen, hallenden Gang in dem Gefühl durchschritt, ihn nie wieder betreten zu müssen, blieb, das Strohköfferchen in der Hand, in dem sich unterhalb der Kleider die weiß-blaue Schachtel und das Wildschwein befanden, vor dem hochgereckten Schatten stehen.

»Ich werde für Sie beten, Schwester«, sagte sie voll Dankbarkeit für Santuza, die ihr durch die dreimalige Eintragung in das ›Register‹ die Heimkehr nach Angel del Sur ermöglicht hatte.

Die Schwester, ihre Schülerin keines Blickes würdigend, begann heftig zu atmen. »Ich verbiete dir, für mich zu beten«, stieß sie mit hochrotem Gesicht hervor und griff mit den verpflasterten Händen nach dem Kreuz auf ihrer Brust.

Pilar trat an ihr vorbei auf den sonnigen Platz hinaus, wo Junipero, der gekommen war, um sie abzuholen, vom Kutschbock stieg, umarmte ihren Bruder und stieg, nachdem dieser das Strohköfferchen im Wagen verstaut hatte, neben ihn auf den Wagen. Das Gefährt rollte durch das Tor, an dem die Äbtissin noch tags zuvor im Hinblick auf das Ende der Osterferien hoffnungsvoll den Hinweis »Tierheilungen wochentags von 15 bis 16 Uhr« hatte anbringen lassen, indes Santuza, die mit ihren durchlöcherten Händen die Pforte hinter Pilar geschlossen hatte, an den Türstock gelehnt, in einen Weinkrampf verfiel.

Conchita war seit Juniperos Aufbruch unter dem Vordach gesessen und hatte, das Gesicht der Sonne zugekehrt, auf das Geräusch des heimkommenden Wagens gewartet. Als es der zwischen den Tafelbergen lungernde Mittagswind von jenseits der trapezförmigen Maronenpflanzung gemächlich über den Sandplatz trug, stand Conchita auf und zählte die Schritte bis zum Engelstor. Dort angekommen, öffnete sie die Torflügel, und wenig später kamen Hufschlag und Radgeräusch auf der Staubstraße näher. Junipero griff, als er Conchitas ansichtig wurde, kräftig in die Zügel. Pilar sprang vom Wagen und umarmte Conchita, und die beiden hielten einander an den Händen, bis Aurelia geküßt, Umbre begrüßt und Sebastianos Grab besucht war und mit den länger werdenden Schatten Nando von der Feldaufsicht und Aranja aus ›Juniperos Texas-Shop und Holzschnitzerei‹ heimkehrten. Nach dem Abendessen suchten sie gemeinsam mit Junipero, der in Planquadrat 180 A auf ein wassergekühltes Maschinengewehr der Firma Schneider-Creusot, Sieben Komma Neun, mit geripptem Eisenmantel, gestoßen war und weitere spektakuläre Funde nicht ausschloß, das Bachbett auf, und Junipero unterbreitete ihnen einen von ihm entworfenen Plan, der Pilars Weiterbildung betraf und bei den beiden auf begeisterte Zustimmung stieß.

Vor dem Einschlafen auf ihrem Lager im Altarzimmer sprach Pilar ein Gebet für Fidelis und ein etwas kürzeres für Rafaela und schlug für Santuza, die es ihr untersagt hatte, für sie zu beten, ein Kreuz. Der Rauch, der aus der Abendzigarette ihrer Mutter aufgestiegen war, hing in hellgrauen Schwaden unter dem Wohnsitz der beiden Heiligen, und Pilar, deren Seele sich von ihrem Körper gelöst hatte und eine Handbreit über dem Strohsack schwebte, überlegte, woher die Verzauberung, abgesehen von der Gewißheit, Angel del Sur nicht mehr verlassen zu müssen, rühren mochte. Etwas später fiel es ihr ein, und sie wunderte sich, daß sie es hatte vergessen können: Franziskus, der in seiner leuchtenden Tiefe über ihr stand, hatte seine Beharrlichkeit aufgegeben und sich ihr an einem Ort außerhalb des Altarzimmers offenbart. Ehe Pilar die Augen schloß und sich der unbestimmten Süße überließ, die mit jenem Augenblick in ihr Herz gezogen war, sandte sie einen Blick heiteren Einverständnisses zur Zimmerdecke: Es sah ihrem eigenwilligen Heiligen ähnlich, daß er sich von allen Orten, an denen Pilar des Wunders gewärtig gewesen war, unergründlicherweise und wider alle Voraussicht die Strafkammer des Klosters Rábida Alcazar ausgesucht hatte.

21

Junipero hatte beim Gouverneur, zu dessen bevorzugtem Vertrauten er während der vergangenen Monate geworden war, die Erlaubnis erwirkt, daß seine Schwester den Unterricht bis zu ihrem Pflichtabschluß per Fernlehrgang absolvieren dürfe. Der Fernlehrgang war eine Einrichtung des für Erziehungs- und Bildungsfragen zuständigen *Ministerio de Educación y Ciencia* und ermöglichte es denjenigen, die den Unterricht nicht regelmäßig oder überhaupt nicht besuchen konnten – unter ihnen befanden sich Behinderte, Schüler, die in entlegenen Bergdörfern wohnten, oder auch solche, die bei der Pflege alter oder kranker Familienmitglieder unabkömmlich waren –, auf diesem Wege die Schulreife zu erlangen. Auf Ansuchen und gegen einen vorgeschriebenen Betrag bekam man Studienmaterial zugeschickt, das aus Skripten und Testblättern bestand und Mathematikbeispiele, Aufsatzthemen, Geschichte- und Geographieunterlagen sowie Lehrbücher für zwei Fremdsprachen nach Wahl, Naturkunde und Religion enthielt. Voraussetzung für die Erteilung der Genehmigung war es, daß ein Familienmitglied mit abgeschlossener Schulbildung – in Pilars Fall war dies Junipero – sich bereit erklärte, die Aufgabe eines Instruktors zu übernehmen und die Arbeit des Schülers zu überwachen. Eine weitere Voraussetzung war die Angabe eines triftigen Grundes für die Nichtinanspruchnahme des regulären Unterrichts, der dem Ministerio schriftlich, in Pilars Fall nach Intervention des Gouverneurs pro forma, vorgetragen werden mußte. Nach kurzer Überlegung entschied der Familienverband, daß Pilars Mutter einen jederzeit vorzeigbaren Grund darstelle, und Aurelia, die es der gemeinsamen Abendandacht wegen liebte, mit Pilar das Zimmer zu teilen, schrieb in einem Brief an das Ministerio, daß sie seit nunmehr zwanzig Jahren das Bett hüte, was den Tatsachen entsprach, worauf die Behörde ohne weitere Rückfragen die Genehmigung erteilte. Pilar zitterte vor Aufregung, als das Paket aus Burgos eintraf und Umbre es ihr mit den Worten »Was wollen Sie noch lernen, Patroncita, Sie wissen doch schon alles« in die Hände legte. Sie zerrte so ungeduldig an der Verschnürung, daß diese sich noch mehr verknotete und die herbeigeeilte Conchita mit ihren behutsamen Fingern zugreifen mußte. Schließlich kam der Inhalt ans Licht, und Pilar nahm jedes Buch einzeln zur Hand und reichte es an Conchita weiter, die danach griff, als ob sie es sehen könnte. Beide wußten, daß hiermit der Verbleib Pilars auf Angel del Sur für die folgende Zeit gesichert war.

»Weißt du, was wir tun?« sagte Pilar, der ein Gedanke gekommen war. »Du wirst mit mir lernen. Wir machen die Arbeit gemeinsam. Ich helfe dir am Vormittag im Haus, und anschließend gehen wir mit den Büchern zum Bachbett.«

Am Abend desselben Tages begann Junipero, der wegen seiner Verpflichtungen in Burgos seinen Aufenthalt auf Angel del Sur auf zwei Tage in der Woche reduziert hatte, mit der Sichtung des Materials und schrieb Pilar ein Arbeitspensum für die folgende Woche vor.

Der geschickt ausgearbeitete Lehrplan sah im Verlauf des Semesters für jeden Gegenstand mehrere schriftliche Arbeiten beziehungsweise das Ausfüllen von Testblättern vor, die eingereicht wurden und klassifiziert an den Absender zurückkamen. Halbjährlich mußte der Schüler vor einer Kommission des *Ministerio de Educación* eine mündliche Prüfung über den Stoff des abgelaufenen Semesters ablegen, womit sichergestellt wurde, daß er selbst und nicht jemand anders an seiner Stelle die schriftlichen Arbeiten abgefaßt hatte.

Was nun begann, war für Conchita und Pilar die glücklichste Zeit ihres Lebens.

Pilar stand auf, sobald das Gackern der Hühner und das Krähen des Hahnes anzeigten, daß Umbre die Tür des Hühnerstalls geöffnet und den Tieren Futter gestreut hatte. In der Küche traf sie auf Conchita, die das von Aranja vorbereitete Herdfeuer meist schon angezündet und die Pfanne für den Churro bereitgestellt hatte, und während Umbre nach dem gemeinsamen Frühstück die Ziegen, Schafe und Schweine versorgte, Nando sich zu seiner Holzschnitzerei in den Keller oder zur Aufsicht der Arbeiten auf die Pflanzung begab, Aranja ihren Dienst in Juniperos Texas-Shop antrat, wobei sie an den zwei Wochentagen, die Junipero auf der Finca verbrachte, von diesem zwecks Ausarbeitung neuer Geschäftsstrategien begleitet wurde, und Aurelia nach dem Genuß ihrer aus frischem Churro, heißer Schokolade, Zwiebelbrötchen und einem Glas Tarragona bestehenden Morgenmahlzeit in beschaulichen Halbdämmer geglitten war, erledigten Conchita und Pilar die Hausarbeit und bereiteten die Mahlzeiten für den Tag vor. Manchmal, wenn Pilar eine Messerklinge polierte oder eine Tortilla in der Pfanne wendete, kam es ihr in den Sinn, daß sie zur Stunde rechtens in dem düsteren Klassenzimmer von Rábida Alcazar sitzen und Santuzas eifernden Ausführungen folgen müßte. Dann legte sie das Messer beiseite oder rückte die Pfanne vom Herdfeuer, rannte aus dem Haus hinaus auf den Sandplatz und zog in Eile einen Kreis um die Finca, als wolle sie sich vergewissern, daß sich alles an seinem Platz befinde, ehe sie zu ihrer Arbeit zurückkehrte. Nach dem Mittagessen ging Pilar in Begleitung Conchitas zum Engelstor, an dem Aurelia in Anlehnung an Madre Ildefonsas Geschäftsgebarung die Aufschrift ›Tierheilungen wochentags von 15 bis 16 Uhr‹ hatte anbringen lassen, und Pilar nahm sich der wartenden Tiere an. Conchita sprach indessen, auf dem Pfosten des Torflügels sitzend, den jaulenden, miauenden oder krächzenden Patienten Mut zu. Im Anschluß daran nahmen die beiden, mit Pferdedecke und Büchern ausgerüstet, den Weg zum Bachbett.

Im Schatten des Feldsteins, wo Ramón sie bei seiner Motorradfahrt mit Maria José Camaro angetroffen hatte, machten sich die beiden, auf der Pferdedecke sitzend, an die Arbeit. Die Methode, die sich dabei binnen kurzem herauskristallisierte, war einfach und zielführend zugleich: Pilar las den Lehrstoff aus dem jeweiligen Buch vor, und Conchita wiederholte, was sie gehört hatte. Bei Schreibarbeiten formulierte Pilar, das Heft auf den Knien, laut, was sie zu Papier brachte, worauf beide es abwechselnd wiederholten, bis sie es sich eingeprägt hatten. Pilar, Lehrende und Lernende in einer Person, bewältigte ihr Pensum infolge der oftmaligen Wiederholungen mühelos in der kürzesten vorgeschriebenen Zeit. Schon in Rábida Alcazar hatte sich ihr verstärktes Interesse für Naturgeschichte, insbesondere Zoologie, gezeigt, was in Kenntnis ihrer Vorgeschichte nicht verwunderlich scheint und für ihre Zukunftsvorstellungen als richtungweisend gelten konnte.

Zu Sommerbeginn des darauffolgenden Jahres bestand Pilar die Abschlußprüfung der *Educación General Basica*, genannt EGB, mit Auszeichnung, worauf sie an jenem Tag nach der gemeinsamen Abendandacht – nach wie vor las Aranja füßekratzend aus der Bibel, doch war das Programm um einige Gebete und Psalmen aus Pilars Klosterzeit erweitert worden – von Aurelia aufgefordert wurde, an ihrem Bettrand Platz zu nehmen. Pilar hatte ihr kurz zuvor das Abendessen, bestehend aus Lammrippchen mit Minzengelee sowie einer halben Flasche Murcia, serviert, und Aurelia befand sich nach einem nachmittäglichen klärenden Gespräch mit Jakobus in gelöster Stimmung.

»Du hast also das EGB gemacht? Mit Auszeichnung, wie ich höre.«

»Ja, Madre.«

Aurelia stieß mit den Zehen gegen die Kassette an ihrem Bettende. »Hast du einen Wunsch? Gibt es etwas, das du dir gerne kaufen würdest?«

Pilar überlegte einen Augenblick lang. »Ich hätte gerne noch ein Paar von den blauen Hosen aus Juniperos Texas-Shop.«

Die geschäftstüchtige Aranja, der der Siegeszug der Jeans

nicht entgangen war, hatte in dem von ihr betreuten Laden einen Vorrat davon angelegt, ergänzt durch Lederwesten, Texas-Stiefel, Gürtel mit Büffelhornschnallen und Sheriffsternen.

»Du kannst dir das Geld aus der Kassette nehmen.«

»Danke, Madre.«

Aurelia setzte sich im Bett auf und stützte sich in die Kissen. »Wie alt bist du?«

»Vierzehn, Madre.«

Aurelia hatte nach einer Zigarette gegriffen, und Pilar half ihr, sie anzuzünden.

»Mit vierzehn habe ich mir des Abends heimlich das Haar hochgesteckt und bin zum Tanz gegangen.« Aurelias Augen durchdrangen die Wände des Altarzimmers. »Es war in der Sierra de la Virgen, wo die Nächte so hell sind, daß du eine Nadel einfädeln kannst. Ich lieh mir das Kleid und den Lippenstift von unserem Dienstmädchen.« Aurelias Blick suchte jenseits der Mauern nach fernen farbigen Bildern. »Ich sprang aus dem Flurfenster, und fünf oder sechs Burschen erwarteten mich. Ich hatte unendlich viele Verehrer, unendlich viele.«

Sie kehrte aus der Vergangenheit zurück und griff nach dem Aschenbecher, den Pilar ihr reichte.

»Sie sind noch immer wunderschön, Madre«, sagte Pilar, die keine schönere Frau zu kennen glaubte.

»Ich danke dir, *mi pequeña santa.* Ich war fünfzehn, als ich deinen Vater heiratete. Sebastiano Riéra war ein außergewöhnlicher Mann.«

»Ich weiß, Madre.« Pilar setzte sich so, daß sie den Rauch, der aus Aurelias Zigarette aufstieg, einatmen konnte.

»Deine Schwester war ebenfalls fünfzehn, als sie mit dem Patrón den Ehebund schloß. Es war eine Liebesheirat.« Aurelia hatte die näheren Umstände verdrängt und nahm einen genußvollen Zug aus ihrer Zigarette. »Ganz Fuego Fuego kam zur Kirche, um das glückliche Paar zu sehen.«

»Conchita hat mir davon erzählt, Madre.«

»Du hast die Schulzeit hinter dir und trittst ins Leben«, sagte Aurelia. »Wir werden uns unter den jungen Señores umsehen. Jeder wird sich glücklich schätzen, dich zum Altar zu führen.«

»Ich würde gerne das *bachillerato polivalende* machen«, sagte Pilar.

»Das *bachillerato?*« Aurelia ordnete in Eile ihre Gedanken. »Dazu müßtest du noch vier Jahre lernen. Das ist nur sinnvoll, wenn man studieren will.«

»Ich möchte gerne studieren, Madre.«

Aurelia ließ sich ihre Überraschung nicht anmerken. Die Zigarette schwebte eine Handbreit über dem Aschenbecher, der auf der Bettdecke stand.

»Und was, *mi pequeña santa?*«

»Veterinärmedizin«, sagte Pilar, »Tierheilkunde.« Sie hatte die Hände über den blauen Hosenbeinen ineinandergelegt.

Aurelia ließ mit seitlich geneigtem Kopf den Rauch zur Decke steigen. »Aber wozu? Du würdest nichts gewinnen, was du nicht schon hast.«

»Es wäre möglich«, sagte Pilar zögernd, »daß ich meine Kräfte eines Tages verliere.« Man mußte damit rechnen, daß Franziskus' Gnade nicht unerschöpflich war. »Dann würde niemand meine Arbeit tun.«

Aurelias Blick war abermals fortgeglitten und lag auf der letzten Ruhestätte ihres Mannes, die sie von ihrem Bett aus sehen konnte. Pilars Überlegungen waren nicht von der Hand zu weisen. Erst kürzlich hatte Umbre von dem ihr bekannt gewordenen Fall einer kindlichen Wunderheilerin berichtet, der mit Eintritt in die Ehe der Beistand des Himmels abhanden gekommen war. Die Finca konnte Pilars Dienste gebrauchen. Der Keller mußte für Nandos Holzschnitzereien umgebaut, der Laden in der Scheune dank Aranjas beflissener Geschäftsführung erweitert werden. Doch war dies nicht der Kernpunkt.

»Angel del Sur braucht einen Erben«, sagte Aurelia, Sebastianos Grab verlassend und zu dem Mädchen zurückkehrend, das aufrecht mit im Schoß gefalteten Händen auf der Bettkante saß. »Pepe und Pepe sind tot. Conchitas Ehe ist seit vierzehn Jahren kinderlos, und Junipero hat kein Interesse an Frauen. Wenn du das *bachillerato* machst und anschließend ein Studium absolvierst, bist du in einem Alter, in dem alle in Frage kommenden Burschen vergeben sind.«

»Machen Sie sich deswegen keine Sorgen, Madre«, sagte Pilar, ohne zu denken, als spreche eine fremde Stimme aus ihr.

Aurelia betrachtete ihr Enkelkind, das sich für ihre Tochter hielt, aufmerksam aus den Augenwinkeln. Wenn Pilar den Bruchteil ihrer eigenen Wesensart besaß, und es gab keinen Grund, daran zu zweifeln, war es denkbar, daß sie ihren Pfeil längst im Köcher hatte: Auch Aurelia hatte zu ihrer Zeit nicht gewartet, bis die Eltern ihr einen Kandidaten zugeführt hatten. Sie streifte den Rest Asche, der als graues Röllchen von der Zigarette hing, ab und dämpfte die Glut im Aschenbecher, ohne noch einen Zug genommen zu haben.

»Ich werde dich meinen Entschluß wissen lassen«, sagte sie und umfaßte die mädchenhafte Erscheinung, hinter deren Liebreiz sich ein beachtliches Maß an Seelenstärke verbarg, mit einem beifälligen Blick. Sie war zu der Auffassung gelangt, daß sie das Problem nicht allein und vor allem nicht ohne Stärkung zu lösen imstande war. »Schenk mir das Glas voll, Pilarita, *mi pequeña santa.* Du kannst mir später noch eine Flasche aus dem Keller bringen. Nimm dir das Geld aus der Schatulle, und laß mich nachdenken.«

Pilar gehorchte und drückte, ehe sie das Zimmer verließ, einen Kuß auf die porzellanfarbene, feingeäderte Schläfe ihrer Mutter, wobei sie sekundenlang vorgebeugt blieb, um den aus Aurelias Seidennachthemd aufsteigenden Duft nach Moschus, Minze und Tabak ein wenig länger zu genießen.

Im Anschluß an ihre Siesta gab Aurelia, die von den beiden in rauchige Schleier gehüllten Heiligen die Zustimmung zu ihren Vorschlägen erhalten hatte, das Resultat bekannt: Pilar solle den Kurs per Fernstudium absolvieren und in dieser Zeit der Finca zur Verfügung stehen. Später, wenn sie nach Burgos übersiedle, könne sie die Ferien für Heilungen nützen, und nach Beendigung des Studiums und der von Aurelia als fix angenommenen Eheschließung würde sich herausstellen, ob sie ihre Praxis auf natürliche oder übernatürliche Weise betreiben werde, was, sofern man die Sache diskret behandle, keinen Unterschied mache.

Nach Aurelias Mitteilung saßen Conchita und Pilar, die vier

weitere Jahre gewonnen hatten, bis zur Abenddämmerung an Sebastianos Grab. Zu Herbstanfang langte die Kiste mit Büchern aus der Hauptstadt an, und Pilar und Conchita nahmen ihre vertrauten Gewohnheiten wieder auf. Um die Weihnachtszeit brachte Junipero seine Schwestern anläßlich einer Prüfung Pilars in Burgos zu seiner Dependance in die Avenida Toledana, von der die beiden sich höchst beeindruckt zeigten. Conchita berührte nahezu alle ausgestellten Waffen und ließ sich den Garten wie den Gouverneurspalast ausführlich beschreiben.

Zurückgekehrt entschlossen sie sich, der wärmeren Jahreszeit und der größeren Anzahl der Bücher wegen, die Pferdedecke nicht mehr täglich hin und her zu tragen, sondern neben dem Feldstein liegenzulassen und, sobald Regen drohte, was Conchita mit untrüglicher Sicherheit vorherzusagen wußte, zusammengerollt in einem ausgehöhlten Eibenstamm, der sich an der Brückenzufahrt befand, zu verwahren. Während der Nächte, in denen die Decke unbenutzt unter dem schwarzen Himmel lag, begann die Azulita darauf Quartier zu nehmen, zuerst prüfend und vorsichtig, später spielerisch und unbekümmert. Wiederholt wechselte sie das Areal, allabendlich oder nachdem sie jeweils mehrere Nächte auf demselben Platz zugebracht hatte, als habe sie im Sinn, die Decke stückweise in Besitz zu nehmen. Tagsüber verkroch sie sich im kühlen Grün der Efeuranken und kam nur hin und wieder ans Licht, wobei sie stets zielstrebig auf Pilar zukroch, sich in losen Ringen um ihr Handgelenk legte, einige Minuten so verharrte und, nachdem sie sich wieder entrollt hatte, die Decke in Richtung Feldstein verließ. Pilar, zu Anfang etwas erschrocken, dachte schließlich, daß es die Azulita gewesen sei, die sie in jener Nacht in Rábida Alcazar zu Ramón geführt und dadurch mittelbar die Sinnesänderung ihres Heiligen sowie ihre Heimkehr nach Angel del Sur in die Wege geleitet habe. Auch versicherte Conchita ihr wiederholt, daß es nur das Feuer sei, das die Schlange fürchte, und daß sie Pilar auf diese Weise ihre Zuneigung bezeugen wolle.

Dank Pilars Tätigkeit am Engelstor konnte Nando kurz nach

Ostern sein im Keller gelegenes Studio beziehen und revanchierte sich dafür mit einer allerliebsten männerhandgroßen Holzfigur, die Pilar beim Heilen eines Hündchens zeigte. Die Arbeit nahm im Haus sowie am Bachbett ihren Fortgang, und da sowohl Conchita wie Pilar es vermieden, von der Zeit danach zu sprechen, hätte es ungestört so weitergehen können. Zu Beginn des folgenden Herbstes jedoch ergab sich eine neue Situation.

Mit dem Tod seiner Mutter war in Ramóns Leben eine tiefgreifende Wende eingetreten. Dies hatte zwei Gründe. Der eine war, daß Ramón zu lesen begonnen hatte.

Nach Eles Tod mußte die Auflösung des von der Verewigten geführten Geschäfts vorgenommen werden, was sich als schwieriges Unterfangen erwies. Der Kiosk war vom Fußboden bis unter das Dach mit Schreibwaren, Zeitschriften und Büchern vollgestopft, und wenn Vater und Sohn gedacht hatten, daß es sich hierbei um beliebiges Material handle, das man dem meistbietenden Trödler überlassen könne, mußten sie erkennen, daß sie sich geirrt hatten. Die Schul- und Büroartikel, die die Fächer füllten, bildeten nur den Blickschutz für das, was sich dahinter befand und sich bei näherer Durchsicht als eine mit System angelegte, wohlsortierte Bibliothek erwies. Abenteuerromane waren darin ebenso enthalten wie Familiengeschichten, Jugendbücher, Märchen und Kriminalerzählungen, Reiseberichte und medizinische sowie sonstige Fachbücher, und in einem hinter der Zeitschriftenwand angebrachten bis an die Decke reichenden Regal stieß Ramón, der sich mit seinem Vater der Dienstzeiten des Comandante wegen in den Aufräumarbeiten abwechselte, auf eine Sammlung von jeweils mehrteiligen, in Leder oder Leinen gebundenen Ausgaben spanischer Literatur wie Cervantes, Llosa, Jimenez, Ortega y Gasset und andere mehr.

Ramón, der wahllos in das Fach gegriffen hatte, hielt Jimenez' ›Platero‹ in Händen, begann, auf der zum Abtransport der Bücher bereitgestellten Kiste sitzend, zu lesen und stand nicht eher auf, als bis Platero gestorben war, sein Besitzer an seiner

Statt einen Esel aus Pappe erhalten hatte und sich zu Ende der letzten Geschichte entschloß, nurmehr für die Gegenwart zu leben.

Abends wunderte sich der Comandante, daß sein Sohn mit dem Einräumen der Bücherkiste nicht fertig geworden war, und als sich dieser Zustand am darauffolgenden Tag nicht änderte, da Ramón auf die ›Exemplarischen Novellen‹ von Cervantes gestoßen war, kam die Angelegenheit zur Sprache, und Bluna ließ die Bücherwand samt Inhalt durch Bigotazo unter Assistenz der Tenientes Maria José Camaro und Pedro Paco auf dem gemeindeeigenen Dreirad nach dem Pappdachhäuschen schaffen, wo sie zugleich mit dem aus dem Kiosk heimgekehrten Schaukelstuhl in Eles Schlafzimmer ihren Platz fand. Ramón verbrachte von da an täglich mehrere Stunden in dem gelbseidenen Schaukelstuhl und überließ sich der Verzauberung, die die neue und vielgestaltige Welt an ihn herantrug.

Wer mit dreizehn Jahren zu lesen beginnt, dessen Weltbild ändert sich unweigerlich. Ramón, dessen Sicht der Dinge bislang Schulbücher und Geschichten, in denen das Gute über das Böse siegt, entstammte, stieß auf neue Dimensionen, die sich ihm von Buch zu Buch lebendiger eröffneten. Als er sich nach zwei Jahren durch die Sammlung seiner Mutter gelesen hatte, bot ihm Doña Xaviera, die durch ihren Ehemann Bigotazo von Ramóns Leidenschaft erfahren hatte, die Bibliothek ihres verstorbenen Erstgemahls, Señor Gomez, an, welche sie in die Ehe mit Bigotazo eingebracht hatte und von der Ramón von da an häufig Gebrauch machte. Ohne daß er selbst es merkte, vollzog sich in ihm ein Wandel, der nicht nur die Gegenwart, sondern auch die von seinem Vater für ihn geplante Zukunft betraf. Der Gedanke, sein Leben in Kasernen und auf Exerzierplätzen zubringen zu müssen, verursachte ihm zunehmend Zweifel und Niedergeschlagenheit, und er fürchtete, in der vordem auch von ihm angestrebten Laufbahn fehl am Platz zu sein. Seine Vorbilder waren nicht länger El Cid und General Cortez, er wäre lieber Philosoph wie Ortega geworden, um die Welt nicht als Streiter, sondern kraft seiner Gedanken zu verändern. Hierzu kam der bereits erwähnte zweite Grund, der, wiewohl andersartigen Ursprungs, dennoch gravierend in dieselbe Kerbe schlug: Es war Ramón nach dem Tod seiner Mutter nicht möglich, eine Schußwaffe zur Hand zu nehmen.

Das hieß nicht, daß er den Stand des Soldaten geringschätzte oder nicht im Notfall, beispielsweise um Pilar zu schützen, zur Pistole gegriffen hätte. Doch um den Kampf und damit die Waffe zu seinem Lebensinhalt zu machen, fehlte ihm seit jenem Tag, da er auf Judas gefeuert und Santuza ihm ihre Beschuldigung ins Ohr gezischt hatte, die Bereitschaft.

Da er fürchtete, seinen Vater durch seine Sinnesänderung zu verletzen, behielt er diese vorläufig für sich und nahm sich vor, eine passende Gelegenheit abzuwarten. Gemeinsam mit Lucinda, die in dem frauenlosen Haushalt zeitweilig aushalf, verstaute er seine sieben Uniformen in einem versperrbaren Korb, der auf den Speicher gebracht wurde.

Inspector Bluna, der sich nach Verebben des ersten heftigen Schmerzes uneingeschränkt der Aufgabe, Ramón ein liebender und verantwortungsvoller Vater zu sein, zugewandt hatte, fand darin im Verlaufe der folgenden Jahre Trost und Freude und überwachte die Entwicklung des Sohnes in der Gewißheit, damit ein Vermächtnis Eles zu erfüllen. Er und Ramón bildeten eine Art Zweiermannschaft, in der jeder seine Pflichten und Rechte hatte und in der alles gemeinsam geplant und ausgeführt wurde.

Was Ramón geblieben war, war die Liebe zu schnellen Fahrzeugen, und da er regelmäßig Bigotazos etwas außerhalb der Stadt gelegenes Haus aufsuchte, um von Doña Xavieras Angebot Gebrauch zu machen, geschah es, daß Bigotazo den Inspectorito auf die eine oder die andere Dienstfahrt mit dem gemeindeeigenen Dreirad mitnahm und ihn auf geraden Strekken, wie der Akazienallee am Fluß, wo sich dereinst die Wege der schwangeren Ele und der schwangeren Conchita gekreuzt hatten, ans Steuer ließ.

An seinem sechzehnten Geburtstag nahm Ramón, der von seinem Vater die Sondergenehmigung erhalten hatte, seinen ersten Motorradunterricht in der Militärfahrschule der Fernando-Kaserne. Fünf Wochen später bekam er im Rahmen einer kleinen Feier in der Offiziersmesse, zu der er zum ersten Mal, seit er denken konnte, in Zivil erschien, zugleich mit zwei Rekruten, die von der Infanterie zur Meldefahrertruppe übergewechselt waren, die Lizenz zum Betreiben eines Kraftrades der Kategorie A, römisch zwei, Strich vier, ausgehändigt, wozu ihn sein Vater als erster Gratulant herzlich in die Arme schloß.

Fünf Wochen und einen Tag nach seinem sechzehnten Geburtstag bestieg Ramón vor dem Pappdachhäuschen seine Ossa und nahm den Weg durch die Akazienallee und anschließend auf der Staubstraße zwischen den Tafelbergen nach Angel del Sur.

Pilar hatte die erste Klasse zum *bachillerato* mit Vorzug absolviert und befand sich auf dem besten Weg, dies bei der nächstfolgenden zu wiederholen.

Ihr und Conchitas Programm war in großen Zügen das gleiche geblieben, nur hatte Conchita, die nach wie vor nach der gemeinsamen Hausarbeit mit ihrer Schwester zum Engelstor und dann zum Bachbett ging, eine zusätzliche Aufgabe erhalten, der sie mit Eifer und Freude nachkam. Umbre hatte auf Aurelias Geheiß neben dem Torpfosten der freistehenden Flügeltür, auf der Conchita zu sitzen und den wartenden Patienten Mut zuzusprechen pflegte, indes Pilar ihrer Arbeit nachging, ein Tischchen als Verkaufsstand postiert, auf dem die von Nando geschnitzten Holzfiguren ausgestellt waren. Es handelte sich hierbei hauptsächlich um Hunde und Katzen, die den Hauptanteil an Pilars Klientel ausmachten, doch hatte Nando sich die Mühe gemacht, nahezu jede ihm bekannte Hunderasse zu berücksichtigen, so daß es Wolfshunde, Terrier, Dachshunde, Boxer und sogar einige Windspiele gab, die allerdings selten zum Verkauf kamen. Desgleichen standen mehrere Vogelarten vom Papagei bis zur Singdrossel zur Verfügung, es gab Rhesusäffchen, Zierfische und Meerschweinchen, und einmal mußte Nando als Auftragsarbeit einen Leguan anfertigen, den ein Biologe in einem Terrarium hielt und den Pilar von lebensbedrohlichen Koliken befreit hatte, von denen er nach dem Verzehr einer durch Köder vergifteten Ratte befallen worden war. Den besten Absatz jedoch fanden die männerhandgroßen Statuen, die die Heilige von Angel del Sur selbst bei ihrer Tätigkeit darstellten und denen Nando besondere Sorgfalt angedeihen ließ.

An Pilars fünfzehntem Geburtstag hatte Umbre einen zwischen Sandplatz und Engelstor von mehreren Erntearbeitern unter ihrer Aufsicht errichteten Holzstoß, für den seit Monaten Reisig und Baumrinde gesammelt worden war, in Brand stecken lassen. Es war ein in ihrem Stamm gebräuchliches Initiationsritual für Mädchen, welchen eine besondere Gabe wie Heilsehen, Schattenlesen oder Warzenbesprechen eignete, und das die Geister bestimmen sollte, ihnen ihre Kräfte über den Eintritt ins Erwachsenenalter hinaus zu bewahren. Der Schein des Feuers hatte für Stunden den nächtlichen Himmel erhellt und war bis Fuego Fuego zu sehen gewesen, so daß Comandante Bluna die Tenientes Maria José Camaro und Pedro Paco zur Beobachtung abkommandierte. Diese machten sich auf dem Motorrad des letztgenannten auf den Weg, kehrten jedoch auf halber Strecke um und berichteten ihrem Vorgesetzten, es müsse sich um ein Freudenfeuer handeln, da niemand nach der Feuerwehr geschickt habe.

Wenige Wochen vor Pilars sechzehntem Geburtstag – Pilar hatte am frühen Nachmittag vier Hunde, sechs Katzen, eine Türkentaube und zwei Kanarienvögel geheilt und Conchita ebenso viele Holztiere zuzüglich zweier Holzfigürchen, Pilar darstellend, verkauft – saßen die Schwestern auf der Pferdedecke unterhalb des Feldsteins, dessen Efeubewuchs im Lauf der Jahre zu doppelter Dichte gediehen war. Der Unterricht war beendet, und Pilar las Conchita zum Abschluß wie immer noch ein wenig vor, in diesem Fall eine von Conchitas Lieblingsgeschichten, die davon handelte, daß der heilige Franziskus eine Woche lang nur vom Zirpen einer Zikade gelebt habe, als ein Geräusch zu vernehmen war. Es klang wie fernes Motorenknattern, das von der Staubstraße zwischen den Tafelbergen herkam. Pilar hielt im Lesen inne und wandte den Kopf in die Richtung, aus der sie es zu hören vermeinte.

Eine kleine Pause entstand, dann fragte Conchita: »Warum liest du nicht weiter, Pilarita?«

»Gleich«, sagte Pilar und begann nach der Seite zu suchen, die ihren Fingern entglitten war.

»Ist es wegen des Motorrades? Vielleicht hat sich wieder jemand hierher verirrt.«

»Vielleicht«, sagte Pilar, die die Seite wiedergefunden hatte, und las, nachdem sie ihre Stellung ein wenig geändert hatte, so daß die Brücke in ihrem Blickfeld lag, weiter.

Einige Minuten später kam Ramón in Sicht. Er saß im Sattel seiner Ossa, deren Motor er abgestellt hatte, und rollte, die Maschine mit den Beinen steuernd, über die abfallende Straße auf das Bachbett zu. Als er Pilars ansichtig wurde, zuckte sein Fuß kurz nach dem Bremspedal, und er tat einen tiefen Atemzug. Dann fuhr er lautlos weiter auf die Brücke zu, und indes Pilar beim Lesen unwillkürlich die Stimme hob, teils vor Erregung, teils um das Geräusch zu übertönen, stieg Ramón ab, klappte den Haltebügel nach unten und trat an das Brückengeländer, wo er, die Hände auf das Holz gestützt, stehenblieb.

Seine und Pilars Blicke begegneten sich über die Entfernung von etwa fünfzehn Metern. Er stand an der Stelle, an der sie ihn vor nunmehr vier Jahren das letzte Mal gesehen hatte, und seine Silhouette hob sich klar gegen den Himmel ab. Damals hatte die zu große Uniform seine Umrisse gezeichnet, diesmal trug er enge blaue Hosen, wie auch sie sie trug, ein weißes Hemd mit losem Kragen und einen sandfarbenen Bolero, dessen Knöpfe offenstanden. Seine Kleidung saß keinesfalls zu knapp, doch schien es Pilar, als ob sie ihn beenge und er nahe daran sei, sie zu sprengen. Auf den zweiten Blick bemerkte sie, daß seine Locken abgeschnitten waren und er das Haar trug wie ein Mann. Die Botschaft jenes Tages, da Ramón die Waffe gegen Judas gehoben hatte, erreichte sie und drang als scharfer, süßer Schmerz in ihr Inneres. Und da beider Blicke einander festhielten, erkannte Ramón, daß auch Pilar erwachsen war.

Er stand, die Hände auf das Holz gestützt, reglos, ohne den Blick von ihr zu nehmen, während sie sich dem auf ihren hochgezogenen Knien liegenden Buch zuwandte und stockend weiterlas. Als sie geendet hatte, half ihr Conchita, die Bücher und Hefte unter eine Ecke der Pferdedecke zu schieben, die Pilar anschließend mit einem abgesprungenen Stück des Feldsteins beschwerte. Als sie sich aufrichtete und Conchita das weiße Stöckchen mit den schon etwas verblaßten Bergnelken reichte, begann Ramón die Brücke zu überqueren. Drüben angekommen, setzte er sich im Schatten des Strauches, gegen den Conchita am Tag ihrer Erblindung gelaufen war und der sich zu stattlicher Größe erhoben hatte, in das trockene Riedgras, um Pilar zu zeigen, daß er auf sie wartete.

»Ist die Azulita hier?« fragte Conchita, die das Rascheln gehört hatte.

»Nein«, sagte Pilar wahrheitsgemäß und nickte Ramón, wie ehedem, fast unmerklich zu, bevor sie ihrer Schwester über die Böschung zum Sandweg folgte.

Pilar, vom Warten erschöpft, in unruhigen Schlaf gefallen, erwachte davon, daß die Azulita sich entrollte und von ihrem Arm glitt, wodurch dieser so leicht wurde, daß er sich von ihrem Körper zu lösen schien. Sie setzte sich auf ihrem Strohsack auf und blickte zum Fenster.

Das schrägfallende Mondlicht zeichnete die Gardinenschatten an die Innenseiten der Fensternischen. Die Nacht war noch nicht weit vorgeschritten. Aurelia lag der Wand zugekehrt im ersten Dämmerschlaf, was Pilar daran erkannte, daß das Glas auf ihrem Nachttisch, das sie gegen Mitternacht leerzutrinken pflegte, noch zur Hälfte gefüllt war. Sie erhob sich vom Strohsack, schlüpfte in ihre Kleider und verließ das Haus.

Vor dem Tor ringelte sich die Azulita in dem Strahl, den der oval geformte Mond über den Sandplatz warf.

»Ich weiß den Weg«, sagte Pilar. »Trotzdem, danke.«

Sie durchquerte das Engelstor und bog in den Weg nach dem Bachbett ein. Ramón stand an die Brüstung gelehnt, die Hände zu beiden Seiten aufgestützt, und sah ihr entgegen. Die Azulita kroch auf ihn zu und schlang sich vor seinen Füßen zu einem Ring.

»Du brauchst keine Angst zu haben«, sagte Pilar, »sie hat mich schon gekannt, ehe ich geboren war.«

»Ich habe dich auch gekannt, ehe du geboren warst«, sagte Ramón. Pilar blieb stehen. Ramón hatte sich von dem Holzbalken gelöst, ohne sich auf sie zuzubewegen.

»Es tut mir leid, daß es so lange gedauert hat«, sagte er, »ich habe erst gestern meine Fahrlizenz bekommen.«

»Du bist da«, sagte Pilar. Ihre Stimme klang, als sei sie einen Berg hinaufgelaufen.

Eine Pause entstand, in der Ramón sich darauf besann, daß es an ihm als Mann war, das nächste Wort zu finden. »Du mußt entschuldigen«, sagte er, »ich habe keine Ahnung, wie man mit einer Heiligen redet.«

Pilar mußte lächeln. Über Ramóns Gesicht flog ein Schatten.

»Nein, sei nicht böse«, sagte Pilar, »es ist nur, weil du denkst, daß du etwas falsch machen könntest.«

Ramón atmete kurz und heftig auf. Eine Frage fiel ihm ein, die er Pilar hatte stellen wollen. »Wie machst du es? Wie hast du es mit mir gemacht, in Rábida Alcazar?«

»Ich weiß es nicht genau«, sagte Pilar, »mir wird kalt, und meine Augen brennen.«

»Du hast Mitleid«, sagte Ramón. Sein Herz schlug so stark, daß er dachte, Pilar müsse es hören, ebenso wie er das ihre hörte. Der Nachtwind strich durch das Riedgras unterhalb der Brücke und weckte die Stimmen der verschieden langen Halme. Pilar fühlte, daß die Planken unter ihren Füßen erzitterten.

»Damals in San Cristóbal«, sagte sie, »als du durch die Luft geflogen bist, habe ich mir vorgestellt, daß du ein Engel wärst.«

»Damals in San Cristóbal«, sagte Ramón, »wußte ich, daß du meine Frau wirst.«

Ein Schauer von Glück überlief Pilar, so heftig, als sei sie krank, und einen Augenblick lang meinte sie zu sterben. »Ich kann nicht fort von hier«, sagte sie, »ich bin für die Zukunft von Angel del Sur verantwortlich.«

»Ich möchte Philosophie studieren«, sagte Ramón, »aber ich

brauche ein zweites Fach und konnte mich nicht entscheiden. Jetzt weiß ich es. Ich studiere Landwirtschaft.«

»Du wirst ein Patrón werden, wie mein Vater es war«, sagte Pilar.

Der Wind hielt den Atem an, und die Gräser verstummten. Die Azulita hatte lautlos ihren Platz unter dem Efeu aufgesucht.

»Wir werden jeden Tag mit unseren Kindern spielen, bis der Mond aufgeht«, sagte Ramón.

»Wenn wir alt sind«, sagte Pilar, »halten wir einander an den Händen, bis wir gemeinsam sterben.«

»Vielleicht wirst du deine Kräfte verlieren«, sagte Ramón.

»Ich werde Tierärztin«, sagte Pilar, »dann ist es nicht so schlimm.«

Sie hielt ihre linke Hand, die so leicht geworden war, daß sie meinte, sie würde davonfliegen, mit der rechten fest. Auch ohne den Blick von Ramón zu wenden, wußte sie, daß der Himmel über ihr aufgebrochen war und Gottes Herrlichkeit über ihr stand. Im Strafzimmer von Rábida Alcazar hatte es begonnen, und nun würde es so bleiben bis in den Tod.

»Morgen spreche ich mit meinem Vater«, sagte Ramón, »dann komme ich wieder, und wir sagen es deiner Mutter.«

»Jetzt verstehe ich«, sagte Pilar. »Jetzt verstehe ich erst.«

Ramón trat auf seine Ossa zu, klappte den Bügel hoch und griff nach der Lenkstange. »Warte hier morgen auf mich.«

Er stieg auf und drehte den Gasgriff. Pilar stand auf der Brücke und horchte dem leiser werdenden Geräusch des Motors nach, bis er jenseits der Kastanienpflanzung zwischen den Tafelbergen verklang.

»Ich habe mit Ihnen zu sprechen, Padrecito«, sagte Ramón nach dem Frühstück, das die beiden gemeinsam eingenommen hatten. Der Comandante, der nach seiner Mütze gegriffen hatte, legte diese wieder auf das Wandbrett.

»Was gibt es, mein Lieber?«

»Setzen Sie sich noch einen Augenblick, Padre«, bat Ramón.

»Mußt du nicht zur Schule?«

»Es ist noch früh«, antwortete Ramón, der nach der Begegnung im Flußbett keinen Schlaf gefunden hatte. Bluna musterte forschend das lebhafte Gesicht des Jungen, aus dem ihn die Augen seiner Frau so unverhüllt ansahen, daß es ihm noch nach all den Jahren ans Herz griff.

»Setz dich zu mir, mein Lieber«, sagte er. Er hatte sich vorgebeugt, wobei seine Hände ineinandergefaltet auf der von Ele eigenhändig umhäkelten Tischdecke aus gelbem Satin lagen.

»Danke, Padrecito. Ich stehe lieber.«

Bluna wartete. Ein Mann, der wie er Menschen befehligte, verhörte, bestrafte oder freiließ, war in der Lage, von Fall zu Fall zu erkennen, welche Form der Anteilnahme die hilfreichste war.

»Padrecito…«, begann Ramón.

Bluna hob den Blick ein wenig, um seine Aufmerksamkeit zu unterstreichen.

»Ich weiß, was ich Ihnen schulde«, sagte Ramón. »Sie haben mir Ihr Leben geopfert und tun es noch heute.«

»In Glücksfällen wird die Pflicht zu Freude«, sagte Bluna.

»Ich kenne die Pläne, die Sie mit mir hatten und die auch meine eigenen waren.«

»Waren?« fragte Bluna.

Ramóns Gestalt straffte sich kaum merkbar. »Padre, ich habe nachgedacht. Ich eigne mich nicht für die Laufbahn eines Offiziers.«

Bluna hatte es sich in seinem Berufsleben angewöhnt, niemals Überraschung zu zeigen und niemals sofort zu antworten. Einige Sekunden vergingen. »Ich könnte dich nach den Gründen fragen«, sagte er dann, »aber das scheint mir überflüssig, da du, wie ich meine, entschlossen bist.«

»*Esto es,* Padre. Sind Sie enttäuscht?«

»Ein Mann«, sagte Bluna »hat das Recht, seinen Weg zu gehen. Ich hätte dich gerne in der Uniform eines Comandante oder Coronel gesehen. Aber wenn du andere Pläne hast –«

»Ich habe Pläne, Padre«, sagte Ramón. Eine Blutwelle war ihm in die Stirn gestiegen.

»Pläne welcher Art, mein Lieber?«

»Ich werde Landwirtschaft studieren, Padre«, sagte Ramón. »Als zweites Fach Philosophie. In drei bis vier Jahren kann ich damit fertig sein. Ich werde den Beruf eines Landwirts ausüben. Ein Philosoph aus Frankreich sagt, man müsse seinen Platz dort ausfüllen, wo man vonnöten ist. Nein, lassen Sie mich aussprechen, Padre...« Er hatte die Hand gehoben und wandte sein offenes, bewegtes Gesicht dem Comandante zu. »In den nächsten Tagen werde ich Sie bitten, das Mädchen zu empfangen, das ich heiraten werde. Ich weiß, daß sie Ihnen gefallen wird. Ich weiß, daß Sie mich so glücklich sehen wollen, wie Sie es mit meiner Mutter waren, Padrecito.«

Bluna hatte sich in seinem Sessel aufgerichtet.

»*Dios*, mein Lieber«, sagte er, »*Dios grandioso*, welche Neuigkeiten!«

»Sie legen mir nichts in den Weg?«

Bluna hob abwehrend die Hände. »Mein Lieber«, sagte er, »mein Lieber!« Der Gedanke, daß Ele diese Stunde nicht miterlebte, ließ ihm die Brust eng werden, so daß er, im Begriff, aufzustehen und seinen Sohn zu umarmen, von einer der Rührung entsprungenen Schwäche auf dem Stuhl festgehalten wurde.

»Padrecito«, sagte Ramón, »auf ewig stehe ich in Ihrer Schuld. Sie werden Pilar in Ihr Herz schließen, sobald Sie sie gesehen haben. Sie ist ohne Vater aufgewachsen und wird glücklich sein, in Ihnen einen Vater zu finden.«

»Wer, sagst du?« fragte Bluna, der, durch seinen Schwächeanfall vorübergehend abgelenkt, bei dem von Ramón genannten Namen auf eine Gedankenspur gestoßen war. »Pilar?«

»Vielleicht erinnern Sie sich, Padre«, sagte Ramón. »Bei unserer Abfahrt aus Angel del Sur stand ein kleines Mädchen am Wagenschlag. Sie ist in Rábida Alcazar zur Schule gegangen und möchte Tierärztin werden.«

»Pilar Riéra«, sagte Bluna, dem der Schweiß auf die Stirn getreten war, »die Tochter des verstorbenen Patróns von Angel del Sur.«

»*Esto es*, Padre.«

»Du kannst Pilar Riéra nicht heiraten«, sagte Bluna.

Ramón starrte seinen Vater an. »Padrecito…«

»Jedes Mädchen der Welt, nur nicht Pilar Riéra«, sagte Bluna.

Ramón war blaß geworden. »Ich verstehe Sie nicht, Padre.«

Bluna stand so heftig auf, daß der Stuhl, den er zurückgeschoben hatte, hinter ihm auf dem Boden aufschlug.

Ramón wich bestürzt einen Schritt zurück. »*Todos los santos*, Padre, was ist Ihnen?«

Der Comandante war ans Fenster getreten, wo er, von Ramón abgewandt, stehenblieb. »Vergiß sie«, sagte er, »du mußt sie vergessen. Noch heute. Noch in diesem Augenblick.«

»Das kann ich nicht, Padre«, sagte Ramón, »Pilar und ich sind füreinander bestimmt. Ich weiß, daß Sie andere Pläne für mich hatten, aber…«

»Hör auf«, sagte Bluna, »hör auf, Ramón.« Es bereitete ihm Mühe zu sprechen, und er mußte mehrmals ansetzen, ehe es ihm gelang. »Du kannst Pilar Riéra nicht heiraten, weil sie deine Schwester ist.«

Ramón hörte die Worte, ohne ihren Sinn zu verstehen.

»Was meinen Sie, Padre«, sagte er, »wovon sprechen Sie?«

»Sie ist deine Schwester«, wiederholte Bluna. »Wollte Gott, es wäre nicht so. Aber es ist die Wahrheit.«

»Unmöglich«, sagt Ramón, dessen Herz heftig zu schlagen begonnen hatte, »unmöglich, Padre! Sie wissen nicht, was Sie sagen.«

Bluna wandte sich um. Sein Gesicht war grau, der Boden unter seinen Füßen schien zu wanken. Er griff nach dem Verschluß seines Uniformgürtels und hielt sich daran fest.

»Dios, Padre…«, sagte Ramón.

Bluna straffte seine Schultern und befahl sich Haltung. Dennoch drohte seine Stimme ihm den Dienst zu versagen, da er die Worte formte, die er bis ans Ende seiner Tage nicht hatte aussprechen wollen: »Ich bin nicht dein Vater, Ramón. Ich habe deine Mutter in der Stunde deiner Geburt geheiratet. Du bist der Sohn von Sebastiano Riéra, dem verstorbenen Patrón auf Angel del Sur.«

Beide schwiegen. Sekunden vergingen, dann Minuten. Die

Katze Fulvia, die den Tod ihrer Herrin überlebt hatte und in Erwartung etwaiger Frühstücksreste unter dem Schrank hervorgekommen war, zerrte am Hosenbein des Comandante, ohne daß dieser es merkte. Nach einer längeren Zeitspanne meinte zuerst der Comandante, später Ramón, das Schweigen brechen zu müssen, worauf jeder von ihnen zu einem Wort ansetzte, das jedoch in beiden Fällen ungesprochen blieb. Danach schwiegen sie abermals, diesmal in einer Art Einvernehmen, es dabei zu belassen. Schließlich tat die Uhr von San Cristóbal acht Schläge, und der Comandante bückte sich nach seiner Mütze.

»Ich muß zum Dienst«, sagte er und, sich in der Tür umwendend, mit brüchiger Stimme: »Gott schütze dich, mein Sohn.«

Es dauerte Minuten, bis Ramón sich aus seiner Starre gelöst hatte und einen Gedanken fassen konnte. Dann raffte er sich auf, warf der Katze, die ihm den Weg versperrte, ein Stück Eselsfleisch zu und verließ den Raum.

Im Haus sammelte er alle Kerzen und Kerzenreste, die er auffinden konnte und die zum Teil noch aus Eles Besitz stammten. Es waren insgesamt vierunddreißig, und er brachte sie in die Waschküche. Dort stellte er sie auf dem Steinboden auf, zündete sie an und bat Gott um Kraft. Danach schlüpfte er in seine Jacke aus Ziegenleder, holte seine Ossa aus dem Schuppen und fuhr nach Angel del Sur.

Pilar war nach dem Mittagessen, begleitet von Conchita, ans Engelstor gegangen, wo an diesem Tag fünf Patienten warteten, deren Heilung, wie sie bereits geahnt hatte, nicht gelang. »Kommen Sie morgen oder übermorgen wieder«, sagte sie zu den Besitzern der glücklicherweise nicht lebensgefährlich erkrankten Tiere, und zu Conchita gewandt: »Ich kann heute nicht lernen.«

Conchita, der dies nicht ungelegen kam, da sie auf diese Weise Nando in seinem Studio bei der Schnitzarbeit Gesellschaft leisten konnte, begann mit Hilfe ihres Stöckchens über den hartgetretenen Sandweg zwischen den Wiesenrändern dem Haus zuzugehen, indes Pilar den Weg zum Bachbett nahm. Der Tag war kühl und regenverhangen, und der Wind rüttelte an den Sträuchern, die vereinzelt oder in Gruppe den Wegrand säumten. Die Azulita hatte die Nacht auf der Pferdedecke zugebracht und während der Stunden, in denen der Mond von Horizont zu Horizont gewandert war, häufig den Platz gewechselt, ehe sie sich in der Morgendämmerung unter dem Efeu am Fuß des Feldsteins verkrochen hatte. Pilar, deren Herz seit der vergangenen Nacht so leicht war, daß ihre Schritte den Boden kaum berührten, lief über die etwas abfallende Straße dem Bachbett zu. Daß sie es nicht vermocht hatte, die Tiere zu heilen, hatte sie kurze Zeit bedrückt, doch meinte sie, daß ihre Kräfte wiederkehren würden, wenn sie erst ruhiger geworden war. Eine grüne Eidechse kreuzte ihren Weg, trödelnd der in der Luft liegenden Feuchtigkeit nachfühlend, und Pilar, deren Gedanken vorausgeeilt waren, verhielt im letzten Augenblick im Schritt. »Lauf«, sagte sie, »beinahe hätte ich dich gestoßen.« Das Tierchen blähte erschrocken seine durchsichtigen Nüstern und verschwand zwischen den Halmen am Wegrand.

Ramón stand auf der Brücke, breitbeinig, als suchten seine Füße Halt, den Kopf gesenkt, die Hände in den Taschen seiner Jacke vergraben. Als Pilar seiner ansichtig wurde, griff eine kalte Hand nach ihrem Herzen. Sie verlangsamte ihre Schritte und ging auf ihn zu. Als sie das Geländer erreicht hatte, an dem seine Ossa abgestellt war, blickte er auf. Sein Gesicht unter der kreolfarbenen Haut war blutleer, Schweißtropfen standen auf seiner Stirn.

Pilar blieb wie festgewurzelt stehen. »Was ist geschehen?« fragte sie.

Ramón hatte sich vorgenommen, Pilar nicht anzusehen, doch war ihm dies nicht möglich. Ein paar Augenblicke vergingen, ehe er sprach.

»Wir dürfen einander nicht wiedersehen.«

Pilar schüttelte den Kopf, als habe sie ihn nicht verstanden.

»Ich bin dein Bruder«, sagte Ramón.

Auf Pilars Stirn entstand eine steile Falte, als habe sie seine Worte nicht begriffen und müßte darüber nachdenken.

»Du bist meine Schwester«, sagte Ramón, als wäre dies für sie leichter faßbar.

»Nein«, sagte Pilar.

»Dein Vater Sebastiano Riéra war auch mein Vater.«

»Nein«, sagte Pilar, »das wüßte ich.«

»Man hat es dir nicht gesagt.«

»Ich wüßte es auch so«, sagte Pilar. »Ich bin dir als Frau bestimmt. Ich würde es fühlen, wenn es anders wäre.«

Der Wind griff in das Riedgras unterhalb der Brücke. Die Melodie, die er hervorbrachte, hatte einen anderen Klang als tags zuvor.

»Sieh mich an«, sagte Ramón. »Wir haben bisher nicht darauf geachtet: Wir sehen einander ähnlich.«

»Du ähnelst meinen Brüdern«, sagte Pilar, die Augen auf ihn geheftet, mit leichtem Zögern, da sie überlegte, welche Bewandtnis es damit haben könnte, und fügte, da sie zu keinem Resultat gekommen war, hinzu: »Das ist Zufall.«

»Kein Zufall«, sagte Ramón, der Pilars Zögern falsch deutete. Ein Schüttelfrost überfiel ihn, und er versuchte zu verbergen, daß seine Zähne aufeinanderschlugen. Wären sie im Besitz der Wahrheit gewesen, hätten sie gewußt, daß es gegen eine Verbindung zwischen Vetter und Cousine, die sie in Wahrheit waren, keinen ernsthaften Einwand gegeben hätte. Die einzige Person jedoch, die ihnen dazu hätte verhelfen können, wäre Ramóns Mutter Ele gewesen, die vermeintlich an den Folgen des Schusses auf den hölzernen Judas, in Wahrheit aber an der Liebe zu ihrem Mann gestorben war.

Pilars Handgelenk schmerzte vom Druck des Doppelreifs, in ihren Augen brannten ungeweinte Tränen. In dem Wunsch, Ramóns Leid zu lindern, tat sie einen Schritt auf ihn zu und hob, ohne es zu merken, die Hand.

»Nein, berühre mich nicht«, sagte Ramón und wich vor ihr zurück, »sonst lasse ich dich nicht mehr los, und es gibt Dinge, die Gott in alle Ewigkeit nicht verzeiht.«

»Meine Liebe für dich hat Gott mir gegeben.«

»Dann hat Gott geirrt«, sagte Ramón in verzweifeltem Trotz.

»Gott irrt nicht«, sagte Pilar.

Ramón schloß die Hände hinter sich um das Brückengeländer, daß seine Knöchel weiß hervortraten. »Es gibt keinen Weg«, sagte er. »Jede Tür, die wir aufstoßen, müssen wir wieder zuschlagen.«

»Wir könnten fortgehen«, sagte Pilar, »irgendwohin, wo niemand davon weiß.«

»Mein Vater weiß es«, sagte Ramón. »Ich weiß es. Und du weißt es.«

»Ich glaube nicht. Es ist nicht wahr«, sagte Pilar.

Sich am Holzgeländer entlangtastend, begann Ramón sich auf seine Maschine zuzubewegen. Pilar machte, ohne es zu merken, eine Bewegung, um ihn aufzuhalten.

»Bleib, wo du bist«, sagte er, sich Schritt um Schritt von ihr entfernend. »Um deiner Seele willen.«

Der Wind hatte sich erhoben und stieß in kurzen Böen gegen die Brücke. Ramón hatte die Maschine erreicht und den Motor gestartet. Pilars Herz drohte stillzustehen, als er sich in den Sattel schwang.

»Es ist nicht wahr«, sagte sie.

»Du gehörst mir«, rief er ihr durch das aufdröhnende Knattern zu, »ich gehe, um dich zu behalten.«

»Es ist nicht wahr«, schrie Pilar gegen den Wind, der ihr die Worte vom Mund riß.

Ramón hatte Gas gegeben, und die Maschine preschte mit schleudernden Reifen bergan. Auf der Höhe der Böschung hob er, ohne sich umzuwenden, die Hand. Dann raste er mit aufheulendem Motor über die Staubstraße auf die im Grau verschwimmende trapezförmige Kastanienpflanzung zu.

Pilar, die seinen Platz am Geländer eingenommen hatte, stand still, bis das Geräusch zwischen den Tafelbergen verklungen war. Das Holz unter ihren Fingern war warm von Ramóns Händen, und sie dachte, daß dies das letzte sei, das ihr von ihm bleibe, und daß im großen Daseinsgefüge ein furchtbarer Irrtum geschehen sein müsse. Sekundenlang horchte sie hinaus, in der Hoffnung, daß noch ein Ton des Motorradgeräusches zu ihr herüberdringen werde, doch es war jenseits der Berge verstummt, und Ramón, der ihr zum Mann bestimmt war und der mit ihrer beider Kinder jeden Tag hatte spielen wollen, bis der Mond aufging, war auf dem Weg in ein Leben ohne sie. Ein Schauer überlief sie, der Wind riß an ihrem Haar und ihren Kleidern, und sie verließ den Platz am Geländer und stieg die wenigen Schritte hinab in das Bachbett, um im Windschatten der Brücke etwas Schutz zu finden. Auf der Pferdedecke neben dem Feldstein schlang sie die Arme um die hochgezogenen Beine und versuchte sich zu vergegenwärtigen, was geschehen war und was zu tun blieb. Sie erwog, Aurelia zu fragen, doch wenn Sebastiano eine außereheliche Verbindung gehabt haben sollte, wäre seine Frau vermutlich die letzte, die davon wußte. Die Wolken hatten sich zu einer grauen Decke verdichtet, der Wind war im Bachbett kaum fühlbar. Pilar versuchte mit aller Kraft, die auf sie einstürzenden Bilder aufzuhalten, die sie hinderten, einen klaren Gedanken zu fassen. Es konnte nicht sein, daß Ramón und sie in derselben Welt lebten, ohne Mann und Frau zu sein. Es mußte eine Lösung geben. »Hilf mir«, sagte sie zu dem fluoreszierenden Umriß, der reglos über ihr in der Wolkenwand stand, »hilf mir, Franziskus.«

Sie griff, wie immer, wenn es ihr schwerfiel, ihre Gedanken zu ordnen, in die Tasche ihrer Leinenhosen, holte die weißblaue Packung hervor, entnahm ihr eine Ducado und setzte eines der flachen Streichhölzchen in Brand.

Ein schmaler Schatten schnellte aus dem Efeugeäst und verbiß sich in die Innenseite ihres Handgelenks, wo die Schlagader bläulich pulsierend unter der Haut lag. Pilars Körper zuckte auf und glitt zurück auf die Decke, wo er, den Kopf unterhalb des Feldsteins, liegenblieb. Pilar hatte nichts als eine sanfte Berührung an ihrem Puls gefühlt, jedoch im Zurückgleiten das Empfinden gehabt, als schlinge sich der Reif, den sie an ihrer Hand trug, seit sie denken konnte, zugleich um eine zweite Hand, die ihr bestimmt war und die sie nun nicht mehr loszulassen brauche, weil ihr und Ramóns Leben in diesem Augenblick begann. Das letzte, was sie wahrnahm, war, daß Franziskus sie erhört und ein Loch in die Wolkenwand gerissen hatte und daß Gottes Angesicht über ihr stand.

Wenige Augenblicke später löste sich der Schatten und verschwand, zwei winzige Blutstropfen auf Pilars Haut hinterlassend, unter den Blättern. Es war die Stelle, an der die Schlange vor nunmehr siebzehn Jahren das Leben des ungeborenen Kindes in dem von Umbre betäubten Leib Conchitas vor dem Ausgelöschtwerden bewahrt hatte.

Ramón hatte die Berge hinter sich gelassen und befand sich auf der Einfahrtstraße nach Fuego Fuego, die wenige Meter hinter der Brücke, welche die beiden Ortsteile miteinander verband, auf die Uferallee traf. Die Reifen schütterten auf dem steinigen Boden, und Windböen griffen, bald von der einen, bald von der anderen Seite, nach der Maschine, so daß Ramón kräftig gegensteuern mußte, um nicht aus der Spur zu kommen. Pilars letzte Worte klangen ihm im Ohr. Er wußte, daß es keine Hoffnung gab, doch tat es ihm seltsam wohl, sie zu wiederholen, als ob dadurch etwas zu ändern sei. »Es ist nicht wahr«, rief er dem Wind zu, der an seinen Haaren zerrte, rief es durch das Dröhnen des Motors dem ausgerollten Band der Straße entgegen, das gelb und sandig auf ihn zuglitt und unter seine Räder flog. In seiner Brust brannte es, und er riß die Jacke auf, um den Fahrtwind besser zu fühlen. Da er die Brücke passierte, um in die Uferallee einzubiegen, begannen aus den tiefer gesunkenen Wolken einzelne Tropfen zu fallen.

Er sah Pilar vor sich, wie sie mit ihren dunklen Augen zu ihm in die Kuppel von San Cristóbal aufblickte, wie sie mit ihm an Sebastianos Grab am Fuß der Olivenpflanzung saß und ihm beim Abschied am Wagenschlag wortlos die Frage nach seiner Wiederkehr stellte. Er sah den Blick, mit dem sie ihm inmitten des Tumults auf dem Rathausplatz sagte, daß die Botschaft seiner Tat sie erreicht hatte, und fühlte ihre Berührung in dem Stahlrohrbett des Strafzimmers von Rábida Alcazar.

In der kerzengeraden, zu beiden Seiten von Pinien gesäumten Allee drehte er am Gasgriff, wie er es einst heimlich unter der schützenden Hand des Padre Felipe getan hatte. Der Motor brüllte auf, die Nadel in dem metallenen Halbrund des Tachometers stieg rasch und stetig nach rechts und zuckte schließlich im letzten Teil des Feldes. Inmitten des losbrechenden Gewitters fühlte Ramón, daß seine linke Hand so schwer wurde, daß er sie kaum auf der Lenkstange zu halten vermochte. Es war, als zöge jemand daran, und da er durch den stürzenden Regen den Blick darauf richtete, sah er, daß eine blaue Schlange sich um sein Handgelenk wand. Ein heißer Schlag durchzuckte sein Herz, er hörte Pilar sagen: »– sie hat mich schon gekannt, ehe ich geboren war.«

»Ich hab' dich auch gekannt, ehe du geboren warst«, sagte Ramón, und da es Pilars Hand war, die nach ihm gegriffen hatte und mit der er durch den Reif unauflöslich verbunden war, hob er seine Hand von der Lenkstange, um es ihr leichter zu machen.

Ein Sturmstoß, von Ramón nicht ausgeglichen, erfaßte die Ossa und brachte die Maschine ins Schleudern. Sie hielt sich noch einige Zeit auf der Straße, wobei sie, mit auf höchster Drehzahl laufendem Motor, mehrmals die Seite wechselte, doch gab es auf der glatten Fahrbahn kein Halten, und die Tachometernadel tanzte noch immer im oberen Teil des Feldes, als das Gefährt frontal gegen einen Alleebaum stieß.

Bigotazo fand Ramón wenig später, nachdem das Gewitter sich verzogen hatte und er sich nach Dienstschluß auf dem Heimweg befand. Er lag auf der Böschung zwischen Straße und Uferweg und sah äußerlich unverletzt aus, doch nachdem Bigotazo per Funk einen Rettungswagen herbeigerufen und Ramón in das Hospiz von Rábida Alcazar hatte bringen lassen, erklärte der erschütterte Doktor Bravo, daß der Tod augenblicklich eingetreten sein müsse. Stundenlang wagte niemand, es dem Comandante mitzuteilen, bis Bigotazo sich in den Abendstunden auf den Weg machte. Zuvor hatte er den Tenientes Maria José Camaro und Pedro Paco den Auftrag erteilt, die Ossa, die unweit einer von der Gemeinde aufgestellten Uferbank auf dem Promenadenweg lag, zu bergen und zugleich eine Skizze des Unfallortes für das Protokoll anzufertigen. Es war die Stelle, an der Ramón und Pilar sich vor nunmehr siebzehn Jahren anläßlich der Begegnung von Conchita und Ele in ihren ungeborenen Körpern einander zugewandt hatten.

»Warum hast du mich hierhergebracht?« fragte Aurelia die Schlange, die, den Kopf über den Schwanz gelegt, als regloser Ring unter dem Mond lag. »Was soll ich hier?« Die Schlange antwortete nicht, und Aurelia fuhr aus ihrem Schlummer hoch. Ihr Traum hatte sie an die Holzbrücke geführt, die sie vor mehr als einem Vierteljahrhundert überquert hatte, als sie, neben Junipero auf dem Kutschbock sitzend, vor sich den Wagen mit dem zerlegten, durchnäßten, von ihrem violetten Kaschmircape notdürftig bedeckten Jakobus auf Angel del Sur eingezogen war. Die Brücke führte über ein ausgetrocknetes Bachbett, und Aurelia hatte das, wie vieles andere, vergessen, doch war mit dem Traum die Erinnerung wiedergekehrt. Da sie hoffte, daß die Azulita sich später ein Nest auf ihrem Bauch machen würde, stützte sie sich hoch und drehte das Licht auf ihrem Nachttisch an, um zu sehen, ob die Schlange sich im Zimmer befand. Als sich ihre Augen an die Helligkeit gewöhnt hatten und sie jeden Winkel durchforscht hatte, ohne einen Schatten der Azulita zu entdecken, beschloß sie, die Zeit bis zum Abendessen zu einem Gespräch mit Jakobus zu nutzen, da sie sich sonderbar bedrückt fühlte und seines Zuspruchs bedurfte.

Sie ließ sich, um ihren Heiligen in voller Größe vor sich zu haben, in die Kissen zurückgleiten und faltete die Hände, als sie nach dem ersten nach oben gerichteten Blick mit einem Aufschrei hochfuhr: Obwohl die Nachttischlampe ihr gelbes Licht gleichmäßig über den Raum ergoß, waren die Umrisse des heiligen Franziskus von der Zimmerdecke verschwunden, als wären sie nie dort gewesen.

Die Familie war mit Ausnahme von Pilar, die noch erwartet wurde, in der Küche versammelt, die Abendmahlzeit, ein mit Maronen und blauen Oliven zubereitetes Kaninchen, eine Buchweizentortilla für Pilar und eine bereits auf dem Servierbrett angerichtete Kaninchenkeule mit Paprikaschoten für Aurelia, stand bereit. Als die Tür sich öffnete, meinten alle, es sei Pilar, und erst als Umbre einen gellenden Schrei ausstieß und an die Herdkante zurückwich, folgten die anderen ihrem Blick. Aurelia, ihr violettes Kaschmircape übergeworfen, auf ihren Regenschirm gestützt, stand auf der Schwelle.

»Was gibt es?« fragte Conchita. Keines der Familienmitglieder antwortete, da alle einen Geist zu sehen meinten.

»Patrona«, stieß Umbre hervor, nachdem sie die Sprache wiedergefunden hatte, »was, um der allerheiligsten Hostie willen, ist geschehen?«

Aurelia hatte nach dem Türstock gegriffen. Ihre blicklosen Augen durchdrangen die Wand. »Pilar, unsere kleine Heilige, unsere Pilarita ist tot«, sagte sie, ehe der Regenschirm ihr entfiel und sie auf der Türschwelle ohnmächtig zu Boden sank.

Ramón und Pilar wurden getrennt begraben, da niemand außer dem Comandante, der darüber schwieg, die Zusammenhänge kannte. Ramón wurde auf dem Friedhof von San Cristóbal im Grab seiner Mutter bestattet, indes Pilar ihre letzte Ruhestätte an der Seite Sebastianos am Fuße der Olivenpflanzung fand.

Der Schülerchor des Klosters Rábida Alcazar unter der Leitung von Schwester Fidelis hatte sich vollzählig auf dem Friedhof von San Cristóbal eingefunden und sang, verstärkt durch drei Altstimmen aus der Schwesternschule, »O Lamm, so weiß und unschuldsvoll« und »Trost in allen Leiden suche« sowie den Kanon »Laut tönen alle Himmel weit«, während die Beisetzung erfolgte. Ganz Fuego Fuego war erschienen, um dem auf so tragische Weise ums Leben gekommenen Inspectorito die letzte Ehre zu erweisen. Fidelis' Tränen flossen insbesondere während des Kanons so reichlich, daß sie ihr den Blick trübten und einige Einsätze nur dank der Geistesgegenwart der Schwesternschülerinnen zum richtigen Zeitpunkt erfolgten. Doña Xaviera, ein Riechfläschchen sowie die Bibel an die Brust gedrückt, klammerte sich wankend an ihren Ehemann Bigotazo, dessen Schnurrbartspitzen zitterten. Padre Felipe drohte während der Einsegnung die Stimme zu versagen, und Lucinda schluchzte ob der vermeintlich entgangenen Ehechancen für ihre Töchter heftig in ihr Taschentuch. Als Abgesandter der Finca Angel del Sur war deren Patrón erschienen, und die Trauergemeinde hielt den Atem an, als der Comandante, nahezu unfähig, Schritt vor Schritt zu setzen, auf den Arm seines einstigen Rivalen gestützt, eine Schaufel Erde aus dem Garten des Pappdachhäuschens in das Grab warf, in dem schon seine Frau lag.

Im Anschluß an das Begräbnis suchte Bluna, der jede Begleitung und jede Hilfe abgelehnt hatte, die Polizeistation auf. Er hatte noch nicht angefangen, sich die ungezählten leeren Tage vorzustellen, die vor ihm lagen, doch fühlte er dumpf, daß sie im Hinterhalt lauerten, um sich in unerbittlicher Abfolge auf ihn zu stürzen. Er öffnete die Lade, in der die Schnur lag, die Ele seinerzeit, neben ihm auf dem Sessel stehend, mit der Papierschere durchgeschnitten hatte. Sekundenlang hielt er sie in der Hand und überließ sich dem tröstlichen Sog, der davon ausging. Dann besann er sich, daß Gott ihm mehr geschenkt habe, als er je vom Leben erwartet hatte, und daß er ihm dies danken müsse, indem er den Platz, an den er von ihm gestellt worden war, ausfüllte.

»Todo por la patria«, murmelte er, indes die Tränen über seine Wangen liefen, und nachdem er die Schnur in die Lade zurückgelegt und diese geschlossen hatte, setzte er sich an den Schreibtisch, um den Dienstbefehl des folgenden Tages für die Tenientes Maria José Camaro und Pedro Paco zu unterzeichnen.

Aurelia hatte Anweisung gegeben, strengstes Stillschweigen über Pilars Tod zu bewahren, um die Anwesenheit Fremder bei dem Begräbnis der Heiligen, das einen Tag nach dem Ramóns stattfand, zu vermeiden. So war nur Padre Felipe verständigt worden, der sich jedoch im Hinblick auf sein Alter und die vorangegangene Erschütterung zu schwach fühlte, den weiten Weg zu machen, und den Vicario auf seiner Motoguzzi, an der im Verlauf der Jahre alles bis auf den Rahmen ausgetauscht worden war, entsandte. Zur Ordinationsstunde wurde Aranja an das Engelstor geschickt, um den Besuchern mitzuteilen, daß die Heilige einer Fußverletzung wegen verhindert sei und es ein paar Tage dauern werde, bis sie ihre Tätigkeit wiederaufnehmen könne.

Am Nachmittag ließ Aurelia sich von Umbre und Aranja ein schwarzes Seidenkleid überziehen und die schwarze Mantille über das mit der Peineta hochgesteckte Haar legen. Nando und Junipero trugen sie auf einem Lehnstuhl, den sie nach Art der Möbelträger mit über die Schultern gezogenen Schlaufen transportierten, an den Begräbnisort am Fuß der Olivenpflanzung, wo der Vicario Pilar an der Seite ihres Vaters, der in Wahrheit ihr Großvater gewesen war, einsegnete. Bevor der Sarg in die Tiefe gesenkt wurde, legte Conchita das holzgeschnitzte Wildschwein, Nando ein Bildnis Pilars bei der Heilung eines Kätzchens, Aranja ein Paar von Pilars blauen Hosen, Umbre das Medaillon mit den Haaren ihres toten Geschwisterchens, den drei Haaren der von Pilar geheilten Ziege und der Locke des heiligen Anselmo von den Häusern und Aurelia den Schirm, mit dem sie an das Heizungsrohr zu klopfen pflegte, zum Zeichen, daß sie nie wieder das Bett verlassen und nie wieder einen Wunsch äußern werde, auf den von Junipero mit blühenden Olivenzweigen besteckten Schrein. Conchita, die ein schwarzes Tuch über den Kopf gelegt hatte, um ihre vom Weinen geschwollenen Augen zu verbergen, mußte, während jeder der Anwesenden Pilar eine Schaufel Erde auf den Weg gab, gestützt werden, da es aussah, als würde sie vornüber in die Tiefe stürzen.

Conchita pflanzte noch am gleichen Abend einen Stock Schattenrosen, die an der Nordseite des Hauses wuchsen, wohin sich kein Sonnenstrahl verirrte – das Fenster, aus dem Pepe el Rubio Aranja auf das Sims gefolgt war, lag auf dieser Seite –, und die die Farbe von Asche hatten, auf Pilars Grab. Die Rosen nahmen in der Folge aufgrund der intensiven Sonnenbestrahlung eine andere Farbe an, was jedoch ohne Bedeutung blieb, da Conchita es nicht sehen konnte.

Des Abends, nachdem Aurelia von Umbre und Aranja entkleidet und zu Bett gebracht worden war und Aranja sich nach Abhalten der Abendandacht in ihre Kammer zurückgezogen hatte, sagte Aurelia, die es haßte, allein in einem Zimmer zu schlafen, zu Umbre, die mit gefaltetem Capote demütig auf der Türschwelle stand: »Du kannst deine Sachen aus der Herdnische holen, du wohnst wieder hier.« Umbre eilte, um ihre wenigen Habseligkeiten in das Altarzimmer zu schaffen, und als die Nacht hereinbrach, starrte Aurelia mit über der Brust gekreuzten Händen zur Decke, wo die weiße Fläche an der Seite Jakobus' nicht den geringsten Hinweis darauf gab, daß sich dort je etwas befunden hatte, indes Umbre, den Rücken gegen die Wand gelehnt, auf dem Strohsack saß und mit ihren engstehenden Augen den Raum ausmaß, den sie ab nun mit ihrer Herrin teilen würde, bis der Tod sie schied.

Junipero, der die Stille auf Angel del Sur nicht zu ertragen meinte, rang zwischen den Ölfässern in seinem Büro nächtelang mit einem Entschluß. Die Großstadt hatte von ihm Besitz ergriffen, und er wünschte seinen Standort zur Gänze nach Burgos zu verlegen, wo das geschäftliche wie das gesellschaftliche Leben seinen Vorstellungen von einer gleichwohl nützlichen wie angenehmen Existenz entsprach. Ferner hatte der Gouverneur, der ihm herzlich zugetan war, ihm den Vorschlag gemacht, seine Wohnung an der Avenida Esteban zu verkaufen und einen seit längerer Zeit leerstehenden Trakt in seinem Palast in der Via Toledana zu beziehen, den er nach Juniperos Wünschen für diesen zu adaptieren bereit war. Auch würde man das Geschäftslokal an der Gartenpforte vergrößern und ausbauen lassen, welches Arrangement den Vorteil hätte, daß Junipero sich in unmittelbarer Nähe seines Tätigkeitsfeldes befände und dennoch für Gesellschaften, Jagden oder Gespräche in der Bibliothek abrufbar wäre.

Schließlich packte Junipero die auf dem Speicher befindlichen Geschäftspapiere in eine Schachtel, ließ die im Laden vorhandenen Waffen, die zufolge Aranjas Geschäftstüchtigkeit nur mehr einen Bruchteil des Warenlagers ausmachten, auf seinen Wagen laden und handelte in Kürze mit Aranja einen Vertrag aus, wonach er ihr den Laden zur freien Verfügung überließ und sie sich auf Lebenszeit verpflichtete, die Hälfte des von ihr erzielten Reingewinns an die Finca abzuführen.

Nachdem er Conchita, deren Obhut er entbunden war, liebevoll umarmt, seinem Schwager die Hand geschüttelt und seiner Mutter mit der Versicherung, er werde zu jedem Festtag, so es sich arrangieren lasse, pünktlich auf Angel del Sur eintreffen, die bleiche Schläfe geküßt hatte, schwang er sich auf den Kutschbock und gab dem Pferd die Zügel, wobei nicht verschwiegen werden soll, daß sein Herz mit jedem Meter, den er sich von der Finca entfernte, leichter wurde.

Conchita saß, das Gesicht mit den blinden Augen der Sonne zugekehrt, jeden Tag mehrere Stunden lang am Grab Pilars, die ihr Kind gewesen war, ohne daß sie es gewußt hatte. Nando, der ihrem Schmerz hilflos gegenüberstand, versuchte sie abzulenken, doch war dies schwierig, da der tägliche Gang zum Flußbett ausfiel und die Holzschnitzerei, bei der Conchita ihm gerne Gesellschaft geleistet hatte, überflüssig geworden war. Schließlich waren Conchitas Augen so verschwollen, daß sie während der Arbeit im Haus ständig ein Tuch über dem Kopf trug und vor jedermann, auch vor Nando des Abends in Sebastianos getäfeltem Zimmer, ihr Gesicht verbarg.

»Sie müssen zu weinen aufhören, Señora«, sagte der herbeigerufene Doktor Bravo, »die Tränen verätzen Ihre Augenlider. Wenn Sie die Augen nicht mehr schließen können, bekommen Sie Kopfschmerzen, die Sie um den Verstand bringen.«

Conchita fuhr fort, an Pilars Grab zu sitzen. Nando, in äußerster Sorge um seine Frau, hatte zusätzlich ein schlechtes Gewissen: Es war unrecht, einer Frau zu verschweigen, daß sie ein Kind geboren hatte.

Er dachte, daß er es ihr eines Tages sagen würde, nicht jetzt, da es ihr Leid vergrößert hätte, aber wenn sich die Gelegenheit dazu ergab. Ein Gedanke war in ihm aufgekeimt, der, wenn auch vorerst unklar, in seinem Herzen Wurzeln geschlagen hatte.

Nach wie vor kamen Besucher mit ihren kranken Tieren an das Engelstor und wurden von Aranja weggeschickt, doch kehrten sie wieder, und schließlich ließ Aurelia ein Schild mit der Aufschrift ›Tierheilungen wegen Todesfalles abgesagt‹ am Torflügel anbringen.

Etwa eine Woche nach Pilars Tod kam ein Fischhändler aus San Eresmo mit seinem Foxterrier, der in einem unbeobachteten Moment im Laden einen vom Verkaufspult gefallenen Fisch gefressen und sich mit der Rückengräte den Darm verletzt hatte. Er saß bis zum Abend am Tor, als könne er Pilars Erscheinen damit erzwingen, und als das Tier kurz nach Sonnenuntergang verschied, blieb er, den Hund im Schoß, an den Torpfosten gelehnt sitzen. Am Morgen stand er auf und ging, den Hund auf den Armen, durch das Engelstor über den Sandweg auf das Haus zu und weiter, als suche er einen Platz, wo er seinen Hund in der Nähe der Heiligen, die ihm nicht mehr zu helfen vermocht hatte, zur Ruhe legen könne. Schließlich entdeckte er zu Füßen des Olivenberges das frische Grab, griff nach dem Spaten, der unweit davon in der Erde steckte, schaufelte ein wenig abseits eine kleine Grube, in der er seinen Terrier bestattete, und pflanzte aus den weißen Olivenholzstämmen, die er im Vorbeigehen an der Hauswand gesehen hatte und die aus Nandos nicht mehr benutzter Werkstätte stammten, ein Holzkreuz darauf. Aurelia, deren erster Blick nach dem Erwachen Pilars Grab galt, sah den Mann an der Arbeit und beauftragte Umbre, ihn zu ihr zu bringen. Als der Fischhändler seine Motive dargelegt hatte, meinte Aurelia, sie habe nichts dagegen, nur müsse der Hygiene halber ein Zinnsarg besorgt werden, wozu sich Aranja, die in Aurelias Auftrag bereits wegen des Engelstors mit dem Schmied in San Eresmo in Kontakt stand, erbot.

Am folgenden Tag wurden zwei Katzen und ein Kanarienvogel bestattet, und Aranja bestellte drei weitere Zinnsärge, dazu ein Dutzend verschiedener Größen auf Vorrat. Nach einem Monat gruppierten sich etwa dreißig kleinere und größere Holzkreuze um die Gräber von Sebastiano und Pilar, und Aranja ließ zwei Olivenbäume schlägern, um das Holz für die Neuankömmlinge bereitzustellen. Nach Ablauf eines weiteren Monats, in welchem der Zustrom nicht abriß, wurde das Schild ›Juniperos Texasshop und Holzschnitzerei‹ seiner mangelnden Aktualität wegen abgenommen und durch ein von dem Kunstschmied in San Eresmo angefertigtes mit der Aufschrift ›Juniperos Holzkreuze und Zinnsärge‹ ersetzt, was dem Stand der Dinge ebenfalls nicht entsprach, jedoch Aranjas Loyalität gegenüber Junipero, der dem Laden nun einmal seinen Namen gegeben hatte, zum Ausdruck bringen sollte.

Aranjas Weitblick hatte nicht getrogen, und die verewigte Heilige von Angel del Sur sollte der Finca zu größerem Wohlstand verhelfen, als dies zu ihren Lebzeiten der Fall gewesen war. Die Zinnsärge fanden reißenden Absatz, wobei der größte, der je in Auftrag gegeben wurde, für einen Rennstallbesitzer, dessen Pferd mehrere Preise gewonnen hatte und von einem Konkurrenten vergiftet worden war, angefertigt wurde. Manche der Tiere, die an das Engelstor gebracht wurden, fühlten sich danach besser oder wurden ganz gesund, wobei es hieß, daß die Heilige ihre Hand im Spiel gehabt haben müsse, was die Legendenbildung förderte und neue Klientel anzog. Nach Jahren würde sich der Tierfriedhof in der Ebene nahe an das Haus und auf der anderen Seite den Hang hinauf bis zur Baumgrenze erstrecken, und wenn das Läuten der Anima-Glocken von jenseits des Hügels, vom Abendwind getragen, über die Olivenpflanzung fiele, würden Hunderte von Holzkreuzen im schräg einfallenden Sonnenlicht weiß aufleuchten. Die Stätte würde von ihren Besuchern den Namen ›Pilars Garten‹ erhalten.

»Angel des Sur wird sterben«, sagte Conchita, nachdem Nando das Licht gelöscht hatte, in Sebastianos getäfeltem Zimmer zu ihrem Mann. Sie hatte den Nachmittag über an Pilars Grab gesessen und hatte ihrer und auch Sebastianos gedacht, der die Finca mit seiner Hände Arbeit hochgebracht hatte und dessen Stolz sie gewesen war. »Pilar war unsere Hoffnung,jetzt haben wir sie mit ihr verloren.« Ihre kaum versiegten Tränen begannen zu fließen, und in der Erschöpfung ihrer nimmermüden Trauer und der Geborgenheit durch die Nähe Nandos, an dessen Schulter ihr Kopf lag, sprach sie aus, was sie durch all die Jahre für sich behalten hatte. »Ich habe mich oft gefragt, warum Gott mir kein Kind geschenkt hat. In einem Kind würde die Finca weiterleben, und die Mühe meines Vaters wäre nicht vergebens gewesen.«

»Mi alma, mi alma«, sagte Nando, dessen Herz so laut zu schlagen begonnen hatte, daß Conchita es hörte und fürchtete, etwas gesagt zu haben, das ihn verletzte.

»Es ist müßig, darüber zu reden«, versuchte sie ihre Worte

abzuschwächen, »jetzt, da Pepe und Pepe und Pilar tot sind und ich zu alt bin.«

»Du bist nicht zu alt«, sagte Nando. Er wandte sich ihr zu und zog behutsam das weiße Tuch, mit dem sie ihr Gesicht bedeckt hatte, zur Seite.

Conchita machte eine Bewegung, um ihre Augen an Nandos Schulter zu verbergen. »Ich wünschte um deinetwillen, ich könnte zu weinen aufhören«, sagte sie.

»Wir werden ein Kind haben, Herz meines Herzens«, sagte Nando und preßte die geballte Faust gegen seine Brust, um Conchita nicht merken zu lassen, daß er betete, »wenn Gott uns hilft, und ich weiß nicht, warum er uns seine Hilfe versagen sollte.«

Der Nachtwind hatte sich erhoben und stieß, vom Hügel her einfallend, in sanften Böen gegen das Haus. Er rüttelte an den Schattenrosen auf Pilars Grab und strich über das Riedgras hinunter zum Flußbett, wo die Azulita sich auf der vergessenen Pferdedecke ringelte, unweit des Planquadrats 184 C, bei dem Junipero seine Arbeit unterbrochen hatte, um sie nie wieder aufzunehmen. Die Flügel des Engelstors ächzten in ihren Angeln, und eine Eidechse kroch auf der Suche nach einem Schlafplatz über den Sandweg.

Dann stieg die Mondsichel über dem Dachfirst auf und tauchte die Holzkreuze am Fuß der Olivenpflanzung in matte Helligkeit. Ein Leben machte sich zu hoffnungsvollem Aufbruch bereit, indes zwei Seelen, die einander bestimmt gewesen waren, ihren Weg zueinander durch die Dunkelheit finden mußten. Und über allem weinte Gott die Ewigkeit eines Herzschlags lang, ehe er sich anderen Dingen zuwandte.